乔叶——著

宝水

北 京 出 版 集 团
北京十月文艺出版社

第一章　冬——春

第三章 夏——秋

第四章　秋——冬

第一章　冬——春

1. 落灯

睁开眼，窗外已经大白。看了一眼手机，六点整。四点半时还在床上烙饼，就算五点睡着，也不过是一个钟头的觉，还饶进去一个梦。

还是那个梦。

她在说话，却没有声音。眼皮儿撑出了一条细线，看不见里面的光。嘴巴颤巍巍地张着，唇型微微变动。我贴近她的唇，浓重的陈腐之气里夹杂着若有似无的丝丝甜腥，像是正在沤肥的土地，又仿佛是青草正在春天生长。

奶奶，你出声儿啊！

她却闭上了嘴，也闭上了眼，胸膛起伏如苍灰的火焰。我握住她干树枝样的手，等她攒劲儿。起伏渐渐平缓下来，越来越平缓。她似乎要睡着了。这可不行。我晃着她，小心拿捏着分寸，怕把她晃散了。她那么脆。

终于，她又睁开了眼，也张开了嘴。唇型又开始微微变动。还是没有声音，一点儿也没有。可我确定她说了一句什么话，对我。明明已经说出了口，却又被她咽下。

要是我能变小就好了。那就能钻进她的嘴里，跑进她的喉咙，看她咽下去的那句话是什么。这么想着，果然我就迅速开始变小，越来越小，小到如童话里的拇指姑娘。然后，我就站在了她的唇边。唇已经没有了血色，唇面却还柔软着，还有着奇异的弹性，踩在上面能感觉到鲜明的高低起伏，似乎每一步都会摔跤。

我小心翼翼地探着身子，往她的嘴里张望。

深渊一般的黑暗，深渊一般的温暖。

要进去吗？我问着自己，犹疑着。一股大风突然从旁边吹过来。稳是稳不了了，不是向前就是向后。一瞬间，我向后坠去。

一激灵，醒了。

外面很静。昨天晚上，象城就已经开始静。白天时年味儿还在，大街上偶尔还有人拎着花花绿绿的年货匆匆行走，"恭喜恭喜恭喜你"的歌声还在路边店里喧嚣，熟人见面打招呼还说着"不出正月都是年"的话。可一到夜里，突然就静了下来。静把这一切热闹利利落落地一收，谁都知道这个年算是过完了。

搁到小时候的福田庄，即使是正月十七，也还是有点儿意思的。因要落花灯，中午要吃落灯面。夜里又是老鼠的好日子，"十七十八，耗子成家"，晚饭便要包饺子，奶奶一边包饺子一边说这是捏老鼠嘴呢，叫它们再也不能偷吃粮食乱咬衣裳。吃完了这顿饺子，还要收祖宗轴子。轴子上画的是深宅大院高堂华屋，两边的字我很快就认得了：

先祖创业垂千古

忠孝家风传万代

祖宗们住得真有这么好?

兴许吧。要不咋都这么画呢?

死了还能过这么好,那咱都去死呗。

奶奶拿着擀面杖敲过来,没敲到,就继续包饺子。包了一会儿才说:急啥。都有那一天。

肯定是睡不着了。垫高了枕头半坐着刷微信。朋友圈本就没多少人,还被我屏蔽了一些,刷了两下就看到了老原昨晚转的一则新闻,是予城政府官网公布的省"美丽村庄"示范村的入选名单,一共六个。排在第一个的就是宝水村。

就点了个赞。他立马私信过来:民宿已基本收拾妥了,去村里看看?我回:好。他:啥时候?我呆望着天花板,还没想好怎么回他,他又跟来了一条:择日不如撞日,就今天吧。

翻了个身,顿觉头昏目眩,腰酸背痛。心一横,答道:中。

2. 失眠症

失眠是个厮缠二十多年的老冤家。父亲和奶奶相继去世后,它就开始如影随形,结婚生子后方才有些改善。嫁了豫新这个医生,自然也没少去医院,西医看不出毛病,中医说是秉性弱,开了一剂又一剂苦汤药,补来补去,也是时好时坏。到后来喝这些药也不过是为了附和豫新的执念，已经彻底领略了这个敌兵的强大，早就放弃了根治的念头，只要能跟它拉开一段相对安全的距离也便知足。然而豫新去世后，它便有恃无恐地再次贴近，且变本加厉。

同是失眠，不同阶段的感觉也颇有差异。父亲去世时犹如翻江倒海，岩浆涌动。奶奶去世时是凝寒刺骨，似冰河蜿蜒潜行。这回却恍若静水深流，荒芜至不知所终。——怎么会不知所终，还是知的。所终，也无非就是死。可哪能死呢。还不到死时。哪怕只是为了母亲和郝地。我是母亲的闺女，郝地是我的闺女，同心同理，上下不舍。必须得睡着，得睡好。

于是强打精神去跑各大医院的睡眠科，吃各种效力的安眠药，试用渠道多样的民间偏方，每周去健身房游泳练瑜伽，每天泡脚，漫无边际地走一万米两万米直至筋疲力尽，统统收效甚微，微至无效。无力维持原有的工作，便找领导给调了岗，到了钱少人闲半自由的专业学术委员会。里面全都是已经退二线和预备退二线的老前辈。到了那里才发现，虽是松快了不少，却也并不怎么闲。专委会既搭着个骨架子，多少总得煲点儿汤。出差的频次也并不低，因为老同志们爱往外跑。近年来出国出省的大动静虽然没有，往基层地市县逛逛也算是点儿福利。作为其中最年轻的，只要有这种事，自然就得去负责跑腿。干活儿不怕，怕的还是睡觉这一关。若是明天出门，我今晚八点就会吞下安眠药，洗漱完毕，兢兢业业地上床卧着，像母鸡孵蛋似的，巴望着能顺利地孵出一点儿毛茸茸的睡意。能睡着一会儿算是运气好，睡不着就是分内。到了出差地自然是更不行，通常情况下是整夜难眠。

就熬着。越熬越领教到这是怎样一种酷刑。漫漫长夜，仿佛全世界的人都在床上，唯有你被踢到了床下。虽睡不着，却似乎也很忙。一会儿想喝水，一会儿想去卫生间。单这两件事就能无限循环。怪异的是，越压抑着不喝水就越渴，越压抑着不去卫生间就越便意强烈。又如同，越想睡就越是要睁开眼。这双眼啊，一旦试图闭上，就好像有谁用指甲尖儿掐着你的眼皮儿在往上拎。而待你睁开，那指甲尖儿又掐着你的眼皮儿在往下摁。就这么着，拎拎摁摁，摁摁拎拎，就是没办法得个安稳。受不了了，就开灯，换个方式熬。看书，从《三字经》看到《世界简史》。想事情，从记忆里的第一颗糖想到宇宙黑洞。数绵羊，从个位数到百位千位。也求救于各路神灵，从阿弥陀佛、至圣先师到无量天尊……或许偶尔被哪位听见，得了垂怜，便能打上一个盹儿，如同快要撑断的皮筋儿被松弛了一下，自是珍贵。醒来后便再熬，期待着能打下一个盹儿。

漫漫长夜，就这样被盹儿切割成了一个又一个逗号。打盹儿时也没闲着，总是在做梦。奶奶，父亲，豫新，这些活着再也见不到的人，总是会来到梦里。亲人若要隔世相见，也只有梦。他们在梦中走路，做事，说话，一颦一笑，栩栩如生。常常的，在梦中也知是梦，也知如生不是生，不过既已是梦，如生也好。

3. 粪的气息

第一次发现能在乡下睡好，是在去年初夏。去的是豫东的一个县城，酒店在县城边儿上，和一个村庄毗邻着，鸡犬相闻。入住时是半下午，离晚饭时间还早，我便溜出去散步，消耗体力。正值麦收刚过，村里水泥路本来就不宽，又被晾晒的麦子占据了一半，只能容农用机动车单行。我小心翼翼地走着，时不时需得踩个一脚半脚在麦子上。阳光温热。家家农户的平房顶上也都晒着麦子，麦香氤氲浮起。树叶上敷着一层淡淡的灰尘，布谷鸟的叫声从很远的地方渺然传来。有老妇人穿着黄旧的白汗衫坐在门口，怀里抱着孩子，孩子的涎水顺着嘴角淌成晶莹的一挂。老妇人一边给孩子打着扇子，一边点着头打盹儿。

混合着麦香的还有一种味道，就是臭。这里的规矩，厕所都在大门口右侧，临着街，许是为了淘粪上田方便。厕所的墙外凹着一小块长方形，那就是粪池。有的人家讲究些，在粪池上盖着一块简陋的水泥板，有的砌一堵象征性的矮墙当栏杆，有的只在上面覆一层干草。也有的已经把粪淘了出来，就摊在那里，虽然上面或多或少都有些干草，却是更臭，臭得我都想要掩鼻而逃。

可是，多么奇怪啊，我分明该去远离，却又不由自主地在附近逡巡，仿佛那摊粪里有什么东西吸引着我。——还是气味。是臭，很臭，可当你闻得久了，你就会甄别出，它绝不是单一的臭。这臭里，似乎还有一点儿很淡的酸，一点儿很烈的苦，一点儿很粗的咸，一点儿很细的辣……是的，我还要说，它还有一点儿香，幽幽的。或许是阳光照着它的缘故，或许是干草的缘故，这点儿香，幽着幽着就深了，甚或接近于酒意的发酵，让我有些微醺。

那天晚上，关了空调，错开一条窗缝，在乡村的气息里，我睡得很好。便不由推测：乡下或许能治我这失眠？后来又有过几次，使得推测升级成了定论。可定论又能怎样呢？也不可能天天去乡下，我依然得在床上烙饼，日趋萎靡。等到去年九月郝地出国之后，便破釜沉舟，按照人事政策跟领导提出了病退申请。早退损钱，失眠损命。孰轻孰重，自然分明。办好了手续，翌日便让老原给我找合适的村子。

还有比福田庄更合适的村子？多现成。

我笑。没有比它更不合适的村子了。不过，也不必跟他说那么多。

福田庄已经快拆没了。我说。

哦。他恍然大悟状。问我什么样的村子才行。我说，虽然不知道什么村子行，却知道什么村子不行。那种没有一点儿热乎气儿的荒凉破败的村子不行，我图的不是那份安静。要是真安静了我还真就傻了眼。已经成了旅游景点的那些大红大紫的村子也不行，去那里做生意的人会扎堆儿，也没有了原本的乡村味儿。离城市太远的也不能去，中老年身体不争气，说不定什么时候就会有病啊痛啊的，需得能及时到条件差不多的医院去瞧。老原边听边骂我矫情，抽了两根烟，方才道：要不，去我老家吧。对照起来，你这几大条，宝水村可巧还都符合。我正寻思着把老宅弄成一个民宿来着。等拾掇好了，你尽管去住，顺便帮我照管一下。你需要找个地方睡觉，我需要找个人看店。刷帚疙瘩配马勺，十冬腊月穿皮袄。岂不是正合适。

认识了二十来年，老原提到宝水村的次数在记忆里屈指可数，也因此他说在老家做民宿便让我颇为意外，说，没想到你对老家还挺有感情的。他嗤笑一声，你没想到的事儿多着呢。我说我在这方面没有任何经验，还是应该找个专业的人来。我这事儿简单，在你那里租间房就是了。老原说，我可没法子收你的房租。又说，小山村里几间房，什么专业不专业的，杀鸡不用宰牛刀，我看你就行。我怎么就行了？他眼神上下刷了我一遍，你这农村出身可是个大优势。那些酒店管理专业的人，有几个懂农村的？在老家开店，不懂点儿农村的事儿，那怎么好磨缠。我说，这倒是。

那就这么定了。回咱老家。老原搓了搓手，似乎要大干一场。

是你老家。我强调。

唉，你这人，有没有常识？宝水虽是个小山村，可跟你的福田庄一样，都属于予城市，还都属于怀川县。从这个意义上讲，咱们是不是一个老家？回宝水是不是回咱老家？

我笑。所谓老家，怎么说呢，这个圈看怎么画。可大可小。在国际层面上，所有中国人都是一个老家。到了国内，老家就缩小至各自省份，同一个省里的，往下就细化到了市县乡镇，如同剥洋葱，一圈一圈剥下来，直至到了村，才算到了老家的神经末梢，再没处分岔。而在县这一级上，我和老原还真是共有着一个老家。

不过，他说他的，我自认定我的。福田庄在县西南的大平原上，宝水村在县东北的大山坳里，隔着足有五六十公里。这段距离完全可以为我建立起一道厚实的心理屏障，让我有充分的理由认为，这是他的老家，不是我的。

4. 五行缺水

早上八点，老原接上我，穿过城区，在中州大道高架上一路向北，十来分钟后进入象城的绕城高速，向西直行半个小时再转向北，过了桃花峪黄河大桥便是予城地界。天很蓝，桥很长。远远望去，黄河在日光下竟是条白河，似乎是非常沉静地憩息在大地上。滩地里是绿茵茵的麦田，滩地外也是绿茵茵的麦田，有别于滩地的景象是村庄多了起来。麦田连着村庄，村庄连着麦田，似乎无边无际。

平时话就不多，此时话更少，印证着老原有些小拘谨。自豫新不在后，和他单独在一起时，他就是这样。时不时地，他会咳嗽两声。这是他多年的老毛病。我从包里翻出一贴湿巾递过去，问啥时候能有客，他方才打开话匣子絮叨，说总得到四月下半程了。又说起年前修房子的事，怎么设计，怎么备料，找谁施工，花了多少钱……早已听熟了他的语音，因为太熟，便有一种稳踏踏的节奏感。也不知道是因这节奏感还是因昨晚熬得困乏，我越来越昏昏欲睡，终是在不知不觉中打了一个盹儿，便又做了一个梦。

是一条隧道，不宽，也不窄，不高，也不低，只能容我一个人在里面行走。虽是隧道，却一点儿也不黑暗。隧道壁很薄，阳光把隧道里晕染出一种柔和的明黄。道内是一个标准的圆，上下左右哪儿哪儿哪儿都是弧形，还一弹一弹的。我撑开两手，扶着薄壁，小心翼翼地走着。薄壁也一弹一弹的，清润洁净。靠近了去闻，有一丝熟悉的淡甜气儿。伸出舌头舔了一下，居然舔出了一个口儿。哎呀，这也太不结实了吧。我透过那个口儿向外瞧，口儿一下子变得大了许多，我便伸出了脑袋——

一片淡黄的森林，每一棵树都是通体的淡黄色。我突然意识到，原来每一棵树都是一棵麦子，我正置身于麦秆中。这个颜色的麦秆，是快该收麦子了吧？要是有人来割麦子，把我拦腰割断，可怎么好呢？我急起来，想要爬出去，这时候，仿佛有风吹动，麦子森林摇啊，摇啊，我跌倒了。想要站起来，可麦管壁那么滑，怎么也使不上劲儿……原来是老原在摇我的胳膊，说快要到了。

我说看来你老家挺对我的症候，在奔向它的路上都能睡上一觉。老原笑。又问他村里通了自来水没，他怪道，这还用问。宝水泉眼多，水源情况虽不错，不过要供农家乐肯定是不够。前两年乡里申请了一笔专款，在村委会后面打了口深井，让自来水入了家户。是保质保量的好水，放心用。我说，我一个人能用多少，还不是为了待客。

——还不曾对老原说过，宝水这村名也颇可我心，就是因为含着水。小时候，奶奶让人给我算命，说我五行缺水。本来青萍的萍是苹果的苹，因了这个才改成了有水的萍。母亲为此还和奶奶抗争了一番，末了却还是依了。算命这事就是这样，不算也便罢，一旦算了，多少就会在心里发点儿芽苗。我呢，也仿佛是认了这命似的，从小爱水。早早就在村北的小河里学会了游泳，盛夏时就见天泡在水里，逮鱼摸虾捉泥鳅，不亦乐乎。

那时候的福田庄，也是到处有水的。水源是村西北三里地的一个大泉，名叫灵泉。据说泉眼儿像水缸一样粗，我去看过多少次，从来没看见过那个泉眼，只看见周围用碌碡砌成一个绿幽幽的水潭。奶奶说，若想要看泉眼得天大旱，旱到潭干了才行。可潭从来没有干过，也就没有泉眼儿可看。我们就绕来绕去地数碌碡，翻过来掉过去地数，七十二个，没错，就是这么多。

因为泉水丰沛且水质优良，唐朝大中年间的县令杜其便以灵泉为源头，开了一条东西方向的河，这条河就是从福田庄正北流过的新河。被修成的新河自灵泉始，向东流经灵泉村、福田庄、杨庄、李万村、曹村、尚楼、王庄、大堤屯、朱营、葛寺、马厂……沿途有土桥泉、楝树泉、小朴泉等泉水补给注入，成了一条越来越像样的河，长达三十多公里，两岸田地浇灌，用的都是它。

庄稼喝它的水，跟小孩喝奶似的。奶奶说。

水的存在，也叫我明了很多事理。比如说，水能让人活，也能让人死。水能叫东西干净，也能叫东西脏。比如说，水能最软，也能最硬。能最热，也能最冷。比如说，水能成云成雨，也能成雪成气，还能含到土里成墒。再比如说，人往高处走，水往低处流。你以为水往低处流就贱了？它可厉害着呢，到哪儿降伏哪儿。

突然想起福田庄村名的由来。据说原本叫田庄，是因为田姓多，也是因为田好，旱涝保收。不知何年何月，一位高僧游方路过村子，进到一户人家喝水，问村名，知是田庄，又问：这田，是什么田？农人不知道该如何作答。高僧笑道：什么田都不如福田。自那之后就成了福田庄。

5. 所谓老家

隧道串得很近，一个挨着一个。明明暗暗的，景色已是青山重重的南太行深处。八百里太行山跨了京、冀、豫、晋四地，大致是一个东北到西南的走向，到了予城基本就是南向，人便称南太行。从高处看，从北边的大平原次第向南攀升，使得南太行的山势如一面巨坡，越高越深处便越接近于晋，而宝水村正处于豫晋交界。穿过太行自是不易，山里有先人足迹踏出来的无数古道，最有名的是太行八陉。这八陉中，河南有三：轵关陉，太行陉，白陉。河北有四：滏口陉，井陉，飞狐陉，蒲阴陉，第八陉是军都陉，就到了北京昌平的居庸山。在予城的便是白陉。老原说，宝水村就在白陉边上。山西人会做生意，搁哪儿都能挣钱。早些年晋商们沿着白陉一路向南，出了山便是大平原，那是多宽展的生意场。人要歇息，车马停靠，白陉边有人家的村落就有了开店待客的营生。后来修好了公路，白陉便没了过客，这些人家便回归本行，种庄稼采山货。前些年驴友这等人又突然兴起，喜欢走野山看野景，到了这深山密林处免不了要过夜，于是就又有脑子灵活的人家招待起了食宿。最早也不过是十块二十块，虽极低廉却依然有赚头。因床铺是自家的，鸡蛋是自家的，面是自家的，水是自家的，柴是自家的，平日有陌生过客都要端碗饭让人白吃白住的，如今好歹收了钱，都觉得是赚。到了这几年，物价涨了，便由三四十到五六十。反正在自家门口，不管多少，能落几个是几个。因是自由生长，便也渐渐有些乱。看到了这个态势，县里便想着往乡村旅游转型上引，评上省级的美丽乡村算是一个标志性进阶。

不时有旅游大巴对开而过，隔一段距离也会有路标提示离"云顶"还有多远。路叫叠彩路。因早年修建得艰难，据说耗费了许多人力，在予城颇有些名气。走这一趟我方才知道，原来这叠彩路是从云里景区穿过的。云里景区自开发以来在省报就没少上版面，早十来年就成了赫赫有名的5A景区，是予城的眼珠子，也是怀川的钱袋子。"云顶"是云里景区的最高峰，有一千三百多米高，原来俗称小北顶的，自从景区开发了之后，就改成了像模像样的"云顶"，也不知道是谁改的，不过跟景区里的云里村云下村这些村子的名字倒是很配。

一个小弯转过，"宝水村"三个宋体白字显示在一块蓝底标牌上。车右拐上了一条路，不宽，只容两辆车擦肩而过。一路向下去，坡有些陡，老原不再说话，凝神开车，等到平路上时，就听见了狗叫声。老原把车窗降到了底，顿时风声大起，浓郁的草木之气扑面而来，清新如洗。老原说宝水村分三大块，也就是三个自然村，西掌、东掌和中掌，咱这就要到西掌了。我说咋都叫掌。老原鄙视道，少见多怪。山里少有平地块，有也不大，跟巴掌似的，就爱称掌。南掌北掌大掌小掌的，你十里八乡打听去，准有。咱村东边的那块就叫东掌，西边的那块就叫西掌，在东西掌中间的那块就叫中掌，多简单明了。又说，咱家就在中掌。我揶揄道，听你这骄傲自豪的劲儿，好像中掌跟象城的CBD似的。老原道，起码是宝水村的CBD。我突然想起某个电影的搞笑片段，是说墓地广告的：某某墓地，墓地中的CBD。

便问他，原家祖上挺有钱的吧？他笑了一声，说，那是，听我父亲说，原本也穷，到高祖那辈儿方才打下了点儿基业。啥基业？开店嘛。村里其他人家虽然也开店，却是没有原家心思活，不光招待茶饭，还能托人来回捎货卖给这边坊四庄，到曾祖时就积攒起了一份厚实家底儿，盖的是好房，买的是好地，用的都是大牲口，那日子就是顿顿吃肉喝酒也不算啥。说到这里却停住了。我便追问：后来呢？他又笑一声，后来就三十年河东三十年河西了嘛。没啥可说的啦。

一条窄窄的砂石土路从主路上岔开，往右手边的山坡里蜿蜒而去。老原车速更慢，用下巴示意了一下，说，顺着这条路进去，就是咱原家坟。我说，坟地也能咱？老原道，就是句嘴边话嘛，看你认真的。跟我咱一下，你能吃多大亏？顿了片刻又道，把豫新也咱过来。我一怔。老原说，邙山墓地产权是二十年吧？等那边到了期，咱俩也埋了半截，把他挪过来，咱们埋到一处，在地底下也热和些。

我沉默。看着窗外。不想提起豫新。哪怕是跟老原。他的名字是一枚被音韵控制的开关，叫一声就会在心里炸一个小小的雷。

这块地看着还挺新——我指着砂石路和主路之间的那片夹角空地——平出来没多久吧？嗯，得有半年了。打算做停车场的。等将来村子红了，来的车多了，就得停这儿。又感叹还是乡下天大地大，随便就能整出一块地方。我说可别瞎扯，这可是地，哪有那么随便。听他说农村的地不值钱，我也只能更加鄙视道，地在农村哪是值钱不值钱的事儿。农村人活的就是地，宅基地，耕地，林地，哪儿能离得开地，最能让人较真的也就是地。

回——来——啦——

循着声，便看见一个老太太正在前方的一个石礅上坐着，手里握着一根拐杖，戴着一顶黑帽子，穿着一件黑底起红花的中式棉袄，脑后盘着一个圆圆的发髻。暗黄的面皮，很瘦，却像松柏似的，有一股子硬实在里头。

哦——回来啦！

老原也大声应，把车速放得很慢，快到老太太跟前时停下，半开车门喊道：九奶，咱回吧？我捎你啊。

老太太眯着眼睛看着他，括号般的皱纹里颤颤巍巍的，兜着点儿笑意思，就那么看着老原，直待老原又问了她一遍，她方才摆了摆手，说，一会儿回。老原便上车继续前行。我问这是谁，老原说，没听见我喊么，是九奶。搁哪儿排的第九？张家。那么多儿子？几支一起排的，显得门户大。那跟你们原家不沾啊。姓上不沾，另有一路沾法。她是我父亲的干娘，顺下来，可不就是我的干奶奶？这还不算沾？嗯，沾，很沾。早年间，她可是方圆几十里有名的接生婆，这辈子不知道接生过多少个孩子。多大年纪了？九十四五吧。周边几个村里，没有比她更老的人了。哦，这么长寿，有福。她很年轻时就没了丈夫，一辈子没孩子，一直孤寡到现在。

我嗯了一声。一时无话。他却把车靠边儿停下，点了一支烟。抽了两口方才又说，论起来，这干奶奶比多少人的亲奶奶都亲呢。要不是她，原家早就在村里没了地方。这事儿说来话长。简述起来就是，从他记事时起，父亲每次带他们回来上坟都不进村。他十八岁那年清明节，跟着父亲回来上坟，九奶在桥头候住了他们，那是他第一次见到九奶。那时她好像就已经是这么老了。九奶踮了踮脚尖，伸出手去摸他的脸，被他闪避了过去。然后，九奶对他父亲说，福久，你得回来把房子修一修。都快塌了。

塌就塌了呗。

宅基地都有人瞄上了，快成别人家的了。

谁想要就给谁呗。

要是哪天想回来，就没有了站脚的地方。

不回来了。

人家就会说，村里没原家了。原家没老家了。

就叫他们说去。

你这些话，能叫坟里的先人听？

坟里的先人，也不知道个啥，也听不见个啥。

那你还回来上啥坟哩。

老原说，这句话父亲没接住。那天，九奶撂下的最后一句话是，我给你占着地方，迟早等你回来。

看我笑，问我笑啥，我说我叔叔这段时间也催逼着我和弟弟赶快定下来翻盖老宅呢，还真是通病。你们打算咋办？我说还能咋办，也只有从了。所以你说你家都放弃了的老宅你干奶奶还拼命给你们占着，这地是值钱还是不值钱？老原求饶道，姑奶奶我错了还不行嘛。又叹口气道，老家的事还真是说不清。

然后呢？你父亲很快就回村翻盖老宅了？没有。他说。父亲还是没进村。到底也没进村。可从那以后，他三五不时地就会念叨起九奶的话，像被下了蛊。直到他几年后被查出了肺癌晚期，住院后更像是中了魔，在病床上一遍两遍翻来覆去地叮嘱我说，我是不中用了，等我死了，你得回去盯着。你是长子，得在村里顶门立户。咱家的房子不能倒，也不能比谁家的低一砖。咱不能叫门势塌掉。不求比人强，也不能落人后。叫他们知道，咱原家的人都一茬茬长着，原家的香火没有断，原家的日子还长着呢。

烟灰轻弹，不及落地便被风吹得没了影踪。父亲去世后，我和两个弟弟送父亲的骨灰回去安葬。他说，也是在刚才那个地方，九奶就在那里等着。我问九奶怎么知道的，九奶说，梦见了。九奶说这句话时，泪就噙在眼窝里。老原侧背着我，看不清他的表情。那天，我们跟着九奶，捧着父亲的骨灰先回了老宅，让村里人帮忙去打墓。老宅被打理得窗明几净，种着花，种着菜，搭晒着衣裳，一看就是一直住人的样子。也不知道怎么了，我当时膝盖一软，就跪了下去，大哭了一场。从那时起，我的脑子里第一次升腾出了老家的意识，就认下了这个老家。

重新上车，缓缓前行。我突然想起有一次和报社的同事聊起老家，大家纷争着该怎么定义老家这个概念，一个平日里爱写诗的编辑以读诗的口气吟诵道：什么是老家？老家就是这么一个地方，在世的老人在那里生活，等着我们回去。去世的老人在那里安息，等着我们回去。老家啊，就是很老很老的家，老得寸步难行的家，于是，那片土地，那个村庄，那座房子，那些亲人，都只能待在原地，等着我们回去。所谓老家，就是这么一个地方啊。

6. 房子们

到西掌就有了疏疏落落的房子。或许是一块一块的缘故，山里的房子给我的感觉像是方蛋糕。视线最舒服的小蛋糕都是石头房，即使是两层的也看着不高不大。石是青石，或青白，或青灰，或青黄，或青红，和山色浓浓淡淡的青是一个谱系，柔和得浑然一体。扎眼的是各种颜色各种尺寸的大蛋糕。都是新楼。有两层的，也有三层。楼面上贴着的瓷砖花得有趣，不仅这家与那家的不同，即便是同一栋楼，一楼和二楼往往也不同。上绿下粉的，上紫下蓝的，上蓝下黄的，都有。罗马柱是白的也就罢了，有的还偏偏再撞出另外一派色调来，可谓一言难尽的眼花缭乱。门口的垃圾桶倒是好得多，虽然也各不相同，却统一是因材就简的朴素：废弃的漆桶，荆条编的旧箩筐，有的干脆就是一个纸箱子敞着口。一路看来，果然也不见几个塑料袋子，很是干净。有几户人家门口堆着水泥沙子，像是正要动工。这是要翻修房子了么？跟"美丽乡村"有关么？

空旷了一小段路，房子又多起来，比西掌的更密。不用老原说也能猜到这是中掌。右前方一个院落明显要大一些，一根旗杆高高竖着，一看就是学校。刚过学校，老原便把车停稳道，到咱家啦。

正对着的院落没有街墙，临路扎着一排篱笆，矮及膝上。正中立着一个小小的木门楼，匾额上是三个敦敦实实的小楷：老原家。临路留了一畦空地，其余地面都铺的青砖。院子里摆着几张或圆或方的石桌。堂屋新，是两层楼房，也贴着瓷砖，好在都是长条小白砖，清清爽爽。两侧厢房是石头墙的老房子，只是窗户改大了些，实木格子窗棂，房顶是发黑的旧瓦片，老得很认真。我一看便心生喜悦，赞道：这老房子好。

便走进去。厢房都是小三间。右厢房是厨房，隔出了一个里间当灶屋，冰箱灶台消毒柜什么的都已齐备，外间摆着两套实木的餐桌椅，有点儿正式餐厅的架势。黄泥麦秸墙面抹得平平整整，地也是砖铺地，铺的砖新旧有序夹杂，勾缝细腻，一看就是精工新做。天花板是细竹竿打出来的横格子，铺垫着老画报，别有情趣，也不知道老原是从哪里寻摸来的。又走进左厢房里细看，黄泥墙、砖铺地、天花板都一样，格局布置却大有异。两头各隔出了间卧室，中间是个小客厅，正位一张八仙桌，两旁各摆张太师椅。桌后的条案上是花瓶和镜子，这瓶和镜也就是俗常说的"平平静静"。挨着两边隔墙放了些实木格子架，搁置着虎头鞋之类的玩意儿。进到一个卧室细看，除了衣柜桌子床，居然还辟出一个极小巧的卫生间，装着马桶和简易的淋浴喷头。顿时觉得熨帖。在乡村能有独立卫浴，这对我太重要了。

我说我就住这屋。老原道，猜你就会相中这里。这两间你随便挑，我哪间都成。你也住这屋？嗯。呃，不太好吧？咋了？怕闲话呗。他顿了顿，哂笑道，越活越退后，这么封建了？我说这不是在农村么。咱们这农村出来的这不是又回农村了么。他喊了一声道，咱俩就是分得再清，这一道门同出同进的，人家该说闲话还是会说闲话。你要是不在意，那些闲话就是个屁。

便出门又去抽烟。我自去看堂屋。两层楼，共十个单间，上下各五。水泥实心楼梯外建在左侧。每间门上都贴着个牌子，却是从"二月"开始的。朝里瞄了一眼，床铺桌椅电视空调和独立卫浴都齐备，空当处还叠放着一些铁藤椅，几包大塑料袋里塞的都是碎花棉垫。看来是为了配院里的石桌子。正月呢？老原朝左厢房一挥手，我这才瞧见门边贴着"正月"，转身瞧见右厢房的门边贴着"腊月"。

他三下两下地抽着烟，把烟灰弹在那畦地里。我问这地打算种什么，他说没想过，你要是来了这就是你的地，你的地你做主，想种菜就种菜，想种花就种花。忽然又看见院子西南角用石棉瓦搭出一个小棚，显然是旱厕。问他怎么还留着这个，他说九奶叫留着，那就留着呗。都说大粪上菜地，菜味儿才好。

我笑。在予城，都把人粪称为大粪。后来我才知道，这是对粪的尊称。

抽完了烟，他随手把烟头扔到地上，用鞋底去拧踩。听我哎了一声，方才捡起来笑道，也不知道咋回事，回村就容易忘城里规矩。说大英在村委会呢，咱们去见见她吧。之前听他提过一回，说是村主任兼村支书，按辈分该叫嫂子的。什么辈分？老原的奶奶是大英娘家那边的一个堂老姑。这个关系我暗自算了几遍没算过来，便罢了。

错后半步看去，老原的背影已有些伛偻了。用福田庄的话说，是"扣尖儿"。不知不觉地，他也老了。因为太相熟，居然也从没发现他是什么时候开始老的。想来在他眼里，我也是一样。

7. 肥水不流外人田

和老原认识时我大四，正在电视台实习，有一次被带我的编导老师拉去吃饭，是个乱七八糟的饭局，什么人都有。老原便在座，人都称原哥，据说他的商业领域包罗万象，既挖焦作的煤，也开巩义的矿，还卖原阳的米，总之是什么赚钱做什么，颇有点儿"给太阳安开关，给黄河装栏杆，给地球抹水泥，给长城贴瓷砖"的江湖名声。

他做东，满席便趋奉着他热闹。他敷衍得周全，却也并不张狂。一群人里大约只有我，既没有敬他酒，待他敬到我这里时也没喝。也不是故意要犟着。素来不喝酒，没觉得有必要破例，且那时奶奶刚去世不久，几天都没有好觉，正在焦躁中，心情极差，在陌生人前面也没有兴致表现得乖顺。他脸有点儿僵，温冷着声道，我有一样本事，再大的场子，谁敬了我酒我记不住，谁没敬我酒，我记得真真儿的。我说记也白记，我不会喝酒，也不好敬的。他说，酒先撇开不说。这一屋子人都叫哥，只有你没叫。酒不会喝，哥也不会叫？叫一声，就算你过关。被他这么争礼，我成了众矢之的。都静了下来，目光灼灼地盯着。编导老师一个劲儿地给我使眼色，可我就是不想叫他哥。憋红了脸，我的气也上来了，说我可不懂，您算是哪门子的哥？凭什么要我叫？他仍是绷着脸，道，你老家是不是予城的？一开腔我就能听个准。就凭咱们老家都是予城的，就凭我比你大，不该叫声哥？按你这么说，你得认多少妹妹？我不嫌妹妹多。我嫌哥多！我一句也没饶他。想着以后再不会见面，也知道不可能留在电视台工作，不怕得罪编导，索性又道，我就不信，叫你哥的这些，有几个是真心的。虚辞假话听着有什么意思！众人面面相觑。大概是都不知道该怎么接茬。我才不管，拎包就走。每当提起这事，老原就会感叹：多少年没碰到过这么生克的人了，真叫个性。

那天就这么不欢而散。毕业后，我到了报社工作，和电视台偶有交集，还算是在一个大圈子里。有次又碰到老原，他像忘了那茬似的，非要拉我吃饭，我也比以前懂事了些，也能喝了点儿酒，便敬了他，只是还是不叫他哥，他也没再勉强，几回下来，居然还开始替我挡酒了，反而是有了些当哥的样子。后来不知怎么的，和他就越来越熟，再后来，他就开始给我介绍对象，都没谈拢，直到我和豫新定下才算画上了句号。

知道我和豫新的事后，他很郑重地请我们吃了一次饭，絮了没一会儿，听豫新说起当初予城人民医院建院时豫新的父亲被省里派过来做业务指导，举家在予城住过两年，他一拍大腿叹道：你这少说也算是半个予城人呀！好，好，好！自打认识了青萍，我就下定了决心，恁好的闺女，必须得给咱们予城人当媳妇儿，必须得肥水不流外人田。你看，这事儿不就是在按我的意思走嘛。那一刻我才意识到，他之前给我介绍的对象，老家居然都是予城的。

接下来就是推杯换盏，称兄道弟，酒酣之时便对豫新说我这妹妹如何如何，你要如何如何，言辞间颇有些莫名其妙的托付之意，听得我既好笑又难过，很想叫他一声哥。

老原迅速地把豫新纳入了朋友圈，跟我们来往得也越发密切，当然他也没少给豫新找麻烦，他的狐朋狗友但凡谁有个大病小情，需要在医院找关系的，都没有饶过豫新。许是同为男性，他们两个相处自是比我方便，有时候吃喝玩乐居然隔过了我。我劝过豫新，说你和老原不是一路人，要小心些。过些时见到老原，他只拿白眼儿翻我，说我是个两面三刀的小人。

这门婚事应了"丈母娘看女婿，越看越欢喜"那句老话，很合母亲的心。豫新的工作，相貌，脾气，哪儿哪儿都让她觉得满意。不过这些都是能摆到台面上的满意。有一条满意她只悄悄跟我嘀咕过：没有农村那些根根梢梢拖拽着，多利索。哪像你爸这边！问母亲，那当初怎么就和父亲成了一家，母亲说，傻呗。姥姥和姥爷都在象城最老牌子的国棉一厂工作，母亲作为独生女，娇惯得很，学习不怎么好，上了个卫校，运气却好，毕业后分配到了卫生局机关。媒人介绍他们认识后，母亲说，看多了笑嘻嘻的人，你爸爸可严肃，不爱笑，总是封着个脸，你姥姥说这人稳重。就上了这个当啦。她老人家还想着你爸在象城是无依无靠的光杆，能算个上门女婿，没想到人家是老鼠拖木锨，大头在后面。

8. 敲瓷砖

村委会和学校隔路相望，在地理方位上也就是老原家斜对过，没几步。也没有院墙，临路用青灰旧砖砌出一道宽宽的矮台子，算是象征性的墙界。门口那棵大树我认得，是槐树，树干粗壮，枝丫遒劲，虽无一片叶子，枯褐中却有点儿新绿遥看近却无的春意思。几间青灰砖房，砖砌的斗拱和券门瞧着做工精细，几间门头上隐隐还有用水泥雕出的"农业学大寨"的字样。红漆木窗和墙贴合得横平竖直，一点儿都没走样，能看出当年盖得用心。当院是一个小工地，堆放着沙子水泥和旧砖。两个男人正嘣嘣嘣地砸着村委会廊厦上铺的暗红色瓷砖，从廊厦到地面还有两级台阶，铺的也是这种瓷砖。还有两个人正站在那里说话。说是说话，其实是女人在骂，男人在挨骂。女人的脸黑黑的，穿着一件带毛领子的紫色羽绒服，衬得脸更黑。老原朝我使了个眼色，意思这就是大英。

只听男人嘟囔道，评都评上了，还整这么细干啥。河边儿卖水，多余得很哩。大英道，你打个颠倒想想，粗整就能评上，要是压根儿就按着孟胡子指的道道儿去画，笔笔不错地去画，那可不是美得更卓。

"卓"是予城土话，出色之意。好久没听到人说"卓"了，我默默笑。

男人说就他弄这，美个啥？我看他搞这一套，就是见不得咱农村洋气，就是叫咱们显个穷样儿他才满意。大英道：知道你是不服气。我先前也是不服气，不服气得很。可这省里一评上奖，我就服气了。凭谁说我是个势利眼儿，我承认我就是！有本事你也得个奖叫我势利势利呗。省里得奖恁容易？咱市里一共进六个，咱还是排头名呢。我这后悔得呀。唉，还是心太慈手太软，当初就该再下些力气往前推！那男人抽了抽脸失笑道，你还叫心慈手软？不花钱的粉，可真舍得往脸上扑。再扑也不白呀。连正敲瓷砖的两个人也嘎嘎地笑起来，停下了手。大英嗤鼻道，少放闲屁，赶紧干吧！这般磨皮蹭痒，你好意思伸手拿工钱，我可难伸手去给。男人道，我这可不是偷懒。是心疼得手发软。这真是好砖——大英打断他道：好个屁！当初光图好看，说贴上跟镜面似的，可谁整天踩镜子上走哩。常日里灰灰土土，沾到这砖上显着更邋遢，还不如水泥抹面呢。下了雨雪就更是心惊胆战，踮着脚尖，跟巫婆下神似的，生怕猛不防跌地，磕个脑溢血出来。你说，我要真摔出来毛病，算谁的？到时候，我跟你光辉叔，俩人都瘸着走，你看着就美啦？那男人彻底没了脾气，边弯腰去干活儿边道，也不知这叫啥事，当初这些砖可是我一块一块铺的，如今又叫我一块一块敲。对这砖我可是有感情嗯咛——

就都笑。我和老原也忍不住笑。大英笑骂着转身，看见我们便寒暄道，根儿回来了呀。我一愣，看了老原一眼，这么多年来只知道他叫原承功。老原挠了挠头，以罕见的羞涩说了句，我小名儿。

女人转脸又对着男人继续骂：张大包你这放闲屁还崩出花儿来了。有话不直说，拐这九回肠。公家的瓷砖用你心疼？还不是想到了你家的门楼？你放心，要是再催你一言半句，我就不是个人。你对瓷砖恁有感情，就整天搂着你那门楼睡觉！张大包皮着脸笑道，好婶子，外头恁多活儿，真是没空干自家的。大英道，不想干的你就死站不动，想干的你脚踩风火轮，我还不知道你？甭废话。只是有一条你可忖度着，镇里放有话，等到天一转暖，只要哗哗哗来了客，到时候哪家都不许再动工程！谁家要是敢水泥沙子摊一地，那我可不愿意他！张大包道，咦，在自家宅基地还不能动个工程？以前可从没有管恁宽。大英道，以前不管不等于没有权管，一般村也犯不着管。如今咱村可不是一般村，就得高标准严要求。恁也得自己往上长点儿觉悟！

一边摸出了钥匙，进了一间办公室。桌上一层厚灰，大英用鸡毛掸子粗粗地掸了掸椅子，叫我们坐。老原道，这就是咱村当家的刘主任刘村长刘书记……大英截住他道，啰唆啥，叫嫂子。对我笑了一下，头回来？我说是。她说看着面善。我说我长的是一张大众脸。她问大众脸是什么说处？老原说就是寻常面相。她嗳了一声道，寻常人可不是得是寻常面相，莫不是妖魔鬼怪才好？又道，听根儿说让你来给他管家？那怕得长住吧。城里的班儿咋安置？请好假了？听我说在报社已经办了早退，她显然有点儿吃惊，说看着还是正当年，这就歇了？怪不得人说，越是有福越会享福。老原道，所以说她现在就是个闲人，啥事没有，就是闲得慌，都快闲出了毛病。想来咱们村里看点儿闲景，吃点儿闲饭，过几天闲日子。大英道，人家又不是卖盐的，怎么就叫闲得慌。不过人这东西还真是不能太闲着，好歹有点儿事儿干，胳膊腿儿就不生锈。住下你就知道了，村里就是这条件，能受住就中。老原道，她也是咱怀川人，南边平原村长大的。她说，听话音儿可是净净儿的，不沾一丝土腥气儿。既是咱老家人，那敢情好，我就不多说了。日子可是过起来的，哪儿是说起来的呢。

一时无话。大英站起来道，这眼看着晌午了，走吧，没好有歹的，去我家吃碗饭。我说不麻烦了。大英说，也没有四碟八碗，就是添碗水添双筷。走吧走吧。看老原没有拒绝的意思，我便也站起来，跟着他们往外走。

院子里几个人边干活儿边聊天，仍不时蹦出孟胡子孟胡子的，我问孟胡子是什么人，老原说是县里请的一个乡建专家，真名叫孟载，看人家一脸络腮胡子，村里人就孟胡子孟胡子的叫起来。他在村里腻了两年，人人都熟。大英说，村里人都说他那个专家是瓷砖的砖，整日里琢磨着要敲那些个瓷砖。年前他才回了老家，约莫着也快该回来了。他要是一回来，就又开始给我派一堆琐碎活计，怪愁人的。突然，她住了脚对我道，既是报社出身，你会用电脑吧？会打字吧？会写文儿吧？那可是个顶真儿的文化人呀。正瞌睡呢来了个枕头，怪好。用着你时，你可要帮把手呀。我还没来得及应答，老原便说，她身体不大好，本就是想来这儿养养的，怕她顶不起恁多事。大英道，甭恁护着。使不坏她。又站住，回身道，工资是没有工资，补贴也没有一分。不过也不叫你白出力。上头要是有客来，只要是乡里掏钱招待，都给你家不中？老原说，给你们家鹏程嘛。大英道，算啦。给谁都不好给俺鹏程。真给了鹏程，那些心赖嘴毒的还不定咋说哩，也不好掰扯清。到时候，裤裆里抹黄泥，看啥是啥，说啥是啥，谁还去给你闻个味儿哩。

9. 一高一平

大英家在东掌。一路碰到几个人，跟她打招呼都问来客啦？她应说来客啦。老原道，我们这也不算是客。大英道，你不算是客，人家青萍头回来，咋不算是客？等她二回来，我就不当她是客。她边走边划拉着胳膊指点着，哪儿是宝水泉，哪儿是关帝庙，哪儿是龙王庙，哪儿是娘娘庙。路不是一抹平的，不是缓坡就是台阶，上上下下的，虽都不陡，我却脚生，得仔细顾着眼下，也没瞅真切。又听大英道：咱村小是小，典故可不少。老原笑道，再多典故也搁不住三天看。大英道，也是。青萍可不要住两天就絮烦了呀。我嗯嗯应着，听着他们口口声声地说着典故，讶异了一时便很快释然，明白了此典故非彼典故，在这里，但凡有些个说头儿的物事大约都可以叫作典故。

不知转了几个小弯，又出现了房屋，只是不如中掌那样密集，这儿一家，那儿一家，朝阳一户，背阴一户，高一处，低一处，比西掌的散落得还开一些，却也并不隔膜。家家门前屋后都是树，冬日里，树上只有光秃秃的树杈，听着老原说着核桃树山楂树皂角树栎树的名字，我只茫然。这些平原不常见的树，在我眼里几乎是大差不差的。

大英家是青砖门楼，一个男人正坐在门口晒太阳，看见我们走近，便站了起来，应该就是大英方才对张大包说的"光辉叔"了。彼此寒暄过，他把我们让进门，右腿跛着，一高一低地走在前头。

耳听着一串轻巧的脚步声噔噔噔地往里跑，似乎是个孩子。进了院子，却没看见人影儿。

光辉走路的情形真像叔叔。

是的，无数次，叔叔把幼时的我放在肩膀上，就这么一高一低地走在福田庄的街上。不过，奶奶忌讳说一瘸一拐，连一高一低也不说，只说是一高一平。是的，一高一平。叔叔就这么一高一平地扛着我，去小卖部买东西，买瓜子，买糖，买一毛钱一个的小小的米糕球。春天扛着我去够榆钱，够槐花，秋天扛着我去够柿子，够枣，冬天下了雪，他就扛着我去摸树枝上的雪。因左脚跛，他总是很小心地把我扛在右肩膀上。他走得一高一平，我在他的肩膀上也一高一平。起初有些担心会摔下来，后来就不再担心。因为已经明白，身体不平衡的人走路更谨慎，摔跤的可能性反而更小。

随着他一高一平的节奏，我让自己的身子往左边靠着，紧紧地抱着他的脑袋，揪着他的耳朵，很踏实。看到他额头出了一层亮晶晶的汗，我就给他擦，把小手擦得湿漉漉的。

又景着你的大侄女呢？村里人和叔叔打招呼。景，喜欢，宠爱，炫耀，抬举的意思。例句：这花开得多让人景。你以为我多景你呢。

咋啦，不叫景？

小闺女家，有啥可景的。

管得老多。叔叔横横的。

后来我才知道，按村里的惯例，放在肩膀上景的只是男孩子。女孩子被景实在是少。除非这个女孩子有特别被景的理由。

那些管得老多的人，偶尔也会把我从叔叔的肩膀上换到他们肩膀上景一会儿。这陌生的肩膀让我紧张，我就哇哇大叫，一声声地喊：叔叔，叔叔！

是的，叔叔。幼时的我这么喊他时，在很长一段时间里成为了众人的谈资，说我在"撇洋腔"。福田庄的人都只叫一个字：叔。

叫叔就中了。奶奶说。叔叔也这么说。可我不。我执拗地叫他叔叔。他也只得答应着。众人就笑说：瞧这叔叔。说多了，居然能在他们讽刺的口气里听出些艳羡来。

10. 大英家

大英进家就束上了围裙，把我们让进堂屋落座，冲泡上了山楂茶，又冲洗净两个玻璃杯，便进了厨房，片刻又从厨房出来道，咱吃粉浆面吧？老原道，正想着这一口呢。旋即听见厨房里乒乒乓乓起来，我进去看，只见她已经在炒锅里烹了花椒葱花油，放了酸菜浆水熬了起来，又开始和面擀面。我便撇着浆水里的沫子。不一刻，浓浓的酸香味道已经弥漫出来。她将面切成二细下到了浆水锅里，煮得黏黏稠稠，只煮到一筷子夹下去就能把面夹几段时，捏了两撮腌过的碎芹菜，又倒了几股子香油，锅才离了火。又换了另一口锅，再烧油，打鸡蛋。这是要添菜的意思，我连忙拦着，说这面就够了，她呵斥道，没有肉，连个鸡蛋都没有？就是你们不来，俺们自家也要炒几个鸡蛋吃哩。

吃饭也是堂屋。大英却叫我们三个先吃，她钻进了一个里间，似乎在和谁说着什么。我们自是等着。等她出来后问：还有谁在家，一起吃吧。大英道，是我闺女，叫娇娇，怕生人。不管她。瞧见沙发上摆着几本书，都是童话什么的，便问她这书谁看？大英笑道，就是娇娇看呢。都多大了，还好看这些小孩儿书。

便开始吃饭，拉着家常。听我夸这面地道，她说主要是豆家的酸菜好。豆家也在东掌，还得走几步，你要是好吃这，我回头给你要些。光辉话不多，由着大英说。大英的娘家是离宝水五六里的黑岩村，她和光辉原是初中同学，毕业时还小，长大后因修叠彩路，在一起干了一两年的活儿，一来二去就有了意思。她娘家不同意，却到底拗不过她，就只能随她去。问她婚礼咋办的，她笑道，啥婚礼，两人到公社照了个相就算妥了，连身新衣裳都没买，人家娶这媳妇可是拾麦子蒸馍——净利。便指着墙上挂着的老相框给我们瞧，我们便起身去细看。大都是老照片，有黑白有彩色，彩色的唇红齿白得过分，显见得是手工涂的。多是在照相馆里拍的，布面背景有天安门，有长城，也有杭州西湖和桂林山水，除了夫妻结婚照就是孩子的满月照，还有她没过门时光辉家的全家福，大合影中有两个男人和光辉眉目相似，年长的一看就是父辈，年轻些的一看就是兄弟。大英说一位是公公，一位是大伯哥，叫光明。当年为了修这条叠彩路，一死一伤，都不在啦。她说着看了一眼光辉，光辉低头吃饭，不说话。她又叹口气道，叠彩路前后修了好几年，那时修路缺钱少技术，全靠热身子往上扑，没少折人。

回到饭桌前继续吃饭，闲话别的。我问她啥时开始在村里当家。她先是冷笑道，千当家万当家，提起当家乱如麻。当个啥家？当谁的家？谁的家都不好当。虽是没几个人，是非却也不少，人心里也稠杠杠的。沉默了片刻，我以为这话头儿打了死结，她却又开了口，说算起来也有十二三年了。十来年前，村干部还是个有人眼红的差使，后来村里的青壮年都跑出去打工，留下的净是些老弱病残。再后来农业税也不用再交，村里也没了提留款，计划生育也不再成个事儿，村干部也就没了一点儿掐人的实惠，只剩下了讨人嫌，这才轮到了她。在这之前，她一直是东掌的组长。老原道，由组长直接成村长书记，这也算升得快了吧。她笑道，升啥升，一升不如半斗。农村的官儿算个官儿？像咱这，有名声是个村干部，说到底也是平头老百姓一个。要不是孟胡子相中了咱们村，想要在这村里试试水，这村干部当得也没啥劲儿，就是胡干罢了。我问孟胡子怎么就相中了咱们村，她嘎嘎笑道，这也有个典故哩。

已经是两年前的事儿了，原来和村委会前的大槐树有关。村人说这树是"五搂粗，八百年"，都叫老祖槐。她说孟胡子那天进村私访，远远地瞧见了老祖槐，就有些纳闷，寻思着现下好多村里都已没了这样大的树，都早早地伐卖了事，这棵树怎么还能留着。问村民们，村民们七嘴八舌说咋会没人打这树的主意呢？是大英不让动。他就去到村委会找大英，问她这树，树字刚出口，大英便炸雷似的回说：不卖！他逗她，问她为啥不卖，她说：这是祖宗，你家卖祖宗啊？及至和孟胡子熟了些，又说起这事，她说，啥人都往城里跑，男男女女青壮年，生出小的老人儿去带，反正是，胳膊腿儿全的，能动弹的，有办法的，都往城里跑。没长脚的物事呢，也被人拐带着往城里跑。好粮好面好果子，往城里跑也就算了，反正也是年年生年年长的。可这几百年的祖宗树也得冲着钱往城里挪？我就是不服这个气，只要我做一天主，我就得叫它留着！大英的眉梢眼角都是得意：谁知道这话对了孟胡子的脾气！我跟孟胡子也算是不打不相识，打了才认识！

饭后离了大英家，我和老原慢吞吞地往回走。许是吃得太饱了，越走越乏力，慵懒得简直迈不动步子，被老原强拽着到关帝庙门口看了一眼，到底也没进去，就挣扎着回到"老原家"，倒在了厢房隔间的床上，连灰都没顾得上掸掸就覆上被子。只想着能舒展舒展筋骨就好。可是躺着躺着，居然睡了一小觉。

我决定过来住。马上。

11. 敬仓神

回到象城歇了口气，大致捋了捋，要做的事儿还不少。先是整理行李，越整理头绪越多：厚薄衣服，内衣内裤，平底鞋，运动鞋，棉拖，凉拖，洗发水，沐浴露，牙膏，牙刷，毛巾，浴巾，搓澡巾，自用的烧水壶，茶杯，碗筷调羹，还有笔记本电脑和它的周边：支架、台灯和插电板，晚上总要翻几页书的，还需得带些书。第二天大大地逛了一趟超市，足足地添买了一番。也需得给车做一下保养，又跑一趟银行取了些现金，路过药店也觉得该采购一通，便把风油精、创可贴、感冒冲剂、芦荟片等挑了一大袋子。店员道：看您这阵势，一定是要出国吧。

忙了一天。晚上给大英打了个电话，礼貌性地问她需不需要带点儿什么，也有报备的意思，大英说啥也不用带。又大声用普通话道：宝水欢迎恁！那口气，好像宝水是北京似的。

第二天半下午出发，到宝水村已经是五点多。刚把车停好，大英的手机就打过来说，我听见车响就知道是你。来照个面儿吧，我在村委会呢。便走到村委会，大英正在锁门。那些个瓷砖已经清理干净，变成了精修过的清水砖面。大英问吃饭了没，我谎说吃了。她又问，吃的啥？喝油茶了没？我问为啥要喝油茶，她说正月十九是小天仓呀，晚上这一顿得喝油茶，敬仓神哩。看我仍蒙在那里，就笑说，还是农村长大哩，都不知道个这。走吧，跟我去家喝。我推辞着，她拉住我说不去东掌，去俺鹏程家，就在眼前头，迈开腿就到。

原来鹏程家就在中掌，学校西隔壁的北数第二户。第一户的人家临街开着小超市，一个年轻媳妇穿着大红羽绒服正在门口理货，笑盈盈地打了招呼，大英介绍说叫秀梅，是咱村的妇女主任，秀梅正想说什么，大英搂着我对她道，先去吃饭。饭不能等话能等。青萍不是住个一两天，以后有日子扯。

鹏程貌肖光辉，细高挑的个儿，肤色黑黄，话不多，可说一句是一句，没废话，一看就是个心里有数的。他的媳妇雪梅却是粉白皮，珠圆玉润的中等身量，两个人站在一起，颇有一种反差萌。他家堂屋也是两层小楼，却没有贴瓷砖，净面白墙。我问是不是把瓷砖敲了，鹏程说压根儿就没贴。一来省钱，二来媳妇不叫贴，说这就好看。听我赞，雪梅莞尔一笑，去盛油茶。给我盛了个满碗，大英却只叫给她盛个碗底，说一会儿回去还要做，免不了还要再喝。这意思就是专陪我来。我便三口两口喝完，告辞出去。虽然小两口笑盈盈和颜悦色，可初来乍到就这么上门来蹭饭，多少有些尴尬。

出门来，大英笑我脸皮薄。我开玩笑道，装的，熟了你就知道啦。这玩笑她显然很喜欢，大笑着拍了拍我的肩膀，又问我，这几天有啥安排没有？我说，我的安排就是听你安排。她笑道，去年县领导来村里指导工作时，孟胡子承许了说要弄个啥村史馆，他说值当整，我拖着没动势。多少硬扎事儿都忙不过来，哪里顾得上这些个虚头巴脑。一开年上头就又放信儿说过些天县领导还要来。乡里也不给批钱，况且还得个文化人儿来弄。咱村里的文化人儿就一个小曹，还整天慌着往山下跑，扭屁股掉腰的靠不牢。这又下山了好几天，也不知啥时回。你把这事思谋思谋？我谦让了几句，只好勉强道，你容我想想。

回到"正月"，我在朝里的那间安顿下来，冲了一碗麦片，吃了几块饼干，算是正式打发了晚饭。又微信告诉了老原一声。他回道：好。你先去，我过几天也回。

出门再看，余晖已尽。周围的山林已经有深深浅浅浓浓淡淡的靛蓝。没有路灯，只有家家户户露出的微光，映衬出暖调暮色。也不敢走远，便又到了村委会门口，这块地方并不宽展，此时却有了些空旷意味。

在老祖槐树下看了好一会儿。我爬的最早的树就是槐树，自家院子里就有一棵。爬它只在五月，因上面有槐花。"槐花香，好嘴尝。"奶奶一说这话，就预兆着她想要开始蒸槐花了。常常等不及她老人家慢工出细活，我只管三下两下蹿爬到树上，用手捋着槐花，一把一把地吃。柔嫩的花瓣就被我这么粗粗糙糙地吞到了肚子里。槐花的香并不顺溜，刚入口时是轻微的涩，然后才会泛起淡淡的甜。这甜是个慢性子，来得不烈，走得不急，我从树上下来好一会儿，用舌尖儿舔一圈儿唇，还有余味儿。

张开胳膊趴到槐树上，真粗。树皮微凉。一疙瘩一疙瘩的突起，像脚蹬子，引诱着我往上爬。小时候的我爬树是把好手。现在还能爬么？有多少年都没有爬过了，这老胳膊老腿。

鞋是耐克跑鞋，轻便，把滑。左右看看，没一个人影儿。我抬起左脚，搭上一个树疙瘩，往上提劲儿，再把右脚搭上另一个树疙瘩，两手一高一低抱住树，涌动身体，一下，一下，终于够住了最低的枝丫，再提一把大劲儿，上到树上。

稍微高了这么一点儿，看到眼里的景致也没什么不一样。不一样的是我。谁能想到我会在这夜里爬到这棵树上呢，类似于发疯。我想象着另一个人，他远远地看见这树，看见夜色中树杈上黑黑的蠕动的一团，他会以为这是什么？

手机铃响，在这山村的夜里，格外扎耳。

是叔叔。

我稳住身体，按下了接听键。

吃了没？

吃了。你嘞？——我从没跟叔叔乃至福田庄的任何人称呼过"您"，予城土话区分不出"你"和"您"。

吃了。

吃的啥？

还能吃啥，今儿小天仓呢，喝油茶。

婶婶呢？

拖地哩。啥时候回来？

再过些天。

清明肯定得回吧？

还早呢。

清明咋也得回吧？

回回回。

……

不过是这些家常话。类似于村里人路过我家门口，看见我和奶奶在那里坐着，就会问：歇着呢？奶奶就答：歇着呢。我和奶奶在十字口买豆腐，路过的人也会打招呼：买豆腐呢？奶奶就答：买豆腐呢。当然，奶奶也会这么和人寒暄。幼时的我对此很不屑。问她说这些话有啥意思，都是废话。她说，虽没意思，却也不是废话。逢人见面总得说点儿啥吧。不说不中？不中。说了就没事，不说就有事。

这话的核心我直到很多年后才能触摸到：貌似平淡无奇的家常话，所意味的其实是一种重要的稳定性。要是两人见面连这些话都不说，那彼此的关系一定存在着某种微妙或危险。

叔叔咳嗽了两声。肯定是又要说老宅子的事。

你立马再问问坤，赶紧把翻盖老宅的事说个定准。我这边把别的啥都给备好，就等开工。可不能再拖了。要是拖黄了，咱家可是既丢财又丢人，败兴透顶。

哪有恁严重！

咋不严重？那账敢算？放着现成的钱不挣，人家可不会夸咱大方，只会笑话说咱一家子脑子不够数，那可不是丢财又丢人?!甭说了，这事说啥也得听叔的。

挂断电话，小心翼翼地下了树，回屋。洗漱完毕，上了床。关了灯的屋子里蓦然黑了。黑的一刹那，是分外的黑，简直是伸手不见五指。一会儿之后，那一抹浓黑却如化开了的水墨似的，层层叠叠地丰富起来。窗外的树影落到窗帘上的黑，窗帘上的褶皱里摇摇曳曳的黑，桌椅的轮廓有棱有角的黑……睡不着。想起"天仓"，便上网搜了搜。有大天仓和小天仓之说，大天仓是正月二十五，这个倒是一致的。小天仓有的地方是正月十九，有的则是正月二十。名号用字也不一样，有的叫填仓，有的叫添仓。都好。又有些纳闷。叔叔晚饭也是油茶，以此看来福田庄肯定也有这习俗，可我怎么就不记得了呢？虽说不是什么重要的大节，那也应该记得的。我怎么就把它忘了呢？

卫生间上了几个回合，还是睡不着。脑子里既乱又空。看一眼手机，已是凌晨四点。有些日子没和母亲联系了，干脆给她打个微信电话。温哥华和国内时差十五个小时，这会儿该是那儿的午饭点，一想到他们正在吃昨天的午饭，我就觉得脑子里有一块地方补不上来。

电话通了，那边果然传来一片叽叽喳喳的响动，俨然正吃着饭。小侄女正在评说："这紫菜蛋花汤，怎么能跟胡辣汤比？"可真是河南种子。郝地也在。这臭丫头有口福，因为上了UBC，见天都能在舅舅家蹭上姥姥做的饭。

先挨次跟孩子们聊了一遍，方跟母亲正经说话。问她这两天在忙啥，她说正忙着种菜。气候好啊，空气好啊，特别适合种菜。我说我也要学种菜啦。就汇报了来到宝水的事。我的失眠症她从不知道，内退也没跟她提过，只说来这里是有工作任务，宝水是省级美丽乡村，报社让我来做个深度采访。工作这块招牌对母亲一向有效。她沉默片刻，便叮嘱我好吃好喝注意安全，我嗯嗯应答，对着空气做俯首帖耳状。末了，她终还是没有忍住，怨怼道，啥美丽乡村？那能有多美丽？再美丽也是农村！你还没受够呀。

不能任凭她吐槽下去，马上转移话题。我便说了老宅子的事，她果然如我所料道：你跟坤商量去，不是早就跟你交代过了？这些事我都不管。我说，那可不成。我说了您可以不管，但要是不说就会落个不报之罪。这个道理我还是懂的。母亲在那边扑哧一声笑了。

挂断后再给坤打，他正开着车，于是长话短说。他开口就说亏得没加叔叔微信，不然他能催死我。我说就赶快咬个牙印吧。他说实在是没兴趣，不过看来叔叔是铁了心的，那就盖呗。我全权委托给你，需要多少钱我就打多少钱不就行了。我说听听你这口气，好像你跟福田庄，跟老家，也就是这点儿关系。他说就这点儿关系我也觉得奇怪得很呢。远在温哥华，还得被迫翻盖福田庄的老宅子，亲爱的姐姐你懂的，你说是不是很荒诞？我愣怔了一下，又含糊了几句，便挂断手机。

已经是五点，窗外仍黑漆着。闭上眼睛，仿佛浮身于一片巨大的蒙昧中。坤说我懂的。我怎么就懂呢？又能懂什么呢？

12. 悠

一晃十来天过去，便混熟了一些脸。毕竟是个小村子，虽然山很大。不，这么说似乎也不对。再大的山，到底也是不会动的，是有个定数的。人呢，却是到处游走的人，两条腿画出的圈越来越大，倒也是能轻易大过一座山的。

今早照例散步，朝着西掌走。散步的地方也没什么更多的选项，无非是朝着西掌或东掌走一圈，相较而言，去西掌走的次数要多一些，因人家多。城里人多，就总想着避人。这里山空地旷，见着人家反而觉得亲了。本着不走回头路的基本原则，出门后便向左拐，就是村医徐世厚家，徐世厚人称徐先儿，他两儿一女，女儿在深圳，大儿子在上海，听他甜蜜地抱怨过，说都是高管，工资也真高。老打钱回来，村里有啥花处？还不是在卡上白搁着。小儿子在予城，日子过得也好，常回村看二老。过了徐家就是赵先儿的老宅，赵先儿和徐先儿齐名，在村里算是文化高层。这老宅分给了长子赵顺。小儿子赵和的房子在东掌，房子虽新，位置偏些。赵顺常年在外忙大事，赵先儿跟老伴儿就住在这老宅里，他老伴儿中过风，半个身子不听使唤，女儿赵平两年前离了婚，便回娘家伺候着。过了他家再走几步，就是层层的梯田。顺着梯田的小路慢慢上行十来分钟，就能爬上西掌坡上的半高处。有点儿喘，便站一会儿。居高临下，能清晰地看见几家的房顶。有平房顶，有彩钢顶，也有瓦房顶。平房顶最实用，能晾晒。彩钢顶最时髦，艳丽刺目。我还是喜欢瓦房顶，一弯一弯的线条在阳光下，瓦瓦如画。这些天也弄明白了村里人为什么那么爱用花瓷砖，说到底还是因为没钱。瓷砖尾货样数多且便宜，便都各色买各色贴，花花绿绿地配到一起，兴啥啥不丑，就成了潮流一种。

有点儿后悔没带塑料水壶。既然爬到了这里，该打一壶泉水的。西掌的泉眼有好几个，只封了两个。把泉眼用石头圈成一个半圆的凹坑，这里叫"封"。

就水来说，宝水村还真是名不虚传。依赵先儿的说法，自东掌到西掌的山势是东北西南走向，从空中俯瞰就是一条龙，东掌是龙头，西掌是龙尾，中掌是龙腰。龙头、龙腰和龙尾都有泉，只是泉眼大小不一。龙腰的水最少，可以忽略不计。龙尾的泉眼要多一些，出水不大，水质却更好，比龙头的还要清甜，用它泡出来的茶味道要更胜一筹。最大的那眼就在龙头处，常年涌水，聚在一个元宝形的天然石坑里，随取随有，不涸不溢，人称宝水泉，宝水村名也因它而得。关帝庙、龙王庙、娘娘庙等也都聚在宝水泉附近。关帝庙颇有些讲究。先是一面影壁，虽不大，上面刻的石雕却称得上精美，有团寿，有蝙蝠，有二龙戏珠，还有鲤鱼跳龙门。山门上镶着"万世忠表"的木匾。庙内只是个一进小院，却也齐齐整整。正殿三间，正中自然是关帝圣君，左右是周昌关平，墙上还有过五关斩六将、三英战吕布等彩绘。正殿对面即大门上搭着小戏楼。东西配殿上是看楼，类似于大戏院的包厢。正殿廊厦还立着一块石碑，用玻璃罩着，看落款是雍正六年，算起来也有近三百年。字迹很漫漶，勉强认出来一些，有好几处都提到了晋商。想来也是，村一级的关帝庙能有这等出挑，必定是和晋商过白陉有密切渊源。翻山越岭，林深路长，想要平安求财自然少不了请关老爷保佑。

龙王庙不大，也有一番典故。按宝水的说法，这是关老爷青龙偃月刀上的那条青龙。有一年天旱成灾，久不见雨，村里族长遍寻无计，就去求告关老爷，请他想想办法。关老爷受着香火，听着求告，因没有降雨权限，也是干着急。急着急着急中生智，朝着自己的刀问：青龙何在？青龙早已经有了灵气，只是一味含蓄低调地忠心事主，不曾显形，听到召唤便赶紧从刀上下来施展本事，普降甘霖解了旱灾。雨后村里人便来谢神，关老爷不愿贪功，便给村里人托梦讲明了原委，指示村里另建龙王庙供奉青龙，说龙形附在周边一块石头上。翌日村里人再去庙里拜，果然发现青龙偃月刀上已经没了青龙，也果然在周边找到了一块龙形石，便建了这龙王庙。所以，这龙王庙其实是关帝庙开出的分公司？娘娘庙倒没有什么特别的典故，据说是求婚姻和子嗣很灵验，有许多例证。还有一句口头禅像是和龙王庙做的联名广告：娘娘庙里求良缘，青龙头下吃好泉。

到处都是核桃树。我已经能分出了哪些能结笨核桃，哪些能结薄皮核桃。"桃三杏四梨五年，枣树当年就换钱，想吃核桃十八年。"薄皮核桃种在田里，比笨核桃成果子快，两三年就能吃到。笨核桃野长在坡上，结的核桃小，却比薄皮核桃香。它又分夹仁和不夹仁两种，夹仁的更小，也更香。也知道了什么地是保墒的口粮地，什么地是望天收的薄田。梯田块头大小不一，小的多，大的少。小的他们说是掌中宝，大的他们说是宽缓。珍爱之情溢于言表。垒梯田的石头颜色深深浅浅，大致是土黄、灰白、青黑三种，证明着石头们之间的代际。万物都有表情，表情上都有历史，石头也一样。土黄的年轻，青黑的年老，灰白的算是中年石头，明暗参差间隔排列，好看得如同专业设计师的图纸，也意味着一代代人的持续劳作。山中偶尔有大雨，雨水聚成山洪或泥石流，都会把这些砌石冲散，需得再去修补。无论是大集体时期还是之后的分田到户，只要到农闲，修补梯田都是一项巩固水土的例行农事。

顺着田垄上几道慢坡，下几道慢坡，便到了西掌地界的西边沿儿，再往回折返。走也不白走，常常不空手。照此地规矩，有些东西若是被扔到了大门外，就是不要的。若觉得有用我便捡一些。今天的收获是一个破黑瓦罐，好在这瓦罐还余了一只耳朵，能妥妥地拎着。可以插一丛干麦穗或秋芦苇，再或是一根条形别致的树枝也适宜。也可在罐底钻个孔，种点儿指甲草，这花泼皮，从初夏能开到深秋，还能让我染大半年的指甲。

地老师悠着呢。张大包寒暄。他们把散步叫悠。其实也不仅是散步，好像只要是闲耍着的，无所事事的状态，都可以叫悠。他正坐在门口的石头上，手机里是嘻嘻哈哈却又风格杂芜的音乐片段，一听就是抖音。他是西掌的组长，西掌第一户就是他家，日子在村里算是挑尖儿的。年轻时当泥水匠，后来自己组了个工程队，常年在十里八乡包工程，人便称张大包。前几年攒够了钱，就在怀川县城买了商品房。房子早就装修停当，却也只能空着。本是想带着母亲去住的，因他母亲住不惯，说在县城没亲熟的人，也没可干的事。原话是：整天坐那儿愁眉瞪眼。他说自己做工程也习惯了在老家周边，最远也不过是到镇上。手里的这点儿本事还是得在老家方才能耍弄得开。三里不同音，十里不同俗。盖房子的讲究也不一样，何况还有平原和山区之分呢。城里的房子咋办？也只好等儿子哪天打工打够了回来结婚。要是孩子不愿意回来呢？对这个问题他回答得倒也干脆：打断他的腿。

如今他们也就只好陪着母亲守在村里。两年前，孟胡子自接了村里的乡建项目后就动员村民修房，都没动静。因他殷实宽裕，便和大英一起反复劝他带个头儿，把老宅好好修一修。说上面对村里有考虑，村里一定会越来越好，他在西掌既是经济实力第一号也是政治地位第一号，怎么也应该带这个头儿。那时乡里还给了政策，前十名动工的家户都有补贴，一平方补贴一百三，上限是一百平方，算下来能给掏一万三。前提是必须和孟胡子商量，得按照孟胡子的想法来。村里和孟胡子有协议，他不验收签字，你别想拿到钱。他原本犹豫得很，可被大英和孟胡子狠劝着，就意意思思地动起了工，一动工就后了悔，因孟胡子不好商量。墙面贴的花瓷砖，孟胡子不让留。院子里铺得平平整整的水泥地面，孟胡子又让凿毛了铺上大青砖。他的房子在村里原本算是一等一的好，当初盖时因自己是行家，一砖一瓦就格外费心思，便越修越心疼，越修越磨叽。我第一次进村时碰到大英吵他，就是因为这个。这些天，眼看着他家围墙拆掉，扎成了一排篱笆，贴着好瓷砖的高门楼换成了小木楼。主屋青砖墙小灰瓦，铝合金窗户外都镶上了原木色窗棂。看来到底还是乖乖听了话。

咋又捡破烂呢？又往里种花草呀？我笑着点头。那该买新的呀，逢五逢十后河都有集，集上啥好花盆没有？你也不差那两钱儿。怪不得老话说哩，富人夹，穷人撒呀。

说话间，我已经走了过去。挨着的就是九奶家，小小巧巧的三间头院子，全是石头房。堂屋略高些，两边厢房略低些。是原汁原味的木门木窗木门楼，和张大包家新崭崭的一套比衬着，倒也相映成趣。老安媳妇正在院子里晒被子，满脸笑意地打了招呼。问她，九奶呢？她说在屋里歇着呢。又问，老安呢？她说大英安排的差事，去黑岩给人家办酒席去啦。

九奶家过去，挨着的两座院落就都是会计张有富家的。一座是他老宅，前几年租出去过，原订租期十年，五年一续。租房子的王老板是予城人，把宅子做成了民宿，又是老船木又是雕花砖，很是下功夫装修了一番。店名本是"王叔院子"，却不知什么缘故经营了不到两年就撤了手，把房子又还给了张有富，现在门头上便抠去了俩字，只剩下了"院子"。挨着的宅子原本是老安家的，不知怎的却卖给了张有富，如今他们寄住在了九奶家，却是张有富两口住在这里。

再错过去两户就是曹建业家，他正在门口平整地面，旁边还摆放着水泥袋子，应该是想要硬化一下。曹建华在帮忙。仿照着大英，我也把这堂兄弟俩叫成大小曹。小曹是予城师专毕业，还没结婚。大曹敦敦实实，浓眉大眼，小曹高高挑挑，细眉细眼。这两人不仅样貌没有一点儿相像，处世风格也大相径庭。有一次，我在大曹门口看到一个破笊篱，破是破，却是荆条编的，昔时精美的造型依稀可见。便问他是否还有用，他立马警惕道，咋能没用，万物有用。立马就把荆筐拎回了院子。我跟大英说了这事，大英笑道，这是他的做派。他一向是抠屁股嘬指头的，屙颗豆还要涮涮吃哩。不过编东西倒真是巧，算是承接了祖传手艺。他爷爷辈儿就是编荆好手，早年间靠这手艺能养活全家。"编筐窝篓，能养十口。"因为能赚钱，自家反而用得很吝惜，能用柳编的就不用荆编。"卖盐的喝淡汤，纺织娘缺衣裳，荆编匠用柳筐。"柳条虽不禁使，却比荆条容易得，材料贱，成本低。他爷在时上门订货的排大队，到了集上有多少卖多少，从没有余剩过。到他爹时这些东西的行情就见天凉了，到他这儿就成了个摆设。都说艺不压身辈辈营生，谁能想到这手艺就没用了呢。

地老师您坐会儿？小曹笑盈盈地站起来道。我便站住，问大曹，你整出这么一块地，能当停车场用了，回头可得买个好车。大曹道，恁这一开腔就知道是大城市来的。咱就是有停好车的地方，可哪有买好车的钱呢。趁着这两天闲，把这地方拾掇出来，总归有用。哪怕晒点儿粮食哩。

不知道从何时何人起的，村里叫我老师的越来越多。这个原本只在城里流行泛滥的客气称谓，如今竟也传染进了村。赵先儿说这可是一种待遇。三人行必有我师，合圣人言，有讲究呢。不过这讲究显然只针对外人。他们之间还是叔伯娘婶，哥嫂姐妹，该怎么叫还怎么叫。

再过去就是七成家。七成这个名，我也疑惑过。大英说，他娘怀他八个月就生了。虽说是八个月，却得叫七成。俗话说七成八不成么，就不能叫八成。上头俩姐，就这一个儿子，娇得很。我在他家门口小坐了一会儿，是歇息的意思，也是有点儿想等着他媳妇香梅出来能搭个话。到底没等着，也便罢了。

虽然只在秀梅的小超市见过一面，我也能断定，这满村的年轻女人里，她是第一等的好看。其实清眉淡目的，初看不惊，再看却让人眼神难移，有淡极生艳的韵味。那天听秀梅介绍过我，她只拿清凌凌的眼睛对我上下打量了一遍，抿嘴一笑，顿时释放出一朵摄人的妖媚风情。待她走远了，秀梅笑道，你要是个男的，这么死盯着人家看，叫七成知道了，她今天肯定又得挨打。我奇道，为啥？秀梅叹道，不为个啥都会挨打。七成这个人，有事没事都拿她练手。打扮得好了说太招惹，打。打扮得不好了说丢他的人，打。他领着过街，搭话的人多了，打。把她留在家里，有男人去家里串门了，还打。我说，这么好看的媳妇还舍得打，什么道理。秀梅笑道，可不就是因为好看?! 她要是不好看，还落不着这么多打呢。

就没人劝劝？咋没人劝。劝了也白劝。咱们也只能开解说，打是亲
骂是爱，可能心头肉就是这待遇吧。不是心头肉，也没那个邪劲
儿。省把子力气还暖暖肚呢。这话听着不阴不阳的，我道，你家峻
山要是给你这待遇，你要不要？秀梅眼珠子转了一圈，笑道，我把
棍儿递他手里，你看他敢不敢？软地好起土，硬地好打墙。各过一
家日子，各说一家事呀。我说，你不还是妇女主任呢？秀梅推了我
一把，撒娇道，姐呀，那算个啥正经帽儿，你还拿它压我一道哩。
人家两口子的事，只要没犯上人命关天，那就是内部矛盾。就是大
英也给人家理不清断不明，你当我是个啥哩。

13. 长客不是客

青萍姐——

远远地，就看见了秀梅。她家把着学校左手，老原家把着学校
右手，用她的话说，咱两家就是哼哈二将。她本就嗓门大，喊起来
更像自带扩音器。村里人的嗓门似乎一个比一个比赛着大。后来我
发现这很有必要：既证明着身体好，也显得热闹敞亮，喊叫个人也
方便，吵架时也能痛痛快快的，总之好处很多，嗓门小在这里就显
得鬼鬼祟祟病病歪歪阴阳怪气，嗓门大似乎是必须的，好处很多。
这些天我也练习着让嗓门大一些。

我便走过去。她在宅基上盖了一圈两层楼，严严地合围着。虽
都是新房，却没贴瓷砖，一律青砖墙小灰瓦，窗户上是实木窗棂。
一层主屋是自家住，两边厢房是厨房卫生间仓库等杂用，临街的

这排一层左边一间留成了大门过道，另两间是超市店面，地上铺着灰红杂陈的旧砖。超市门口的两片门帘撩了起来，她守坐着一个炭盆，两手飞花似的叠着金银元宝。我说现在就开始备这个了？清明还早吧。她说早备不慌。正月正，清明清，转眼就是。老祖宗们要是托梦，咱也应对得理直气壮不是。

炭盆里黑的炭，白的灰，红雪雪的火光暖意灼人。我坐下，也叠起来。秀梅道，你手怪熟。我说是童子功。问她这房子准备干民宿还是餐饮。她说，看情况吧。床铺也备着，桌席也备着，啥划算就干啥。问她啥时候开张。她说，眼下这寡淡的，就是开张了能有一个半个人？不过是挑日子应了个好儿罢了。姐，到那天你可要来热闹热闹呀。我笑。这自然得应承。老家土话里，办大事定的日子都叫"好儿"，即书面语的吉日。问她店名呢？她说孟胡子起了个"山明水秀"。我说这个好。有你们峻山的山，还有你秀梅的秀，这两个字把着两头，安安实实地护着家。秀梅道，姐到底是好文化，一言打在七寸上。这满村的人，谁问我不得解析半天。姐，你这水平可真不瓤，不愧是报社出身。又问，姐，恁好的单位，你还恁年轻，咋就早早退休了，那不得少拿钱？我说少就少呗，落个自在。她吞儿一笑说，谁跟钱有仇哪，堤内损失堤外补。你在这儿给原哥主事儿，他不得给你开出来好一份工资？有多少？我说，这个还真没说。他一定不会少给你。她笃定结论。我笑。这张嘴姐不离口，用她自己的话说，比巧克力还甜。她一刻不闲，还在连环八卦问：姐，听说我姐夫不在了？啥时候不在了？为啥不在了？迎着她的热切眼神，本想敷衍过去，又想若是正面堵住，倒也省得她以后再扯姐夫的话，便道：这事儿不想提。以后别问了。

她僵了一下，很有礼貌地说了一声不好意思，口里却兀自喋喋不休，姐，你说原哥本事多大，你怎洋气的一个大城市人，他硬是把你给哄到咱这小山村。听说他跟那口子离了？你见过她没有？好看不好看？孩子多大了？我叠着元宝，只闭口不答。她终于消停下来，气氛抵达预料中的适度尴尬。我正想起身，突然，她欢乍乍地朝远处喊了一声：孟哥——

哎——一个男声应道，调不高，拉出一线悠柔的长音，有点儿开玩笑的意思。人也往这边走着。跟音儿不匹配的是他的胡子，典型的络腮胡子，上唇下巴两颊鬓角全都是。眉毛也很浓，眯眯的细长眼睛，中等个子，说是四十多岁或五十多岁都相宜。毋庸置疑是孟胡子。他拎着一个灰不沓沓的大布袋子。待他走到跟前，秀梅满脸是花儿地问，孟哥这是又要给大家伙儿买零嘴儿了？他说是啊，天天一屋子串门儿的人，老的老，小的小，不备点儿糖烟瓜子怎么过得去。秀梅道：这回可在家里住够了。他道：瞧你说的，宝水不是家？

这期间我和孟胡子的眼神已经短兵相接了几次，趁着他们呵呵笑着的空儿，我先伸出手，做了自我介绍。他说，回来路上就听说了你。我说一到这就也听说了你。贵姓？地。哪个地？第一第二的第？土地的地。哦——孟胡子又拉出一个悠长的音儿，这个姓少见，好姓。又说，买东西就来秀梅这里，她东西有点儿贵，可是不假。秀梅喜得眉毛都要飞了出来，说贵人识贵物，就是这个理呀。又对孟胡子说，原哥请了青萍姐来管店，要成咱村长客哩。孟胡子道，长客不是客，就当自家过。秀梅笑道，这话可没错。孟哥就是例，这两年下来，谁不把你当这村里人。青萍姐，你也是这呀。

待秀梅招呼孟胡子进了店，我也叠完了手中的这个元宝，起身回老原家。正待要进院子，远远看见豆嫂推着三轮车正打东掌那边来，车斗里蒙着雪白的布。我喊问刚出锅？她说可不，还温温的哩。今儿起的豆筋儿也好，地老师你尝尝？等到了跟前就掀开白布，方铁盘里的豆腐果然还冒着热气。我就捡了一块豆腐和几张豆筋千张。豆嫂说这两天不再做了，多带点儿呗。你那里不是有个大冰箱嘛，放进去妥妥的。我就又捡了几张豆筋千张。她神情古怪地扭捏了一下道，地老师，你那冰箱只要开着，不论装多少东西都费一样的电，是吧？我说是啊。她说那我这儿东西要是放不下了，就去占你地方吧。我说中。

回去后刚把豆腐放好，手机铃响，是老原，问我方才在忙啥，说你还挺能的，这么快就和人民群众打成了一片。我说我本来就在人民群众中嘛。他说以前没怎么看出来，我说那是你的问题，不是我的问题。他笑笑，宠溺地说对对对是我的问题。

这种宠溺目前已经是他对我的常态。按说在他老家给他管着这个小民宿，也算是有工作关系，他这么关心也在情理之中，只是再往里稍一细寻思，就能觉意到有些不正常。起初他只是看我偶尔发个村景的朋友圈就连忙点赞，点完赞再微信私聊几句，后来电话就密起来，几乎是一天一个。几点睡的，几点起的，三餐吃的啥，路上见了谁，扯了什么话，什么都问，我也什么都说。慢慢地，似乎就有了一些些微妙。不过，微妙归微妙，也就是止于微妙。到了这个年纪便已然明白：微妙如同微风，吹一阵便会自行散去，无须多虑。

听我说这些天还没有一个客，他说没客你正好歇着，客人这事儿由不得你。又说本来打算明天要回去的，中午时接了个电话，是食药监管局的伙计，明天中午要去店里吃饭。这是要紧部门，平日里得人家关照得多，人家也不轻易来吃顿饭，务必得招待好。喝酒不能开车，就来不得了，得耽搁一两天。前些年老原遭了一场车祸，被撞得七齐八不整，休养了小一年才算捡了一条囫囵命。自那后他就开悟了似的，不再做江湖生意，入手了一家餐馆，名字叫"原来的味道"，说是图自己呼朋唤友有个据点方便。我自然是没少去吃，家常菜做得很可口，生意很是不错。他说虽是游刃有余，却也得常操心周全。不过也正因为常操心周全，也才能得个游刃有余。各种来路的婆婆都得敬着，敬好了婆婆们，小媳妇的日子才好过。食药监管局更是数一数二的厉害婆婆，得敬上加敬。

我说你啥时候来都行。又说你不来也行，反正也没啥事。他说事儿还是有的。菜单得定下，雇厨师也得商量一下。我说都没客呢雇什么厨师，有我一个看门就够。他说总得准备着，不能现有客现找。我说客少的话我也能凑合做。他立马说，不成。你那手艺，我又不是没尝过。也就是我们这些真自己人才不嫌弃。豫新是不敢嫌弃，我是不能嫌弃。客人们是真金白银花出钱的，人家凭啥不嫌弃呢。

此时应该有笑声的，我却没有发出来。挂断手机，一片茫然。又是豫新。这个老原，生怕我忘了豫新似的，总是要冷不丁地提提豫新。用他提吗？

14. 乱

结婚闲话，豫新说他早就抱过我，在我还穿开裆裤时。几次？他不好意思地笑说只一次。是他母亲硬塞给他的，就那么一会儿，我还尿到了他的身上。此后见到我就躲得远远的。

要是知道你会是我媳妇儿，那肯定见一回抱一回，啥也不嫌弃。

我全然不记得。两三岁时我就被送到了福田庄，一年到头除非生病，很少去象城。直到十二岁那年回来读初中，记忆里才开始有他。两家在一个院里，楼挨着楼，且都是在一楼。他家门栋靠外，我们家出来进去就得路过他家。他母亲没有工作，整天在家里，一心一意忙家务。现在的说法叫全职太太，那时的说法是家庭妇女。她给我看过几张老照片，娘家在解放前也是高门大户。荣耀时很显赫，倒霉时也格外落魄。到什么程度？她母亲犯了心脏病，她借了辆平板车拉到了医院，可多半是因为母亲的阴阳头暴露了身份，好大一会儿没人搭理。豫新父亲本来已经交了班，看到她母亲的情形觉得十分危险，便又冲了回来。她母亲翌年去世，这一年间他们联系密切，认定了彼此，就成了一家。

她做得一手好菜，豫新父亲长年不在家，她的好手艺也只有豫新享用，让我十分垂涎。每每放了学，路过豫新家的厨房窗口，听见她炒菜的响动，我总要放慢脚步，等着她喊我。而她只要看见我，也必会喊我去她家吃饭。我隔着窗户问她做了什么，她便一一报给我听，常常是没等她报完菜名我就奔了进去。

初中高中六年间，我就这么去他家蹭着饭。很快便蹭成了他家的编外一员。也不全是白蹭，偶尔也拎过去一点儿福田庄的特产，无非是田里新下来的花生红薯萝卜白菜，或是当季磨出来的白面玉米面绿豆杂面。蹭着蹭着，就跟豫新熟得不能再熟，见面就一迭声叫他哥。撒娇时叫，耍赖时叫，委屈时叫，开心时更叫。后来他说我叫的声音很嗲，把他的心都叫得酥成了末末渣渣。

豫新那时已是省医学院的学生，因为离家近，也因为体贴母亲——后来他说也因为我——常回家吃饭。一盏灯下，我和豫新对坐，他母亲左右夹菜，欣赏着我们满嘴油光，有一句没一句地逗我，咸不咸？辣不辣？香不香？还想吃啥？住我家吧？给我当闺女吧？有一次，我和母亲在小区的路上碰到她，她拉着我的手不丢，跟母亲说，你家呀，我啥都不眼气，就眼气你这个闺女。母亲说，费气得很。她往身边拉我一把，嫌费气，给我呗。我不嫌费气。中不中？母亲说，中啊，中。她又问我，中不中？我说，中中中，中中中！都笑得挺欢。回到家，母亲怒道，就恁想给人家当闺女？我咋亏着你了？笑得那牙都要掉到了地上。我说你不也笑了么？她说，我笑是我笑，就你不能笑。我笑是假笑，你笑是真笑。还说那一串中中中，中死你吧中。你以为人家真想要你呀，谁稀罕你。我当即跑到豫新家里住了两天。母亲颜面尽失。

后来我去省外读大学，豫新像一枚钉子一样钉在一所学校里读完硕后又读博，那几年间就见得少，寒暑假我回去偶尔也会碰到，只是我的脸皮已经变得有些薄，不好再去厚颜无耻地厮混。再后来医院新盖了家属院，分了南北区，他家南区，我家北区，就见得更少。但凡见面也是因为家中大事：他父亲援藏，在那里突发疾病去世，我陪着父母去他家抚慰。两年后是我父亲车祸突然去世，他陪着母亲来我家抚慰。这场景都没什么话。长久沉默，低声饮泣。

豫新到省医工作时已经是三十出头，我也已经上班一年多，正被老原隔三岔五地安排着一些乱七八糟的相亲。夏末的一个傍晚，我走到楼栋门口，抬眼看见了豫新——后来他说是专候在那里的。他说他母亲做了几道好菜，想我了，让他来叫我。假惺惺地谦让了一下，我便跟着他去了他家。果然是一桌子美味。我们围坐在一起，往昔的一切扑面而来，既意外又自然地回到了过去的时光。饭后，他母亲出门散步，留下了我和豫新。说东说西，就说到了相亲。他突然吭哧起来，说他不想再相亲了。我说那就别相了呗。他说他妈妈一直催逼，我就嘲笑他说谁叫你死读书，不知道找个女同学谈谈恋爱。你谈了？我说没有，所以也正在相呢。他揶揄，还这么小就开始相亲，太性急了吧？我说我妈说女大不金贵，最好早点儿出手。又叹道，相过的这些没什么靠谱的。突然间，他像结巴了似的吐着我我我，我这才觉得他的眼神不对，湿暖如温泉，让我有了片刻的昏眩。两人陷入了冗长的沉默。我说该回家了，起身欲走，他却拦住我，涨红了脸道，咱俩已经相了这么多年，就都别再相别人了吧。你能不能考虑考虑，让这个家也成为你的家。

很久很久之后，一次闲聊里，豫新说，老原对你有两个评价。

啥？

一是，你挺好——玩的。

我有些气。还以为是挺好呢，挺好玩是怎么回事？

二是，你有点儿乱。

我越发气。乱什么乱，我哪里乱了？

豫新拍拍我的脑袋，这里，这里有点儿乱。

你觉得呢？

我觉得，有道理。豫新以他一贯的慢条斯理说，这是有因果关系的，你之所以看着挺好玩，就是因为有点儿乱。

15. 挖茵陈

惊蛰前一天，刚吃完早饭，就听见大英在门口喊，说要去狮子岭上挖茵陈。"正月茵陈二月蒿，三月四月当柴烧"，眼看正月就要过去，这几天日渐暖和，约莫能出来一茬。你去不去？当然去。多少年没干过这事儿了，还有些小兴奋。福田庄的正月末，奶奶也是必要挖茵陈的。说茵陈在正月最金贵，挖回家能当养生药。而所谓的用药法也就是泼水喝，我喝过一回后便坚辞不受。

便拿着花铲子跟着大英出门，寻了一条小路走着，路边尽是枯枝败叶。狮子岭其实是一面向阳的南坡，也是有典故的。说是可早些年有一段，村里人频频伤病，都着了慌，就请有名的风水先儿来看了一番，便看出来狮子岭上也有神灵，应是眼气不过关帝庙、青龙庙和娘娘庙都享用香火，就胡来闹腾。得安抚一下。也不需建庙那么大的动静，逢年表表心意就中。于是就开始了过年耍狮子，让狮子吃彩。果然就得了长久平安。那些年狮子耍得红火，周边各村都会请去玩，不知道吃了多少彩去。但凡出去一趟，烟烟酒酒油条炸糕能挣得好几大篮子呢。

走了不知多久，别说是茵陈，连别的一丝绿影儿都没看见。大英说，甭急，一会儿就啥都有了。走慢些，仔细看，啥都有。果然。蹲下去贴地去瞧，泽蒜已经有了浓密的绿发，很好拔的样子，却是一拔就断。还是得用铲子挖，挖出根部，就能看出下面坠着的洁白的圆蒜头，近闻便是扑鼻而来的一股辛鲜气味。还有山韭菜。从头顶昂立的干韭花能看出是山韭菜。它的根梢也有几丝细绿的新韭正在生长，如手艺精妙的画师画出了几笔，貌似漫不经心，却怎么看怎么舒服。榆树也开了花，小小的暗红的小颗粒，很像是刚打骨朵的小梅花。很多人以为榆钱是榆树的花，其实那是它的果，这才是它的花呢。

然后，就有了越来越多的茵陈。大英止步说这一片是个白蒿窝子，就这儿吧。茵陈棵一米来高，根扎得也深。上面的枯枝硬硬地迎风长着，像是老母亲，根部长出来的就是嫩孩子。我们小心铲出来，拾捡到袋子里。大英嘱咐说也得带点儿老根儿，说徐先儿说过，老根儿最有药性，晒一晒泼水喝，好处多着呢。那便带点儿老根儿。铲了一会儿，居然出了汗，手也扎得疼。便坐着块石头休息，顺便在手机上查茵陈资料。为啥叫茵陈？经冬不死，春时因陈根而生，故名茵陈。

歇了一会儿又挖，一会儿就挖满了两袋子。大英说，看着多，其实虚。当蒸菜吃也不过是一大盘，要是泼水喝那还能顶一阵子。我问她，这是给光辉哥喝呢？她说给娇娇。我道，娇娇好喝这个，口味倒是特别。她的脸色便黯淡下来，道，是我叫她喝的。是个治病偏方。

回去的路上，再看周边，满眼里已经处处都是点滴的绿，许多干枝也渗出了隐隐绿意。不由暗暗感叹，多么奇怪，当视觉的焦点和重心发生变化时，看到的东西居然能和之前如此不同。

16. 吃懒龙

惊蛰那天黄昏时分，老原到了，带了一堆酸奶牛奶瓜子花生之类的吃食，还带了些菜。我已熬好了粥，正在厨房里把菜装盘，听见大英喊，便出门应。她在街里站着，手里端着一个小盆，蒙着一块白布，透着布也能闻到一股面香。她叫我们一会儿去学校。问她啥事，她说今儿是惊蛰么，得吃懒龙。她多做了些，这就给孟胡子送过去，让我们也过去一起吃，又对老原说，顺便跟青萍说说工作。听她这口气，好像我真是个工作人员似的，倒是有些好笑。又问老原去看九奶没有，老原说方才过西掌时去看了，她点头道，老太儿恁亲你，可得记着她。看一回多一回，看一回也少一回呀。

学校也都是砖房。自从实行山区并点撤校后，学校就空了下来。看样子已空了有些年头。房子和村委会的建筑风格差不多，堂屋和厢房都有廊厦，堂屋是两层，每层六间，两间一门，应该是用作教室的。厢房自然就是老师们办公用。孟胡子住在左厢房。只要他在，便川流不息来人，不论昼夜都能听到语声喧哗。若是悄无声息安安静静，不用说那肯定是被拉到人家家里去了。大英说他去"现场指导"，也不知道是怎么指导的。

进去便看见孟胡子的屋里除了大英还有两个男人。年龄大的低壮，黑红的脸膛上有两个大梨涡，盛满了笑，很是有点儿萌。年轻些的中等个子，瘦白一些。大英两厢介绍一番，我方才知道低壮的是杨镇长，另一位是镇政府办王主任。杨镇长对我和老原笑道，早就听说你们啦。咱宝水村魅力真大呀，原老板这回乡创业还回一带一哩，好好好。两人都穿着迷彩服，原来是来检查冬季防火的，顺便把"美丽乡村"的牌子给送了来。听大英说我负责村史馆的事，杨镇长又笑道：前些时县领导还问起来，我心里一直绷着这根弦哩。这事儿交给你，是妥的娘给妥开门——妥到家了。

一屋子人就都笑。懒龙就是把馍卷成一个长条，里面裹着菜，盘在锅里蒸熟。有的地方叫菜蟒。大英拿了两大条分给众人趁热吃，包菜鸡蛋火腿肠剁碎调的馅，香而不腻。几个人你一块我一块你一嘴我一嘴地吃着，大英朝我道，你存心看那些老物事，看见谁家的合适，就跟他们要，就说我说的——对了，九奶家就是头一个，她放东西最安实，回头跟她讨去。我问，东西挺占地方的，要是收上来了搁哪儿？孟胡子朝教室的方向一划拉，说不是都闲着？摆放这些老物事，正合适。我又问怎么给东西估价。大英道，他们用不着的东西，村里废物利用，还给啥钱。不能提这个头儿。还美死他们哩。看我呆在那里，又都笑。孟胡子道，人家用不着的就得白给村里用？大英道，你啥意思？你有钱给？孟胡子道，看把你吓得。我的意思是得有个说法。哪怕给个证呢。一张纸片片也是个说法。大英道，这个中。又缓了一口气对我说，你可不知道，咱村里逢到钱的事那就是遇到了虎狼，能绕且绕，要是直走，那你就等着虎狼上身。咱有多少肉够填吃的？我说那些家伙儿能值几个钱。她冷笑一声说，一件不值几个钱，每家一件呢？家家东西不一样，旧的几个钱？新的几个钱？大的几个钱？小的几个钱？你给我说个谱儿听听？看我愣征着，拍了一下我的肩膀道，傻了吧？就都笑。她又道，在咱村里，好些事咋办都中，就是得绕着钱走。反正谁要跟我提钱，我就是只铁公鸡。孟胡子道，分明是只铁母鸡。就又都笑。我说，既是村史馆，只收一些东西展示恐怕也不行吧。孟胡子道，那肯定还得有点儿别的，历史沿革啦，传统文化啦，风土人情啦，劳动生产啦。无非就这几大块，再配上点儿文字和照片，不就是图文并茂弄个齐全？我说这可是一本书的架构，工作量太大，我顶不住。孟胡子道，我这里存有别家的，回头发给你参考。你可别自谦，就你这底子，那路数一看就会。天下文章一大抄嘛。历史哪有不悠久的，传统哪有不深厚的，风土人情都淳朴，劳动生产都辛苦，都是这。关键一条，你甭往细处琢磨，粗粗几笔写出点儿意思就中。越细越容易叫人挑毛病。看众人都沉默着听他讲，他连忙刹住道，哎呀这是鲁班门前弄大斧，关公门前耍大刀呀。就都笑。

屋子不大，好在也没什么东西，所以也不显得窄怯。一张床，由两张桌子拼成一张大案，上铺着毛毡布，笔墨纸砚一应俱全，另有几本字帖，看来还雅好书法。便就着这个话题聊了几句。他笑道，学美术出身，练字是基本功。如今虽不画画了，字还是要练的。别以为只是个雅好，在这里可实用着呢。

牌子就在桌上放着，便都看那牌子。也不过是个最普通的铜牌子，可在这个灯光不怎么明亮的屋里，此时却是绝对主角。大英上看下看正看反看，还字字句句地念了一遍，喜得眉眼没处搁放。孟胡子笑她说，它比你孙子还漆巴巴呢。大英说，比俺腾腾那还是差些。漆是宝水人常用的形容词，夸什么可爱，都叫漆。一声。说小凳子或小孩子都用漆巴巴的。初听见我也不知道是哪个字，在网上查了查，也没找到能完全合上意思的字，只好往偏里想，或许是绮？又或许是漆？像上了漆一样鲜亮？虽是有点儿牵强，我还是按自己的喜好，就用了漆。

坐床的坐床，坐椅的坐椅，又说起揭牌的事。大英问，要不要搞个啥仪式？领导们定定。孟胡子说，以你的做派，那肯定得搞，包子有肉还不得赶紧摁到褶上。大英道，哎呀，不是给你赔过情了，咋还有气呢。你可别说，这牌子一拿下，还在咱们予城排个头名，满村里谁不说你孟老师厉害，果然是眼高吃大糖。又转头对我和老原解释，恁不知道，去年我就想弄个市里的美丽，孟老师瞧不上，说直接报省里的。为这我还跟他吵了一架。可咱的眼真没有长恁高。站沟说沟，站坡说坡。恁说咱们村又清垃圾又修房的，也整治了这两年，没见着啥实惠的，村里人见天说三道四指东望西，都稳不住神儿。如今好不容易抓住一根大骨头，凭啥不熬一锅鲜汤？给大家伙儿尝个味儿，提个劲儿，咋不该？名利名利，先有名后有利，大名有大利，小名有小利。虽说眼下没有肉，可就是随锅下碗面，不也是碗肉汤面？

就都笑。孟胡子道，听听这嘴，谁能说得过。

就又说到了请领导，杨镇长一脸恳切地对孟胡子道，还得看你的脸气才能有把握请到闵县长呀。孟胡子道，我尽力，一定尽力。又道，咱俩都说，你说你的，我说我的。我是私人身份，你是上下级身份，各有各的礼，不乱。杨镇长道好。

一时懒龙吃毕，杨镇长告辞，众人送出了门。我对大英说这杨镇长看着很不错，说话多和气。大英道，也不敢不和气。他家老根儿就是这乡的，一乡里三千多口人，几十年的日子过下来，谁不认谁。一细打听，转弯儿磨圈儿都是亲戚，他敢跟谁装大样儿？又吞儿一笑，说他有个外号，叫烩面。我问，好吃烩面？她又一笑，是用烩面碗喝酒喝出来的名气。我和老原一起惊叹道：烩面碗喝酒？大英说，咱是没见过，都是这么传。

　　仅有懒龙自是不够，晚饭还是得吃。留大英吃饭，大英说，俺家锅底儿又没掉，不在这里讨嫌。老原拽着孟胡子说喝几杯去，孟胡子说那就搭个菜吧，便端上了一只盖着的碗，问我，豆哥家的咸菜你吃过没，好吃得很呢。我便拈了一根去尝，一入口便是惊艳，说回头也去跟豆嫂买些来。孟胡子道，他家酸菜也好哩，做浆面条得宜。我说进村第一顿就在大英家尝过了，是好。对了，都叫他们豆哥豆嫂的，是因为他们做豆腐，还是因为他们本名就是？孟胡子道，这两个缘故都有。豆哥本名叫豆生，收豆时生的。打他爷爷辈儿起都可会种豆，谁家豆子都没有他家种得好，还做得一手好豆腐。老原道，我看冰箱里塞了一堆豆皮千张，咋买那么多。我说，豆嫂说她家冰箱放不下，借占一下咱们的。孟胡子笑道，要是我没估错，她家的冰箱压根儿就没插电。不信你去瞧瞧。我讪讪道，懒得去瞧。

17. 扯云话

　　老原带的菜有七八样，荤素都有，凉菜装盘，热菜回锅，铺排起来也是一桌像样的小席面。开了一瓶"怀川醉"，他们喝着，我吃着，三个人漫无边际地聊着。这里聊天不叫聊天，叫扯云话。第一次听到"扯云话"，美妙得让我的鸡皮疙瘩都起来了。天马行空，白云苍狗，无主题闲聊可不就是如云一般？还有"扯"这个动词，扯云，啧啧。

几杯下去，老原说起厨师的事。我说不是先定菜单么？老原说这还分啥先后。就是分先后，也是得先定了厨师。要是先定菜单，厨师不会做咋办？我点头说是这个理儿。两人就笑。孟胡子说，你还真容易被说服。咱这宝水村的民宿有啥了不得的菜，做不了的厨师还能叫厨师？被他俩调侃得，我自觉像个傻子，只好不作声，任他们说去。

原来孟胡子的建议人选是老安。就讲起了安家的事。孟胡子说，老安走到这一步，也是本故事。村里就这一户姓安，既小门小姓，还几代单传，老安这一辈也只有一个儿子。好在儿子争气，书读得好，硕士毕业后留在了武汉工作。老安平日里看着木讷，却也是娇养大的，脾气冲，茬子硬，喜欢要人强，可在这村里势单力薄，发作不起，也只能忍，自觉被挤压着，也不知攒了多少气在肚里。儿子在武汉一成家，他就动了离村的心思。打定了主意，谁劝也不听。虽说村里已经有了要"美丽"的动静，可他既没当真也不在意，三下五除二地就把房子低价转给了张有富。张有富是会计，是多会算账的主儿？他有一儿一女，按规矩只能有老宅这一处，难有新地方。前些年儿子在山下镇上落了户，他们两口子去帮忙看孙子，他十天半月回村来拢一回账目，啥都不耽搁。村里开始"美丽"后，王老板闻风来做民宿，他就眼疾手快地把自家老宅租了出去。租完了又碰上老安卖房子，便立马买下来。说既是现成房子，省得再盖。旧是旧了些，可一拾掇，照样住得妥妥的。又和老宅挨着。将来有个山高水低，把这房子留给闺女，两个孩子挨着住，多亲香。做老人的对儿对女也算是一碗水端平。这几条说出来，条条都是圆满。

我问，大英不也只是一个儿子，为啥有两处宅基？孟胡子道，东掌那处是她大伯哥光明的。光明家没人在这里住啦。光明的事你们听说了吧？当年修叠彩路时遇到了大塌方，他爹是支书，冲在最前头，当时就叫砸死了。光明砸成了重伤，还挨了两三年。县里给了笔抚恤金，光明媳妇就带着俩孩儿下山过活，不再回来，这宅基地也不能给外人，自然就成了兄弟家的。我说，听大英讲她和光辉是修路时谈的恋爱，也是那时候？孟胡子说，左右差不多，少说也得有三四十年。四十年整。老原突然说。啥？我和孟胡子异口同声。光明死了四十年整。我和孟胡子一起看着他。他说，我奶奶也是为修那条路死的，就那时候。说完一饮而尽，酒杯咣当一声砸在了桌上。静了片刻，孟胡子说，没听人提起过。老原说，我也不想提。不提了，不提。孟胡子便给老原又斟满，敬过去道，我进村入户调研时就听说了，原家祖辈德行好啊。老原一饮而尽。

一时无话。我便把二人的杯子又斟满，继续问老安的事。孟胡子说，老安两口到武汉跟着儿子过活，没几天就后悔不迭。一家五口挤在一个两居室，虽说是骨肉至亲，却另有一种不好掰扯的憋屈。他原仗着自己这厨艺揽过十里八乡的红白事，能挣一份活钱，可这手艺只能在老家平蹚，想在武汉城讨生活却不易。没有厨师证不说，一方水土一方味，他勺里的咸淡就合不上人家的辙。生意好的小馆子倒是要他，却是得往外掏狠力的，一天下来胳膊都能肿。他年轻时去砍荆条落下过病，试了几天，实在撑不住。就想回来。跟张有富商量再把宅子买回来，张有富怎么会肯，吃到嘴里的肉还能再吐出来不成。老安呢，没宅子也想回来，也要回来，也明白只有回来才能再说宅子的事，否则宅子的事就没有一点儿可能。回来就开始磨缠大英给解决。大英顶得死死的，说要都开这么一个头儿，那都把房子卖一遍？都再批个新宅基？可乡里乡亲的，也不能撵他们走，更不能让睡街。正好九奶需要人照顾，大英说合了一下，就让他们暂且跟着九奶住。张家人也乐得他们来出这个力。孟胡子说，老安两口的心思不难猜，肯定想着给九奶送了终就能落下了她的房子。可这也就是他们自己想想，别人可不这么想。难着呢。

说着说着就又拐回来，孟胡子说，老安空着这手厨艺，总想有个用武之地。你们要说用他，他还能说个不字？老原说，跟他不熟，就这么直接去找？孟胡子道，你且等着，我去点一点他。他来找你，你就好说。又对我说，等试过了菜定下了他，再定菜单。在这山里，该吃啥该喝啥，他是专家。四时应景的东西，哪有他不懂的。我问要不要签个合同，孟胡子喊了一声，你想签呢就签，不想签呢就不签。以我的经验，要是有事呢，签了也是白签。要是没事呢，签了更是白签。我说总之就是一个白签，是吧？他说是。我说，白签我也想签。

又说到工资，孟胡子说，以他了解的行情，三千块就很说得过去。在家门口挣钱嘛，不抛家不舍业不撂荒日子，工资的性价比很高。还跟老原一起将了将大账面的收支。按常规推，五月到十月这半年是旺季，十间客房，每间就按一百块，起码得算上六成入住率，一个月是三万块乘以百分之六十，约莫能收一万七八。吃饭若是简餐，保本略有盈余，忽略不计。如果另点菜，肯定也另有赚头。总之两万左右是该有的。柴米油盐水电气等这些成本和损耗刨出来，五千块钱也就足够。每个月能落一万四五，花三千块用个厨师，松松的还会有万把块结余。当然，要是省下这笔厨师工资，肯定还能多落些。满村里数数，谁家开店舍得单请厨师？可咱原哥不是出手大么，不是心疼人么。

这话是冲着我的，我笑。老原也朝我笑道，万把块咱俩对半分，可还行？我也只有笑。就按每月净挣一万算，落到我俩每个人头上是五千，还只是半年旺季里有，平均到一年里就是每月两千五。这要说是挣工资自然是笑话，可要是退一步说，白吃白住还能治治失眠病，还说什么行不行呢。

这小夜宴，三人吃饭，两人喝酒，也不用劝，也不用敬，夹几筷子菜，碰一碰杯，话随酒来，云话就越扯越远。孟胡子问我，你管豆嫂叫豆嫂，是跟着大英叫的？我嗯。他说我听见你管大英叫嫂子。我说是跟着老原叫的。他说你们倒是会叫，大英在这村里，辈分不低哩。又摇头叹道，农村就是这。拐来拐去的，一村人都是亲戚，都是要按辈分叫的。你满耳朵听去，都是爷奶爹娘姑姨叔婶。再是官家的场合，比如村里开会，也没人叫大英什么村长书记，这么叫的，都是外人。有提名道姓叫的，那一定是长辈叫晚辈，或者是平辈之间互相叫。再或者就是做晚辈的和哪个长辈闹翻了，不再把他当长辈待，明明白白地要造这个反。

问这村里哪家姓大，他说头一个当然是张家。大英就是张家媳妇，你想想。张家人丁最盛，在乡村，人丁旺，门势就强，全中国的村子你查一遍，自古如此。不过宝水还算不错，张家虽然人最多，赵家徐家曹家也都不少。有的靠德行撑着，有的靠钱财撑着，有的靠手艺撑着，都有各自的体面，其他那些小姓，什么安姓、刘姓、李姓，虽都是人单力孤，各派要拉拢人时，却也都是主贵的中间力量。所以就总体的宗族力量来说，谁也不敢太过分，也就不太失衡，这就好多了。我说李姓在全国都是数一数二的大姓，没想到在这里倒成了小姓。孟胡子道，什么大杏小杏都是虚杏，自家树上的才是真杏，不到这千家万户，你就不知道啥是百姓。朝身后指指，你看中掌这几家，能住到这块好位置的，谁没点儿根基？一类是老辈儿留下的红利。像秀梅的爹小曹的爷都是当过村干部的——峻山是上门女婿，你知道吧？看我瞪大了双眼，便笑道，看你跟秀梅扯得恁热乎，还以为你早知道。秀梅爹是仨女无儿，秀梅是老小，就招了女婿进门。峻山老家是山西那边的，条件还不如咱这。兄弟也多，能放他走。你看他多低调。一类是技术在手艺不压身的，像赵先儿和徐先儿在村里都算专家。我说徐世厚是村医，算是技术。赵先儿那也算技术？孟胡子慨然道，那当然算技术！这技术在乡村那可是厉害着呢。他总有一套话，不管准不准，这套话可是叫你往心里照的。说你前路亮，就能叫你高兴。说你前路黑，就能叫你提心。要是再准个几分，在这山沟里，那就是一个不能惹也犯不着惹的活神仙，总是得敬着才踏实。何况他那长子赵顺在外发了大财呢，多有说服力。怎么发的财？听说也可不容易。先是小打小闹卖饮料啥的，后来做服装批发，傍上了一个老板的闺女谈了恋爱，整天跪着表忠心，弄成了事自然就借上了力，成功实现了阶层跨越。论起来，他这跟峻山差不多，实质上也是上门女婿。

便赞他果然对这村知得深透，不愧是专家。又扯起他当年做乡

67

建的缘由，他说当年在省师范学院美术专业学的建筑设计，毕业后去当北漂，朋友介绍了一份工作，是挂在国字号名头下的小城镇改革发展中心下属的乡村什么委员会又下属的一个设计规划院，他所在的是规划院的乡建团队。其实从大牌子分支到最小的牌子那里就没剩几个人。他跟着团队全国各地跑了几年，虽也戴着个项目负责人的帽儿，却没挣着什么钱，项目款最多的村子也才给七八千，还常常是分期付，尾款必打水漂。虽然做得不疼不痒不饥不饱，却把他单干的心思养了起来。后来因为上头的一场机构精简，这个设计规划院被简得散了，他便自己成立了一个纯民间的乡村建设规划院，把孟的谐音嵌了进去，叫梦载乡建院。因着积下的人脉底子，三不五时地也能接些项目。在河北、四川、安徽都做过。

都很成功吧？

他苦笑一声说，在他的意识里，一个项目成功，少说也得九年。三年带建，三年帮建，还有三年观察。一般情况下，头三年带建时上上下下心劲儿足，他搂着抱着扶着走，效果都还不错。难的就是帮建和观察。帮建还在协议期，只是他的作用已经很边缘，主要是根据各方面的输血停止之后村庄自主运行的状态，起点儿力所能及的辅助作用。最后的观察期呢，实际上已彻底结束了和村庄的合同关系，观察只是出于研究目的。所以呢——他又拖出了悠长的腔调——就这个指标去衡量，那些项目，一个成功的都没有啊。都说失败是成功之母，我碰见的可全是后妈。

我笑得被呛了一下。老原安慰他说再坚持坚持，总有一天会认个亲娘，说不定宝水就是。孟胡子笑说，我也这么想，反正在心里是把宝水当亲娘亲的，把之前得来的经验教训都用上了，为了这个亲娘，使上了吃奶的劲儿。前两年是把民居改造和卫生状况当成重点，兼做乡村的社区营造，在这个过程里重新建立村民对集体的认同感，迄今为止效果不错，越来越有模样。如今的重点就是利用好景区的辐射效应，整合好村里的旅游资源，用这根绳引客进村，让条件成熟的人家转型去经营农家乐顺利变现。根扎着，叶长着，眼看着就要开花挂果，你们可不知道我这心整天是怎么揪的。

说起当初怎么相中的宝水村，他说县里让他挑村时他就打定了主意，怀川虽是半山区半平原，平原村却从不考虑。一是平原村的农业条件虽然好，项目空间却不如山村大。山村的自然条件在审美上也容易出效果。二是平原村比山村富庶，做成后的增收幅度也不如山村做成后的能显出高低。三是平原村也不如山村好做成。平原村四通八达，人们见多识广，便也刁钻油滑，心性比山区村复杂。两相比较，总体衡量，山村底子薄人情厚，做成了就是有里儿也有面儿，做不成也好收尾，自是佳选。

平原村怎么就刁钻油滑了？这话我不爱听。孟胡子连忙抽了几下自己的脸，说口误口误，恕罪恕罪。不是刁钻油滑，是玲珑通透。笑了一回，便继续说。山区村可选的也不少，之所以定了宝水，这里的水他自然是相中了，也相中了这里的老树。老祖槐自不用说，此外，百年的柿子树梨树，二三百年的核桃树，三四百年的油松，五六百年的皂角树，在这里都不稀罕。除了水和树，另有顶要紧的一条是他也相中了大英的脾气。这个村子能走到这一步，也是亏了大英的脾气。我问大英是什么脾气，他说，还真不好描画，反正就是典型的能干事儿的村干部的脾气。扑得开，收得住，能应上，能管下，大事明，小事清。我说你这一串表扬，大英耳朵根儿该热了。他笑道，当面可从没说过这么多好话给她，跟她共事就是叮叮咣咣干仗。

正说着，他的手机响了，听他领导长领导短地说了一会儿，挂断后说是闵县长，已是好些日子没见，过几天要抽空来看他。说一千道一万，他能到怀川，能到宝水，最要紧的缘故还是闵县长。他跟闵县长是在中科院一个什么部门召开的乡村环保会议上认识的，他那时刚立门户，为了寻找项目很是热衷于跑会。闵县长那时只是主管农业的常务副县长，不到四十岁，很年轻。两人一聊，闵县长就请他来怀川看看，他随即来了一趟，没定下来做。闵县长却很执着，每年都请他，他也每年都来，两人聊得也越发投机，可是直到前年初闵县长接任了县长，他才下定了决心。闵县长的公示期刚满的第二天，他签下了项目合同。

我说你就等着人家升官么？也太势利眼了吧？孟胡子笑说这个我认，多少有点儿。没办法。开过太多会，见过太多领导，每个领导都说重视新农村建设，都说请我过去看看。可是真请过的人只有三成。这三成里，只请过一次的人又占了两成。剩下的一成里，能坚持每年都请我的，还有几个？我不是个骗钱去的江湖混混，是真想做事，所以也得找到有诚意的领导。这么多年的经验告诉我，想要在基层做成事，村民、村干部和主要上级领导缺一不可，尤其是主要上级领导。对，必须是主要上级领导。闵县长要还是副县长，我就还下不了决心。他当了县长，按常规下一步就能当书记，我前面这六年就能做得有连续性，就能踏实。接着又赞叹闵县长懂行。怎么懂行？一个领导，最懂行的表现就是懂得尊重行家。在场面上，我可以跟你们客气客气，也会说请你们指导指导，实际上你们谁都别指导。你们要是敢指导，我就敢撂挑子。他说签协议时就特意另约了一条：地方政府应在垃圾转运、交通保障、小流域生活污水净化等方面尽力提供政策扶持，但一般情况下对项目的具体经营不进行干涉。我问，这么大权在握，你能担得起所有责任？他狡黠一笑道，咱能担啥责任呢。只要上头不瞎掺和，村里的事就由村干部和村民们做主。我和大英说，我和你们村干部意见不一致，商量过后以你们的意见为准。你们和村民们意见不一致，商量过后以村民们的意见为准。说到底，这村子是谁的村子？还不是村民们的？我说，你既要地方扶持又不要人家干涉，既大权在握又不承担责任，你说得似乎是明明白白，我听着怎么晕晕乎乎的。孟胡子笑道，晕乎就对啦，晕乎里头自有清楚。

不知怎么的又说起秀梅的民宿过些天应"好儿"的事儿来，便问他该怎么随礼。孟胡子道，我可不随。这些年，那么多村子，要是都随礼，那可有的随。第一个村子我老老实实随了礼，随时人家也挺高兴。后来发现随一家就得随百家，要不然就得罪人。他们本村人之间有远近亲疏爱恨情仇，随礼都有高低，可咱这外人不行，尤其是有工作关系的外人，必须一碗水端平。可家家都随碗碗端平也就等于零。打那起我才知道，人际关系这事，有厚有薄才能显得出来，你全加厚了一层，那就等于一点儿也没加，无用功。从此我总结了八个字：感情投入，经济绝缘。到哪个村我都不再随礼。我那儿备有红纸，回头写副贺联就成。老原恍悟道，怪不得你那里还有红纸。还以为你写春联没用完呢。孟胡子道，春联也写，寿联也写，婚联也写，还能写挽联哩。

便又笑了一番。老原说之前他也没在村里随过。我说，不管你们，我得随。毕竟住了这么些日子，打了这么些天交道，都对我不错。尤其是秀梅，整天跟我姐姐妹妹的。老原说，你要是想随咱就随呗，无所谓。不是啥事。随多少？我说得问问大英。老原说这有啥可问的。孟胡子说当然得问。农村的事，我还以为你也懂呢。看来你是懂得粗，青萍才是懂得细哩。

我当即给大英打了电话，大英呵呵笑道，你随多少，她还会争不成？我说，争是不会争，可我整天跟着你屁股后面转，谁不知道我是你的人。这种事，总得都在一条线儿才好。她说，那倒是。一般也就是一百块，意思到了就行。秀梅在班子，没少共事，比寻常要亲近些，就两百吧。

坐至深夜，孟胡子告辞而去后，我和老原又在院子里站了一会儿。抬头看天，是纯净的蓝黑，点缀着碎钻般的星星。

看啥呢？他问。

看无限远。

啥是无限远？

就是让视线往远处看，能看多远就看多远。豫新说过，这对眼睛有好处。

一时无话。想了想，还是问出了口：你奶奶的事，是听谁讲的？

他侧过脸来，在夜色中逼近到我跟前，浓烈的酒气便包围过来：你有脑子没有？除了我父亲讲，谁还能跟我讲？

酒气冲得我有些头大，干脆继续问：你父亲那么多年只上坟不进村，是什么缘故？

他的手突然伸出来，似乎是想要戳我的额头，我偏闪过去。他空了一下，打了个趔趄，嘿嘿地笑了两声，又呵斥道：你还真是没脑子呀！我刚刚说啥来着，不想提！给我记住，以后我不说，你就不要问！

我不再说话，自进厨房去收拾。听得他脚步声轻重不匀地进了"正月"靠外的那间，关门声砰砰响。这么多年来，即便是酒后以兄长的口气教诲，他也带着些戏谑，像方才那么严厉地责训从未有过，还挺新鲜的。品咂了一下，显然不是因为当了我老板所以肆无忌惮，而是更进一层的自家人的情态。好吧，那自然就得原谅他。

又是一夜无眠。感觉他也没睡着。因他睡着了会打呼噜。豫新在时，我们一起去近郊玩，返程路上只要他不开车就会睡着，睡着就会打呼噜。天刚蒙蒙亮，就听见了他起床的声音，然后是上厕所，出门，车响。我只静躺着不动。九点多时他发微信过来，说有事已回象城，清明前再回来。我回道：好。

18. 九奶家

第一次登九奶家的门是大英陪着去的。她说关联着为村史馆要东西，应当应分。要不陪着去，倒显得我是在为公事赔贴私情，说不过去。不是我说——她说，村外头你舞天舞地本事比我大，在这村里，我的腰杆子还是比你硬上几分的。我连声说是是是，你的腰杆子比老祖槐的树干都硬呢。她就憨憨地笑起来。

提了一箱牛奶和一箱蛋糕。九奶正在院子里坐着，闭眼晒太阳。大英唤着她，问她梦见谁啦？她慢慢撑开眼皮，开口道，来就来吧，还掭东西。大英说掭东西是为了要东西，不白掭。上回不是跟恁打过招呼了？要恁的老物件。这青萍算是保管，东西就是过她的手哩。

大英搀她进了屋，安嫂子领我去厢房里看东西。没有改造过的石头房是小窗户，光线不好，有一股陈旧温意。挨一面墙堆放着些积尘落灰的老物件，有不少我都认得，眼生的多半是山里特有的，比如旋柿架。架子不大，看着也简单，安嫂子跟我解说了一番。一头是三根铁刺，用来扎柿子，另一头就是一个摇把。旋柿子时跨坐在条凳上，这头扎上柿子，一手握着旋柿子的刀，紧贴着柿子，另一手摇起摇把，让刀片吃进柿子表层，把皮旋下来。我说这活儿看着不难。安嫂子笑道，上手才知难不难。是个巧活儿。会旋的旋个一净面，不会旋的旋个满脸花。

挨着另一面墙的是几个高高扎起来的粮囤，我上前摸了一下，硬硬的，一股浓郁的小麦气息扑面而来。安嫂子笑道，新粮下来，换出陈粮。年年倒腾一遍。九奶说这是雷打不动备荒年。

都什么年代了，还备荒年。她这做派，可真像我的奶奶。

刚进去堂屋时，光线也很暗，慢慢就亮起来。正中靠墙是长条几，几前是八仙桌，两边各有一把太师椅。右下首是一条宽凳子上铺着条被子，权当做了沙发。被子干干净净，被面上的花是最传统的凤凰牡丹，旧旧的不鲜亮，却也因祛除了喧哗和躁气，呈现出毫无侵略性的沉稳暗弱的美。

九奶招呼我近到跟前。昏暗的眼睛定定地瞧着我，仿佛是第一次看见我。瞳仁中幽光闪烁，有一点儿神秘莫测的巫气。我却不大敢看她。老人的脸越老越相似。这是张和奶奶相似的脸。

这不是根儿家的？她突然道。大英拍掌笑道，恁看这火眼金睛。根儿哩？咋没一起来？回城了。等他再回村，我跟他一起来。嗯一起来，看着欢喜。又问我十几了？十八。怪俊。我无声地笑。大英说，你也别瞎高兴，这个老太儿呀，看谁都是怪俊。还说我俊哩。

在大南坡有亲戚没有？这话是冲着我。刚答过没有，脑子里突然一闪，道，我奶奶娘家是大南坡的。她的眼睛里也闪亮了一下，如幽井微澜。你奶奶叫啥？一瞬间，我有些窒息。是不是叫迎春？我暗暗松了一口气，道，不是叫迎春。大英抢白道，看看这老太儿，恁叫迎春就中了，还得叫人家奶奶跟着叫迎春？

哪有恁强霸。九奶悠悠道，小时候去大南坡姨家走亲戚，姨家对门有个闺女也叫迎春，比我小几天，就叫她小迎春。俺俩可耍得来。这闺女的相貌还怪吸她。

土话里像谁就叫吸谁。我笑了笑，在被子上坐下来，摸了摸，明明是棉布，因为时间的淘洗，手感居然接近于丝绸，却又不像丝绸那么滑溜，也因此比丝绸更可信。是的，不知道为什么，我总觉得丝绸好看是好看的，却是不可信的。我的衣服少有丝绸，仅有的几件也是常在衣橱里空挂着。

如今又兴了。九奶说。

我愣了一下，明白过来，她应该是说这些被面上的花样如今又成了流行。

可不是呢，这叫民族风。有明星还把这穿到了国际电影节呢。

你要相中就拿走。相中啥就拿啥，都给你。

就都笑。大英道，你看老太儿把你给偏心的。又嗔怪，她个外人，咋恁偏她。

外啥，不外。

一时无话。就陷入了沉默。沉默着，沉默着，竟然听到轻微的鼾声。老太太睡着了。

几个人都轻笑。大英示意我走。我们刚起身，老太太开了口：走呀？

哦。您睡吧。

她拄着拐杖非要送，被大英使劲儿拦在门里，我顺嘴夸她的拐杖好，她突然警惕道，这东西是要带到棺材里的，不能给你。大英忙道，不要不要，看把老太儿吓得。

出了门，安嫂子亲热地抓住我的手说以后可得常来，老太儿可悦你了。我说她这是悦老原，捎带着悦我。她笑道，这话也透。凑上前来，贴近我的耳神秘道，我早忖出来了，你道她在西掌口儿那里等谁？那是专等老原哩。老原一回来，她就不咋去等了。大英把她的手拨拉开道，中了中了，就你心底儿清。赶紧回屋，离不了人。正说着，老安进了院子，穿着厚厚的蓝色短款羽绒服，领子里透出一点儿白边儿，像是白衬衣。这穿戴在村里算是讲究的。接着我的眼神，微笑着点了点头，问老原呢，说他这跑来跑去的，辛苦呀。我也点点头。这话很有些客气的，客气里还透着些矜持的殷勤，我便判定，孟胡子已经跟他说了当厨师的事。

又寒暄了两句，我们出了门。大英道，这老安两口有些古怪，是求了你啥事？等我说了原委，便笑道，积极是有目的，落后是没得够。怪不得。我说你这眼力见儿真毒。她道，看了多少年的脸，谁挑一下眉毛我就能瞧出故事。对了，这会儿还早，咱们到村委会去，我把农具这事在喇叭里给你吆喝一下。本想驳她一下，怎么就"给我"吆喝一下，再一想便罢了。

19. 喇叭

如今这广播早就不是喇叭了，只是个黑匣子，可大英还口口声声地叫着喇叭，也很习惯用喇叭。我问过她，现在手机微信群这么流行，你怎么不在微信里说事？她说那是在城里，人人都盯着手机看。你看这村里，老人这么多，整天看手机的有几个？看手机的人肯定能听见喇叭，听喇叭的人可不见得能看手机，不过是使唤使唤嗓咙，又花不着话费，那干啥不用喇叭哩？

她的声音本就亮堂，被这扩音器扩散出来，就更像鞭炮似的：老少爷们，说个事儿。按照孟老师的指示，咱在村里的老学校也布置一个馆，表现一下咱村的历史，需要收点儿东西，主要是农具。知道啥是农具吧？就是咱下地干活儿用的家伙儿，犁啊锄啊都中，扁担箩筐，这都算。你们闲着不用的，挑出个一两件，给青萍说一声就送到老学校的教室里。青萍就是地老师，她现在原根儿家看店，我就托她替咱村领了这样事，人家这也是给咱村做贡献哩。我估摸大家伙儿十有八九都见过她了。突然，她看了我一眼说：青萍，你来跟大家打个招呼。便朝我摆了摆手，示意我上前。

虽是意外，却也推却不得，我只好上前，对着这个黑漆漆的广播匣子，居然还有些紧张。咳了咳嗓子，方才说道：大家好，乡亲们好，我是青萍。刚来村里没几天，请大家多多关照。谢谢！转脸再看大英，她居然在那里无声地笑，这才发现她在打趣我，只是这打趣的方式有些生猛。

她又上前接着说：都听清了吧，东西就照着青萍的脸。这不是大事，家家都有。也不是小事，都出力才中。将来咱可是要把这些个东西挂起来展览哩，过些天客来了，要叫他们当成景儿看哩。他们没见过这些，稀罕看！记真了：要旧哩！要旧哩！旧哩就中！

关了喇叭，大英笑道：真文气。

我也笑笑。摸了下脉搏，跳得有些快。这是我第一次在喇叭里说话。是的，和大英一样，我也习惯把这广播叫作喇叭。喇，叭，这种敞口字多么形象。在幼年的福田庄，喇叭是一种特别威风且神秘的存在。只要耳朵还好用，这就是乡村里谁也躲不掉的声音，是可以在任何时刻入侵到各个角落的声音。里面传出的话似乎都是重要的话，说出的事似乎都是重要的事。谁家孩子考上学了，高中、中专、大专、大学都算，谁家要给孩子办满月酒，谁家要给老人过大寿，谁家要给亡人办三周年，更别说男婚女嫁、起房盖屋，都得通过大喇叭吆喝得全村皆知。还有那些涉及钱的事，交教育附加费，交电费，交什么提留款，买化肥……有时候也不说什么事，就是村长村支书在里面训人，也不指名道姓，只是指桑骂槐。过后村民们会在私下里讨论他在骂谁，因为什么事。讨论得津津有味。

很偶然的，大喇叭的声音也出过圈儿。那个盛夏的中午，村长广播过浇地的事后忘了关。午后，一切都被晒得蔫蔫儿的，很安静。突然，嗯嗯咛咛哼哼哈哈的暧昧响动被扩散在村庄上空，既熟悉又刺激，既寻常又诡异。午睡的人们一激灵都醒了，有人跑到了街上询问，有的家离村委会近，干脆就跑去现场观瞧。当事人是村会计和一个小媳妇儿，事情结束后，小媳妇儿还娇娇怨怨地说了一句：你吃了多少蒜呀。然后是会计气喘吁吁地回答：晌午吃的蒜面条。之后那个小媳妇儿上了一回吊，没死成。会计被免了职，换了村长的本家侄子，村里从此落下个"蒜面条"的典故。

20. 早春花

漆桃花这几天开得正好。其实就是野桃花，宝水人却叫它漆桃花。它的粉是极淡的粉，阳光下远看时竟像是雪白的，近看才会察觉到它的粉，粉中还含红。花骨朵红得最深，慢慢绽开的那些，就成了粉红，开得再充分些，才成了粉。五瓣，细长的花蕊，稍稍往里扣着，有些羞涩。开得最饱满时，一阵风吹来，就落成了桃花雪。几乎是同时，花柄和花托之间就萌出了小小的绿芽，叶子出来了。

每次散步我都会折几枝插瓶。雪梅也有这个喜好，却比我插得讲究，每一瓶都能看得出轻重高低，疏密有序，俯仰得宜，如画一般，且定要是白瓶子和玻璃瓶，越发衬着野野嫩嫩的好看。我夸她审美有天分，她腼腆一笑，说是网上学的。秀梅却只看重这漆桃花的果子，说到五六月份时就能长成，跟个小青枣子似的，就再也长不大。吃是不能吃的，以前这叫不中用，近些年却中了用，因为能成钱了。怎么成钱的？果子虽没果肉，那果核却好。剥了皮，留着核，穿成手串，卖给游客，可不就成了钱？自从摸着了这个门路，村里人一到时节就都去摘这野桃子穿手串，往云里村和云下村送货。人家转手再卖给游客。那不是叫人家给剥了一层皮？秀梅说那有啥办法。过了人家的手，上了人家的摊，进了人家的店，哪能由着自己得利。手串是这，山楂核桃柿饼这些个山货也都是这。说着眼睛里就热起来，要是咱村以后也红了，就不能由着他们剥皮了，说不定还能剥别人的皮哩。

野杏花跟着漆桃花的脚，开起来也是轻薄明艳，只是花期也短，风吹一阵子就散落了。和它一起开的山茱萸花期却长，也是来宝水之后我才识了它的面，乍一看跟黄蜡梅似的，只是比蜡梅的气势要大。它是树，开出来便是花树，不管大花树还是小花树都披着一身黄花，黄金甲似的，每个枝条每朵花都向上支棱着，十分硬气。且有一条，风再吹它的甲也不落。也是，随便落的还能叫甲么？云里景区有个景点就叫茱萸台，听说原来叫磨石坡的，后来发现有很多茱萸，就改叫茱萸台了。导游词里说是王维来过。来没来过谁知道呢？孟胡子说，要想吃旅游饭，在地名上咱也得随行就市，这叫文化提升。加上文化这个词，很多事情就显得特别正确。

跟着这批花最早萌显出来的还有灯台草，只是一个高，一个低，没人去看这低的。刚出土的灯台草贴着地皮，虽是草，却极像是花，娇小玲珑中，泛着娇娇嫩嫩的红。它还有一个名儿叫五朵云。幼时茎顶就生五叶，再长高些就歧出了五枝，枝上再开出黄中带绿的花，花下还有五叶。总之它的花叶是离不了五这个数，这应该就是五朵云的来由。五朵云虽好听，我却更喜欢叫它灯台草。小时候受过它的害。有一回采了一把玩，回家后肚子和腿又疼又痒，闹了两天才好。奶奶仔细询问，知道我碰的是它，就说，再碰就会烂肠子瞎眼睛。是毒草。按中医的说法，凡草皆是药，毒草也是药。不过常人都是不知其药性却易惹了毒性的，那还是躲着点儿吧。

茵陈此时也摇身一变成了白蒿，蓬蓬茏茏地长了起来。虽不喜欢茵陈水，幼时我却爱吃蒸白蒿。奶奶把白蒿一把把地掐回来，洗净后裹上面蒸熟，再浇上蒜汁，便满口鲜胰。其他也罢了，最能显手艺的是怎么裹那一层面，这层面需得匀匀的，还需得不厚不薄，厚了黏糊，薄了不够提香。奶奶裹的那层面，又润又糯，如雪下透出的春草色。

抱着几枝漆桃花从西掌的坡上下来，碰到张大包正在房后看他的香椿树，树不少，却还瘦小，问他啥时候能掰芽吃，他说还早。路过九奶家，老安正和九奶在院子里坐着，远远地跟我打了招呼。我便过去。九奶眯着眼睛，盯着我怀里的花看了半天，忽然问：小桃都开了？我说这是漆桃。早先也叫小桃。她说。又盯着我看，看得我有些不自在，便问安嫂子呢，老安说刚挖了点儿荠菜，正在收拾。便高声喊了安嫂子手脚快点儿，先收拾一袋子出来给地老师呀。我也只好等着。片刻，老安果然开了口，说听孟胡子提了厨师的事，愿意。工资怎看着给，多少不论。啥时候上班？没想到他这么直接。不过也好，能容我也直接。我说等老原过两天回来再议吧。他是发工资的老板，他说了才算。说话间安嫂子到了跟前，拎了个塑料袋子，满当当的翠色，不容分说就塞过来。也只好接着。

到了老祖槐跟前又站住看了一番。这树我听赵先儿论过两回，话路有点儿凌乱。他第一回说槐树是吉木，听音儿就知道，槐就是官，官就是槐嘛，古时候朝廷的三公就称槐鼎槐位，名声好的就说有槐望，住的宅子是槐第，所以你看为啥村委会门口这棵气势最好？出出进进都是官嘛，官槐相护嘛。第二回，他说这树在这儿扎了恁些年，阴气可不是一般的重，也只能长在这村委会门口才能压得住，寻常人家哪里降伏得了。我就问他，你一会儿左，一会儿右的，该往哪里信。他说一事一议，还真不好说个准。像槐树这种，尤其难说。种到这处就能得福气，种到那处就是招邪祟。槐是啥？你看字儿就知道，是木中之鬼呀。不想大英刚好路过，当即断喝道：你个老赵，没事儿就能秃噜张破嘴胡说，啥鬼？你跟我说说啥鬼？像咱村这么粗的大槐树，只能住神！赵先儿忙赔笑道，可叫你说着了。有神，有神。你看你看，三节两寿咱们不是都供着呢嘛。我这才注意到树下的小石台子里还凹着一块，上面阴刻着"槐神得位"，前门摆着个小石臼，想来是敬香用的。赵先儿瞄着大英的脸色，嘿嘿了两声，又道，大英，不是我说你，你这身份，嘴里神来神去的，可不大合。大英眼皮儿往上抬了抬，缓声道，咋了？赵先儿笑而不语，似想走开，大英道，半截话憋到半夜闹肚子。赵先儿方才止步道，你这，封建迷信嘛。大英冷笑一声，提高了嗓门儿道，这话任谁都好说我，就你不好说我。要说封建迷信，你这整天给人测字算卦看风水，不是头一份儿的封建迷信？赵先儿急道，咱俩这不一样。我这是专业。你能跟我一样？你可是党员，是书记。大英道，我是党员，是书记，所以到我这儿就不是封建迷信，就是传统文化。赵先儿道，中吧，那咱同是传统文化。大英道，那你跟我说说，封建迷信跟传统文化有啥区别？见赵先儿哑住，大英越发正了脸色说，我跟你说道说道。但凡是能往好处归拢的，那就是传统文化。往赖处归拢的，那就是封建迷信。神呀灵呀，咱们自古都有这些个说处，根子里的由头就是给人安心的。就好比说，求老天爷保佑今年有个好收成，磕罢了头，那就不去种地啦？该干的活儿一点儿不能少，不过是磕了头再去干活儿更踏实。意思就是这个意思。你说是不是？赵先儿忙不迭点头道，是是是。大英道：那你是往哪处归拢呢？赵先儿讪讪笑道，那还用说。大英道，那我哩？赵先儿道，都是传统文化，咱都是。大英方才启动了步子，走了两步，又回头道，我跟你说，咱这四下坡里荆条多着呢，闲了就去割荆条，跟着大曹学学编箩筐，别去给人家编辫儿。就是编也要看看是谁的脑袋，能不能够着叫你编。

跟着大英走了几步，我赞道，你说得真好。大英早就挂着得意的笑，道，我也是学着呢。与时俱进呢。上头不好应对，下头也难打发。不学能中？就像方才，我不指教住他，难道还让他指教住我？

中午用安嫂子给的荠菜包了一顿饺子，比以往吃过的荠菜饺子都鲜美。接下来就迷上了挖荠菜，一直挖到了三月三。这时节，山下的荠菜早就花开成了片，起了硬莛，就吃这一口来说已经算是老了，可山里的荠菜却还正是蓬勃壮嫩。三月三这天，荠菜是主角。和福田庄一样，宝水也是要拿荠菜煮鸡蛋的，"三月三，荠菜煮鸡蛋，胜过仙灵丹"。这边还另有一种说法：三月三是荠菜花生日。这还是头一回听说。福田庄的说法是"二月二，龙头抬。三月三，生轩辕"。这么看来，黄帝和荠菜花原是同一天的生日？

老安说，老规矩也是要戴荠菜花的。"戴了粮仓满，不戴少银钱。"戴自然是没人戴，却要放在灶边，说是防一年的虫蚁。那天我便冷水坐锅，放了几个鸡蛋，又将荠菜连枝带叶地整棵盘进去，开火煮了几分钟，放了些盐，把鸡蛋皮儿挨个敲了缝，又小火煮了两分钟，过了凉水，剥了蛋壳，摆在青瓷盘里，又放了几枝带花的荠菜棵。白的雪白，青的淡青，绿的鲜绿，煞是好看。便拍了图发了朋友圈。顿时点赞纷纷。有几个朋友私信问在哪里忙什么，便干脆统一回复了，说在宝水村小住。有留言道，你这也是"升来升去升到农村"。这是豫剧《朝阳沟》里的唱词。我回复道：嗯是升到底儿了。

21. 试菜

清明节前夕，老原回了村。之前就和老安说妥，叫他晚上来试菜。老安半下午就到了，自备着菜刀围裙，说还是用惯了的东西称手。我又叫了大英和孟胡子过来，孟胡子来后说，已定下了烩面，过会儿就能到。我问主食是烩面？就都笑。我方才想起大英讲过的杨镇长用烩面碗喝酒的典故，就说你们整天喊人家烩面，背地里喊顺了，当面也会喊秃噜嘴。大英说喊秃噜嘴咋啦，惹不了他。杨镇长还是来检查防火。我问怎么又防火，大英说清明咋能不防火？草木还枯着，又到处烧纸，怕点了山林。等到七月十五就不用防啦，青气重，不好烧起来。我疑道，明天才是正日子，今天就开始防？大英道，听这就知道你农村的根儿扎得浅。老规矩是"早清明，晚十一"，清明节兴往早里提，十月初一送寒衣能往迟里推。这几天已经有人断续上坟了。我问这个规矩是啥讲究。大英笑道，谁知道哩。谁想之哩。你咋啥都要问个为啥。当过记者就是这？孟胡子接话道，春捂秋冻知道吧？阴间也遵循这个理。先人们置春衣早，置冬衣迟，送钱也兴一早一迟。大英道，这说法还怪在道呢。孟胡子道，都称咱是乡建专家，这个典故都解不开，岂不是白顶了个名号。

老原让着孟胡子和大英在厨房外间落座，老安已经在里间叮叮当当地忙了起来。孟胡子悄声对老原道，说是试菜，人家做得不如你的意，你难道还不用人家？老原看着我笑道，青萍说了算。我说要我说了算，那就用人家。咋说也当过十里八乡有名的大厨，忙活了不知道多少席面，难道还玩不转咱们这个小灶口。大英说，他那手艺不在话下。要紧的还有一层：到底是一个村的，知根知底，你们宽宽儿地待，他实实儿地干。不管干多长多短，都好来好去好说话，彼此放心。

杨镇长还是和王主任一起来的，还是穿着迷彩衣。两人手里各拿了一根木棍。说是对节木。仔细看，砍出来的枝条疤处果然是两侧对节生的，很是匀称。王主任说，品相上乘的对节木拐杖在云里景区一根能卖五六十呢。对了，听说咱村那个大曹磨拐杖是把好手。大英道，那人除了这点儿长处，别的都说不得嘴。砍不尖旋不圆的，甭提他。把他们俩手里的木棍夺过来道，给青萍吧，抵咱今天的饭钱。就都笑。杨镇长看到老原在开白酒，作势阻拦道，这是啥阵势呀。不喝了吧。大英说，咋啦，是非得倒进烩面碗里你才喝？又都笑。杨镇长拍了拍自己的脑袋说，瞧我这赖名儿。大英问他方才去哪儿了，他说到兵冢看了看。还好，干草清理得怪净，没有火引子，安全系数就高。大英说，年年到这时都叫人去清哩，咋能不好。我问兵冢是个啥典故，大英说是个大坟，埋着些当兵的人，村里人就叫兵冢。逢到上坟时，坟地离兵冢近的人家都会去烧点儿纸。问她埋的人是什么兵，她说总归是解放前的兵。哎呀你真好问，先吃饭，回头再说。

六个凉菜先上桌。三荤三素，荤菜是红油耳根、自制皮冻和卤牛肉。素菜是拍黄瓜和蒸面条棵，还有一个炸花生米。待酒入杯中，都让杨镇长开言，他稍作推辞，便举起杯冲着我道，先敬青萍，敬你来到村里做贡献。这一桌子，要么是本村人，要么是工作关系，唯有你是外来客，还给村里做着事。得先敬。我犹豫着举起杯，老原说，她不能喝，我替吧。杨镇长道，先别护着，叫人家自己说。我说，我真不行。你要真叫我喝，我就是假喝。杨镇长笑道，沾沾唇就算。我便沾了沾唇，放下了杯。杨镇长道，你还真是沾沾唇呀。老原道，她就是这，说真的假喝，就真的假喝。也是真不能喝，哪能都是烩面碗的量哩。

就都笑。便开始吃喝起来。两杯下去，杨镇长脸皮松坦，口气却苦道，我现在可真是"酒闻大名"，烩面碗喝酒成了标签，还是强力胶水粘上的，看来这辈子难撕掉。撕不掉就不撕了。要说这标签也不多丑，多少还有点儿英雄气概，满足一下咱男人的虚荣心。谁说起我就是：工作能干，脾气不赖，喝酒得用烩面碗，可二蛋。

又都笑。二蛋是予城土话，意为二百五加浑蛋的综合。我说以前常听人说喝酒看工作，我这不喝酒的人真是不能理解。杨镇长道，说实话，前些年喝酒跟工作还真分不开，喝酒看工作还真有一定道理。尤其是咱这工作，除了往上攀，就是往下派。不管上攀下派，酒都是根绳儿。你想，平常跟领导不好亲近，开会分个台上台下，办公室分个桌后桌前，这咋好亲近？但是坐到一张桌上吃饭，一起吧嗒嘴，一起叨菜，这就好亲近。喝酒时再一对一碰杯，一对一地说话，再是官腔这时也不怎官。他跟你说事，夸你也好，骂你也好，都属于私人交流，这时候，只要你水平够，只要你能利用这个机会，好了，这顿饭一定不白吃，酒一定不白喝。这个裉节儿领导叫你喝酒，你不喝？一喝九两，重点培养。你不想叫重点培养？肯定得喝。不就是点儿酒么？只要喝不死人，熬过那一会儿难受劲儿，跟领导关系就进一层，有了默契。领导就把你记下了，这多重要。于他这是权力的化身，于你这是能力的化身，是各种投射和证明。所以有说法：赌摊最薄，酒摊最厚。酒不是酒，放啥啥有。往下呢，就是跟村长村支书们打交道。那时候还不兴八项规定，人家请你吃饭喝酒，你能不去？不去就是看不起人家，以后就难进那个村。宁可胃上烂个洞，不叫感情裂条缝。不论酒饭好赖，你都得去。哪怕十块钱的酒配咸菜呢，也得去。喝到了得劲时候，咱跟人家在酒桌上派活儿，人家会说，老弟，不要说了，这事儿谁要是不给你办成谁就是你儿。反过来，人家在酒桌上跟你说事，你也免不了要承诺，承诺罢了，不后悔？也后悔。可当着那么多人，要是说话不算数，就会落下把柄，被一圈人耻笑。这个可不好受的。粗俗环境下，人吃这一套。要说，过后服个软，这不中？跟人家说酒话不能当真，这不中？说实话，还真不中。绝大多数人拉不下这个脸面。多少工作就是这么推进的，多少事就是这么办成的。

老原也举杯敬过去道，句句真言。喝酒这事，还真是一言难尽。我这半辈子，不知道经见过多少酒局，如今又在象城开着个小店，自己喝得多，看人喝得更多。要说也不是个多大的事，就跟个游戏一样，大家也都嘻嘻哈哈的，可里面有多少严肃内容，那是谁喝谁知道。

三人一饮而尽。放下杯子，杨镇长长舒了一口气，说好在近些年这风气大改了。自从有了八项规定，算是给了干部们一个硬邦邦的靠山，都知道现在酒这事要是喝得不对，那就是毁前程。脸面跟前程比，就是鸡蛋碰石头，轻重分明，就少受了可多难为。这规定啊，不知道保护了多少干部，健康了多少身体，和睦了多少家庭，我要打心眼儿里赞一声：真卓！

就又都笑。

扯了半天都没有扯到点儿上。快说说烩面碗喝酒的事。大英提话，又对我眨眨眼。这是替我催呢。杨镇长笑道，急啥，慢慢说呗。不慌不忙地给自己和老原满上，悠悠道，故事不是一气儿讲完的，喝酒也不是一下就用碗的。我这酒量，自打第一回醉过后，起初是看见小杯杯都害怕。大学毕业头一年，回到县里就先被打下乡去锻炼，吃喝风正盛行，领导们的口头禅就是那句喝酒看工作。那时咱这没出息，既量浅还脸红。偏偏还兴个说法，"红脸蛋，梳小辫，眼镜片"都是大喝家，就也没少灌我。逢喝必醉，醉一回两天爬不起来。还真是耽误工作。咋应对喝酒就成了我的心病，愁死个人。有一回，看见有人从酒局出来跑到花池边出酒"浇花"，才开了窍。原来像咱这种天生小量的，出酒量就是喝酒量，只要会出就会喝。我就悄悄练，练了几年就达到了随心所欲。就到了那一回，和一个小同事去烩面馆吃饭，他年轻气盛，挑衅我。先是一人一瓶，我没输。他又说拿碗喝，我说那就拿碗喝。其实不是那种大烩面碗，就是中号碗，他倒了一碗先喝干。酒场如战场，这时候绝对不能输。我闭住气，像喝药一样一饮而尽，喝完了还坐了五分钟，才去出酒。出酒回来，看他已经瘫到地上了。我一个人弄不动他，就叫服务员跟我一起把他送回了家。我们喝酒的场景也被这个服务员从头到尾看着，大开了眼界，就逢人说项。饭店可是个信息发布中心，一时间传播开来。说起烩面碗，都觉得肯定可大，我也懒得分辩。传言总是夸张的，夸张也总是能给人带来快感的，无论是当事人还是传言人。两天后，那孩子的爹找到了我，说孩子回家人事不省，整睡了两天，孩他娘也哭了两天。俺们可就这一个儿啊。我瞬间出了一身冷汗。万一呢，不敢再想。从那以后，拼酒这事我就宁可认怂。我汇通了一个理：别人逼我多喝，也必然得多喝。只能我少喝，他才能少喝。不过，烩面碗喝酒的名声也有一样好处，没人在喝酒这事儿上再敢低看我，这样也吓退了不少人。也算是以毒攻毒，以喝止喝吧。

话说着，酒喝着，老安也把热菜一道道上着。先是山韭菜炒鸡蛋，绿的鲜绿，黄的鲜黄，一上桌就剩了盘底儿。大英说，要是香椿就更好吃。老安道，头茬香椿还得月把地才能下树。接着是香菇肉片和酸辣土豆丝。四扣碗上来得很隆重，一个方盘子上四个扣合的小碗，打开的瞬间热气蒸腾，是酥肉、腐竹、莲夹和卤豆腐。都是先炸后蒸，醇厚咸香，菜味地道，众人称许。老安给每个人都端了酒，接着去忙活。又上了一道干炸鱼块，最后是一大盆清炖土鸡，吃肉喝汤都有了。主食是酸汤面叶，还有刚出锅的热馒头。六个人，十二个菜，荤素各半，酸辣鲜咸都有，菜量不小，却也没剩下什么。可见老安做饭还真是有谱的。

"怀川醉"喝了一瓶半，四个男人，王主任要开车，没沾杯，那孟胡子、老原和杨镇长每人喝了有半斤。这也只是匀着算，目测是老原和杨镇长喝得更多些。但这两人显然都游刃有余。饭后一支烟的工夫，杨镇长又问孟胡子请闵县长的事，孟胡子说答应是答应了，还没定具体时间。大英说，那叫他赶快定呀。就都笑。说多少大事等着领导呢，咱这事就不算个事。大英说，那要等到啥时候？他那么忙！杨镇长说，估摸着这两天就能定。不管他来不来，咱只要他定个时间就中。大英又道：他定时间还不一定来？那叫他定啥时间？！又都笑。我说，他定的时间他就得负责嘛。孟胡子指着我说，你看，人家青萍多懂。他定的时间肯定会尽力来，就是来不了也得有个像样交代，起码也得派个副职来。咱们村里的活动，有一个副书记或者副县长来，不就是很有体面了？

出门时，杨镇长的步子依然很稳，却也明显兴奋着，搂着老原的肩膀，用手捂住半边嘴巴，以人人听见的悄悄话道，原哥，上坟得赶大清早去，没人看着，能好好烧纸。再迟会儿就只能压纸啦。

送走了他，大英和孟胡子也告了辞，等老安收拾完了厨房，老原把他叫到堂屋，夸了几句，让他琢磨着定个菜单。老安说，我早想了，既然客来到的是咱山里，那咱主打的就得是山里特色。就说野菜吧，荠荠菜、菊花苗、木兰芽，接茬都有，晚春时还有苍葱，到夏天做干炸花椒叶，外边也难吃得到。就叫他们吃这些。山西陵川那边木耳、香菇、小米都是又好又便宜，离咱们又近，叫他们送货来，样样现成。主食少不了咸米饭，我做出来保证叫他们吃一碗想两碗。还想细说，被老原截住了话头儿说，反正这一摊子都是你主事，你就寻思着。边寻思边调整，尽快到位。你买啥东西就朝青萍支钱，留个明细底儿。老安问啥时候正式开始。老原说，等清明假过罢个十来天，四月中吧，到时咱就开始算工资。我估计五一咋也该上点儿客。不过说到前头丑话不丑，本乡本土的，咱这生意你知道，客肯定是多少不匀，一年里旺淡各半就算不错，工资也得按淡旺季，淡季虽没客，好在天一冷十里八乡过事儿的也多，你这手艺也不少挣。老安连连点头说中中中。听我说要签个合同，也连声说中中中，签签签。法律社会，签合同好，好得很嘞。

把老安送到门口，我和老原一时无话，有些尴尬。便问他来时去看九奶了没，他说看过了。又说九奶也问起你呢，说下回咱俩一起去。我说好。老原看了看天道，空气还真是好。我嗯。他又道，明儿咱一起去上坟吧。你先跟着我上，我再跟你上。我说我这边远，你别跑了。老原说，正好要回象城办事儿，还得买点儿东西。咱就一辆车呗，省点儿油不好么。我说好。

22. 愿语

清明前后的睡眠总是比平日里更差，基本上就是合不住眼。房间那头的老原倒是睡着了，呼噜声间歇传来，却也不显得聒噪。偌大的院子平素里只我一个，人气儿严重不足，有他还是不一样。更何况他又不是一般的人气儿。

六点刚到，老原就起了床，我便也跟着起来。匆忙吃了两口饭，便先去原家坟。路窄处下了车，一前一后走着，路面不平，裤脚擦着草木干枝簌簌作响。我磕绊了一下。老原回身看了看，便站住，等着我上来，并肩而行。

坟头不多，都立着小小的碑。有的坟前还有新鲜的纸钱灰烬，我问老原是谁来上过坟了，老原说不可能。近邻还有别家的坟，人家上坟更早，或许前两天就上过了，应该是风带来的。他往东北方向指了指说，那边就是兵冢，给兵冢烧纸的不少，兴许就是那边的灰。又说平白无故去给别人家上坟，这在乡里很忌讳。听说前些年别的村为这事还打过官司呢。两家平日里交情不错，坟地也离得近，早上坟的这家孩子长年在外上学，给自家上过了坟，看袋子里的纸钱还留了一些，就走了几步，给那家坟地也烧了一些。那家来人看到了大恼，说你这是咒我家没后么？欺负人啊。这边傻小子还觉得自己在做好事儿呢。后来乡里的司法所好一阵子调解，还是傻小子给人家道了歉，这边才撤了诉。

也有例外。兵冢就是。一会儿咱们也去那边烧点儿纸。他说。

看着老原走向最顶端的坟头，干站着似乎不妥，我犹豫了片刻，便跟着过去，用树枝画个圆圈，摆上供馐，再烧纸钱。因为奶奶的谆谆教诲，我对这一套程序相当熟悉。比如烧纸时一定要画圆圈，把纸钱烧在圆圈里。比如在坟前的公共道路上也得烧点儿，给孤魂野鬼们一点儿零花。再比如纸钱一定要烧净烧透，不然到那边就是残币，花不了。烧时也一定要开口出声，叫祖宗们听见。这时候的说话不叫说话，叫愿语。愿语的内容除了报告自己的近况，还要祈求他们保佑这边的日子一切顺遂。

为啥要愿语？我问奶奶。

那边没啥事，他们或许在睡呢，或许在串门呢，你一声不吭，谁知道你来了？

为啥非得画圆圈？

圆圈的意思就是描个盆，好装钱的。你要不想画圈，下回带个盆来。

这纸钱到那边真能花?

要是不能花,世世代代弄这干啥。

祖宗们真能保佑咱们?

那还用说。

他们要是那么能,为啥不在那边自己造钱花?还得咱们这边给他们送?

你这闺女就这点儿最闹人,连环问,问连环,不沾弦儿的话,咋就那么多!

可老原没话。便在沉默中,一个坟头一个坟头拜过来。在他爷爷坟前停留得最久,碑上两个名字都很清晰:原德茂、原杨氏。这么看来他奶奶该是姓杨。立碑人的落款先是原福久,下面又排着三个名:原承功、原承文、原承远。老原小名是根儿,两个弟弟的小名儿呢?他说,老二叫树,老三叫林。根,树,林,我默念。先是扎根儿,然后成树,接着成林,内在的逻辑关系还挺严密。

一切程序进行完毕,我方才问他上坟时为啥不愿语,他说,心里有话就中了,非得用嘴说?又道,听你的,愿语愿语也中。便清了清嗓子,冲着坟头们揖了一揖道,列祖列宗长辈们,清明了,给你们送钱粮来了。你们该吃吃,该喝喝,该买啥就买啥。我身边这是青萍,也来给你们上坟了,以后会经常来给你们上坟的。我瞪了他一眼,没出声。出了坟地,我才道,谁叫你说我了,还攀扯得那么长远。他道,你看你,一会儿叫说,一会儿又不叫说的。真难伺候。

又走了一段路,便到了兵冢前。果然是很大的一个坟头,没有碑,却修得圆饱,周边杂草也清理得很净。纸钱的灰烬不少,墨黑团团,随风四散。我们把余下的纸钱烧掉,便原路折返。

车行到停车场处碰到了曹建业，带着一双儿女。儿子曹阳在怀里抱着，趴在他的肩头，还在睡觉的样子。老原停住车，跟他打了个招呼。女儿曹灿拎着大黑塑料袋子，想必就是香烛纸钱。小姑娘垂着眼眸，一副专心看路的样子，眼皮儿红红的，像是噙着泪。

23. 叔叔

下了山一路向南，过了予城中心城区继续向南五公里，就到了福田庄的地界。在村外西北的地家坟，叔叔早已经坐等在地头。他微叉着双腿，两只胳膊放在膝头，愣愣呆呆的，俨然又是一副惬意样。每次都是这样，他早早地坐等在地头。只要坐在地里，屁股底下从来什么都不垫，那样子就是一个农民。没错，如今即便住在泉湖社区带电梯的单元楼，也难改他是一个农民。

便把老原介绍给叔叔，老原谦恭地跟叔叔打了招呼。叔叔笑笑，嘴唇抖了抖，似乎想说什么，却终是没出口。便走在前头，朝着坟地去。

远远地，我看到了七娘。她家的坟在更西边，看样子已经上完了。偌大的田野一览无余，她肯定也看见了我。躲是躲不过的，那便只有迎头而上。

老鳖啊，又等你的大侄女哩。七娘朝我和老原瞅了一眼，先和叔叔打趣。叔叔这小名连累了我们一堆晚辈，小时候，村里人称呼我们几个时，都带上了"鳖"字。堂弟地厚被叫成了鳖儿子，弟弟地坤被叫成了鳖侄子。我自然是被叫作鳖侄女的。好在逗女孩子的还是少。堂弟和弟弟出去玩，额头上多半都会被画个乌龟，却从来没有人画过我的。后来我才意识到这其实是一种婉转的轻视。男孩子是因为身份主贵才有人愿意跟你开玩笑呢。

地壮、地宽、地厚、地坤，这些名字起的，跟兄弟四个似的。我问父亲为啥不叫地广，父亲笑了，说地广后面就是"人稀"，那怎么行。

如今见着七娘，几乎都是上坟时候。眼见得她一年更比一年老。

回来上坟呀萍。

嗯。这是上完了？

上完了。

貌似都是废话，可说出来确实也就不是废话。她家和我家挨得近，她又跟我奶奶格外亲厚，没事常来我家坐，跟她说过的废话不知道有多少。她拉着我手拍了两下，眼里似乎又要有泪。十二岁时回到象城，每次再回福田庄，她都是这么拉着我的手，说长高了长壮了，或是胖了瘦了白了黑了，最是熟稔。父亲和奶奶去世后再后来见着我，几乎每次都会哭，即使没哭也会有哭的表情，而我总是不容她放纵泪水就会匆匆离去。大概是婚后起，再和她见面时，我方才能和她如常寒暄应答，能露出哪怕是最敷衍的社交笑容。

我只沉默着。终于等到叔叔叫我。七娘用手背擦擦眼睛，挥手道，赶紧去给你奶送钱，晌午饭正好叫她吃上你带来的好供馐。

奶奶去世时是七娘当的女知客。后来听村里其他人说，在奶奶病重期间，七娘就一直在奶奶床前守着，没黑没白。这是赎罪哩。他们说。

这个老太太对你，很不一样呢。豫新颇有些疑惑，曾问过我，是不是因为她跟奶奶关系好，见到你就会想起奶奶，所以才这么难过？

我朝他笑笑，表示首肯：对的。聪明。

叔叔在前，一边一高一平地走着一边说，七娘的大儿子去年冬天没了，在纸厂当过副厂长那个，叫秋旺的，你记得吧？脑溢血，没抢救过来。她这也是白发人送黑发人呢。我嗯嗯应着。问春旺呢？叔叔说，也可长时间没见到了，听说是在市里哪个批发市场开了个小店。又道，你还记得他叫春旺哩。

我沉默。这个春旺，他结婚的第二天是我父亲的忌日。怎么会忘。

跟着叔叔，从北往南，按照辈分上起。最北边的坟头是老老爷的，看起来最大，其实也不大。童年的记忆里，坟头似乎都很大。似乎是随着坟地迁来迁去，坟头也越来越小。又似乎是随着我年龄越来越大，坟头也越来越小。

上坟也是有私心的，那些未曾谋面的祖宗长辈，我上得就是例行公事。到了奶奶和父亲的坟前，总是要特意多烧一些纸钱，多摆一些供飨，多待一会儿。

奶奶的坟，是的，只是奶奶的坟，这个坟里，没有爷爷。尽管碑上刻着他的名字：地绍功。

父亲去世那一年，叔叔请了一位有名的风水先生去地家坟摆置，那位风水先生看到爷爷的坟时，当即就说，这一门儿里的人脑子都好使。又说了一句：这是个空宅。是个衣冠冢吧。

没有人应他。在乡村，一件不吉之事被说中，回应它的常常就是沉默。

奶奶在碑上的名字是地王氏。王氏，不，这不是她的名字。这只是那个时代对女人的普遍简称。而我的奶奶，她本有着一个很好听的名字，虽然也很普通：玉兰。

24. 有烂砖，没烂墙

爷爷读过几年私塾，用奶奶的话说，是一身好文化。他会写一手好字，还打得一手好算盘。因为这一身好文化，他年纪轻轻就到山里一家煤矿当了账房先生，被老板的族亲相中，把独生女儿许了他，这就是我奶奶。八路军过来时也相中了爷爷的好文化。他就参了军。虽是四处打仗，其实也没走多远，兜兜转转的，一两年间总能回来个一两趟。父亲之前，奶奶还怀过两胎，都没养成。她说过那两个早夭的孩子：一脸皱纹，小身子跟个大老鼠似的，男人一只鞋就能装得下。得的都是四六风，一个是第四天，一个是第六天，孩子的胳膊腿儿就开始抽抽，咬牙瞪眼，我一看就知道这又不中了……后来才知道这叫脐带感染。不会消毒呀，多傻。

兵荒马乱的年月，村里的帮派此起彼伏，有人当红军，有人当国军，有人当汉奸，也有人是小打小闹地偷摸，还有人当土匪去明目张胆地抢讹。在第一次解放和第二次解放之间的几年间局势更乱，奶奶勤谨恭敬地侍奉着公婆，提心吊胆地候盼着爷爷，日子过得如履薄冰。外人且不说，其他两支族人就没少来欺负。很多个夜晚，奶奶透过窗纸上的小洞看着那几个熟悉的身影背走挂在墙上的玉米辫子，摘走刚刚变红的枣子，拿走垛得整整齐齐的柴火。她屏住呼吸，大气儿都不敢出。有一年没收成，奶奶在坟地的间隙种了一点儿红薯，也被他们刨得精光。

你咋知道是他们刨的？

看他们家小孩儿端的碗就知道了。吃红薯屁也多，那些天他们家净放红薯屁。没种红薯，哪放得出红薯屁。

你咋知道是红薯屁？

又多又臭，那还不是红薯屁？放屁时上头也会打嗝。

每当听奶奶讲这些陈年旧事，我都会气得脸红脖子粗，吼叫着我要报仇我要报仇！奶奶看着我的样子，笑得不行。挑起了我的火，她又开始灭，说都是过去的事了，老账不能算。再大仇气，也都是姓地的。有烂砖，没烂墙。唉。

多年之后，我才多少有些明白了奶奶的这声叹息。以彼时的情况，作为家族的弱势存在，只要人家不是大白天来你家抢劫，这就是留了余地。以彼时的状况，当你没有实力扑上去和对方撕个高下时，就只能容留甚至珍惜这种余地。只有这样，当受到更蛮横的外在侵犯时，你就尚处于一个家族的整体性中。哪怕只是暂时的整体性，也能让你在这个整体性中获得些微宝贵的安全感。而亲这个字，似乎天然就意味着一笔糊涂账。这笔糊涂账，自古至今没多少人能算得清。当然，算不清也不妨碍总有人前赴后继地要去算，各有各的账本，各有各的算法，各有各的盈亏。或许也正因为算不清，才算得更有意思？

父亲是新中国成立一年后出生的，他快一岁时，爷爷回家了一趟，住了几天就跟着队伍又要开拔。奶奶问，不是说都太平了么，咋还要走？爷爷说，大面儿已经稳了，还有些零星火要灭一灭，很快就能料理妥当。到时候我就回来，再不走了。咱们好好过安生日子。壮的官名就叫解放吧。

爷爷走后两个月，奶奶发现自己又怀了孕。怀孕五个月时，她收到了父亲寄来的第一封也是唯一一封信。又三个月过去，消息传来，爷爷在解放大西南的一仗里中枪而亡，和几个战友一起被埋在白水河边的一棵树下。

奶奶哭了两个月，直到叔叔出生时，才止住泪。

哪能光顾着哭，还得养孩儿哩。她说。

泪也哭干啦。她说。

叔叔的小名儿叫宽，官名叫胜利。三岁那年得了小儿麻痹后落下了残疾，奶奶又给他改名叫老鳖。顶个贱名好成人，名贱人不贱。奶奶说。

没过多久，村里定成分，我家被定成了贫农。闹得最厉害时，村里有几个富农连命都稀里糊涂地丢了。奶奶说，你爷是用他自己这条命来保佑咱全家哩。

我家大门的门楣上被钉上了一个长方形小木牌，用红漆正楷写着"光荣烈属"。日子好起来后，每年春节村里都会送来两斤五花肉，很久之后我才发现，用这两斤肉做的菜，奶奶从来没有动过一筷子。从来没有。

25. 老宅

上完了坟，叔叔让去家里吃饭。我说还得去象城给豫新上坟。

叔叔看看老原，也便罢了。但得把他送回去，这是最起码的。老原启动车，我问叔叔打村里过还是村外过？叔叔说，打村里吧。我让老原开慢些，否则一脚油门就踩过了村。

东半拉已经拆完，被长长的围墙圈了起来。远远地能瞧见正在慢慢移动的塔吊影子。残留的西半拉看起来也似是而非，一片模糊。街上没有几个人，沿街的房子都盖得很堂皇。叔叔像个解说员似的播报着，谁家翻盖花了多少钱，如今租金多少。快到老宅时旧日眉目才清晰起来。错对过就是七娘家，她家院子里有棵枣树，正是一片嫩黄。"枣发芽，种棉花"，棉花也快该下种了吧，如果还有人种的话。

到老宅子边上，我让老原停下，三个人一起默默地看着那房子。周边全是新房，只有这一座老宅。都说我家运气好，老宅恰临着路。其实也没有那么巧。它本是周周正正的五间，被规划中的绿化带占去了两间，扒掉的两间露出了西山墙，墙上还有个大窟窿。绿化带还没有修起来，在周边新房的映衬下，尤为残破不堪。

幼时的福田庄，村里还没有盖楼的人家，我家的房顶是街坊四邻里最高的。我兴致勃勃地爬过几次堂屋的房顶，也有这个缘故，好跟小伙伴们说嘴夸耀。先顺着梯子爬上院墙，再顺着院墙爬上房顶。房顶上也有具体目标：去采摘已经长成的胖胖瓦松。瓦面上已经有了一层薄苔，怪滑的，我踩得很小心，可是声音还是格外大。咯嘣咯嘣，脆生生的。瓦松越来越近，眼看我的手就要够着了，突然觉得背上凉凉的，回头一看，奶奶正站在院子里，死死地盯着我，攥着拳头，脸色青白。

快给我爬下来！她声音不高，却很恶。我不理她，还去够那瓦松。

你不爬下来，我就爬上去。她说。然后扭着小脚走到梯子边，作势要踩。这个我怕。不是怕她真爬上来打我，而是怕她摔着了自己。她那老胳膊老腿儿，摔着了可怎么办。

好吧，我就爬下来。可往下爬比往上爬要难，需得脚指头抠抓着瓦，一点一点磨。声音还是很大，咯嘣咯嘣，好像随时要碎。好不容易爬了下来，她的扫帚也落到了我的屁股上。一边打一边狠狠嚼骂，你个赖孙，有本事就坐在那上头别下来，摔断了狗腿看你将来咋找婆家！

在房顶上能看见啥？有一次，她问。

啥都能看见。

胡说。

不信你也上去看看嘛。咱家房子最高，能看得可远。

也是，咱家的房子就是高。她得意了起来。只是得意了一瞬间，神情便又黯淡了，说，要不是你爷是烈士，就这大房大屋，咱家还能定上个贫农？

…………

走吧。甭看了。等翻盖罢就好啦。肯定卓得很。叔叔说。

老宅子很快消失在倒车镜里。问叔叔东半拉正在建的是什么，他说听人议论是一所学校，不是公家的，是私人的。破土动工时还有市领导来哩。我在手机上搜了一下，果然有这条消息。这所学校挂靠在一所赫赫有名的高校名下，总部设在省城，好几个地市都设立了分校区，发展势头咄咄逼人。叔叔感叹道，政府这是把东半拉找了个好下家。咱这西半拉地方也不小，想找个好下家也不易。这两年估摸是难，所以咱得赶紧翻盖。

拖拖也好。他又说，这半拉要是也拆完了，咱村就真没有啦。

这么大一个村子，以后就消失了？没有了？尽管已经消失的东半拉无比确凿地印证了这个论断，可一想到村子完全没有的情形，我脑子里还会有短暂的空白。那么，以后，还会有人知道福田庄么？没有了福田庄，还会有谁知道有一门姓地的人家在这个村里过了那么多年日子么？

一出村便可以看见北向不远处一片灰蒙蒙的楼群，那便是泉湖社区。听叔叔讲过这社区名儿的来源，说开发商不是要在灵泉那里建别墅么，他们最初定的名儿是湖泉别墅，给咱们社区定的就是湖泉社区。村里几个头脑人一合计，不答应，你说是先有湖还是先有泉？应该泉在先嘛。还有，泉湖泉湖，全乎全乎，多好。再说了，啥家都叫他们当了，咱们还不能定个这？到底依了咱们。别墅也改过来跟着咱们叫泉湖别墅了。我问，你也是那几个头脑人里的一个吧？叔叔说那能不算上我？

把叔叔送到楼下，婶婶已经在单元门口等着了。说已经做好了饭，非要拉着上去。见我拒辞，就上楼去拎了一个热气腾腾的袋子下来。原来是马齿菜鏊子饼。她说，你奶说你好这个。这是头茬的马齿菜，在麦地里寻了半天哩。如今野菜可是不太好找，用的除草剂太多。野菜都是草，除的就是它们。

给豫新扫墓时，从始到终我没说一句话，老原也没说一句话。直到车进市区他才问了句：去哪儿吃饭？我说不想吃了。他说总得吃点儿。我说家里有。我随便做点儿，你别管了。他沉默片刻说好。什么时候回村你等我消息，我到时候给你打电话。我说好。

26. 在

进家门的第一件事就是大哭一场。

一直不离开也就罢了，一旦离开，且离开了这么些时日，再进到这栋屋子，往昔的一切顿时如溃堤的洪水，既新且旧地奔腾而出，千军万马般扑面而来，似乎要把我碎成齑粉。

照片上的豫新还是那么安静。如果能从照片上下来，他也就是这个样子。婆婆去世后，家里安静了许多。豫新去世后，更安静。久久地，我和郝地会陷入沉默。安静仿佛是他们留给我们的最后礼物，他们用这礼物无声无息地包裹着我们，陪伴着我们。

这张照片是他最常用的证件照：家常的白衬衣，黑框眼镜，微微笑着。镜片有些反光。问他怎么不去做近视眼手术，他说近视的医生多了去了，你见过有几个做这种手术的？你将来要是近视了，我也不赞成你做。我说原来这手术是只哄外行的。他没有顺着我的话茬开玩笑，严肃道，这当然是医学科技的发展成果。选择做的人有做的需要，工作需要，职业需要，审美需要，心理需要，这些都是需要。只要需要就可以去做。我是没这些个需要。另外，这些身体器官能不动就别动，还是原装的最好。涉及专业领域的话题，他就会郑重解释，仿佛我是个小学生。

结婚后，豫新和婆婆对我更宠。如果说之前的宠还有些对友邻的表面客气，成为一家人后，这种宠很快由表及里，直至表里如一。豫新的工资奖金和外快全都上缴给我，婆婆一分都不沾手，当然我也没那么混账，该给老太太的也很大方。家务活几乎不用管，好吃好喝都先尽着我，生活习惯上也是十分纵容。比如回锅肉我喜欢吃不辣的，婆婆做这道菜时就是两盘，一盘辣，一盘不辣。比如我只要下班回家就要打开电视，哪怕不看也要听音儿。婆婆也是一个安静的人，对此却从无异议。我还有事没事都要神经病似的唱几句不着调的歌，她也都笑眯眯地任我唱。偶尔我兴致不高，没了动静，她就会有些担心地问我怎么了。他们的宠，怎么说呢，就像是——就像是让我回到了童年的福田庄。是的，尽管这比喻有点儿突兀，但我要说，确实很像。童年的福田庄里，我的日常就是东游西逛大呼小叫地撒欢，滚出一身浓浓的泥巴味儿。回到象城后，经过了十来年的努力淘洗，看起来似乎不再那么泥巴，可是只要见到亲近的人，只要浸泡在亲密的氛围里，就会迅速地原形毕露，泥巴味儿浓浓。豫新和婆婆对我的宠造就的舒适度正是这种泥巴里的状态，让我既能享受到一种重返童年的轻快幻觉，且没有任何后患。多么完美。

郝地出生后，家里就变成了我们俩一起撒欢。豫新说，听见我们母女俩的声响，就觉得家里像开了戏，锣鼓喧天。有一次母亲来家里坐，看着我和郝地没大没小地满屋子疯跑，还挺有些不好意思的，对婆婆自谦道，也就是您能容她。像她这种缺管少教瞎闹腾，换到别的婆婆手里，那可不敢想。婆婆轻言轻语轻笑着说，你可不知道，当了一辈子医生家属，我听得最多的就是这病那病，少得病不得病就是最大的福气。闹腾怕啥，能闹腾就是元气充沛，就是身康体健。过日子就得闹腾，就得人欢马叫。好着呢。我喜欢着呢。母亲又赞说萍萍生过孩子后身体更壮实了，都是您把她给调养得好。婆婆摆手说道是她身体底子好，这可是你的功劳。对了，她不是跟着她奶奶在乡下长到十来岁么，这也有她奶奶的功劳。乡下饭菜可养人呢。

母亲就沉默了。过后却还是不止一次地感叹说这真是最理想的亲家，家世好，长辈好，豫新本人的好自然是更不用说。要紧的还有那一桩：没有大伯子小叔子大姑子小姑子，干净利落一根棍儿。更没有那些拉拉扯扯的乡村关系，孤清是有些孤清，宁可孤清。

这话里满是前车之鉴的沉痛。彼时的我也很快认同了母亲的评判：于我而言，这婚姻确实是一个理想之选。难道不是么？虽然没有什么亲戚，却也没有什么麻烦，对于过好自己的小日子来说这多么重要。看看我的小日子吧，是多么典型的城市生活风格：周末短途旅行，小长假去稍远的地方，年假出国。寻常日子里就是正常上下班，带娃去玩，吃喝逛买，偶尔去趟健身房，或是和朋友们约个饭K个歌……我给自己限定的牵挂对象很有限，除了至亲的这几口，一个都不能再多。当然，也一个都不要再少。

可还是少了，一个接一个。婚前是父亲和奶奶，婚后第五年，是婆婆。

婆婆病重时，我克制着让自己安静了下来，也管束着郝地让她尽量安静。只坚持了两天，婆婆就阻止了，她要我和郝地该怎样就怎样。她把郝地叫到床前，摸着她肥嫩的小手说，多好。等郝地跑开，她又抓住我的手说，将来国家政策允许了，能多生一个就多生一个，能多生两个就多生两个。多好。

她的临终遗言是让我们把她的骨灰送到西藏去，她要陪着丈夫。又说，他有我陪着就中了。一茬是一茬的事。你们俩将来想在哪儿就在哪儿，你们自己做主。如果十分放不下，真想有个团圆的意思，就把我的骨灰留一把，到你爸坟前再抓把土，混在一起带回来。到时候都埋在一处，也就是了。

——想在哪儿就在哪儿，这话如今想起，竟觉得是如此意味深长。想去哪儿就去哪儿，这是平日里挂在嘴边的话。而当生命停止，哪儿也去不了时，对最后的归宿地，也只能用"在"。

你想在哪儿，就带我在哪儿。婆婆的葬礼办完后，豫新对我说。

好。我这么应。应得是那么自然，其实也是那么没心没肺。当时的我丝毫没有意识到他这话里隐藏着多么不吉的预言：他会在我之前死去。我得亲手将他埋葬，还将在他的墓前一次次祭拜。

我想在哪儿呢？

又能带你在哪儿呢？

照片上的豫新默默地看着我，微微笑着。

他是心源性猝死，在值夜班时。据他的同事说，当时还以为他只是趴在桌上小憩。秉承着素来的安静风格，他以貌似小憩的方式抵达了长眠。这是有福气的死法。几乎来参加葬礼的每个人都这么劝慰。我便相信。也只能相信。

27. 堵车了

一夜难眠。昏昏沉沉熬到天亮，强打精神起床，开始收拾东西。找出了些换洗衣服，却没有合适的鞋。仅有的两双运动鞋都带去了宝水，穿得还挺费的，需得再备两双。便出门去买。鞋店邻着家书店，蓦然想起娇娇来，又进去挑了一些书。回到家看时间将近十一点，正想再出门去买点儿吃的，手机乍响，是大英，晴天霹雳一样喊：快回来！人来了！

什么人？

来看景的人。游客！人山人海！大英嘎嘎嘎地笑着，那笑声在手机里都能算是高分贝噪声。笑了一阵，她攒了攒力气，又大声道：咱村堵车啦！堵车啦！没想到咱们这村子也有堵车的一天！

刚挂断，老原的电话就打了进来。接上我后却就近找了一家大超市停了车。我说不得赶快回宝水？他沉着道，也不急在这一时半刻，还是买点儿东西回去吧。只要车装得下，能买多少是多少。买了肯定都有用。

于是便在超市里扫起货来，挂面、方便面、火腿肠、餐巾纸、矿泉水、紫菜、虾皮，见啥买啥。老原边扫边给老安打电话，说就咱们厨房现有的东西，你看着做啥合适就做啥，价钱也看着定。今天你就算是正式上班。对了，试菜那天你的花销也归拢一下，这个月发工资一并给你。等他挂断，我说你还挺会笼络人心。他说好歹也开过几家公司，现在象城店里还有十几号员工，这点儿人心笼络不到岂不是白活。又道，人心其实好笼络。顺着人家的意思想想就知道。家底子不一样，钱在心里的厚薄就不一样。咱看那些菜钱没几个，或许能顶他两口在村里一个月的零花，能摊到咱这边的就摊到咱这边。既然雇了人家，咱好歹就得有个老板的气度。

说这话的老原有些陌生。以前和他在一起吃饭玩耍得多，因为宝水村的缘故而谈人论事，还从来没有如此频频。他不像是从前的老原了。也或许，他一直都是从前的老原，只是我不知道而已。恰如我一直都是从前的我，只是豫新不知道而已。

回到山上，已经是下午两点多。还没到西掌，果然就看见到处是车。本地车牌居多，外地车牌也不少，有一半是SUV，外地车牌里除了本省的，山西河北的也有。四方望去，沿着路停得满满当当。红红绿绿，男男女女，哪里都有人影晃动。这时候就衬出了山的大，好像多少人都能装得下。

西掌口的停车场已经几近停满。小曹正在那里忙活，彼此一笑，聊了两句。好不容易找了个空，把车停妥，我们便朝村里走。看外来的车还在不断地试图往村里进，我说咱们去劝劝吧。老原说没啥用。又揶揄道，要不你试试？试试就试试，我便去试。到后面找了两辆车去商量，果然没人搭理我。只好作罢，和老原在车缝中慢慢前行。到了西掌那里才明白也不仅是外地车的事，村里人也在添乱，平地里突然出来了很多山货摊子，核桃、山楂、柿饼、山药、菊花、小米，乃至于连翘、花椒，还有人卖核桃仁之间的那层分心木。好一派琳琅满目，也不知道他们都是什么时候存下的。

晃动的人流中，赫然看见了安嫂子，她也在摆摊子，卖的是柿饼，柿饼们整整齐齐地码在一个簸箩里，如玲珑小山。簸箩底儿铺着白纸，显得柿饼们的卖相格外好。一层薄薄的白霜下透出隐隐的红，深点儿的是褐红，浅点儿的是酒红。摊子上还摆着一个小白盘，把柿饼切成了几小块，扎着牙签，是让人免费品尝的意思。我不由暗暗赞叹，不愧是在武汉这样的大城市里待过的。

她也看见了我们，连忙打招呼。我们便在她摊子前站住，正想聊几句，就有俏女人从车里下来去尝她的柿饼。尝了一块便问她啥价，老安媳妇伸出了个巴掌说五块，那女人朝车里喊了一声：给我十块钱！十块钱就递了出来。女人抓了两个柿饼就进了车。

安嫂子便愣住了。张了张嘴，似乎是想要喊的样子，却没喊出来。尴尬又喜悦地笑着说，恁看看这事儿弄的。我是想说五块钱一斤来着。又要给我们塞柿饼吃，老原催着，我便忙忙往前去。离了几步，我们两个相视一眼，都笑。老原叹了口气，道，五块钱一斤还是一个，对那女人来说还真不是个事儿。这小财发的，够安嫂子乐一会儿。

在村委会门口，进去的车和出来的车正扭缠着，车喇叭都鸣得震天响。这会儿却不见了大英的影子，给她打了两拨电话才打通，只听见她嘴里塞着什么东西似的，吐字都不大清楚。嘟囔道，可别催我了，我这一上午忙活得心慌，现在才填上两口。快饿死啦。我说以为你只高兴就饱了，还能顾得上吃饭。她嘎嘎笑了两声道，你不知道，我跟别人不一样，一高兴胃口就更好，就更得多吃个一半碗。甭急，这就来啦。

已经到了这个点儿，做餐饮的这几家都还在张罗待客。每家院子里都人头攒动。老原家也是满满当当，吃饭的人嘴上都是油汪汪的，有站着的，也有蹲着的，拿的碗都各色不一，也不知道老安是从哪里凑的。两个地锅当院烧着，柴火灶周围热浪扑面。一个锅里翻滚着汤面条，一个锅里煮着咸米饭，老安搅完这个搅那个，又去厨房拿葱姜蒜，忙里忙外，一头细汗。看见我们回来就是一副功臣的表情，扬声道，米饭面条都是第三茬了，已经招呼了几十号吃家。老原拍了拍他的肩膀，说了声中。

进了厨房，案板上是花红柳绿一团乱，两个电饭锅也在哧哧冒气。我问老安汤面条咸米饭都怎么收费，老安给我比了个手势：十块。还在不断地有人来问能不能吃饭，也有不图吃饭的，只是进进出出照相。对于左右厢房这种款，简直是人见人爱。

一时间，我不知道该干些什么。到了大门口，试着以大英的心情欣赏一下村委会这边的堵车场景。这状态在象城自然是够不上堵车的份儿，在宝水却能称得上是货真价实的堵车，也确实让人有些蒙。数起来堵在中掌街面上的也不过是二三十辆车，喇叭按得此起彼伏，对头的两个车降下车窗正在拌嘴，山西牌照说就这路还拱啥哩拱，往后退退！另一个听口音是予城本地人，硬邦邦说你咋不往后退退？凭啥听你的。你咋恁棍儿气？想要横回你们地盘上再要！山西车提高了声儿说本地人咋啦，不要欺人太甚。予城车说出门在外矮三分，没听过这古话？

突然，肩膀被人扒拉了一下，回头看是老原。往后站，别碍事。他说。他的右袖子上裹了一块红布，看起来像是个袖章。手里还举着一个小国旗，挥来挥去，吆来喝去，有点儿像是个村干部，不，比村干部要洋气一些，那就是乡镇干部？只见他走上前去，跟两个车主说了几个回合，予城车主才溜着村委会的矮墙边儿，把车错进了村委会的院子，松动出了一点儿空间。

此时大英也赶了过来。本想跟她开个玩笑，可她的神情似乎不同寻常。细看她的眼角居然隐隐有泪光闪动，就止住了。我们就一起看着这些车。看了又看。大英终于开口道，咱村就是过年时车最多，可是再多也没有这个时候多。老人们都说没见过啥叫堵车，这回可是知道了。这就是堵车！谁能想到，咱村里也能堵车啦。

太阳已经开始西斜，阳光照在她黑黝黝的脸上，这张黑黝黝的脸，如同那种秋收之后刚被犁铧翻上来的墒很足的黑土地，此刻正发着一种油光。油是油的，却不腻，润润的，很养眼。

孟胡子也晃悠了过来，对大英笑道，还疯魔呢。别傻站着啦。堵车可不是一个好景儿，是病，得赶快治。西掌那边的空地不是临时停车场么？这时候不用啥时候用？大英也收了脸色，如常笑道，我能不知道个这？早就叫小曹在那儿守着哩。养兵千日用兵一时，千盼万盼就盼着这一天哩。听我说看见停满了，拊掌道，这就叫船到桥头自然直呀。孟胡子又叫她赶快到村委会坐镇去，想不到的零星事情多着呢。大英道，你指挥我团团转，自个儿倒成了没事人。孟胡子晃晃手机道，刚置办的新手机，像素高，我这总导演忙着拍镜头呢。今天可是剧情大丰收。

听见老安喊，我便回去，货真价实地支应起服务员兼老板娘的差事。应答问询，领看房间，有讨开水的，有打探景点的，有想买特产的，有找厕所的，还有合影要帮忙的，转眼看到有人下到菜地里，我又忙去拦着。楼上楼下地跑，纷纷扰扰，流水不断。

四点多时，门口的路面爽利起来。老原也回到院子里坐下，一气儿喝了两大杯茶，长长地舒了一口气，便和老安捋晚饭。夜宿客虽不多，想吃晚饭的却大有人在。要吃炒鸡的，要吃炖鱼的，要吃野菜的，要吃粗粮的，五花八门。老安显示出了承办乡间大席面的大厨风度，有条不紊，齐头并进。一边打电话调集着各方人脉送来各色荤素菜蔬，一边把能做出来的凉热菜理出了一个单子。冰箱里还有豆嫂存的豆皮千张，我点了个数便到豆嫂家付了钱，又预订下明天的豆腐，临走时她又给我装了些芥菜丝，另算钱给她，她死活不要，我作势生气她方才接住。又从孟胡子那里借来了毛笔，拣主要的菜名写在红纸上先张贴出来。那些不点菜的客跟我们吃例饭，也就是家常的馍菜汤——蒸馍、烩菜和面汤，按照老安的意思，还是每人收了十块。大烩菜的好处在于高汤打底，肉虽不多，却一点儿也不寡淡。且什么都可以往里放，因此虽然只是一道菜，其实是以一抵十的。木耳、粉条、腐竹、海带、香菇等这些干菜平日里都备有，发好就能用。油豆腐、丸子、酥肉等这些耐炖的半成品也很现成，熬到了时辰就放进一两样时令青菜，青菜在锅里翻个身，再撒上一把蒜苗出锅，妙不可言。若我是客，来到宝水这样的地方，必定就来碗烩菜即可。不过，此时作为老板的心理却不一样，点菜自然是好的。点菜是贵客。

转眼便到了晚饭点。可点的菜虽有限，点单率却高。老安在厨房，我和老原忙活外头，擦桌抹椅，摆放餐具，收拾碗筷，报菜传菜，结账收银，拿醋捣蒜，一边陀螺般转着，一边还得应对客们的搭讪。老板，你们这里好地方呀。是啊好地方。有山有水，青山绿水。是啊，欢迎以后常来。常来要打折的呀。那还用说，必须打啊。能打几折？打到骨折中不中？老原说必须得笑，哪怕是假笑呢。这是服务行业最基本的职业素养。

等把所有的客安顿妥当，天已经完全黑下，我们三个方才坐下来吃饭。老原突然想起来孟胡子，说他恐怕还没吃吧，就打电话让他过来。四个人围着一张桌子，每人一碗烩菜一碗面汤，就着一个大馒头，吃得那叫一个香甜。边吃边闲话。对于今天这个突如其来的人流高潮，我一直有些纳闷，孟胡子说他也有些意外，不过分析起来也有缘由：清明正日子肯定是都忙着上坟扫墓，亲友团聚。剩下两天开始游玩，日子短，走不远，只能就近。就近的选择一是有名气的老景，二就是类似于宝水这种刚出头的新秀。既是近客，老景肯定都逛得差不多了，可不就该轮到咱宝水了么。

正吃着，大英来了，脸含怒气。问她吃了没，她说气都气饱了。不是正高兴的么，怎么就气饱了？便给她盛了饭，她边吃边说了原委。她在村委会应付了半天，得空打电话给小曹问情况，小曹说镇上的店里有事叫他下山，他现在人不在。她有点儿不踏实，就来到了停车场。车已经走了不少，秩序倒也井然，却听见游客议论停车费的事，说方才有个村民在收停车费，每台十块，描述的相貌很像是大曹。她立马去了西掌，他家却关门闭户，她白喊了半天才作罢。孟胡子笑道，阎王一时不管，小鬼立马造反。大英悻悻道，这不是吃罢鳖肉装鳖慈？他敢隔着席抓馍，我就得剁他手！孟胡子道，我劝你把脾气放坦些，这才是刚开始。又何况这个小高潮来得这么突然，有问题是必然的。是好事，有人气儿才会有问题嘛。唱戏的行话是，拳打脚踢先上台，拉开了幕一场一场来。只要引来水，咱还怕修渠？问题来了，解决就是。我说那你还不快着些？孟胡子说，甭急，急也没用。快不起来呀。我现在想快，各家都忙慌慌听着自家的小算盘珠子响，谁听咱的呀。等吧，等过几天客少了，咱再开会集中说问题。这几天就是出问题时，就像春雨一下，地里庄稼长杂草也长。杂草是得薅，可刚出土的杂草最难薅，就得容它再长长。现在要紧的是把问题及时拢一拢，到时候掐住七寸说重点，治一回有一回的功效。

于是就开始拢，垃圾的事最不能耽误，先商定了村班子的几个人明天早上起来扫大街捡垃圾，把这小长假的最后一天给对付过去。又依次说到厕所，旅游线路，房价，饭菜价。拢完了，大英又目光灼灼地盯着孟胡子问，大曹的事咋办？可不能让他再去得利。

孟胡子道，那是当然。但必须得讲究方法，你不能猛张飞三板斧。客正多呢，你去跟他打架？跟你的性格合适，跟这个事儿不合适。得顾个脸面。他不顾村里的脸面，咱们得顾村里的脸面，不仅顾村里的脸面，还得顾他的脸面。好歹是一村人嘛。大英道，这我能不知？说到底，这是自家老牛拱自家麦秸垛，胳膊折了还是自家袖里藏。可也不能惯着他。得赶紧治了这个邪。你就说到底咋办吧？孟胡子道，不急，今儿先去睡觉。大英说逮住贼还不得连夜审，明儿又是一堆车呢，我怕他还去发黑心财。孟胡子道，放心，你把村委会的公章给我使一下，明儿我肯定把这个事情巧解决。大英恨笑道，我看你到底有多巧！虽仍是生气，细看却很有些喜气洋洋。

28. 弯刀就着瓢切菜

第二天早上，我是被各种响动闹醒的。鸟叫声，客人们的说笑声，老原的咳嗽声，老安往菜园里泼水的哗啦声，豆嫂来送货时和老安的叙话声，老安炒菜时勺碰锅的叮当声……擦了把脸，出屋，清冷的春天空气含着隐隐暖意，玉米糊糊粥的香味儿扑面而来。

有些意外。昨晚简单洗漱后躺到床上，浑身酸软。这么一通忙，很累，搁在以往，累是累的，可并不意味着能睡着。恰恰相反，累和失眠这两件事在我这里不仅很难形成因果关系，还常常和谐共存：累且失眠。又是头一次住这么多客，再加上老原的呼噜，原以为还会失眠一夜的，却在不知何时已经浑然入睡。

许久没有睡得这么好了。

怎么能睡得这么好呢?

心里一直难以安顿的那块地方,似乎有了些微的笃定和安宁。

早饭后听到大英吆喝秀梅去捡垃圾,便出来跟着她们捡了一会儿。刚回去便碰到一男一女送了一堆宰杀好的鸡过来,老安介绍说是黑岩北沟里养鸡的大老板,便打了招呼。夫妻都姓马,女人叫菲亚,染着黄头发,身材精瘦,小麦肤色,笑盈盈地说,萍姐,你回头跟原哥去俺那里要呀。

半上午,客陆陆续续进了村。孟胡子打过来电话,叫我去停车场看看。他说大英不合适去,他也不方便去,我去最得宜。为啥?因为你两不沾嘛,还是个女的,大曹不好把你怎么样。这倒也是。他能把我怎样呢。便去了。到了地方才明白了孟胡子的巧招。原来是贴了几张通告:

> 村道容易堵,
> 车多卡半路。
> 进退两难苦,
> 此是停车处。
> 免费! 免费! 免费!

颜体风端庄方正,遒劲有力。每一张都在左下角盖了村委会的大红公章。

站看了一会儿我便服了气,这简单粗暴的方法确实见效,车们都就地寻位,停得妥妥当当。问题就这么解决了。

大曹封着脸站在一棵树下,和我眼神对了对,我点点头,算是跟他打了招呼。本想走过去，再一想，罢了。站了片刻，他果然就走了过来，不待我问便开始叨叨，神情愤懑，俨然有理。我倒也有兴趣听听，就任他说。他说满村里，任谁都没有资格来收费，唯有他有。为啥？因为他家祖坟曾在这里，后来被孟胡子和大英狠劝才忍痛迁了。要不是为了支持村里的发展，谁家会轻易动祖坟？可以说为村里做出了很大的奉献和牺牲……倾听者须有态度，尤其是一对一时。我只有频频点头。可有意思的是，他说着说着就有些吞吞吐吐，话里有话的指向是大英太诡诈，联合着外人哄着自己吃了亏。我追问了两番，他却再也不肯往深里说。

疑惑着回去，路上给大英打了电话，汇报了孟胡子的巧招，她乐不可支。路过村委会时又被她拦住，问大曹说啥没？见我笑，便道，肯定说了。说的啥？我挑拣着说了几句，她又细问，我也就说得更细了些。原以为她会炸起来，却没有。有些生气，更多的却是得意，却也没有饶过去，还是朝着西掌方向絮絮叨叨嚼骂了一番：说我诡诈，我诡诈比你十万八千里地差！谁个不知道你，养个猫比老虎大，卖只鸡顶个马价，戴颗珍珠赛过西瓜！整天你日碌弄棒槌，仨砖支不稳，三倒油葫芦，耍蛤蟆挑长虫，满嘴没真言，叫人能信你哪一桩！……只见她的唾沫如小小的喷泉八方飞溅，语速也比平常要快，我本想劝，又觉得这一串实在是好，便应接不暇地听着，不合时宜地突然想起"大珠小珠落玉盘"的句子来。

嚼骂了一个段落，她方停住，嗔怪我道，咋没有点儿眼色，连口水也不给喝。我便笑把她拉向老原家，进屋落座，给她烧上水，再问缘故，她默了一会儿，终还是讲了起来。先是叹口气，说大曹也不易，兄妹两个，爹死得早，老娘腿脚不好，三病两痛的，不能离医院太远，妹妹嫁到了镇上，老娘就长年跟着闺女住。村里的小学合并到镇上后，两口子也下了山，把女儿曹灿也放到了妹妹家，在予城北郊开了一小吃店，卖凉皮米线之类的。离镇上也就是十来里，能经常去看老小。后来又生了曹阳这个宝贝儿子，喜得不行，做生意更来劲，不分个起五更落黄昏。本来日子还挺顺，直到三年前遭了大事。那天有人吃完凉皮没算账就走了，他呵斥老婆出门去撵，跑得急，过马路时被车碾了身，当时就没了气。你说说这值当不值当，为了几块钱，殇了个媳妇儿。那媳妇才是命苦，脾气好得绵羊一样。大英又叹一口气，说他一个人撑不起生意，也不能再挤在妹妹家，就带着儿子回了村，起码有房子有地，吃住没花销。凭着木工手艺，他三五不时地给云里景区的店里送些拐杖和根雕之类的活计，赚点儿钱填家用。逢到礼拜天曹灿回来看着曹阳，他就进山找料。平日里若是进山时就把儿子托给这家那家。要说也是个勤快人哪，熬成这样也可怜。不过话说回来，也实在是有可恨处。家里几辈子做小生意，秉性死抠，啥事都是斤斤计较棒棒见血。停车场那事也是个这。当初村里选定了那块地，曹家坟就在地边儿上，尤其是大曹这一脉的坟头还跨占着一小块，看着实在不像那么回事，就说服曹家迁坟。曹家几门都允了，唯有他死犟着，非要上万的补偿款。我从哪儿给他弄哩。愁来愁去，明路不通，只好暗道。就找了个风水先儿给他算，说他家坟地煞气重，不然他媳妇年纪轻轻的也不能出这档子事，要是不赶紧迁，以后有啥坎儿还难说。看他信了，就立马给他定了近日子，说就那一天最好，三下五除二就迁了。迁过了他才醒过了劲儿。

那你，这事，确实是……我斟酌着，一时找不到合适的话。大英撇嘴道，弯刀就着瓢切菜，这事也只能这么办。虽说不到桌面上，不过我也不亏心。我为谁哩？话说回来，谁没有点儿冤屈？你手指头上拔根刺，不还得费点儿肉星星？

我点头。也只有点头。又问，那风水先儿是赵先儿？她笑道，咋能是他。肯定是个外路人才中呀。不过，她往前凑了凑，神情诡秘又可爱，这主意是孟胡子出的，风水先儿是赵先儿找的。俺们这叫集体智慧吧。我说你们这叫合谋作案。她嗔怪着推搡了我一下。

待她走后，不等老原问，我便一五一十地跟他说了一遍。老原说，你这可是故意架桥拨火传闲话，咋那么坏。我喊冤道，是她非要问我的，难道我能不说？他说你当然能，即便说也要看怎么说。像你这种挑三窝四地说，要么就是看热闹不嫌事大，要么就是按捺不住那颗熊熊燃烧的好奇心。我只好承认是自己确实好奇。老原笑道，也好，都四五十岁的人了，还能这么有份心，证明还不老。我问，难道你不想知道？他笑道，没你那么想。

29. 极小事

之后的十来天时间里，忽然又没了客。大英疑道，不会是麦秸火吧？只能烧这么一轰隆。孟胡子叫她放心，说等到五一前后客源就能稳当。这期间是个空当，该打理的正好赶紧打理。要张大包在祖槐树周边用青砖砌了宽宽厚厚的一圈，说大夏天客们在树下乘个凉也是个座儿。围着宝水泉又搭了一圈小围栏，说免得有客把手脚伸进泉里。还细定了一遍观光线路，说客们进村后先到哪儿后到哪儿，咱定的这个线路就是主心骨。定妥了线路，具体怎么介绍景点又成了个事。孟胡子说，云里景区的经验现成摆着，每个地方总得有点儿说辞才能成个文化。不然干巴巴地一指说，这是宝水泉，这是关帝庙，叫人站两分钟就走？咱们平日里不是常说典故？啥是文化，这都是文化。游客们来，不就是要听这些个嘛。不过，嘴里说是一样，成了文儿又是一样。说的人东一嘴西一嘴，七零八落不成个体统。总得稍微打理一下才像个样儿。这活儿我自然没逃得了，在孟胡子的指导下，和小曹合计了几天才基本定妥。

各家户也有了些细微变化，零零碎碎中暗潮涌动。张大包、豆嫂等好几户都买了大冰柜。豆嫂家的是豆哥从外头带来的，据说是二手。秀梅超市频频进货，进货档次明显比之前要高，也更时尚，网红的零食色色俱全，价格自然也比山下贵了些。张大包自诩是西掌第一家，给自家店取名"头号院"，还在停车场和西掌口各立了一个硕大的指向牌。这个头儿一开，有样学样，有几家就跟着做了出来。一个比一个大，一个比一个野，让大英给斥责了几番才不情不愿地拔掉。有不少人家都到集上买了一摞摞的彩色塑料筐准备卖山货。大曹整天往深山里跑，扛回来各式各样的棍棍棒棒，说是要打磨拐杖。赵顺的小儿子赵和两口原本在镇上住的，这些天穿梭似的来来往往，张有富的儿子媳妇在村里露面的次数也多了起来。田边坡下散落的磨盘、碌碡和碓臼等也都被人收进了门，估计要成一景儿。还有几家想要动工程，被大英拦住说，客来是看景儿呢，还是来看恁盖房弄得水泥砖瓦飞土扬尘呢？要动工程，等到秋后农闲无客时再说。到时镇上统一过手续。

老原这两天回了象城，店里没什么事，我就和老安合计新菜单。山韭菜和菊花苗都长得茂盛起来，抽空便去采了一些。菊花苗和人亲近，人烟兴旺处就长得格外好，味道也格外清香。没人气儿的地方味道就苦。蒲公英和车前草都喜路，越在路边就越长得好。荞葱却是爱在远人处，在更深的山里，整片整片长在向阳的坡上。那亭亭玉立的绿棵棵，迎着阳光迎着风，如最纯最娇的女孩子。也很好采，一揪它就出来了，出来的那一刻还有弹性呢，跟抽蒜薹一样，腾儿的一下，腾儿又一下。秀梅说，这么采不伤根儿，不影响来年重长。唯一需要注意的是不要采到藜芦。"仨叶藜芦像俩叶荞，白天吃下夜里难活。"意思是仨叶的藜芦长得很像俩叶的荞葱，如果误吃了就会中毒。村里就有人错吃了一口藜芦，没办法，喝了好多大粪汤，把胃倒干净了，才捡回了一条命。秀梅说，以前咱们的荞葱都送到景区的饭店里，咱送三块一斤，人家的荞葱炒鸡蛋一盘卖二十。以后咱们也能挣着这份儿好钱了。又叹道，荞葱就是时节太短，叫人吃半月想一年。

上菜单的还有构穗，它是构树的花，做成蒸菜也很鲜嫩可口。木兰芽则是栾树早春的嫩芽，也长于向阳山坡，掰下后需得经洗煮泡等一套程序把苦涩去净后方才显出其独特美味，用来凉拌、热炒、做馅都是好的。

这些天，我也开始泼茵陈水喝。和大英挖的那点儿茵陈我放在阳台的窗上晾晒了几天，等到根叶都干硬了便装进了瓶子里，竟忘了喝。老安看见说，这么好的东西老放着也会减了药性，还是喝了才不可惜。便取了一撮拿到厨房去洗，老根儿似乎带刺，洗时手会毛扎扎地疼。淘洗了几遍，好像还没有淘干净。再一想，它不就是这么毛毛糙糙的么，怎么可能是我习以为常的干净呢。再说，什么又是真正的干净？它这样子或许就是真正的干净。

把洗好的茵陈放进透明的玻璃茶壶里，用烧得滚滚的水冲进去，这就是泼。水里的茵陈由白蒙蒙的隐约绿色渐变成了细茸茸的清晰绿色，滤出的茶汤是自自然然的淡黄色。一股浓烈的气息瞬间涌上来。这气息难以名状，也许只能说是蒿气。

九奶的身体似乎更硬朗了些，见天去娘娘庙上香，有时由安嫂子陪着，有时便一个人。路过原家门口时，必定会坐下歇歇脚。听到她的响动，我便出来陪坐一会儿。便有人跟她开玩笑：又来给你干孙子镇宅啦？她便嗯，笑眯眯的。有一次，给她端了杯刚泼出来的茵陈水，喝着喝着，她忽然说，这水好。有一年他得了肝上的病，有偏方说用新出的麦苗配茵陈，加上大枣熬水喝，他喝了一春天，吃了一筛子枣，真就好了。他是谁？我问。九奶闭目不应，似又睡着了。

茵陈很耐泼。放一撮能泼上十来道，喝上大半天。越喝越觉得泼这个字妙，比冲，比泡，比煮都要好。活泼，泼辣，泼皮，泼洒，哪个词组出来都有力道。端起杯子，在阳光下看杯里的茵陈，那些老根儿呈现出淡淡的白黄，似人参般。再贴近看，又仿佛是倒地的树，莽莽苍苍的一片，竟然如幽深的微型丛林。

30. 开大会

村民大会的日子定下来后，大英在喇叭里喊了两天，说地点是在学校，时间是下午三点，各家都要来人，要来就来个当家的，当家的来不了也要来个嘴巴巧耳朵灵的，好来回传话。想问啥想知啥，会前这几天都好好寻思寻思，咱们开这会就是拽下帘子说话——没里间没外间敞开了扯。我给老原打电话叫他回来，他说原本正想回村，那还是错过这个会再回吧。这种会有啥开头儿，一群乌合之众。这话让我有点儿动气，欻他道，你以为你不来开会就不是乌合之众了？

那天下午两点半不到，大英就喊我过去帮忙，说已经陆续来了人。在学校门口恰碰到了杨镇长，他和王主任正从车上往下搬投影仪，交给孟胡子安置后便在孟胡子屋里喝水，问大英能来多少人，大英说，肯定不少。又不是早些年，开会一要钱二要命的。我问要钱要命是什么典故，她说收交税呀费呀不是要钱？计划生育引胎流产不是要命？这些差事臭百里，登门入户人家都不愿意跟你打照面哩，还来开会？发洗衣粉也勾不来人。眼下却都是为了自家挣钱，咱们这是给打瞌睡的送枕头，咋会不来？杨镇长摇头叹笑道，那些年的工作也不知道是咋熬过来的。别说要钱要命没人来，选举算是个热门儿事吧？召集人也可难。我包过的一个村因为占地修路和乡里搞对抗，村民们都不去选举。为了让大家去，我就吆喝说一人领一包方便面。人倒是开始来，可方便面不够数发。小卖部里数多又不贵的就只有啤酒，那就每人发一瓶啤酒。啤酒比方便面贵一块。结果领了方便面的人又吵吵开了，说啤酒贵方便面便宜，为啥叫俺们吃这亏？还非要把短的这一块钱给补上，听我说没钱就要求打白条。为了开这个会我打了一堆小白条，你说多丢人败兴的。

教室的廊厦高地面两级，便成了临时主席台。孟胡子熟门熟路地把投影仪安置好，伴着《步步高》的音乐，白布上便循环放起了幻灯片。其实都是照片，下面配着简要的文字说明。版式是一页两张。同一个街面，这边垃圾满地，那边一尘不染。同一栋房子，这边修之前，那边修之后。同一个院子，这边有篱笆，那边没篱笆。两边对比得相当鲜明。村容村貌固然是有了不少改观，更有意思的却是摄影角度的变化，几乎能带来魔幻般的艺术性。在报社工作多年，这些伎俩我早已经习焉不察，不曾想到能被如此实用，且效果不错。早来的人都津津有味地看着。不时发出会意的笑声，边看边感叹：

嘿，现在这科技，就是卓。

还是人家孟胡子手快。要不是当时拍了这片，过去啥样子就都忘得光光的。

那可不是。记吃不记打，你说说人的忘性有多大。

放了几遍幻灯片，又开始放视频。第一个片段就是孟胡子在进行有奖问答，让大家猜一个塑料袋扔在那里不管，它混进土里多少年才能自然降解。谁先猜准就奖励一个垃圾桶。看众人迷茫着，他便又解释，自然降解的意思就是叫土把它吃化了。片刻静默之后，抢答声夹杂着笑声此起彼伏：十年！五十年！三百年！二百五！录的像素不高，却也能清晰地辨认出喊十年的是七成，喊五十年的是大英，豆嫂喊的两百年，喜滋滋地拿到了垃圾桶。

还有一段是孟胡子问村民们答，一句跟一句。

我不能说把卫生搞好就能致富，不过大家伙儿想想，垃圾满地，这能不能致富？

不能！

是更不能。要说把卫生搞好就一定能挣钱，这是过头儿话。不过我敢说，卫生搞不好，一定不能挣钱。别说留下客吃住要了，退一步说，即便你想卖个山货，价钱就得受拖累。再退一步说，且不论挣钱不挣钱。咱村好说也有三五百年了，想想咱们祖辈，在这里过活恁长光阴，从没有像现在这样弄出这么多垃圾来。咱们算是糟蹋得可以了。自己看着是不是都嫌弃，是不是都不好意思？咱要是把咱村打理得干干净净，自己看着是不是都亮堂舒心？亮堂舒心了，是不是就有助于身体健康？我说得在理不在理？

在理！

镜头扫过的画面颇有些像幼儿园里的"排排坐，吃果果"，众人乖如巨婴的情形有着莫名的喜感，却又让我觉得莫名的难过。

将近三点时，院子里已经坐满了人。有些人家来的不止一个。老两口，小两口，爷俩，娘俩，都有。所有人都在聊天，每个人都在说话，被迫着每个人的嗓音都很高。不过只要大英一开口，那还是数着她高。她开场先讲了几句，主要是强调纪律和介绍领导，然后就叫孟胡子讲。孟胡子清了清嗓子，大约一分钟的时间没有说话。这期间，满院子便全都静了下来。孟胡子的声音再次响起时是前所未有的严肃庄重：老少爷们难得这么全，咱们今天好好说说话。我先说个基本看法，后头的事都是顺着这个看法捋下来的。咱们一起好好琢磨琢磨，商量商量。咱们宝水，跟云里这种正儿八经的风景区不一样。咱们不收门票，吃住不贵，想悠的地方可远可近，想耍的地方可多可少，是个闲住散心的好地方。所以咱们要有一样本事，要叫客没事就想来住两天。要叫客成了回头客，回头客口口相传，就会带来新客，咱们能挣的钱就长流水不断线。所以，咱们就得扎扎实实待客好。我讲得在理不在理？

在理!

他就放松了口气,笑道,在理就中。下面咱们就一样一样捋。

头一个说的还是垃圾。孟胡子还是先放照片,不过都是新拍的。原来清明节那两天里,孟胡子不仅拍了热闹场景,也拍了各个角落里的垃圾。每放一张,众人都哦一声。放完了垃圾,又开始放那两天捡垃圾的人。每个捡垃圾的人都有特写。特写我的那张,我的腰弯得超过了九十度,应该是正在捡草丛里的碎纸片。逆光的人脸几乎是黑的,正想着除了我自己,恐怕没人能认出来。孟胡子突然问道:这谁呀?有几个声音随即零零落落地答:

地老师!

原家的!

轻微的哄笑声中,不知怎么的,我浑身的血就突然热了一下。

哦,我还以为是咱村的谁呢。孟胡子笑道。

响起了几声讪讪的笑。

放完后,孟胡子说,这回的垃圾虽然也是垃圾,不过跟以前的垃圾可不是一码事。打个比方说,就像生小孩前家里乱,生小孩后家里也乱,可乱跟乱不一样。现在咱这垃圾,是有人气儿的标志,是咱要红火起来的声势。算是喜信儿。这就出来了个问题。以前咱们是各扫门前自家雪就中,公共面上的垃圾没几片,不算个事。以后这就算个事儿了。这个事儿咋办,咱们得议议。

人群里先是沉默了一会儿。一个声音突然冒出来:镇里办!

扫个地,还叫政府给你拿钱,惯得你。你吃饭咋不叫政府喂你嘴里呢。杨镇长终于开了口。

就都笑。

既然今天我来了，也给老少爷们承许点儿事。原则上还是那条：村管收集，镇管转运。以前我承许一星期来运一回，以后我承许需要运几回就来运几回，一天十趟也来运，保证不能叫垃圾臭着咱宝水。但是有一条：这地怎得自己扫了。老少爷们不能啥事都靠在政府身上。扶上马，就不再送一程了。送你一程你叫送两程，送你两程你叫送三程，越扶越软，越扶越有指靠。所以咱就不送了。你上了马，就得学会骑马。从马上摔下一回两回的，不打紧。做啥事没风险？何况咱们都这么精明，吃点儿教训都是经验，保证越骑越好，走上金光大道。

这就解决大问题了。谢谢杨镇长！孟胡子接过话继续道，看大家伙儿的意思是公共面儿都不想操心，那恐怕就得去雇人。村里可没这项钱，得从各家各户凑。凑多少，雇谁，这就又是一桩事。真要雇人，恐怕也还是得用咱本村人，人家外村天天来咱村扫地，也不合适不是？

叫豆家来！老本行了！有人喊。众人便都看向豆哥豆嫂。豆哥笑而不语，豆嫂应道：少提这一茬！豆腐才是俺家老本行哩。众人哄笑一声。孟胡子道，不能胡乱撺掇。肯定凑不出几个钱，谁愿意揽下这事，其实都是为村里做贡献。咱得凭人家自愿。不过这事也不能等，要是眼下没人领，我先说个办法。咱们各组管各组，各自出政策，实在不中就组长干。谁叫你是领导哩？东掌到中掌和中掌到西掌这些路面就先由村干部们轮班扫，村干部嘛，多干点也没啥。谁叫你是村干部哩。我说这中不中？

中！异口同声。然后就都笑。孟胡子问垃圾这事谁还有啥话没有，豆哥突然开腔说想跟杨镇长提个意见，人群便静默下来。杨镇长朗声道老哥你说。豆哥说，有回见你从村委会出来，往街面上扔了个烟头。你是领导，得注意带头讲卫生。杨镇长瞬间接道，说得对说得好！我接受批评，今后绝不再犯。请大家继续监督，也请大家原谅。突然又软了声调撒娇道，要说也必须得原谅我呀。我为啥抽烟？还不是愁的？为谁愁？还不是为你们愁？众人便又笑，笑得很欢。

第二项说的是上厕所。孟胡子说村里有学校一个公厕，就不再建别的公厕了。要是客走到你家你就大大方方叫人家上，上个厕所能咋的？没啥不安全的，别把你家金条放在厕所里就中。也千万别想着收个块儿八毛的，没啥意思。你最好把手纸准备得妥妥的，再放盆花草，弄出点儿小气氛，焚点儿香去去味儿更好。我跟你们说，人上完厕所心情一般都不错，你再跟人家言来语去地扯几句就更卓。这就加强了感情交流，这就能把人心热住，吃住咋会不先挑恁家？这能有啥成本？别看是小意，能钩来大钱。抓大放小，这都是门道。

吃住怎么收费是重中之重，议的时间便最长。孟胡子先让自由讨论了一阵子，末了方才总结说，我只强调一条：钱不能乱收。比如说，标间里有空调有卫生间的，一晚上一百算是个普遍行情，可也得看具体情况灵活浮动。你家空调是大牌子，噪声小，客人居住体验好，那你多收个二三十、三五十也中。要是硬件差一些，那就往下走走，七八十、八九十这也中。再差些的没空调没卫生间，一大间铺四张床的，一张床收个二三十、三四十也不错。这几个层次错开来，游客们也有个自由选择。总而言之，虽然是各说各家，一户一情，咱心里也都得有个准星。硬件差的你想要高价，或许也能有客，不过别觉得你就沾了光。保准没了下回。挣得少的也别觉得自己吃了亏，客觉得划算，下回还来。还有服务，你服务得好，肯定有客回头，服务不中，那就没有。谁都会算账，光你会？亏光不在这一点。总之是，敬着外客，不要存着欺诈的心。平头比比，更不要内里闹将起来。

喝了两口水，缓一口气，他又道，点菜的钱，也不要太乱，比如说，一只土鸡，一百八也敢要，五十八的也有，这不中。得大致统一。太高了是讹人，太低了不好往上抬。我的建议，就定个九十来块，九十六九十八的，将到一百又不超一百。我朝黑岩北沟里养鸡的马老板打听过了，一只中不溜的土鸡三斤左右，成本也就是三四十块。咱能翻出一两倍挣，这还不可以？

九十多不算便宜。秀梅说。杨镇长接话道，这么看证明咱村人还是厚道。说起来都是教训。云里村比你们走得靠前，经验教训累积了不少，我给大家传达传达。当初给他们农家乐定指导价时，专家们就建议他们定得高些。一来显得出东西主贵，当然确实也得用好材料。二来定一回价起码得管个两三年，一年一涨价也不像话。起点高些，短期内不被动。三来利润大，不吃亏。可咱没听专家的，起初三十五十的，还是小脚走路，后来看势不错就来了个步步高，一下子又蹿得太猛，游客就开始投诉，费了可大劲整顿，才打成了现在的条缕。你们这就知道了吧，发展慢不见得是坏事，老俗话说，快走多跌，快吃多噎，踩着他们跌过的印，咱们就能够选对避错。老俗话又说，迟饭是好饭。咱宝水赶上的就是好饭。

最后说的是招牌。孟胡子说，跟老少爷们儿正经告知一声，以后可别在路上打土广告，妨碍交通妨碍看景。还有，你以为你家的招牌做得傻大那就成功了？就能显露出自己家了？没用。咱这山恁大，以前人家咋不爱来？你把卫生弄干净，把饭菜做好，你擀的面条，你蒸的馍，你挖的野菜，你的山山水水，你种的庄稼地，这些就是最好看的。要是你胡乱弄，我也胡乱弄，就破坏了咱们村的整体美。不管恁在心里咋算自家的小账，在外人眼里，咱村就是一个整体美。我听有人说，赚着了钱，就美嘛。赚不着钱，就不美。这话也对。可想要赚着钱，就得先有美。人家为啥来咱山里？美。山清水秀咱们是看惯了，他们平素看不着。庄稼地、梯田、石头房子就是咱们的日子，他们平素也看不着。平素看不着的东西就都想去看了？也不尽然。地下煤窑平素里也看不着，谁想去看来着？还是因为咱们这里美。所以呀，咱们一要知道咱这美。二要知道咱这美在啥地方。三要知道咱啥地方不美。四要知道咋让不美的变美。五要知道咋让美来赚钱。然后呢，用美来赚钱，在赚钱中变得更美！要是都不顾大局，你破坏一点，我破坏一点，人家来咱村还能看啥？嗯，还能看啥？总之一句话：烧柴烤火家家暖，火点着房一村事。好好想想是不是这个理儿？不等有人应，大英便接话道：村委会刚做罢了决定，就这两天，村里统一做指示牌，不影响看景，不影响行路，一块牌上标指几家。只要是搞经营的名号，家家都有，一户不落，放一百个心。

所有人都沉默着，像小学生在听训。秩序好得让我意外。忽地想到农具的事，便忙给大英发了条微信，可她根本顾不上看手机。便又发给孟胡子，然后举了举手机向他示了下意，他挑了挑眉毛，表示懂了。等大英说完，他马上接话道：我再提提农具的事，这事儿说的时间不短了，把恁家的旧家伙寻出个一两样叫地老师挑挑呗。这事儿人家地老师也是帮忙，人家恁上心，咱们也上上心，中不中？

有钱没有？突然有人问。就都笑。笑声未落，大英就吼道：给钱的那不叫捐，那叫买！想钱想疯了？咋啥钱都想挣?！缓了一缓，又道，要钱是没有，不过能发个荣誉本儿，盖咱村的章，也算是你给村里做贡献的证明。到时候是谁捐的也会落上谁的名儿，贴在旁边，叫你们光荣上榜。游客来了都好照相，好发个朋友圈，你们也就能跟着名扬四海。大领导也会来看，说不定还能得着他们的表扬哩。用不着的东西，白搁着也是个坏，如今给你们个机会，又做了贡献又扬了名，咋不好?！

第二章　春——夏

1. 豆家事

这天十来点钟时便听得秀梅家那边热闹起来，出门朝她家瞧望，方想起来她家是今日应"好儿"。大英、孟胡子、张大包等一干人都已在门边站着，峻山和秀梅两口子的腮帮子上红艳艳的，也不知被谁给擦的口红还是胭脂。秀梅喊我过去，我便回房拿了红包走过去，随着一干人流水般地进了门。礼桌旁边贴着个小条：收礼不待客。我问张大包，现在都兴这个了？倒是利落。张大包笑道，谁还差一顿饭？省了多少麻烦。

没饭可吃，也不过是贺个喜，瞧瞧家具陈设，再说上几句场面话。两边的大红贺联一看就是孟胡子的手笔：

迎八面春风入院
接四方贵客归家

便冲着这字可劲儿夸。

门头匾还用红绸子蒙着，不一刻，赵先儿吆喝着吉时已到，大英和孟胡子便被请了过来站定两边。赵先儿又说了几句吉利话，便领喊众人一起倒数三个数，两人各扯着红绸子的一端，使劲儿一拽，黑底金字的"山明水秀"牌匾便露出整个儿真容，众人一片喝彩。鞭炮随即炸裂裂地响起来，一挂接一挂，衔接紧密。

便在这声音里看房子。一楼熟，二楼我还是第一次上。主屋和两边厢房是客房，实木的桌柜床架都只刷了一层清漆，虽显简单却也清爽。临街是餐厅，装着大落地窗，安放着几套餐桌椅。秀梅说是孟哥设计的，让客边吃边看景。孟胡子道，不是有两句诗么——地老师你准知道——"你站在桥上看风景，看风景的人在楼上看你"，就是这个意思。客看着外面是景，外面看着客也是景。客在这上面吃着饭，就是一幅活广告。隔锅饭香嘛，里头吃饭的人越多，外头想进来吃的就越多。大英道，鸡飞旺枝，猪吃抢食，也是这个意思。就都笑。孟胡子道，意思是这个意思，话不是这个话。以后客多，咱们张嘴前都得思思想想，不能像她这样太随心随意，碰上挑理的客，可不饶你。大英道，一不小心叫老孟揪住了辫子，咋还成了反面教材。

笑了一番，也便散了。我和孟胡子前后脚出门，迎头碰到豆嫂也来随礼，端着一盆豆腐，于是又站住和豆嫂寒暄。豆嫂对孟胡子说她已经盘好了馅儿，要孟胡子中午去她家吃饺子。饺子我也许久没吃，心里一动，便搭上话，问她给孟老师备的是啥好馅？她说没啥大鱼大肉，就是笨韭冒了头茬，包个韭菜鸡蛋馅饺子。哪里来的笨韭？就是在俺门口的菜地里嘛。搭了块塑料薄膜，就拱出得快了些。正月葱，三月韭。都是春鲜。这韭说的就是笨韭，对身体可好着哩。那味儿跟山韭可有分别。说着便又把话茬朝向孟胡子，等孟胡子应下来方才顺便邀我，我自是答应。看着她走远，问孟胡子该拿着什么分寸的礼，孟胡子说我拎瓶酒，你看着办。我便拐进秀梅超市问秀梅，秀梅笑道，那你就拎壶花生油。这是天天要用的实在东西，村里人不爱虚的。你们俩有酒有油上门，这意思也好，长长久久，越过越有。我便照办。她边结账边说，看你这顿素饺子吃得，活活一个肉价钱。

又过了一会儿，眼看着过了十一点，我便叫孟胡子一起去，孟胡子说他还有点儿事，叫我先走。他这么一说我便回过神儿来，一男一女拎着东西一块儿去人家家，这可像怎么回事儿呢。

花生油果然很中豆嫂的意，她兴高采烈地接了过去，笑容都油光光的。她正在门口跟香梅说话，香梅端着一个不锈钢小盆，装着几块咸菜，笑盈盈地听着。她穿着件藕粉小薄袄，戴的却是浅绿碎花围巾，这搭配很容易俗土，在她这里却是恰到好处的娇俏柔媚。衣服这事，说到底还是看在谁身上。

豆嫂说的正是腌芥疙瘩。她说俺这芥疙瘩可不是光寻常地一层一层地撒盐就妥，最费功夫的是倒两回缸。头一回是下盐的隔天，第二回是又七天以后。第二回倒缸时不是腌出来可多咸水儿么？这些咸水儿不能扔，加了花椒大料香叶啥的熬成老汁儿，末了再熬点儿糖稀倒进老汁儿里再腌回去，这样腌出来的芥疙瘩切成细丝儿，加点儿醋和小磨油拌一拌，孟胡子说要是放到城里，一碟能卖上十块哩。听我也夸，便又对我说，等饭罢了给你拾些。想不到你恁洋气的人，口味倒跟咱们是一厮的。待她讲完这一截，我便问香梅下载抖音了没有，她说下了。我说秀梅一直念叨着叫组队拍点儿啥呢。她抿嘴一笑说，行啊，听你们的呗。寒暄几句，便转身扭扭搭搭地走了，步态袅袅婷婷，如一枝浮行的花。

豆嫂家坐北朝南，是方方正正的阳宅。倚着东墙外加盖出一间横长的小房，旁边码放着好大一堆柴火，柴火上面蒙着一层塑料布，塑料布上又压着石块砖头。我进去看了一眼，窗户不过是用几根木头粗粗一拦，四面透风，里面摆着缸缸盆盆，很干净，一看就是做豆腐的地方。再远处还有一间小棚，里面哼哼唧唧的，一听就是养着猪。我说你这豆腐房和猪圈搭得多好，占不着院子里。她说你没看咱家紧贴着东掌东边沿儿，多偏。咱占不到中掌那金贵地方，白白眼气也没用，门前屋后可用的地能宽展就宽展些，也算是捡上点儿偏的好处。

再看她家门口的菜地，绿茵茵地长着各色菜蔬，果然要比别家大上许多，是长方形的一溜，几乎快延展到了另一家的门口，那家显然就是最把边儿的，门头一把大锁，门口荒草掩映，都看不见路缝。便问她那家是什么人。豆嫂道，你没听说？那家人在外打工，好些年不回来了。怎就不回来？是不是发了大财？她咻道，发了大财那还能不回来显摆？这话古怪，便问她缘由。她笑道，你该问秀梅呀。原来这主家是秀梅的堂兄弟，长得大高个子，人便称大个儿，在外打工时叫流水线的皮带绞住，废了一只胳膊，便再也打不得工，只好在老家守着。他媳妇便跟着熟人去了外头，那人是他拜把子兄弟，葡萄峪的，老人有病，他便留媳妇在家照顾老小。留下来是一男一女，在外头也是一男一女，免不了互相照应。就有了闲话。人家两家的事，愿咋就咋呗，偏有人把丑话说到了大个儿脸上，大个儿气不过，过年时两家人喝酒，他竟然扎了把兄弟两刀，也亏得他只有一条好胳膊，也不知咋使上的劲儿。好在伤不重，不过也免不了住监。听说去年出来了，没见他再回来过。哪有脸回来。我问，那他家这宅子就这么荒着？她道，荒着呗。再荒着也是人家的，再荒着也是老宅。

到堂屋里坐定，豆嫂沏上了一壶山楂水。山楂切片，放一点儿糖，用滚水冲泡得酸甜可口，村里人就当了家常茶。原以为山楂都一样，来这里才知道还分药山楂和水果山楂。水果山楂个儿大籽儿少，味道淡甜不酸。小山楂是本土的笨山楂，因没有经过什么改良，是原汁原味的酸，籽儿也多，也只有这种山楂才能入药，所以村里人又叫它药山楂。药山楂果肉又能分出黄红两种，黄的犯甜些，红的犯酸些。这里用来泡茶的都是药山楂，水果山楂通常都是卖下山去到城里，天冷时做冰糖葫芦用。

她家堂屋也是两层，也贴着小长条白瓷砖。东西厢房都是老房子，东厢房是灶屋，西厢房是放农具的仓库。东厢房和堂屋之间的天井搭着宽宽展展的外楼梯，通到二楼。豆嫂说二楼住的是儿子媳妇，其实也没住几天，白空着。她打算把他们东西腾到楼下，楼上全用来待客，就是不知道干餐饮还是干住宿。餐饮呢，来钱快。家里的豆腐豆筋千张也都能顺水推舟地卖。住宿呢，轻巧一些，就是不知道能不能稳把稳地挣到钱。谁不吃饭呢，是吧？可来的人都开着车，来了去了都哧哧溜溜地方便，不一定会住呀。请你们来吃这顿饭，就是想叫你们帮着拿拿主意。我说孟老师是专家，听他的就妥。她说人多出韩信。他说他的，你说你的，说不定也能指条明路哩。看见豆哥从外头进来，又喊着让他再去请一下孟胡子。

饺子还没包完，我便上手帮忙，她不让，说展眼就妥。她擀皮儿真是一把好手，一手拿擀杖，一手转皮儿，一张皮儿转一圈，擀出来的皮儿中间厚周边儿薄，包时这薄边儿往里一合，中间厚的皮儿正裹着饺子馅，是再也不易煮破了的。满满两盖帘饺子包好，豆哥和孟胡子进了门，孟胡子拎着一瓶"怀川醉"，豆嫂忙接过来说，这可是好酒，比茅台也差不多吧。豆哥也笃定地说差得一点儿也不多。

锅里的水已经沸了，豆嫂说等会儿再把饺子下锅。四人都倒上了酒。四个凉菜：拌猪头肉、拌豆干，还有一碟花生米和一碟松花蛋。剥松花蛋时，豆嫂用棉线把蛋划成八瓣，我从没有见过把棉线派到这个用场的，豆嫂得意说这是她自己的窍门儿，用刀分松花蛋，松花蛋的溏心儿肯定粘刀，一粘一大片，刀得洗且不说，反正咱不缺水，却是可惜了那一抹蛋呢。还有两道炖菜：鸡块炖豆腐和闷坛肉炖千张。豆哥指着豆嫂说，她手拙，端不出像样吃食来。孟胡子说都这么好了，还要多像样？我大嘴吃四方，一下筷子就知道。豆腐千张不用说，就连酸菜咸菜都是绝味。你家的闷坛肉也好。豆哥说，放句不浮夸的话，比你们再大地方来的客，吃了咱家的闷坛肉也得说好。咱的猪养得精心，咱家留下的豆渣那都是好饲料哩。孟胡子道，你不在家，豆嫂做豆腐也有限。你这一回来，家业可就能大撑起来。豆嫂疑笑道，再做也不过是豆腐，能撑起多大家业？虽是家传手艺，以前可没挣出个啥来。再是一股名声，东西卖不到远处，无非是四邻八乡。豆子又连年贵，本钱高，豆腐涨不起价，也太受罪。自古苦事有三桩，打铁撑船磨豆腐。起大早，忙半晌……便红了眼圈，说要不是累得不行，他也不会骑着三轮车打瞌睡就栽到了沟里落下了病根儿，前些年身子骨一直病啊痛啊的不利索，去年好些了，才投奔了亲戚去了予城，扫个街，收个废品，一个月落下个三四千。虽说他在外，我在家，两头不耽误。可在自家门口铁定挣得舒心些。在予城挣的三四千，听着好听，要是刨去了赁房子和买饭吃的花销，那票子能比在村里的一两千结实？我便问那天开大会为啥不愿意接扫地的活儿，钱虽不多，既是惯熟，顺手也就干了。豆嫂说顺手是顺手，却是不顺心。在城里是份正经工作，是环卫哩是保洁哩，搁村里一说起来就是扫大街拾破烂，可没啥光彩。俺孙子眼看到了谈对象的年纪，更犯不着为几个钱沾个这赖名誉。你看那天会上有谁应承这事？我说，要是工资高了是不是就会有人干，不再计较那么多。豆哥道，那是！要是开个三五千，你看有没有人干？只怕挤破头也轮不着咱。只是自古以来赖活儿就是赖价钱，哪有恁主贵时。

吃喝了一会儿，孟胡子便起身去看房子，老两口都跟着，我也不能独个儿吃饭，也便跟着。听孟胡子楼上楼下且论且行，说要我的看法，你还是做住宿。做餐饮是来钱快，可咱家这个情况，适合做住宿。吃饭一般都是得地段好的，吃个热闹，吃罢了好转转悠悠，这个咱家不占。要是做住宿就没问题。住宿就是天黑以后的事，一进屋，啥景致不景致的，闭上眼就睡，地段再偏也不碍，说不定就有客人爱偏呢。要做餐饮家里还得有个掌勺大厨，你两口谁中？就得雇人，工资少说三四千，咱不心疼？做住宿，有俩挣俩有仨挣仨，都是咱的。再说咱还有豆腐这一摊子的沉重。住宿轻巧，豆腐沉重，正好。不然你老两口可得累着。豆腐就是咱独一无二的优势，咱一定得大张旗鼓地再做起来。谁不吃饭呢。只要吃饭，咱们中国人有几个不爱豆腐的？村里这些做餐饮的谁不用咱家豆腐？咱这豆腐再不用卖远路，省了一份艰难。只要东西好，游客也认。鲜豆浆、豆腐脑、豆筋、千张、臭豆腐、豆瓣酱、豆腐乳，这都能叫豆腐平地翻价，那时候，白白的豆腐哪里是豆腐，那可都是白花花的银子。要是受不起累了就狠下心去雇人，雇咱村儿或者咱周边村儿的闲人，也就是半天的活儿嘛，算他半天工，一千五就有人干。以我的估计，等咱村儿真火起来时，你连住宿带豆制品一个月挣个小万把那是稳稳的，花个一两千雇个人，总该舍得吧？豆嫂笑道，听你说的，好像那钱是这春天的树叶子似的，要尽情地发呢。咱村要弄了这么两年，到今年清明那两天才有一轰隆火。村里人都夸你有好谋算，你可别叫咱们一锅开水下不了面呀。孟胡子笑道，下不了白面下杂面，这就叫，清水下杂面，你吃我看见。

一边热闹说着，一边又指拨着我去看东厢房墙根儿摆着的那排石雕物件，说这些个东西如今也不常见了。这赏墩是汉白石的呢，都有老包浆了。你看这莲花座刻的线条多高古。你再看这对门鼓石下面的须弥座，上下枋、束腰，这圭角，这如意纹……豆嫂，你嫁给豆哥可是有点儿迟呀，早一点儿就能赶上地主老财的阔日子啦。我依着孟胡子指点蹲下来细看，虽然不懂，却也能看出讲究。便夸。豆嫂已在厨房下着饺子，呵呵应道，咱就是个贫农的命，娘家贫农，婆家贫农！孟胡子说，哄不住我。这些东西可是大户人家的房子才有的。豆哥说，外头捡哩。孟胡子说，可真会捡。这好东西地老师咋没捡着？豆哥笑道，地老师你要看上就拿走。孟胡子说，你看你这假大方的，恁沉的东西，你叫她咋拿得走嘛。豆哥说，只要地老师要，我给送过去还不中？孟胡子说，这还算有诚意。我转脸看豆哥一脸恳切，倒是有些意外。笑道，厚情心领啦。这可不能夺人所爱。孟胡子道，你这谦让得可不对，又不是叫你自己要。这放村史馆多合适。

因是素饺子，在锅里滚了两滚，白面皮儿里就透了绿。捞出来过了一遍水，免得粘着。豆嫂又起了四碗饺子汤。吃完饺子，饺子汤正是凉热适度，喝下便是原汤化原食。一时间酒足饭饱，我和孟胡子便告辞。豆嫂也已将芥菜丝装了两个塑料袋，分送每人一个。虽是满满的，却是小袋子。或者说袋子虽小，却是满满的。正欲跟着他一道离开，他突然停步道，你先走，我再跟豆哥扯上几句话。我便先走。走了一会儿方才明白他的用意。既是不好一起来，也自是不好一起走的。便只好嘲笑自己，还要人家想着法子铺个台阶给你下，也真是够不开窍。

2. 以姓氏笔画排序

进入初夏的山，越来越有看头儿。到处都是喜鹊。黑白两色，修长的尾巴在丛林上空飞划，在枝丫上降落。燕子比喜鹊小一号，喜欢站在单薄的高线上，如在炫技。山色越发往深里酝酿着青绿，灌浆的麦子已经散出了细微且盛大的清香。树上的花迅速地缤纷起来，山楂花雪白，柿子花淡黄，我一直纳罕核桃什么时候开花，被雪梅特意指点了一下才知道它开的绿花，粗看去花绿叶绿，可不就像是没开花。仔细去瞧还能分辨得出雌雄花，雌花花头比雄花多了一点点紫红。家户们爱种月季，圆圆的小花小朵，颜色却比平原的更秾丽。指甲花也已经窈窕长起，开几朵我就摘几朵，能染几个指甲就染几个指甲。

这些花花草草拍下来发个朋友圈是惯常做法，宝水村年轻些的都这样，顺便也给自家店打打广告。秀梅发得最积极，还同步更新抖音，却还是不足意，嫌粉丝太少，效果不好，得想法子。到底还是拉着雪梅香梅来和我闹，非要组个团。说一个人能玩的花样到底有限，组团的话就能花样百出。而所谓花样无非也就是选一些网上流行的俏皮段子，配着人家的声音对口型，或者配着人家的歌儿来跳舞，还有什么分角色的戏曲对唱以及丝巾秀旗袍秀之类，听得我头大，敷衍说你们年轻，能蹦跶动，我可不禁折腾，饶了我吧。哎呀姐，俺们仨来求你，就没有一星星面子？秀梅撒着娇，又使出了撒手铜：知道你见过的世面大，就恁瞧不起俺们？雪梅也甜甜糯糯地撒娇，萍姨，就是耍耍嘛。香梅不出声，只是默默笑。她也喊我姐，雪梅却坚持喊我姨，说她得顺着婆婆排，自然得降个辈分。秀梅挤挤眼道，叫啥姨，干脆一步到位喊婶吧，省得以后改口麻烦。三个人搭在一起笑。又不好太正色，又不能不分辩，我只好道，别瞎扯。我跟老原就是朋友。秀梅道，朋友跟朋友不一样。有的朋就是友，有的朋过上俩月就有啦。

搁不住她们歪缠，不如答应。我说有言在先，主要是你们自己耍，我只闲搭个名儿，可别回回都叫上我。中啊中，只要姐答应就中。秀梅一迭声道。又说咱们这小集体得起个名号呀，姐你来定。我说这一时半刻哪能想得出来。看雪梅沉吟着，似乎是有主意的样子，便问她。她果然笑道，现成的，就叫一青三梅，咋样？我说好是好，不过得把我往后放，叫三梅一青。雪梅说这可不行，就得把您放前头。这孩子急得，"您"字都用上了。我问为啥，秀梅上来攀搂着我肩膀，气儿直吹上我的脸，您这不是脸面大地位高嘛，得罩着我们。啥时候一不为大？话到这份儿上，我自然也明白这是要我给她们拦在前头，若有什么风言风语的好当个盾使。不过话说回来，我当盾挺合适。反正也是个外人。

是的，无论看起来多么像村里的人，这些细枝末节总能让我觉得自己还是个外人。

终究是个外人。

果然是个外人。

幸好是个外人。

可为什么，却常常觉得自己也在里子里呢？

一进到抖音里才知道村里有抖音号的人还挺不少，连大英都注册了个号，昵称是"家在宝水"，只是光看不发。"一青三梅"第一条发的是我们四个站在宝水村的路牌下，每人摆个pose，再来上一句话，意思是欢迎朋友们来宝水，也期待朋友们关注。上午发的，下午大英就找了来，说这个名号不周全，应该把宝水村带上才能宣传得清楚，要不然光看这"一青三梅"，谁知道你们是哪坡哪沟哪岭的？我说也没几个人看，能有啥宣传效果。大英说早期的人再少也不能小看，蚂蚱腿上也是肉。一传十十传百百传千，这可都是革命的火种哩。

也有道理。于是就改成了"宝水有青梅"。后来听见村里人对我们的叫法却是青梅艺术队，也不知道艺术个什么。不过也就随他们去吧。

发了几条，看的不过百，评论不过十。寥寥可数的评论里还有人出言不逊，说这都是什么妖魔鬼怪呀。秀梅答：都是姑。那人恼斥说你怎么占人便宜。秀梅又答：村姑不是姑？

香梅不论在什么次序亮相，评论冲得最多的都是她，夸美，夸靓，说这姿色一级棒。有说深山出俊鸟，更甚者说国色天香。看着网友们赞得五花八门，便也只能感叹，如今果然是颜值是王道？

香梅家做的是纯餐饮，起的名字叫"七香居"，两口子各占一字，叫起来颇顺口。在西掌的指示牌上排得最靠上。下面依次是"头号院"和"我家小院"。听孟胡子说，牌子立好后，张大包和张有富分别来找过他理论。问这是按啥排的，孟胡子道，按的是你们店名第一个字的笔画。七是两画，你们比人家的少。他们又追问这是什么规矩。孟胡子道，这是国家立的大规矩。不信你们去好好看看《人民日报》，研究一下上面是不是以姓氏笔画排序。他们方才作罢。

听孟胡子这么讲，我便问他，鹏程家的"小村如画"和秀梅家的"山明水秀"怎么排？"小"和"山"都是三画。孟胡子道，那就按第二个字排嘛。"村"比"明"的笔画少，"小村如画"就能排在"山明水秀"上头。问他从哪里想到的这些，他笑道，还能从哪里？从生活中来，从实践中来呗。你以为我这么多年白混的？所有的吃亏都是教训，所有的教训都是经验。我说你这经验可真够精细的。他叹了一声说，农村的事就是这，该粗就得粗，该细就得细。细起来就得有根儿比羊毛还细的线儿给绷着。你说羊毛轻吧？那也怕搁到秤上称，一称就有斤两。

老物件这些天也源源不断地收了上来，居多的是"两头"：石头和木头。磨盘、碾盘、水缸、水槽、蒜臼，这些都是石头。做鞋用的模子、类似于婴儿车的"坐婆"、纺花车、水臼、绣花用的竹绷子，这些都是木头。再有就是布品，千层底老布鞋、偏襟大褂、粗

144

布袜子，虽是经年累月，针脚依然清晰。还有人拿来泛黄的小学课本问中不中，是四十年前的课本，我自然说中。暗自感叹，要是放在旧书网上肯定能卖上几个钱。大英果然是对的，这事儿不能提钱。

3. 怕是怕，想是想

人流量很快显示出了规律，以一周为循环期限，周一人最少，以后几天里依次增多，到周六周日抵达高潮，然后周一又回落。五一节自是比平日还要忙碌，客流量也抵达了前所未有的巅峰。好在有前些时日的打底，也就能够忙而不乱。从停车场开始，西掌、中掌和东掌都立起了简易导览图，是孟胡子手绘出来又复刻在木板上的，很像那么回事儿。村委会拨出了两间房子，简单收拾了一下，算是专设出来的游客服务中心，村里的班子成员在那里日常轮值。镇上也常派人过来盯看，以便处理临时情况。各家客房都住得满满的，饭菜香和客人们猜枚划拳的喧哗聊笑从半上午一直飘到晚上。不过晚上十点钟一过，再热闹也会渐次安静下来。客人们即使兴致犹在，也会不自觉放低了声响。再坐一会儿，也便散了。也是，周围巨大的山体都沉默着，面目模糊的丛林都沉默着，这些硕大的沉默似乎都是无言的劝慰：睡吧，去睡吧。人的热闹显得像是不合时宜的小火星子，此时不灭就是一副不应该的样子。

长假的最后一天，杨镇长亲自来村里盯看。在孟胡子那里闲坐时大英又问起请闵县长来揭牌子的事。杨镇长的口径依然是，来是一定会来的，只是定不了日子。大英急道，回回问你，你回回都是应个这。杨镇长笑道，这证明原计划没变化，好呀。大英叹道，领导咬个牙印儿咋就恁难。实在不中咱就不请了，我就不信咱就不能把牌揭了？杨镇长说，这话听着没错，你叫哪家的三岁小孩儿来，就是你家腾腾，你抱着他也能把牌揭了，可那能一样？能上电视？能上报纸？能上新闻？只能上个笑话。大英说，我就是随口一扯，这都不叫扯，可不把人憋死了。唉，领导咋就那么难请？请领导咋就那么重要？杨镇长说领导重要所以才难请，领导难请是因为重要。所以领导才是领导，所以才要请领导。大英说你这几句话跟绕口令似的。你也是领导，你就没有恁大架势。杨镇长说哎呀谢谢表扬。我跟你说，有两种领导没大架势，一是我这类最小的领导，是领导里的虾米，就不算是领导，咋敢有啥架势。一是最大的领导，人家犯不着显出架势。大英道，你这是把自己跟最大的领导比啦，还拐着弯抬自己哩。你跟人家有啥好比。杨镇长说还真有一比，都是为人民服务嘛。又笑道，说实话我也怕领导来，领导来了总得张罗场面，不能清汤寡水的就揭牌吧？不得组织一帮人来热场子？媒体也得来。领导讲话稿得预备吧？人家是有秘书，按规矩咱也得备个讲话稿，人家用不用另说。领导在这儿看看转转，卫生不得格外讲究？在哪家吃喝安排啥菜单，不都得虑虑？碰见那不楚奄齐的人告咱一状，都是事。大英说听你这口气，其实是可不想叫领导来？杨镇长说，哪能呢。男人怕塌账就不娶媳妇儿了？女人怕肚疼就不生孩儿了？怕是怕，想是想，一码是一码。咱整天这么干图个啥，干得再好，领导不知道，那还不是锦衣夜行。盼星星盼月亮一样盼领导来。领导来了，可不只是面子问题，更是里子问题。啥里子？这里子可是个千层里，哪能跟你扯得清。

正说着，一群游客进了院子，叽叽喳喳地讨论着哪里是村史馆。大英迎出来说，村史馆还没妥呢，还得些时日，你们过几天再来耍呀。一个女客指点着手机里的照片说，导览图上都有了，还不能叫看，这不是忽悠人嘛。大英笑道，这算个啥事，能忽悠你个啥。就像早起还没梳头洗脸就去迎客，那是个礼不是？齐备了才能开门，说来也是对客尊重哩。再说了，俺们村里可看的多着呢，少看一处，多个念想，下回再来还有的看，这不美气？她这几句话说完，一时间一群游客居然无人应答。那女客冲大英点点头说，你好口才，是村干部吧？大英也笑说，你好眼力，俺还真是村干部。众人哄笑一声，出了院子。

我们几个在屋子里静听着，也都跟着笑。杨镇长便问我村史馆进行到了什么程度。我说东西收集了不少，文字和图片也都有了些，要说齐备那还差得远。杨镇长便说去看看，一行人就走到教室这边来。物事已经堆了一屋子，小的如镢头镰刀，大的如犁耙木耧，不大不小的如锄头铁锹，我都大概归置了一下。杨镇长指点着说，能上墙的上墙，该摆桌的摆桌，大件的也只好搁地上。旧虽旧，却也得干净，泥巴剔掉，铁面上的锈除了，木头柄上喂喂熟桐油，都收拾得利利落落的。物件上也得系上牌牌，写上物名。大英说，想着只写捐赠人就中了，谁还能不认得这些东西？孟胡子说，你把不字去掉，应该是，谁还能认得这些东西？杨镇长说，咱还是得转换思维。说句不好听的话，游客们来到这，你得像看待小孩儿一样。吃喝拉撒，听啥看啥，方方面面都得虑到。送上门的钱哪是恁好挣的。

我突然灵机一动，说领导们来一回，干脆也把村史馆的牌子一起揭了呗。大英说对对对，我看中。趁车赶路，趁水和泥，趁热打铁，趁手揭牌，咋不中。就都笑。杨镇长说，原来没汇报这一出，哪好平白去添上。让人家又称盐又打醋的，算了吧。大英说，汇报啥。等人来了直接叫他去揭呗。杨镇长忙摆手说，这更不中，咋能这样去规划领导，况且又不是一般的领导，是这么大的领导。孟胡子寻思片刻道，不是啥原则问题，我看中。既然请他来称盐了，咋就不能顺手再打点儿醋。又不是钱的事，盐多了醋少了的不好说。就是捧个人场嘛，就是几张照片嘛，就是拉把红绸子嘛。大英说，领导惯常是好领导，末了还是阎王大度，小鬼难缠。众人就都瞧着杨镇长笑。杨镇长说，都看我干啥，我也没资格给县长当小鬼。不过就看这，半半片片的样，咋好意思叫领导揭牌？孟胡子道，领导揭牌难道非得项目完成才能揭牌？奠基仪式还能揭个牌哩，何况咱们也有了这么多准备。况且不齐备也有不齐备的好处，到时候领导来了，咱好哭穷。叫领导们知道，咱们是没有条件创造条件在干工作，一来要领导们表扬咱们的工作精神，二来万一领导们能给咱们点儿资金支持呢。

众人一起给孟胡子鼓掌，大英冲着孟胡子竖了竖大拇哥道，管他哩，咱就来个先斩后奏，尽管布置下来，看他到时揭不揭。真不揭也没啥，又不是锅里的馍，不揭就焦煳了。他要是真不揭，就叫他看着咱揭。咱自己蒸馍自己揭，有啥错？

众人乐得不行。杨镇长摇头笑道，随你们，你们厉害。你们这棍气得很，还要捉领导的眼儿呢。只要能捉得成，那是你们的活势大。只是有一条：甭再跟我提。今儿出了这个门，我也从不知道有这一说。

4. 种谷要种稀溜稠

找大曹要荆篮这事儿，我暗暗掂了几个回合，还是先跟小曹商量了商量，由他出面去说。他去了半晌，讪讪回来，空牵着手尴尬道，他一下子就猜准了我是给村里要，说啥也不给，说他不沾公家，公家也别沾他。谁来也不中。问他，你家里就没有一个？他说早就不用那些东西了。又说，要不就算了吧。离了他这瓣蒜咱还不开席哩。

寻思着若是找大英告状，以她的脾气免不了闹一场风波，还显得自己既没出息又是非，犯不上。若是到此罢了，那个破箩筐的精细纹理又令我着实不甘心。想了又想，突然感觉出了自己较劲儿得可笑。这事也值得这么踌躇。不如上门一探，即便要不出东西，难道他还吃了我不成。

他不在家，曹灿和曹阳正围着堂屋的小方桌对坐，面前都摆着书本，看样子正在写作业。小方桌瞧着也有了年头，四个棱角都刻着云头纹，简约耐看。曹灿给我让了座，用玻璃杯倒了开水。杯子十分洁净，屋子收拾得也很利落。靠墙的条案上搁着一个高挑的玻璃瓶，瓶口极小，像是洗净了的饮料瓶，里面插着两枝淡紫色的小碎花，清雅秀丽。我瞟了一眼他们字面，曹灿在做数学，曹阳画的是汉语拼音。曹灿在镇上读小学，曹阳才四五岁，这是姐姐在给弟弟当老师么？

便闲话，问她那花是什么花，她说是荆条花。喜欢这花？她说这花能从五月开到九月底，爸爸砍的荆条上自带着，味儿也好，就随便折下来插一插。突然想起今天周一，又问她怎么不上学。她淡淡然道，这一段时间周一我一般都不去。我爸要进山。进山？这不就是山么？纳闷了片刻我便明白，她说的山是更深的山。进山做什么？寻货。寻什么货？就是那些个木头，还有山货。所以就让你在家看弟弟？她点头。会做饭不？会。会洗衣裳吧？有洗衣机呢。在镇上跟姑姑住，姑姑对你好吧？好。每周都缺一天课，还能跟得上？她点头，我学习好。

单看眼神就知道这孩子极聪明。这让我说话也谨慎起来。都说穷人的孩子早当家，其实早当家的孩子还有几种情况，一种就是没娘的孩子，还有就是寄宿在外的孩子。这几样曹灿占了个全。

沉默了一会儿，问她喜欢看什么书，我可以送给她。她眼睛闪亮了一下，笑了笑，没答。问我有什么事，听我说想看荆编，便带我去厢房看。一进屋我就眼花缭乱：圆襻的篮子，长襻的笭筐，各种有盖没盖的花眼篓，还有大大小小的荆席和荆笆，地上堆墙上挂，满满都是。宛若是小型的荆编展览。赏一番，赞一番，又回到堂屋闲坐，待到时近黄昏也没等到大曹。曹灿已经打算开火做饭，说一般要到天黑才能回来，我便说改天再来。送我到门口时，曹灿突然说，你相中啥就拿一个吧。我有些意外，问，你做得主？她抿抿唇说，也不能啥都等他做主。那小模样儿让我心软得下意识地想要摸摸她的头，她的身子却伶俐地一偏，闪了过去。尴尬片刻，我说，还是等你爸爸回来再说吧，谢谢你。她庄重地点点头，十足的小大人样。在这个瞬间，像照镜子一样，我突然照见了福田庄时的自己，那时候的我啊，还真是胡天胡地，没心没肺。

原路回去，经过张有富家门口，见他和老婆正在忙活门头，"院子"已成了"我家院子"。那字一看就是孟胡子笔迹，他这手字真没白练，好歹在这村里混成了独霸一方的书家。就停下来聊了几句，问他们打算做啥，张有富说老宅这里王老板留下的底子是住宿，那就还干这。新院住自家人，宽宽展展过日子用，到时候看势也能做点餐饮。耳听着老安家的老宅在他口中成了新院，一时竟不知说什么好。也不知道老安两口在九奶这里住着，天天看着张有富在自家老宅里进进出出，心中又是什么滋味。

路过九奶家，看见九奶在院子里坐着，便走过去。她眯着眼睛，似醒似寐。直到我靠近，方才说，像是根儿家的来。我说，您这眼神儿真好。早就是半瞎子啦。她说。安嫂子出来接话道，接生可毁眼。我娘家有个接生婆，不到老就瞎了，且不比老太儿呢。接生毁眼？这我还是第一次听说。九奶道，过去条件太差，连个口罩都没有，更别说戴啥镜。里头的热血一刻间猛喷出来，要是不设意，光呛都能把你呛晕。旧年月都是这。后来八路军老在山里活动，他们有卫生员，老听他们讲这讲那，听多了才好了些。

你见过八路军？

咋没见过。三五不时就见上一见。男男女女的，人都可和气，可随势，好说好笑好唱歌，嘴里都是新词儿，念起来可中听，说啥"种谷要种稀溜稠，娶妻要娶个剪发头"。她轻笑。

我怔住。这句早已成旧词儿的新词儿也曾听奶奶说过，给幼时的我剪头发时，她必定会念起。

不敢再看她的脸。便沉默着，等着她再说些什么。等着等着，听见了微弱的鼾声。该是睡着了。可我一起身她就睁开了眼睛，说，走呀。我说，走呀。她说，你近前来，叫我再看看。我便近前，近到快和她脸贴脸，她颤巍巍地伸出手摸了一把说，真吸小迎春呀。就又闭上了眼。

安嫂子蹑手蹑脚地跟出来送，到门口才放开了声，笑道，老太儿多好看你。到底跟你们原家亲。

我笑。问她，是不是老太儿经常说谁谁谁跟小迎春像？

那倒没有。你是头一个。她说。

一路上便反复琢磨着这个。上次她说过这话后，我就会时不时想起来。只是略一想便搁下，不敢往深里想。可越是不敢就越是有点儿想，还挺折腾的。那干脆就往下挖一下？

便打电话给叔叔，先聊了几句盖房子的事，又闲闲地讲到村里有个老太太，年龄跟我奶奶差不多大，可早时在大南坡认识个小姊妹，说我跟那人长得可像，名字叫迎春。那人的年龄跟我奶奶差不多大，我想着她说那人是不是奶奶，可奶奶又不叫迎春。

迎春？迎春……叔叔絮叨了两遍，突然大叫道：对对对！有有有！我小时候跟她去大南坡串过一回亲戚，那时候俺姥姥还在，就喊她迎春来着，我还问她不是叫玉兰吗，咋又叫迎春。她说迎春是她小名儿。说不定那人说的就是你奶奶哩。你说多巧。

哦，哦。应付了两声，我挂断电话，静了片刻，已经能确认，不是说不定，而是一定。九奶和少女时期的奶奶见过，一定。

瞬间泪便湿了脸。擦了两把便不再擦，任它淌下。反正天黑着，没人看见。

手机又响，是老原。挂断。他再打，我再挂。他坚持打，我按下接听键，一句话没说就哭得不能自已。

老原回来时已是深夜，我已收拾得妆容整齐。看他进门，彼此对视一眼，看到他眼神里的探究之意，我原本平着脸，试图敷衍地笑一下，却又忍不住哭了。问明了原委，他便笨拙地用手掌直接抹上来给我擦泪，掌心粗糙而温暖：好了好了，好了乖，就当又认了个奶奶，咱们共有一个奶奶。

我推开他，嫌弃道，去洗洗手，脏死了。又埋怨他这么急火火地赶回来，好像我怎么了似的。也不安全。他说本就收拾好了，正准备回来呢。明天周五，不是客多么。

5. 玉兰吾妻

奶奶说她是文盲，我原本是信的。直到在村小上了学，才发现她也能识些字。有一次，我在写天，写得马虎，那一竖便往上顶破了横。她路过时看了一眼便站住，问，你写的这是个啥。我说是天。她说我看像是夫。我说就是天。她说天字出头就是夫。我不耐烦地说夫什么夫，她说丈夫的夫。我翻眼看她，她却突然红了脸，疾步离开了。

再后来我才知道，在同村的老太太里，只有她识些字。她不仅会写自己的名字，还认识和自己名字相近的字，即自己名字的周边。和玉长得像的王、主，甚至圭，和兰形貌近的羊、美、竺。家这个字她也认识，还知道女和子凑在一起是个好。村里刷标语，她能准确地读出"农村""形势""建设""贡献"之类的词。我写作业时她常在旁边入迷地看着，尤喜欢听我读出来，越大声越好。有时我故意扯破了喉咙读，然后喊累，让她给我烙鸡蛋饼，要油大的，层多的。她一边骂一边做，骂时做时都喜滋滋的。

那个初秋的中午，院子里晒满了预备过冬的被褥枕头，屋子里的箱柜也都大敞着口。奶奶和七娘在院子里说话，我吃完饭，还不到上学时候，有些无聊，也有些好奇，便往箱柜里翻，忽然翻到一个卷得很紧的包袱，便一层层打开，是一件大红碎花的棉袄，虽是一股子陈气，颜色却还很艳。抖开来，掉出了个牛皮纸信封，里面就是那封信。屋里光线昏暗，我便拿到堂屋去看，不自觉地读出声来：

玉兰吾妻：

　　见字如面。我这里都还顺利。勿念。你在家照顾老小，我知十分辛苦，实为不易，这也是没办法的事。农村很需要建设，你要多参加新社会的学习，要多做贡献。现在形势大好，我估计最迟到明年春天就能完全胜利，安心等我回来就好。

　　　　　　　　　　　　　　　　　　夫绍功即日

有些字我还不认得，只能蒙个音儿。正磕磕巴巴地读着，奶奶就跑了进来，边跑边骂：你个赖孙在那儿干啥哩？我堂皇回答，认字呢。这是信吧？我念念咋啦？她伸了伸手，似乎想要夺过来，又缩回去，显然是怕把信扯坏了，瞪了我好一会儿，方才抖着手说：你给我搁桌上，赶紧爬去上学。

我便搁桌上，爬去上学。她激烈的反应让我越发有兴味，就总想再去偷看，她却换了地方。我找了又找，终于发现她藏在了枕头里，便故意拿到她跟前抖搂，这回她好像没那么生气了，温言款语地哄着我，叫我把信还她。然后她再藏起来，我再找。像捉迷藏似的，我们俩玩了好几个回合。

每到天气转凉，她就会开始泡脚，也让我一起泡。一个晚上，我们俩又泡脚时，她问了一番我的功课，我的语文刚考了个满分，看她喜悦，便顺势吹牛，说老师夸我在全班识字最多，普通话最标准。

就知道俺萍精能得很。她摩挲着我的脸。

你把那信拿出来，让我给你念念。我大喇喇地说。

寻思了一会儿，她方才把信从贴身小衣的口袋里拿出来。信纸摸起来已经润润的了。

你爷爷就写了这么一封信，就这一封。她说。

你仔细拿着，好好给我念一遍。她说。

不要声高。她又说。

被她的郑重拘着，我便好好念了一遍。也没有声高。念完才看见她满脸的泪。

奶奶，你咋啦？被她的泪吓着，我瞬间也哭起来。

乖啊，不哭。她把我抱过来，却依然无声地哭着，哭着。我在她的怀里，也哭着。不明白她为什么哭，便哭得茫然。又因她的哭而难过，便也哭得恳切。我们两个就这么哭了好一会儿，她方止住。拍了一下我的脑袋说，这封信连你爸你叔都没看过，咱家只有你看过，只有你啊你个小赖孙。

小赖孙到底是小，她的悲伤对我而言难理解，那便不去理解。能确凿理解的是我已经掌握了她的核心机密，这让我越发有恃无恐，恃宠而骄，不知分寸在作死的边缘反复试探，时不时地以这封信为把柄戏弄戏弄她。比如我会偶尔冷不丁地喊一声：玉兰吾——

眼看她要打过来，再接上一个"奶"字，还戗她：咋啦，叫玉兰吾奶不中？玉兰吾奶，玉兰吾奶！

她便又气又笑地骂，中你个赖孙。

玉兰吾妻，玉兰吾奶——童年的记忆里，我从来只知道她叫玉兰。什么时候她还被叫作迎春呢？

迎春，这是她出嫁前的闺名，无疑的。那么便可以就此推断，玉兰应是爷爷在婚后给她起的新名。这两样花开的时令也一样。相较而言，迎春偏乡土，玉兰偏雅致。在那个年代，给妻子取一个新名，是不是相当于送上了一件非物质的爱情礼物？

后来我才确定，那时的我其实被奶奶当成了小闺蜜，最小最亲的闺蜜。因给了我至高的闺蜜待遇，她才会和我分享这封信。只是这个小闺蜜实在是太小了，太糊涂了。以至于多年后的现在才意识到，这封信就是她这辈子唯一的情书。而这情书对她的意义也早已超越了情书本身，简直就是她的人生指南。

6. 眼不好，心不瞎

周日晚饭后又去找大曹，老原陪着，拎了些孩子们爱吃的零食，慢慢悠到西掌。院子里铺展着一堆柴柴棒棒，大曹正在洗手，一边黑着脸呵斥曹阳也来洗手。老原跟他打招呼，他懒懒地应了一声，便把我们晾在那里。也不问什么事，想来也知道。还是曹灿倒了两杯水来，小声让我们坐。

就先夸了她一番，又夸大曹的手艺。老原也说了几句，话虽不多，却比我到点子上，什么取料截段，杀青修边，打眼打磨，硬度造型，大曹面色渐渐和缓下来道，你们见多识广的，还能把咱这土玩意儿看到眼里。我说，你这属于传统特色手工业，一个个这么精巧，是艺术品呢。看你这人，真想不到会出自你手。他傲然道，从小看到大，想不会也难。有可多人不亲眼看都不信我有这手艺，还有人说我这是七仙女的手接到了张飞的胳膊上哩。

就都笑。趁着气氛好，我便提了捐的事。他立马收了脸道，上回建华没把话带到？算了吧。我跟公家不沾。老原说，你就看我们的脸气呗。这都上门来了，能让我们空手走？他看一眼屋里，不说话。就都沉默了一会儿，末了我也没了耐性，索性道，看来我们算是没一点儿脸气。他也索性道，各是各。要是你们俩要，我没啥。现在地老师你沾着公家，那我就是这。我的东西，凭啥白给公家哩。

话到这里就没了路。听他的话音儿，难道要村里掏钱买？大英那里肯定行不通。老原却当即道，那你就当我俩要呗，该咋算就咋算。大曹犹豫了片刻问，要新还是旧？不论新的旧的大的小的，只要是全乎的都中。新的一个百把块哩。你说啥价就是啥价。他又犹豫了一下，进到屋里，窸窸窣窣好一会儿才拿出来了一个旧圆篮子，指着篮子上的花样道，这是牡丹篮。仔细看，篮身上编出的花样果然宛若盛开的牡丹。问他还有什么花样，他说一套四季，春是牡丹夏是荷，秋是菊花冬是梅。我让他找齐一套。他问你要恁多干啥。老原说你好编我们好看，不中？他咧开嘴笑了一笑，咋不中，太中哩。

当下钱货两讫，他把我们送到门口道，我知道地老师这还是给村里办事。我不语。他却又道，这是何苦。我愿意。我说。图个啥呢。不图个啥。不图个啥谁信。这话说得，我转身问，你说我能图个啥。他冷笑道，没利不起五更，谁不知道老孟跟镇长他们整天在恁家吃喝。我还要分辩，老原拉着我便往前走，大曹却又在后面喊道，你该找大英报销呀。老原不许我回头，诮笑道，咱可省口气儿吧。能用钱解决的问题还是挺好转圜的，何况又没几个钱，不值当废话。

说话间到了九奶家门口，就拐进去。九奶已经吃过了饭，正在院子里坐着，院子里没有灯，只有厨房里的灯光透过窗户洒出来一些，不过这一点儿都不妨碍九奶在第一时间就辨认出了我们。

眼不好，心不瞎。她说。

便坐下，扯云话。不一会儿就适应了光线。发现没有灯也并不黑，因除了厨房的光，还有天光。天光貌似遥远，其实却不只是在天上。但凡落到人间，就是亲密无间。它的亮是暗色调的，厚实的，就那么一点点地浸染进来。

看着眼前的菜地，就说了一番种菜。老原又提到现时的花，便问九奶，正月里生的女孩，叫迎春的人不少吧？九奶笑道，那可是不少。我这辈子碰上的足有一二十个。老原不住地看我，这么递话过来，必须接着。我便直愣愣地说，您说的那个迎春，就是我奶奶。

哦。她没有表现出惊讶，似乎不管我确不确认，这都已是她断定的事实。活到她这个年纪，还有多少事是能让她意外的呢？

她后来改名叫玉兰了。

这名儿也好。都是正月里开。她自己改的？

应该是我爷爷给她改的。

当闺女时，一去大南坡俺姨家，我就去对门寻你奶耍，说体己话，说终身大事。她心心念念说的是，要找个有文化的，识字的，算盘能打凤凰展翅的。你奶好进步，你爷必定是好文化。许久，九奶又说。

就都笑。那时的判断标准多么朴素直白。识字加上会打算盘，就是有文化。

后来听俺姨说，她果真找到了个合心的，嫁到了山外。自打嫁了人，俺们就没再见过。我嫁山里，她嫁山外，车马不便，女人家走不远，见一面老难。再没想到能在这碰见你。

那天青萍激动得不行，还哭了一场。老原说。

我作势去捶打他，他作势躲闪。安嫂子在一边凑趣道，打是亲骂是爱，不打不骂生瓜蛋。看这俩人闹得多好。

九奶只无声地笑。

回去时山路寂寂，不时有不知名的鸟儿飞过。有一搭没一搭地闲话着，老原突然问道，听说你前些时去豆哥家吃饺子了，跟孟胡子一起。咋啦？不咋。谁跟你说的？村里眼多，你走在哪里都有人看见。看见咋啦，不中？他闷着。我有些心虚，便解释说没同去也没同回。他笑了一下说，跟谁去倒无妨，只是豆哥家还是少去，少打交道。问他缘故，他却不语。便也没再追问。墨蓝的夜色中，转脸看他，只能看见模糊的侧脸轮廓。

村里确实似乎处处有眼。有时候明明觉得就是自己一个人在走，没人看见，可是过两天就会有人问，地老师，那天你到谁谁谁家门口了，去干啥？找人也是一样。有时候找不见大英，又打不通她的电话，问村里人就能八九不离十。她要是在村里，我会知道她在东掌还是西掌，她要是出村，有人会知道她去赶集还是去镇上开会。

你睡不好觉，是不是跟奶奶有关系？咱们刚认识时你睡觉就不好。记得那时你奶奶刚去世没多久。闷了一会儿，老原突然问。

你记性可真好。我没正面回他。

只要想记住的，就能记住。他说。

我沉默。能记住的，固然是想记住的。但其实，还有一部分能记住的，是根本不想记住的。根本不想记住却又不得不记住，是因为怎么都忘不掉。

7. 披荆斩棘的荆

闵县长是周二上午来的，没什么游人，村子里很是清静。在网上查闵县长的履历，和我同龄。照片上看着有些偏老，见着本人却还挺精神，只是眼袋重。穿着深蓝色夹克，露着白衬衣领，发型也是最流行的两鬓短颅顶高，脸上挂着标准微笑。县里陪同来了几个领导，有分管农业的副县长，有宣传部长和副部长，还有文明办主任，也第一次见到了镇里的别书记。他瘦瘦的，戴着黑框眼镜，脸上也挂着标准微笑，笑意里却有着低温警惕。和我程式化握手时第一句话就是，听说是潜伏的大记者？我说是退休人员，退休前也不是记者。他说我认识你们报社谁谁谁，谁谁谁，都是副总和老总的名字，还有省报予城记者站现任站长的名字。便应答说我是小兵一个，都不熟。

　　先到了村委会办公室小坐。因村史馆的事，我便也列席。秀梅负责端茶送水，小曹在外面支应着仪式现场那一摊子。大英简要介绍了一些情况，之后就是孟胡子开言，滔滔不绝如同演讲一般：我反复强调，把乡村当作城市做，把乡村标准跟城市标准看齐，这样的乡建思路有问题。当然，农民也喜欢跟城市比，喜欢在城市的后面跟风，这种意识我能理解，可是领导有这种意识我就不能理解，你是领导，你得懂啊，当然也不能要求领导什么都懂，那退一步说，你别不懂装懂啊，你别乱指挥啊。一说新农村建设，就不外乎两招。一是腾云驾雾，什么农业产业化呀，贸工农一体化呀，明知道做不到，硬念成了口头禅。二就是涂脂抹粉，种个格桑花啦，刷个白街墙啦，假模假式，穿靴戴帽，再土豪一些的，修个小公园，安装点儿健身器材。最阔气的是盖一片一模一样的房子，说是别墅。干啥呢？等着更大的领导检查。末了呢，腾云驾雾忽悠过了，涂脂抹粉哄骗过了，上上报纸，上上电视，花点儿国家的钱，迷糊一下老百姓，就算到手了一项政绩。他可不管接下来的烂摊子：花草死了，白墙脏了，下水道不通，抽水马桶是摆设……这是干啥？这是农民的新农村吗？这是领导的新农村！

　　这话夹枪带棒。不过领导们的笑容依然都保持得很标准。说完这一截，孟胡子似乎也意识到了什么，对闵县长道，我可不是说您啊。您可是少见的好领导！都笑。闵县长摆摆手，示意他继续。孟胡子便继续道，我只是想说我见过太多的乡村规划，都是地方主要领导的主观意识覆盖了真正的农民需求。可以说，他们对乡村文化和社会结构严重缺乏常识，根本不了解真正的农村是什么样，那合理的规划和良好的建设也就无从谈起。规划得可以大，但不能贪大，一大就虚，一虚就不好踩地。一定要从小处着手，长期落实。就像小孩子，胳膊腿壮了，自然能跑起来，没娘抱了也不怕。咱们宝水村现在是闵县长在，别书记在，杨镇长在，有一部分扶持资金在，就好像是娘抱的孩儿，说句不中听话，要是有一天你们都高升了，换了茬领导，咱村成了没娘的孩儿，那该咋办？还能不能稳稳地向前走，恐怕就得打个问号。所以说，项目实施不难，塑造典型也不难，难的是断了输血自造血，真正做到自力更生且生生不息……如此这般说了一阵子，众人坐了一时，便从屋里鱼贯而出，一起站到蒙着红绸子的牌子前。

村民们三三两两来了不少。仪式由杨镇长主持，别书记先讲了几句，然后请闵县长讲话，闵县长摆手力辞，也便罢了。于是几位领导就一起上去直接揭了牌，然后由大英引着去了村史馆看。大英眉飞色舞地介绍着。我跟着她，看时机合适就上去添补几句。闵县长看得很仔细，也听得很专注。忽然在犁耙跟前站住，提建议说，应该写个更详细一点的说明，甚至可以写成小文章，比如说犁有铁犁，有木犁，有单套犁，双套犁。犁和耙的功能也不同，犁用来深耕，耙呢，是犁过后用来平整大土坷垃的。还说起了小时候听过的谜语：一物生得弯，尾巴翘上天。自己不会走，要用鞭子赶。他一念完，众人便知趣鼓掌。他越发兴起道，还有些民谚也是好内容，比如说：犁头生金，犁一道是一道的功夫。锄头有粪，锄一遍长一遍的庄稼。是不是有点儿乡村哲学的意思？众人又是鼓掌。听他对农具的这种熟知就能推测出他确凿无疑的乡村出身。一路上谜语不断。到扁担跟前，他念的是：小时圆，大了扁，闲时直，忙了弯。到木楼跟前他念的是：叫它走走，它就扭扭。叫它歇歇，它就撅撅。倒也有趣，只是鼓掌鼓得乏味。

在大曹编的那套荆篮前他驻足良久，赞不绝口。着意看了看捐赠人的名字，诧异地问我，是你编的？我连忙否认，解释说是村民编的，被我收购了过来，所以我算是捐赠人，这没毛病吧。闵县长笑道，没毛病。他把那只牡丹荆篮拿在手里，上下左右地瞧了一番，问我知不知道这荆是什么材质，我说不就是荆么。他道，荆也不止一种。这是黄荆。成语披荆斩棘的荆，说的就是咱这个荆。又自问自答道，棘呢，就是咱们常说的圪针。提高声调道，披荆斩棘是咱们太行山的人民群众常做的事，也是咱们干事创业的精气神儿！

众人便更热烈地鼓掌。待出得门来，闵县长又讲了一大段，说这是他到县里工作以来参观的第一个村史馆。村史馆的建立有必要，很有必要。对内对外都有意义，对内能培养起村民对村庄的认同感。对外呢，会让人对村里的历史有一个全面认识。尤其是咱们村的情况，这么多游客来咱们这里，光看看现在就够了么？不够，很不够。现在的面貌只是乡村历史的一部分链条。咱们就是得把过去也梳理出来，才算完整。往上数几茬，谁不是来自乡村？谁不是农村人？看了这些，才能叫人不忘来处。可别看咱村小。小是小，可咱们这么大的国家，就是靠这一个个小村构成的。也就是说，正是一个个这样的小村，组成了这么大的国家。所以说，可以说，咱村的历史可不仅限于咱村，还代表了云里村、云下村、三岔河村、金牛村，后河村——在这里我要说一句，云里和云下发展得早，就没有意识到该建个村史馆，这方面要向宝水村学习。可以说，咱宝水这个村史馆，不仅代表了周边的山村，也代表了咱们县的平原村，在某种程度上甚至也能反映出咱们市咱们省成百上千乡村的普遍历史，你说它重要不重要？很重要，特别重要！……

话音刚落，大英便说了想请他揭牌，闵县长回头看了一眼墙上的那块红绸子，伸手作出延请状，对大英道，咱俩一起揭。大英蒙道，我咋能中。孟胡子道，你代表村里，你不中谁中？大英豁朗道，说这也是。便上去和闵县长一起揭了牌。众人的手机相机都对着这场景一阵猛拍。待拍过了，孟胡子又招呼大家和领导们照张大合影，合影时闵县长还特意扛起了牡丹荆篮。大英的手里则一直攥着那块红绸子，脸上笑靥如花。

大合影照完，众人就开始忙着拉人照小合影，照着照着就乱了起来。之前只是跟着围观，村民们显得还有些拘谨，此时突然都异常活跃。只要有一个人去跟谁合，就都蜂拥跑去跟谁合。张大包尤其展现出了非凡的社交能力，我冷眼看着，他和所有的领导们都合了一遍影，还撺掇别书记和杨镇长加上了微信。

出了村史馆，闵县长一行又在中掌逛了一圈，因没有在路面上看到一个塑料袋一张废纸片，便十分满意，对随行的一干领导道，咱们在乡村做了这么多年精神文明宣传，也讲了这么多年的"不要随地扔垃圾"，费了多少功夫，就是成效不大。你看看人家这小村子，居然能教导着农民把这些事做好，不容易。可见把主体的积极性调动起来有多重要。众人连连点头称是。

走到鹏程家，听说是大英的儿子，就坐了一会儿。鹏程端出了一些柿饼炸的甜点，这里叫"柿麻糖"的，雪梅炸得十分新巧可爱，便每人捡一个吃了。到了老原家，大英介绍说这是青萍的大本营。我招呼老安端点心待客，他端出来的居然也是"柿麻糖"，就都笑，没有再吃。临走时，大英又让饭。部长说，一叫吃柿麻糖就知道你们啥意思，别虚让啦。众人笑了一番，便辞行而去。笑得我莫名其妙，便问大英，才知道原来也是个典故。有个大领导早年来山里检查工作，到了饭点儿，乡书记知道自家条件差，酒没好酒，菜没好菜，肯定是不宜招待，就端出来一盘柿饼给大领导吃。等大领导一个柿饼下了肚，乡书记就突然拍了一下脑袋说，哎呀我咋忘了，吃了柿饼不能喝酒呀。大领导笑了笑说，那就不喝么。又让饭，大领导说，柿饼也不好消化吧，那就回县里吃，路上正好消化一下。打那以后就成了笑话，不想留谁吃饭，就叫他先吃柿饼。没想到部长也知道。孟胡子笑道，部领导的消息渠道最是八面来风，咋可能不知道。

电视台的人走得很迟，在村里到处抓人采访。小曹、秀梅、张大包都上了镜，一遍两遍地说。听大英喊着让采我，我便钻到房间里躲了起来，任谁喊都装聋作哑不吱声。老原有几个朋友明天要来耍，他本打算中午就回来的，为了躲这场面，特意推迟到半下午才进村，没想到恰被逮了个正着，说老原是回乡创业的优秀代表，狠狠地把他采了一番。

8. 新闻之闻

县里和市里的媒体接连推送了几条新闻，县电视台当晚播出的那条比市台播的长了好几分钟，大英让小曹用手机截下来发给了她，她没事就去广播室里放，于是，隔三岔五的，宝水村的上空就会回荡起那位男播音员棱角分明的铿锵之声：

　　宝水村美丽乡村示范项目揭牌仪式今天在宝水村举行，县委副书记、县长闵家和为项目揭牌，并实地调研了解了宝水村在美丽乡村示范建设中取得的发展成果。此时的宝水村新绿初萌，春花初绽，水清路畅，屋舍整洁。漫步村内，处处都是村民和游客欢欣的笑脸。领导希望村里进一步做优环境、提升服务，让村民们拥有更加幸福的居家生活，让游客们有更加美好的乡村体验，不断提升美丽乡村建设中村民和游客的获得感。领导一行和村干部及村民代表亲切座谈，为村史馆揭牌并参观了村史馆，对建立村史馆的做法表示充分肯定。闵县长还对宝水村的下一步工作提出了具体要求，希望宝水村扎根乡土特色、彰显时代风貌，通过更多优质项目，吸引更多游客走进乡村、爱上乡村。希望宝水村能通过民宿民居、高效农业、户外拓展、旅游经济等各种途径，翻开宝水村发展的新篇章！

　　大英其实对这位播音员的声音不是很满意，说他的声音力道不够，和中央电视台的《新闻联播》比起来，那是差了可多意思。据说周边村的人听闻了闵县长在村史馆的发言后，也都不是很满意。他们说，宝水村的历史怎么能代表自己村的历史呢，根本不能。

　　这块素材又被从不同角度切割成了几小块在手机上传播开来，那几天的朋友圈里刷的就是这些条新闻。但凡出镜的都说得挺像模像样，只是被剪得厉害，只剩下了一两句话。老原的片段留得最长，相比而言确实也显得更好。正腔板调的普通话里不时夹带着抑扬顿挫的四字词，什么乡土情怀、返璞归真、城乡链接、活力复苏之类的，一气儿顺下来，一点儿磕巴都不打。闵县长扛着篮子和村民们合影的照片也被到处转发，人人满意。大英翻来覆去地夸，说人家电视台和报社到底专业，水平就是高。看人家拍的这照片，多官气。在这边土话里，官气没有贬义，意指漂亮和体面。

几天后，曹建业找到了我，吞吞吐吐了一会儿，方才说，地老师，荆篮旁边的那个牌子上，该写我的名儿。他语气软着，神情却艮着。我给气笑了。说，我花钱买的，你这么快就忘了？他说，我编的。我说，这事儿就好比你家的电视机，虽然不是你造的，但是你买下那就是你的。不能说是电视机厂家的吧？

他被我噎住。我任他窘着。事情明摆着，要么他得退我四百块钱，要么他得再拿来一套。

沉默了许久他才说，我再给你拿一套。

待他一走，我便给大英打了电话，大英嘎嘎笑道：叫他傻精。这回可知道精过头了就是傻！

他果然又拿来了一套，比村史馆那一套旧些小些，却也依然精巧。我也懒得计较，慨然收下。捐赠牌上的名字改过来后，他磨磨叽叽地又想要一张捐赠荣誉证书。大英起初坚持不给，还是孟胡子来劝解，说大曹能有这种表现，说明还是要点儿脸面的，多少也算是有悔改，还是得宽容宽容，小惩大诫，给个长进的机会。

终是给了。大曹立马就把证书装了框，也把闵县长扛着篮子的照片下载打印装了框，都是亮闪闪的金边亚克力框，门神似的贴挂在了大门侧边墙上，上面还搭了遮雨檐。村里人背后一边说他秃能烧包，一边又眼红他来了运，人虽没在县长面前挣上光，物件却扒上了县长胳膊，这可不是来运了么。

老原也把采自己的那段新闻在手机里存了起来，有事没事就会翻看几遍。我说你怎么还看不够，是不是都背熟了？是不是觉得这些场面话自己说得特别滑溜特别展样？他笑道，轮到你也得这么说。有时只能说场面话。不过也奇怪，这些场面话听别人说出来总觉得庸俗，自己去说时才知道，还真就得这么说。用咱土话说，这就是自屎不嫌吧。

唉，又是屎。他现在动不动就会说出屎屁尿之类，还有粗话。这边土话里叫"带把儿话"。放屁也不回避，有时突然就会炸出一声来，是微型的惊天动地。最初还有些尴尬且好笑，次数多了便只是惯常。许被他传染着，我也免不了会放个一两声，也落他嘲笑说，你也放屁？我回他，你这话就是放屁。人吃五谷杂粮谁不放屁，兴你放不兴我放？西施活着也放屁。

和老原之间说土话的频率也越来越高。在这里说土话有几重好处：和村里人交流没有语言障碍，还能以此来有效地屏蔽外人。有时当着客人面儿，我和老原老安会不自觉地飙起土话，语速很快，口音很重，看着客人们面面相觑蒙头蒙脑，居然会泛起一种恶作剧般的欢乐。这时便得承认，语言这东西果然是要看在谁的地盘上。在谁的地盘上，谁的语言就是主流。主流就是能产生优越感。

有一次，一家四口来玩，两个孩子还都小，哥哥文文静静，妹妹却踢天蹦地，完全掉了个儿。晚饭时妹妹打碎了一个盘子一个碗，哥哥正颜厉色批评妹妹，妹妹挤眼吐舌根本不听。我和老原正在菜地里薅香菜，遥遥看着这情形，老原突然用土话说：同一坯土咋就不一窑砖。我也用土话说：一树果有酸甜，一母生有愚贤。孩子母亲抓住了些片段，问，你们在说啥树结的果？我可好吃酸甜口儿的。老原便笑说，就是山楂嘛。

此时的他手里沾满了泥，嘴里又说着土话，俨然也就是村民本民。这模样让我走了一下神，忽然想起他那洋气的前妻来。

9. 从 happy 到海培

那个女人我只见过一次，没敢叫他嫂子。一帮人都没敢叫，因为觉得这称呼跟她不搭。

那时正是夏天，老原招呼了一帮人在他家附近消夜，喝啤酒吃烧烤。吃喝到兴头上，忽然有人提议说要见见嫂子。原哥这么多年金屋藏娇，还没见过嫂子呢。听说嫂子是个模特。模特呀，多洋气！

模特其实是个音译词，英文是 Model，知道吧？老原郑重科普。后来我发现，那时候的老原只要开始聊天，这一句是一定会有的。也是，在二十多年前的象城，模特应该是最洋气的职业，简直没有之一。

一口气灌下一瓶啤酒，老原朗声道，我叫她来，让你们见识一下 Model！

大约又喝了一箱啤酒，那女人终于来了。从她在夜市上亮相，到她在我们这里落座，这十几米的路，那超拔的个头、大波浪金发、调色板的脸和危机四伏的超短裙及高跟鞋，成功地引得所有食客都回了头。毫无疑问，这让老原的虚荣心得到了极大满足，他朝向她伸开了臂膀，要给她一个大大的拥抱。她却推开他，既嫌弃又娇嗔地以手为扇边扇边说：这是什么味道呀，你远一些啦，我不要闻。

入席后她既不点菜，也不动筷，眼神睥睨，如鹤坐鸡群。没见过世面的一干人也被这派头震慑住了似的，一时无话。她便朱唇轻启，以既不屑又坦率、既居高临下又屈尊纡贵的姿态开始聊自己，间或夹几个响亮的英语单词。说经过刻苦的锻炼，她的身材刚刚恢复到能出来见人，生孩子这事以后就画上了句号。话到此处转向老原，疾言厉色地警告：有一个女儿就够了，可别让你妈提生儿子的事，一个字儿都别提！然后说，Next就是重新回到T台走秀，她要参加一系列Model大赛，从国内到国外。她毫不掩饰自己对国外的向往和对国内的鄙视，说整个中国就是一个大农村。

那北京呢？有人不甘心地问。

北京就是村委会。她说。

众人目瞪口呆。

从始到终待了有半个小时？她便姗姗而去。这番亮相像是老原打出的一张牌，这张会说话的牌应是老原当时自认为的王炸。有人讥讽老原，你有这么洋气的老婆，怎么还跟我们在一起玩？老原讪笑说，就是土洋混合才有意思呀。

然而洋终是抛弃了土，这前妻后来果然洋气到了美国，一去三年没有回来，回来就是和老原离婚。她带走了女儿，说要给女儿更好的教育，也可以让老原毫无负担地再婚。据说她再嫁的老公是一个内衣公司的老板，听着倒也相配。之后老原也处过一个，文化程度不高，优点是十分朴实，朴实得掉渣，却不知为何，短暂处了一段时间便分了手，朋友们谁都没见过。他母亲早几年还不断催逼他，想要他赶快再成家，最好能生个儿子接续香火，这几年被他撺掇送去了海南两个弟弟那儿。那两家小日子都过得不错，还都生了儿子，儿孙们整天在她跟前晃悠，老太太就少了些盯他的心思。他也乐得自在，一直晃荡到了现在，说拿不准自己想找个什么人，且慢慢来吧。

有一次，老原酒后朝我和豫新吐槽，说已经好些年没见过女儿了，虽然女儿也和他一直保持着联系，可那感觉就是个假女儿似的。女儿给他发得最多的就是祝福，有微信前是短信，有微信后是微信，关键词是happy。过年时happy new year，生日时happy birthday，其他节日如中秋国庆都是不分眉眼的Happy holidays，连清明节也是。他也只能再happy回去，顺带发个大红包。

我都不知道她啥时候不happy为啥不happy，她也不知道我啥时候不happy为啥不happy。你们说这哪儿像是亲爷儿俩呢。老原说。

你女儿，有中文名儿吗？我问。

有啊。我给起的。他涩涩一笑，就叫海培，从happy到海培，这英译汉卓不卓？

10. 载舟覆舟

仔细揣摩，老家土话还是挺有意思的。比如揰字。词典里的解释是敲打，而在予城，擂的精准指意是捣。捣蒜就叫擂蒜。你能在任何一个饭店听到这样的话：服务员，给咱擂一头蒜呗。由此还衍生出一个谜语是"玻璃杯里擂蒜"，打一个地名，谜底是青岛——轻捣。擂字程度更深使用也更普遍的引申义则是挖坑，埋雷，制造陷阱。典型的例句如：这事儿净擂哩。还有圪字。但凡带有这个字的词就格外土，土得掉渣渣。比如圪蹴，意为蹲着。圪颤，意为颤抖。燎泡叫圪泡，垃圾叫圪渣，冬天的冰凌叫溜溜圪棒，童谣里便有"筛，筛，筛麦糠，溜溜圪棒打冰糖"的句子。另一极的土话却很雅。如锦囊三关，意为需要使用锦囊妙计的紧要关头。夸人的如昭模施样，意为像王昭君和西施那么漂亮。骂人的如戌皮亥脸，生肖里戌狗亥猪，意为狗皮猪脸。

有福田庄垫底，这些土话对我而言可谓是轻车熟路。如今在宝水，我说这些土话越来越自如，村里人也都很爱听。当我把清淡的味道说成"甜"，把傲慢说成"大样"，把整个儿说成"撮谷堆"，把不一定说成"不馇准"，又或是随口吐出"乖不楚楚""光不捻捻""机不灵灵""白不生生""高不挑挑""利不落落""胖不墩墩"之类的特有句式，都会引得他们开心赞许说，你真灵，学哩真快。你这一开腔，猛一听谁能知道你是个外路人。

——其实还是在说我是个外路人，这让我既酸涩又踏实。也不知道他们心里的外和里隔着多远。而我只记得，在离开福田庄去象城读书后的最初时段里，只要一回到福田庄，只要顺着这些土话的音节，我就可以迅速地融入村庄内部，圪东喝西，撵狗打鸡，游刃有余地在其中徜徉，自在喘气。

但那个时段很短。在象城的生活已然让我意识到，如果说老家的土话如水，那我便如舟，水能在福田庄载舟，更能在象城覆舟。尤其是在学校里，目睹过几次如我一样从乡下来的同学因语调里的乡气被同学们嘲笑，我便已很明白老家的土话在这个环境中是多么不堪，多么需要警惕。为此我一有时间就悄悄练习，想要尽快清洗出一口洁白无瑕的普通话。

家里也是一个小小的语言战场。在我到象城前，说土话的只有父亲，母亲和弟弟说普通话，一难敌二，力量悬殊。到象城后，起初我发现父亲只要有空就会把我叫过来聊天，聊的自然是福田庄的人和事，还以为他只是心系老家，后来才推测出他可能只是很享受和我一起说土话。我的到来似乎终于让他有了一个宝贵的同盟，让内部的语言对阵追成了二比二平。如他所愿，我确实也乖乖地配合着他，跟他同盟了一段时间，直到在学校发生了那件事。

那是一次英语小考，我考了满分。这是我到象城后第一次拿到满分，开心极了。打开试卷看到满分的一瞬间，三个字就蹦了出来：

怪卓哩。

我的同桌，那个平常就斜眼看我的女生顿时笑出了扑哧声。只过了一个课间，所有同学的嘴里都传了一遍这三个字。还有好几个男生挤眉弄眼且明目张胆地对我喊：

怪卓哩。怪卓哩。

其实我已经很注意防范了，但是没办法。即使已经到象城了那么久，即使穿着打扮看起来已经完全是一个融入了象城生活的少女，老家土话却终于还是出卖了我。事实证明，无论我多么小心翼翼，这些土话都有可能绕过我的脑回路，绕过我的心，通过我无法控制的下意识——是的，无法控制。是的，下意识——在我紧张时，放松时，愤怒时，总之是预想不到时，它们就会以脱口而出的形式，轻而易举地出卖我。

真是令人绝望。可也只能装成若无其事的样子挺到放学，逃也似的回到家里。推开家门，父亲在客厅坐着，厨房里叮叮咣咣的，应该是母亲在忙碌晚饭。看见我进来，父亲就说：去跟你妈说，叫她熬个圪星汤。

予城土话，玉米秆叫圪档，玉米糁子叫圪星。熬圪星汤就是熬玉米粥。

那一刻，我突然决定不再和他同盟，不论是在学校还是在家里，我都要彻底地投奔进普通话的阵营。我对自己说，既然你已经在象城生活了，就要有个象城人的样子。首先在这个事情上你就要有个态度，你得跟他划清界限。

于是，稍一停顿后我推开厨房的门，用标准到刻意的普通话对母亲说道：

妈，我爸说晚上想喝玉米粥。

再次从厨房出来，我知道父亲在看着我，我不看他。我告诉自己要坚持，必须坚持。坚持就是胜利。

怪卓哩。怪卓哩。

在很长一段时间里，这个短句被调皮的同学们反复模仿。我一听到就会红着脸走开。可我的反应越激烈他们就模仿得越起劲，直到我忍耐着装作若无其事地熬了很久，这一页才算勉强翻过。现在想来，当时的同学们也没有什么大不了的坏心思，至多算是小小的恶作剧。对他们而言，我是异质的存在，我的土话则是确凿的佐证，这成功地勾起了他们青春期的游戏心和攻击欲，让他们觉得新鲜有趣，大抵如此。只不过关键的是那时的我也正处于青春期，且是在他们群体的映衬和孤立下更为脆弱敏感的青春期。即便看起来很强悍，那也只是出于本能的自我保护，是一层薄茧。薄茧下面仍是一颗少女的玻璃心。本来就有着初来乍到的自卑感，此时被突然放大，薄茧下的玻璃默默地碎开，浸出了只有自己知道的血。

无比羞耻。多年之后，我才有能力把这种羞耻转化为一种幽默感。而在当时，只能是羞耻。羞耻积攒多了，便恼羞成怒。而这怒气却不能也不敢喷向强大的同学群，只能喷向遥远的福田庄。或许就是从那时起，我开始试图把自己从福田庄里摘出来。说来也怪，有了这个念头，各种蜂拥而至的理由就都来证明着这个念头的正确：怎么能不早晚刷牙。如厕前后怎么能不洗手。洗头发怎么能不用洗发水。帮你开了门怎么能不说声谢谢。怎么能随便骂小孩子是赖孙。怎么能只让女人做饭。怎么能随地吐痰还用鞋底去踩。怎么能毫不掩饰地擤出两筒黄鼻涕。被蚊子咬个包怎么能吐口唾沫再去揉。刀子划破了手怎么能抓一把土摁到伤口上……是的，屁股决定脑袋。在回象城上学之前，我的屁股是福田庄的屁股，脑袋就只能是福田庄的脑袋。偶尔去一回象城就觉得城里种种都别扭，都不舒坦，让我窒息。而等到我的屁股在象城坐稳后，再回到福田庄，曾经亲熟的一切就渐渐变得陌生且可厌，难以容忍。他们早就已经被时代抛弃，被城市抛弃，所以也应该被我抛弃。我应该飞奔而去，远远地把那一切甩到身后，甩到他们看不见我我也看不见他们的地方。这样才方便我洗心革面，重新做人。

我加大了偷练普通话的力度，听广播时，看电视时，语文老师

175

朗读时，一遍又一遍默念，声音只在唇齿间。每次课堂发言或者在同学们面前说话，宁可说得慢些，也务必要字正腔圆。到后来，我的普通话在班里数一数二的标准。上大学之后，有一次班里举办联欢晚会，大家起哄表演节目，到我时，有人提议让我用河南方言说个段子，我断然拒绝。

我唱的是英文歌《往日重现》。

11. 算细账

叔叔仍是隔三岔五地打来电话，主题永远是翻盖老宅，核心永远是算细账。前些时的重点是结构设计。因只有三间宽的地皮，老宅就成了细长的一块。叔叔说他找了好几拨人商量方案，共同的结论是：房子必须换个朝向，就是面对着路，坐东朝西。这样的话长就变成了宽，咱房的格式就大不一样啦。盖三层没必要，上头早就放出了话，两层以上的都不包赔。那就只需盖两层。整块地皮差不多三十米长九米来宽，留出楼梯，每层能盖出八间来，也就是二百七十个平方。上下共十六间，是五百多个平方。

听得我一个头两个大，我说，叔叔你做主，你都做主。我完全同意。

方案敲定后便是施工。叔叔说如今盖房有两种方式：包工包料和包工不包料。我说包工包料省事，被他否决，说：这是房子呢，哪能光图省事，不得虑虑成本？等到盖妥当了，上头要是几年不拆迁，那不得虑虑出租？就不能盖得太差。包工包料就是全托给人家，你知道他从哪给你进的水泥钢筋？用多少标号？啥价？分分钱花光家当，蒙蒙雨打湿衣裳。这些都不能不细算。还是咱们自己进料，光包工给他们就中。

下一阶段又商量定什么档次的建材。有高中低三档。他说高档的话最好是自住，咱这情况肯定不自住，那就犯不上用高档。一来包赔是按面积的，不按用料贵贱，高档也是白高档，折不出钱来。二来若是不拆迁就得出租，租户也不会因这多给价，里算外算都不合算。用低档虽是省钱，盖出来却不好租的，只能单等拆迁，若是几年里拆不了——这情况还真不少见，咱村的情况确也难说——也还是得去出租，可这种房子即便有人租，咱也得担着风险，一旦有啥差池不是耍的。来回忖度，唯有中档最合适，花钱虽比低档多了些，却能落个踏实。尤其咱这地块紧临街，如今很多快递公司和物流都往咱村这边投靠，租的话咱这房可是一点儿不愁，一年进项个三五万不在话下。

再接下来便是定哪个村的工程队，工价多少，怎么付款，从哪里进砖，哪里进水泥，什么渠道订预制板，种种繁杂事宜，使得我前听后忘，难以备述。我几乎从不敢主动去提头儿问他什么。你一条语音发过去，他能有一堆语音发过来。简直就是请神容易送神难，不好招架。我能尽力做到的便是及时接听并反馈，同时孝顺出一副好态度，嗯嗯嗯地应，是是是地答，且备有充足的表情包点赞、夸好、疯狂鼓掌、献花、你真棒。

今天的微信电话里，叔叔已经开始谈及出租，畅想着是租作旅馆还是餐馆，我问谁来住谁来吃？叔叔笃定道，这不用操心，有的是家儿。东半拉不是成学校了么，咱这也是学区房。你可不知道学区房的生意有多好做。这口口声声的"学区房"让我忍不住笑起来。他反应还挺敏感，问，你笑啥，我说得不对？学校进了学生，家长来看孩子不住店？还有，现在的孩子们……他咳了两声，大一点儿的就会谈恋爱，谈热了就会出来开房，我都打听得清清儿的。吃饭的更是大有人在。你可不知道城里人都多好吃农家乐。

就咱这，还能叫农家乐？

咋不能叫？那些比咱还靠市里的郊区村开了多少农家乐，咱这要开农家乐，不比他们货真价实？他不耐烦道，这些都是后话，先把房子盖出来再说。

挂断后看看时间，便给坤打了微信电话聊了一会儿。他问这房子一盖一拆能落多少钱，我说按照西半拉的行情，应该能挣个大几十万。他笑道，好吧，也算是一笔钱，不枉叔叔和你费这些心思。我说其实也不只是钱的问题，还有面子问题。什么面子问题？人家都翻盖了咱们不翻盖，就没面子。人家都去挣拆迁款咱们不去挣，就没面子。咱们都不在老家，管他们咋看呢。叔叔在老家啊，碍着他的面子了。你能说叔叔跟咱没关系？有有有，哪能没有呢。坤在那边笑道，不过亲爱的姐姐我求求你，这事儿你不用每一步都跟我说，真的全权做主就行。

叔叔说你是正经房主，必须得让你知道。

唉，你不也是吗？

我笑。这傻弟弟。

在叔叔眼里我肯定不是。嫁出去的闺女泼出去的水，哪有我做主的份儿。

将来这房子有了拆迁款，也没你的份儿？

嗯，按老家规矩肯定没我的份儿。没事儿，我不介意。

我介意。坤说。沉默片刻又道，姐，我做主，如果将来真有拆迁款，咱俩必须一人一半，你必须要。

好啊，天大的便宜干吗不要，谢谢老弟。

谢啥啊谢，不许说谢。那是你该得的。

一边笑着，收线后，泪水还是很没出息地掉下来。虽然对未来的那笔拆迁款确实不介意，可听坤这么说，不知怎么的，我也确实抑制不住难过，莫名难过。

正准备关机，叔叔的电话又打了过来，却是婶婶在说话，她说方才忘了说，你抽空回一趟吧，碾馔下来啦，正好吃哩。

婶婶是个好婶婶，面目清秀，聪明贤惠。叔叔能娶上婶婶，算得上是平生第一得意事。论起来，他之所以能娶上婶婶，还是得力于他的哥哥，我的父亲。

除了那些穷得实在没办法的光棍，当时已经三十四五的叔叔是村里同龄人中成家最晚的。婶婶比叔叔小六岁，那时也算是老姑娘了。之所以拖到这个年龄，是因为之前订婚的对象突发疾病而亡，都说婶婶命硬，就很难再说媒。即便如此，婶婶的父母也不是很情愿把婶婶许给叔叔，直到父亲给婶婶娘家办了一件大事：婶婶的弟弟想去镇上的造纸厂上班，没有门路。七娘的大儿子秋旺是副厂长，正找父亲给厂长办事，这样一来二去，婶婶弟弟就成了纸厂的一名工人。

婚礼办得更是风光。父亲从象城借回来一辆北京吉普车当作婚车。彼时乡下结婚还都是骑自行车，叔叔是头一个用汽车的。现在想起来，那辆吉普车其实很破，但那时却恍若奇迹。你想，破房烂屋小村窄路的环境里，突然出现了一辆军绿色的吉普，开起来轰轰作响，一骑绝尘，怎么都算得上是威风凛凛。村里的孩子们连上去摸一把都兴奋不已，觉得长了好大的见识。

也是从那以后，找婚车成了乡亲们心中能办到的一个重大事项。当然也不是谁都敢上门来拜托这件事，能找上门来说这个的，要么是在村里有头有脸的，要么是有缘由的。但凡开口，父亲就需得答应。起初也只是吉普车，后来发展成了小轿车，再后来便水涨船高，他们开始挑颜色，要求用红色的小轿车。

12. 秋麦

如果还是小时候的福田庄，如果我还在福田庄，这时节就该能吃上碾馔。青黄不接时它是过渡的应急，饱腹无忧时它便是应季的美味。对我来说它不是词儿，它就是一股气息。把籽粒饱满却还没有变得结实的青青麦穗割下，揉搓，去掉还没有变得硬利的麦芒，再去掉还没有变得焦黄的麦壳，那柔嫩得如少女一样的麦粒就裸裎了出来。然后放到石磨上一遍一遍地碾，碾成青绿色的小条条，就成了碾馔。用蒜炒一下就很清香可口，如果奢侈一点儿，再破上个鸡蛋，那清香就变成了浓香。当时吃时也不觉得怎样，如今想起来顿时口舌生津。

碾馔吃过没几天，便是秋麦，村里人有时也说麦秋，后来我才知道，这个和麦用在一起的秋和秋天的秋是两回事。秋麦的秋是动词，意为收获。麦秋的秋是形容词，意为成熟。总之，秋和麦搭配在一起，就是福田庄要割麦子的关键时刻。庄稼庄稼，粮食没有装到仓里，那就都是假的。家家都在田里打仗，人人都在田里打仗，"八成熟，十成收。十成熟，两成丢"，怎么能舍得丢呢？一穗也舍不得丢，一粒也舍不得丢，常常是在晚上还要加夜班的。晚上凉快，更重要的是夜露的滋润使得麦穗不会过于焦脆，能有效地减少麦粒掉到地里的损耗。为秋麦加夜班，多值当。奶奶说。

这时父亲照例会被奶奶喊回来。奶奶需得做饭，还需带着我，没办法下地，如果父亲不回来，三个人的地就只能指靠叔叔一个人。奶奶说，这可不中。

其实即便是父亲回来，干活儿也不怎么中。一个是书生，一个是瘸子，怎么能比得了其他家的人手？好在他们不偷懒，也好在麦垄总是越割越短，不会越割越长。更好在，干着干着，就会有人来帮忙。通常是在黄昏时分，奶奶一手拉着我，一手提着篮子，篮子里是刚出锅的葱花油饼，由雪白的笼布包着。碰到人打招呼，贴晌去呀？奶奶响亮地回答：贴晌去！壮回来了吧？不回来能中？地里呢。

到了地头，远远地便能看着父亲和叔叔在割着麦子，地显得很大，衬得人很小。奶奶抱着我，坐在地头等着。暮色渐浓，炊烟四起。我说饿了，奶奶便撕一小块油饼给我吃。吃饱了，便昏昏欲睡着，由着奶奶打着扇子扯闲话。现在仍记得一个故事，那还真是一个美妙的故事啊——

那时，庄稼成得少，老是饿死人。王母娘娘发了善心，就叫地里的草都长成了麦子，随便长都能成粮食。那麦子呀，麦秆上从根儿到梢，全是穗穗，不知道能出多少白面。连天上下的雪都是白面。

那王母娘娘早干啥去了，叫饿死恁多人。

她是王母娘娘呀，她想干啥就干啥。人算啥，她想不起来，那就该饿死。也是那些人命不好，谁叫王母娘娘顾不上他们哩。

这些命好的人呢？

人心贱呀，这粮食一多，就不爱惜，就开始糟蹋。有一天，这王母娘娘下凡来，她心想人有的吃了，日子不定过得多美呢。她得去看看。

她本事恁大，在天上看不见？还得亲自下凡？

她是王母娘娘呀，她想下凡就下凡。她到一家门前，看见一个年轻媳妇，把一张大烙馍当成尿布给孩子垫到了屁股底下。她那个气儿呀，就上前说，我可饥，能不能把你那饼给我吃一块？

她为啥不上去打那人一巴掌？

她试人心哩。

烙饼能洇尿？

说得也是，不好洇尿。可能是给孩子暖屁股哩。

那饼要是凉了还咋暖？不如用棉垫。

棉垫不也得纺花织布？多费劲。别打岔，你叫我往下说。那年轻媳妇可真赖，说这是我的东西，为啥要给你吃。快走，再不走我就放狗咬你。说着她就叫狗去咬，狗有灵性，一看王母娘娘是神仙，死活不咬。王母娘娘就回到了天庭。

王母娘娘本事大，狗想咬也咬不着。

那是。王母娘娘呀，可气得要疯了。她回到天庭就下了令，叫下雪还是下雪，再也不下面。叫地里是草还是草，不长庄稼。长成了的庄稼她就悄悄去挴。有一回，挴麦子时她碰见了狗，狗就求她，说好歹留一点儿呀，不能把人和狗都饿死呀。王母娘娘到底心软，手一松，就把麦梢那里留了下来，咱们如今的麦子，就只有麦梢才长穗穗。

粮食少了，人又开始饿死了。狗看不下去，就去天庭求王母娘娘，说好歹叫人吃饱吧，不管吃啥。王母娘娘没好气，也不忍心人都饿死，说，那我就下一道旨，你去传吧。就说我说了，狗吃饭，人吃屎，都叫吃饱了。

狗赶紧记下，一路回去，就一路念叨，生怕忘了。可是越在意越不中，它还真是记错了，把王母娘娘的旨意记成了，人吃饭，狗吃屎。后来呀，狗叫就成了忘忘忘，人呀，也没有忘了狗的好处，有人的地方就都养着狗。

那王母娘娘本事恁大，就不能把这旨意再改回来？

改回来？改回来干啥？你吃屎呀。

…………

等到这一垄终于割完，奶奶用水壶给父亲和叔叔冲洗一下手，让他们坐下来吃饼。正吃着，便有人喊着父亲和叔叔的名字：

壮——

宽——

七娘会叫秋旺和春旺来，大耳朵全也会带着他的兄弟来，总之是，三三两两的，会来上几个人。这时他们已经忙完了自家的地，也吃过了饭，专意来给我家干。地里突然热闹起来，他们边干着边和父亲寒暄，问他请了几天假，问他的工作，问他的工资，问什么事该怎么办，一垄垄的麦子就在这些话里被割净，变成了麦茬。有时他们也不说什么，只是埋头干着。奶奶看着这情形便会感叹：人少好吃饭，人多好干活，还真是这个理儿。

"麦收有五忙，割挑打晒藏。"麦子割完后的重头戏是打场，也总有人帮忙。我家每次扬场大耳朵全必来，扬得又快又净。后来就有了半自动化的脱粒机，就是一个砖砌的洞，里面安着一个大风叶，俗称"老虎洞"，因它张嘴吞麦的样子很像老虎。脱粒时最出力的活儿就是把麦穗送进老虎口，这里若是入得快就能省时省钱。这时是连中午都不休息的，因为中午天气最热，麦子最脆，脱粒的效果最好。可此时也最苦，任谁在老虎口站那么一会儿，就会变成一个黑人。

脱净的麦粒就能颗粒归仓了？当然不能。还要晒。太阳出来了摊开晒，用木锨子摊得匀匀的、薄薄的，再如犁地一样一遍遍地在上面画线，把麦粒画成一沟一沟，一沟翻压着一沟，方才都能晒到。太阳落前就要赶紧把麦粒拢成堆儿。晒玉米要放凉了收，晒麦子要趁热收，若放凉了再收就易生牛，别称铁鼓牛，在福田庄这里被极简称呼成了牛。后来我查了一下，它学名叫谷象，和故乡同音。

麦子晒好后，另一个时刻便郑重来临：存新粮。奶奶卧室的角落里，一溜儿放着三口大缸，每一口缸都被一张硬苇席子收成一个圆，扎在缸口，称之为圈，后来我才知道，这种结构就是囤这个字的本义。要存新粮，得先把陈粮倒出来，我不爱干这活儿。陈粮的陈气我不喜欢闻，新粮的土气也不想忍受。是的，翻晒好的麦子看着虽是很干净，却还是有土。所谓的土气从这新麦身上就能领略得淋漓尽致。当你来到缸边，把麦子往缸里倒时，那一股冲腾而上的气，就是土气。每次被土气馋得让我忍不住对奶奶发牢骚时，她老人家都会说：你是饿得轻。家有存粮，心里不慌。恁好的粮，咋还敢嫌弃。

父亲参与劳动的环节只有割麦，往往是一割完麦子父亲就回了象城。多年之后我才明白奶奶为什么一定会叫他回来。其实她从来没指望他能干多少活儿，他的回来具备的是典型的象征意义：都看见了吧，这个远在象城的很有本事的儿子多孝顺、多听我的话。你们给她家帮的忙不会白白浪费，他都会看在眼里，记在心里。这笔人情债，你们不会亏本。

"人情似锯，你来我去。"这是奶奶的嘴边话。多年后我才能明白，对奶奶而言，这句话的重点是"你来我去"，对我们小家而言，重点却是"人情似锯"。被锯着，怎么能不疼呢？

13. 楝花开，吃碾馔

第二天便开车回去，快到泉湖社区时我放慢了车速，往福田庄的方向远望。春末夏初的平原和山里的风貌颇有差异，田野里只有油菜是明艳的金黄，除此之外就都是绿，绿的麦子，绿的树，绿的草。方块绿，条状绿，线线绿，点点绿，高绿，矮绿，不高不矮绿。明绿，暗绿，明暗相间绿。村子里除了绿就是紫，泡桐花是大团的浅紫，苦楝花则是细碎的淡紫，"楝花开，吃碾馔"，正应了这景。

进门先磕头。餐桌后面紧挨着墙放的条几上摆着一排遗像：奶奶，爷爷，父亲。爷爷的照片最不清晰，看着也最年轻。这使得他像是父亲的儿子，这三张照片像是祖孙三代。

我家没设牌位，弟弟家也没设。奶奶和父亲在时老宅里设有，现在是叔叔家。哪怕仅仅是因为这个，我就能原谅叔叔所有的过分。

看了一眼，不敢再看。可是忍不住还想去看。再去看时，就泪眼模糊。

案几旁放着一个小小的棉垫子，我拉过来，跪下去，磕头。叔叔在旁边念叨，爹、娘、哥，萍回来啦。

起来时借口去卫生间洗手，顺便擦泪。

每次都是这样。若是纸写的牌位也罢了，我不能看见他们的照片。若这些照片是在相册里也罢了，我不能看见他们被供在牌位这里。每次看见，泪水都会小小地崩溃。

这和在墓地的感觉迥然有异。在墓地，尽管明知道他们的遗骸就在墓里，可看不见他们的脸。墓地只有土堆，只有旷野，只有草，只有树。墓地最多的就是坟墓。墓地就是死亡的气息，而且是群体死亡的气息。在这里，死亡这个巨大的句号显得无比自然，很容易接受。但在家里不一样。家里是活生生的人在过活生生的日子，看到这些照片上的亲人，就不得不想到他们曾经的那些日子，且是和我一起过的那些日子。会想起他们走路的样子，咳嗽的样子，吃饭的样子，生气的样子，发愁的样子……照片这种形式鲜明地提醒着我，他们被整整齐齐地装在了那个世界，再也不能过这样的日子。

在卫生间收拾整齐，出来和叔叔闲话。问他要不要和包工队签个合同，他不以为然地说签啥合同，谁签合同。你以为村里的事跟城里的事一样？我说，要是签了合同，事先划定了责任，碰到什么事他们就不好讹人。叔叔说，村里没这规矩。又说，包工头就是柳庄的，平常在路上没少照面打招呼，都算是熟人。对了，你七娘娘家不就是柳庄的？我嗯。柳庄在福田庄靠南三里地，离予城远一些，就没有被规划进拆迁领域，不过和周边没机会被拆迁的村一样，它们开展了诸多与拆迁密切相关的业务，包括且不限于拆盖房子、装修保洁、园艺绿化等等，挣钱挣得也是如火如荼。

婶婶在厨房乒乒乓乓地忙了一阵子，连上了好几道菜，最后才把主角碾馔端上来。黄黄绿绿的，一看就放了不少鸡蛋。香是香的，虽然不是记忆中的那个味儿。当然也只能夸。婶婶穿梭着，一会儿端水果，一会儿上点心，一会儿拿酸奶，又要收拾干净床铺让我歇歇，我拦住她，说这就走。山里天黑得早，早回早踏实。她便又打包了一些碾馔。我起身告辞。叔叔要送下楼，我执意不肯。去卫生间时，婶婶跟过来悄声说，你就叫你叔送下楼，你不知道他多想碰见个人，叫人知道他侄女又来看他了。

好吧，那就送。叔叔婶婶跟着到了楼下，不上车，再说会儿话。正说着，一个人从门里出来，须发皆白，手搭在眉上看往这边，问，老鳖，这是谁？叔叔连忙叫着他全哥，问我还认得不？这是你田家的全伯呀。

那咋会不认得呢，您扬场可是一把好手呢。用现在的话说，帅着呢。我看着他的大耳朵说。全伯笑得都咳嗽了起来，一脸老人斑，无声地抖动着。

他是生产队里的饲养员。因他的耳朵大，外号便叫大耳朵全。

生产队散时，分牲口，我家抓阄抓到了一匹老马和它的儿子，一匹小马驹，一共四百块钱。小马驹才两个月大，还不能干活儿，得满一年才能安套下地。把牲口牵回家后，大耳朵全便每天都上门来照看，给它们饮水梳毛，喂麦糠麦麸玉米皮，不到半年，这一老一小都养得膘肥体壮，奶奶把它们转手卖了九百，净挣了五百。这对当时哪一家来说都是一笔大钱。钱拿到手后，奶奶给大耳朵全分了两百。叔叔不住地念叨说，一辆大飞鸽才一百二哩。奶奶说，南京到北京，走路也算工。这些天人家为这俩畜生操了多少心，人家操心时你不说啥，该咱给人家贴时你也甭心疼。做人不能光往里精不往外精。再说了，你哥好歹能挣工资，往家给咱送个活泛钱儿，他能有啥办法哩？

你这相貌，越长越吸你奶。大耳朵全说。

我笑。很小时村里就常有人说我和奶奶长得像，我很不认可。她都那么老了，我怎么可能跟她长得像。以为村里人这么说是为了讨奶奶欢心。后来母亲也说过这话，看我脸色不善就没敢再提。再后来，后来到直至现在，我得承认，很像。也明白了亲人间之所以对此会浑然不觉，或许恰是因为熟到骨子里，更在意的反而是差异性。而外人之所以慧眼如炬，则是因为更易于在这个血缘的整体性中找到共同处。

你奶……他眼睛翻看着天空，似在默算，终于算了出来：老了有十来年了吧？

二十年了。我和叔叔异口同声说。

突然觉得眼泪要控制不住。——每到此时也就理解了亲的繁体字为什么会是亲字旁边再加上一个见。诸如奶奶和父亲这样平凡的人，死了就是死了，他们死后，除了最亲的亲人，其他人不会提起，也不会记得。一旦提起和记得，一定是因为看到了他们最亲的亲人，如我。

你奶奶，那可是真会维人。他还在感叹。许是想起了往事。

一时无话。我便道了别上车而去。开出社区走了一会儿，方才把车停住。路边还有没被楼盘占据的残存麦田，有的还很大片。宝水的梯田种的多是谷子，麦田很少。已经很久没有仔细地看过麦田了，这些麦子聚集在一起，亭亭玉立，声势浩大，麦梢已可见隐隐约约的黄色。"蚕老一时，麦熟一晌。"而我居然从不曾见过它们熟时的那一晌。

14. 维

维人的维，起初我一直以为是为人处世的为，后来才觉得，在福田庄语境里，用作维更合适。为人偏重于指向自身的修行修为，属内在的。维人则更偏重于向外，意指对各种人脉资源的经营缮护。

毋庸置疑，奶奶很会维人。从我记事起就串门的不断，尤其是女人。一般是晚上，总是你方唱罢我登场，如舞台连续剧，慢慢地，我在旁边也看出了些张家长李家短的门道。七娘说她婆婆，她婆婆也来说七娘。大耳朵全的老婆又挨了打，她妯娌来说她为啥挨打，全都是诸如此类鸡毛蒜皮的家务小事。奶奶说，家不安就村不宁，说小也不小。清官难断家务事，她不是啥清官，也没打算断个明白。那些来登门的人谁不知道这个理儿呢。不过就是来说一说，那就让人家说嘛。

确实，也无非是说一说。她们说一说，奶奶也说一说。她们絮叨一番，如同排了毒，再由奶奶给开解一下，安抚一下，宽慰一下，这毒素便有了出口。在这门里便硬疙瘩软，软疙瘩化，大疙瘩小，小疙瘩消。五嫂最会讲理。五婶最会讲理。五娘最会讲理。或者是五奶最会讲理。这是村里人的公论。对这公论我曾无比认可，也曾深感骄傲。多年后我对此开始狐疑，却也莫衷一是。直到偶然读到"家贫少说话，位卑莫劝人"这句话才忽然明白了什么。这话倒过去琢磨就是：在某个群体中，某人若拥有了劝人的话语权，那至少证明他在这个群体中处于上层。而在当时，奶奶讲的道理之所以让人信服，固然是因为她会讲理，更是因为我们家处于福田庄的上层。而我们家之所以能在村里处于上层，归根结底，还是因为奶奶用她全部的智慧和能力维好了人、维住了人。

维，系物之大绳，这是辞典里所释的本义。奶奶维人的这根长绳在我出生之前就已经开始了编织，不，甚至在父亲出生之时就开始了编织。正因为此，哪怕丈夫长年不在家，哪怕自己成了拖着两个孩子的寡妇，她也依然能让小门小户的地家在村里支撑住稳定的地位，保持住起码的体面。而后父亲能在那个年代被推荐去读大学，当上了名额极其宝贵的工农兵大学生，依傍的就是她的维人。等父亲在象城里立定了脚跟，她更是抓牢了这个出息的长子来继续维人。她让他一件件地给村里人办事，一方面既是在道义上对村里回报人情，一方面也是在为叔叔谋划。所以叔叔即便是才智平平腿疾严重，却还是能娶上不错的媳妇。而父亲地壮作为奶奶后半辈子维人的支点，且是最重要的支点，也注定会被来自福田庄的人情线捆扎着，陷入这泥淖一样的深网中。

回想起来，那些线其实很细、极细。细如一句话：吃了没？这闺女真白。咋恁白呀。或者是一个笑纹，笑得努力，笑得使劲儿，仿佛那笑纹里有软绵绵的触手，想要把你包裹起来。细如他们看到父亲回来就紧走两步去打招呼时鞋底击打地面的嚓嚓声，然后，嚓嚓声跟着父亲进了我家的门，说东说西，问这问那。坐够了，在起身要走不走时，或是在父亲把他们送到门口时，他们才貌似不经意地说，有个啥啥事，能不能给问问？能不能找找人？父亲说，中。——隔着漫长的时光，我仿佛看见那些细线柔柔地围系在父亲的脖子上，一圈，又一圈。这道线下去，那道线又上来。线刻在父亲的脖子上，成了颈纹。刻在他的脸上，成了皱纹。郁闷时是愁纹，有时也会变成笑纹。

其中一条线，就是我。因从小被奶奶养在福田庄，在浑然不觉中，我也成了捆扎他的一条线。在意识到这一点后，我对福田庄的厌恶便更甚一层。到后来，寒暑假时我能不回福田庄就不回，万般无奈回去时也是能少待就少待。回去之后就不再出门，只窝在家里，由着奶奶和婶婶伺候我好吃好喝。但我回去的消息还是会很快传遍，不断有人上门来，拉着我的手和我说这说那。有什么可说的呢？也无非是小时候的那些事。我不想听，也不想应答，就只陪着干坐。他们还会带来各种各样的吃食：刚出锅的饺子包子，油炸的撒了芝麻盐的小焦花，去小卖部里买一包火腿肠、两包瓜子，地里现摘的黄瓜西红柿，无非这些。

萍都多大了，不是小孩儿了，恁这是干啥呢。咋把她当亲戚待呢。奶奶谦让。久不见啦，怪想的。他们笑着说。

我不相信。这些曾经熟悉的脸看起来既熟又疏。再然后，熟的成分越来越少，疏的成分越来越多，厌恶也越来越多。凭着父亲，奶奶在福田庄备受尊敬，过的是人上人的日子。当人上人就这么有瘾？怎么就不能过人中人的日子呢？怎么就那么好事儿呢？怎么就那么爱逞强出头呢？

有一次，目睹了村里人又来上门说要去象城找父亲办什么事而奶奶满口答应时，那人刚出门，我便忍无可忍地质问了她。我说奶奶你干吗非得这样？为啥非要把我们家拖到深渊里，拖到陷阱里，拖到泥潭里，拖到火坑里？

奶奶惊讶地看着我。多年之后，我才有能力去辨析她惊讶眼神中的复杂况味。她惊讶于我这一串排比长句中深渊陷阱这种学生腔十足的陌生用词，更惊讶于我随着这些词句突然爆发出来的愤怒。但她是那么聪慧，很快就懂了——与泥潭火坑用在一起让她很快明白了这其中具备的关联性，她带着笑，甚至颇有幽默感地说，不是泥潭，能开莲花？坑里有火，冬天烤着才暖和哩。

然后，她收住了笑，很慢地，一句一句地说，都在一个村子里，他们没办法，我也没办法。咱不能光顾着自家。

我说，你又不是村干部，你没有这个责任。

她说，不是这么个理。是村干部，帮不了的也是帮不了。不是村干部，能帮的也得帮。在一个村里过了这些年，都是乡亲。遇事不帮，咋能算是乡亲。

那谁谁谁以前不是还做过对不起咱们家的事？为啥还要不分好赖帮他们？

奶奶拉过我的手，仍然按照方才的节奏说，哪能把老账本搂在心口过日子。要记也得记恩德。你叔小时候有回害肚疼，跑了几家才凑出钱来。你爸小时候也没少得村里人的力。有一回他在集上叫一个人牙子搂跑了，要不是咱村去赶会的几十号人八面抓着去寻，哪还有他，哪还有你。你小时候好上树耍，有一回爬到两丈高的树杈上，耍着耍着还睡着了，要不是你七娘看见，早就跌残了。过了一会儿，看我还是气鼓鼓的，就又说：一个村里恁多人，哪能都恁好。话说回来，再大仇气，也是一个村的。恩恩怨怨，留恩忘怨，日子才能宽宽展展过下去。啥叫乡亲，这就是乡亲。在村里各家是各家，出了这个村儿就是亲的。这就是乡亲。

从小听到大，还是这些话。我却不再是当初那个孩子。我拒绝接受这种无原则的宽容和忍耐，却也不知道该进行怎样的回击。对于这个话题，我放弃了和她再交流，只是默默地维护和巩固着自己的立场。然后，自然而然地，便和母亲靠拢起来。只是无论我和母亲的不满表现得多么明显和充分，都妨碍不了他们母慈子孝。每次接到奶奶的电话，无论领受到多么繁难的任务，父亲都是一迭声地答应着，口气和煦如春风。而每次回到福田庄，奶奶也早就做好了父亲爱吃的擀面条和饺子，切好了他心心念念的猪头肉，烙好了卷肉的薄饼。

上大学后，每周例行和母亲通电话，很重要的一部分内容就是福田庄。她一定会讲，我就不得不听。她说这些话她不能跟父亲说，也不想跟正上高中的弟弟说——他还小，不懂事，也怕影响他学习。我呢，上大学了，没关系了。更主要的是，她说的人和事我都知道，有着坚实的理解基础，是全家唯一的也是最理想的听众。

左不过还是那些：谁来办事了，谁拖家带口地又住到咱家里来了。谁家有病了，咱家的被子又被谁拿到了医院，又该置办新被褥了——被福田庄的人带到医院的被子，母亲是从来不允许再带回家的。再或者是，谁家孩子毕业找你爸爸来说工作的事了。你爸爸这个月回去了两趟，工资又没有交……没完没了。是的，没完没了。不知道何时是个尽头。似乎永远也没有尽头。

那时节的母亲，对福田庄，从不用"老家"这个词。她说我又不姓地，不是我老家。或者就是那句：那里又没有生我养我，不是我老家。听到这般说辞，父亲常态是沉默不语。记得他顶过两次嘴。一次是他说：你不是进了地家的门儿么？嫁鸡随鸡，嫁狗随狗。母亲当即说：那又怎么啦？如今又不是旧社会，这地家的门儿我能进，也能出。还有一次，父亲说，总有一天你得进咱们祖坟去，能埋你的，就是老家。母亲当即又说：没听说豫东那边平坟的事儿么？以前也不是没有过。谁家的祖坟也不是保险箱。我呀，宁可在邙山公墓占一小块，也不稀罕住那么宽敞的阴宅。

父亲的脸色就灰下来。家里的气氛也和父亲的脸色一样灰下来。只要说到福田庄，母亲的唇就是一把拉开的弓，她的话就是凌厉的箭，呼啸而来，支支中靶。

鄙夷，无奈，尴尬，沮丧。对于母亲的讲述，我的情绪反应大致如此，后来我意识到，这让母亲深感安慰。在福田庄的问题上，她一直是个孤独的战士，我加入阵营于她而言十分需要，也十分重要。怎么能不重要呢，我自福田庄而来却这么支持她，有力地证明了她的正确。这就是惺惺相惜，同仇敌忾。

我这辈子就这了。反正到你跟坤时，肯定不能是个这。总有一天会好的。母亲常常这样说，安慰我，也自我安慰。我们都很明白，"会好"的那一天，就是福田庄的这些人和事和我们家再无牵扯时。

福田庄要是没有就好了。我无数次地想。

可它当然在，一直在，且在得后患无穷。

他们什么时候不再来找父亲呢？

尽管母亲不说，我也不说，但我们母女两个很默契地知道，这一天，就是奶奶的死。

也许就是从那个时候起，我开始想象奶奶的死。是的，不止一次想象过。想了一遍又一遍。因为奶奶扎根在福田庄，福田庄和奶奶密不可分。甚至可以说，福田庄就等于奶奶，奶奶就等于福田庄。来自福田庄的所有麻烦都寄生在奶奶身上。只有奶奶死去，我们才能和福田庄摆脱干系。只有奶奶死去，父亲才会不再被福田庄分走那么大的份额。只有奶奶死去，我们才能拥有一个相对完整的父亲。只有奶奶死去，回福田庄才不会成为我必须去尽的义务。

所以啊，我怎么能不这么想呢：要是奶奶死了……

奶奶什么时候死呢？

谁都不曾想到，率先到来的，是父亲的死。

15. 父亲之死

那是秋天，已经收过了玉米，天气凉爽了起来。农历已经进到九月，春旺的"好儿"是九月初九——不知是从哪里说起的规矩，

"三六九，往外走"，都是天然吉日。初八晚上，父亲忙完了工作，又参加了一个应酬，喝了点儿酒，便开着借来的红色桑塔纳回福田庄，路上与一辆卡车迎面相撞。那个司机喝得比他还多，算得上是十足的醉驾。

父亲是被送进医院后才通知到家里的，我接的电话。国庆节刚刚过去，有点儿事耽搁着，我还没来得及返校。电话里是个女医生的声音，问清楚了我和父亲的关系，然后郑重又温和地说，你爸爸情况很不好，你要有心理准备，要把你妈妈和你弟弟照顾好，路上注意安全。事情过去很久之后，又想起这个声音，我才回味出其中浸含的同情和温暖。

放下电话，我压抑了一会儿骤急的心跳，把事情减轻了一些程度告诉了母亲和弟弟。我们打车赶到医院，然后开始在手术室外面等待。时间漫长。我祈求更漫长。漫长虽然让人绝望，但至少也包含着希望。医生在和死神争夺父亲，像是一场看不见的拔河。死神在一端，我们在另一端，和医生一起竭尽全力地拉着绳索，试图抵过死神的轻轻一搋。

抢救进行了一夜。天大亮时，父亲的同事们闻讯来医院里的越来越多，面对着或是敷衍或是认真的问候，我强撑着回应来客，在这一夜突然长大。关系不错的人留下来陪着我们一起等待。大家都面色凝重。母亲逐渐陷入崩溃。有人买来了早餐，让我们吃。我让母亲吃，让弟弟吃。他们都不想吃。我说，吃吧，吃点儿。我努力平静着脸色把包子和油条递给他们，坚持让他们吃。我用肯定的语气描绘了今后的生活图景，我说，一会儿等爸爸出来，咱们肯定少不了轮班伺候他，不吃饭怎么会有力气呢。

早餐没有吃完。手术室的门开了。父亲被推了出来，全身蒙着白布。

他死了。

我们扑过去，重复了所有悲伤的人们在那一刻所做的一切：疯狂哭喊。难以置信。质问医生。要求再抢救。然后继续哭喊。

一位伯伯把我拉到一边，对我说，孩子，先冷静一下，办事要紧。

办什么事？我的脑子是蒙的。想不出还有什么事。父亲没有了，我没有父亲了，还有什么事是需要办的是值得办的呢，在此刻。

傻孩子。你爸的后事啊。他擦了一把涌出来的泪，说，我看这得靠你了。得先决定在哪儿办，是拉回老家还是在这儿。要是拉回老家，就得假装他人还在，要赶快租一辆车挂着输液瓶子把他送回去，一切都要按照老家的规矩来。要是在这里办，就是去殡仪馆，遗体告别，火化，这另有一套规矩……我没有丝毫犹豫地打断他，说，就在这里办。

跟你妈再商量一下吧。

不用商量，就听我的。那一刻，我的思路突然非常清晰。

母亲已经被袭击得毫无主见，弟弟当然也听我的。于是，在父亲同事们的帮助下，父亲的后事就按照殡仪馆的程序进行起来。他们讨论着相关的具体细节，有了大致方案后再和我商定，事项十分繁杂，我甚至顾不上长时间地哭泣。只能在哭泣的间隙中料理着父亲的后事，或者说，在料理父亲后事的间隙中哭泣。

叔叔是当天下午赶到的。在奶奶的催促下打了无数次电话之后，他终于有了不祥的意识。他风尘仆仆地赶到殡仪馆，看到我们的瞬间就昏了过去。

殡仪馆所有的程序结束后，父亲变成了一个小小的骨灰盒。

我们还是回到了老家。

叔叔说，萍，你想想，不回老家回哪儿？

萍，叶落归根，入土为安啊。

最后，叔叔说，这是你爸爸的后事，你想想，要是按他的心思，他想把自己安放在哪儿？你想想吧萍，你想想。

不用想，我知道。他想回福田庄。

叔叔先一步回村。等他把一切都准备好之后，我们才回去。

棺材就停在家门口。父亲的骨灰没有进家，直接装进了棺材。在家门口停灵三日后下葬。我守在灵棚里，没有跟村里人说一句话。也没有进院子，没有见奶奶一面。奶奶也一直没有出来，据说这也是规矩。

春旺始终没有出现。七娘和秋旺来搭孝，搭的是一个最大号的床单。我拎起那个床单，使出浑身的力气扔到了街上。七娘哭着说，谁知道会有这事呀。俺们也不想啊。

村里人去拉我，也去拉七娘。他们也都哭着。每个人都哭着。可他们的泪水让我厌恶。这些外人的泪水有什么用？死的是我的父亲。

父亲下葬的当天我听见叔叔跟别人解释，说，都气傻了，气傻了。

秋旺穿了一身大孝，一直在父亲的灵前跪着。那身大孝，他一直穿到父亲的墓前。

父亲的同事也有过来参加葬礼的。葬礼一结束，我们就跟着车回了象城。头七是母亲和坤回的福田庄，我没有回去。我无法想象自己回去后的情形，也无法安顿自己回去后的言行，就只有不回去。

很长一段时间里，只要看见红色的小汽车，眼前就会浮现出父亲的脸。我无数次地想，却怎么也想不明白：当初叔叔结婚时，他为什么要借那辆吉普车当婚车？那时节，用婚车不过是在象城和予城才开始流行的，在福田庄这样的乡下，完全是破天荒的事。奶奶和叔叔没有这个要求，婶婶的娘家也没有这个要求。这个完全是他自找的。

他为什么要破这个天荒？是为了讨奶奶的欢心，还是为了满足自己的虚荣心？又或者兼而有之？若是兼而有之，那这两样又各占多少比例？

永远也不可能知道答案了。不过，无论答案是什么，结果只有一个：父亲之死的源头就是这件破天荒的事。某种意义上，他就是作茧自缚，自作自受。他是自杀。

很多年来，每当想到这件事，我都会这么想。

必须这么想，我才能让自己勉强过得去。

16. 捋槐花

新闻效应有些延后，不过迟到也是到，作用还是有的。揭牌仪式后的第二个周末，人流量便回升到了五一长假期间的水平。再至周末时，依然如此。竟成了例。于是每到周末都格外忙，也少不了忙中添乱的事。这家的狗撵着客跑，客被吓得跌了一跤。那家的狗倒是亲人，在客的手上抓出了个血印子，需得打狂犬疫苗，听说要花好几百块，便都拒认这狗。此类事一出，村里有狗的人家便统统把狗拴起来，狗们从此失去了自由。忽然又有几家被投诉说餐具不干净，于是又动员没配消毒柜的人家赶紧配去。至于算账少给了钱，客人拿走了整包的餐巾纸，这些都已算不上事了。镇上的垃圾转运车平日里隔天上来一趟，到了周末便得天天上来，看着那车吞吃着垃圾，众人都说利落，唯有豆哥提意见说这不科学，该弄个分类。哪怕分不了恁细呢，起码也得分个可回收和不可回收。大英笑驳道，骑马？还骑驴哩。先尽眼下的事忙吧。端午还不到就盘算中秋，虑得也太早了些。

这天周六上午，客已渐渐稠密，正忙着，就接到了大英的电话，说她在镇上开会，开完就往回赶，叫我立马去村委会门口，说有客在捋老祖槐的槐花，秀梅正在跟他们吵。我怕她一个人吵不过，你去加把劲儿，老祖槐的槐花是金贵景儿，可不能给捋秃了！大英的声音火急火燎。静耳去听，村委会那边果然有些吵闹，便放下手中的事朝那边去。

这几天晴朗和暖，偶尔来一阵微风，降点儿小燥热，很是知情识趣。老祖槐上点点滴滴的嫩叶子里垂出白花，如绿叶捧雪，走到树下就能闻到清香隐隐。听九奶讲过这槐树的典故，她说这典故她也是嫁过来后听婆家奶奶说的。龙王庙里老龙王在庙里待着无聊，时常爱来这树上盘卧。有一回，一群孩子在老槐树下耍得正开心，有一个忽然脚离了地悬到空中，然后又慢慢儿地落了地。如是三番。把孩子们都看傻了。换个小孩儿站那儿，也能脚离地。孩子们可算是遇到了稀罕，挨个儿站那儿耍。庙里有个老和尚，经见得多，远远看着离奇，就走过来，这一看，可不得了。他看见槐树的树荫里，隐隐约约有一个斗大的龙头正在一张一合。他整天守着庙，心知那就是老龙王，在吸着小孩子们儿玩呢。他就把孩子们都撵回了家。在庙里给龙王上了供馐，求他别逗弄孩子们，说孩子们太小，领受不住啊。后来老龙王果然就没再显形。不过那些孩子们还是个个儿都生了场病，才算过了这关。但凡给客们讲这个典故，没有不爱听的。

此时树下果然有七八个人在捋槐花，男男女女，老老少少，似乎是一大家子。他们站在环树的青砖围边上，正好能够得着。一个瘦男人力道挺大地往下拽着槐花枝条，其他人大把大把地往塑料袋子里捋。秀梅在那里斯斯文文地用普通话劝着说，这是集体的树，不能捋呀。根本没人听。一个胖老太太边捋边说，集体的树正好捋呀，集体就是大家伙儿的，咋不能捋。

想了想，我提高嗓子喊了一声：干啥呢这是?! 他们便住手，一起看过来。我说，这槐花不能捋的。瘦男人仍拽着树枝，问为啥。毁树。我说。胖老太太撇嘴道，啥毁树，可别唬人了。槐树哪有恁娇气，要是怕捋也不能长恁粗。我厉声道，这么粗的树是古树你们知道吗？古树也是文物你们知道吗？文物就是不能捋你们知道吗？所以在这古树上捋槐花就相当于在破坏文物你们知道吗？这拨人面面相觑，瘦男人松了树枝跳下来，问我是什么人，听我说就是这村的人，他一副将信将疑的神情打量了我好几下，一群人方才讪讪离去。

秀梅一脸崇拜道，姐，你刚才可真威风。那一串话跟倒核桃似的，还句句在理。你咋想起来的呀。我苦笑着，却也有些受用。想起大英指教赵先儿的话来，道，我在外头这些年，也不是白混的。我不指教住他们，难道还让他们指教住我？就和秀梅笑了一回。秀梅又愁道，要是还有人来挣咋办？咱也不能整天在树下看着。我突然想起孟胡子在停车场贴通告的办法来，就和秀梅去找孟胡子，孟胡子倒是悠闲，刚刚起床。听了这事，呵呵一笑，铺开红纸就写了好几份：

爱护古树
人人有责
请勿攀折
福报多多

嗯很上口。他说有好几棵大槐树都是长在路边的，干脆一并贴上，暂时权当个护身符。待他写完，我和秀梅便去沿路贴。到了西掌曹建业家门口时，秀梅停下来，努嘴示意我看。原来他在家门口支了个蓝白条相间的大阳伞，蓝条都褪了色，白条也发了黄，伞下摆了张桌子，放着几个玻璃杯和一溜儿大罐头瓶子，装着的有冬凌草，有蒲公英，有薄荷，有连翘，有切片山楂，还有一瓶黄澄澄的，一望而知是蜂蜜。旁边还有两个大暖壶，一副卖茶水的架势。大曹在旧竹椅上坐着，手里打磨着拐杖，游客们正驻足询问，他在那里搭话，若要茶叶，按品级另说。若不要茶叶只要白开水，无论杯子大小，都是一块。一位杯子小的客嫌自己吃了亏，跟他唠叨，大曹说，那你也拿大杯嘛。那客讽刺道，这可真钻钱眼儿里了，连一小杯水都要钱。大曹道，俺靠山吃山靠水吃水，凭啥不能要钱？那客道，怪不得叫宝水村呢，这水还真叫你们吃得饱饱的。

我和秀梅就笑。秀梅说，前几天听徐先儿说大曹去跟他赊了几味药材，问他干啥用，还不说。原来是干这个的。也不知道在哪里捡的破伞，叫他派上这用场，他这可算是掏出了腰窝油。我说他这么精，为啥不早早整治一下房子，也好做上住宿餐饮的生意。秀梅说，还不是怕投的本儿抵不上挣的钱，想着走一步看一步。你放心，只要咱村里其他人家的生意能做起来，他保准儿也能紧跟上。这个人，啥东西都能吃，就是不吃亏。

和秀梅刚离开没几步，突然就听见大曹那边传来纷乱的响动，于是又忙返回。就看见他手里拎着一根荆条在追着曹灿劈头盖脸地抽打。曹灿跑着躲着，又躲不利落，不时挨上一下。游客们在旁议论说哎呀这人怎么打孩子呀？哎呀太野蛮啦。却也只是议论。等我和秀梅上前去拦，他方才住了手。我把曹灿抱在怀里，曹灿居然一直没哭，这时候才有了泪。

犯啥毛病呢你！怎么能这么打孩子？唵？打孩子算啥本事？唵？秀梅喊。

我自家的孩儿，我养得起就打得起！大曹也喊。

曹灿的小身体微微抖着，手里紧握着什么东西。我便掰开去看，居然是一个小瓶子，一股浓烈的药味儿。是农药瓶？百草枯？我吓得一激灵，把瓶子夺下来，亮给秀梅看。秀梅更恼怒，吼道，有啥事不能好好说？你这是要逼死孩子？大曹也变了脸色，却仍嘴硬着：叫她死，就叫她死！整天吓唬人！秀梅说，你这是人话不是？！你再给我放屁试试？！

我一手拉着曹灿一手拽着秀梅往中掌去，围观的客方才散开。路上问曹灿缘故，曹灿一言不发，只是默默流泪。到了老原家，给她洗了脸，便安顿她在我房间里待着。大英中午一回来就去到房间里追问曹灿，她方才说了究竟。原来是有游客问她，你家这蜂蜜是不是土蜂蜜，她说不是。又有游客问这泉水是不是本地的泉水，她说是屋里接的自来水，就挨了打。

那你也不能拿药瓶去吓人呀。真的会死人，你不知道？

不是吓人，就是想死。曹灿原本茫然的眼神瞬间如冰凌一样闪了一下，说，自从我妈死了，我就觉得死也不是多可怕的事。

小小年纪，脑子里想的都是啥。大英长叹一口气。

送大英出门时，大英说，本来不想吭他，就叫他挣几天水钱。看他这样，我这就断了他的财路。

怎么断？你还能不叫他出来摆摊？

跟他照脸儿，那我可就太看得起他了。她既亲昵又鄙视地斜睨我一眼。看你脑子挺够使的，不知道啥叫举一反三？我刻下就叫几家都打出"茶水免费"的招牌，他还能有啥生意？

17. 我信你

黄昏时分，老原到了，也带了些槐花来，说在象城的超市买的。我让老安做成蒸菜，几桌客便都要，立时瓜分一空，我只捞着了半碗，几口吃了个干净。

听说你今儿又学雷锋了。老原笑道。

这事儿要是你碰着了，也得管。没法不管。我说。

晚饭过后，小曹过来要把曹灿接走，她坚决不回去，我也留着，要她在我这里住一夜，问小曹，你还有啥不放心的？小曹挠挠头笑道，咋能不放心。是怪不好意思的。我哥那人，唉。

晚饭后给曹灿洗了个澡，和她并头躺着说话，又从网上找了几篇文章，反复跟她强调，不能喝农药，真的会死人。也不能有想死的念头。你学习这么好，将来不得上大学？还有你弟弟，你没想过弟弟吗？他还那么小，不需要你帮他？

我弟弟是我爸的命根子，他不会亏待我弟弟的。她说。

亏待是指什么？要是说吃喝穿戴，那可能不会亏待。可要是说教育，你觉得你弟弟被你爸爸教育着，会好吗？

她黑漆漆的眼珠子盯着我。泪水就在眼里满满地装着，如小小的湖。

你是你弟弟的榜样。你得想到这个。

她就那么看着我。黑漆漆的眼珠子。

日子会越来越好的。你很快就会熬过去的。相信我。

多快？

等你弟弟也去镇上上小学，你爸爸就管不着你们了，没几年。

这么快？她一下子惊奇了，居然笑了出来。到底是孩子。

嗯，就这么快。

她沉吟了一会儿。

地老师，你知道吗？就因为爸爸说过我不用学习那么好，我才努力学习好的。

对，就这么做。你最好的选择就是好好学习，只有这样才能打败你爸爸，也才能给弟弟做个好榜样。

那学费怎么办？爸爸说，我将来上高中考大学都不会给我学费的。

放心，一定会有办法的。

有啥办法？谁来想办法？她直直地盯着我。那眼神。原来在这里等我呢。

我来想办法。承诺这个我毫无犹豫。

那，你为啥要对我这么好？

因为我喜欢你呀。而且我相信，如果我对你好，你将来也会对我好的。比如，我借给你钱了，你会还给我的，还会给我利息，甚至还会给我买礼物，是吧？

她使劲儿地点点头。

你要是还不相信我，咱们就请你叔叔来做个保证，好吧？

不用他保证。地老师，我信你。

你为啥这么信我？

因为，你跟他们都不一样。

跟谁？

这村里的人。你跟他们都不一样。

我跟他们怎么就不一样了？其实很想问问这个，终是忍住了。我知道自己和他们虽然看起来不一样，确实也有那么一些不一样，但说到底，其实很一样。

安顿好曹灿，便又出来和老原闲话杂事，老安收拾好厨灶也过来商量说，咱们菜单上该加一道蒸槐花，有好几家都上了。客都喜欢着哩。我问，他们都是从哪里来的槐花。老安说各有各的路数。

有的是从别的村捋来的，有的是叫亲戚送来的，多数还是去山下弄来的。山下暖和，虽然没有山里的味道好，却是开得又早又多，下山一回，多弄点，冷藏在冰箱里，都不算事。二十八一盘哩，二十八哩。

其实我也馋槐花。老原说这个简单，象城超市既然有，予城超市应该也有。便迅疾发了朋友圈，问谁这两天来山上玩，私信一下，给捎点儿东西。又给我看朋友们陆陆续续的回复，好几个都说明后天就能捎来。还有人发了予城超市的槐花货格，标价是十块一斤，比象城的还便宜两块。老原回说，多带点儿，能带多少就带多少。随即让老安把蒸槐花加到了菜单上。

突然想起大曹卖水的事。所谓的泉水不过是自来水，蜂蜜也不是土蜂蜜，确实有欺诈的嫌疑。可是客人们来这里，是为了鉴别这些的么？这些东西真不真又有多要紧？或者说，哪怕这些东西不真，为什么游客们来这里能吃到真的感觉？正恰如，明明是在城市超市里买的槐花，为什么却好像只有在宝水吃才是那个槐花的味儿，好像宝水这种地方才最配吃槐花似的？

18. 生意经

自打老原周末来守店，生意越发好起来，客源也日趋稳定。以住宿为主的家户里，论装修硬件和舒适度，张有富的"我家院子"比我们还要略胜一筹，我们的价格却和他家不相上下，他家的人气还远不如我们火爆。貌似蹊跷，经老原一解说便也很明了。他说咱们的价可以定得高些，这样一般人家就不能跟咱们咬着攀比。不过话说回来，既要能高，也要会低。低的方式就是打折扣。比如定了标间每晚一百五，真到住时都可打八折，就只需一百二，比其他家只贵了二三十块。在餐上再给些实惠，盘子大一些，菜量大一些，这些小便宜舍出去都能成为好口碑。除了这，他还有礼品送，是一个梳妆小礼盒，装着两把实木梳子和两面镜子，上面刻印有"宝水村老原家"的落款，装在一个精美的绸缎袋子里。批量做下来这一套单价也就是十五六块钱。老原说，这小玩意儿，叫他们走哪儿带哪儿，舍不得扔。里外一算，客们的心理就很容易满足。其实是羊毛出在羊身上，顺便也给店里做了广告。别心疼这点儿钱，要看大账。我保证咱们的房间基本没有空置的，你想想，一个房间空置一天就按净亏一百算，比一比，哪个更心疼？

都很对。听他讲生意经，我嘴上嘲笑，心里却挺佩服他这些路数。而事态发展也确如他所料，新客成为老客，老客又带新客，源源不断，接二连三，十间客房根本就是供不应求，成为宝水村的第一热店。

有点犯难的是其中还有不少老原的朋友，来了却没房间住，有些过意不去。老原却说这根本不成问题。朋友嘛，也分三六九等，那就三六九等对待。需要维持关系的场面朋友就安排自住，且好酒好饭款待。自家住不过来就安排到别家，由他来买单。很铁杆的朋友又没什么利害关系的，反正不怕得罪，天气也暖和了，他备了几张折叠床，往我和他住的厢房里一铺，再往厨房里一铺，三五个人都能挤得下。至于很一般的朋友来，还有空房的话就留，没有空房就把他们介绍到别家，由我们这里管顿饭，也算尽了地主之谊。

不过这又衍生出另一个问题：这部分客人作为显而易见的资源该怎么再分配。我的惯常安排是把鹏程和雪梅的"小村如画"作为首选。他们那里满了，就是"山明水秀"。一是和他们亲熟，二是他们都在中掌，距离近，招呼着方便。而首选"小村如画"也不仅是看在大英的面子，小两口款待客人也周到，颇得客人好评。他们那个调调布置得也着实招人爱，每个房间都挂有画，虽都是印刷品，却都是精选了的齐白石、凡·高、吴冠中、莫奈之类，装了框，很像那么回事。我问过雪梅为啥给店起了这么个名字，她说从小就爱画画。她老家是在豫西山里，原是在予城和鹏程在同一个饭店打工，谈了恋爱，就被鹏程拐了回来，也没要什么彩礼。说起这事，大英口气很有些自豪，说不花什么钱就能娶到好媳妇的，鹏程这一茬人里，他是头一个。这媳妇又勤谨又乖巧，说叫回老家就回了老家，说叫留下就留下。我问雪梅在这里适应不？她说，老家也是山。从这山到那山，没啥不适应。一家人在一起就好。说着这话，眼睛看着鹏程，眼神拉丝。

　　落下了香梅。离得远，没办法。好在她也不提，一起拍抖音玩耍时仍是自自然然的样子。有时也叫她不来，起初我还朝秀梅或是雪梅打探一下缘故，后来就不再多问，已经心照不宣地知道，多半又是挨了打。她挨打这事，我从进村就开始听人说，几乎谁都说过。时不时就会有闲话传来，说香梅又挨打啦。打的原因总是不详。肯定不是什么大事。小事自然是容易模糊过去的。因从没有见过，这事就变得很遥远。只有一次，黄昏时分去给九奶送点儿菜，隐隐约约听见她家那边七成粗声大嗓的，又传来了孩子的哭声，踌躇了一会儿，想着也许人家是在教育孩子，我进去做什么呢？便也罢了。见了香梅，也是什么都看不出来，仿佛这事情从未发生过。

其实很想问。可终于还是忍住了。当事人不说，当然就不好问。尤其是我这样的外人，此时的问就是一种近乎冒犯的提醒。

是的，我是个外人，我始终记着这一点。

不止一次，碰到有游客问我，你不是这村里人吧？我说我是。他们说你肯定不是。为什么？看着就不像。

和他们在一起这么长时间，我常常觉得自己很像是了，常常觉得自己已经知道了这么多事，认识了这么多人，每一栋房子是谁家的我都清楚，对他们彼此间的枝枝叶叶也所知甚多，这不就已经融入村子内部了么？和这个村子还有什么距离呢？可是，外来者们的判断却让我的这种幻觉瞬间破碎。

你还不是。

你为什么还不是？

因为在你内心的最深处，你根本不想是。

为什么根本不想是？

因为之前曾是。受够了。

19. 打太极

不知不觉地，村里登门闲坐的人多起来。即便不登门，见面时的神色也与过去有了分别。每每散步路过他们家门口时，他们寒暄得明显要比过去热络。我当然看出了一些意思，那微妙的有求于人的神情是我童年就熟悉的。人不求人一般高，人若求人矮三分。那三分的矮，就在脸上。即使个子再高，那眉眼却是低的，那气息也是低的。有的人直来直去倒是痛快，比如大曹，突然对我空前地大方起来，先是给我送了个香椿木的落地衣架，说是原生态衣架，打磨了好多遍，喏，你看，柄上连一根毛刺都没有，绝对不会叫你划了衣裳。又送给我一个新编的碗大的小荆篮，叫我拿着玩。你不是爱艺术么。这小的，最艺术。我说，大的也艺术哩。你这是用大荆篮的下脚料做的吧，不舍得给我大的吧？他涨了脸说，看你说的，大小都费功夫，最难的是功夫。大的占地方，你搁没处搁放没处放的。就这小的，随便你摆哪里当个饵，但凡有鱼咬钩，你放心，都不会亏了你。我细问，那这个小的，你到底是给我的呢，还是只让我摆摆着呢。他笑说，给的，就是给你的。

多数人都要婉转一会儿方才开口。有想借车的，我借过两次，发现车被剐蹭了几道痕迹，且从不会加油，便不再借，只说车有毛病，除了我自己，别人不好开。有想委托卖山货的，便推辞。有想借个房檐儿的，意思是占我们门口的地方摆摊子，这个便答应。还有想要分点儿客源的，也敷衍着答应。有想借钱的，上千的数，便一口堵回去。还有说儿子孙子在象城打工，你们那边人熟，有啥要多照应啊。这个便答应传话给老原，说我能有什么本事去照应呢，一个女人家。至于什么事怎么照应，也只能到时候再说。然后把各种可能性分析给他们，让他们有个思想准备，也给自己留条退路。基本策略是向他们表示惭愧，说自己人微言轻，在象城那大世界对很多事都是有心无力。总之是把自己放得很低，能多低就多低。如果能让他们对我有了同情心，那就再好也不过。这种近乎虚伪的表演，对他们是重要安慰。

有的人自始至终都无法开口，只扯云话，那就听着。知道他们是在绕，那就绕，绕啊绕啊，任他们绕。流水一样绕，山路一样绕，我跟着他们徐徐而行。说天，说地，说老寒腿，说前天的雨小，说昨天的风大……只要我有时间，尽可以跟他们讲《三国》道《水浒》。他们最想说的那件事，他们不说透，我也不说透。围绕着那件事，他们含糊着说，我也含糊着说，把彼此的意思一点一点地融化在这些话里。有时候，绕着绕着，在绕的过程中，他们就不再朝原本的方向努力，我也就顺其自然。我们彼此以懵懂的方式，心明如镜地结束了聊天。

什么是打太极，这就是了。中间的那个核，我们都知道。黑在白里，白在黑里，围绕着那个核旋转，盘桓，黑白首尾相连，互相渗入，终是完成了那个圆。

20. 极小事

只要不是请托办事，其实我很爱听村里人扯云话，越听越有意思。虽都是些极小的事，有的甚至称不上事，只是一言半语地拌个嘴，可那些意思却也恰如雨后生的杂草，都藏在这些个极小里。

比如张大包媳妇讲怎么被客们围观：你说多可笑。俺们在自家院里吃饭，那些客进来，就围一圈看。问我们用的啥葱，用的啥姜，放的啥青菜，啥都没见过似的，你说你能吃进饭不能？俺当家的就黑封着脸撵他们走，说恁这是干啥呢？把我们当猴儿看呢?!有一回，我在灶下做饭，正在案板那里切菜呢，忽然听得有动静。

一转脸，就有个大汉在那儿掀我的锅呢。吓我一跳，魂儿都快出来了。还了魂儿，我的气儿也来了。我说你凭啥掀我的锅？还不吭不哈的。他说看看我做啥饭。我没好气说，啥饭？家常饭。他说，我看你熬的玉米粥怪好喝。能不能给我舀一碗？我说，舀一碗中啊，可你不能随便进我的灶屋呀。你们这样，可是缺点儿礼数。还有些客更没分寸，随随便便进到俺堂屋里，连个招呼都不打，这是俺堂屋里呀，又不是景点。拦他们，他们还不愿意，问：你这屋里还有啥宝贝？俺这屋里是没有啥宝贝，可这是俺屋里呀。那客还假大方说，你要去俺家，就叫你随便进屋随便看。他明知道俺不会去他家！

过段时日我问她，现在碰到这些事还生气不？她呵呵笑说，早就不气啦。见天都能碰到这号人，生气也生不过来。如今也皮了，不跟他们一般见识。

张有富不愧是会计，村里首开钟点房业务的就是"我家院子"，因了这个，他媳妇也时不时地会和客人较起真来。有一回，听她说，原本钟点房三个小时以内定的是六十，现在涨到八十了。为啥贵了？因为她忖了出来，开住钟点房的可多都不是正经人，一对男女，不当不正时过来开房，那还能干啥？就是来胡搞。他们走了，那床单都不能看，得好好洗呢。我打心眼儿里不待见这些货，就得给他们多要二十。说着就眉飞色舞起来，说有一回，有两个男的带了两个女的来开钟点房，开两间，人家两个女的不愿意跟他们两个男的一起住，就男跟男的住，女跟女的住。大概是没办成事，后来结账时，那俩男的说是没动我的床，不想给钱。真不要脸呀。我就跟他们吵，我说我不管你们动没动我的床，反正你们进了我的屋，你们占了我两间屋好几个钟头，你就得给钱。还有，啥叫没动床？把床拆了才算动？你们没乱搞成是你们没本事，能怪我？你们要不给钱就别想走，咱们报警。有人民警察管哩。

雪梅受不了的是客们的随便。说，咱是想叫他们宾至如归来着，能把咱这当自家一样自在，可那不等于是他们想咋着就咋着。有的客进到院子就擤两筒鼻涕满地甩，院子里种的怪好的月季花，他们也随便掐。我给气得呀，问他们，他们还说，不就是个花嘛，咋那么小气。明明他们跟强盗似的，还说咱小气！还有的客带着小孩就地拉屎撒尿。好言好语提醒，他们说农村天大地大的，还不能随便？我说随便难道是随地大小便的意思？您这不是随便，是糟蹋。您回自家也这么糟蹋？总得守个起码的规矩吧？在您自家守的规矩，到俺们这就不用守了，你这就是看不起俺们家，就是看不起俺们这些人。还有，我也寻思了出来，越是大地方，人的素质越是高。上回不是有几个北京来的？走一步行一步都会问，能不能？可以吗？给咱结账掏钱还反复说谢谢谢谢，谢不完的谢谢。象城人也有素质，基本没有啥行差踏错。最没啥素质的就是咱们市里的县里的，乍一说话可自来熟，再看行事可不在路。还甩甩搭搭的，一副不稀罕咱村的样儿，不稀罕那你们来俺这里干啥？

秀梅素来话多，常犯的就是和客们言来语去不对付，有一回她问一女客：你多大了？人家没答。她还以为自己普通话不好，就又问了一遍，人家还是没答。脸色很难看。等她再问人家成家了没，那女客方才说话，却是在反问她：你银行卡密码多少？秀梅说，你啥意思？客说，没啥意思。会上网吧？会。我估计你不知道啥叫边界感，去网上了解一下吧。

小曹也跟客拌过嘴，为的是拦客折山楂。客道，不就是折一枝山楂么？我们大老远来这里消费，连个这都不让折？小曹笑道，都像你这么折，别人大老远来还能看啥？客赖皮道，反正也折了，我就拿走吧。小曹彬彬有礼道，抱歉，不能。客急道，还给你能咋着，也安不回去。小曹正色道，要是让你拿走，其他人看了也会觉得折个这没什么。这可不行。榜样的力量是无穷的。坏榜样也是榜样。

豆嫂心疼的是门前菜。说黄瓜、西红柿、蒜苗、芫荽，他们咋见啥掐啥。去拦他们，他们就说，你们农村到处都长这些东西，还不叫摘一个？可这些东西是自己长哩？菜是好种哩？谁不知道一亩菜费力能顶十亩田，起畦，搭架，浇水，刨沟，哪一样不是功夫？这都是俺们的劳动呀，凭啥就不尊重俺们的劳动哩？他们还说，啥尊重劳动，不就是想要钱么。这能值多少钱，你说个数。我说不是钱不钱的事。把钱搁一边，我就要你个赔情道歉！豆哥的关注焦点往往都是卫生。只要看见客在街面上乱扔手纸，他就会劝。便有客阴阳怪气地说，哎哟，这小山村还怪穷讲究呢。豆哥说，小山村咋啦，就不该讲究啦。就该你们城市讲究啦。你们城市讲究，来俺们农村干啥。客说，来旅游，扶贫，给你们送钱。豆哥说，俺们有吃有喝，不稀罕挣你们的钱。赶紧离了俺这，越远越好。客便惊诧道，咋还撵人哩？你们就这么欢迎客人？豆哥说，还真是不欢迎你这种客！

后来我发现豆哥很自觉地进行着垃圾分类，便把存下来的纸箱和饮料瓶子让他拉了走，第二天豆嫂便送了两斤豆腐过来，死活不收钱。我便明白了这置换的意思。我说，村里那么多人都把这些东西当垃圾扔了，可惜得很，不如都给你家收了倒是合适。豆嫂笑道，咱不能收。谁要送上门来，咱也承情。反正是不能上门去收，宁可白扔。为啥？就因为是在咱村。他在城里当环卫工人，那是工作。收废品，那也是工作。在咱村谁拿这当工作？俺们给谁钱谁有法子要？要俺们去白拿，也不值当欠这份儿人情。说不定有嘴赖的还会耻笑俺们是拾他家的破烂。我说，其实都能再利用，怪心疼的。豆嫂笑道，想想自家体面，这些东西就不算个啥啦。跟心疼东西比，还是先心疼自家体面更要紧，你说是不是这个理？想了想，我也只好说是。

21. 椿芽一寸

半下午时，大英突然打电话叫我去西掌，说是有点儿事，孟胡子这会儿还在县里，他点名叫你快过来帮看帮看，说关键时候还是文化人能抓住根节儿。问啥事，大英道，不过是为个香椿芽，先不啰唆，你来了就知道啦。

山深春迟，近日里才正出头茬香椿。"门前一树椿，春菜不担心。"各家菜单也都已列上，一盘香椿炒鸡蛋能卖三十八。价高自有贵处，因头茬香椿鲜味最浓郁，过些天掰下的二茬就淡些。最多掰过三茬。天热后的香椿长得虽快，却也不能再上桌。一是味道差了许多，顶不住这个名声。二是得容树长叶子来，去吸收水分阳光。不然整个树都会秃至晒死，明年可吃什么呢。

村里不少人家都种有，西掌那边张大包、张有富和七成家都

216

有，大曹家也有。莫不是他又闹是非？到了西掌口，却看见张大包两口正跟几个游客对阵。张大包媳妇拽着一个男人的胳膊，手里还抓着一个大塑料袋子，里面一堆嫩嫩的暗红，正是香椿芽。一个烫黄发女人声嘶力竭地吼道：宝水村可了不得了，几颗香椿芽就敢要五百块？咱们发到网上，叫全国人民都知道知道！恁这香椿是金的还是银的？另一个大花裙子女人道，啥种的，不过都是野香椿，就敢这么讹人?！张大包挥舞着胳膊，右手食指戳天吼着，香椿有野的？你满世界打听打听，哪家香椿不是种的？张有富声不高，平平地在一边帮腔道，别以为这满山遍野的东西没主儿。都是有家的。大花裙子道，既然有主，那咋不看好你家东西？有富媳妇道，俺这里东西从不用看。不看就能随便拿？这是道理？烫发女人道，东西又不会说话，有主没主谁知道？张大包道，我贴了标的，你们看不见？

我赶忙上前细瞧一眼，果然，香椿树干上贴着张小字条：请勿采摘，违者罚款。学得真快。有点儿想笑。忍住。且听两队人马继续吵：

写恁小谁能看得见？

没看见那是你的事。要是存心耍赖，看见了也当没看见。不是眼坏是心坏！

几颗香椿芽敢要五百块，恁这才是心坏。没承想农村人心坏成了这！

我凑到大英身边，大英这时倒沉住了气，示意我先别说话。忽然被人碰了碰胳膊，原来是秀梅也赶了来，果然爱看热闹是国人本性。围聚的人越来越多。对方有人在拿着手机录，我悄声告诉秀梅也录。秀梅道，这能发网上？咱们不得发点儿正面的？我说先留下证据，或许有用呢。她方才明白过来，赶快开录。

对方那堆人里也有试图说和的，对张大包媳妇道：也不是啥大事。你就当这些人图新鲜，替你摘了几把香椿。现在把东西还给你不就中了？张大包气得简直要蹦起来，抖着手里的塑料袋道，那我还谢谢恁嘞？人群里便有人笑，对方道：知道个谢就好。

这话虽近乎耍无赖，不过也可见底气虚弱。然后就吵嚷着要村干部出面。大英方才上前，简单自我介绍后道，我也在旁边看了这半天，不用我多说，这理本也明白。俺们这山山岭岭看着虽大，老实说，一块土坷垃都能找到主家，更何况是这香椿。葱白一尺，椿芽一寸，都是最贵时，谁个不知？恁说俺们没吭气，这贴了标还不算吭气？又不是眼不好，又不是不识字。到城里去平白无故拿恁家东西恁愿意？井跌不到桶里头，说话都得凭良心。这两兜少说六七斤吧，市价一斤三十，粗算个整数，给他两百块。香椿归你，算是不打不相识。可中？

这香椿看着就有气，我不要！烫黄发说。

不要可以。钱得留下。

没拿东西凭啥要交钱？

啥叫罚款，这就叫罚款。

你有啥资格罚款?!

又进入一个罗圈架。大英吵村里人时那话一嘟噜一串，和这些客吵时却有些卡，或许是要讲文明，有些挑字眼儿，便少了流畅感，也少了气势。正磨叽着，景区派出所的两个警察到了场，面皮一黑一白。白面皮警察瞧着更领事些，干脆利索地按照大英说的断了案，要对方赔给张大包两百块。对方还是梗着脖子问依据，白警察道，这事儿景区里的村子发生的不是一起两起，约定俗成的民情就是这。也有按一颗芽十块钱计价的。宝水这么算账够厚道了。那要不就按颗算？你不服咱就留个案底，再去打官司。对方方才罢战，付了钱拎着香椿离开。临走时悻悻道：你们这就是个土匪窝，还警匪一家。白警察伶牙俐齿跟怼道：造谣有风险，说话须谨慎。相关法律法规了解一下？

暂且事了。黄昏时分杨镇长和孟胡子才一起回来，听了个端详，说不能放松，要关注网上不良舆情。果然到了七八点时，一个地方的自媒体公众号就发了段视频，标题是：几颗香椿芽要五百，宝水村如此发横财？真是传媒时代的典型标题。内容自然是有选择地胡乱剪辑，浏览量却逐步攀高，网友们在下面议论得热烈，各种"好词儿"都出来了。杨镇长便召集开小会商量应对，我又被拉去列席。先商量回不回应。孟胡子说，对方既然这样，咱们不能忍着。回应是一定要回应的，关键是什么态度回应。对方是民间态度，咱们也可以是民间态度。对方录有，咱也录有嘛，秀梅办这事可够跟趟。秀梅笑道，青萍姐指挥得好，有智谋。没想到还真能用上。大英道，青萍这也是庙后的窟窿——神透了。就都笑。又商议了一番怎么回应，后来定下来的视频标题便是：头茬香椿大肆强采，罚款两百应不应该？

视频编辑是个有技术含量的麻烦活儿，由小曹来做。发布后网上风评很快偏到宝水这边，等占到明显优势已是时近深夜。老原留杨镇长住一晚，说还有空房，空着也是空着，山路行夜车也不安全，不如明儿早起再走。杨镇长正推辞着，孟胡子说，先别说住的事，忙活到半夜，领导这晚饭还没吃哩。大英说，这谁知道。还以为是吃罢饭来的哩。孟胡子说，你还不如直接说那几句套话呢——还是不抽烟？还是不喝酒？又是吃罢饭来的？发出这三连问时他的口气突然换成了宝水土话，学得绘声绘色，于是哄堂大笑。这在予城是个人人皆知的老段子，其实早就听皮了，只有换成孟胡子这样的外人来讲才能别生意趣。这段子原是讽刺一人吝啬，从不待客，怕破费烟酒茶饭。但凡有客上门，就先问：还是不抽烟？还是不喝酒？又是吃罢饭来的？以这三句来堵客人的嘴。后来又有加长版，说是有挑事儿的客偏不顺着话茬，故意说：还没吃饭呢。吝啬鬼便继续吝啬，严严实实地把话茬堵上：哎呀吃罢就是吃罢了，还是恁好说笑话？

　　说话间我到厨房重新开了火，老原亲自下厨做了一小锅汤面，拌了两道凉菜，几个人坐下来喝酒消夜。

22. 水磨功夫

　　共同碰过第一杯，杨镇长放下杯子长叹一声，对大英说，人红是非多，村红也是这。你可领教到了吧。今天这种事以后恐怕少不了，干成了事就是这，有甜处，也有苦处。孟胡子说，算大账，那还是苦少甜多。总之是个好事，得好好积累经验。要是把热点争议用到了妙处，还能给咱做免费广告，关键是咱得有理有据地把握好舆论主动权。杨镇长说，用个不恰当的比喻，用这种事享受宣传红利，有点儿像刀尖儿上舔血，你们不知道我这心，好比那悬吊在树上的一块肉，生怕树下的老虎给我吃了。大英问老虎是谁？杨镇长说就是媒体嘛。不论传统媒体还是新媒体，都不好惹，是不是啊地老师？

就都笑。我说，一朝被蛇咬，十年怕井绳。你这叫咬了多少回呀，怕成这。他说，要是真叫咬了多少回估计也能产生出来抗体，也就不会怵成个这。就是没叫实在咬过，才整日里战战兢兢地小心防着。你是媒体出身你清楚，有的媒体是真不中。你们可能都不知道，现在快递怎多，我从来不亲自收。不仅是我，但凡乡镇领导都拒收快递，因为这里头有相当一部分是小报小刊的强制订阅，它们不由分说就给你寄来了杂志，附带着发票，只要你打开，就等于默认订阅。我们一般都是放两三天再原封不动退回去。大报大刊不干这种事儿，都有专门的发行渠道和专项资金。干这种事儿的报刊媒体一般都是行业性质的，你说你就在行业内部搞搞不中么？非得扩张到基层来，在地方上搞个啥记者站，难为他们去完成任务，叫他们又来难为我们。有的看我们不吃这套，还发威胁信息：领导你好，三千元的友好支持费您安排了吗？给您添麻烦了。我假装没看到，不给他回。有的说他是省电视台的下面什么频道的什么栏目的什么人，省台领导已经开会决定，要和我们镇上合作，费用也就五千。如果您不愿意建立友好关系，请告知。我心说我咋不愿意和你们友好呢？我还愿意世界人民大团结呢。不过俺也有个请求，就是这种友好不花钱中不中？

又都笑。我便敬他，他一饮而尽道，有的威胁是空头的，有的是真威胁，揣着个照相机过来拍你的照录你的音。都说苍蝇不叮无缝蛋，可咱们这蛋咋能没缝呢，有些事还是臭鸡蛋筐哩。没处理好的垃圾，小河流的污染排放，都是。既在农村，哪儿搓不出个泥蛋蛋儿来？人家把稿子写出来，把视频拍出来剪辑好，先发给我看看，叫我审稿。我能咋说？只能说，谢谢您对我们工作的监督和指导，对于您提出的问题，我们抓紧调查，如果属实的话，我们一定抓紧落实整改。如果您要发表的话，请您文责自负。他们也都明白那么一点儿事理，知道犯不着硬碰硬。就这么折磨几个来回，看情况给他塞个红包，花钱消灾了事。

咱办公室主任——就是那个王主任——就被拍过一回。那回是他一个亲戚给他了一件酒，他叫放到了传达室，下班时他往车上搬，叫蹲点的记者给拍了照，说他一是提前下班，二是收受贿赂。把证据发给我，我回复说：一、你怎么知道他是提前下班？他离开办公室就是下班了？他到村里说事是不是上班？上班有各种各样的方式。你这个记者也没有坐在办公室上班，不然你怎么能拍出这些照片来？二、你怎么知道那酒是收受贿赂？这贿赂是谁给他行的？啥目的啥动机？咋能这么浮想联翩地就给人家定性？你呀，去写推理小说还能挣俩钱，就别当记者了吧。打发完这事我就给办公室开会，把他们狠狠嚼骂了一顿。都是干啥吃的？一点儿警惕性都没有。还不如我呢。别看我平常也犯迷糊，只要一进镇政府的院子，我机灵着呢，生人生车我搭上一眼就知道。这人能偷拍成功，那肯定在院子里待了有些时候，就不能上前问一句，看他不对劲就把他撵走么。

我默默斟酒。以前在报社时也没少下基层，从不曾听到这些话。也是，怎么可能听到呢？

又坐了一会儿，大英便要回家。杨镇长叫住她说，看咱村这个劲儿，还真需要人手。回头给你送俩大学生过来吧，你多俩人使唤，他们也能得到锻炼。大英立马问，啥来头？麻缠不麻缠？多长时间？村里只能管两间闲房，花钱的话可得你给呀。杨镇长笑道，看把你吓得，就是俩大学生，想来咱这社会实践，长短也就是俩月吧，说不定待不了俩月就能走。大英怪道，不去城里实践，来咱这实践啥？杨镇长说你问我，我问谁，人家来肯定有人家来的理由吧。这可是宣传部领导介绍的，你要和气一些，部领导也是常委呢，常委会上有话语权呢。大英说，你别说这，你这名号还能到常委会上亮亮相，我没你这活势，也不怕这些个来头。孟胡子道，老姐，你这思维得转换，不是啥人来都是负担。这些年轻学生尤其值得欢迎，都是咱们的宝贵力量。你放心，他们来了就挂到我这，我来给你调教他们。大英道，就等你这句话哩。既然到了咱们这儿，就是没钱给人家也得叫人家能安住身，这点儿待客礼我也有，厚是厚不到哪儿，也不会太薄味溜溜。就是不知道该咋给他们派事。总不能白闲着不是？他们又不像青萍这经见过世面，能随高就低。都是娇滴滴的孩子们，还有领导撑腰，更不好说深说浅。孟老师出头带着，就全妥了。

这番话说得滴水不漏。就都笑。杨镇长道，还是你这老大姐，懂情明理。大英笑道，夸这一句，就当吃个虚糖。杨镇长道，还别说，有个实实儿的真糖给你吃，是个好事儿，前几天别书记跟我说，闵县长的意思，叫我们俩带几个村干部去外头考察学习人家的美丽乡村，你得算一个。大英顿时喜上眉梢道，那可太中了。旋即愁又盖住了喜，犹豫道，我这老胳膊老腿儿的，要不，叫小曹去吧？他年轻，学东西也快。杨镇长讶异道，咦，你这咋回事儿？这也要让？小曹你给她送啥礼了？小曹便笑。杨镇长说，他年轻，以后有的是机会。说是学习，也不是叫你拿小本本儿一笔一画地记，也不会考你的试，就是去见识见识交流交流，也好好散散心。不懂个这？还虑啥呢。大英难为道，我家这情况，光辉、娇娇都离不了人。我说，不是还有鹏程、雪梅呢嘛，我也常去陪陪娇娇。你尽管去。大英沉默了片刻，爽声道，中吧，我去。我问杨镇长，这也算是一种福利吧？他说，啥叫也算是，这就是一种福利。你们大城市大单位出身，觉得出差是苦，在咱们这些个穷乡僻壤的村镇里，能逮住公家钱光明正大地花，管吃管喝管住还管路费去外面经经见见，一辈子也没几回。出去一趟就能吹几年的牛哩。

送走了大英，几个继续闲话，又扯起今天的事，杨镇长说，农村的事就是这，复杂时那是千言万语，简单时也能三下五除二。孟老师当初选村子的眼光不错，宝水的情况总体上还算是简单的。我说就这还简单？简单到哪儿了？孟胡子说，简单到没有外人。问他啥是外人，他沉吟了片刻道，"我家院子"原来是有个王老板租张有富的房子做民宿，你知道吧？我说知道，他说那个王老板就是外人。我指指老原说，他长年不在老家，算不算外人？杨镇长接话道，祖坟都扎了多少年了，咋能算外人。这是铁板钉钉的自家人。

老原便敬酒，喝了一圈。杨镇长道，听说赵老大要回来了。赵老大是赵先儿的长子，官名赵顺，据说在外面做生意很大。孟胡子道，他是每年都会回来探探亲的。杨镇长道，探亲又有啥可说的，这次估摸是要回来弄事。他这也算一方乡贤，要是想在家乡创业咱也得鼓励呀。孟胡子说，还得是你这镇长消息灵通，我整天在村里住都没听说。杨镇长道，好歹咱也是这一镇之长呢，这么厉害的乡贤，咱自然是要保持联系的，人家也是要给咱个面子的。我诧异道，他这算是乡贤？杨镇长道，咋不算乡贤？逮住老鼠的都是好猫，有本事的都算乡贤。还别说，乡贤们还真有独特作用，他们在外头见多识广的，村里人就比较信服。有时通过他们去做点村里的工作，确实也有效果。不过话说回来，这些人也难哄。是把双刃剑，就看刀把在谁那里。他们但凡回来，都有些想法，要是担任了村干部，就更和村里人一厮。到底是村里人嘛，人家还是愿意代表人家村里的利益，再说也是村里人选上的。以前乡里说了算时，他们还会顾忌乡里的想法，现在对乡里可没那么客气了。比如说，以前我们不叫乱盖房，他们就会传话给村民，叫他们别乱盖房，对那些乱盖房的家户，还会主动做工作叫他们拆。现在可不会恁乖了，会反过来问我们，都怪不容易的，你为啥不叫人家盖？

就都笑。孟胡子道，都怪不容易的。这话也没错。杨镇长道，不容易是不容易，可也不能没个原则。线还分个粗细呢，不容易也得分个大小面儿。怕的就是搅糊涂，事儿就不好干了。可乡里的工作，有时候还免不了要搅糊涂。想要把上头下头都打发好，就得使巧劲儿去干工作，耐心细心地处理事。这可得有一番水磨工夫，再加上十八般武艺。有多少干部坐机关坐得稳稳当当，一到基层就屁滚尿流。所以有个说法，从基层到机关长一身膘，从机关到基层脱一层皮。你看组织部门哪一年不往基层派干部？有多少能适应的？流水一样来，流水一样去。快来快去的倒也好，咱也羡慕。咱倒是会适应，一年一年留，想走也难走，扎下了老根儿，也是愁人哪。便问他，是不是觉得很亏？他笑道，亏不亏也是两说，要看碰上啥领导。碰到那些公平仁义的，他知道你辛苦，到一定时候就会把你往上调调，提拔一下，叫你稍微歇歇，再把你放下来当个书记啥的。这就中。碰到那些官场混混，那他就光会喊空话，表扬你说干得好干得不错，忽悠你扑下身子傻干，承许你以后能咋回咋回事儿。你这边傻干着，他忽然一拍屁股走了人，把你焊到了这儿。要是碰到几任这种领导连焊你几回，那你就死亏吧。

23. 打艾草

端午节临近时，问秀梅超市里进不进粽子，她笑得不行。说她这店自打开张就没有卖过粽子，不仅是粽子，冷冻食品也就只是夏天的雪糕冰激凌和冬天的元宵。看城里超市的冷冻柜就知道你们有多懒，饺子、馄饨、葱花饼啥都有，就连油条都能做成速冻半成品，又贵又不好吃，都是钱多给惯的。说咱们这边的粽子都是自己做的，今年我多备些，你就赌等着吃吧。又听我说要去买点儿艾草，更是笑软了腰，她呼啦啦用手臂画了个大圈，说咱这山里哪儿没艾草，还用得着买！都说没文化的人是文盲，这有文化的人该咋说？地里长的东西能认识几样？得说成是地盲吧。地老师，你又姓地，哈哈。

笑话我了一番，便抽空带我去找艾草，果然处处都是。又教我区别艾草和艾蒿，说这两样乍一看一样，仔细比对就知道，气味不一样，高度不一样，细节更不一样。艾蒿叶子阳面有毛，艾草叶子是阴阳面都有毛，叶面也比艾蒿叶面厚。

那几天里，只要有空，我就去打几把艾草，随手插在哪里都是一束清香。它也是一味好食材。焯水后团成团冷冻住，吃时拿出来解冻，用料理机打成泥，和上面，加进糯米粉，再拌进去蜜枣、葡萄干和花生碎，就成了完美的青团。只是得要最嫩的，嫩的汁液最足。待老原来了，我便让他陪着我沿着白陉古道往深里去寻。阳光正好的下午，山风吹着，到处有树影，一点儿也不热。我们慢慢走在山间的小路上，前后都没有人，就只有我们。打够一捆，就放路边，继续前行，等返程时再捡回来。这种东西在这种地方，不用担心有人拿。有人拿了就是笑话。

还别说，打这个字，用在草身上还真是好。草不是花，不能用摘，不能用采。又不是连根要，所以也不能用拔，不能用挖。用割也行，只是太工具化，不带感情。唯有用打。草是泼皮的，强韧的，想得到它得使一些力气，得和它较一点儿劲，可不就近乎于打？

有一天，走得更远了些，到了黑岩村地界，忽然想起了马菲亚，这小半年来，她的土鸡蛋和土鸡流水不断地供货，我们算是她的大客户。她一直叫我和老原去耍，从没去过。便给她打了电话，她呀呀呀地叫着说，快来呀，我那口子今儿下了山，剩下我一个，正盼人来呢。手机里指着路，又走了半个小时，听见了鸡鸣狗吠，转弯便看见了原木搭出的一个小门头，上面写着三个稚拙的大字：自然居。

正欲进门，突然就看见了一只大白鹅在旁边小坡的灌木林里。便打给马菲亚，她说是咱家的鹅，又去外边野了。你们顺手给赶回来吧。会赶吧？我说会。还疑惑她怎么问这一句。等到和老原开始赶，才发现没那么容易。这鹅很傲慢，完全不把我们放在眼里。且

227

狡猾，不在路上走，只在灌木里钻。灌木密度很大，其间还野草丛生，积年的落叶满山坡，没有现成的路，人在其间穿行着实辛苦。我和老原前追后堵，它却游刃有余地跟我们打游击，有时候它挑衅般的不动，等我们靠近后再从从容容地远离，就是一副欺负人的样子。

这一块灵活晃动的白色，让我们俩忙活了好一会儿，却还是在原地盘桓。赶着赶着，老原停下来，看着我笑。我知道他笑什么，就也笑。此时我已发型凌乱，蓬头垢面。外搭下摆原镶着一条小蕾丝边，此时也已条条缕缕，好死不死。手也被拉出几道血印子，还差点儿刺着眼睛。老原也好不到哪里去，脸上是灰土加油汗，擦出了几道华丽丽的印子。他说算了吧，还是叫主家自己来吧。正准备再打电话，马菲亚已经跑了出来，看我俩的样子就笑起来。她绕了个圈靠近了鹅，便以迅雷不及掩耳之势抓在了手里，这鹅仿佛被施了定身术，呆在那里，怪不得有个词叫呆鹅。我怔怔地看着她。傻看我干啥？她问。我说：你真帅。

进了院子，狗只远远地空叫着，冲过来的是三只大白鹅，领头的大鹅尤其凶。马菲亚把它们呵斥开。她说原有三只鹅，两公一母，两个公的老打架，就又买了这只母鹅，因是新来的，老被欺生。问她怎么分公母，她说看身架子知道，公鹅壮大些，母鹅就娇小些。看脖子也能知道，公鹅脖子长，母鹅脖子短。听叫声也能知道。公鹅叫起来是咯嘎咯嘎，声高，母鹅叫起来是嘎嘎嘎，声低。看性子也知道，母鹅不怎么好事，公鹅就暴烈，好占地盘好争斗。万物公母都差不多德行。

24. 滴水藏海

这是山谷里的一小块平地，盖了五间平房，房后是几排鸡舍，房前一大块菜园，园边种的指甲草和万寿菊正开得绚丽。我说原以为会有很浓重的鸡粪味儿，竟然没有。她说这山多大呀，还整天过风，下面又有土吸着，能有啥味儿，有点儿味儿也都能分散干净。又说，有点味儿其实也没啥，闻惯了就好。

进屋落座，喝着茶，便扯云话。她说原来做饲料生意，各种饲料怎么配，太清楚了。所以就边做生意边包鱼塘，鱼吃什么饲料，吃多少能长一斤几两，掐得八九不离十。起先是在黄河边包鱼塘，水源丰富嘛，一包就是好多个，有规模才值得经营和管理。后来嫌成本太高，就另找地方。原本回了豫东老家，让几家亲戚都加进来一块儿干，想着亲戚们既然亲，那就话也好说，事也好做。后来才知道不是那么回事儿。亲是亲，麻烦起来也是真麻烦。我们是三家合伙，其中有两家掺和进了亲戚，到后来就是我们两家焦头烂额，没亲戚掺和的那一家就清清爽爽。我跟你们说，亲戚可真是一个大忌讳，他们永远要跟你牵三扯四，永远不能跟你就事论事，叫你行一步拖两步，真是愁烦。后来我身体出了毛病，干脆就撤了出来，专心治病。

要说那时也没啥实症，就是白天没精神，晚上又难睡，一夜起三回，整日里头昏脑涨腰酸胳膊疼，每个月都往医院报到。后来有个医生说，你找个人少空气好的地方住一段试试，就找来了宝水，那时王老板还在——你们也听说了吧？那时还叫"王叔院子"，住了几天，好了可多。看到我和老原笑，便停住问笑啥，听我说了缘故，笑道，咱姊妹还真是同病相怜。当时我跟老公说，啥时候能长长久久住在这里就好了。闺女在一边说，你们就来嘛，也没谁拦着你们。我们说不是还得管你么，她说用不着你们管。我住校这么几年，你们谁管着我啥了，周六周日回去都吃不上个应时饭。你们管好自己就行。我说不得给你挣钱么，她说咱们家的钱不够我读高中的？不够我读大学的？要是够就别再挣。又问，咱们仨有没有保险？那种什么都有的万能型保险，包括高额重疾的。有，那就不用考虑生病的事。咱们也有房子，那你们再一门心思挣钱干什么？想做什么现在就去做。别光想着将来有一天，将来就是现在，现在就是将来。

你说现在的孩子多厉害。心明眼亮的，跟天使一样。说起我这闺女，我就满心感恩。她上学的事我们就没操过心，她就是自己学，是荒长，可硬是没长荒。小学不说了，刚上初一时是年级一百多名，一个年级小千把学生呢，我们觉得这就行。到了初二她就到了前五十，中考时居然考了前二十。很厉害吧。她做作业我们都心疼的，从来都是拦着她说别写了，少考几分也没啥。也从来尊重她的意见，没有给她报过啥课外班。我们这种爹娘，在今天也算奇葩吧。

听闺女的话，我们就打算在这块住下来。俩大活人，也不能整天闲着，好歹得做点儿事。本来也想在宝水租个院子做个民宿啥的，后来一看王老板撤了火，就换了个思路，想包个荒沟养鸡。这块地方是大英介绍的，黑岩是她娘家地界，人头熟。这条沟说是有五六十亩，长租十年起，一年要两万，五年一付。我没还价。能还出多少？有这个计较劲儿，不如干脆大方一点儿，落个人情给人家。人心都是肉长的，人家在哪里让我们一点儿，这点儿利也就回来了。再说了，算算跑医院的钱，哪一年不花个五六万、七八万？两万块租这么大一条山沟，还有啥可说的。况且来这后再也没有生过病，连感冒都没有过一次。我就跟老公说，反正以前也是挣了钱没少往医院送，现在就当是把那些送医院的钱省了，还落了个好心情好身体，值。

养鸡好啊，既能收鸡蛋，又能炖肉吃。肉蛋又都不贵，寻常百姓都能消费得起，各种风险成本都低。在这里，更省事。饲料都不用喂，只准备一点儿玉米。玉米平常也不喂，只是在晚上想让鸡回来时才撒上一点儿。这不远处还有个小野塘呢，时不时还能攒点儿水，就又养了这三只鹅，鹅能看家护院。还养了这条狗。门口的地，随便长点儿青菜，也不用肥料。——自打开始做饲料生意，我就想着啥时候能种一点儿不放任何添加剂的东西，要是不来这里，也就是白想过。饲料生意就没让我心里踏实过。咋能踏实？明知道自己卖的东西吃到人的肚子里不好，可是人家都卖，咱就也卖。为了赚钱。每次我生病跑医院一把把花钱出去时都会想，也许这就是报应吧，拍拍良心，可没少造孽。不怕你们笑话，那时候我买自己家的吃食都是到特产店，再贵的米，二十来块一斤的，再贵的面，十来块一斤的，我都买。看着那些"绿色"啊、"无公害"啊、"有机"啊的名头儿，不管真假都觉得踏实。这回亲自种了，才算是吃着了顶顶纯的零添加食材。咱这生菜跟黄瓜，你只用盐一拌就知道有多好吃。吃了这些，我就知道以前在特产店买的东西有多假。

朋友们也常来玩，没少笑话我俩神经病，这里用煤气不方便，我们烧柴火整天弄得手脸黑黑的，他们就说你们真是越活越倒退，越活越土鳖，辛辛苦苦几十年，一朝回到解放前，经过努力奋斗，终于又过上了原始人生活。他们哪里知道呢，柴火可不脏，柴火烧出来的灰也不脏。就跟这土一样，看着脏，实际上不脏。这日子看着是原始，其实哪里原始？比起小时的农村，进步了哪是一星半点？我跟老公都是农村出身，那时农村多脏乱差，还天天忙着干活儿，那是真苦。那时候最快乐就是玩儿，哪天不干活儿哪天就是过年。如今可不一样，虽然也是干活儿，可是这干活儿说到底其实是玩儿。不远处就有水泥路，车都能开上来。这房子布置虽然尽量简单，可也有电脑，能上网。有自来水，有热水器，能随便洗热水澡。你说这能叫原始？可我们不跟他们讲这些。笑话就笑话呗，他们的笑话我们也不在意。用我闺女的话说：既然走的不是寻常路，还管那些寻常人说啥哩。

说实话，这条路没走时觉得可难，真走上了也没那么难，怕的是一不留神就拐到回头路上去。开始鸡没养太多，第一年过去，养得卖得都挺顺。你知道，咱们这鸡蛋这么好，不是一般的土鸡蛋，成本就也高。我们核算过，一个鸡蛋要是低于一块五就算赔了本。成本高在哪里？比如一百只鸡，散养在山沟里，没有围墙，没有篱笆，真真正正地散养，这鸡本身的数量就能损耗一半。有一回我们去宝水，听张大包媳妇说捡了一只鸡，一听她说鸡的样子就知道那肯定是我们的鸡。可是咋能逮回去呢，只能任它们跑丢。还有黄鼠狼，这东西可多着呢，三天两头就来我这里开开荤。咱这鸡蛋，肯定也得卖高价钱。一来这才能顾得住成本，我们都用标准蛋箱，这能保证运送不出问题。鸡蛋还要选品相好的，大小一致的，天然不带一点鸡屎鸡毛的——鸡蛋不能用湿布擦，一擦就容易坏。虽然是卖给人家时好看，可是做人不能那么短，是不是？二来呢，也要跟当地老百姓的土鸡蛋拉开距离，不跟他们抢生意。他们不讲究，该喂饲料喂饲料，大小不论地卖，一块一个，走的这是中低端。我们得走偏高端。他一块钱一个的，容易跟一块五一个的起纷争，跟我们两块钱一个的就难起纷争，是不是？

事实证明，如今有钱人多，只要你有好东西供，就不愁卖。咱们这鸡蛋和鸡卖得都快，不用打广告，朋友们介绍的渠道都供不尽。前年年关，鸡蛋的需求量特别大，我们着了急，就去周边农户家里收。这一收可不打紧，那叫一个乱七八糟。样子就不说了，打开两个一看就知道不是土鸡蛋。玉米都没舍得喂多少。我跟你说，那几十斤鸡蛋我到底没敢寄，自己也没敢吃，也没法子退，末了只好是个扔。眼看着来找我们要货的人越来越多，我们就谋划着养更多的鸡，想着怎么扩大经营，怎么找人合作入股，还想着再租一条沟……闺女在一边听着，朝我俩翻白眼说：又开始了。你们又开始了。说得我们大红了脸。是啊，咋就又开始了呢，咋就又拐上了光想赚钱的道呢。

那就维持这现状吧，我们这样做法也注定没办法成规模。就像自己做的家常菜，注定不能进超市里批发卖。现在我们就认命啦，就好好享这个福吧。生活基本零成本，土地很慷慨，撒了种子就给你吃粮食，不撒种子还给你吃野菜。也不需要美容化妆应酬社交，不再进医院买药看病。这不是享福啥是享福？

在房子里转了一遍，发现没有空调。她说空调这里实在不需要。这山沟整个儿就是一个大中央空调。冬天没暖气难熬一些，你看我们打这炕，我们就烧炕。刚烧的第一夜，半夜里还续了一次柴，结果热得不行，满身大汗，生生叫热醒了，前胸后背都快烤熟了。其实根本不用续，那几根柴就能顶一夜。火灭了还有余热，就够热到天明。没经验，真不知道柴火那么耐烧。

就都笑。问她烧柴是不是有污染，她笑道，烧柴这事是不环保，可环保这事看咋说。这一条沟里就住我们俩，柴火呢满山都是，不用砍树，光捡自然腐朽的树枝就足足地够。一天三顿饭用不了几根。冬天烧炕也用不了几根。就是有点儿废气，出不了这山沟就能消化，能和污染扯上边儿？所以说到底，这事还是跟人多有关系。你到人家加拿大，人家大城市照样那么多车，人家照样盖大楼，人家照样有工厂，可是人家天就是蓝、空气就是好，因为啥，人少呗。三千万，不够咱们一个省的人口。国土面积比咱们还大。你往哪儿说理去？

来到这以后，和老公关系也比以前好多了。以前可紧张呢，你想，事情多空间小，经常生病心情不好，能不紧张？常常是谁看见谁都烦。一来到这，反而越来越亲。虽然还是整天在一起，可是不用再看着对方了，而是一起看着外头。你别看只是个小山沟，小山沟里包罗着大世界，用我闺女的话说，这叫滴水藏海，恁尽情地遨游吧，连泳衣都不用穿。

就都笑老原问她失眠的毛病如今怎样，她说，彻底好啦。以前看见枕头就害怕，害怕躺到那里是白躺。如今看见枕头就可亲，光想往上贴一贴。都能连着睡了。怎么连？早晨醒来，听见鸟叫，想着再睡一会儿吧，从六点一下子就睡到九点。吃了早饭，忙活忙活就到了十一点多，就吃午饭，吃完午饭再午睡。午睡醒过来三四点，忙活到六七点吃晚饭，九点多上床继续睡。你说这是不是连着睡？

我和老原也只有表示羡慕。老原说你们两口子在这山上称得上是神雕侠侣。就差一只大雕。她说，你们也是。咱们都是。又都笑。又说我，你好好住着，肯定能越睡越好。临走时又送了一篮子刚收的鸡蛋，还温热着。听我夸指甲花好，又掐了几把撒在鸡蛋上，我说我也种有呢，她说颜色不一样，你染染这个试试。

回去的路上，我感叹他们的日子安排得既充实又清净。老原道，那也只是外人看着。用大英的话说，有清门无净户。就都笑。再一想，客人们来宝水这山村里，也是看着这里清净。这世上，只要有人的地方，哪里会有完全的清净呢。

正说着，叔叔打来电话，说了几句房子的事，待他说完，婶婶接过来，说做了不少粽子，放了足足的花生和蜜枣。你叔专意叫给你留着，回家来吃呀。

25. 真佛与家常

端午节那天便回去看叔叔，踩着午饭点进的门。婶婶忙活了一桌子菜，还备了几样果汁饮料说，想着你开车不能喝酒，总得喝点儿啥甜甜口。吃完饭我便要走。叔叔说，来都来了，去看一眼房吧。说得也是。便和他去老宅看房。

房子已经很有模样，第二层的墙起了半拉，楼梯也搭出了雏形。阳光从西边照过来，墙上映出了脚手架横七竖八的影子。叔叔说，接下来肯定要建绿化带，咱这院子到时候就紧贴着绿化带，不用花一分钱就能借上花花草草的景儿。地面还是毛的，露着黄土。我突然想起灵泉，问叔叔，叔叔说泉眼儿已经干了。那些碌碡呢？谁知道。有没有人捡？叔叔笑了，说，谁要那东西。我说你去看看，要是还有，就去捡几个回来。干啥？平砌在房子前，既当矮墙也当座儿。这能好看？我把宝水拍的磨盘碌碡的图片给他，他眯着眼睛看了几遍方才信，感叹道，还真有人稀罕这些个东西。又说，咱房子冲着路，这些碌碡都是石头，也算是"泰山石敢当"了。中。

和叔叔在房子前站了一会儿，便有人渐渐聚拢来和叔叔寒暄，然后确认他旁边的人是我。

是萍呀。看着就像你！

看这副脸，跟五奶奶多像。

接着就是一句递一句地拉家常。在福田庄拉家常，这情形于我而言已是久违了。父亲和奶奶相继去世后，每次回去看叔叔，起初仍会有人上门来拉家常，先说别的，问工作，问工资，问母亲，问坤，问郝地，豫新不来就问豫新，豫新来了就问豫新母亲。貌似漫无目的聊天背后虽是总有目的，却也总是要到绕够了才会图穷匕见。问，啥啥单位有没有个熟人？这是个鲜明的信号。是的我认识。可是这认识不是那认识，就办事的层面而言其实是不认识。可我没办法跟他们解释那么多，最好的答案就是：不认识。或是问：能不能帮着打听个情况？听起来这似乎很简单，如果你以为是真的简单那就是大错特错。这只是一个诱饵，一旦你去帮着打听，那就意味着你有熟人，有熟人的下一步就是得去继续帮忙办实事。又或者是往前逼一步：听说你认识谁谁谁，能不能帮着介绍介绍？这貌似只是让你当个轻松的中介，实施起来你就会知道这过程有多么复杂。作为中间人，你需要安排时间和场地让双方见面，什么话都得你来传达、磋商、谈判，你像一个蹩脚的倒霉的媒人，不论事情是否能办成，你都有卸不掉的责任。你要全程跟踪服务，且保证服务质量，否则还不如不开始。那干脆就不开始吧。

没空聊天，有事说事。我能帮忙就帮，帮不上也没办法。终于有一次，我来了个嘎嘣利落脆。那人讪讪而去，从此回福田庄时就没人再来找我拉家常。叔叔说我伤了他们的脸面，让他们像个要饭的似的。萍呀，话不能那么说。路得铺长些。叔叔劝。对此我自然是置之不理。这种路铺得再长有什么用？只能让人走得筋疲力尽，甚至头破血流。

——彼时的我十分坚定地认为，自己再不会和福田庄的人拉家常，这种啰里啰唆的家常，既废话连篇又危机四伏，杜绝最好，一了百了。"真佛只说家常"，多年后偶尔读到这句话，不由怔住。真佛只说家常，却不知只说家常的又有几个真佛，不过由此也可窥见真佛与家常的非凡渊源，其义理近同于道在屎溺。只因我的颠顸愚钝，这么多年来在老家拉家常居然能成为一道心障，厚于无形。

人越聚越多。我也从记忆里一一打捞出来他们，秋旺的媳妇，我叫容嫂子的，大耳朵全的本家侄子，我叫泥蛋哥的。一个眉眼清秀的男孩子也晃过来，神情有些好奇，容嫂子介绍说他是春旺的儿子，叫飞飞。让飞飞叫我姑，飞飞短促地喊了一声便快速走开，引起一阵大笑。

这孩儿可小脸呢。在土话里，小脸是害羞的意思。

一个中年妇女在七娘家门口站着，被容嫂子喊了过来，说她就是飞飞的妈，是你莲枝嫂子。我朝她点点头，算是打了招呼。瞧着她慢慢走过来，我却又有些恍惚。那么这就是春旺媳妇了？就是为了借娶她的婚车，父亲在从象城回福田庄的路上出了致命的车祸，也因而，在她嫁进来的同一天，父亲正好死去。

这张陌生的脸，以前肯定在村里见过，但我肯定是视而不见。这是我第一次正视这张脸。春旺结婚那年我大三，二十一岁，农村女孩结婚早，她那时应该差不多也是这个年龄。我们几乎是同龄人了。可这张脸已经刻下了密密的皱纹，尤其是眼睛周围。不过眼睛很大，年轻时应该很漂亮。

春旺比我大三四岁，我该叫她嫂子的。

我没有叫。我叫不出口。

26. 衣锦还乡

曾听村里很多人跟我讲过赵顺回来时的做派：早年还没发达时就极周到，离人老远就高门大嗓打招呼，遇见男人就散烟，碰到妇人孩子就散糖，都是村里人平日舍不得的好烟好糖。发达后一点儿没变脸，比以前更和气，虽是开着车，一进村就会降速，慢得不能再慢，摇下车窗，一路和人高声寒暄，等把车停到家门口，跟家里人照过了面，就出门再走回去——散烟散糖，一一说话。只要是在街面上的，不落一个。

谈论起这做派，村里人的口气颇复杂，赞许的自然最多，说上下人都瞧得见，懂礼数。也有不屑的，说他这是换个路数轻狂。还有嘲笑的，说他靠着老婆起家，也不算自己有真本事。羡慕也是有的，说在广东靠着大老婆，在老家这边养着小老婆，齐人之福，啥都不误。

他回来的那天，我正在门口的小菜园里掐香菜，听到有几个人走了进来，抬头一看就知是他，和赵先儿一副脸，面目却要俊朗些，是赵先儿的升级版。穿着倒也寻常，微微腆着肚子，打招呼道，忙着呢？人勤地不懒呀，菜种得不赖。回到老家就是这，看啥菜都是水灵灵的，吃啥都有胃口。虽猜着了是他，我还是问了一声，他道，姐姐这眼力真准，要不然咋能在这当阿庆嫂呢。不对，应该叫原嫂，哈哈。老原正从房间里出来，往这边走。赵顺又把两个孩子扯到跟前，让叫伯伯阿姨。旁边的女子赵顺唤她娟娟，三十上下年纪，吊带碎花长裙，粉红开衫外搭，妩媚俏丽，娇软着声音叫了哥哥姐姐，口音带着明显的予城腔。赵顺感叹说，原哥这点儿真够正，你一扎下来创业，咱们村的人气就唰唰唰地涨。我这才半年没回来，都热闹成了这。老原笑道，要是赶上周末人才叫多呢。

这边赵顺在聊着，娟娟带着孩子们里外玩耍，没有一刻工夫坐下来。娟娟很爱笑，见人就是笑，好像没有什么话说。细想想，确实也没有什么话好说。说什么呢。听着孩子们喊着爸爸妈妈，俨然就是美满无比的一家四口。那个远在广东的正房和那个孩子又是怎么样的呢？听说当初婚礼办了两场，在广东办时，赵家人也都去了，回来后却谁都不提，大约是受了很大的气。在宝水这边也办了一场，除了新娘子，那边家里没有来人。新娘子住了两天就回到了广东，从此再也没有来过。相比之下，在村人眼里，这个娟娟肯定更像是正房。

说话间赵顺已经看过了客房，道，我今儿黑就在你这儿住吧。都说你这经营得最好，我得跟你取取经。老原道，不回家？赵顺说，回家是回家，住是住。家里床铺都得现收拾，麻烦。孩子们闹腾，娟娟又好洗洗涮涮的，就在你这里，方便。离老宅几步路，我爸妈说话声都能听得见，跟家也没啥区别。老原便答应着安排下。这期间只听得电话不断，他嬉笑怒骂，斥三呵四，果然妥妥的大老板做派。待手机安静了些，他又特意进到厨房给老安让烟，寒暄了几句，方才往自家老宅里去。赵先儿宅子那边也顿时人欢马叫起来。

不多时，大英打电话叫我去孟胡子那里，见面就问我赵顺说啥没，我说跟他头一回见，有啥可说的。孟胡子道，你这没听明白话呀。领导是在问，赵顺的话头儿里有没有说准备干啥。我蒙道，没听出来。他想干啥？就都笑。大英对孟胡子道，我估摸着他兴许是想加盖老宅。赵先儿老早就放话说，他这老宅地基牢实，打的是三层楼的底儿呢。我说，那就盖呗。大英道，哪能想盖就盖？我前些时都拦下了好几家，叫他们秋后农闲时才能动工程，到时镇上统一过手续。凭啥跟他特殊哩。可这会儿人家没动静，又不好问的。等有动静再问呢，又怕迟了。孟胡子道，看情况再说，还不到愁时。大英埋怨道，你要在村里镇着我还放心些，偏这些天老是出门。孟胡子笑道，谢谢你恁高看我。即便不出门，那也轮不到我镇着。我几斤几两自己还不知道？

赵顺几口子到了八点多才过来这边。两个孩子大约是找不到可玩的，都有些没精打采，便被娟娟哄着去睡觉。赵顺说想喝两杯，老安快手整了几个菜便回了家，老原和我便陪着说话。几杯酒下肚，趁酒顺话，便说得悠长。后来我想，他之所以有这么多话讲，大约还是因为我和老原在村里的身份特殊一些。我是外人，老原虽是村里人，却也和个外人差不多。和他之间，我们都算是生疏的，却又比村外的人熟些。半生不熟之间，有时候反而容易说话。

其实刚落座的一时间，也没什么话好讲。千穿万穿，马屁不穿。我便夸他有成色，十里八乡赫赫有名，连杨镇长都说你是乡贤呢。他笑道，杨镇长没说他见过我小时候挨打？我从小就调皮捣蛋。在镇上读初中时，赊遍了镇上的小吃摊，好喝胡辣汤就水煎包。我爹有名儿，我跟我爹长得像，他们一看就说，你是宝水赵先儿的儿子吧？我认识你爹。认识就好，挂他的账。只要能挂就挂。还请同学吃，因为同学也请咱了嘛。实在挂不下去了，就回家要钱，今天还这家，明天还那家，然后再轮着吃。欠得多还得少，等到转不下去了，就去家里骗一回大钱。我们几个组成了骗钱小团伙，人多才有说服力嘛。今天一起去我家，说要交什么什么费了，骗个几十块，明天去你家，后天去他家，共同作案，配合得可好。

最狠的一回是初三的学杂费补课费三百多块，我没交。那时的三百块多中用啊，三十块就能买个很牛的CD机，十五块一双温州产的皮鞋，虽然里面是牛皮纸。我把那三百块昧下，硬是给花完了。两边哄呗，最关键的一步是花五块钱请个高年级的同学以我爹的口气给老师写了封信，说家里实在困难，等小麦下来以后卖完粮食再补交。我早就算好了，卖完粮食那会儿我们正好毕业走人。光信也不中，还得用东西打点。家里不是有山货嘛，山货没啥数，就偷一点儿给老师。一斤核桃也好几块呢，老师也能看在眼里。

我还偷过我爹的东西。不敢乱偷，我爹那脑子，不好哄的，得跟他智斗。他有一块好手表，放在他床边的三屉桌里，那一段手头紧，我就想打这手表的主意。先把表从桌里拿出来，挤在床和桌子的缝隙里。第一个星期回来，表在那儿。第二个星期回来，表还在那儿，我观察了三个星期，第四个星期才把表偷走，卖了八十块钱。我爹还存有一些袁大头，我也偷了好几块，都是五十块钱卖了出去。他一发现表丢了，就怀疑是我。问我，我说我没偷。我拿你表干啥？很无辜的样子。他打也不松口，直到他去磨刀，说要杀我，我才害怕起来，承认了。

我爹打我打得那个狠，这十里八乡也是有名的，不知有多少人见过。他也不伤筋动骨，不过一定会叫屁股皮开肉绽。杨镇长当时还是包片干部，来村里办事，路过我家门口，亲眼看见我被打得鬼哭狼嚎。还不叫人劝，越劝越打得狠。我妈上去护我，他一把把我妈推翻在地上一起打，我跟我妈一起哭，那个惨。打过了还不够，等我屁股好了，他又开始罚。大夏天，刚种上玉米，田里旱得都裂出了指头宽的缝，他叫我担水浇，就去宝水泉那儿担水，浇最远的那块地，得翻过几道坡哩，我挑着扁担，一趟一趟，出的汗跟下雨似的。我爹坐在树荫凉下，抽烟，喝茶。我挑一天水下来，肩膀能肿一指高，骨头架子都散了。那一场事下来，说实话，到现在我也怕他。

不光是打我们，只要觉得打得起的，他打起来都不含糊。我姑表哥家的孩子来我家玩，夏天吃西瓜，小孩子调皮，切好的西瓜牙，他每一块都把西瓜心儿啃两口，我爹一看，一脚踢过去，把人家孩子踢多远。棍棒底下出孝子，他认这个。他说在家里不打，将来到社会上他就去打别人，或者被别人打，那还不如我在家里好好打呢。

后来就送我去当兵，初中毕业后第二年，我才十六岁，那时当兵也得走礼，他把牛卖了。那是三家合伙买的一头牛，我爹说你们两家用吧，把钱核算给我就中。然后他又卖了家里的猪鸡和山货，凑了一笔钱去求人，终于叫我报成了名。可我年龄太小，一批一批来带兵的都不要。县里的武装部长都急了，对最后一批带兵的人说，要是不带他，你们就别带兵了。我是最后一个走的兵。临走前一晚上，我爹跟我说，家当都给你当兵用了，我就尽心尽力到这儿了。老家的房子啥的都跟你没关系了，都是你弟的。你这一辈子就这一次机会，成才不成才全看你自己。闯去吧，有多大本事要多大本事。

我在部队待了六年，二十二岁退伍，这年龄正好相当于大学毕业吧，哈哈。然后就到社会上混。都说不到北京不知道官小，不到广东不知道钱少。钱多的地方好挣钱，那就去广东。在广州头半个月，白天去找门路，夜里睡大街，当过兵的人不怕这。后来决定在热门景点躲着城管卖矿泉水、卖汽水、卖凉茶，就是下苦力嘛，一天能挣一百多。那时在城中村住集体户，一间屋子里全是床，上下铺，除了脚臭味儿就是泡面味儿。攒了点儿钱开始做服装批发，就在林则徐虎门销烟的那个虎门，这才算开始正式创业，又碰上了愿意帮衬的懂行贵人，就进入了赚钱的快车道。

本想问他贵人的事，再一想，又罢了。他说，等混得有了点儿人模狗样，我爹就开始给我压担子。我弟结婚时他不管，叫我弟自己去借钱，说反正家里没钱，是你结婚又不是我结婚，你不借钱谁借钱。按说我养你到十八岁，剩下的就是你自己的事。你挣稠吃稠，挣稀吃稀。房子都给你盖起了，媳妇还不得你自己娶？我弟说，那我找我哥借。我爹说，那是你的事，你们兄弟咋商量就咋办，我不管。我弟说到我跟前，那咱必须办得风风光光呀。头车牌号四个九，婚车牌号四个八，一溜儿奥迪，就要最排场的，就要站在那最高坡上，叫后来的人不好上。别人夸我爹教子有方，他还拿样儿，说这俩小子都是荒长哩，哪有空跟他们啰唆。

我暗自赞叹。从长远之计去看，赵先儿的智计还真是有些非同寻常。他若管了小儿子，一来对大儿子不公平，二来以自己的财力去办，小儿子也未见得满意。结果很可能是出钱出力，在谁跟前都落不着好。他之所以要甩手不管，是因为他算定了大儿子不会不管，而且会管得很漂亮——已经衣锦还乡，正需要找个契机明证一下，给弟弟办婚礼，最恰当不过。而弟弟受了哥哥这么大的助力，以后兄弟感情会更牢固。父母老去，兄弟两人一个在老家驻守一个在外面打拼，正好兄弟齐心其利断金。对这个大家庭而言，利益格局抵达了内外相宜的理想平衡。所以，这老头儿办事看似有违常理，其实是深谋远虑。

忽然想，叔叔和父亲，当年是不是也是这样呢？而父亲当年那么主动地要给叔叔找婚车，和赵顺的选择如此类似，也是因为身为长子么？乡村长子的心理，居然如此趋同么？

住了两晚，走时赵顺死活要结账，老原死活不肯。赵顺说，那先就这。我过两天还回来，还要在你这里安排点儿吃喝。到时候一起结账，你可一定得让我结。原哥，咱们都不是差这点儿钱的人，一码是一码，守着这个规矩，才能你利落我踏实。要不然你把我往哪儿搁哩。

临出门时正巧碰上大英进门，两人照面，他便住了脚说，还没请英婶吃顿饭呢，大英说，吃啥饭，别外道。手里一堆事。赵顺说，村里发展成这样，都是婶你忙出来的，你这功劳，顿顿喝茅台也不过。大英脸上便笑开了花。赵顺又语重心长道，不过说实话，外头发展得好的可多，咱村也得朝外头学学。听大英说下礼拜正要出差去学，就又道，出门一趟不容易，那可得好好悠悠看看。

进门坐下，大英朝门外看了看，叹口气道，还真是叫人放心不下呀，却也只能走着说着。又道，交代过小曹了，叫他这几天焊牢在村里，哪儿都不准去。叫秀梅也上紧盯着。你也要帮衬着呀。我答应着说别想怎多，天塌不下来。她说当着破家可不就是个这，离家一刻就心慌。老话说，不饥也带干粮，不冷也捎衣裳么。啥都得多虑一步。我说你这难得出门，先顾好自己的干粮和衣裳吧。

27. 灵肉兼容

这几天突然间客少了许多，连周六周日都稀稀疏疏，门可罗雀。大家都有些纳闷，大英给云里村云下村打了一圈电话问情况，回话说，每年这时都是低潮，因要面临中考和高考，家里都在为孩子们忙活，要等到这两考结束人气才会上来。众人这才放下了心。

大英出差当天，赵和先回了村，叫了几个人帮忙往东掌腾挪老宅里的东西，赵先儿两口和赵平也都跟着搬了去。但凡人问，赵家的口径都是家里老鼠闹得厉害，想好好拾掇拾掇。第二天上午小卡车就轰隆隆地把水泥大沙开运进来，下午工匠们也都到了位，便开了工。小工匠来自周边各村，大工匠竟然是张大包。和他碰面，他也没话，只是讪讪一笑。

因没什么客，村里人似乎都得了空，一趟趟地往这里来，还议论着：上头不是说不叫乱盖嘛。说是说，听是听，盖是盖。在自家老房上加一层，咋能叫乱盖。不乱，不乱。看来早就是准备妥当，万事俱备，只欠东风。大英一下山，不就是东风来？就都笑。

黄昏时赵顺回来，在我们店里安排晚饭。问他孩子们呢，他说儿子正上幼小衔接，女儿还在幼儿园上小班，学不学什么倒不要紧，主要是没有玩伴，还是留在市里省心。订了两桌。除了大烩菜，每桌还有四凉四热八个菜和一箱啤酒，说都算在工钱外。烟是黄金叶的"喜满堂"，虽是黄金叶的便宜烟，却是无限量供应随便抽，自然是大东家的做派。饭毕也不休息，上场接着干，直到七八点才晚饭，结束后各自回家。有骑电动车的，也有开车的。等这一堆车轰轰隆隆的响动消失，我们这一片才算静下来。秀梅发微信让我过去，小曹也在。三人见面就笑。秀梅问，姐你说了没？我问，跟谁说，说啥？她又反问，你说跟谁说，你说说啥？绕口令绕了几句，小曹道，还真是没法说。我说，就是说了又能咋样？难不成她就从半路回来？还是让她踏踏实实地在外面耍几天吧。秀梅说，就是。反正她早晚知道。这会儿晚知道比早知道强。就都点头。这固然是个理由，更重要的理由也不用说出口——谁都不想成为那个告状的人。还有一丝微妙：赵顺在我这里吃饭，在秀梅那里拿烟酒零碎，我和秀梅其实都难撇清。相比之下，小曹还爽利些。可他显然也没有去跟大英说的意思。再一想，大英自己就没能看出来点儿什么？怕也是不愿意知道。或许就是想要混个眼不见为净，那就更不该硬去跟她说这个。

手机响起来，秀梅出去接电话，我和小曹便扯云话，问他，听说你在镇上租房子开店呢，村里最近忙，会不会耽误了？他笑道，就是个卖特产的小店，靠景区导游拉人头，固定渠道的熟络生意，店里也雇有人，耽误不了啥。问他，景区游客那么多，没少挣吧？他说发财是发不了，加上外揽的快递业务，每月一共才能挣五六千块，勉强过得去。我说这收入在乡下也能过得挺滋润。他说，滋润不滋润，不光是钱的事。要说滋润，刚毕业时在予城工作的那段时间最滋润。同学朋友多，总想试试别的路子，跟人合伙卖衣服、卖饮品，都没干长。钱是没挣着，可是真快乐。后来开始在镇上开了这家店才算稳定了下来，在我爸的威逼利诱下回了村。起初当然是很不情愿的，每次从外面回到村里，都有一种强烈的不真实感，都想逃走。为啥？因为不自由。谁都认识谁，这特别不自由。在城市里会觉得孤独，但孤独其实也意味着自由。起码没人把一些私人问题问到你脸上，每个月挣多少钱，住多大房子，结婚了没，吧啦吧啦的。村里人一定会问你这些，甚至是你越烦啥他越爱问啥，你说这些事跟你有屁关系呀。他们还说是关心。我去，谁需要你这种关心？要是真关心，你咋不说给我点儿钱花花呢。

我笑道，刚才还问了你挣钱的事，本来还想问你对象的事呢，对不起啊。我在象城也不是这样，也不知道咋回事，在村里就这么庸俗八卦。他笑道，没事儿姐，我懂。你问跟村里人问不一样。咋不一样？出发点不一样。你是纯好奇，他们还带着比较的心思呢。我哦。这个我倒是没想到。

正聊着，他的手机响，是微信语音。他边听边笑，笑得很蜜。又冲着手机里回复说，这几天下不了山，好歹咱也是村班子成员呢是不是，等书记出差回来，一定第一时间下去。对对对，大王派我来巡山，我在村里看一看，哈哈哈。等我当了山大王，就聘你当压寨夫人。

他回毕，我问，是女朋友吧？他笑道，是目前重要的发展目标，下一步准备加快节奏，这事迫在眉睫啦。我本来不急，可是由不得自己。我爸妈急啊。他们就会跟人家比，也不怪他们，他们就是不想比人家也会把他们拿来比。会说什么，哎呀谁谁谁跟你们一般大，人家都当爷爷奶奶了，你们家啥时候吃席面呀。他们被这么一比，就觉得没脸，我这压力能不大么？

就又说起了相亲的事。说相过很多次，都相得木了，伤了。现在的女孩子，怎么说呢？都要求有房，起码在县城有房，哪怕二手房也行，小一点儿也行。似乎在城里有套房就是一个什么重要保证，以备着有一天在农村待不下去时城里这套房就能把我们收留。这心理我当然也能理解，我也是年轻人嘛。城市生活时尚有趣，多姿多彩，挺酷爽。可这真是要看条件的。如今县城的房子都四五千一平了，一百平的二居室都得四五十万，除了去要父母的老命，还能有什么好办法？自从毕业后，我从没有给过父母什么钱，也没朝父母要过什么钱，我觉得这是起码的良心底线。我不想去破这个底线。良心已经不大了，我不能让它再往小里缩呀，要不真就看不见了。我跟一个女孩子商量说，咱们可以买个车，车么，十万以下，贷款，对我压力不大。然后呢，咱们在城里租个房子，你想过城市生活，咱们开着车，个把小时就能到。你要相信我，我不是那么无能的人，在未来我一定能在城里给你买个房子的，这毫无问题。但是，请给我时间。可是她不给我时间，她们不给我时间。不给就不给吧，爱找谁就找谁吧，在这么重大的事情上有分歧，只能说明我们彼此不合适。老实说，满村里我最羡慕的就是鹏程，要娶就得娶个愿意在咱村扎根儿的通情达理的媳妇。

我说，听你这意思是下定决心要在村里扎根儿了。他点头道，这个意念越来越强烈。村里人是有很多毛病，不过待久了也会发现，乡村有乡村的好。比如大英说个时间开会，问她几点？八九点吧。你放心，到十点人齐就不错。你迟到了也不用有什么心理负担。他们和你说话没有边界感，同样，你跟他们说话也不用那么紧张，有个言差语错的彼此都不介意。宽容度彼此都高。生活成本还低，低得不能再低。有自来水，有无线网，有花花草草和新鲜蔬菜，一个月不去挣钱我们也能活下去。去年大雪封山路不通，一两个星期里我们也有吃有喝，做饭烧柴，喝山泉水，缸里有米有面，坛子里有闷坛肉，真的是丰衣足食。除了没有城市的高楼大厦红绿灯，没有大超市大医院，你说咱们跟城里差什么？哦对，差了物业费。城里的房子不管你住不住都得交物业费是吧，咱们这里不用。对了，还差雾霾，还差噪声。他耸耸肩膀，笑起来，露出一口白牙：不是有句话么，一二线容不下肉身，十八线容不下灵魂。是说大地方挣钱难，小地方没意思。以前我觉得这话特别有道理，现在却觉得挺矫情的。作为平凡的人类，咱的肉身没那么难伺候，灵魂这事也很有弹性，只要找到合适的地方，就能够灵肉兼容。

正说着，有人进来，是赵顺。小曹起了身，两人彼此哎了一声，就算打了招呼。秀梅也随着进来，小曹便出门。三个人立在那里，待要说什么，又不好说什么的。一时无话。我正要走，秀梅突然说，小曹以前有个外号叫三妮，你们不知道吧？她扬起右手，用食指戳着小曹的背影，做气愤状，连声道：你你你，你你你——他刚回村时，满口都是这仨字。听说这个外号，他好不愿意哩，一蹦三尺高，狠闹了一通，才没人叫了。就和赵顺笑了一番，赵顺道，多少年没在村里长住，村里的事儿听着还怪有意思呢。

28. 花草不分家

　　除了去两趟大英家，这两天我没怎么出门。两考过后，客流骤然回升，村路上乱纷纷的，临路多了好些个摊位，摆卖着各式山货和旅游纪念品，中掌这点儿地方被挤占得满满当当，像是难民营。都是熟人熟脸，没人管，也确实难管。张有富整日在"我家院子"忙，秀梅说都没见他来村委会值守，而秀梅自己的值守也不过是隔着路朝村委会那边看看，她又顾着超市又招待客人食宿，转得如陀螺一般。时不时听见她喊小曹小曹，让小曹帮忙拍点儿抖音素材。这几个班子成员里，也就小曹在村委会那里忙活得勤恳，果然如大英所说的，焊牢了。

　　去大英家就是给娇娇送本书，给光辉送些菜。还是清明节带过来的那些书，本来想全部给娇娇，大英不让全给，说全给了她就没明没夜地看。慢慢儿给，一次一两本，十天半月地去给一次。大英还有点儿难为情地说，最好叫我抽空去送。娇娇在这村里没朋友，她还挺喜欢你的。我说看不出来她喜欢我，大英说，她不怵你，见你就笑，这就是喜欢你啦。

每次去，远远地，就会看见父女两个在门口坐着，一人把着一边。光辉拿着扇子打蚊虫，娇娇低头看着书，听见我的动静就会一脸惊喜，指着我喊：青萍，青萍！和她聊天其实也只是我自己在说，她只是笑，基本不说话。点头，摇头，嗯。也就是全部了。看她清澈的眼神，就觉得她会永远长不大，永远像孩子一样。

"山中何事？松花酿酒，春水煎茶。"早年读到这诗不诗词不词的句子便记下了，虽忘了出处，却对这其中描绘出来的雅致意境印象深刻。现在长居山中才判定出来，写出这句子的人肯定没有在山中生活过，至多是一时过客。对我来说，在往返东掌时能静赏一番途中景致，也就算是雅致。

所有的草木都绿得正好。高的树，低的草，不高不低的灌木，修长笔挺的旱芦苇——这里人只叫它苇，如亲切的昵称。到秋后收了玉米，村人会把它们变成苇箔，扎成囤，用来存装玉米。初时你只觉得这些植物全是绿的，挺单调，可当你停下来，蹲下去，无所事事地去看它们，把它们当成此时最重要的事，那感觉就不一样。你会看见，那绿的颜色是那么丰富，有着数不清的层次：浓浓的深绿，带点儿黑的墨绿，接近鹅黄的嫩绿，不偏不倚最盛时的鲜绿……如果说这些绿像人的话，从刚出生的婴儿到耄耋的老者，每一岁都有合拍的绿。有的绿还会变换年龄呢。本来是深绿的，阳光一照，风一吹，突然就泛起浅绿了。本来是草绿的，你站到它面前，用影子一遮，它就豆绿了。

花也是。乍一看不过是这儿一朵那儿一朵，稀稀朗朗的，一点儿也不密匝，不成气候。细看就会知道，一朵有一朵的好。这个时节的花，除了性急的那些，比如蒲公英，已经开过了金灿灿的花，这时候都白了头，风一吹，就飘摇到了不知哪里。只要还开着的，只要还能开的，就都仿佛是在这个世界第一次开一样，别提有多么干净，多么精神。

花草不分家。很多花其实是草，很多草也是花。铜锤草空有这么一个硬邦邦的名儿，小小的花儿开得那个小样儿，单单的瓣儿，外面是浅浅的粉，靠蕊时就艳红了。这花儿看光得很。阴天不开，雨天不开，黑夜不开，只有晴好的白天才开。婆婆纳开的花儿比铜锤草还小，水蓝水蓝的四个瓣儿，起着雅致的细条纹。这花儿又叫破棉袄，我以为听错了，问了好几个人确认了一下，就是破棉袄。为啥叫破棉袄？因为它开起来就没了样子，铺天铺地的，扑扑拉拉的。韩信草听起来是这么足斤足两的重，开出的花儿却俏皮，乍一看似乎是最娇嫩的蓝紫色，再看又像是粉紫色。冠大蕊小，细细长长地就这么开了出来，那大冠还松松地合着，好像是没开全，其实是开了。这花儿，村里的人叫它牙刷草，仔细看，还真是有点儿牙刷的样子。这名儿应该是个新鲜名儿吧，村里人刷牙才刷了多少年？

最有规模的花就是金鸡菊，孟胡子说第一年进村时撒了些种子，再没有管过，就长得疯旺。放眼望去，小路两边全都是。好多都正盛开着，更多的则是含苞待放。这苞儿小小的，是毛茸茸的绿，绿心心里含蓄地透着一点点儿黄。那些盛开的呢，乍一看，和蒲公英的花一样，也是金灿灿的，但是仔细去品，它这金灿灿却比蒲公英的金灿灿沉稳了一些，仿佛蒲公英的金灿灿是18K，它的就是24K。它的黄也比油菜花的黄要深一些，硬一些，有力道一些。都说金鸡菊没有香气，其实是有的。尤其是在这山野里，你静静地站着，等风吹来，就能闻到它们细细的香气，含着一丝丝苦药味儿。闻久了，就会觉得病痛处舒缓了些，有一种神奇的治愈性。

　　路边自然也有荆条，且常常是新枝条。七月八月是砍荆条的好时节，它可真不怕砍，老枝长新条，新条开新花，一茬茬地砍，一茬茬地长，一茬茬地开。有时晚上路过大曹家，便有清新甜香的气息悠悠散来。越是晴天大太阳，那味道就越厚实、越好闻。只是从没有看见过降龙木，想来不在路边长。大曹卖的拐杖里，降龙木似是尤为贵重。有次悠到西掌，便听他跟搞价的客分辩说，一百可不中。虽说野桃木对节木都能出好拐杖，却都不如降龙木。没有比这更好的拐杖啦。这降龙木可是穆桂英大破天门阵里就有的典故，又叫六道木，也有佛缘哩。六道轮回，六字咒，都能合上这个六。你看这六道竖纹，多匀停。横面看跟朵花似的，多好看。同货不同价，里头有分差。虽都是降龙木，有没有龙头，龙头品相，材料粗细，棍身直弯，颜色深浅，等级多着哩，一言难尽。我要得不高，昨儿人家还给到一百八哩。那人道，价跟钱是两码事。给出的是价，卖出去拿到手的才是钱。大曹便道，这么说的话，我心里有价，你手里有钱，咱们各守各，各算各，各走各。客道，你这人咋怎不好说事儿哩。大曹道，不好磨嘴皮。总之是，一分价钱一分货，十分价钱买不错。到天边也是这。

29. 上梁

　　赵顺的房子是今日上梁，其实就是水泥浇筑，叫"现浇"。但在这里还是叫上梁。对于乡间盖房子来说，这是极其关键的大事。只要没有深仇大恨，都得去祝贺一下。既然都去，我便也去。之前问秀梅，她说送东西的话就送面包或者刚出锅的馒头，发家发家，要的就是个发字。送红包呢就带个八，八十八，一百八十八，都好。她送的是两箱子小面包，我便随她，也拎了两箱。院子里已经堆了好多零食，娟娟带着孩子们也回来了，把馒头面包分散给众人吃。好几卷万字头的鞭炮喜气盈盈地叠放着。张大包没有穿寻常的旧T恤，是一件干干净净的白衬衣，裤子上扎着皮带，很是清爽精神。快中午时，九奶也颤颤巍巍地悠过来，说要看上梁。安嫂子随着，端着一盆馒头。我连忙从家里给她搬了把椅子让她坐下，问张大包啥时候开始，别让老太儿干等。他笑道，这就开始。吉时就是在这当口，阳气正盛，阴气全无，就是吉时。

首先是请太公。太公就是姜太公。即便是平常百姓家，亲人去世后也能升级为神，具备了保佑在世的亲人平安健康的功能。而那些本就不平常的人，去世后当然更有资格成为神，被普罗大众请去保佑，功能则可以进一步细分。此时姜太公的职责就是在建筑工地避凶驱邪。他被具象为一块简易的牌子，上面写着"姜太公在此，诸神退位"，神通广大得需要诸神退位，这能量在此时便称得上是首屈一指。把太公请到桌上，摆好供品和墨斗曲尺，第二步就是祭梁。这一步繁杂些。有意思的是，祭拜的对象也还是一块木头。是一根上好椿木，一米多长，粗粗壮壮，平放在桌上，搭缠着一块红布——都说这椿木是大曹跑了两天才找到的，赵顺给了他两千块。红布上写着"青龙扶玉柱，白虎架金梁"，贴着八卦图，挂着一串铜钱，还有一嘟噜福包。烧纸祭拜时还要杀一只大公鸡，这公鸡蔫头耷脑的，已然被杀得妥当。张大包拎着它在木头前走了几个回合，一路走一路点，让它匀匀地滴出血来。进行这些步骤时张大包全都念念有词，对着椿木是"此树长在终南山，鲁班弟子将它搬。铸刨斧锯做成材，用在此地定平安"。拎公鸡时是"此鸡不是非凡鸡，身穿五色绸罗衣。日在昆仑捡食吃，夜在紫金笼里啼"。浇梁和上梁时也有长长一篇，最后是撒梁，也是高潮。只见糖果花生饼干纷纷扬扬撒下。赵顺真是豪气，里面还有德芙巧克力，一块钱的硬币在阳光下闪闪发光。张大包把声量提到了最高，浓浓的土话腔一点儿也不妨碍念词的隆重庄严：

> 一撒梁，再撒梁，
> 我为主东说吉祥。
> 九月十月，忙着种麦，
> 五月六月，秋麦熟黄，
> 头磨面粉白如雪，
> 二磨面粉白如霜，
> 做出圆馍在华堂，
> 白白胖胖甜又香。
> 一撒东方甲乙木，
> 二撒南方丙丁火，
> 三撒西方庚辛金，
> 四撒北方壬癸水，
> 五撒五代人同堂，
> 六撒六合四季春，

七撒七星伴日月，

八撒八大喜吉庆，

九撒九九久长寿，

十撒华堂大吉祥！

恭喜恭喜！吉祥吉祥！

晚上大英发过来微信语音，说听说我又去给娇娇送了书，娇娇高兴得不行。她再过两天就回啦，还怪想家。我也回了两条，说了几句闲话。她没问别的，我自然也不用多嘴。能微妙地感觉到彼此都在回避，隐隐默契。这让我踏实了些。

30. 脏水洗得净萝卜

大英回来那天，赵家老宅的主体已经加盖完成，正进行的是刷墙漆铺地砖。她路过中掌时看见了赫然立起的房子，便拐进去，正碰上赵先儿迎头出来，便劈头就问。赵先儿说，早就跟你说过，你允过的呀。大英惊诧道，你再敢胡扯?! 我啥时候允过！赵先儿道，早两年盖这个房时你就允呀，你不记啦，当时就在大门前，正上梁的那天，你问我咋不盖成两层，我说打的地基厚实，岂止两层，还能盖成三层哩。你说中呀。大英切齿道，哦，亏了你的好记性。记得恁清。我以为你当初是说闲话，原来是说正事的。当着这么多人，你跟我说明白了，以后你是不是句句话都是说正事，要是这，我再见你就当哑巴。你刻下就跟我说，你跟我红口白牙地说！赵先儿笑道，哎呀，咱口也不红，牙也不白。都没牙啦。

我在院子里听着这动静，待她气哼哼地路过门口，便把她拉进来坐。泡了山楂茶端过来，她也不喝。我也觉得有些理亏似的，想了想，便跟她说这一段没好好在村里，老家那边也在翻盖房子，牵扯着回去了两趟，这边就没办法盯住。她哦了声，脸色好些，方才端起杯子喝水。又开始埋怨小曹，埋怨秀梅。一时间不好说什么，我便只听着。正在唠叨，她的手机响，她紧张地看了看我，说是杨镇长，怕是说这事。

果然说的就是这事。手机里杨镇长调门高高地嚷着，那村里留的干部都干啥吃的，小曹、张有富，还有你那妇女主任秀梅，都是干啥吃的？你的班子咋回事儿！大英原本还嗯嗯地听着，突然恼道，我就这么没成色，我的班子更不中。你看势办吧。那边说，你咋还蛮起来了。大英说，反正不是该死的罪！哪家锅底不冒烟？没出人命就不算乱。你要觉得真过不去，那等着你撤我。我跟你说，你就是撤了书记，我还是村长，我还有人民群众支持我，咋的！杨镇长倒是笑了，说，你厉害你厉害你厉害，中了吧？我哪儿敢撤了你呀，可我真是怕给你擦屁股。我没那么多擦屁股纸呀。没等他说完大英就把手机挂了，起身就走。我跟在后面，也觉得讪讪的。大英边走边关了手机，说谁要找我就说我有病了，快死了，再操心也没人承情，谁还不会耍个赖偷个懒?!到院子里突然站住，从包里捯出小袋子塞给我。我打开一看，是个丝巾。

第二天上午，果然就接到了杨镇长的电话，我只好照搬了大英的说辞。他笑道，一天不见就病得恁严重？出差累成了这？那可得赶紧去看看，迟了怕见不上面。我只好笑。想了想，先去了大英家，告诉她这事。不多时，杨镇长果然来了，拎着牛奶和蛋糕，眼看着他进了院子，大英到底也没出门去迎，却还是放松了些脸皮道，进门是客。便端茶倒水。杨镇长故作察言观色状，仔细瞧了瞧大英的脸，道，是瘦了些。这铁打的大英也会生病呀，想不到。大英道，将六十的人了，还不能生个病？还没有资格生个病？杨镇长缓声笑道，老姐，你知道我，我知道你，咱不扯别的，就说这事吧。你早知道赵顺要回来，那还不知道他要干啥？你得叫人盯着，给你透信儿嘛。

这话说得我有些心虚，没敢看大英。想要替大英争辩几句，又怕不妥，便忍住。只听大英说，我没想到这一出，没这脑筋。就是想到了，也没人去干。你是乡里的大领导，手里捋过多少村干部，你能不知道？村干部也有二百五和不二百五的，人家那些不二百五的，心底儿清着呢。你们是公家人，能调来调去，我们这些人，当啥村长书记都是个活意思，今年不顶明年的事，打根儿起就是村里人，一辈子都在这个村，往哪儿调去？哪儿也去不了。做官不做官的不要紧，你先得好好为人。不好好为人，将来结下的疙瘩多了，走平路说不定就摔个嘴啃泥。好比咱这宝水，论起来，族连族，根连根，谁跟谁不是亲戚？谁愿意为了公家这点儿事去得罪人？为了公家事冲得跟个猛张飞似的，除非我这二百五。杨镇长道，你是村长，是书记，是大拿，跟他们的觉悟能一样？大英道，少戴高帽我嫌闷。杨镇长道，那你好歹早点儿跟我说，我派人来管呀。大英喊了一声道，就这事，叫我去告到你们跟前？跟你说，那不能。实在过不去，我就是明公正道地去得罪他们。我要是没办法的事，你们也不会有啥办法。杨镇长小鸡叨米一样点头，说，对对对，说得对，咋说都对。别气了，你这一病我心慌得不行，比光辉哥还心慌哩。恁好的二百五，要是撂挑子不干了，叫我指望谁呀是不是？老姐姐，我跟你赔个不是，中不中？大英脸色这才好看了起来。又要留杨镇长吃饭，杨镇长把她按下道，你是病人哩，咋恁快都忘啦。好好歇着。大英又让我招待吃午饭，我答应着和杨镇长一并出门。

杨镇长脚步轻快，看着情绪很好，没有一点儿生气的样子。问他，他笑道，这算是啥事，有啥可生气的。对大英呢，他说其实很理解。当然要理解啦，要是不理解个这，这么多年乡镇工作就白干啦。不过，该理解理解，该批评批评。该理解不理解是不对，该批评不批评也不对。就像这回，他要是换成大英，八成也只能那么做。大英要是换成他，也是一样。咱们中国人，老百姓么，做事一般都是差不多就得，不留余地往死里弄的人少。所以说，咱们大多数村干部即便是负责任，你也别要求他们负太多，能负上些就错。就像这事，我从没有指望她真去死硬管。能给镇里通个风报个信可更算是稀罕。一般人不跟你镇里这么一心。跟村里人一心？也不。一手托两家，需要跟哪边一心，就表现出跟哪边一心。需要表现出几成，就表现出几成。心里呀，都明白着呢。我问，大英的能力算是强的吧。他沉吟片刻道，算是中上等吧。但人品好，这个没的说，这比能力重要。村干部，咱不要打江山的，就要守江山的。你要能力那么强的人干啥，要是能力强还人品差，那跟你闹事的花样也新，可难收服。又叹口气道，不管咋着，不出大事就好。能慢慢稳定着、发展着，这就中。脏水洗得净萝卜，就是这。

就都笑。我忽然起了一个困惑，便问，赵顺盖房子这事儿应该也是这村里有人告你的吧？谁是你眼线？他讶异了片刻道，你可以呀。又狡黠一笑，你猜。我试探道，小曹？他更讶异，让我说缘由。我说大英走之前叫秀梅和小曹盯着这事儿，他们俩肯定都觉得担着责任。秀梅嘴碎却没胆，小曹虽年轻却有些城府。他不敢跟大英说这事，要是悄悄叫你知道了，也好有个背书。杨镇长大笑道，怪不得大英老夸你，你这心思真透亮。

就又说起了小曹。他说宝水以后八成就是小曹接班，将来他在村里的作用会越来越大，一是年轻，二是有文化，况且现在就进了班子，锻炼的机会多，进步的机会也多。去年已经入党啦。说他爷爷那一辈子当过村长，后来父亲也进过班子，却没当上村长，自觉没脸，现在还跟他母亲在北京打工，一个当门卫，一个做家政。他不在世的爷爷和健在的父亲都希望他能当上村干部，所以等他大学一毕业就坚决让他回村，说现在机会好，希望他能实现家族复兴，重新进入村里的上流社会。

这话听得我忍不住笑。杨镇长却没笑，说这思想可正常。光兴干部们想进步？哪个村里都有想进步的农民，你敢去数？多着呢。可以说，越是农民越有干部情结，都羡慕干部。但凡家里有儿子的，谁不想儿子出人头地？要出人头地，一是有钱，二是当干部。还越当越上瘾，恨不得辈辈世袭。看我又笑，正色道，你肯定想不到，村干部世袭是个大概率事件，以我的统计，至少会有百分之五十。我说，这个真没想到，还以为这是偶然现象。他说偶然多了就有必然。我琢磨过原因，往小里说是经验累积，往大里说是观念传承。你想，他家里整天都在说村里的事，端碗放碗都在分析研究，在这种环境里长大咋能不受影响。这种影响潜移默化，他自己都不一定知道。对这种家门出身的，只要能维持一般政绩，做人也不过分，村民们都会比较信任和认可，大英就是。老百姓可有意思，别看平时会跟村干部们吵呀打呀闹矛盾，真到了要投票，他们也是要考虑的。这种杂姓多的村，心里那杆秤称得更细。当然，谁主事都会落埋怨，那是正常损耗。

老原第二天回了村，进门看我的眼神似笑非笑，有些诡异。问他怎么了，他说不怎么。不怎么一定就是怎么了。揣测着说，是昨天跟杨镇长一起从东掌悠回来的事？他嗯了一声。我说不过是替大英送个客，人家连饭都没吃。是谁给你当耳报神，也能把这当个事儿？他笑道，哪有恁小气。不过记得某人说过，这是在农村，一男一女出双入对，总得注意些。跟我还讲究个避嫌，跟人家就不避了？我说你跟他还是不一样，他是明知没事才不用避嫌。他愉悦道，那咱们就是明知有事？我竟无话，发现越发搅缠不清了。

第三章　夏——秋

1. 人身小天地

小暑过后，暑气果然便立竿见影地一日胜过一日。到底是深山里，白天能比山下低五六度，夜里就更凉快些。老原说这是避暑的最佳时节，不能浪费，便把象城的店调整了一番托给了合适的人代管着，开始来宝水常驻。或许是他来常驻让我有了倚仗，又或许是前段时间太忙，乍一放松，竟小病了一场。原是这天半夜里下了一会儿雨，气温便跌跤似的由凉快降成了冷，睡意蒙胧中虽觉到了寒意，却懒得起来加盖一层，第二天就感了冒，鼻塞头疼，咳嗽不止。本想着躺几天就能好，老原到底还是把我拽了起来，带到予城市人民医院看了看，开了些药，回村又让我在医疗所输液调理，这几日便天天去找徐先儿报到。

徐先儿这一阵子在忙填表，戴着一副老花镜，一会儿看手里的表格，一会儿敲那台老电脑，时远时近，一副吃力样。我说这电脑不行了呀，他说那没办法，村医疗所的设备都是县里统一配置，不能说换就换。我翻着桌子上一摞摞的表，"留守儿童基本情况表"

"医疗废物燃烧登记表""消毒记录表""法定传染病登记表",他正填的是"居民健康档案",说上头规定百分之八十五的村民都得有健康档案,你说说,都一个村这么多年了,谁有啥病都知道,谁的电话号码也都有,还非叫一字一字填上。六岁靠下的娃娃们还得单报,哪个妇女怀上了也得单报,从怀上到生下,啥时候生的在哪儿生的,男孩女孩,体重多少,打防疫针没有,这些都得月报。六十五以上的老家儿要是有高血压、糖尿病啥的,还得再建个档,一季度一随访。这电脑联着乡里县里的网,到时候没数据都不愿意你的。上回查光辉的空腹血糖是七点八,这回查是七点六,降了零点二,上头说这不中,都没咋动势儿,得降得再多点儿,到七点零吧。说实话,弄这些个对老百姓或许是好事,就是苦了咱这些办差的。忙不过来呀。烦人的还有培训。讲传染病哩,讲防疫哩,讲时事哩,端正思想哩,给人家看病的时间都没有应付这些个杂事的时间多,都不知道哪头儿轻重啦。

问他啥时退休,他哼了一声道,按说去年就能退,闺女儿子都叫我退,去跟他们过,可我还就想在村里住。既在村里,即便退了,村里人叫我去瞧病,难道不去?多少年就没有年轻医生下基层了。事多钱少,啥待遇都不中,如今的孩子们多现实,谁愿意在这待?连刚毕业的卫校学生都揽不下一个。就说起了工资,说他的工资是乡卫生院拨款,一千多块。这个电脑系统把药价啥的都给你定死了,别想多收一分钱。墙上有县里颁的"先进村卫生室"招牌,便问他,这先进有奖金没有?他说,听说有五百块给到了镇里,咱没见过一个钱。

我便替他委屈,说这工资也实在太少。他呵呵道,就这么着吧。钱多钱少的，也不在那一点儿。有点儿事干就中。到了这把年纪，哪里是为挣钱。反正也是个看病，退不退都是个看病。你别看我这一把老骨头，可顶用着哩。儿科、妇科、男科、内科、外科……都是我。在这村里，大病看不了，也就是看个小病，吃个小药。春秋换季时给人扎个营养针、打打脉络宁啥的，改善改善心脑血管。周边村的也来这里看病。人身小天地，这是中医说法。这些小天地里有些啥症候，我多少都知道些。问他有没有忖度过近些年啥病多。他沉默片刻说，你肯定想不到，得的最多的是精神病，周边几个村算起来有十来个呢。确实想不到。我着实吃了一惊。他说好在都没啥攻击性，女的多。小姑娘没上过多少学，山里孩子心思简单，到外头打工不适应，就容易得精神病。又朝窗外瞧了一眼道，大英家的娇娇就是个这。听说是叫人欺负，受了刺激，转不过那个轴，再不能说男女的事，连脸生的男人都不能看见了。鹏程两口回村，不也有为娇娇的缘故？唉。

便问他，年轻些的人，但凡在外头打了几年工就回了村的，是不是都有缘故。徐先儿点头道，要么就是挣够了钱，要么就是有了病。挣够钱了才有几个？基本都是因了病。或是自己病，或是孩子病，或是老人病。一般也不是太轻的病，多少都有些势重，才需要回来照顾人，或是回来叫人照顾。有的是老人不叫走，像鹏程两口儿这，先开始也在外头打工，把腾腾丢家里。光辉跟娇娇两人都不全乎，腾腾又费气，大英一管仨，还有村里这些事，再硬扎也受不了，还有孙子辈的事，只有一个腾腾哪能足意？得紧盯着小两口，叫他们开枝散叶再添丁。当然也是觉得村里发展得会可以，就硬叫他们回来，这回来了也怪好。像七成和香梅这，是七成前几年身体不大好，得养养，拽着香梅回来的。也有是得了大病回来的，回来也舍不得花大钱，就坐吃等死。我说新农合里不是有大病统筹么？他嗳了一声，花钱处多着哩，有的能报，有的不能报。不能报的也不少花，无底洞填不动了那还是回老家安实。我就见天去给他们问诊输液，直到送了终。给人家看病看到死，再在白事上当知客，这些年里可没有少受人磕头。劳心劳力，还得付礼。乡里乡亲，能计较个啥？积攒些人情得个敬重，也就罢了。

我沉默。小时候在福田庄，奶奶也没少去当知客，我就跟着她去吃席。冬天吃席尤其多。她把自己不能穿的衣裳给我改成了斜襟盘扣小棉袄和松紧带小棉裤，我就穿着厚墩墩的小棉袄小棉裤，任她拉着我的手，奔向一场场热腾腾的席面。

又问到九奶身体，他朗声道，到了这把年岁，老太儿的身体那是太可以了。你说她这一辈子经了多少事，吃了多少苦？到如今这也不能说是没福气。这话斟酌得颇有意味。不能说是没福气，那倒推回去就是，也不能说是有福气。便引着他讲。他说，九奶比我大三四十岁哩，我记事时她都过了半辈子，早年那些事我这也都是听老人们说的，知道的也是半半片片，反正咱们也是扯闲话，扯哪算哪。

说当初张家祖宗到这里落脚，也是一个人单枪匹马，然后一生二，二生三，到民国时已有好几支头十来个兄弟，成了宝水村头等的人口大户。九奶嫁的自然是行九。进门后倒也好生养，连生三胎还都是儿子，却都没成。头两个是四六风，第三个一岁多时染了天花。刚把三儿埋了，老九去"推脚"——也就是推那种叫"小土牛"的独轮车去山外送货，挣苦力钱，正是伏天，中了暑，发急症死在半路。听说早就有先儿给她排过八字，说她是霸王命，又犯孤辰星，硬得很，独得很，克得很。只有一样，不管成不成，反正咋生都是儿子。还说她有的是寿。你看，这不是都应了？九奶埋罢了男人大病一场，人就有些疯傻，整天去娘娘庙上香——她现在也好去娘娘庙，可信。大曹拜关公，九奶拜娘娘，咱村数这俩人好跑庙——有年冬天正下大雪，她晕倒在往娘娘庙去的那条坡路上，有出气儿没进气儿，要不是你们原家救了她一命，她的寿数那时就到了头。

"你们原家"，这话说得。想要驳一下，又罢了。他说你们原家那时可是牛羊成群的财主，就是人口上不发达，一直都是单根儿，到了你爷德茂这一辈儿也是单根儿。德茂成了家，到了三十多子嗣上还没着落，把你这曾祖给急得，修桥修路行善事，临死了也没遂意。听说本想给德茂再纳个小，后来八路军不是老在咱这一块活动？德茂信了宣传，就坚决没要小。听我奶说，当初德茂救活了九奶后，看她孤寡一人恓惶可怜，又缺吃少喝的，就把她留在了原家。那时豆哥他爷在原家当长工，还劝他说，东家，这个女人大不祥呀，不能留。你看她的命，那就是个扫帚星。留这么一个人，你这门里的日子可不是乌云满天？起码在子嗣上是雪上加霜。德茂说，不碍事，已经是这了，还能咋样。她养不成孩子，我养不出孩子，咱弹嫌人家干啥。还有一说，想来我家无子嗣，也是我积德不够，那就再积积德。积了恁多年，不差这一件。这事说来也怪，九奶在他家活了一条命，后来你奶就生下了福久，也算完成了基本任务，应了老理儿说的善有善报。九奶后来对原家，那也是一番赤胆忠心。病好后她就也算当了原家长工，当牛做马地干活儿。解放后，原家成分不好，每次有灾她都挡在头里。比如说要批斗人，你说村里就德茂一个地主，不批他批谁？她说德茂身体不中，批死了这村里就没地主了，她愿意替他去挨批。上头咋会听她的，说她觉悟低，干脆连德茂跟她一块批。话说回来，有她在那站着，村里人多少也碍着她的脸面，批得就不恁狠。

她有脸面这事，也仗着她会接生。这也是怪事，你说她自家的孩儿没成一个，不知咋的倒是学会了接生，谁叫她都去，又不贪图东西，就落下了个好名头。自打有了这本事，人又忘了她命不好了，也没人说她命不好了，还说她会接生是送子观音借她的手送子来了，是大福分。老话说，"舌头没脊梁，说话翻波浪"，就是这。不过九奶也真够神，凡是她过手的孩儿没有不成的。解放后她又参加了接生婆培训，就更是稳把稳。咱这十里八乡不知道有多少人到这世上第一个见着的就是她。计划生育高峰期时，那些偷生的黑户娃子她不知道接过多少。

说话间一瓶液体滴完，徐先儿又给我诊了一回脉，仔细看了看舌苔，问吃过什么药，我一一答了。他说，你气色看着还可，睡觉咋样？我说一直不咋样。这些天在村里住，倒是好些。他就说要喝红枣莲心百合汤，多吃苹果香蕉，泡脚听音乐，这些都对神经系统有好处。我说，都知道，也都试过，没多大用。

你守几年了？他突然问。

守？守啥？我没听明白。

一个妇女家，你说守啥？他又开始填表，不看我。我蓦然明白他是在说守寡。

这是第三年。我说。他点点头说，你这说病不是病，说重也不能轻。顿了顿，又说，还是得好好过日子。

我沉默。

他在电脑上笨拙敲字。

嗒嗒，嗒，嗒嗒。阳不离阴，阴不离阳。孤阴不生，孤阳不长。这是正理儿。

嗒嗒，嗒嗒嗒。嗒嗒。越上年纪身子越凉，越得有个伴在旁边温着呀。

嗒嗒，嗒嗒，嗒嗒嗒。热是火口子，亲是两口子。金儿银女，不如生铁伴侣。

嗒嗒，嗒，嗒嗒。铺得厚盖得厚，不如两口肉对肉。

…………

我不应。暗暗却有些钦佩。这个徐先儿不愧是先儿，慧眼如炬。村里人恐怕十有八九都觉得我和老原早已有了男女之实，他显然是个例外。

嗒嗒，嗒，嗒嗒。早就不是旧社会了，你往前走一步，谁还会说啥？甭单着了。他还在说。

单着。这个字硌着了我。是的，豫新去世后，我自然是在单着。可他在时，我就不单着了么？

2. 单着

待到悲伤的巅峰过去，想起豫新时，我常常会陷入一种莫名的恍惚。他在时，就那么一天赶一天地往前过着，没想那么多。及至和他的日子画上了句号，能做的只有去回头看。结婚第二年有了郝地，郝地十七岁时他去世，一起生活的时间是十八年。这既长且短的十八年里，看着什么都好，和他在一起，我知道自己应该满足。是的，应该。可是事实恰恰常常如此悖反：应该意味的往往是悬于半空的理想之境，它的脚不落地，就那么吊着你，让你差一口气。这种不满足是如此难以启齿：踏实下埋着某种忐忑，舒服里裹着某种虚浮，滋润里藏着某种枯竭。是的，只能用某种。因为难以命名。而最明确也最难启齿的不满足则是最隐秘的床上生活：和他做爱，没有到过高潮。

是的，有愉悦，有舒服，有刺激，有快感，但是没有高潮。因为从没有得到过，还因为这个问题不能和任何人交流，所以这高潮当然也只能是我想象中的高潮。从书本和网络的各种渠道搜索到的无数信息，我拿来和自己的状态对比，便得出了这个确凿结论。那种欲仙欲死的巅峰时刻，那种浑然忘我的疯狂时刻，我没有过。即使是最动情时，我们也只是剧烈喘息和微微颤抖。

已经够好了，我清楚地知道。可是我也更清楚地知道，好得还不够。可是没办法。和豫新之间，似乎总有一层东西在隔着。这让我在他面前哪怕是一丝不挂，也做不到彻底的肆意纵情。

那层隔，是什么呢？

是福田庄么？

也许是的。

不自觉地，我也常常会跟他提到福田庄。对我来说，他是个最好欺负的人。最好欺负的他作为福田庄的女婿却又对福田庄一无所知，所以在跟他说福田庄时我就抵达了随心所欲的境界，爱怎么描述就怎么描述，爱怎样创造就怎样创造，无论多么牛头不对马嘴，无论多么八面漏风破绽百出。而不管我怎么说，他都会给我接着。

比如我说七娘烙的油饼最好，他便跟着说好，我说你吃过吗就说好，他就笑笑。改天我又说婶婶烙的油饼最好，他便疑惑说我记得是七娘烙的油饼最好呀，怎么改婶婶了。我回他，七娘烙的饼层数最多，一层一层扯拉不断。婶婶烙的饼最舍得放油，一张饼能放半勺子油。都是最好，不行吗？他笑道，行啊行，怎么能不行呢。

所有这些，都不过是最表层的信息。而那些幽深之事，关于我和奶奶，我和父亲，父亲和叔叔，母亲和奶奶，我都没有跟他说过。因为难以启齿，也因为莫名羞耻。尽管我非常确认跟他说了他也不会对我有一丝丝的嘲笑和鄙视，至多只会瞪大着眼睛表达着惊奇：是这样？居然是这样？但哪怕是这种情形，我也不想看到。所以，不说。还有一个因素有效地泯灭着我说的企图：他对于乡村几乎是一无所知。想要让他明白，这太难了。那便不说也罢。

就深层的福田庄而言，他属实是个外人。在这个领域里，对于他，我的心从来都不是毫无保留地裸裎，从来都是在单着。这让我常常抱愧地觉得，自己着实有点儿像个骗子。

3. 世上安，傻人担

按惯例，老安通常会在五点左右就来做早饭，那个早上天已大亮，住宿的客人们也陆续有了动静，却还没见他。已时至六点，打他电话关机，我便把老原叫起来，正手忙脚乱地打发着早饭，老安的电话方才打过来，很简短地说要去武汉，儿子那边有事，已经出发在路上，九奶就托付给我们了。我嗯嗯应着，刹那间联想到了各

273

种糟糕状况，连声安慰，让他们路上注意安全，有什么需要随时联系。挂断了电话又起了些纳闷，即便是有事，这离开得是否也过于仓促？有些古怪。老原说肯定有情况，先去九奶家看看。

刚出院子，便听见大英远远地喊，就停下来等她。她到了跟前，口气愠恼道，本想今儿早上来跟你们说的，不想他们脚踩西瓜皮溜得恁快。就说了昨晚的事。原来是老安两口不知何时悄悄静静地拟了个合同，这些天正变着法子忽悠九奶，想让她按上手印。张大包媳妇昨晚去九奶家串门，一进院子里便听见屋里又在说这事，她耳朵好，听了个字字不落，马上就报告给了大英，大英赶过来痛斥了两人一顿。大概是怕事情传开了没脸面，他们才会恁麻利地逃走避风。

便一起去往西掌，路上闲话。大英兀自气哼哼道，房子这大事，他们也知道软磨不来，硬要更是没有指望。这算是想巧取吧？还真是滚水不响，响水不滚。他们走是自走，又没人撵。老钻奸！老钻奸也是予城土话。钻，意为特别精明特别鸡贼。奸，则更进一步，有欺诈哄骗之意。钻奸连在一起就是非常严厉的道德批判。过了一会儿，她又冲我怨道，都是跟你学哩，知道弄个合同。还别说，要真是签成了这个合同，说不定还真叫他们弄成了这事。她的口气有点儿复杂，玩笑嗔怪中居然还含有一丝赞许。

火烧到了我跟前，我倒不好说什么，便沉默。老原笑道，这关青萍啥事，你咋胡乱拉扯。大英连忙拍拍我说，哎呀我这是急得乱喷，青萍，你可不要惹了呀。惹啥。我笑笑，说现在要紧的是九奶，总得有人照顾。大英说，就是这事得赶快商量。又说，你们也得赶紧找个大师傅，这个倒不愁。有这手艺的就他一个？又不是白干，开工资哩。咱村现在的这形势，就是镇上的师傅也不难请，我立马给你们打问。

我说在村里悠时也看到有几家老宅院荒草湖泊的，显见得是没人住也没打算回来的，老安怎么不买那几家的。大英道，你以为老安没想到这一出？搁前几年恐怕早就转成了手，咱村这不是势头起来了嘛，都指着能再涨涨哩。叫老安追着高买，他也不愿意。我又突然想起东掌朱大个儿家的老宅，便问老安怎么不买去。大英道，大个儿倒是愿意常价卖，可赵先儿说那处宅子风水不好，又伤残又坐牢，一出出地闹毛病，谁敢接手？说到底，事到这一步，都怪老安自己。当初他卖老宅时九奶没劝他？死活不听呀。九奶说他以后保准后悔，这不就应了？便又赞叹九奶，说她有股子神劲儿。举了例证说，闹"文革"的末两年，九奶说这运动该完了，要是还往下弄，那谁也好不了。啥时候也不应该不过日子光弄这。说话间不就完了？分田到户时，大曹爹和小曹爹这兄弟两个地挨着地，两块地的田垄中间有一棵红油香椿树。她问树算谁家的，兄弟两个都说算谁家的都中，不就一棵树么。她说，亲便亲，财帛分。恁大一棵树呢，还是得有个主儿。谁也没当真。又过了十来年，有人相中了这棵树，财大气粗，把价出到了一千。那时一千不是个小数目，两家人谁也没想到这棵树恁值钱，就起了争执，树没卖成，两家打了好几架。说来也怪，不知咋的，那树当年就死了。两家结下的这疙瘩，到大曹小曹这一辈儿才解开。当初要是听了九奶的，能有这场事？末了总结道，都说咱村有俩先儿，一个徐先儿，一个赵先儿。他们都没算上九奶这个先儿。那俩看着可像先儿，其实是小先儿，九奶看着不像先儿，其实是大先儿。

到了九奶家，张大包和张有富都在，秀梅和小曹也随后赶了来。核心问题便是谁照顾九奶，张大包和张有富都说离得近，隔堵墙，照应方便。九奶不应。大英说接九奶去东掌，离你那娘娘庙近哩，上香方便。九奶也不应。直到老原开口，她方才应下。大英笑道，老太儿的心偏得可真是明晃晃，就是亲恁根儿。九奶说，根儿那地方是好。又指指我，这闺女也可心。

便收拾了些随身衣物，当即接了过来。路上我悄悄埋怨老原，既是要请，为啥不早点儿说，说得那么迟，显得没诚意。老原说，诚意不在说得早晚，况且确实也有些犹豫。犹豫啥？犹豫你呗。我有啥可犹豫的？难道还会不同意？老原错后一步看着我，你看你，动不动就急。我当然知道你不会不同意，这不是想到你睡觉不好么？这些天好不容易有些改善，怕你犯了老毛病。

沉默片刻，我说，不会。

咋这么有把握？

嗯，可能就因为她是九奶吧。

让九奶先在院子里坐着，进屋又是一番收拾。床原本已很厚软，老原又加了张垫子。打理妥当，九奶跟着我进屋，先摸了摸床，说：怪卓。又问：跟你睡？我笑道，咋啦，不中啊？她又看向我身后的老原。老原也笑道，咋啦，想跟我睡？她呵呵笑道，都中，都中。又叫老原去把她的茅凳拿来。茅凳？大英说就是解手时坐的凳子，相当于旱厕的马桶架。

老原便去了。大英去旱厕里解了手出来，看着很是松快，笑说还是上这老厕所痛快。青萍啊，说句实底儿话，我也知道现在的厕所改造好是好，干净是干净，可我还是愿意上这老厕所。一是心疼水，山里能吃口好水多不易，清凌凌的水就用来冲厕所？二是心疼粪。大粪上的地那才叫壮。老俗话说，人爱香，地爱臭。要想种田，屎尿不嫌。要想吃香，就得地脏。说是地脏，其实地香。不怕你笑，但凡肚里有泡屎，我是能憋到地里就憋到地里，你说我这想头儿是不是可傻？

我正靠她坐着，便抱了抱她浑实的腰，用脑袋蹭蹭她的肩膀：我奶奶说过，世上安，傻人担。你这种傻人主贵着呢。又想起自己那年夏天闻粪觉得香，便哧哧笑起来，讲了这事，大英纳闷道，这有啥可笑的，粪是有几分香的呀。有句俗话是，粪臭三分香，人臭不可当。说的不就是这？

说话间便到了午饭备餐时，大英叫了鹏程来帮忙，说雪梅灶上的手艺也中，一个人也能撑住。鹏程手脚利落，果然很有大厨样。听我不住口地夸，鹏程笑道，也没啥，熟能生巧。炒熘炸烹爆，煎塌贴焖烧，不过是这些招式。来咱这要的客吃上也不求多精细，咱做不到上乘，努努劲儿到个中等就够打发他们。别的不说，省了多少钱哩，省到就是赚到。孟胡子早就教育过，说自己带手，做啥啥有。你雇个厨师，一个月给他开大几千工资，挣那点儿钱自己还能留多少？那不是他在给你打工，是你在给他打工。不会做就学嘛。现学也值当。没有学不会的。一沓沓红通通的票子放在那里，旺得跟火似的，咋能烧不熟一桌饭呢。我问，那你看我们这里雇厨师，是不是觉得可败家？鹏程笑道，家底儿不一样嘛。

午饭忙完，大英便打了电话来，说大师傅的事有了回音，新师傅明儿就能来，是金牛村的，恰也姓金，她也见过，三十出头，黑油皮，看面相是个安实人。原来在镇上的小饭店干，最近辞了工，说也想在他村里开个农家乐，正好趁着这个机会来宝水村历练见识，也算是带薪学习。

晚饭后洗漱完毕，在九奶身边躺下，当她的气息酽酽地包围过来时，我的泪就默默地淌了出来。

仿佛在这一刻，穿越到了福田庄的老宅，穿越到了小时候。

那时跟着奶奶睡，就是这种气息。有酸涩，有微苦，有汗咸，有细辣，还有果的甜、草的香、叶的腐、木的朽、肉的腻、酒的醇……如此混杂，如粪如土，同时却又是干干净净清清爽爽如初春的大地，是让人放心的厚实，和令人踏实的陈香。

然后，不知不觉地，自然而然地，就那么睡着了。一夜无梦，睡得很好。

4. 不受罪咋享福

整天守着九奶，听她扯云话便捞着了便宜。问她当初怎么就学会了接生，不害怕？她说，我从小胆大，在娘家门儿里当闺女时，俺爹常领人去倒卖煤——如今都待见喜鹊，以前咱这里待见的可是乌鸦，你不知吧？喜鹊叫的是喳喳喳，就怕挖出来渣渣。乌鸦叫的可是挖呀挖，黑洼洼，那意思就净是煤——卖煤路远，半夜黑里就得起身，他给我说几个人名叫我去喊，我就半夜黑里这儿跑跑，那儿跑跑，满村里去，从不知害怕。有一回村里失火，有人叫烧得腿上肉焦煳一片，郎中来了没人敢打下手，我敢。他叫我用那剪子剪烂肉我就剪，钢刀利水。等嫁人成了媳妇，经见的事多了，就更有了胆。第一回生孩儿时请了接生婆，我听着看着就记下了，第二回生得急，还没来得及请接生婆孩儿就落了地，我自己拾掇妥当，还烧了一锅水，洗好才上炕歇呢。后来两回也是自己给自己接的生。生孩儿不怵，怵的是孩儿成不了人。唉。

世上最喜人的就是小孩儿。我左思右想，还真说不清咋就在接生这事儿上开了窍。兴许是自己几个孩儿都没成，整日里鬼迷心窍琢磨得多了？也兴许是老天爷心疼我太馋孩儿就专意派给了我这差事？反正是打自己不能生了以后就开始给别人接生，一干就是这几十年。论说第一回也有些怵，腿都打了战，可是看到孩子的黑头发露在阴门那里，心里头就泛起了一股子热劲儿，就想叫这孩子赶紧来到这世上热闹热闹。是啊，在世上谁都得受罪，可不受罪咋享福哩？

解放后上头叫我去县里学习过两回，一回是教接生，一回是教戴环。教戴环那时候计划生育开始紧了，为这培养的。我原本不想去，谁成个家不想着生儿育女一大堆？拦人家这事，不仁义。后来村干部劝我说，你是野路子出身，再去学学，艺不压身。你学成了，即便不给人家戴环，那不是也会取环？这不也是一样本事？也是能积德行善的。这几句好话一说，改了我的主意，就去了。总共一星期，我迟误了三天，只学了四天。也没耽误，一学就会。

这个活儿不论时辰。大年初一也接过生，祭灶也接过生。惯了也没啥。睡觉可灵，谁拍门，只拍一下，我就能醒，就赶紧应。这大事谁不扯急？不敢慢。寻常正在地里干活儿呢，有人叫，放下锄就去了。有的生得快，三下五除二就落了地。有的当紧的就这一半天，我就在旁边等着。有的看还不到时候，我就先回家，到时候他们再来接我。有的上上下下地熬，能熬两三天，我就跟着熬，不分个黑天白日。生罢了，都要给咱烙个小鏊馍，冲个鸡蛋水，不吃不中。没收过钱，倒是收过不少东西，鸡蛋、馍、核桃、柿饼，人家给啥要啥。生孩儿是喜事，不论贵贱得落个彩头，不兴空手走。

孕肚子也不知摸了多少，越摸越知道。男女胎能摸出来，好摸。大英怀鹏程时，去市里医院检查了一遍，都说是闺女，我一摸，说是小子。光辉说，你别哄我。生下了，我叫他看，你看，小鸡娃在那里了。光辉兴得没眼。搁手一摸就知道，骨头不一样。小子们骨头顶手，闺女们骨头软。还有，闺女们差不多都身儿往右蜷，小子们都往左蜷，应了男左女右这个说处。病胎也能摸出来。隔壁庄有个妇女偷生，怀到五个月时找了几家小医院去检查，都说是小，欢喜得不得了。我一摸，说是个小，只是毛病大，趁早不要，省得生下来大人小孩两重受罪。他们悻悻悻地又去市里省里的大医院检查，都说毛病大，留不得。那时节计划生育最紧，他们当即拉到县里顶了个任务，把胎流了。后来又怀上一胎，还叫我摸，我一摸，说这回还是小，是个好胎。落地一看，那就是个好胎。

问她，都说娘娘庙灵，咋个灵法。她说她怀那几个孩儿时都去娘娘庙许过愿，许罢了愿，夜里准会梦见有小孩儿往身上爬。不是她一个，周边村妇女可多来拜过娘娘庙的都会做这个梦，也都如了愿。要是不信，你也去拜拜，看看灵不灵。

我笑。梦也能这么传染么？推想一下，似乎也有道理：既有成功之例在先，自己也依着前例许了愿，心理上自然能得到安慰，情绪上自然能得到舒缓，强烈的意愿又深入渗透进了潜意识，做同款梦的概率和怀孕成功的概率自然也就会高。

听说，老原——突然觉得不能对她这么称呼老原，那还是叫根儿吧——根儿的爷爷对你有大恩？

谁说的？虽看不见她的脸，却能感觉到皱纹铺展开来的笑意。

徐先儿。说他在娘娘庙前救了你的命，大冬天里，还下着雪。

她许久方才嗯了一声，道，那时节，接二连三没了孩儿，又死了男人，心里没处可想，就疯了样跑娘娘庙。在庙里头跪跪，就能安放安放。那年冬天大雪，出来滑了跌。本也没吃啥东西，虚得很，就晕了过去，冻得人事不知，又叫雪盖了个严实。要不是他，真就死了。为了求子，他跟小桃也好去娘娘庙。

小桃是……根儿他奶奶？

嗯。那天他瞧着坡上雪盖得像个人形，扒拉出来一看是我，就把我背回了家，换了衣裳，煨了炭火，熬了姜汤，醒过来先叫我吃了两顿稀的养胃，后来才叫吃干的，第一顿硬扎饭就是闷坛肉炒酸菜，大白馍，真香呀。

就都笑。问她老原爷爷到底是个怎样的人，她沉默着，似乎是无话可说，又似乎是无从讲起。过了好一会儿才道，就是个好人。

咋好？

方方面面，可难说全。反正是只要求到他跟前，大事小情，能不能办成，都有个来回话。高低眼里都有人。家里也雇过恁些个长工，对谁也没有恶声歹气过。还给八路军送过信哩，也捐过不少东西。不吝钱，厚道。再是年馑，咱村没饿死过人。但凡谁去他那儿借粮，他没有不给的。

嗯，是好。

他那架子也好。

有架子，也算好？

咋不算好。一个男人，没有点儿架子，那会中？

突然明白过来，她认为的架子和我认为的架子，不是一回事。她说的架子应该就是有范儿，有腔调，不，甚至比有范儿和有腔调还要高级一些。有范儿和有腔调更像是面子上的东西，皮上的东西，她说的架子是往骨头里去的，骨架骨架么。没有骨架，那可不是倒了？

以为她还会有话，就等着。等着等着却是鼾声渐起，便也罢了。

就是这样，三言两语，断断续续，不知不觉就说到了深夜，此时我已是半寐半醒，她有时却更精神了些。而有时是她早就睡了，我却还睡不着。睡不着却也不焦躁，心里平平的。这才明白，孤身一人时的失眠和身边有伴时的失眠，二者的感觉竟然如此不同。一人时，对周边的声音有着一种近乎变态的感应。喝水、吃饭、咀嚼、走路，所有动静仿佛都自带了放音器，被赋予了某种夸张乃至荒谬的扩展，仿佛这些声音都知你孤寂，特来陪伴，或是知你失眠，特来添乱。无论是陪伴还是添乱，这些声音却都是空心儿的，因为你这个人是空心儿的。外空内空，便是空空如也。但身边有一个人，且是让你充分有安全感的人，就不一样。在这个人的气息如镜，你会知道这世界是多么正常地运转着，一切都还好，并没有在你的胡思乱想中失控。

5. 过命的交情

六月底七月初，漆桃花的果子已经长得如拇指肚大小。秀梅说，到这个成色就该摘了，再等就是个落。看着它们的样子，就明白了果子为啥叫果实。青玉珠子般，是瓷丁丁的实。就跟着她们去摘。两两一组搭伴，一个人扒压着枝条，另一个人就能腾出手。秀梅和雪梅一组，我和香梅一组。先粗粗拉拉地麻利抓下，回家再细剥核。食指和大拇指把皮壳一挤就能剥开。也有丝丝缕缕的果肉粘在核的皱纹里，往清水里一泡，稍微一揉就能干净。然后把它们阴干。核的两端都有天然的小孔，有的明显，有的不明显，不明显的稍微搓磨一下就能露出来，或者干脆用针尖扎一下，顺手就穿了串。秀梅便叹说，这桃核留着这孔，是不是命里就是叫人穿叫人戴的？雪梅问的却是桃木桃核能辟邪，这有啥说处？我说我知道的说处是和夸父有关，相传夸父追日饥渴而死，临死前，将手中的杖一抛，化为一片邓林，也就是桃林，桃林生了甘甜可口的桃子，解了后人饥渴。因为夸父跟太阳有这牵连，所以桃木就属阳。鬼属阴，自然会被压伏住邪气。秀梅说，要这么扯，马齿菜也辟邪哩。听九奶扯云话，说马齿菜也跟太阳有关系哩。问她是啥关系，她吭哧了一下，说，我可传不好这个话，老人家给你家镇着宅呢，你听她讲个原汁原味不好？又是在怹老原家。说着便哈哈大笑，肯定是觉得自己抖了个机灵。

就都笑。香梅扒着一根枝条正笑着，袖管突然滑下来，就露出了上臂的红印子，青青紫紫的。她连忙松开树枝，把袖扣扣紧。我方才想起来，自从认识香梅，就没见她穿过短袖衣服。这是头一回看到她身上的伤痕。

便用眼神试探，她却躲着不接。纠结了片刻，我便决定不问。有什么好问的呢？既然人家不说。外人可以在背后说千百回，但当着面儿，人家不说，就是不好主动去问，这条交际规则在哪儿都适用。又自我安慰着想，近些天，"宝水有青梅"的粉丝每天都能涨大几十甚或过百，最吸粉的就是香梅。她家的生意也红火得很，不管从哪个角度上论，七成也该该收敛些了吧。

回到家，九奶正在院子里坐着，对着小菜园。清明前后种的豆角、黄瓜、西红柿、茄子、辣椒都正旺旺地长着，生菜、香菜、薄荷也在边边角角葱葱茏茏的一片青翠。大英进院子就掐了两根黄瓜，边吃边说，这菜地整天被好泔水喂着，就是壮，再过些天该种的就是白菜、萝卜、上海青和黄心菜，天冷了正好吃上。她去年种多了黄心菜，到后河的集上还卖到了两三块一斤哩。便问她，常听你们说后河集，在哪儿哩？就在后河嘛。大英逗我一下，自己先笑了，道，比咱村靠外，就在来咱们宝水的路边，有个岔口，走个十来里就能到。后河是仁县交界，东西又多又便宜。以前没有车时，走半天路也要去那里赶集呢。

看九奶眯着眼坐得安静，大英便也逗她说话：啥时令种啥菜，应天对地。是不是呀老太儿？有个菜名儿曲子你不是记得可清？咋唱着来？唱唱呗。

沉默了片刻，九奶就开了腔：

正月菠菜青灵灵，
二月栽上羊角葱，
三月韭菜见风长，
四月莴笋扑棱棱，
五月黄瓜一身刺，

六月瓠瓜弯成弓，

七月茄子嘟噜挂，

八月豆角拧成绳，

九月泥塘起莲菜，

十月萝卜硬挺挺，

十一月白菜扎成捆，

腊月芫荽还成精。

…………

已经不是第一次听了，百听不厌。无从听到原版，但也可以推断出，节奏韵律已经被她唱得极度变形。她抑扬顿挫拖着长腔，其实已经不是唱，而是极慢地拉长了腔调的诉说。土话的味道很重，音质和她的人一样干枯苍劲，却又牵肠拉肺。每一个字都在扯，从心里往外扯，把满当当的心扯空。每一个字又都在往里塞，从心外往里塞，把空荡荡的心塞满。

还有可多菜没说上呀。大英还挑刺儿。九奶只是笑。我又问她马齿菜的典故，她闭目想了一会儿方才说，也是听老辈儿人说的。后羿射日头，不是射掉了九个？还剩一个，这个日头可精，趁乱躲在了马齿菜下头，马齿菜就护着它，日头多烫呀，把它的梗烫得红彤彤的，梗里头流的可是它的血哩，它的血都成滚水啦，可它死忍着，护着日头。就这么着，马齿菜就救了日头的命。为了报恩，打那起日头就不再晒马齿菜。人家俩是过命的交情哩。

和在西掌一样，九奶常在院子里静坐，如一尊小佛。有时无事，我便也依着她坐着，也不说什么，就一起看着菜地里的菜。赵先儿在我们门口铺了个卦摊儿，我们这边安静着，便能听见他在那边喋喋不休滔滔不绝，说天干地支四柱八字，说命第一运第二风水第三积德第四，读书只能排到第五。说阳宅阴宅都重要，一定要比比的话那阴宅更重要。阴宅选得好，子孙后代辈辈都好。说一般人家要是住在庙前庙后衙门旁边，都不会多兴旺。也给人相面，说人家耳朵上轮低于眉高于眼，这就是富贵相。说人家耳朵垂长得厚是祖上福荫，嘴角往上翘得也好，笑不笑都翘，这叫自来喜。说人家牙长得好，跟有个总理长得可一样，定会长寿。都是过路客，听了便罢，一般没人当真也没人抬杠。唯有一次，听到他夸一个女人：你这个人很果断，宁愿站着死，不愿跪着生。那个女人却不满道，胡说瞎扯。我可不愿意站着死，我是宁可跪着生的！便起了一片笑声。

还有一次，没什么客，本村几个人围坐着当听众，他说同年同月同日同时生的人肯定有不少，为啥活得三六九等？打个比方，是男是女就各说，在解放前，男女天差地别，女的在那个年代就没有这个命。再好比，同样是男的，有的生在船上有的生在车上，那也各说。有人说生在船上不接地气，可水是财呀，生得应时，一辈子不缺钱花。生在山上和在山下也各说，即便是同年同月同日都生在山上，那眼前的山势如何也各说。众人频频点头。张大包媳妇从边上路过，突然问了一句，你怎会算，咋就没给自己闺女算个好姻缘？赵先儿就阴下脸说，当初那边报了假八字，哄骗了俺们。大包媳妇道，那假八字就不能算出来？赵先儿便羞恼道，世上有两样人的命不用算，好歹都在那儿明放着呢。一是积德的人，二是缺德的人。存心好看别人笑话，那也是缺德呀。

6. 那些孩儿们

一直以为九奶的日子清寂。无儿无女的，再是有人缘，可不也得清寂着？却不曾想到常会有人来看她。路过顺便进来看的不计数，专意来看她的几乎每天都有。白天是外村来得多，黑里是本村来得多。跟商量好似的，今儿他来，明儿你来，虽是零零落落，却也流水不断。

来说说话。所有人都这么说。来了也是各说各话。岁数都是五十靠上的，即使有年轻人，也是陪着长辈来的，坐在一旁百无聊赖地刷手机等着。那些当爹娘应爷奶的人，在九奶跟前，说话的口气还像是个孩子。九奶听得多说得少，常常就那么坐着、沉默着。有时听着听着就睡着了一样。说的人似乎也不觉得，仍旧说着。说着说着她就又搭上了话，似乎一直在醒着一样。

一天下午，来了个很老的男人，由不那么老的儿子陪着。九奶喊他疤，他的脸上确有两道大斜疤，左脸一道，右脸一道。说了好一会儿话方才走，边走边擦泪。九奶一直把他送到门口。回屋后，我问她疤脸上的疤是什么缘故，她说还是闹日本时的事。咱这里往北去不是山西陵川，陵川县里有国民党的队伍，老是派人到县里送情报，跟咱八路军一起抗日哩，打鬼子哩。那时正逢着滚荒年，村里出去要饭的人家多，空屋空窑也多。他们有时路过咱村，就找个空屋住一夜，歇个脚。出事时是五月，天开始热了。十来号人，从山下背来些东西，也不知是军装还是粮食，夜里就在东掌找了个空屋歇。谁知道鬼子就盯着上了山，在旁边坡上架好了机枪。那些兵睡得沉呀，一直睡到天放大亮，领队刚把队伍招呼齐整，坡上子弹就打了下来。就都慌了，到处跑，再跑也是活靶子，可怜了那些孩儿们，听说只有俩人捡了命。

其中就有疤？他也够命大的。我说。九奶说，疤不是兵里头的。他是去陵川那边要饭回来路过咱村，在东掌歇夜。鬼子在坡上放完枪，就进村到家户里搜人。他躲不及，被一个鬼子找见了，鬼子一枪托就砸在他头上，砸得他满头是血，那鬼子在屋里搜了一圈，没搜着啥，路过他身边又补了一枪才走，这一枪打穿了他的脸，把他打了个昏死。那几天老九也去了陵川要饭，还没回来。我是躲到没了动静才敢出来去宝水泉打水。疤那时醒了，也血头血脸地往泉那边爬，在半路碰到他这个血人，咋能不照应哩。我就把他安置到了家里，揪了点儿草药给他治伤，好歹算是救了他一命。我比他大，他就认我当了姐。兵冢里埋的就是那些人吧？嗯。村里人看坡上恁多尸体，就找了块地方，挖了个大坟堆，埋下了那些孩儿们。想来那些孩儿们死活都在一起就伴儿，在地底下也能暖和些。也不知道都是谁家的孩儿，老家在哪，爹娘是谁。人既殇到了咱这，那咱哪能不收留。也吃不着咱的，也喝不着咱的，咱们能给孩儿们的就是这一把老黄土，叫孩儿们入土为安。给自家上坟时顺手也给他们烧送点儿钱，叫他们在那边也有个花销。总归都是有爹娘的人，爹娘也是整日里悬心惦记着的，要是知道孩儿就这么没了，那可不是该心疼死了呀。

突然想起了爷爷的衣冠冢。听父亲念叨过几次，说想去找找他的坟，到底也没去成。我的爷爷，这个名叫地绍功的人，当年也是和战友们一起牺牲的，和战友们埋在一起，在地底下也确实能暖和些吧？当地的老百姓也会给他们烧送点钱吗？应该也是会的吧。

疤这是最后一回来看我啦。她忽然叹道。问她咋就能认定是最后一回，她说，没听说？水自在，月自圆，叶老自落，人老自知。时辰一到，啥都是清亮的。

一天晚上，豆哥豆嫂也登了门，他们先是往学校院子里送那些石雕，用三轮车来回运了好几趟，完了才过来看九奶，端了些豆腐千张。扯了会儿云话，送他们出门时豆嫂扭捏了一下，方才问，听说捐东西要挂名儿？我说放心，一定挂。挂你们俩谁的都中，都挂也中。豆哥突然严肃道，俺们不挂。还是第一次听到这样的要求，看神情也不是开玩笑。我便问缘由，豆嫂看了豆哥一眼，说，当初捡来的东西，咱不是正主儿。挂了也心不安，就甭挂了。我便答应。回屋后便对九奶讲了这事，感慨他们忠厚。九奶笑笑，却不应话。跟她住了这些天，我便已知道她有个习性，对什么话，但凡她不回应时，就是心里有隐。就问，她沉默了好一会儿，方才道，那些个东西，能往哪儿捡去。当初都是硬拿哩。又用拐杖点了点脚下说，东西的正主儿就是原家。看我想要再问，便指了指外头，悄声道，不说了。我磨蹭道，我不跟他说。她笑了笑，到底还是没再说。

7. 送行宴

自打学校放了暑假，村里就成了日日热闹。热闹的核便是孩子。孩子们又分成了两帮，一帮是游客们的孩子，孩子的假决定着父母的假，好像全世界的父母都是这样，无论再忙，都能趁着孩子放暑假抽出空带他们出来玩。一帮则是本村的孩子。看来有了点儿知名度的村子让在外的父母们有了把孩子们送回来度假的兴致，在城里和镇上上学的孩子们回来了不少。但凡孟胡子在村，便会被孩子的父母们逮住说修房子敲瓷砖的事，有好几家说想要把瓷砖全敲掉，大刀阔斧地敲，敲得一干二净。孟胡子以一贯的口气悠悠道，你家的砖你当家，你想敲就敲，不想敲就不敲。敲有敲的好，符合现在的大形势。不敲也有不敲的妙，花瓷砖也是咱村历史的一部分嘛。人便怨道，你看你，到底是叫敲不叫敲？咋说这墙头草的话呀？说了等于没说。孟胡子笑道，说了就是说了，肯定不等于没说。就是叫你琢磨哩。

这些日子跟孟胡子见面都是一阵阵儿的。要么好几天都见不着，要么就是天天都能见。天天见的这几日，便是他带着陌生面孔在村里转悠，问他忙啥，他说还能忙啥，忙项目呗。带客来少不了吃饭，他惯常去的就是鹏程家和我这里，我大致估算着，这两家他得匀匀的。都是客请他，菜点得便也豪爽。有一回喝得格外尽兴，便面有得色地叫住老原和我悄说，估摸着马上就要续上新项目，他的乡建事业会来个大发展。我说，宝水这项目还进行着呢，你还能一手托两家？他说，合同上又没写专人专时专用，咋不能一手托两家？又不是结婚，只能一夫一妻。又说，乡建这事成效特别慢，只要有点儿门路的，谁不是几个项目齐头并进？岂止一手托两家呢。这儿待待，那儿待待，几家的钱一起挣，哪个都不耽误。像他之前情有独钟地专拱着宝水，那其实也是没办法。连最小的团队都养活不起，混得半饥不饱的，只是不好意思诉苦罢了。

以后就好了。孟老师的春天来了。老原打趣。

承您吉言，还真是来了。虽然迟些，总算是终结了冬眠。有句歌儿咋唱的？没有一朵花会错过春天。孟胡子笑得每根胡子都在抖。

新项目的事儿很快就落了定，在鹤城，也是这一脉南太行的山村，在予城的东北向，离宝水有七八十里远。团队也组建了起来，招了两个男孩子，一个研二，一个研三，学的都是农村发展专业，孟胡子带着他们，一副兵强马壮样，背着他们还嘚瑟道，研究生都跟着咱了，咱也约等于是硕导。大英戗他，全凭嘴，说着捣。就都笑。问他打算在鹤城待多久，他说看情况，这边要是没啥要紧事，短则十天半个月，长则月把地。眼下已经收拾妥当，打算明天就走。

这一走也算是久别。老原说，整天抬头不见低头见的，咱们做东，给他简单摆桌送行宴，等他回来了再给他接个风，也算是让人家面热心不寒。这事儿自然是不能隔过大英去，便去村委会和她商量，她说这送行接风的，都成了他的事儿。我说叫他顶个名儿，咱们热闹呗。不能让他说咱短了他的礼。大英说，叫他请客。要不是有咱们宝水给他政绩，他能挣着新项目的钱？我说，不急在这一回。逮着机会再吃他的大户，饶不了他。就定了晚上聚聚。正说着话，忽然听得砰的一声巨响，然后就是扑啦啦哗啦啦的声音，便出门去看，只见一个色彩斑斓的花尾巴活物在地上挣扎，赵先儿正从槐树边路过，哎呀哎呀地奔过来，捡起活物，说是真该有口福，多少年没见过这了，送上门的一道好菜呀。

原来是只山鸡，半下午阳光照到玻璃上反射强烈，干扰了它的航线，就这么送了命。大英说，这口福也不是你的口福，是孟胡子的口福。今晚送行，正好加个菜。赵先儿笑说见者有份，也得算我一个。大英说，来尽管来，把你赵顺的茅台也拿来两瓶。便让我把鸡拎回去，让小金师傅拾掇出来。小金一见就笑道，这个是保护动物，难得名正言顺地吃它一回。我让他拔毛小心些，他说放心吧，这毛都是艺术品，肉不主贵毛主贵，我懂。其实它肉也不好吃，还是炖汤好。

黄昏时分，几个人先后来了。赵先儿拎着酒，虽不是茅台，酒瓶子上却有茅台字样，是产自茅台镇。孟胡子说，都是一个镇上的酒，和尚不亲帽儿亲，也算。几个人先喝茶，扯起这山鸡撞玻璃，孟胡子说，所以修房盖屋的道道太多。比如咱这山林浓密，装个玻璃窗就得小心合计。我说，那你还给秀梅家的二楼设计恁大的落地玻璃窗？孟胡子道，她家是北向嘛，北向就没事。村委会不是南向嘛，南向反射光强，但凡有朝南向的窗玻璃，鸟被撞死的频率就高。咱村委会这玻璃窗还是老式的，小，所以这事不多见。要是装成大的，那可就难说。研二男生说，那不就能经常吃野鸡了？研三男生说，你瞎说什么大实话。就都笑。赵先儿说，你们小孩子家不懂，偶尔一回没啥，整天有活物碰死在屋前，那可是晦气得很。

让九奶也入席，她却不肯。只愿意在一旁坐着看，那就由她。凉菜上桌，都斟上了酒，我照例喝水，孟胡子却不依，硬分了一杯酒给我，我看着满满这一杯子酒，就愁着说我喝酒不行，孟胡子说喝酒不能开车，就得步行。就都笑。

那就来一杯吧。

吃着喝着，就说起了村里的房子，孟胡子对研二研三指点道，你们好好听着，这都是学习。书本上的学习是学习，实践中的学习更是学习。把七成家的房子说得尤其细。说七成看着敦厚，心事却稠。尤其是这说话，会突然跟你来这么一下，没头没脑的，还死难听。指着大英和赵先儿说，他们都知道，就为了房子的事，我跟七成还打过一架。他家房子如今看着挺顺的吧？那是整出来的顺。就像现在的女人化裸妆，化了跟没化一样，说是素颜妆。咱这整顺的房，那就叫自然顺。不过当时可是费了大劲。房子本来不都是四方周正的么？他家不知是咋回事，可能是想把旁边那个斜角地也给占了，整个院子就不周正，前宽后窄。咋办？总不能弄出个歪房，也不能留个夹角，宽宽窄窄的不像话，赵先儿你懂，这在风水上也是大忌讳，棺材屋嘛。他们还想在临街房开餐馆，得留个整铺面。我跟他说，得，咱先取正，把左边的斜角做成个喇叭口的小胡同，容人出入，临街房恰好能四四方方周周正正地当餐馆。这么设计出来，生活生意两不耽误，挺完美的不是？可我说了半天，他就是不言语，猛然间问，你啥意思？说谁家不周正？谁家棺材屋？我就知道他误会了，赶快解释，他就嘁骂上来，烧得我火大。谁还没个脾气？就跟他打了一架。打就打呗，不打不成交。也没有狠打，不过脸上挂了点彩，鼻子出了点血。后来还是大英压着，叫他给我赔了个不是。你看，他现在的房子就是按照我的思路给整的，生意好得不得了。

大英笑说，当时我都没顾上问你，你是不是跟香梅多说话了？孟胡子提高声音道，哪敢！一进村就听说了他好犯忌讳，我都没正眼看过香梅，香梅在旁边都没吭一声，他还那样犯浑，你说他是不是有毛病？就又感叹起了香梅的不易。研二说，这七成是不是有点儿心理变态，孟胡子说，我觉得有点儿。用现在的时髦话来说，就是内心戏特别丰富。某件事你根本想不到的，他都能思量上千百个回合，到了某个点儿上就跟你疯啦。我问赵先儿，你懂风水，咋不去帮着说话。赵先儿说，外村还好去说，本村倒不好去说的。但凡有人叫咱去看房，基本就两种情况，一是房子已经大体妥当了，找咱就是求个心安，那咱一定会说好听话，最多指点小处改改，还没个这分寸？已经成局的事，就不能多嘴多舌。就好比是人家说媳妇时找咱打问，咱还能插个话，如今人家孩子都哇哇叫了，那媳妇再不妥当，咱也不能去拆毁人家这桩姻缘。房子也是这。要是房子还没盖起，那就不妨多说几句，咋说，说多少，也都要分人的。有人信咱，是诚心问的，咱就多说。有的是随意问的，咱也就敷衍过去。有人脾气恶心眼儿小，咱就只管夸。他的运势他的命都由他，碍咱啥哩。

待他说起房子的风水便又是一套话，把人听得云天雾地。他说风水风水，有风有水，风得通，水得流。太通了，留不住。不流呢，是死局。既不能挡着，也不能太贪。所以咱家进门都会有个影壁，城里房子叫玄关，用来遮挡一下，婉转一下，迂回一下，是吧？有直有曲，有藏有露，有收有放，全都是这个理。外人看着风水神道，其实里头有的是科学。比方为啥都说"桑枣杜梨槐，不进阴阳宅"？因这几种树有甜味，水分大，既引虫咬，还好干裂，当梁做柱都容易坏。还有一说："火道搭厨房，非死即亡。"火道就是正房和厢房之间的空地，用途就是隔离，若是把火道搭成厨房，万一着了火，正房和厢房岂不是都没跑？但凡能干出这事，也说明了这家人不懂基本规矩，迟早免不了倒霉败落。却又说，规矩自是规矩，说到底也是个活意思，是会根据具体情况具体人千变万化的。要说盖房子后有靠好吧？可是泥石流下来就能把啥都给砸了。要说门前流水好吧，可这水不见得就是你能用的。有的人，门前过山泉也能一头栽进去淹死。过去打仗没水喝，有人喝马尿活下来，你能说那是好水？可那时候就能算是好水。同一个地方，凶煞再重，有人就能镇得下，就住得好好的。所以还有这么两头说法，一说地吉人，是地方能恩养人。再就是人吉地，大德行的人住在哪儿哪儿都好。不过话又说回来，能厚得过地的大德行人有几个？人吉地的，掰着指头数也数不出几个。

扯着说着，一瓶酒就见了底儿，就再开一瓶。大英的脸黑里透红，喷着酒气就开始骂赵先儿，还是说赵顺儿盖房的事，连带她受了杨烩面的批，说我这老脸皮厚是厚，那也是擎得高高的，轻易不能叫谁的手够得着的。这可好，为了赵家的房，叫镇领导敲打住了这一回。平日里要了多少强，这回就败了多少兴。孟胡子笑道，老姐，你这脸可以了。杨镇长左手打右手揉的，谁不知道这叫按摩？我看这些天你这脸叫镇长按摩得更光鲜了哩。

就都笑。大英却还朝着赵先儿不依不饶。赵先儿便又趄又敬，连连赔情。大英道，光认错可不中，还得叫你儿认个罚。赵先儿说，我替他应承，你说咋罚就咋罚。大英说，那就给他个机会，叫他把娘娘庙前头的坡路修修，有的板不中了，得换。裂少的好好补补，裂多的就换板，得是上好的青石板，再来点儿造型，不能影响咱村的形象，咱们都是省美丽了，只能往上走。赵先儿忙不迭点头说中中中，能在娘娘庙前修修路，这也是积功德哩。这条路实在是也该修，都多少年了。

酒意惺忪中，我看着大英的脸，憨厚、纯朴、直率这都适用，聪明、精细和狡黠也都能形容。这是一张多么复杂的脸啊。

六十来年了。短暂的沉默中，突然响起九奶的声音。

众人都转脸看她，她在灯光阴影的暗处坐着，指了指老原：他爷修的。

又都看老原。老原的脸抽巴了两下。

他爷好积功德。

我走到她身边，蹲下。还没听过您说这事儿呢。您讲讲？九奶却颤颤巍巍地站起来说，今儿乏了，回头说。先去睡啦。

那天晚上，我虽没喝几杯，却也醉了。九奶说，我黏着她，抱着她，叫了她一晚上奶奶。后来才听说，老原醉得更厉害，在那边屋里又说又唱又吐，半夜还溜达到学校院里去敲孟胡子的门，闹腾了一夜，第二天酒醒后便闷躺在床上，直到他弟弟来电话跟他商量他母亲过生日的事，他便说去海南一趟，随即下了山。而我只隐约记得整个晚上似乎都在做梦，一个又一个梦，此消彼长，来来往往，醒来时努力打捞了一番，却只打捞出一个。果然梦见的还是奶奶。

8. 她永远都在乡下

是在雾里，是的，不是雾霾，就是清新淡白的雾。站在雾里，我茫然四顾。路是乡间土路，旁边是一条小河，虽然看不到，却能听见河水汩汩流淌的声音，也能闻得到湿鲜的水汽。

这似乎是在老家福田庄的村外，好像也确定奶奶就在不远处。因为虽然茫然，我却不慌张——奶奶，她永远都在乡下。无论在哪里梦到她，她永远都在乡下。她不肯跟随我来到她没去过的地方，哪怕在梦里也不肯。那么执拗。所以在梦里见面也只能是我到乡下。没办法。

奶奶——我喊。

只喊了一声。远远地，就听见了她的应答：

哎——

想着她小脚一扭一扭的样子，我突然动了坏心思，故意把嗓子捏起来，又尖又细地紧着声喊：

奶奶！奶奶！奶奶！

她也连忙紧着声答：

来啦，来啦，来啦乖！

然后，仿佛是从天而降，她出现在我的面前。还是那个样子：黑黄的脸，脑后梳着圆圆的发髻，花白的头发抿得一丝不乱，穿着一件淡灰色的偏襟衣裳，喘息急促，眼神惶恐。看到我安然无恙，她一巴掌就拍到我背上，骂道：死丫头！

我撇着嘴说，展展地活着呢，就不死，就不死，就不死。奶奶说，你不死我死。我抓住她的胳膊，说你也展展地活着，不准死，咱俩都不死。她说，我不死，你不死，一个老不死，一个小不死！说着就一起笑起来。

我猴到她身上，贪婪地嗅着她的气息，这一刻比一刻浓重的陈旧的、强韧的、顽固的、潮腥的气息。大树的根扎在地下，就该是这种气息吧？看，看她的白发，似乎因为雾气的泅灌，越来越粗壮，像是无数细小的根须……这情形是有些魔幻的，我却一点儿都不害怕。我知道这是梦。雾里总是容易做梦，不，不对，梦里总是容易有雾。就在梦和雾的辩证中，我紧紧地抓着她的胳膊，似乎这样就能抓紧这个梦，就能在梦里多看她一会儿。可是好像为了印证梦就是梦，她的脸越来越模糊。先是溶化着脸的边缘，然后开始溶向五官。她似乎也明白了情势迫切，嘴巴张翕着，想要说些什么，却在瞬间就已溶化得无影无踪。

9. 镀土

人随事儿，事儿跟人。村史馆的事就算是绑定了我。但凡有领导来，我就得去陪一趟。有时候还要顺带着把其他景点都讲一遍。原本能解说的还有小曹，进了七月，小曹三天两头下山，不是说店里有事就是说去相亲，再或者就是去店里相亲，容易逮的就只有我。大英对我也是越用越顺手，还擅自添油加醋对领导们说我是荣誉村民，来村里做了可多公益，有文化、境界高之类，我听着肉麻，领导们却听得喜笑颜开，大英就说得越发起劲儿。我说你可别给我安虚名儿了，干活儿都没有戴高帽累，她说我手里这高帽能轻易给人戴？你咋还不承情。莫不是当荣誉村民屈了你的材料？我说就是嫌累。她说，杨镇长说的学生这两天就来了，叫他们给你当兵，现在不是兴说啥团队？你就跟孟胡子一样也有了团队。我说养活团队花钱着呢，我哪配。那他们就是你的荣誉团队，就像你是咱村的荣誉村民一样，没工资也不耽误干活儿。这时的大英很会甜言蜜语。

这天午饭后正在忙，听见大英唤我，出来看见了杨镇长，还带着一男一女两个小年轻，便把他们让进院子里喝茶。九奶在院子里坐着，每个人见了都问奶奶好，她就笑。杨镇长问怎么不见老原，我说他去海南看他妈了，得过些天才能回来。杨镇长道，这还不得一日不见如隔三秋？我说，打开手机就能见，哪用得着恁酸不溜溜。就都笑。

大英介绍说这就是上回说的那俩学生，杨镇长亲自给送来啦。两人便做了番自我介绍，都是中原大学的，女孩子长发披肩，浓眉大眼，头顶抓起一个小丸子，笑起来一对虎牙，叫周宁。男孩子扎着小马尾，白T恤蓝仔裤，高高挑挑，叫肖睿。杨镇长对两人说，地老师原是在省报工作的，现在是人闲心不闲，年头就进了村，有背景有水平，人还一点儿也不骄傲，来到村里就扑下身子，和人民群众打成了一片，以后就是你们的老师了，你们可得好好跟着学着。我突然记起这是孟胡子应承带的，便道，可别这么说，咱们都是一样的，孟老师才是你们的老师。又问孟胡子什么时候来，杨镇长说应该快回了，你先帮着两个孩子安置一下生活。该点拨就点拨，该教导就教导。既然进了村，都是自己人。

便让他们坐下喝茶。杨镇长说还有事，随即走了。刚沏上茶，小曹骑着电动车进了院，笑盈盈地打了一遍招呼，大英嗔怪道，多少天都不见你，成灵芝了。小曹说，市里两个同学结婚，日子错不了几天。我下去一趟，还不得一并走礼。一边说话还不忘看手机。我溜过一眼他的抖音号，昵称是"宝水建，宝水见"，发的多是插科打诨的搞笑段子，有网友跟他开玩笑说你该叫宝水贱贱。大英说，你整天看手机，也不见哄个媳妇儿回来。他笑答，急啥，沉住气不少打粮食，这不是你的话？

又说了几句闲话，大英就叫小曹带他们去学校安扎。眼望他们去了，我说，这可是孟胡子要带的人，我可不跟他抢。大英笑道，你替他领了活儿，他还能不念你的好儿，我更念你的好儿。你这人也怪，说大方也大方，说小气也小气。花几百买荆篮不心疼，顶个老师的名头倒来计较。我不语。大英又问，他们说他们是啥雏鹰计划，雏是啥意思？我说是小的，嫩的，幼稚的。她便笑道，叫我说，鹰不鹰的刻下也看不出来，反正都是些雏。你说是不是？我忍笑道，是。大英又道，听说这些雏的本意都是为了获取个啥资格才下来的，忍不了几天。唉，管他们能忍几天哩，寥地里烤火，能热一会儿是一会儿。咱村不是正需要人气么。孟胡子说得对，啥都没有人主贵。热乎乎的人气儿往堆儿一聚，就觉得日子有指望。咱这深山小村，哪能巴望着人家外路人对咱村有多少真心哩。

真心这种既天真又文艺的词从大英嘴里说出来颇有一种戏剧效果，我便默默笑。又觉得外路人这个词扎耳，便问，你看我这外路人对咱村是不是真心？大概是问得突然，她愣了一下，方才怪道，你看你说的这是啥话，我对你说他们是外路人，就是没把你当外路人。你稳不踏踏地住了恁长时候，揽了恁多事，满村里谁敢昧良心说你对咱村不是真心？你问这话，只能见你自己有外心。问出这话就该打。

我竟无话可答。只好说，你打你打，她便作势打了一下。

村小两侧厢房各有两大间。孟胡子的屋子自是不能动，他团队的两个男孩已占去一间，左厢房便满了。右厢房这两间正好容这两个孩子住。只听他们叮叮当当地忙活了一下午，傍晚时分又来找我询问吃饭的事。我给他们算账，一是在村里找个家包餐，按给客人的常价，一天三顿饭，每人每顿十块，你们俩人一个月也得一千八，即便给个成本打个对折也得九百。要是自己做呢，镇上有罐装煤气，一百五一罐，贵了点儿。一罐气日常做饭，你们两个人的饭量，估计能用一个月。油盐酱醋米面青菜花不了什么钱，最多买点儿肉。粗算一下，一天二十就足够。你们俩人，一个月满打满算也就是五六百。他们商量后决定自己做。

这第一顿晚饭是我请客，大英有事，小曹陪着，他们点菜都很有分寸，贵一些的硬菜都由我补添。边吃边扯，和小曹聊得热火朝天，听说小曹在镇上有快递点，他们立马记下了地址，说以后的快递就拜托啦。吃到后来，他们腻腻歪歪的小动作多起来，被我点破后便开心大笑。肖睿道，瞬间暴露，这潜伏的技能弱爆了。我说，有句话叫唯有咳嗽和爱情不能忍耐。周宁哆道，地老师，您真有趣，有您在这里太好啦。——嗯，能在您这里蹭洗澡么？

两人都是美术专业，肖睿大三，周宁大二。肖睿接下来要读研，想争取保研，保研的条件之一是需得有志愿者服务。之所以选了宝水，一是因为恰好在朋友圈里刷到了宝水的新闻，就觉得小山村么，人情淳朴，消费不高，且风景优美，不耽误他们写生画画。二是肖睿的叔叔的朋友的朋友恰好认识县宣传部的领导，家长们想的是好歹有熟人照顾，更放心些。现在很多企业做慈善，有不少乡村项目，"雏鹰计划"就是其一。他们也申请到了志愿者津贴补助，每个月一千五。我道，所谓的公费恋爱就是你们这种吧。肖睿笑道，都说是乡村差了点儿爱情，我们属于爱情差了点儿乡村。来这里补补，正好。周宁道，朋友们都说我们是来乡村镀金，乡村能镀什么金，能镀的只有土，我们这就是镀土。我说金也是土，土也是金，按五行来论就是土生金，所以才会有金土地的说法。他们显然是第一次听见这话，哇塞道，还以为金土地只是一个约定俗成的固定词组，原来这俗话里头还有民间哲学呢。聊一会儿他们就哇塞一声，脸上一直洋溢着的笑自带着水晶般的光芒，镀得院子都明亮了几分。

两人也各有计划。周宁是想做乡村性教育，肖睿说想做乡村公益，同时看情况，也可以做暑假支教。这听起来有些含糊。我说村里小学撤了，又是暑假，怎么好支教。肖睿说教育从来不放假，暑期教育也是教育嘛。进村时就看到跑着不少孩子呢。这倒是。他说为了这次支教，他们还募捐了一批书，想分发给孩子们。说着又立马在手机上下单了一批塑料折叠凳，我说家家都有凳子，让孩子们自己带就好，何必花这个钱。周宁说塑料凳子轻，看着也整齐，折叠起来又不占空间，领着孩子们去户外时也方便携带。听到户外，我心一顿，想问他们知不知道去户外意味着什么，终是没说。

两人也是急性子。第二天上午叫镇上送来了煤气罐，又在秀梅那里买了油盐酱醋，借用了孟胡子的锅碗瓢盆，中午就开始开火做饭，我去送了些菜，进去看了一眼，布置得井井有条。果然只占了一间当卧室，看来之前已是同居了。

下午他们就让小曹带着串了几家，说是入户调研。晚上便听秀梅唠叨说村民们对他们的调研嗤之以鼻，说他们不会说话，聊的都不是人家爱听的，什么留守儿童、空巢老人之类的。有人没好气怼他们道，敲锣听声儿，说话听音儿，你们问来问去的意思，就是觉得俺们过得不好。跟恁说吧，俺们的日子没有拍电影恁好，也没有恁想的恁不中。

调研不咸不淡地进行了两天，两人都有些蔫蔫的。对做饭吃饭却兴致渐高，顿顿都跑来向小金请教，顺便跟我聊各种想法。到底是年轻，眼睛一眨就一个主意。说可以设立格子铺，替村民代卖山货。又感叹豆哥家的豆腐格外好吃，迅疾跑到他家去出主意，说可以买个压膜机，做成一包一包的，客人来了连吃带拿的，这生意该翻倍。又讨论给这豆腐起个什么名儿，怎么设计LOGO。说他们用的是龙王庙旁的泉眼，泉水这个点儿不错，先取名泉水豆腐，又改成山泉豆腐，后来又觉得山泉多了去了，得再精准一些。那泉既是在龙王庙边，平日里村民们都叫它庙泉，可叫庙泉豆腐不太好，就叫龙泉？我说龙泉有点儿托大，不是说有龙则灵，叫灵泉怎么样？好呀好呀，他们两人击掌通过，齐夸地老师你真有才。

我只是笑。他们哪里知道我夹带的私心呢。我的灵泉。

又过了两天，他们募捐的书寄到了镇上，杨镇长派车给送了上来，他们又商量着怎么分发图书。我看着有些不着调，就建议他们给孟老师打电话求教。孟胡子点拨说，孩子是好桥梁，不管你们什么计划，能先把孩子们聚在一起，就能和孩子们的家长熟悉，等建立起了感情，再进行下一步。书先不要发，要把适合孩子们读的书挑出来，带着他们读。至于怎么传播这个消息，那当然还是用大喇叭。

于是翌日早上，便听到了周宁标准的播音腔飘荡在村庄上空，以"亲爱的村民朋友们"打头，"乡村要振兴，文化需先行"，"书籍是人类文明的果实，进步的阶梯"，"读万卷书，行万里路"，"通过书去了解精彩的人生，去认识广大的世界"等等这些文绉绉的引用句构成了她的话语主体，结尾是"请让我们和孩子们一起分享，相信您一定不会失望"，高亢的尾音激荡出一连串无形的感叹号。上午两遍，中午两遍，到了半下午，"亲爱的村民朋友们"也没有什么反应，两人便都有些茫然。实在看不过去，我便只好去出主意说，不用转那些个词，就拣稠的捞，可以说读书，不过也得说点儿更实在的，比如你说会给孩子们辅导暑假作业，另外要强调是做公益，全免费。这估计管用。于是周宁又去广播了两遍，黄昏时分她去秀梅那里买东西，秀梅就夸说，这事对路。明天我叫我家孩子先来，带个头，热个场，后面就有人了。我刚打问了一下，东西掌还没人报名是都嫌远，接接送送的，不大方便。让孩子们自己来，也觉得不安全。如今咱们村可不比以往，整天过车呢。

　　第二天，果然就把她家的大智和若愚送了来。雪梅也把腾腾送了过来。再然后是香梅也送了郑义来，曹灿和曹阳也来了。渐渐地就凑了十来个。有了孩子们的声音，学校忽然就特别像个学校。孩子们欢蹦乱跳，老人们也爱在学校门口坐着，老老小小的，越聚人越多，及至周末时，几乎在村的孩子都来齐了，比孟胡子在时还显得热闹。我忽然明白过来，表面缘由是人都爱扎堆，实际上是这两天客最多，送孩子们来这里只当是进了幼儿园，就能心无旁骛地待客赚钱。

　　突然又想到了娇娇，她那么爱看书，这里有人领着一起读，岂不是好？便打电话给大英，大英断然拒绝道：不中！她出不了门！那口气是斩钉截铁的硬。

10. 谁的主场

自打开始给孩子们辅导作业，周宁和肖睿就感受到了"亲爱的村民朋友们"的鲜明热情。每天都有人送自家种的各式青菜，买菜的花销从此省下。徐世厚的小孙子刚被送回村他就一刻不停地转送过来，还送了些蒲公英和菊花，让他们泡水喝。立秋那天按老规矩要啃"秋疙瘩"，也就是吃饺子，大英便包了荤素两样饺子，在盖帘上码得整整齐齐地端了来，说你们吃喝穿戴都不屈，可到底出门在外，也都不易。又夸赞，你们这趟锣鼓算是敲到了点儿上，农村家长最愁的就是辅导孩子写作业。我说城里的情况也是这，有几个家长不愁辅导作业？秀梅说，愁跟愁可不一样。城里家长愁是因为懂，咱们愁是因为不懂。跟孩子坐在一起是大眼瞪小眼，一对干瞪眼。不仅干瞪眼，还耽误干活儿。你说要是一忙起来，孩子们连口热饭都不能按顿吃上，哪还顾得上作业呢。肖睿严肃着脸说，家庭教育的重要性不亚于学校教育。哪怕没有能力辅导，最好也陪伴着孩子学习。您得想想您这么辛苦是为了什么，为了谁。还不是为了孩子的未来？孩子学习要是不行，那未来就很堪忧。秀梅笑道，那要以你说的，俺们都不去忙，都不去挣钱，整天在家陪孩子，那孩子就有未来了？即便孩子们考上了大学，哪来的学费生活费？

雪梅来得勤，却不多话，只爱看他们俩画画。瓶子里插个树枝，肖睿画半天，她就能看半天。周宁给孩子们画速写，她也能看半天。他们要是一直画，她就能一直看，鹏程不叫就不回去。听他们说国画，说油画，一看就知听得懵懂，偶尔听到懂处就会翘起嘴角笑。话也问得跟其他人不一样，有一次，她问肖睿为啥留小辫，是不是为了艺术。肖睿说是为了做公益，说有个公益组织做了个捐助头发的项目，捐赠对象是那些因患癌而失去头发的孩子。因为真发做的假发很贵，很多家长买不起或是舍不得买。得先招募到愿意捐头发的人，再找到愿意免费做假发套的公司，最后公益组织再通过相关渠道把做好的假发送给孩子们。雪梅就叫肖睿帮自己问问怎么报名，肖睿很受鼓舞，便也向别的村民宣传，听的人就都笑。张大包说，你们这善事做得可容易，不用花钱，头发么，叫它自己长去，到时候咔嚓一剪子就中。末了报名的也只有雪梅。

捐头发这事笑便笑了，待到他说捐别的时就不再是笑的事。那天听到那边院子里有人高腔说话，我便过去瞧，原来是张有富媳妇在吵肖睿。她孙子也在这里，回去跟她学说，肖老师讲了，人都是要死的，如果将来遭受了什么意外，应该把身体捐出去，身体的很多器官都可以移植给别人，角膜啊，肾脏啊，心肝肺呀，都能捐。你平白跟孩子说这些干啥，多不吉利！晦不晦气？！以后再扯这些，俺们可不敢叫孩儿们再来。肖睿涨红了脸说，你这是掩耳盗铃，谁能万寿无疆？人不都是要死的吗？我们这是生命教育。张有富媳妇说，就是因为人都是要死的，才用不着挂到嘴边说。这种教育老不在路。即便是死，也该留全尸，这辈子不留全尸，下辈子托生就不是个囫囵人。听周宁说这是迷信，张有富媳妇说，你们这就是不孝。把自己捐到医院叫千刀万剐，爹娘还在的话那能不心疼？这是活着不孝。即便爹娘不在了，将来也不能跟爹娘葬到一起，也不能在阴间侍奉爹娘，死了还是不孝！肖睿冷着脸回怼道，那倒是不劳您费心，我父母也早都把自己捐了。

我让他们俩住嘴，这边也有秀梅劝着张有富媳妇，便罢了。等人散尽，他们俩还一脸委屈。肖睿说，地老师，这里人怎么这样，也太愚昧太落后了。我说，你注意用词，不要随便说人家愚昧落后。周宁说，简直是不能对话。我说，要是都能在一条线上对话，那岂不是人人平等美美与共天下大同，那还需要什么支教。就是因为有差距，所以才需要你们来这里啊。周宁却一脸恳切地看着我说，我咋觉得其实人家不咋需要我们，是我们想叫人家觉得需要我们呢。可能我说得有些绕，您能明白我的意思吗？我笑说，我语文还可以，能听得明白。那您是不是觉得我们特可笑？嗯，可爱大于可笑。唉，毕竟不是咱的主场，做个事太难啦。我说，既然知道这是谁的主场，那就放下身段客随主便呗。以我的理解，因材施教在这里的意思就是贴着风土人情来做事。哪怕你初衷再好，也不能硬着来。

一时无话，沉默了一会儿，周宁点点头道，您说得对。又问，吵了这么一回，关系该咋缓解？用不用上门去赔礼道歉？我说不用。以后你们别再提这茬就行，他们要是提，你们就只管听着，让他们说个够就成。这就是一种态度。这就能过得去。周宁疑惑道，这就缓解了？我说是，这叫自然缓解。村里的事，就是这。

张有富媳妇隔了两天没送孙子过来，第三天便又送了来，后来周宁跟我说，她还带了一把香菜。地老师，我当时接过菜，说了谢谢。她笑了笑，说明天再给你薅一把葱。

菜不成问题，需要买的只有肉。叫大英听着了，说肉也不用买，叫各家轮番送。哪家还没有一碗闷坛肉哩。便在喇叭里吆喝：

人家两个大学生来到咱这小村做贡献，也不嫌屈材料，给咱孩儿们当老师，操心费力地教孩儿们写作业。人家可还是学生呢，还没挣工资哇。人家是没说啥，可咱自己好意思？只见人家衣长，不见人家袖短，这能中？叫我说，咱也没啥可贴补的，就闷坛肉，每家送一碗去！

十里不同俗。尽管都在一个县，福田庄却从没有闷坛肉这一说。早年还是从老原那里才知道了闷坛肉。当听他说这菜是在年下做好，从年头吃到年尾，我顿时鄙视道：多不新鲜哪。来这里后才算认识到了这肉的奇妙。某种意义上讲，这肉的功能等同于油盐酱醋里的油，家家必备，也家家都会做。听他们讲得虽是细节有别，大致路数倒是一样的。就是年前杀猪时挑出适宜的五花肉，切段切片，先煸炒炼油，等把肥油煸炒出了三四成，再放调料，继续煸炒，肥油出到了七八成就起锅，肉凉后再存到一个瓦罐里，盖子盖严实就妥了。它固然是不新鲜，却也不腐坏。跟腊肉什么的一样，在没有冰箱的漫长岁月里，它最大的好处是方便，随吃随取。谁整天杀猪呢？谁整天去买新鲜猪肉呢？费一回事就能解一年的馋，在这山里算是顶适宜的好肉。

孩子们送来的闷坛肉也成了有意思的点。味道且不说，单看量就显出了各家的出场。大英叫送一碗，碗大碗小又无一定之规，于是有的用小碗，有的用中碗，有的用大碗。有的怕孩子打碎碗，用的是塑料袋子。小碗也有不满的，大碗也有堆尖的。肉片呢，有的粗柴大棒，跟用了残刀似的。有的薄厚匀停，好像用尺子量过。

吃不完的肉周宁便拿过来，让我们存在冰箱里。肉和菜都有富余，两个人就又管起了孩子们的饭。起先只有几个孩子吃午饭。缘由是有的家长见天去采山货，跑得远，顾不上回来，总是求东家靠西家。周宁说看着不忍，反正也做得多，孩子们也吃不了几口，就留了那几个孩子的午饭。没想到孩子们吃饭也爱扎堆，有的孩子家里明明有人做饭的，也赖着不肯走，非要在这里吃。他们也便一起留饭。越留越多，到了后来，一二十个孩子都要招呼午饭，成了一件麻烦事。孩子一多，肉就消耗得快。不过也总能续接得上，因有的家里没孩子也送来了肉，有的家已经送过两三回，当然有的是连一回也不送。周宁悄悄跟我说，大曹家就一次也没拿来过，我叫她别吭气，曹灿心重。周宁说已经看出来了，曹阳一坐到桌边就嗷嗷叫着吃肉，曹灿在一边紧看着弟弟，把自己碗里的肉都夹给他，自己一片都不吃。我一看她，她就把脸转过去，不和我眼光对视。

一天快晌午时，我和小金正在厨房忙活，曹灿进来了，端着一大碗焖坛肉，说是周老师让她送来存下。我忙找了个碗，把她的碗腾出来，突然又不大放心，怕她是自己拿主意，没有过大曹的明路。问她，你爸知道不？她一笑，说知道。我昨天跟他好好算了算账。我跟他说，你要是再不让我端肉，我可没脸领着弟弟再去了，你比比怎么更划算。然后就OK啦。

我摸了摸她的小脑袋，她似乎又长高了些。

11. 真的雨

这几天一直有雨，时断时续，时大时小。下雨便没什么客，日子自然而然就放缓了节拍。有客时虽看着也悠闲，那悠闲却是表皮儿的，是外松内紧的。如今无客登门，这悠闲才是真正的悠闲。

不开窗有些闷，开了窗便有些寒凉，即便如此，我也喜欢开着窗，让湿淋淋的雨气透进来一些。雨小时我伸出手去接雨玩儿，九奶便笑我孩子气，说都多大了，连雨都耍，有啥可耍的。我说，这雨能听得到能摸得着，是真的雨呢。她纳闷道，普天下的雨不都是这？雨难不成还会是假哩？不知道该怎么跟她解释，我便只好笑。

在象城，有时雨雪的来临常常就像是假的。尤其是住到高层后，如果雨雪是晚上来的，如果下得不大，那就很难察觉。和雪比起来，雨还稍微活泼一些，下得大些时，被风夹带着，起码会敲打敲打窗玻璃，有个声响。雪呢，常常是第二天出门看到湿润的地面和路两边的薄白，才会知道，哦，原来下了场雪呢。

宝水没有楼——二楼简直算不得楼，听着雨落在地面，那感觉，就像是，雨是自家出去玩的孩子。就像是，我听见了孩子怎么回家。噗，噗，噗，噗，雨点来了。噗噗噗噗，雨点密集了起来，再然后，啪啪啪啪啪，响亮了起来。再然后，雨声若有似无地趋向了轻柔。孩子睡着了。

很像是我福田庄的雨。

等雨势弱下去，我便打上伞出门去悠。雨线已是极细了，雨意却还甚浓。路面上到处都是小水洼，如一只只不规则小碗盛着一根根细挂面。花红得更红，叶绿得更绿，石板青得更青。红得更明艳，绿得更清新，青得更爽洁。两边的山，稍微远一些的，都笼罩在一团浓白的雾霭里，在极近的山坡上斜溜着几片雨云，近到似乎你走两步就能拽一片在手上。西掌和中掌的街上没有一个人走动，好像这整个儿的街，整个儿的村子，整个儿的雨，都是我的。

不出门时，就很想睡觉，和九奶歪在一起。哪怕不睡，躺在床上也是惬意的。有一搭没一搭地说闲话。她说以前没啥吃的，雨后就去拾水牛儿。夏天尤其是伏天的雨后，这东西出得多。去地里找，看着那地边儿有一溜儿土是虚的，那肯定有。粗的像指头肚一样。公母可好分，母的一肚子子儿，在灶口让火给焙熟了，又面又香。油炸了更好吃。坟地里也能找到可多，却没人去，说是坟地里捡的有魂灵，不能吃。雨后也好去捡地圈圈，牛粪羊粪里都好长，以前怕有毒，煮时找个铜钱放锅里，看绿不绿，图个心安。煮过了，把水紧出来配鸡蛋炒，她觉得比木耳香。我便去捡了一回做了来吃，口感有点儿像紫菜。在网上查了查，其实就是地皮菜，有的地方叫地菌，牛羊粪里最容易养出这些来。

12. 站队

下雨这些天孩子们没过来，肖睿和周宁谋划着等雨停了便开始户外教学，原来这种教学也有个名目，叫万物启蒙。肖睿说这在素质教育领域里正流行，意思是引着孩子们走出教室，以万物为师。尤其是农村孩子，更该好好认识一下自己生长的环境，如山里的花草树木，田里的庄稼菜蔬，二十四节气和农事之间的关系等等。我听着有些愕然，便问，这种教育的对象不应该是城里孩子么，肖睿说不不不，这是误区。这些对城里孩子只是自然知识，对农村孩子才是精准教育。环境他们虽然熟，但所认不等于所知，两码事。就像我们对自己的亲人自以为很了解，其实未必。要不怎么会有灯下黑这一说呢。

　　第一节课安排的是请徐先儿讲中草药，天一放晴便立即启动。由徐先儿带着，周宁在前，肖睿断后，中间一群高高低低的小人儿，每人手拎一个小凳子，排成一队，昂昂扬扬地从街上走过去。村人一边行注目礼一边议论纷纷，纳闷这活动是啥目的，孩子们长大了都能学医？这一时半刻一回两回又能学个啥？随之得出结论，即便不学医，现在能认出几味草药，将来自家也能派上用场。遂表示满意。

　　第二节课是去豆哥家看磨豆腐。东掌偏远，客去得少，豆哥家人气却还挺旺。豆腐卖得紧俏，且新添做了豆瓣酱豆腐乳，更是忙上加忙，前两天还雇了个邻村妇人来做工，现在是上下午要各做一场。不过供全村的餐饮用也还是不够用，有时候口头预订都不行，还需得先交订金她才能给足数。在大门口她也摆了摊位，排着一溜儿红通通的玻璃瓶，装着豆瓣酱和豆腐乳，用小勺子小碗分出些样品供客尝。每次去都能看到她笑盈盈地应对客人们讲价：俺这东西好不好，恁一尝就知道。看恁这一身光鲜穿戴，哪差俺这俩小钱儿。恁手里漏一条细缝儿，就能照应住俺一份生活呀。

　　孩子们参与的便是下午这场。我恰好去订豆腐，便也站住看了一回。豆哥先简述了流程：先是对豆子捡、洗、泡。泡好的豆子磨出豆浆，豆浆烧热后起豆筋。再把起过豆筋的豆浆盛到大缸里点卤，点完卤成豆腐脑。"卤水点豆腐，一物降一物"，点卤水的点就是画龙点睛的点，若是点不好，出的豆腐便又少又不好吃。豆腐脑压出水即成老豆腐，再留出一部分豆腐脑放在做豆干的方匣子里，用布一层层压出水分，就成了千张，也叫豆皮。这一套下来得五六个钟头。上午一回是早上五点多起床一直忙到快中午。晌午歇一会儿，下午是十二点多忙到晚饭时。

一直以来，做豆腐这事在我的想象中有一种影视剧造就的美感：豆粒饱满，纱布洁白，浆液汩汩，雾气腾腾，这情形不该天然地散发着温暖浓香？看实景就差了可多意思。用的是电磨，先往磨眼儿里倒泡好的豆子，这边添水，下面放着桶，那边就哗哗地接着生豆浆，一只桶满赶快换上另一只，再把满桶倒进大深锅。待两个大深锅都倒满，上面便积起了厚厚一层白豆沫。与此同时还要烧火，还要取柴火，还要倒豆渣，几头都需得照顾到，那媳妇团团转地忙活着，汗都难得擦爽净。豆嫂说，做豆腐的人自己就是一台磨呀。等到地锅烧旺，豆浆沸腾，屋里水汽朦胧，这才隐约可见影视镜头中的那种美。我倒觉得那媳妇的矫健身姿是另一种美。

肖睿和周宁鼓励孩子们提问。于是，在七嘴八舌的问和一板一眼的答中，便是一笔豆腐细账。一斤豆子出三斤豆腐。一天两回共六十斤豆子，能出一百八十斤豆腐。一斤豆子两块五到三块钱，六十斤豆子本钱是一百五到一百八。一斤豆腐卖两块钱，一百八十斤豆腐若是全卖完，能得三百六，刨去本钱挣到手一百八。若是一天不歇地做，一个月挣五千四。

周宁疑惑道，听说后河集上的豆腐才一块五一斤，咱这为啥贵？豆嫂笑道，那是放了添加剂，淀粉也多，用的还是一块九的豆子。为啥一块九？豆哥说，你们文化高，不是老说啥转基因？转基因的豆子眼下就是一块九。那豆子看着圆溜溜的，俊得很。豆腐厂都用那种豆子，人家那一斤豆子能出七斤豆腐，咱是一斤豆子才出三斤豆腐。你想想，人家那本儿多低，咋能卖得不便宜？有孩子问豆哥，转基因到底有啥不好的？豆哥说，这咱也不知道。反正吃起来没有咱这豆腐香。豆嫂道，你比比就知，他们那豆腐，不香且不说，一炒就煳锅。

听着他们说着，我默算着。卖豆腐每月挣五千多，他家还有四个标间的住宿，即便按一半的空房率，两个房间每天能挣两百，一个月也能挣个五六千，这两笔大账一合，老两口每个月能入手个万把。听说他们雇的人工资是一千五，刨去这个和电费等零碎，也能落下八千多。再算上辅料做的豆瓣酱豆腐乳，一小瓶卖十块呢。果然如孟胡子当初预料的，这收益颇可观。

周宁跃跃欲试着想搭把手。豆嫂说她能干的就只有烧火。先让她去抽柴，她却抽不出。我上去帮她，居然也没抽动。这才发现那柴火垛得极其密实。就都笑。还是豆嫂，三拨两弄，就抽出了粗粗细细的几根。她说刚开始引柴要抽那些好烧的，等烧起来后再找那些耐烧的。又笑道，烧火也累人哩。俺闺女回来一趟，嘴里吆喝着要干活儿，能干的也只有烧火，烧一次叫唤三天。又问她去哪里打柴，她笑道，国家叫保护山林哩，不叫打，咱也不敢乱打，也不用打。以前打柴是不舍得煤，烧柴勤，都烧柴，柴就难打。如今这柴光捡就够用了。往哪儿去捡？雪把树枝一压断，那还不到处都是柴火？有手有脚有力气就尽管去捡。没人要的板栗壳都是好柴火哩。

去豆哥家的这一趟让村里人有了意见，议论说，看这干啥，有啥可看。莫不是将来叫孩儿们去做豆腐？去问肖睿、周宁下一步安排，听说还想让大曹讲各种树木，让张有富讲正在种的庄稼，更是怨声载道，都说再往下是不是要叫孩儿们去看张大包砌墙？去听赵先儿算卦？这两个年轻人疯疯势势弄这些没用的，不干正事，不抓学习，尽乱孩子们的心。

议论归议论，却也没人把这些意见提到明处，只是暗暗拦着孩子们不叫去，一时间竟然缺了一半孩子。待到肖睿和周宁去叫，他们才说到了当面：叫孩儿去是跟你们学正经知识的，听说也有单位给你们发钱，没有俺们这些孩儿，你们有啥由头领钱？所以俺们孩儿去，就是配合你们的、支持你们的。还给你们送肉送菜，你们可不能凑合俺们。农村的这些身边事有啥可学的？这也能算是学问？学这些，孩子们能考大学？能有好工作？

两人瞠目结舌。这次倒是学乖了，没有对攻，只是回来跟我吐槽，到底还是小山村，觉悟低、眼界窄、格局小、目光短浅，也就是这番话。看我只是笑，就又对我有了意见，说地老师您怎么不表态呀。要是站队，您站我们这边还是站他们那边？我说我不站队。为啥？是非这么明白，这队多好站啊。因为我立场不坚定呀。有时想站你们，有时想站他们，会跳来跳去忙得很。唉，您这是两面派，等于没站队。所以我不站队啊。

他们恨不是爱不是地看着我，到底也是没办法。就这么发泄了一番，两人也便渐渐平静下来。那些孩子们被家长把拦了几天，过后又都送了来。周宁有一次忍不住叹道，难道咱们这活动就这么半途而废？肖睿补刀道，哪走到半途了呀，根本就是跌倒在了起跑线上。

13. 到处是福

九奶这一段常去村史馆的院子里坐着，自然是因为爱看孩子们。眼睛虽仍是那么眯着，脸上却常挂着笑纹。我有些担心孩子们跑来跑去撞着她，她却说不碍不碍，还是要去那里坐着。我也只好嘱咐肖睿和周宁也看着她点儿，得空也去陪她坐会儿。

随着年纪渐长，我也越来越喜欢看孩子们。以前听着孩子们的声音会觉得闹且噪，如今却觉得叽叽喳喳像喜鹊，一二十个孩子就是一大窝喜鹊。小的三四岁，大的十来岁，穿衣打扮谈吐行事虽也有别，免不了带着各自的家境，可到底都是孩子，笑起来、唱起来、跳起来、玩起来，也都是孩子们才有的纯真模样。

这些孩儿们多好，多有福。九奶最常说的就是这句话。

近日里，学校院子里的孩子们又多了几个，小金师傅便常把自己的一对儿女带了来，说有恁好的老师看着，还有一群伴儿耍着，他上班带来下班带走，啥都不耽误。这账算得精，出手却也大方，不时送过去一些菜和肉，还有拿手的油炸小零食，便也没有落什么闲话。这天豆嫂也送来了一个小女孩，她出来时我和九奶刚走到学校门口，听我问她，便说是她娘家堂嫂的孙女，叫甜甜，父母在外打工，甜甜跟着奶奶过。前些时带着孩子来宝水逛，孩子看见肖睿、周宁领着孩子们玩，眼气得很，她就承许也带她来跟着玩。她娘家是柿园村，在宝水西北几里地。她笑着对九奶说，一只羊也是赶，一群羊也是放，不多这一个。

秀梅正在门口扫地，便搭话道，一只羊吃跟一群羊吃，那草多草少能一样？肖睿和周宁不好意思说，我替他们说，把你家的豆腐见天送来一斤吧，不就是三两豆子钱？豆嫂笑答着中中中，一阵风儿似的远去了。看着豆嫂的背影，九奶道，不是一家人，不进一家门。这个小媳妇儿也是猴精。豆嫂和大英年龄差不多，已是靠六十的人了，九奶却还称她小媳妇儿，我听着都替她觉得亲暖。

进了院子，躲闪着孩子们，我把她扶到堂屋廊厦上，她惯常坐这里。隔着两层台阶，也能和孩子们拉开一点儿有效距离。扶她在椅子上坐定，豆哥他们送的石雕件在廊厦下摆了一溜儿，我便坐在离九奶最近的赏墩上。突然又想起那晚豆哥两口送这些东西又不让记名儿的事来，那天九奶只说这些东西本是原家的，是豆家从原家抢来的。又想起徐先儿讲过解放前豆哥他爷在原家当长工，再联想到老原让我少和豆哥家打交道的话来，便有些豁然开朗。

赏墩初坐上很清凉，再坐会儿便温温儿的，孟胡子说这是汉白石做的，还真有些温润如玉之感。座面上刻有图案，看着都是蝙蝠。再看座身，环圈刻着的还是蝙蝠。

你细看去，蝙蝠可多。九奶说。

我便起身去看其他几件，但凡雕有图案的，果然都有蝙蝠，不过是大小明暗之别。还不只是蝙蝠，有马配蝙蝠的，九奶说这叫马上得福。有的蝙蝠嘴里衔着枚铜钱，那就叫福在眼前。有蝙蝠抱着个大桃子的，我便触类旁通，知道这就是福寿双全。有的图案看着古怪，怎么也不像个蝙蝠，九奶说，你倒过来看。就倒过来看，便明白了这应的是"福到"的口彩。

这福可真多。我说。

就想要个到处是福。九奶说。

所以，就给孩子起名叫福久？

嗯。

这些东西，就是豆哥家长辈给强拆下来的？

是豆他爹。那时刚翻了身，正当家。分浮财哩。领着人呼呼啦啦拆了原家的房，自家也没盖起，扔也不是，用也不是。一搁就搁恁些年。也是白搁。

德茂爷爷不是对人都很好吗？咋就挨了斗？

谁知道哩。他多明白一个人，土改前就捐出了地，连公社里的人都说他表现好。可上头派有任务，说这村哪能恁好，就恁四面光八面净？好歹得弄个人斗斗，应个差事。谁知道真到斗那一刻，就像起了大风，谁挡得住？听说别的公社还叫斗死了几个，我吓得尯觫。

豆哥他爹那时为啥要出头对原家？

谁知道哩。反正是形势来了，一批斗，就数他家批得上劲儿。当了几辈儿长工，数他家对原家知根知底儿，说得多，挖得深。她慢慢垂下眼，盯着地面。我看着她花白的头发攥起来的小小的髻。

根儿说，他记事起他父亲就不进村，就是因为这事儿？

有这个缘故，也不单为这。她说。两个孩子追逐着，前头跑的那个忽然一个不稳，踉踉跄跄地趴在了台阶上。九奶突然就要起身去扶，吓了我一跳，连忙先按住她，然后方去拉起孩子，叫肖睿把孩子领走，回头再看九奶，她已又是闭目不言了。

14. 后河集

中元节前，终于去赶了一趟后河集。原本只约了三梅，周宁听说后也想去，便带上了她，五个女人前二后三，挤得满满当当。集思广益地捋着该买的东西：叠元宝用的金银纸，过两天上坟烧送必备。花生瓜子爆米花，是待客的餐前零嘴。秀梅说这些零嘴原本是过年过节才上桌的，现在也成了家常用品。要是有价钱划算又耐得住放的菜那也得多买些，莲藕芹菜都是。咱们联合起来要得多，也好杀老板的价。正盘算着，秀梅忽然叫停车。前头是仁老太太，秀梅喊她们上车。问她认识？她说不认识。肯定是边坊村的人，捎她们几步呗，她们行路怪难的。我说坐不下，雪梅说挤挤就中，都不胖。秀梅说咱们五个再加上仁就是八，一路发发发。周宁说，她们都那么老了，要是万一有个啥事，可是摆不脱的责任。不怕讹咱们？秀梅道，不怕。我打包票，不会有啥事。这是风俗，俺们在路上都搭过别人的车。不像恁城里，路上人跌了都不敢扶。我和周宁面面相觑，只好尬笑。

秀梅让周宁和香梅挤在副驾驶上，便喊三个老太太上车。老太太们还不肯上。有两个都挎着篮子，一个篮子里卧着三只鸡，一个篮子里是半篮子鸡蛋。她们说怕车打哆嗦——原来她们把车颠簸叫打哆嗦——吓坏了鸡，蹾烂了鸡蛋。秀梅连声说没事，咱们一起放腿上搂着。好一番劝让，她们才上了车。

一路闲话。她们是小北坡村的。一个七十八，一个七十六，一个六十八，精神都很好。篮子里三只鸡的六十八这个，说是要去集上把鸡卖掉，七十六的是要去看看假牙，七十八的说去寿衣店订一下寿衣样式。这事隆重，我们便都沉默，她们却说得热闹。说上四下三七件呢，衣裤袍，鞋袜帽，可得好好挑挑选选，凑合了一辈子，到了头儿还不得敞开花一回。

进了后河村，人渐渐稠密起来。找地方停好了车，把老太太们一一请下去，周宁方才长出了一口气，对秀梅说，不认识人家就叫人家上车，多叫人担心。你凭啥打包票呢？秀梅笑道，凭她们面相呀。都可善。你看那个六十八的，她的嘴角往上翘得多好，依赵先儿的说法，跟我一样是自来喜。连她篮子里的鸡面相都可善呢。就都笑起来。

四处看去，全是人。越往街里走越喧闹，这喧闹来自卖主们的吆喝叫卖，来自买主卖主间高门大嗓的讨论争执，也来自鸡鸭鹅们的各种鸣唤。原生态，绿色有机，没打农药，自家种的，这些都是卖主们的嘴边话。有的摊子卖的是定价货，统统都是两块、五块或十块。在一个十元摊前我瞅了一眼，东西看着颇像模像样：巴掌大的玩具电风扇，塑料拖鞋，一打袜子，不锈钢盆碗，整提的卫生纸，三个一套的花盆……统统十块。小喇叭里无限重复着售卖口号：十块钱，不算贵，放在家里真实惠。十块钱，不算钱，走走转转就花完。十块十块，统统十块！带走称心如意，带走大吉大利！

穿行在喧闹中，秀梅她们不时应对着兜售和搭讪，有人问她们是哪个村的，秀梅朗声道：宝水的！听到的就都笑说，现在宝水出头露尖的，村里人说话底气都不一样。有个女老板说，哎呀，听说你们村有个啥青梅，在网上可火色。秀梅道，就是可火色了。看她一副跃跃欲试想自报家门的样子，我连忙拉着她离开。她挺不甘心地念叨，咋都没认出咱们来。雪梅说，拍时美颜恁严重，现在咱们这样儿跟那比，就是两般人，叫人家往哪儿认去。

东西是真便宜，便宜得让我窃以为毫无搞价的必要。大烧饼五块钱六个，糯米包着红豆沙做的饼，他们叫粉子馍的，也是这个价。臭豆腐一块五一大片。黄心菜一斤两块五，莲菜也是一斤两块五。有一个女买家买了一大袋子，三十五斤，卖主给算的是一斤两块。秀梅先让老板削了一块生的，自己尝了尝，也叫我尝了尝，口感嫩脆鲜甜，几个人就各挑了几根，也要老板算两块一斤，老板拒道，方才人家是进礼用的——因红白事、盖新房、办寿宴之类的采买，此地就叫进礼——你们要得少，不能按那个价。秀梅说，多也是你的菜，少也是你的菜，凭啥给她便宜给我贵，她多只眼睛多个鼻子？老板说，都这么小斤小两地卖，我多少琐碎工夫搭进去，也挣不了啥钱。秀梅说，我劝你好好待俺们，俺们宝水如今客多，那生意用度恐怕得是见天进礼，咱们这相识下了，咋就不能成你的大主顾？你这是啥眼看人低？老板指着香梅和雪梅对秀梅说，就你嘴利，跟人家一样文文气气的不好？话少笑甜，人人待见。罢了罢了，看人家面子，我跟你做这单生意。就都笑。秀梅边挑边说，老板你这莲菜孔里有泥巴，不干净呀。老板哭丧着脸说，这还不干净？我用水枪一根根洗的，你们知道水枪多有劲儿？秀梅举着一根莲菜说，你看看有没有泥？黑不黑？跟有的人心眼儿一样黑呢。老板被气得切齿道，卖给你我还有罪了哩。算账时秀梅又是掐三砍四抹零头，见老板不肯，我便劝说，你快依了她吧，要不然她们在这里不走，你还得搭琐碎工夫。老板说，你跟她们不是一伙儿的吧？

听口音也不像。秀梅颇有点儿自豪地说，人家是象城的！老板撇着嘴说，哎哟，看你能得，好像你是象城的一样。

终于买完了莲菜，走在她们后面——是的，她们。这个老板说中了要害，在潜意识里，我还是把自己跟她们划开了。终究不是一伙儿的，我跟她们。怎么可能一伙儿呢？回头再看周宁，更不是。

赶这集着实长见识。比衬着她们的丰富经验，我和周宁像两个白痴。我从不知道集上的东西是这么细分的，单是鸡就出了肉鸡、老母鸡和土公鸡三样。另有鸡胗、鸡心、鸡翅、鸡爪，都可单卖。还有鸭胗、鸭掌、腌狗肉，应有尽有。明明是同一种东西，价格高低却能错过一半，因新陈大小有别。多是小的贵，如菠菜、香菜、香菇。有的是大的贵，如瓜子，既大且新的瓜子能卖到四块，小且陈的就只有两块。秀梅说，咱们就挑新的小的，取个中间价。客们大小不嫌，却挑新陈。新货有清香，陈货有朽味。嘴刁的人一吃就能吃出来，鼻子尖的远远闻都能闻出来。

不时会碰上摆摊子的熟人，她们便热烈地大声地打着招呼，摊主们问她们还要不要鸡蛋？还要不要姜？要不要蒜？要不要花椒大料干辣椒？她们一边回着话一边在人流中挤挤擦擦挑挑买买，很快，每个人手里都拎了一堆塑料袋。又碰见了卡车装的红薯粉条，秀梅搞了一会儿价，说很划算，咱都来点儿吧。雪梅犹豫着，悄问我的意思，我说我不要。老原反复交代，这些干菜要从正规渠道买，用着放心。她说，那我随你。香梅禁不住秀梅撺掇，也跟着买了一大袋。

走出了一头细汗。歇脚时便找了个摊子吃了点儿东西，由我请客。摊子很大，有包子、豆腐脑、胡辣汤、油条，也有米线、烩面，是早餐和午餐的综合体。也很便宜，油条五毛一根，她们每人吃了两根。米线三块一碗，二米粥和豆腐脑都是一块五一碗，她们每人都要了三样。豆腐脑配有白砂糖，她们都狠加着糖，说加糖不要钱。胖老板呵呵笑道，再放牙都甜掉啦。你们吃这些还不够我的糖钱呢。秀梅油嘴滑舌地应对说，一直觉得你这老板大方，一说这话都不像你了。又对我说，青萍姐，今儿不好意思，占你便宜了。我仿着她的口气说，你一说这话也都不像你了。她们几个便大笑起来。赶着集的她们格外爱笑。

让我和周宁大开眼界的还有路边店里播放的歌，音质类似于凤凰传奇的低级版，或软糯缠绵哀怨，或铿锵奔放热烈。曲目我都是第一次听到，周宁说她也是第一次。配着这些歌卖的就是劣质碟片，号称是热门流行金曲，绝配宝马香车。从曲目的名字就可知风格：《小白脸子我恨你》《最坏不过狐狸精》《老公你最大》《老婆你辛苦啦》《丢了幸福的猪》《别哭了宝贝》《漂亮姑娘就要嫁人啦》《小三你好贱》《等哥有了钱》……虽是口水味十足，却有一种朗朗上口的魔性，让人一听难忘。秀梅挑了几张碟片，说将来跳广场舞时用。小曹说了，咱们村今年情况这么好，到年底想搞个晚会呢，人家大电视台叫春晚，咱们叫村晚。她眼睛亮闪闪的。

挑碟时，店里放的是一首《闯码头》：

> 我们一起闯码头啊
> 马上和你要分手
> 催人的汽笛淹没了哀愁
> 止不住的眼泪流

不是哥哥不爱你呀

因为我是农村的

一年的收入只能养活自己

哪里还能顾得上你

…………

　　歌词里有着朴素的悲情，曲调里却洋溢着异样的欢乐，杂交在一起就既无奈辛酸且飞扬洒脱。我问周宁什么感受，她笑说她也是这么觉得。明明知道这些歌很low，没什么格调，可也觉得其中充盈着强劲的活力。好混搭。

　　地老师，你说，这是歌的问题，还是咱们的问题？

　　或许都没问题。也或许，都有问题。

　　你这是，废话文学呀。她笑。

　　我也笑。其实也茫然着。又能怎么说呢。

　　结账时她们推搡得热闹，终还是我付了钱。秀梅说村晚是公家事，跟大英说说叫她报销。我说即便村里不能报销，我单位也能报销。她们齐哦了一声表示了放心。周宁却没有被蒙住，悄悄问，这摊子连个发票都没有，您怎么报销？我笑道，我一个退休人员，往哪儿报销去。说能报销她们才好踏实，也没几个钱。周宁沉默片刻道，地老师，我越来越佩服您，觉得您好懂农村。我说这可不敢当，等你见到孟胡子就知道了，他那才叫懂呢。周宁笑道，对他一直是只闻其声，不知道什么时候才能见其人。昨天还问了赵先儿，他掐指一算，说就快啦。

15. 烧路纸

七月十四那天又下起了雨，老原回来时雨还小着，到了下午竟是瓢泼一般下了好大一阵，九奶说，这是天漏了呀。

没人送孩子们过来，肖睿和周宁便过来这边玩，和老原见过，打了招呼，便一起叠元宝。肖睿不会，周宁却一上手就熟，说小时候奶奶和母亲教过她，有童子功。原来她幼时也在豫南老家的乡下待过，虽只待过几年寒暑假，却也记得了一些事。说那时女人们一般都不能上桌吃饭，即便走亲戚时以贵客身份上了桌，也只能坐到下首位。她原也不知道什么是下首位，观察了多回才找到了一个标志：素菜集中摆放的位置就是下首位。还有一件事印象深刻：搭衣服的位置也分待遇等级，一条晾衣绳，要把男人衣服搭中间，女人衣服搭两边。哪怕晾衣绳上没搭别的，女人衣服也一定要搭到边儿上，理由是，万一男人从这下头过就会霉气，怎么能叫女人衣服压男人一头呢？男人们呢，哪怕是内裤也能大喇喇地搭中间，怎么着都没事。她母亲因不懂这个规矩，被她奶奶训斥过好几回。

就都笑。肖睿说，还不知道你经历过这些呢。周宁白他一眼道，你不知道的多了。

午饭时分，有消息传来，上山的路有了塌方，只能等雨停了再修。这意味着明天肯定回不去福田庄上坟，就给叔叔打了电话。叔叔说这没办法，就烧路纸吧。婶婶在一旁插话道，也给恁公公婆婆烧烧纸呀，别叫人家说咱们有偏有向的。我说知道。夜里在十字口烧呀。知道。要画个圈呀。知道。圈要画圆呀。知道。

聊了一会儿，问叔叔还有话没，叔叔顿了一顿，道，也没啥事。这吞吞吐吐的，一定就是有事。便追问，他坚持道，真没啥事。有啥事能不跟你说？以往他的声调总是高高的，显得咋咋呼呼。这次却低了下来，似乎是想表示出淡定之意，却更叫人悬心。我不依不饶地追问了两遍，他方才说，房子出了点儿事，本来没想跟你说的。你看你，狠问。

原来是一个工人从竹制的脚手架上跌了下来，诊断说是大腿有粉碎性骨折，可能会致残。这两天工程便停了下来，工头天天找他，说得赔偿。

心里一沉，我便埋怨道，当初我说过让签合同的，你不听。叔叔此时却硬了口气道，签了也白签，有啥用？我说当然有用，可以保护咱。他说，光保护咱，不保护对家？是不是都得保护？我怔住，一时不知如何应答。叔叔更来了劲，说，要顺着这个意思去想，没签就是没保护咱，可是也没保护对家。所以呀，签不签都是这。事来了，咱就处置事呗。

我沉默片刻，努力压制住怨气，问他想咋处置。他说首先一条，你别回来。为啥？因为你是正主儿。我是正主儿不更应该去处理？你能处理个屁。他说，看见你这正主儿，人家还不把刀磨得锃亮地去割你的肉。跌伤的那个是包工头的外甥，年纪轻轻的，能伤多重？就是想要讹人的架势。不能叫他们讹住。我出头，他们就不好下手。

可怎么能不回去呢？当然得回去。我说等路修好了就回去，他说不急，不急。

挂断电话，又给母亲打。说到烧路纸的事，郝地过来搭话说，姥姥，咱们也烧个路纸吧。来加拿大还没烧过路纸呢。

眼眶酸涩。这丫头，在国外竟然还能想到烧路纸，看来从小积累的经验还是有效。豫新在时，我和他就带着她烧过路纸。原以为城里没多少人烧路纸，及至烧了几回就发现烧路纸的人很多，临到清明、中元、送寒衣这三大节的晚上，走到哪个十字路口附近都有黄表纸的灰烬飘飘。据说还引起过小火灾，城管就管得严起来。所谓的严，就是不让烧得太早。等到晚上七八点钟的交通高峰期过去，才可以见缝插针地烧。若是不嫌晚，十点钟过去就没人再管，可以烧得从从容容。后来我揣度着，也许城管们也得去烧一把路纸吧。

纸必须是黄表纸，这是奶奶的规定。后来流行各种面额、各种币种的纸钱，奶奶从不认。她只认黄表纸。她说，不论啥时黄表纸都通行。这黄表纸就像是米和面，不管你做多花哨的吃食，都离不了这米和面。

奶奶，她总是有一些很是道理的道理。

因为不能让郝地睡得太晚，就须得早点儿烧。看我们带着她躲躲闪闪地跟城管藏猫猫，她乐不可支。在她看来，这更像是一个刺激的游戏。当然也有好奇。为啥非得画圆圈？纸到那边真的能变成钱么？祖宗们真能保佑咱们？除了这些个我问过的，她还有新问题。

为啥要到十字路口烧？

十字路口四通八达么，方便捎东西。过去的人捎信儿都在十字路口。阳间是，阴间也是。阴间捎东西也有唱词呢：十字路口八方通，车水马龙过神明，东南西北都托请，金纸银钱敬祖宗。

阳间现在都这么发达了，阴间咋还得这么捎东西，这么落后？

阴间自古不变，说不上落后不落后。

你咋知道？你又没去过。

我奶奶跟我说的。等我有一天去过了，就跟你说。

我不叫你去！

这话必得说到这里，才能告一段落。

再大些她就不再这么问。看着火焰起起落落，火光明明暗暗，她的脸上呈现出我从未见过的沉静，说，我以前总觉得这是迷信。现在我觉得，用这样的方式和去世的人交流，也挺好的。

我们老师说了，这是不文明行为！我捏着嗓子，学着她的声调。

她顽皮一笑道，迷信不迷信的，要看是为了什么。要是能无伤大雅地安慰人，就不是迷信，应该算是传统吧。

刻下想起这话，又想起大英指教赵先儿的那套封建迷信和传统文化的话来。两个差别这么大的人，也能有所见略同之处，多么不可思议。

妈妈，跟您说个好玩的事儿。最近我们学校有国内的文化团队去访问，一个学者老师问我老家是哪里，您猜我怎么说的？我从省一口气儿跟他说到了福田庄，一群人都惊呆啦，都给我热烈鼓掌。

我也笑。想象着她一口气儿说出河南省予城市怀川县福田庄的情形。她从没把父母的老家区别对待，我们也从来没有纠正过她。因为经常听我说起福田庄，也跟我回去过几次，现在在加拿大又常跟舅舅在一起，在她的意识里，福田庄就是老家。豫新在时，我们带着她去旅游，总有上年纪的人逗她闲话，问她老家是哪儿的，她的回答就是福田庄。后来我才注意到，若是在省外，她会答"河南象城"。若是在省内，她脱口而出的就是予城，再往下就说怀川。我问她为什么不说象城，她说那不管用，他们肯定还会往下问的。

可不就是这样。旅途中留心听别人聊天，甲问乙，你是哪儿人？乙说是北京，多半会听到这样的追问：老家呢？如果乙执拗地说生在北京长在北京就是北京人，通常接下来的就是：你爸爸呢？你爷爷呢？甚或问到母亲和奶奶，及至答到某某省某某县，甚至具体到某某乡某某村时，对方才会满足地对这答案点头确认：原来你是那儿人呀。

哪怕你从没有去过那个省，也依然会被认定为那里的人。什么是籍贯？这就是了。可从不曾在那里生活过，怎么就叫那里人呢？这个问题曾让我困惑过很久。直至读到《乡土中国》，书里说籍贯是"血缘的空间投影"。——因为你的长辈和那里有关系，所以你也必须和那里有关系。你压根儿就生活的城市，无论你多么熟悉，那也只是你的地缘。地缘可以变，你可以和无数个城市有地缘，但老家意味的，是血缘。

妈妈，你说，是不是所有人都得有一个老家？郝地还在问。我犹豫着，还没来得及回答，她又道，亲爱的老妈，我觉得我可以跟您说实话，也应该跟您说实话，其实对老家我一点儿感觉也没有。我一点儿都不觉得自己需要一个什么老家。

这世界，可不是你需要什么就有什么的，比如钱。也不是你不需要什么就没什么的，比如老家。

那以您的意思，老家是必需品？

对。

怎么解释？

就像你需要父母一样。如果你承认需要父母，那你就得承认你需要老家。

父母是最亲的人。可老家……是什么？

是啊。老家是什么？有个老家在山西的朋友，从没有回过老家。可他在五十岁那年突然开始疯狂地爱上了吃面和吃醋。跟朋友们聊起山西时，他昏暗的眼睛就会放光，沉睡了大半辈子的老家基因就这样莫名其妙地在体内复活。

老家意味着什么？密码一样的方言？原汁原味的小吃？几间破败的房屋？童年的乡间小路？祠堂？祖辈们的记忆？或者是八竿子打不着也八竿子打不散的那些近族远房？

老家意味的，是亲人。哪怕他们已经死了，但只要他们在那里活过，死后也埋在了那里，那么，你就是有老家的人。你斩不断你的老家。当你老了，和老家的老越来越近时，你就会知道，自己是需要有一个老家的。

妈妈你说啊，老家是什么？郝地还在巴巴地等着答案。

老家嘛，我说，就是等你老了，自然会知道的那个家。

16. 不想叫他知

中元节这样的日子往常自是难睡，大约是因为九奶，这夜睡得却还可以。醒来却发现九奶没在。窗户刚刚有了一点儿青意，雨倒是停了，有鸟声已起，啁啾清脆。忙起身披上衣裳查看了一圈，没在厨房，也不在茅厕，昨晚叠的元宝却少了一大包，顿时明白。可这时上坟也太早了些。

顾不上洗漱，便出了门。张家坟在村委会和宝水泉夹角的后坡里，离兵冢不远，有条小路，我一路疾走到了兵冢，没有纸钱焚烧过的痕迹。继续往前走，张家坟也没有痕迹，便又折返。就这一条路，老太太能去哪儿呢？心里急切，走到兵冢那里站了片刻，往西的小路再走就是原家坟，便往前走了一段。天色越来越亮，鸟声已一刻比一刻频频，喜鹊的叫声尤其鲜明朗利，喞呱呱，喞呱呱，三节拍，是喜感十足的热闹。

热闹自是热闹的，静下来时也就格外静。静的空当里，就听见了窸窸窣窣的响动，有规律地间隔着轻微的笃笃声，从树丛掩映的路上传来。

我便站住静等。声音越来越近，待来人转过弯来，果然是九奶。她拄着那根降龙木拐杖，伛偻着腰，慢慢地走着。应是专注于脚下的路，竟是没看见我，直至咫尺之遥时方才意识到了什么，停下来，抬起头。

我呆看着她，她也愣怔着，仿佛不认识我。我们两个像是彼此看见了鬼，在这七月十五中元节的早晨。

九奶，是我，青萍。不认得啦？忽然想起她眼神不好。我忙道。

哦，哦。她含糊道。神情有些释然，也有些慌张。

您咋这么早？您去啦？问完我便觉出了自己的蠢。今天就是上坟，悠什么悠。可是，她为什么慌张呢？

她不语。

我接过她手里的袋子，挽着她慢慢前行。

咋不叫我陪着，这路湿滑的，您眼神又不好，跌一跤可咋办。

都走了多少年了，惯了。不碍。

咱先去兵冢烧？

中。

我方才寻了您一路。没想到您会打西边过来。西边那路可有点儿绕远。

她仍不语。不语就不语吧，那便专心走路。我忖了忖袋子的分量，这包显然已经有点儿轻了。昨晚三大包分得匀匀的。一包原家坟，一包张家坟，另一包是我要烧的路纸。那么，她方才已经烧了一些？给谁？

脑子里忽然一闪。

那边……没容我说完，她便站住，用枯树干柴的手紧紧地攥了攥我的手，用这个动作截住我的话。她的手有些抖。

我惯常先去给他烧。

谁？

刚问出口我就知道了。还能是谁呢？一定是德茂。原来原家坟上的纸钱灰烬不是无缘无故的，原来她就是那个一直给原家上坟的人。原来。

再一想，其实一点儿也不奇怪。也只有她。

别对根儿说。她说。

为啥？

不想叫他知。她说。

本也不想叫谁知。她又说。

你既是知了，那就只自己知。她的口气如同命令，不容置疑。

我只有说，好。

17. 桌面下的理

塌方的路段一修好，杨镇长就进了村，说过些天有市领导要来，须得迎检，迎检前的必要事是做好预检。他来时已经半下午，仍是小王主任开车，把车停到了村委会，大英陪着把村子都走了一遍，完毕来到老原家喝茶小坐，叙了一会儿话便已是晚饭时分，老原留他吃饭，说好些天没见，喝上两杯。他推辞了一番，说那就喝两杯，攒了一堆烦忧，借你的好酒消消块垒。又点着要两道辣菜，说辣酒辣菜辣个痛快，以毒攻毒一下。大英笑道，又是谁叫你作难了？听说别书记前些时去了党校学习，那不是要提拔了？他提拔走了不得你接？等你当了书记就好啦。杨镇长斜她一眼道，少来挑拨离间。你这一撇一捺地还怪会瞎想。我跟老别如今是难兄难弟，都在油锅上煎哩。

一时间酒菜上桌，边吃喝边说话。他笑道，算起来这一年往宝水跑得可不少，也在宝水吃喝了好几回，是咱村如今要牵挂的事多，也是咱村稳当，饭菜能叫人安实进肚。方才来宝水前先去了两处，一个北山村，一个南岭村，一处比一处烂难。不比不知道，还是咱宝水好。

便一桩一桩地叙起来。先说北山村，这五六年间换了三任书记，没一个省心的。话说回来，要是省心也换不了恁勤。这三任的不省心还换着花样。第一任是太笨，人是好人，就是没能力。给他一根棍，横着给他就横着拿，竖一下就得问问你，那能中？二任三任的不省心则是能过了头。二任叫大星，原来开着个石料厂。对，就是北山那个石料厂，人家又不是正经公务员，开个这没啥，开了好些年，有点儿偷税漏税之类的毛刺棱棱的小事也都正常，要命的是叫他关停。两年前我刚上任镇长就赶上了上头关停石料厂，乡里的石料厂不止一家，最难办的就是大星这。为啥，就因为他太能，太厉害，手段多。其他的石料厂都看他的动静，如果说这一片的石料厂是个武林联盟，他就是当仁不让的盟主。自打开始叫关停，你看他闹腾得吧，往市里跑，往省里跑，往北京跑，一出接一出上访告状，恨不得把乡政府给先关停。他这是犯了小事精明大事糊涂，老觉得这事是在走形式，扛扛能过得去，没弄明白这是大势所趋。凭你啥人，你能强过大势？国家叫绿水青山，你这跟绿水青山不合，那你就是弄不下去。更何况县里市里都倡导在咱们这搞旅游。大势小势都随不了他的势。他就是叫自己的利益蒙了眼，看不清个这，一门心思负隅顽抗。我想尽了办法跟他磨，都不管用。到后来还是撕破了脸，我和老别一个唱黑脸一个唱红脸打配合，我跟他脸对脸干了一架，还出动了派出所，把他几个手下拘留了几天。他那本事大到啥程度，我去县里汇报，刚出县委大门，他电话就打了来，说你方才说啥我可都知道，你可护好你的牙。说实话，也有点儿怵。光脚的不怕穿鞋的，咱在体制内，就是穿鞋的。可再怵也不能露到面儿上，也得硬撑着。我跟他说，我牙口可卓哩，能用到老。

他下台时倒是没费多大劲儿。主要是他自己种下的祸根开花结果了。他有个小三儿——这种人一般外头都有女人，这是人家的标配，要不然撑不起江湖名号。小三儿不安分，一直吵着嚷着要扶正，他或许是为了安抚小三儿，就答应了离婚，这可惹恼了正宫。枕边人想要治你，那还不是稳准狠？村长老白早就跟他面和心不和，也攒下他不少黑料，这两方怪默契，差不多一起出手，天时地利人和，一举把他拿下，拘了半年。其他几个石料厂一看倒了头旗，也都厌了，关停石料厂这事才算画上了个大句号。大星一出来就到镇上找，说要华丽转身——看我笑，就道，咋啦，你笑啥，人家就不知道华丽转身啦，就配不起这么个俊词儿啦？咋说人家也当过一方诸侯呢。他瞅准了云下村的一块荒地，想要包下来搞个采摘园，我就出头去说合，给他办成了。这会儿关系当然就又好了。撕破脸怕啥，脸皮又不是不能再生。人家给咱们拉套恁多年，咱镇上肯定要在这事儿上给人家出点儿力，再说人家也不是不给钱，程序也都是正规走。乡镇干工作离不开这些人，不能说人家不干了咱就变脸掉屁股。人情不是那么回事儿。多少家村干部心里都有一本账，要是寒了那些人的心，以后谁还提劲儿给你干。

地一包给他，他就交给了他闺女去办手续经营。他闺女就嫁在云下村，他这原本就是为了闺女。我安置说，你可以搞采摘园，但是不能盖房。后来听说他闺女动了砖瓦，就又安置说，即便是盖房也只能盖临时建筑，别搞长期的。她哪能恁听话，立马就盖起房做了餐饮，叫啥"君来农家乐"。不过话说回来，咱该说的说到，地包出去了，人家心思也到那儿了，谁还能管恁细。地是四荒地——

荒山荒沟荒丘荒滩，这些地不是啥基本农田，不触碰红线，一般不会闹出多大事。

后来老白上台了一肩挑，就是现在这一任书记。两人经过一场波折有了些过节，这也免不了。不过也都是存在心里，碰见了还能打个招呼，裱糊着一层薄面儿，没有破相。前些时县里不是搞了村级账目审计？就搅乱了一池水。老白叫把过去的合同协议拿出来审，按说这也是大势，是县里的统一行动，跟个人恩怨没啥关系。可个人恩怨就是这，一旦有就很难清除，再跟公事混在一堆，你瞅我的毛病，我也瞅你的毛病，越瞅毛病越多。叫大星这边看来，老白就是在查他的脚后跟，他肯定没少在家抱怨，叫他闺女听着上了心。这闺女是大老婆生的，头一胎，长房长女，大星那条件在村里肯定是第一等，这闺女就是娇惯着养大的，咋说也是个村公主级别的吧，说话做事就任性，按咱土话说是个"不足成"，她是个晚辈，当她面儿我和老别也能骂她是个傻闺女，其实还是挺亲的。

她跟她妈的立场不一样，她爸下台后，她就开始针对老白，一直想给她爹出口恶气，查账这事她就更觉得是老白在给她爹挖坑，必须报复。她就告老白的儿子倒卖白矸。白矸嘛，咱这原来产煤，白矸也多，虽然跟煤没法子比，可搁不住它便宜，也有它的用场，所以经常有人倒卖，也能挣点儿。老白家没有大星精能，只能捞这小钱。咱们这儿自打发展旅游，这事也成了不合规矩。这闺女先给老别打电话告状，老别能咋说？只能劝，说不要闹啦，你这房也是个把柄，是个明病，人家就不能告你？我这也是向你。你举报他，最多罚他两三千，他这边一下劲儿，就能拆你的房，哪边轻哪边重？你好好思想一番，汇通一下这个理。咱两相无事这不中？非得两败俱伤？

这闺女本来就觉得老别跟老白穿了一条裤子，听这么一说就觉得更是。就炸了，说我这房可是有手续，他那白矸有啥手续？你不主持正义还来威胁我？你要不管我就捅给记者。老别不能服软呀，说捅就捅呗，你以为我怕记者？听蝲蝲蛄叫还不种庄稼了？没承想这闺女给录了音，算是又多了根勒脖绳，这两天都在拿着这跟老别搅缠，说要不按她的意思办，她就把录音捅给记者。我这方才去北山，就是叫大星去说说他闺女。大星到底没松口，说他拿闺女也没奈何。这事弄不好还真会上个网，到时候也不知能咋收场。

那你说老别到底怕不怕记者？大英突然问。便都大笑。杨镇长拍了拍大英的肩道，老姐，你真可爱呀。记者，无冕之王，那该多厉害。跟记者对阵谁能赢？人家说的都是能上桌面的话，人家的理都是桌面上的理，穿靴戴帽，大路行走。咱们这桌面下的理也只能是在背街偏巷里溜溜逛逛，这两方就不能碰见。真碰见了，咱还能说啥？又转头问我，青萍，你是报社出身，是不是个这？我只是笑。他突然又恍悟道，咦，这事托请托请你是不是也中？我连忙起身道，咱这退休人员还能在哪个席面的盘碟里，还是去厨房催催菜吧。就又都笑。

催菜回来，听他正在说南岭的事。南岭村的村支书人称老豆腐，得这个外号是因为人小时长得白胖，还善学叫卖吆喝，尤其学卖豆腐学得像。但凡有豆腐车来村，他就跟着跑。卖豆腐吆喝也有路数，你看影视剧里老是喊"卖豆腐"，喊得全全的，你就知道编剧没有生活。一嗓子喊出来，谁不知道你是在卖东西？所以"卖"字是省略的，豆腐这俩字也有轻重，豆字又高又亮，腐字是随出来的尾音，得轻飘，这么吆喝既省力气又有效果还好听。这老豆腐学得跟人家卖家一模一样，他自己也得意，就时不时到街上吆喝一声，村里人出来一看是他就笑骂。小时是小豆腐，现在成了老豆腐。这几天这老豆腐可把我噎着了。有个老板想承包他村的一片荒山，协议得叫镇上审，老豆腐拿过来，我看了看，价钱还不错，再一看年限，居然是永久租给人家，这不是胡闹？说到天边儿也不中。老豆腐是去年刚上任的支书，我想着他是没经验，不懂，就苦口婆心地跟他讲明了利害关系，叫他拿回去改。前几天，他没出面，叫村长和会计俩来装呆卖傻，说不会改，叫我改。我一看，原封不动，还是"永久"，就撕巴撕巴扔到了地上，我说你们这哪里是租，分明就是卖。香港当初殖民地了一百多年咱国家还能收回来呢，你这地就敢永久租给人家？好歹也是个高中生，不会改？真不会？这就看出那老豆腐原来是个油豆腐，奸猾得很，我咋想着这里头肯定有好处。今天就拐到了南岭一趟，走问了一圈才知道，原来是想卖给开发商当公墓用。

当公墓不中？桃园村那边的凤凰岭不就开发成了公墓？听说生意可好。大英问。杨镇长说这不该叫生意，该叫死意。就都笑。大英问，桃园村那公墓当初是咋批下的？杨镇长说，那是先开车后领证。公墓是好批哩？麻缠得很。原本不叫弄，老百姓们不愿意，就绕开明路修暗渠，私下里交易买卖，成天想法儿挣这份钱。村里假装看不见，乡里也难去细管。管也不好管。民不告官不究嘛。后来参与的家户多了，不得不管，乡里才帮着村里费了可大劲儿弄成了这事，心说好歹也算是个集体经济项目，桃园村委会也给各家各户分了钱，谁知道接二连三出事。又问大英，桃园村那边的事儿你没听说？大英说，听了一星星儿，都传自打立了公墓村里就有了古怪。杨镇长道，这两年村里有两家男人得了癌症，一个肺癌，一个肝癌。熬了不几天就死了。有人说夜里出门看见了不干净的东西，有人说路过空院子听见过哭声。人心惶惶，都觉得保平安最要紧，又想要把公墓撵走。村里说得听乡里的，村民们就开始往乡里跑，这期间又有人开三轮车翻沟里摔死了。也学会了找记者，到处给媒体打电话，你说这阵势是好顶的？顶不住。唉，这段时间，记者跟蜜蜂采花似的，嗡嗡嗡的。小王主任罕见地接话道，镇办公室电话一天响个不停，谁都不敢接，全都假装进村。众人看着杨镇长，又都笑。

那咋办？就迁走？往哪儿迁？我问。杨镇长道，你问我，我问谁。牵涉着方方面面，哪有恁容易。管他哩，走一步是一步，走不动再坐地哭。唉，昨儿还听老别说，他姐姐婆家村子在县城边儿上，县城也在不停地开发房地产，村里的地叫占得厉害，墓地也一直在迁，十年里迁了三回。都说入土为安，就这动得勤，哪里还能说安。前些时他姐姐有个堂嫂得乳腺癌死了，家族里就商议说干脆在山里买块墓地吧，就挑在了凤凰岭，两分地，大概也就是一百来个平方，花了五六万，这价钱不说便宜吧，反正跟商品房比还真不贵。老别还撂气话，说他娘的干脆咱们也在凤凰岭买一块算了，等到累死了就埋在这。

突然想起了地家坟，也迁了两次。若是下次再迁，可往哪儿去呢？要不要也在山里买块墓地？或许还真能图个一劳永逸。到时甚或如老原所说把豫新也迁过来？在地底下也热和些。

九奶早早就躺下了。我上床时以为她睡了，却突然听她悠悠道，老豆腐落地时是正该吃晌午饭，男子难得正当午。大星是立生，坐生娘娘站生官。打小看都是好命，都是漆巴巴的好孩儿。唉。

18. 里格楞

这次回福田庄是老原开车，说我心不静，开车会走神。他车技自然比我好，开得又快又稳。到予城后我先去银行取了点儿现金，又去超市买东西，看见满坑满谷的月饼，便选了两盒，算是早早地送了中秋节礼。两人拎着一堆花花绿绿的袋子进了门。先喝茶叙话，叔叔仍是一副高兴模样，一点儿也不见沮丧。我便单刀直入地问，咱村以前也有这种事吧？是不是都被讹了？叔叔方才涩涩一笑道，有过。还真是挑着家儿来的。咱家的情况他们会不知道？你在省城，咱们坤又在国外，在这十里八乡也算是一股名声，我估摸着就是想讹人。

正说着，他的手机响了。他接听着，嗯嗯嗯地回应了一番，挂断后一脸笃定地说，我猜得没错，就是讹人。住进了三院，说按医院的诊断，要花大钱呢。诊断？不叫看。要多少？五万。叔叔愤愤道，可真狠。咱们整个工价，按最高的给他算下来，一平方一百块，也才五万多。他跌这一下就想再挣出一份工价？想得美。呸。

五万这个数目并没有让我怎么震惊。我更在意的是伤势究竟有多严重，这才是决定事情后续走向的关键。叔叔不屑道，板儿架得不到两米高，那人还不到四十，骨头又不脆，掉下来能摔得多粉碎？这就是狮子开口。我说，无论如何得先去医院看看，于情于理才能过得去。叔叔道，明儿就叫小厚带我去，看看他们到底弄啥里格楞。

我笑。里格楞，好久没听人这么说了。好像只有回老家才能听到，意为难以言喻的隐情。我在网上查过，有解释说，唱戏时过门里没有词的部分通常都会被里格楞代替，引申到具体语境中多指阴谋或者花招。解得还挺贴切。

人家的里格楞，你咋能知道？

叔叔说，找人呗。你爸原来的老关系，不知道还中不中用。要是能找到相熟的医生，就能去调看一下片子，看看伤得到底咋样，那他就再难唬住咱。说着便翻手机。老原一直沉默着，此时才插话道，我赞成叔叔这个思路。说到底，最有力的依据就是伤情。看现在的情况，不找关系很难在第一时间就拿到真实资料。我倒是有现成的熟人，我来跟他说吧。便打了一番电话，说妥了让叔叔明天找他。叔叔看着老原的神情微微带笑，一脸满意。

放下了钱，我们便要走。叔叔说要去村里，让把他捎过去。那便捎过去。老宅前聚着几个人，不好就走，便下车打了招呼。莲枝也在。一看见我就朝我笑，寒暄道：回来啦？我也只好应道，回来啦。

便都议论起工人跌伤的事，众口一词说肯定是讹人，不能遂了对方的意。这不谋而合的支持让叔叔更加自信，对我说，你看，我说得没错吧，就是这回事。我只得应着。莲枝却悄悄地把我拉到一边，亲亲密密地耳语道，这事儿虽然都知道是讹人，不过对家要是专意来讹，咱这对付得不苦恼？更别弄去吃官司，闹得腥巴巴的。咱的房也得叫耽误住，事不了没人接茬干，几头划不着。

你的意思是？

路断了就搭桥嘛。找个中间人说和一下。

找谁？

找俺婆子嘛。她娘家就是柳庄的，俺婆家舅那几个孩儿如今也可有些本事呢，在村里说得起话。你就叫老鳖叔跟俺婆子说说，她肯定应。

她嘴巴里的热气扑着我的耳朵，我离远了些，点点头，把叔叔叫上车，将信将疑地把她方才这些话跟叔叔做了个大概转述，叔叔当即道，我咋忘了这。这条道也通。你走吧，都交给我来办。

远远地，看到大耳朵全也走过来。我便让老原发动了车，辞了众人而去。

19. 这份移情

我有点儿怕见大耳朵全，也知道自己的这点儿怕挺可笑。无数次对自己说，其实根本不欠他的，你这怕完全没有必要。可我就是有点儿怕，就是觉得有点儿欠他，简直是，没出息极了。

奶奶去世后，他是村里第一个也是唯一一个找我办事的人。那天我正在单位忙着，叔叔来了电话。一接通，叔叔就说，你全伯找你有事，叫他跟你说。这电话应该是在一个热闹处打的，人来人往的杂乱声响断断续续地夹闪在大耳朵全刺刺啦啦的话音里。

他说，萍啊，就是你磨盘哥，他得了瞎巴病——就是癌症，福田庄的人管这种令人绝望的要命的病叫瞎巴病——去市里看过了，说不中，得去象城。萍，你得找人呀。短暂的空白后，是一个尖厉的女声，萍啊，我跟你说——是全娘。可她迅疾哭了起来，往下再也说不成。在电话这边，我的眼泪也瞬间流了下来，无声的。然后又是大耳朵全，萍，你给找找医生。我们这贸贸然去，两眼一抹黑的，没办法。再然后又是叔叔，萍，就这吧，你找人啊，我听信儿。

泪水很快干了。我得找人。找人是可以的，也是就一两个电话的事。可是找到人后呢？

但不管怎样还是得找人。我就让豫新找。豫新在出差，那也得让他找。很快便找好了，让找一个周主任，把手机号给了我。我打了电话过去，周主任很客气，让病人赶快来。我再告诉叔叔，叔叔又告诉他们，他们第二天就来了，却没有住成院。没有病床。周主任让他们先做检查，在象城等个一两天。他们打电话给我说，不想等床位，想直接住院做手术。到了医院，就得听医生的。我说。磨盘他来回跑，身子骨受不住。不是让等个一两天吗？就近先找个地方住下，等着吧。

我没有请他们来我家。甚至没有去医院看他们。是不想去，也是不敢去。对此我心如明镜：只要一去医院，只要看到磨盘哥的样子和全娘的眼泪，我很可能就会请他们来我家住，也很可能会给他们钱。这简直是一定的。——就像父亲在时那样。父亲如果在，一定会去医院看他们，一定会请他们来家里住，也一定会多多少少给他们塞一些钱。

我没有。

你不是父亲。我对自己说。

奶奶也不在了。我对自己说。

这事跟你没有任何关系。我对自己说。

你不能开这个头儿。父亲开了一个漫长的头儿，到他死了才算结束。你不能再开这个头儿，绝不能。我对自己说。

我说，今天事情特别多，我就不过去看你们了。

不要来，你忙吧，不要来。大耳朵全说。

两天之后有了床位，周主任找我说联系不上病人家属，他们留的电话号码少写了一位数。咋那么粗心，咋能少写一位，唉。周主任的口气里夹带着责怪，这让我莫名地不舒服，仿佛我是当事人。就笑着回怼道，不能怪他们少写，只能怪数字太多。周主任哈哈笑道，你还怪幽默呢。

便给叔叔打电话问情况，叔叔说他们还是在当天就回了予城，说是要在市里看到底，谁知道他们咋想的。这事就这。你别管了。

我长长地默默地出了一口气。就知道会是这样。他们咋想的，我当然知道。他们一定会嫌象城的宾馆贵，舍不得。他们一定会算住一天多少钱，住两天多少钱。他们一定会在路费和食宿费之间来回计较。而比起象城，予城的花销就便宜得多，也离村里近，方便得多。可这些你们早该知道的呀，为什么还要来象城，还要这么折腾我？我真想朝他们发火。可是，不能。他们已经那么难了，我不能让他们来体恤我这里承受的人情。

过了几天，豫新出差回来，我让他请周主任吃了一顿饭。我为他们所做的，仅此而已。没有力所能及，也根本不想力所能及。以此为界，除了叔叔一家外，对福田庄的其他人其他事，我杜绝了自己力所能及的可能性。这样做时，我尽量让自己理直气壮。可事情就是这样，谁心虚谁知道。这份愧疚无法抹去，尽管我至今也不清楚自己愧疚的根源究竟是什么。多年来这份愧疚一直或轻或重地拉扯着我，我一直企图能把它卸货，最好能连同失眠症一起卸货，却一直没能得逞。

现在看来，宝水似乎是个合适的卸货之地。心理学不是有一个什么词叫移情么，我在宝水做的这些分外之事，在本质上好像就是对福田庄的弥补性移情。这份移情固然是叶公好龙，是隔靴搔痒，甚或是李代桃僵，可只要有的移，就总归是还有情。

有情就好。不做一个没心肝的人就好。

翌日叔叔便传来了消息，说是看到了拍片结果，只是有点儿骨裂，不严重。咱有了这证据，再加上你七娘那头儿去说和，这事差不多就妥了。就放宽心吧。

20. 那层膜

这个周六，刚招呼过午饭，正想歇会儿，先是秀梅打来了电话，气喘吁吁。姐你快来呀，听说香梅正挨打呢。然后便是雪梅骑着电动车过来拉我，我问大英呢，她说大英在镇上开会。老原正在屋里不知道忙什么，我喊了一声便和雪梅直奔西掌。

果然还正在打。这是我第一次看见香梅挨打。七成一只手里拽着香梅，一只手里拎着根棍子，棍子不粗，可他朝香梅一下一下抡去时，看着还是惊心动魄。张有富夫妇正在拦，却是一副拦不住的样子，张有富只虚虚地去抱七成的腰，他媳妇一边躲棍子一边去拽七成的胳膊，也只是虚虚的作势，根本没挨着。我就上前去拽七成

345

那只拎棍子的胳膊，雪梅和秀梅则上去拽香梅，没拽出来。我也被七成大力甩开，踉跄着差点儿跌到地上。

管得老宽！都他妈的滚蛋！七成瞪着红眼睛怒吼着。仿佛被他的疯狂传染，我心跳得剧烈，浑身的血往上涌。

你怎么能这么打她?! 我喊。又上去拽他，被他一脚踢中左小腿，力度不大，是钝钝的疼。这时老原和肖睿也到了，一人捉住七成的一只胳膊，老原嘴里骂着你他妈的打女人算啥爷们一边狠狠地踹过去，把七成踢坐到了地上。他起来想再冲，老原就又去踹，肖睿又开始拉老原，这边张有富拉着七成，两厢拉着，终于作罢。

我们把香梅拉过来护住。香梅低着头，看着木木的。

也不看看这是啥时代啥社会了，还兴打媳妇儿?! 秀梅喊。

你这是家暴！家暴犯法你知道吗? 肖睿也喊。

你怎么能这么打她?! 我还是这一句。事后他们说，我从头到尾就只会说这一句，还是哭着说的。

哭，我是知道的。一开口我就哭了，泪水进了嘴巴里，控制不住。

七成这会儿方才呆立在那里，似乎是被震慑住了。我们拥着香梅往外走，我一边走着还一边哭着，香梅却没有哭，始终没有。在西掌到中掌的半道上，香梅把脚步滞住。

姐，我还是回去吧。别劳烦你们一圈人了。

回去干啥? 继续挨打呀。秀梅道。

我随便找个地方坐坐。他那脾气再过会儿就坦了。孩子还在家呢。

我和秀梅、雪梅彼此相顾片刻，秀梅气道，孩子在家就在家，那是他亲儿子，他还能把孩子吃了？便不耐烦地推着她向前道，先走再说，你个傻子。

到了中掌方才发现去哪儿确实是个问题。村委会不合适，秀梅家过于热闹，老原家有九奶在，香梅说不想扰了老太儿歇息。雪梅说家里恰好还有间空客房，便拉去了她家，在客房里安顿下。秀梅打电话叫了徐先儿，徐先儿迅疾过来，和媳妇一起。后来我才发现，但凡去给村里年轻些的女人看病，他都是两口一起，十分避嫌。他老婆把香梅拉到卫生间里看了一番，说除了几处皮肉青肿倒也没啥伤。我说皮肉青肿还不算伤？徐先儿打了个哈哈道，那就用点儿药，搽点儿红花油，喷点儿云南白药。不值个啥。简单处置后方才问香梅缘故。秀梅说，咋听说是因为咱们拍抖音？香梅说，抖音只是个由头，主要还是因为男客。男客们喜欢和香梅搭讪，说些夸她漂亮的话，七成就不受。昨天一个男客确是因为看了"宝水有青梅"的抖音特意来的，要请香梅喝杯酒，香梅让七成去替都不行。七成当时就想发火，不过那一大桌子酒菜算起来足有三四百，就也忍了。今天他喊香梅去厨房收拾，香梅正在刷抖音，没及时应，他就噼里啪啦地上了手。

男人心小，你就注意点儿嘛。徐先儿媳妇说。

还叫她注意啥？她还不够注意？为啥不叫男人心大点儿？秀梅说。

那他不是大不了嘛。徐先儿笑道。

大英一回村便也过来坐了会儿，骂了七成几句，便回家去。小曹也来了一趟，晚饭后，张有富两口也过来坐，说如何劝架，如何拦不住，如何没办法，叹息了一回。便是这般陆陆续续来来去去。

来的所有人该骂的也都骂到，该说的也都说到，该劝的也都劝到，然后就是走人。说是敷衍也不为过，总之就是见惯不怪。

夜渐深了，香梅还是想走，我和雪梅都不让。雪梅说，姐，你今晚也在我这住吧，看住她。香梅笑道，我不用看，儿子在家倒真需要我看。我说，就叫七成管一夜孩子。她说，总归还得回去。住一夜顶啥用呢，白让孩子没着落。秀梅道，他要是心疼孩子就不会打你。你就不能用孩子难为一下他？她说，就是因为他么个样，我才更心疼孩子。孩子可怜。这时她那眼睛扑闪扑闪地才有了泪光，我的眼泪也掉下来，说，你总得治治他，不能这么忍着。她淡定道，他也从没往死里打过，谅他也不敢，到底我是孩子亲娘，他要再娶个还得费多少事呢。他也不能把我打出毛病，那谁干活儿呢。没事儿，姐，我没事儿。

我看着这张秀媚的脸。你，就没想过离婚么？

她垂着眼睛。有孩子呢。

孩子，孩子！你就只知道孩子！

两口子过不成，吃亏的总是孩子。

一时间忽然觉得她竟然也是对的，有点儿领会了哀其不幸怒其不争这句话的精髓，也有些气急败坏。我说，反正你今晚不能走。你走了，我以后再不管你的事！自己也觉得威胁得有些无赖且无力，便不去看她。她倒笑了，扯住我的胳膊说，姐，你说起气话来咋也跟个孩子一样呢。好，听你的，我不走。

洗漱完毕，躺在床上，便是漫长的聊天。从没和她聊得这么深细过。她说和七成原本是同事，都在豫南的一家饭店打工，香梅和一个信阳人谈过恋爱，那人因家里坚决反对便摇摆不定，终还是娶了别人。香梅落单后七成就开始追她，整天给她买东买西，嘘寒问暖。她心里正空着，搁不住他这一团火烤，就答应了处处看。有天晚上两人出去消夜，碰到几个小流氓调戏香梅，七成和他们打了一架，一对几便吃了亏。没等警察来几个人一轰隆跑了，那地方没监控，就不了了之。七成外皮伤倒无碍，却是被踢到了命根子。因急着看病，且也生怕别人知道，便带了香梅回了老家来结了婚。跑了一年多医院，命根子虽不如以前那么正常，好在也还基本能用，香梅也怀了孕。此时村里有了要美丽起来的形势，也便不再去打工，本以为能踏踏实实过日子，没想到因这因那地见天挨打。

我问，看起来是因这因那，那起头是不是也有个根子里的缘故？香梅闷了一会儿，说，还不就是因为那层膜。沉默片刻，我说，这放到现在哪里还能算个事。香梅说，我原本也这样想，所以当初他追我时就跟他说了实话，他说不计较。那时他对我也真是可好，确实像是不在乎，我也就信了。可等回了村，不知怎么的好像就成了个事儿。在外头时吵架再凶也只是吵架，回了村，一拌嘴他就能动起手来。在外头，他要是敢打我，我就敢报警。侵犯妇女权益呀，家暴呀，都能说得通。可在这里，那些道理都派不上了用场。满村去看，男人打老婆也从没人报警。都不报，我也就不报。在这里就不兴这些个。也不知道是为啥。

我静静地听着。此时能做的，适合做的，也就只有听着。

在村里，多大本事的女人，比如大英，再忙也得回家给光辉做饭。比如秀梅，即便峻山是上门女婿，饭食做好了，第一碗也要先端给他吃。要是吃米饭炒菜，就得把肉菜堆到男人那边。烩菜呢，就把肉多挑出来些给男人。总之都得是低在男人下头，不这样好像就不成个规矩。一句话，男人主贵。男女平等的口号喊了这些年，在外头倒还容易平等，可在村里也就是喊喊，难落到桩桩件件的实事上。要说也都不是啥大事，都是些鸡零狗碎，可日子长了就没了气势。打一回打两回，打多了也就麻了，也就认了命。真的，也不知道咋的了，在这里就可容易认命了。青萍姐，你说这是为啥？

我也不知道。沉默片刻，我说。她轻笑道，都说你文化好，我想着你能知道。又沉默片刻，我也笑道，这只能说明我文化还不咋好。

就都笑。

反正不能让他一直这么打你，不能一直这样。

我知道。都记着呢。先忍着。我不会一直吃亏。不是不报，时候未到。

那天我因为哭得不像样，被村里人当成谈资说笑了好几天，虽是以夸赞的口气说我对香梅的情分是亲姊热妹，可其中也有着显而易见的揶揄。我自己也有些困惑，那时怎么会哭成那样，好像挨打的不是香梅而是我，尽管我确实也被踢了一下。小时候在福田庄，见过不少女人挨打。当闺女的被打的少，嫁人成了媳妇后被打的概率就高得多。那时在懵懂中就只是把这当个热闹瞧。长大后听到家暴的事也没有多触动，就只是当新闻听，而这新闻其实也没什么新劲儿。家暴这个词，似乎也只是一个词而已，从不曾让我这么生气过。而如今目睹香梅挨打怎么就能让我哭呢？这泪水意味的是什么？仅仅是同理心么？还是因为这事就发生在眼前，七成的棍棒抡过的风都能刮起我的发丝，他的脚还踢到了我的腿肚子，这些近在咫尺的伤害让我有了唇亡齿寒的惊惧和愤怒？我就这么自私么？

21. 一个耳光

母亲也被父亲打过。记忆里，那是父亲唯一一次对母亲动手。

那是我刚刚离开福田庄回象城上学的第一年春节。以往都是在福田庄等父母亲和弟弟回来，这是我第一次跟他们一起由象城回到福田庄。进家时正值黄昏时分，奶奶站在堂屋，身影被灯光拖得长长的，铺在屋前的道路上。这情形让我突然很想哭。进到屋里，她只是说，回来啦？口气平淡，似乎我们经常回来。我凑近看她的样子，觉得她好像老了许多，也陌生了许多。有些莫名难过。不过这些情绪两天之后就消弭无踪，我很快有了身在主场的自在和惬意。父亲负责应酬，母亲和奶奶负责忙活年货，我则是负责带弟弟，领着他在村里到处串门闲逛，大人们见了我们都会亲热地逗笑几句，捧出自家油炸的麻叶糖糕和丸子之类的吃食招待，我们整日里吃东家喝西家，和村里的伙伴们嬉闹玩耍，欢乐无央。直到大年初二那天，父亲打了母亲一个耳光。

起因是母亲要回去值班，单位给她排的班是初三，所以初二就得回去。奶奶却不让。奶奶说，大年初二就走，这能算过年？过年过的就是团圆，大长的一年，就这几天，一家子人不齐齐整整的，这叫团圆？母亲说，没办法，单位就是这么安排的。奶奶说，单位这安排就不对，就是不想叫人家好好过年。母亲解释说，假期就这么几天，大年初三是正中间，谁都不想值，可总得有人值。以往每次排到她，她都央告着让别人替了，这回同事们都有事儿，她实在是不好意思再求人，必须得回去。奶奶说，不回去能咋？还能把你开除了？

真正的原因奶奶没有说出口，大家也都明白。初三是亲戚们来得最多的一天，至少要待三桌客。那一年叔叔刚娶了婶婶，要到处带着走亲戚，认门儿拿红包，俗称挣"新媳妇钱"。待客是个重体力活儿。奶奶当然也是能干的，可逢到过年这个时候，她就想让我母亲干。是想摆摆婆婆的款儿么？媳妇儿干着活儿，她和亲戚们说着闲话，听人夸着儿子媳妇，这就是奶奶最享受的时刻？我没问过奶奶，但很清楚，自从记事以来，年年如此。用她的话是：知道你忙，平日里我从不攀扯你。一年就这一回，你还不能给我这老脸壮壮光？母亲想的却是，今年有了新媳妇，新媳妇就不能过了这一天再去走亲戚？

就起了摩擦。父亲很明白母亲有理，却不替她说话。初二中午吃过了饭，母亲已收拾好了东西，要走不走地踌躇着。奶奶说，你走吧。反正萍不在我跟前养了，你以后是用不着我了。谁离了谁都能过。——我已经回城，奶奶是在说这个。回想起来，我在福田庄住的那些年，母亲在奶奶面前几乎没有话语权。夏天时，母亲回来，看到我就穿着小背心小裤头满大街跑，大惊小怪说怎么又没穿衣裳。奶奶说，这不是衣裳？母亲说这不能叫衣裳。奶奶说那啥叫衣裳？挂住身的就叫衣裳。看我玩沙玩土，母亲一会儿给我洗一次手，说农村本来就脏，要是不讲究卫生就会生病。奶奶说你们城里干净，就都不生病？莫非整天在大医院住着的都是农村人？母亲接不上话，奶奶的嘴还不停，说人吃五谷，谁没个病，有病就看病，别扯上农村城市的。没意思。

母亲便拎起了包道，对，谁离了谁都能过。

你怎么能这么跟妈说话？父亲说。

她先说的，我还不能跟一句了？

她是妈。她说得，你就说不得。就不能跟。要走也得跟妈赔个不是。

奶奶和父亲分别端坐在堂屋八仙桌的太师椅上，叔叔和婶婶在左边的小椅子上坐着，我和弟弟在另一边的小椅子上坐着，都在等着母亲赔不是。母亲站在那里。堂屋里尽是沉默。或许很长，或许很短。

母亲嘴唇颤抖着，想要说什么，却说不出来。我真替她着急啊。赔个不是有那么难吗？说了不就能走了吗？

寻思了一下，我站起来，拉着她的衣角，轻声说，妈，你跟奶奶说对不起。

母亲把目光转向我，那一瞬间我明白了什么叫怒视。她眼睛里的小刀子朝我剜了我几剜，突然狠劲儿地推了我一把，喝道：你也敢拦我？把爪子松开！

我被推倒在地，跌了一大跤。衣裤很厚，一点儿都不疼。主要是太丢人了。我哭起来。大过年打孩子，还有王法没有了？奶奶一边斥责一边起身去拉我。这时候，父亲也起了身，堂屋里响起了一声响亮的耳光。

母亲是走到院子里才哭出声来的。她就一路哭着出了门。叔叔说要去送，被父亲拦住了。说：叫她滚！不过叔叔还是去送了。

事情就是这样，想从中斡旋的我，被母亲推倒，跌了一大跤。母亲挨了父亲一个大耳刮子，哭着回了予城。在当时的我看来，这些都是了不得的大事。我胡思乱想着奶奶会不会被气病，父母亲会不会离婚，他们要是离婚了，我和弟弟又该选择跟谁。不都是那样吗？两个孩子，一个跟父亲，一个跟母亲。如果跟了父亲，父亲怎么能照顾好我。如果跟了母亲，是不是就不好再回福田庄……我纠结着，一个晚上都没有好好睡。

可让我意外的是，事情没有那么糟糕。初三那天，叔叔婶婶去走亲戚，家里照样待客。奶奶亲自下厨，父亲殷勤搭手，亲戚们的女眷来了也都纷纷帮忙，根本不成问题。但凡有人问起母亲，奶奶和父亲异口同声地回答：单位值班哩。一副喜气洋洋状，让我看得莫名其妙。两天后，我们返回予城，母亲对父亲冷了两天，便也过去了。一切都像没发生过一样。

长大之后，长很大之后，我才渐渐明白了这件事情的玄妙：如果我不出面，母亲就找不到突破口。母亲没有突破口，父亲就也没有突破口，奶奶的面子就搁在了那里。都没有台阶可下，局面不知会僵到何时。所以，我在无意中做了件对事，简直对极了。妈妈有了里子，顺势负气回城。奶奶有了面子，儿子为了她都打了媳妇儿呢。父亲的名声更加好，没有被城里的媳妇拘住，是响当当的一家之主。我呢，得到了奶奶格外亲厚的优待，早上赖在被窝里不想起来时，她都泡好温热的毛巾，到床上给我擦脸，说我是她的小棉袄，到底还是跟她一条心。我支支吾吾地应着她，心里却开始有些厌烦起来。觉得她对我母亲的所作所为是那么蛮不讲理，在她的威逼下，父亲也不像是平日的父亲。他们母子两个，好像都属于万恶的封建社会。

22. 无所不事

孟胡子回来自然是要接风的。原本杨镇长说也会来，临开席时却给孟胡子打来了电话，说别书记和大星闺女僵了这些天，叫了几拨人去调停，到底还是没谈拢，"不怕记者"那段通话录音刚刚被放到了网上，刻下正在爆。记者听了这能不刺激？你说，别书记这会儿坐在火盆上，我咋好过去喝酒嘛。

挂断电话，先顾不上吃饭，一帮人赶快搜录音来听，别书记的声音从这渠道里放出来，乍听着有些不像，再细辨就知确凿无误是他。显然被剪辑过，隔三跳五的。众人边听边笑，分析着二人的语气，揣摩着二人的心理，还论起了若是别书记就此下台，杨镇长当了书记后会如何如何。想来别书记正在坐火，我们这些隔岸观火的人却也只能观火，对他屁股底下的火势也只能扯扯柴火的事。貌似热心关切，其实却是冷酷绝缘。

这个话题占了半场饭局，喝到酒兴浓时，孟胡子方才给肖睿、周宁上起了课，说是要留心学，这些事里都能学到东西。不要觉得这事跟那事没关系，这事那事跟你们的事也没关系，都有关系。你们不是说万物启蒙么？叫我说，就是万事有关。你们的长处是能有新技术新平台，可这些新要不能落地生根，那有啥意思？新不是凭空新的，得结合着实事才有生命力。比如村里这些人，不要总觉得病根儿在他们。你看到他们有问题，他们还看你们有问题呢。认知层次不一样，就都会觉得问题在对方。但学肯定不是白上的，咱们的认知层次当然要比他们高，那就得学会用这个高，高的作用不是叫你站那儿阳春白雪地下不来，老想着指着鼻子去教育人家。该多想想在这些事里怎么被农民教育。

我们没有指着鼻子教育人家。周宁怯怯反驳。孟胡子佯怒道，指着鼻子还非得指着个真鼻子？有时候你们表情不对话风不对，那就相当于在无形中指着了他们无形的鼻子。比喻，懂不懂？俩人乖乖点头。就都笑。

孟胡子这会儿真是妙语连珠，他说，低的上不来，高的要会下去。咱就得有种随高就低的能力，然后用这种能力去上下自如地实践。要记住，思想问题不能用思想解决，思想问题要用行动来解决。行动介入最有效，最有说服力。咋行动？一般来说慎用正面强攻，多用侧面巧攻。麦捆根，谷捆梢，芝麻捆在半中腰。把住要害就能顺利拿下。你们现管着这些孩子，孩子们都是优质杠杆，就看你们咋用他们去撬。比如万物启蒙这种活动，本意很好嘛，可你们这么去干，他们就是不好接受，咋办？比如说咱组织个卫生评审团，就让孩子们来当评委。大人们去检查没法子撕破脸，孩子们去就好办，他们小脸一绷就能不讲情面。谁家干净谁家美，小嘴吧嗒得明明白白。童言无忌嘛。谁好跟孩子们恼？谁家状况差，那家孩子回家不得督促？启蒙的事哪里还用专门打旗号，在这个过程中就能实现。从中掌到西掌，到了大曹家门口，不能叫他讲讲木头？路过庄稼地，不能叫张有富讲讲庄稼？

对了——他转头突然冲着我——听说香梅挨打，人家没哭，你哭得不行？就都笑。他又问，没人拦着？我说张有富两口子拦着呢，拦不住。孟胡子说，七成那个劲儿上来，一个人是不好拦，可两口子一起拦都拦不住，是没吃饱饭？听他语气像是玩笑，他也确实笑着，却笑得意味深长。说，张会计可是整天算账的主儿呢。能把老安的房子都算到自家手里，你想想。他家和七成家离得恁近，七成家还专做餐饮，香梅手艺不错，模样也能聚人气，客人多了也便罢了，可若是就一桌客，八成还是会去七成家吧？所以这两家有点儿竞争关系。七成一打香梅，这生意不得停几天？谁得利？我估计他们两口子在这事上有点儿股份。

众人一起哦了一声。我蒙了片刻，说，也没看出什么苗头，也没听见他们说什么不该说的话。孟胡子道，就凭你们一青三梅老在一块儿耍，人家能叫你看到听到？再说了，这种点火的事，非得叫人人瞧见火焰八丈高？把个暗搓搓的小火苗子往七成那边吹吹就够啦。忽然又一笑，说，我看“头号院”的生意怪红火，自家院子挤得满满的，还能占用上九奶的院儿，老安这一走，倒是便宜了张大包。

我这也才回过味儿来，豁然开朗。

孟胡子一回来，学校院便整日里人声鼎沸。周宁说，咱这小院相当于大城市的综合体，集多种功能于一身：乡建工作室、村史馆、暑假托管班，以及诸多从业人员的食宿地。只有带着孩子们出去检查卫生时，院子里才能安静一些。小检查员们果然发挥了奇效，他们进到各家各户检查、打分、贴小红旗，一丝不苟。看着像是游戏，一旦贴上了小红旗，游戏的壳里就有了严峻元素，村里马上就分成了有旗和没旗的两类。然后，一天天地，有的人家小红旗就越来越多，就分成了旗多的、有旗的和没旗的三类。没旗的想有旗，有旗的想旗多，旗多的想更多，比赶超的氛围很快浓郁起来，村里的卫生状况变得空前优质。即便是周末两天客流如潮，也难在街面上找到个塑料袋子。

万物启蒙也夹含在其中不显山不露水地进行着，大曹讲起各种树木果然头头是道，张有富讲谷子、玉米讲得也好，只是讲着讲着就跑了题，开始说地，说咱山里最好的地是沟道地。沟道地保墒，不用浇，亩产能到八百斤，是一类地。二类地亩产五六百斤，三类地也就是四百来斤。这些地都是世世代代积累下来的祖产，每块地在村里的账上都清清楚楚。各家分地是得产量上取齐，不能地面取齐。一类地最要紧，每人能匀到八分。当年分地是头等大事，难在山里的地不规整，大块地少，碎地多。光听那些名就能知道：长虫地，小井地，红萝卜地，石榴地，这些地按三角量按扇形量还是按梯形量都有定规。还有楔苫地，就是长有树的地，树周边不长庄稼，就得把这一部分面积除去。该咋除也有一说……孩子们眨巴着眼睛，都听得蒙蒙的。

到底是孩子们，什么都能玩。几颗小石头，他们顺脚给踢到沟里去，看谁踢得远。蹦个高，去摸低垂的树枝。追逐蹦过路面的小蛤蟆，高声吓唬飞过的小鸟。早红了的山楂，掉地上的柿子，这些都能成为他们的玩具。没有玩具也无碍，不为个什么也能大呼小叫地闹一番。或者无厘头地扮僵尸，发出自以为恐怖的长啸声……常常地，山道上无人也无车，这个队伍就这么玩耍着，嬉笑着。有一次，他们忽然搞了个即兴赛跑，分成了两队，有一队少了一个人，让我充数。没有被嫌弃太老，我很荣幸，就努力地跑。跑一段，分出了胜负，输的却不服，那就再战。来来回回，歇歇跑跑，玩了很久。这一趟疯跑下来，我出了一身透汗，晚上特别饿，吃饱了就犯困，竟然比九奶先睡着。

那天晚上还做了一个梦，梦见的是蚊子。从不曾梦见过蚊子。这蚊子很特别，足有半米长。可我不怕，一点儿也不怕。追着它打。蚊子长到半米长也还是不禁打，三下两下就让我给打死了。我是小心翼翼打死它的，如果破坏了它的外形，那可不方便我向小伙伴们炫耀了。我小心翼翼地护着这巨蚊的遗体。它是那么轻薄，轻薄而硕大，硕大却轻薄，似乎吹来一阵风，它就能随风而去，再也不见。那可不行。我得好好守着它，等着小伙伴们。可是小伙伴们久候不至，<u>丝丝凉意隐隐而来</u>。啊，风来啦，风来啦……

醒来，我知道自己在笑。半米长的蚊子呢，怎么能不笑。这种乐趣类似于比最高的玉米秆，比最大的麦穗，比最艳丽的蝴蝶，比最强韧的杨树叶梗。这些简单的乐趣，无聊的乐趣，可爱的乐趣，和巨款、豪宅、华服、高位之类毫无关系的乐趣，都曾经是童年才有的乐趣，而如今，则是只有梦回童年才能重新拥有的乐趣。

偶尔会想象：多年之后，这些孩子都已长大，他们是否会想起这些时光，如同童年的福田庄之于如今的我？这些无所事事又无所不事的山中夏日，当时不以为意的片段，在成年之后是否会酝酿成酒，在他们的记忆里馥郁缠绵，缭绕不绝？

23. 景儿都是钱

"七月枣，八月梨，九月柿子红了皮。"这俗话里说的时辰自然都是农历。也有论节气的，如"立秋风，山楂红。白露到，打核桃"。最早成果的果然就是山楂和枣，十分应景。立秋后村里人就开始打山楂，我也跟着秀梅打了一回。打山楂要用巧劲儿。把杆子举得越高，动作幅度越大，越不中。因你的力道打到了树枝上，树枝一摇摆就把它化解了。需得杆子离山楂近了再出手，稳准狠地把它半打半敲半震地弄下来。山楂不怕落地，大约是因为个头儿小，就经摔。

枣多种在家户院里，便常有人送来一些，说是给九奶孝顺鲜果。最小的叫灵枣，玲珑可爱，口感脆甜。最大的叫石碾枣，笨笨壮壮的，体形喜人，只是甜度差些。大英说，大集体时，像枣啊核桃啊这些山货打第一遍时都必须得上缴集体，之后社员们可去遛二茬三茬，按不成文的规矩，遛出来的东西就属于自家——去收获过的田里捡漏，这里叫作遛，麦子、玉米、红薯、花生之类的都可遛。大英说，起初还糊涂着人家咋那么会遛，一遛遛一大堆核桃，一遛遛一筛子枣。后来才知道，人家在给集体打时就已把东西藏妥，要么藏一堆草底下，要么挖个洞做个记号，等于给自家偷摸攒下了，到遛时再假装发现，多卓。

柿子们也依次熟了。到这里才知晓柿子还有那么多品种：磨盘柿、锄头柿、鸡心柿、火罐柿、水晶柿，也有论口感起名的，如涩柿、甜柿、脆柿、绵柿，我最爱听的还是论时令叫的，什么八月黄、雁过红、九月青，有着栩栩如生的画面感，且一听就知道什么时候能吃。柿子的问题就是不好存放，不过恰也因不好存放，反而置之死地而后生地有了其他出路，或酿成柿子醋，或晒成柿饼。柿子醋转变成了调料，柿饼升级成了比粮食更稀罕的糕点。做醋的柿子不值一提：只有从树上掉下来的烂柿子，不好做柿饼的，才会用来做醋。当然，做出来的味道还是极好的。做柿饼的柿子却得精挑细选：首先得熟得早，晒柿饼有削皮、晾晒、捂霜等几个步骤，按步骤综合论，上佳的就是八月黄。

旱多柿甜，水多柿大。田里柿子一般会结得比坡上野长的大，就是因为田里好浇水。今年雨水足，整面山的柿子果然都长得匀匀的大。看到一树树累累垂垂的八月黄，村里人都说今年得好好晒些柿饼啦。但即便是八月黄里，也得是刚黄的柿子才适宜做柿饼。色还发青的甜度会差，颜色红的甜度虽够硬度却不够，不好削皮，且熟得迟，会误了接下来的一系列程序。因此要做柿饼，就得把这些个都搁置，选甜度、硬度、个头儿都刚刚好的。

孟胡子想使的却是另一股子劲儿，他在各种场合唾沫飞溅地跟村民们宣传着柿子文化，却没有单刀直入，而是先从美讲起。说美丽乡村可不是白得的名号，咱得知道咱们能叫人看见哪些美。我看咱们的玉米收下来都是苇箔扎成了囤，放在空场地上，既透气又透光，太阳好了能晒，上头罩一块塑料布还不怕下雨，科学得很。可说实话，堆得太随便，不够美。咱扎囤时，能不能想想这三四个囤咋排列更好看，能不能编几小辫玉米，在苇箔上外头挂出来，或者再配上几串红辣椒，小小一点缀，俏他一俏。还有咱们的山楂，你晒时也不要泼泼洒洒往地上一搁。你要么晒到咱的大簸箕里，要么铺块布，最好是净面白布，衬着咱的山楂圆溜溜红艳艳的，这都能成景儿。类似这些事，咱都要犯犯思想，都要虑虑进到客眼里头是啥样，能不能叫客想去拍照留影，能不能叫看到图的人也想来咱山里看，这就有了意思，拐弯抹角地都能给咱钱。

后来才拐到了柿子上。他说柿子品种多，成果周期也长，从八月黄到九月青，从秋分到霜降，足足能有俩月，这俩月足够咱们做一大篇柿子文章。现在啥都讲文化，柿子也是有文化的。唐朝时候就有记载，说柿有七绝，一多寿，二多阴，三无鸟巢，四无虫蠹，五霜叶可玩，六嘉实，七落叶肥滑，可以临书。意思是柿树寿命长，长大有阴凉，不招鸟虫，清净利亮，果子结得又多又好，下霜时叶变红了也能欣赏，叶片又大又厚能在上头写字。还有，柿和事同音，味又甜，颜色喜庆，所以咱们老祖宗在传统文化里早就把它列成了吉祥果，留了可多口彩。四个柿子放在盘子里，就是事事如意圆圆满满。柿子加上一条鱼，就是事事有余。反正是跟柿子搭起来的，都是好意头。这些总结你说有多好，我劝你们都记下，将来好跟客们显摆。

就都笑。他又说，柿子可不是成了柿饼才能卖钱，要知道，从摘柿子开始，票子就开始哗啦啦响啦。比如旋柿子，咱们干这个活儿，就能叫客们当景儿看。柿子旋好，往麻棘圪针上一扎，扎个满枝红，再往高高处一摆，不也是一景儿？火罐柿、水晶柿熟时，连枝带叶地多存一些，挂到墙上也是景儿。千万记住，这可都是景儿啊，都是景儿！景儿都是钱，都是钱！

远远地听着他讲得苦口婆心，我只能暗自赞叹，到底是孟胡子。顺手在手机上搜了一下，七绝之说居然是出于《酉阳杂俎》。

孩子们开了学，肖睿、周宁却没有立时就走，说是住上了瘾，向学校请了假，再赖一段，至少能待到国庆节前。这意味着他们只需要周末两天担任一下临时老师，平日里就都是闲空。孟胡子立马给他们派了新活儿，叫他们用国画风格画了几张柿子图，从里面挑了一张，他亲自题了"柿柿如意"的款，然后糊了个牛皮纸袋子，把袋子挂出来当成了样品展示，让各家根据需求报数，说批量印的话成本就低。按行情，一个袋子往高处算单卖两块，一斤柿子五块，搞搞价四块，一个袋子装两斤，拢共才十块钱。霜降后就这么卖直接吃的火罐柿、水晶柿，定是好生意。老原当即订了一千个。我问他要怎多干啥，他说这袋子意思好，且量越大均价越低。张大包、张有富、秀梅和鹏程也都跟着三百五百地订，袋子的成本果然降到了一块五一个。想起那句"富人夹，穷人撒"的话，便说出来嘲他过日子仔细。他笑道，这话有意思，精准地折射出了不同阶层的认知经验。富人之所以富，就是因为善夹。穷人之所以穷，就是因为好乱撒呀。

24. 万柿如意

九奶的两棵八月黄离宝水泉不远，眼看着也一天天黄起来，她便督促我和老原去摘。摘柿子也是个体力活，小树一个人就成，这山间多的是上百年的柿子树，摘起来就费工夫。最好三人，至少两人。下面的人用棍子撑一个布袋接着，上面的人爬到树上用手去拧，或用挠钩去挠，把枝子撅断不要紧，不撅它还不高兴呢。柿子树不怕够，也不怕砍，越够越长得欢，越砍越长得旺，有新芽来年才会更结果子，越结越多。若是今年的果子没人摘，明年就没啥果子。你看有些柿子树长得高高大大的，那不是啥好事，那是没人爱的长荒了的可怜树。

我们两个手脚都笨，每次摘小半晌，也只能摘上一筐。九奶说一筐就中，就叫把旋柿架搬了来，收拾了一番，要开始旋柿子。说当天摘下的硬柿子就要当天旋，不然第二天皮就会发软，不好旋，也旋不好。

八月黄多是方的，有四个大棱，她坐在条凳上，眉目之间突然就焕发了精神。只见她把一颗柿子扎上，从柿子顶开始卡刀，一圈下来一片到底，旋得干干净净，十分轻巧利索。观摩她旋了十来个，我便让她歇着，自己上手。一上手就知道了难，不是刀不快就是柿不转，手还总是打滑，一打滑刀片就冒过了柿子，根本旋不到皮。狼狈不堪地旋了两个，就赶紧下了架。若说她旋的是一净面，我旋的就是满脸花。都看着我笑。她就又再上手，讲着拿旋刀的力度，吃刀的深浅，周边围拢了一圈人看，孟胡子笑道，老太儿这手艺真卓。大英说，搁到头些年，九奶身子还健旺着，一晚上就能旋出一担柿子。要不是疼惜她如今恁大岁数了，都要劳烦她去旋柿子呢。谁请她她都去。秀梅和小曹都贴得近近的，录着视频。小曹悄声说，发到网上时可以配任贤齐那首《对面的女孩看过来》，"对面的女孩看过来，看过来看过来，这里的表演很精彩"，这歌词多搭。秀梅说，不是有一首歌叫《万事如意》么？我觉得那个更对景。万事如意也是万柿如意呀。两人约定了要来个同题竞赛，各拍各，各发各，三天后看播放量和点赞数定胜负，输家请客。

九奶，恁这精神头，能活一百岁呀！张大包凑趣。

她现在都九十多了。你才说到一百？怎么着也得两百。大英说。

张大包抽了自己一巴掌道，二百五，二百五中不中？

九奶笑骂道，你个赖孙。

想起奶奶骂我赖孙的样子，眼睛就突然一热。

我们摘了三回，九奶也旋了三回。旋好的柿子扎在麻棘圪针上晒，颜色既艳又润，果然是极好看的一景儿。如闵县长所言，棘就是圪针。这里的圪针有几种。就型号而言，麻棘圪针算是中等，比它小的是酸枣圪针，比它大的是皂角圪针，在皂角树上长着，也叫皂角刺，根根粗长凌厉，异常凶悍，却也充满了强力之美，和高大的皂角树相得益彰。据徐先儿说皂角圪针是一味好药，有消肿排脓、消毒透脓、搜风杀虫的功效，《本草纲目》上都有记载呢。

第三天正好是周六，来了不少客，有不少客说是刷到了"宝水有青梅"的视频特意找来的。秀梅这条视频自发了那条"万柿如意"后就唰唰唰地涨粉，播放量居然第一次破了万。秀梅喜不自禁道，这就是应了万事如意的万。客们看见九奶旋柿子，没有不拍的，也都要和九奶合影，九奶也便任他们合。有客开玩笑道，老太太成了网红，以后谁找您拍照就该收费啦。九奶却凛了脸道，照个相还要收钱，这心里该穷成了个啥。

如今秀梅拍抖音已经有点儿犯魔怔。但凡有客在她那里食宿，说不上两句话，她就会叫人家看抖音加粉丝。挂在嘴边的话就是：涨啦涨啦又涨啦。有一次，小金师傅突然带了媳妇过来，说自己回去开店也要搞个这视频号，叫媳妇来向她取取经。那小媳妇啥都问，一副虔诚求教样。秀梅也兴致勃勃，恨不能倾囊相授。问她咋那么爱穿红衣裳，秀梅说，穿红最有效果呀，衬人脸颜色好。穿别的色也中，不过最好能配条红围巾，美颜一开，俊得很。记住，美颜必须得开呀。一开美颜，衣裳根本看不出来好赖，只要颜色鲜亮就中。不过也不敢开太狠，开太狠了那脸白得跟妖怪一样，也可吓人。小媳妇羡道，你们这团队也卓。秀梅更是来了劲儿，说，那是。俺这团队是没的说，有颜值担当，有文化担当，我算个组织担当吧，好歹是个妇女主任，也该活跃活跃文化生活不是？你要是弄，最好也组个团队，团队力量大。你看俺们这几个耍得多好。不过团队拍一回也不容易，都忙活活的，逮住了人就多拍几条，存住点余粮。也得勤更新，不说天天更吧，起码得两三天更一回。你经常更，粉丝们经常看，就能有习惯跟感情，这叫粉丝养成。小媳妇又愁说不知道该拍啥，秀梅惊讶道，咋会没啥拍哩？啥都值得拍。做饭，烧地锅，在地里种菜摘菜，对着口型唱歌唱戏，这都中呀。下雨时拍雨水滴答到花草上，拍姊妹们打着花伞排一排，不是也中？等下雪了拍得更卓。我跟你说，除了下刀子不拍——不对，下刀子更得拍，谁见过下刀子呀，那播放量肯定爆啦，哈哈哈。

因赢了小曹，秀梅紧催着叫他兑现请客。周一晚上小曹便践诺，在老宅摆了一桌。这些日子，小曹也渐渐把重点从镇上移到了村里，给老宅内部做了细装修，刚刚拾掇妥当。这期间常带着一个女孩子出双入对，女孩子明眸皓齿的，姓叶，名青蓝。请客时青蓝便在。吃喝间闲话，她说她家是县城边儿的村子，在网上做的特产店是"怀乡好物"，和小曹也算是同行。两人眉来眼去的，一看就是热恋中。饭后她又跟着我来到老原家左瞧右看了一番，说小曹的老宅也适合开民宿。小曹笑道，那是。咱那老宅也是一方宝地，只要你愿意，连房带人都是你的。她便翻了个白眼给他。听秀梅约她一起拍抖音，便爽快应道，没问题，很荣幸。我跟青萍姐一个系列，也属青的。你们的抖音我老早就在看了，老早就想着啥时候能和你们一起拍，咱们一起努力当网红。小曹对秀梅嗔道，当着我的面儿就要劫我的人？青蓝便戗他：谁是你的人？我永远是我自己的人。

25. 留余

夜里洗漱完毕,躺在床上,照例要和九奶闲话。我说咱树上还留着可多柿子,九奶说,那就留着,不摘了,叫喜鹊吃,这叫招喜,意头好。老理儿上叫留余。留余就是留福,留福就是积德。就讲了一个典故,说可早以前,也是个小山村,村人吝啬,到了季就会把柿子摘得一个不留。有年冬天下了大厚雪,几百只喜鹊飞哪儿都找不见吃的,一夜之间连冻带饿,死了个净。第二年夏天,柿子刚刚长到指甲盖大小,一种从没见过的毛毛虫突然在树上爬得到处都是,成了灾,把柿子吃了个精光。那年秋天,柿子没了收成,这时人们才念起喜鹊的好,说要是给喜鹊留几个,哪里会有这虫灾?从那以后,这毛病村人再没有犯过。

默默地听着,我特意把身子往下移一移,靠近她的腋下。她洗澡不便,我也怕她滑倒,便两三天给她洗一次。即便刚洗过澡,她的身体也总是有些淡淡的味道,是洗发水和沐浴液之外的身体本身的味道,也是老人特有的那种味道,不,这么说也不准确,应该说是奶奶特有的味道吧。

絮絮叨叨的,她又讲了一个典故,也是可早以前,有个人到山里做生意,那时快到冬至了,昼短夜长,走着走着太阳落了山,把他黑在了半路,前不着村后不着店的,叫他心里直发慌。正愁得不行,影影绰绰就瞧见不远处有点儿红光,像是从哪扇窗户里散出的。心里一喜,连忙奔去,到了跟前才看清是棵柿子树,上头还挂着个柿子。他赶紧把那柿子摘下来，那柿子就一直发着红光，像个小灯笼似的，又像个小火炉似的，照着他，暖着他，引他到了投宿的人家。这趟生意他也做得顺遂，后来再路过这棵柿树，就给它上了供飨。自那以后，但凡听说了这事的人，只要是在冬天的山里走夜路，手里都会拿个柿子。

拿着个柿子，就真能照亮？

跟我一般憨傻。她闷闷一笑道，当年我也这么问过。

又说，反正拿着好，他说能辟邪。

他是谁？谁是他？

她沉默了片刻说，就是他呀。

其实已是猜到了。也不知怎的，对于德茂的事，她说得越多，我想知道的便也越多。便趁机问她，你这不离手的宝贝拐杖是不是他给你的？

她却又没了声息。过了很久，方才道，是他磨的。有一阵子我身体虚，走路腿打战，他得着了降龙木的料，就磨了这拐杖。也不是光给我。他那时一并磨了俩，当时豆他爷腿也不得劲，那一根就给了他。他对人，就是这般好。沉吟了片刻，又道，后来得了福久，就更善。娘娘庙前石板路是得福久前修的，得了福久以后，他得空就去平整路面。他还说，在这条路上救我，这一救功德大，也是我在娘娘庙发愿发得灵，福久该算是两家人的孩儿，就认了我当干娘。

比起别人，他对你肯定还是更好。

她嗯了一声，肯定又在无声地笑。

咋对你好的？

我个妇女家，他一个汉们，话都没几句，还能咋好。就是拐着弯的好。比方说过几天就叫做桌好菜，说留着钱干啥，吃好喝好，到了肚子里都是本儿。一大桌吃不了，剩下的就能轮得到我吃。各样菜都能留下小半盘，够我吃得饱饱的。过年做衣裳，新布新棉花，都备得足足的，给主家做完了还都有留余，他不叫存，叫给我也做一身，那材料用得正正好。

听徐先儿说，他挨斗时你还上去陪斗哩。你也对得起他的好。

她轻声笑了出来，道，那时小桃病歪歪的，只能躺床。他孤零零地站台上，豆他爹一蹦上来就指着他批，吃人咬人样。我也不知哪来的胆，跟神鬼推似的就上去了。有人嚷说你不要命了？我说，他救过我，我的命是他给的，该跟他一起挨。上头的大形势我不懂，受人恩，千年记。戴人花，万年香。我就知道个这。还有人嚷说，你成分好，得跟他划清界限。我说，划不清。我成分好，他成分赖，要是能给他匀些就匀些，要是不能匀，那我愿意就低不就高。恁看势办。

我紧紧地贴着她，这瘦小的身体。

后来那阵风过去了，倒也平安了十来年。他多明白一个人，那时就跟福久说，以后要好好读书。不论是啥世道，好好读书都没错。将来有本事了就往外走走，外头世界大得很，不能光瞧见山里这些人。谁承想后来又来运动了？原家叫打了记号，豆他爹还当着家，这回也没躲过。

豆他爹，咋就死瞄上了他呢？

我也虑过可多回，想不透。那孩儿打小就是块刚出窑的生红砖，横硬得很。跟原家这，或许就是以前太近了，够得着。又或许

369

是一开始烂就烂到底。疙瘩有几种系法，有的活泛，能解也好解。有的死实，就得下剪子铰个稀泼烂才能了。老话说，一不做二不休，账大难还灭债主。也是这。

夜很静。外面有客的说笑声遥遥传来，还有隐隐的歌声。赵顺家的房间配有麦克风，能K歌。

又来这一回，斗得比以前还厉害。把他从桌上踹下来，跌了个大跟头，当时就人事不知，第二天才醒过来，第三天就咽了气。临死前说，活这一辈儿，值。能抻长腿，展展儿地死了。我知他的心思，那时福久从予城的学校毕了业，还在轧钢厂有了工作，算是扎下了根。他对福久说，能在外头就在外头，少回来。

后来不是又开始兴了包产到户？分地头一年，小桃也死了。那时是大英的公公当着家，正领着村里人修路，她非得上工地，还可好表现，啥都往前冲。炸药刚崩罢山，零碎石头还往下掉，她就去冒头，不砸她砸谁？迁延了两天人才死。回光返照时还说自己死得好。她这一死，一是可将功折罪，二是给原家掐净了黑线头。以后谁也甭再说原家出身有毛病，她这一条命还不能堵住人嘴？我问她，你不是专意的吧？她说，傻话，谁不想好好活。她还交代我，叫我对福久说，以后能不回来就不回来，即便回来也不要进村。

我没吭声。九奶说，我当时一直没吭声。小桃就说，我知道你惦记他，你舍不得。可也要为他想想。我说，这世道，不会一直是这。小桃说，谁知道哩。行在路上，前头老是黑的。我说，黑着黑着就白了。天明了有太阳，到夜里有月亮，就不会一直黑。总归还是黑时短，白时长。小桃说，我没气了，不跟你论。

埋罢小桃，我到底还是把她的话说给了福久。他就不愿再进村。分地时就没了原家的地。我怕这老宅也保不住，就占着等他。他不回，就等根儿。只要原家有人回来上坟，我就等。我知道，他们能记挂着阴宅，就不会丢了阳宅。那都是他们的宅。

26. 山山唯落晖

那个下午，老原去西掌口等客人，我在菜园里摘辣椒，摘完又洗了几遍手，若不洗个干净，手擦一把脸揉一下眼都能难受半天。手机在屋里充电，待去看时才发现大英这一会儿工夫打来十来通。正想回过去，她又打了来，一接通就听她喊：咋都打不通？！你去跟鹏程、雪梅说，叫他们俩赶快来，这边有事！我慌慌地问，光辉哥咋啦？大英喊：是娇娇！

挂断就连忙给鹏程打，鹏程手机正占线。想起大英说的都打不通的话，暗骂自己糊涂，便直奔过去。鹏程正在和谁聊着什么，匆匆挂断便跑向东掌。我跟着跑了几步，想了想该去叫医生，就去叫徐先儿。徐先儿却稳稳地端着茶杯喝着茶道，估计无大碍，等会儿再去。我说这多紧急呀，你咋还耐得住？他哼了一声道，你知道还是我知道？要我说，你也别急着，晚会儿再去。这会儿就自家人在最好。

这话里有话的，我却不知道该往哪个方向去琢磨，便有些纠结。怕去了不合适，反是打扰。不去又过意不去，人情上也不好看。便打电话问老原，老原说，还是该去，礼多人不怪。反正她也知道咱们不是看笑话的人。娇娇是女孩儿，我不方便，你先去。

得了他这话，我便一口气小跑到了东掌，远远地看见那副情景，就明白了徐先儿的意思。鹏程和大英正使劲儿裹挟着娇娇，娇娇还在奋力抗拒着，披头散发，连衣裙显然穿反了，脖子那里勒得紧紧的，她还在奋力挣扎，口中含混不清，裸露出来的胳膊和小腿上有不少血痕。光辉一瘸一拐地尽力跟在后面，手里搦着的像是娇娇的内衣，走几步，停一停，气喘得厉害。汗水在黑红的脸膛上划出几道粗泥印。

便闪避到一边看着。等他们进了家门好一会儿，我方才进到院子里喊大英。大英出来，强笑着说，没事，没事，没啥大事，眼泪却还是流下来。我也跟着哭了。两人对哭了一会儿方才止住，大英就说了缘由。原来是两个男游客转到了东掌，看见娇娇正在大门外的树下读绘本。小山村，白色衣裙的年轻女子正读书，这是一幅好景象。他们便对着娇娇拍照，娇娇没察觉。他们又想拍特写，就悄悄靠近了娇娇。光辉正在不远处的山坡上打柿子，看见这情形就明白不好，大声吆喝着想把他们赶走，却惊吓住了娇娇。抬头又看见这两个生人，娇娇尖叫了一声，扔掉书就跑，那两个人又把在大门口，娇娇就朝屋后的山林里跑，慌乱中摔了一跤。看那俩人还在往上跟，就爬起来跑得更快，一边跑，一边尖叫，一边脱着衣裳，那两个人这才不敢再跟，疾逃而去。等到大英和光辉找到娇娇时，她缩躲在一片灌木丛里，已脱得一丝不挂。

还是去市里看看吧。我说。大英说，不用，老毛病。今儿黑盯一夜，能平稳过了就中。我说，那我晚上来，跟你一起守着。大英说，有她嫂子呢。便推搡着我往外走。我这才想起刚才还没见着雪梅。出门看见老原站在那里，便远远地摆了摆手。

和老原刚走了没几步，就听到拐弯处脚步声纷乱，转过弯来，迎头是雪梅、周宁和肖睿。雪梅到我们跟前顿了顿，话都没说一句，红着脸只继续跑。问肖睿、周宁方才去哪儿了，周宁说，写生呢，就在中掌的南坡上。手机按到了静音，没听见。

我和老原便回去。已迫黄昏，树树皆秋色，山山唯落晖。巨大的山体在夕阳里静静地卧着。凹进去的部分朦胧地沉默着，是想要睡去的神情。凸出来的部分却睁着眼，凝视着这一切。

路边人家有的已做妥了饭，端着碗在外头吃着。和我们打着招呼。问说，去大英家了？嗯。咋样，稳住势没？嗯，稳住了。一路问，一路答。都摇头叹气说，造孽呀。

第二天再见到雪梅，看她眼睛红肿着，肯定是哭过了。以为她为娇娇难过，再一想又不太对，娇娇这事已是寻常，姑嫂感情再好也毕竟是姑嫂，即便难过，也不至于哭到挂相。便细问她，她起初不说，实在躲不过我追究，方才承认昨天被大英狠骂了一顿。骂她不干正事不守本分，跟着人家学什么画画，还以为自己也能成大学生？也能成画家？又说自己挨骂就罢了，还连累了周宁和肖睿也挨了骂。

只好安慰她，大英这是因娇娇的事心里焦灼，正在气头上。雪梅道，有娇娇的缘故。我画画这事，她本来也就看不惯。不仅是她，村里人都是这。及至见到周宁，周宁说，还以为大英是村干部，有多开通呢。在雪梅的事上也是一个旧社会婆婆。我笑。她又说，娇娇这样，说到底原生家庭的教育也应该负很大责任。我说，不能太理想化。这里就是这。周宁气愤得语速快如打算盘珠子，噼里啪啦道，就是这就是这，您真喜欢说这仨字儿。不能就是这凭啥就是这必须改变这！我下定了决心，一定要给孩子们讲讲性教育。要是孩子们自小就知道这些基本常识，长大了这些基本常识就不会成为洪水猛兽。我拍着她的肩膀说，先缓缓，缓缓再议。

那几天里，大英就平着一张脸。村里人见她，有事说事，没事也不扯闲话，更没人问她娇娇的事。当着她的面彼此间也不再玩笑，直古正板地僵着。等她离开后，气氛才会慢慢活泛起来。起初我以为他们是怕大英情绪不好怂他们，后来才悟出这其实是乡村人情世故中特有的教养，他们用这少有的庄严谨肃含蓄地表达着对大英的体贴和心疼。

27. 打草惊蛇

孟胡子这段时间又去了鹤城。到底还是有了经验，讲性教育前周宁给他打了个电话，向他讨主意，还开了免提，非要我在旁边听着，好提供参考意见，相当于开了个小型的电话会。孟胡子的态度很审慎，先是劝阻说，以他的意思，能不讲就不讲。性这种事对于国人过于特殊，一方面肆无忌惮，骂人时都挂在嘴上，一方面又含含糊糊，轻易说不出口。总之是极为微妙，不好沾染，一旦沾染就容易出力不落好，粘连出些麻烦。周宁却执拗道，必须得开，还得赶紧开。再不开还会出事——其实已是就要出事了。

原来说的是甜甜。甜甜和秀梅的女儿若愚要好，前几天悄悄跟若愚说，她村里有老爷爷摸她。若愚又悄悄跟周宁说了。周宁便叫了甜甜来，问摸了哪儿，咋摸的，甜甜就学了一番。周宁问老爷爷是谁，甜甜不说，说老爷爷不让说就不能说。问她父母呢，她说在北京挣钱呢，平时她就跟着奶奶。周宁以想去周边村里逛逛为由，特意和肖睿去了一趟甜甜家。你跟她奶奶说了？我有些紧张。周宁说这事非同小可，没敢贸然去说。我说也不要跟豆嫂说，她说知道。她跟孩子奶奶聊了一会儿，就知道也没法说，只是要到了甜甜妈妈的手机号通了个话。那边问她是啥人，听说是支教老师就很不屑，问有啥事，周宁说，也没啥事，就是觉得您女儿很可爱，很聪明，很招人喜欢。不过留守儿童最需要的还是父母的爱，最好能带在身边教育。话还没说完，就被那边打断道，这谁不知道？谁想叫儿女离身，这不是没办法么。自家的孩子当然操心，每星期打电话，月月打钱呢。

你们难以想象我的感受。走在那个村子里，看到每个上年纪的老头儿我都觉得可疑，都觉得可能是那个人渣。周宁红着眼圈说，孩子不会撒谎，所以这事肯定有。明知道有却又无能为力，明知道有这事在发生可又管不了，我受不了这个。真是受不了。

电话那边沉默了一会儿。孟胡子叹口气道，既然要干，那就把这事儿干好。要尤其讲究方式方法。不好放在面儿上说，咱就在私底下说。不方便当成课上，咱就当悄悄话去讲。反正都觉得这事得藏藏掖掖，那咱就别去大张旗鼓。还有就是得把男生女生分开讲，要是混在一起根本就讲不成，不信你们就试试。——算了，还是别试了，听我的没错。

等他们收了线，我问眼下甜甜该怎么处置才合适，周宁说她已经跟甜甜说过，下次碰到那个人，你就跟他说，你这么做是犯罪，我已经告诉了老师，老师知道你是谁。你要再摸我，警察就会来。

你这不是打草惊蛇么？

就是要打草惊蛇。不然怎么办，还等着蛇来咬？

她对这事这么敏感，我便疑惑有些缘由。有次饭后喝茶，只有我们两人，我便婉转打问，她方才讲起。说她小时候睡觉都是光身子，七岁那年，她回老家过暑假，一天早上，大人们不知道忙什么去了，只留她在里间睡觉，有人进了门，喊谁在家，她被声响叫醒，便应答着。那个男人闻声进了里间，突然就走到床前，一把掀开了她盖着的薄单子，她的小身体一下子暴露在空气中。真凉。周宁说，我下意识地把双腿交叠在一起，呆看着他。他却不看我，眼睛只盯着我的身体。好像我没长脸，好像我只长了一个身体。不知道过了多久，他突然把手伸向双腿交叠的地方，撑开，轻轻地摸了一下，又给我盖上了单子，就走了。这一切发生得很快。我甚至觉得自己还在睡，刚刚只是一个梦。这一切似乎是记忆有错。是的，那人没错，我也没错，只是记忆有错。

那人，后来又见过吗？

没有。也或许见过，但我已经认不出他了。不想认，所以就认不出。这事我一直没对大人说。后来我来了例假，有了些性意识，也一直没说。如果可以的话，我甚至不想记得这事。可我忘不掉。那人的眼神我一直忘不掉。

肖睿知道吗？

她点点头。和肖睿谈恋爱后，我跟他说了这事。我说，幸好这事没造成什么伤害。肖睿纠正我说，能让你刻骨铭心地记着，这其实就是一种伤害。

这个周末，两人便按照孟胡子的指点，把孩子们分成了两拨去讲。讲过后哭笑不得地对我说，就这气氛也很尴尬。想象中，你以为孩子们会很好奇，会问这问那。其实他们都不问。他们只是笑。男生放肆地笑，嘻嘻哈哈闹成一团。女生则是羞涩地笑，捂脸，扭捏，不知所措。让他们传看男女裸体图片，他们都不看，只把生殖器部位挡住，糊到别的孩子脸上玩乐，仿佛这是一种极具攻击性的新鲜武器。看动画片时还好一些，这是专门针对儿童性教育做的动画片，我也特意瞅了一眼，想着这动画片该是童趣横生的，却大失所望。就是很直观地一男一女在被窝里，女人在下，男人在上，被子在最上。男人机械地动，女人平挺着。然后呢，哇哇一哭，孩子就生了出来，呈现出来的就是僵尸般的表演性和无厘头的滑稽感。制作方明摆着是在不过脑子地做作业。看我笑，周宁无奈道，眼下能用的也就是这个，总比没有强。

好在进行得还算风平浪静，直到张有富媳妇又找了来。这次倒是没有吵嚷，还是趁着晚上，肖睿和周宁正在我们院子里闲坐，听九奶说童谣。九奶肚里的童谣不知道有多少，每次说的都不重样。刚说的一则是男女对，内容有点儿偏成人，是"今儿巴，明儿巴，几时你才到俺家。穿红鞋，扎红花，俺不去你没办法"。正在笑，张有富媳妇进了门，我招呼她坐下，问她有啥事，她意意思思了一会儿，方才朝着他们两人问，俺孙孙都不叫他爷摸小鸡儿了，说这是啥同性恋？恁都是咋教的？把孩儿教成了这？肖睿说，隐私部位是谁都不能乱摸的，除非医生看病，这是常识。张有富媳妇说，又是常识。我看就是常不识。恁小的孩儿们，且不到时候呢。周宁说，到时候就该迟了。这些意识就该让孩子们早点儿有。那边说，船到桥头自然直，男女事他们长大了自然就知道，还用你们现在说？

本来没事都叫你们教出了事。这边说，本来有事你们都假装没事，掩耳盗铃。那边说，咋又跟铃扯上了？还能有啥事？也就你们自己乌七八糟的，俺们这能有啥事？这边说，我们怎么就乌七八糟了？那边说，还没过门儿就睡一块儿，这不是乌七八糟？这边躁道，我们都是未婚单身，想怎么做是我们的自由。早就不是大清朝了好吗，怎么还用这种陈腐观念看人？

耳听得这典型的学生腔又冒了出来，正想着怎么插嘴去劝，一直沉默着的九奶此时突然开了口，对张有富媳妇道，新社会多少年了，咋还恁封建。说起来咱都是过来人，咋过来的？还不是摸黑过来的。都说是船到桥头自然直，那哪是自然直，是不得不直。那时是没办法，如今有这条件，为啥不叫孩子们早知道这些事哩。咋就不能开明点儿呢？张有富媳妇气焰便矮了下去，低声道，这事多羞。叫孩儿们早知了有啥用。九奶道，人家这大学生好文化，按章程讲的，咋能没用。想想娇娇的事，那不是例？要是那孩儿早知道早明白，就不能憋到那死胡同恁想不开，哪还能落下恁重的病。

张有富媳妇没了话。这场波折过后，再没人有异议，性教育竟然算是被默许了。等到顺利进行完毕，已是九月下旬，周宁便有些快快的，说快该走啦。

28. 极小事

这时节，各家的秋菜已逐样长成，搁以往自家都吃不完的，如今待客却是大不够用。秀梅说，以前若短缺，不论谁家的地里吆喝一声就能随便薅去，现在可不一样。这菜薅出来搁锅里一炒再一装盘，那就是十块二十块。菜变成钱，从来没有这么直接过。你想要去薅人家的菜，那就得想一想。想一想，你就不薅啦。

还是得去买。起先是去赶集，后来就有人不时把卖菜车开到了村里。开的都是机动三轮，自称流动菜市。这些人原本也常去乡里和集上卖菜的，现在却说来宝水送上门赶卖也是桩利落生意。都是目达耳通、心机敏捷的人，起初只是卖菜，渐渐便开始顺路收周边村的菜运到宝水来卖，有时干脆不出村，在东掌收，运到西掌和中掌出，倒个来回就能挣钱。还说俏皮话道，反正你们同村人不好意思照面做这些个零碎买卖，正好经俺们一道手，给你们盘活一下资源。乍听有些怪。明明在一个村里，这家种多了菜，那家需要买菜，却不好一手交钱一手交货，非得让中间商赚个差价，还都觉得这样更舒服。再一琢磨，也不奇怪。这样确实似乎也更好。

也常见到这些人把菜卖给游客。游客们很吃这一套，夸他们的菜新鲜，还问是不是自家地里种的，听到的自然是一连串的肯定话，且瞄准了他们最想听的话眼儿，说肯定是自家的吃不完才拿来卖的，肯定是不打药的，无公害，别看菜叶上有虫眼儿，那可都是有机生态的证明哩。

也听到了一些怨言，来自于东西掌里位置偏的人家，说同是一个村的，咋就被抛闪下了。问大英，村里不得给俺们想想办法？大英道，别提这。各家宅院也不是这三两年安扎的，都得认命。咱村的好地方就恁些，你立门户迟，你就得往偏处去。家里兄弟多的，你虽住得偏，你这一房头总有人沾住了光。你家里的安排你怪谁？弟兄多没轮到你你怪谁？没有早早转了别人的好房你怪谁？你有本事去把路断了客拦了？你有脸说自己挣不成也不叫别人挣？叫我说，恁就都知足吧，看看人家周边村的都来咱们这儿想法摆摊挣钱，你们不比人家强？早早想出路是正经。

周边村的村民们来摆摊的也确实越来越多，看着眼生，说起来却都能跟村里人扯上关系。大英便安置她娘家村的本家婶子过来卖东西，就在老原家大门外坐着。卖花红柳绿的机绣鞋垫，五块钱一对。集上也有卖的，她说黑岩离宝水近，走路松松筋骨，来看个热闹。不为挣钱，这能挣个啥钱。看着大英的面子，我便关照她喝水，上厕所，中午管顿饭，老太太高兴得眼睛没缝。摆了几回，后来非要给我两双鞋垫，我便收下。猜度着她这一段不会再来了，果然。

有的人一看就没做过生意，不会应付搞价的客。一听客们说客气话就面软手软，让多送一些就多送，让便宜一些就便宜，我事后提醒他们说那些好听话不值钱，他们却说东西都是自家东西，不值钱，好话是人家给的，那才值钱。这话说得倒像是我太小气，我只好不再言语，随他们去。也才明白，吃亏不吃亏的感觉说到底还是看当事者本人。

还有个老太太也总在我们门口，来得很早，占一小片位置。问她，她说也不为卖东西，就想找个由头出来坐坐，敞亮敞亮。有认识她的人跟她开玩笑说，你家里啥家具电器都是格铮铮的新，一屋子好东西，你不在家看着，出来倒是敞亮？她不说话。后来才听说，她老伴去世得早，一个人把四个孩子拉扯大，两个儿子两个女儿。两个儿子早年在外面打工，名儿是打工，其实走的是车匪路霸之流的小黑道，哥儿俩都进过好多回派出所，小的还被判过刑，有人看过那判决书呢。后来儿子们改了邪归了正，如今也都已成家立业，总算是好了。俩女儿长得漂亮，嫁的都是有钱人，只是大的做小，小的做大，过的不是方正日子。城里的房子倒都有一堆。四个孩子都要把老太太接走孝顺，她硬是谁家也不去。都知这老太太不缺钱，就是心里憋得很。她说不能一个人在屋里，只要一个人在屋里就想哭。

近日听村里人聊起天来，那口气里时不时泛起点儿矫情，说，你看现在这客多得，房间哪够用？心说睡个晌午觉吧，一会儿一敲门，一股儿劲来问房，烦死了。谁能平地里给他们盖个房出来？有的客还说睡帐篷也中。那不就是打地铺么？谁能想到去备这种东西？要说城里人也怪，愿意花钱跑到咱山里打地铺来。

傻客。对于那些出手大方、不讨价还价、吃饭买东西时不在意零头儿的客，他们在背地里就给了这么一个统称，含着些鄙视、困惑和喜爱，说他们真是傻大方，花钱不知道心疼，也不知道从哪儿挣的钱。那口气像是这些傻客的父母。而对于那些精明的客，他们也颇有些矛盾。既厌烦，又赞许，还不住嘴地夸他们聪明。说，不好哄呢，那脑子真管用呀。

老安夫妇这两天开始频繁地打电话，每次先和我们寒暄几句，然后便让九奶接听，问九奶身体咋样，吃了点儿啥。天凉了要穿厚些呀。太阳好时要晒晒被呀。这一回，九奶终于说，甭啰唆了，见上面啥话不能说？回来吧。恰大英也在，看电话挂断便笑道，我估摸着就到时候了。九奶给他们搭了台阶，那不得连滚带爬地回来？又开始按手机，说要给张大包打电话，他这些天把九奶的院子可用够了，得叫他赶紧把家伙什都腾走。

也接到过叔叔几次电话，一回说是那家人仍坚持要五万。又一回说，七娘回了一趟柳庄，跟她娘家兄弟们一起去跟包工头说和，降到了三万。再一回说，七娘又回了两趟柳庄，让包工头带着又去他姐家商量，终于把事说妥。那人住院花了一万多，除了新农合报的，其他我们这边结。另外再给一万块。

亏点儿就亏点儿吧，碰上了赖孙，也只好叫他赖点儿。叔叔说。我说这结果已是很好，叔叔却不甘心道，堤内损失堤外补，等盖成了房，我非给咱弄个好门牌号。你不知道，一个好号可值个钱哩。

县里对别书记的调查通报也终于公布了出来。是标准的官方行文，说是"对于网民反映的这一舆情，我县高度重视，立即成立由县委办公室、县政府办公室、县纪委监委、县自然资源局、县公安局等部门共同组成的联合调查组全面深入调查了解情况"，调查结果有三。一是村支书之子偷运白矸的事，"经初步调查，属于未经备案同意擅自违规运输矿产品的行为，决定将白矸没收，堆放至指定地点，由政府相关部门依法进行处置。并将村支书停职，相关问题线索移交县纪委进一步调查处理"。二是关于举报人遭拆房威胁的说法，"经初步调查，一年前举报人与云下村委会签订了一份荒地租赁协议书建采摘园，今年初在未办理用地手续的情况下，建起了经营性饭店。怀川县自然资源部门现已对其违法占地建房行为立案查处，责令拆除非法占地上新建的建筑物及相关设施，并向怀川县人民法院申请了强制执行"。三是乡党委书记话语不当的问题，"经初步调查，镇党委书记别某在与举报人电话沟通时，存在言语不文明等问题。县委、县政府已于近日责令别某做出深刻检查，并对其进行了诫勉谈话"。各个层面都有处理，看似面面俱到，仔细推敲却也并非滴水不漏。比如三项调查结果里出现了三次"经初步调查"，可见是预想到以后情况若有反复便要在此留出余地。既是"经初步调查"，那前边却又说是"联合调查组全面深入调查了解情况"，还"全面深入"个什么劲儿呢。

29. 两个系统

调查通报公布的第二天，杨镇长又来村里预检了一回。我去西掌给九奶拿东西，恰好碰上大英陪着他在西掌口看新砌的文化墙，张大包正领着两个人在干活儿，杨镇长指点着要砌多高，刻字处要凹进去多少，细说了一番，末了又叮嘱他们注意安全，安全第一。大包笑道，工钱也第一哪。就都笑。杨镇长道，对对对，并列第一。不过呢，安全是真第一，工钱是假第一。没有那真第一，你花不着那假第一呀。

到底是镇长，说话真在路。听张大包夸，此时的杨镇长虽是绷着，却也略略露出了孩子般的得意之色。大英又交代了几句，核心要义就是领导来检查时不要乱说。这回可是个副市长哩。大包连声说，知知知，放一百个心。咱村里待过多少客了，还能没个分寸？大英正色道，人家那是来工作的，来视察的，那可不能叫客。我倒暗暗觉得大包为那些领导们这么定位还挺准的。可不就是客？且是走马观花的客，一般只此一回，大概率不可能再来。不过话说回来，能来也就不错。

接着要去看村史馆，叫我跟着上车一起走，上车后便又说起昨天的调查通报，杨镇长道，老别只是诫勉谈话，没撤职算是好的。老白被停职，大星闺女被责令拆房，这都是实伤。这种事就是这，通常没赢家。我问，责令是责令，房到底拆了没？没拆。那人家不还是赢了？杨镇长笑道，她是小赢大输。赢也是暂时赢。为啥是暂时？因为她这房子迟早得拆。还有，她把大星在地方上多少年的人脉都毁了。大星不是好人，也不能说坏。江湖名声不算太差。可这场事他主使着闺女犯了阴毒，谁还往深里跟他打交道？说不定啥时候就把你卖了。虽说见面了人也会说，你这事儿办得对，办得卓。背后里谁不想着躲他？这就是大输。这种事儿上，官方规则和民间道德向来是两个系统。民间道德有底线，这个底线可不好碰的。当年计划生育厉害时，一村里的两家人再不对付，再有疙瘩，哪怕我告你媳妇偷人呢，哪怕咱们见面打架呢，甚或是去你家点火呢，把狗屎抹你家门上呢，也会隔过你家计划生育这个事。因为这在他们看来就是断子绝孙结世仇的事。其实哪家啥时添了孩儿，本村人谁不清楚谁？可就是没人去告。这么多年，我没有见过一起。

看村史馆时，秀梅也跟了来，一直陪到看完，出了学校门，就要拉杨镇长进她家，说请领导指导指导，加持加持。杨镇长笑道，真不中，乡里还有一堆杂乱。等下回，下回一定。送杨镇长上车远去，大英也回了家，和秀梅又站了片刻，她笑道，杨镇长这稳把稳能升书记吧？青萍姐，你跟原哥押他的宝押得可真叫准。叫我说，村招待和乡招待，就给你们家最妥，谁都没怨言。我没有立时接茬。这话明着是体贴，又何尝不是打探？想了想，方才说，吃几顿饭能挣到哪儿去？就是白请了客也没啥。秀梅道，话是这样说，可公家事花公家钱天经地义，凭啥叫个人贴赔？我说，领导们整天来，咋说也给咱添了热气，为这一份儿热气就不算贴赔。其实现在的公家账目都没有吃喝招待这一项了，没地方出这个钱，人情礼事还得照常走，领导们也是受难为。秀梅疑道，这能算个事？领导们还能没办法？

迎检那天是闵县长陪着副市长来的。后来得知，副市长此行主要是去云里景区检查工作，顺便到村里转转。副市长是副厅，报社领导里就有好几个副厅，见惯了就觉得没什么大不了的。在村里人眼里却很不一样。听说来的是个副市长，他们两眼放光，就说起多少年前离咱村十来里的哪哪村也出过一个副市长哩，口气亲热，好像这副市长是他们的家人，最起码也是亲戚。说人家那祖坟风水就好，"坟前三拐，官传三代"，人家爷爷就是官，解放前当过保长，爹当过农会主席，到了人家这，成了市长。

一群人陪着，先是在西掌。副市长不时停下来发表一下意见，谈景区对周边村落的辐射性，谈乡村产业发展，谈乡村传统文化，是习以为常的八股文官话，不出彩也没毛病。闵县长总是紧跟着评点，总揽全局，高屋建瓴，画龙点睛，一语中的，振奋人心，受益匪浅，等等若干。东西掌和中掌都有人守着，不时有人传递消息，说到哪儿了，进谁家了。在大曹家时，大英对闵县长说，上次你挎着篮子照的相你还记得不？那个篮子就是他编的，他编篮子是把好手哩。副市长就上去握手，说，我也握握这把好手。众人都笑。闵县长也跟着上去握了下，其他领导便也都跟风握。大曹笑得脸都快变了形。副市长亲切地问，有啥困难没有？大曹连声说，没没有，都可好都可好。闵县长说，有啥你就跟村干部反映，再叫乡领导跟我说。大曹还是那句，没有没有，都可好都可好。等领导们要出门时，他却突兀道，呃——市长，我有个想法。大家都停住了脚步，我看大英的脸色立马变了，便拽了拽她的胳膊。闵县长笑道，哦？有啥您说。杨镇长脸挂着笑慢慢往大曹身边移去，还没移到，大曹说，呃，就是可想跟领导们照个相。

顿时就都笑起来。副市长说，中啊中，我也很愿意和乡亲们照相，有人说，我跟乡亲们照的相，脸上笑得最开。乡亲乡亲，那是最亲。笑得哪能不开呢。就又都笑。副市长又说，多叫几个乡亲，想合影的一起来。于是工作人员又去张罗人，跟着看的张大包、张大包的妈、小曹、七成、香梅都一起过来照了相。及至来到中掌，人就更多。东掌的人也都聚了来，三三两两地站着，做出随意样，眼神却是巴巴的。像是幼稚的孩子，又像水平很差的便衣，以无所事事状会聚到街上，以便能和领导们见上面，握上手，或是打上招呼。副市长和闵县长没让他们失望，在看过村史馆后，又招呼他们来了一番合影，于是皆大欢喜，其乐融融。

事后，我跟大英说，没想到大曹还挺乖，之前还真有些担心他要二百五呢。大英说，他敢。我说，还是你威武，给你面子。她说，要二百五对他也没啥好处。一是他不占理，二来他就是要一下就咋啦？就不在这村里过啦？他敢在这时候要一回二百五，我就敢跟他要一年二百五，要一辈子二百五。

照例上了新闻，照例被有镜头的当事人各种转发，大曹也照例把跟领导们的合影洗印装框上墙，还特意把他和领导们P了出来单独放大，且到处向一起合影的人表功：要不是我，你们能跟大领导们合上影？对着游客们更是眉飞色舞地宣讲，领导都夸我这是一把好手，都抢着握我的手嘞。

这段新闻也照例被大英在大喇叭里截下来循环播放了好几日，无事时就在手机上自己放着看，一边看一边嘴角就翘起来。问我，青萍，你说，照着这个形势，咱村就能一天旺似一天吧？

那是肯定的。我说。这是她想要的答案，那就给她。

她感叹道，人多真好。

亏得你们住在东掌，要不娇娇这么怕见生人，以后可该怎么办好。她还这么年轻。犹豫了片刻，我说。大英笑笑。沉默了好一会儿，方才轻声道，其实俺娇娇平素没事时，看着就是个全乎人。是吧？

我点点头。也只有点头。

想叫咱村发展，我也有私心。娇娇她啥都好好的，就是怕男人，怕生男人。我想着，她是因为男人得的病，终究还得有个男人才能好。生人不要紧，慢慢就能熟。你看她就不怕你，是不是？我想着——你别笑话我啊——咱村子越来越好，聚的人越来越多，要是周边村里有娶不起媳妇的小子，心善，人不野，也不嫌弃娇娇，愿意来入赘，跟我娇娇安安实实过一辈子，像她哥嫂一样，在家门口也能有事干，也能挣钱花，那该有多好。

说这些话时的她，眼睛里闪烁着孩子般天真的光泽。

30. 大地色

孟胡子所言不虚。"柿柿如意"的纸袋印制出来后，每袋装上两斤柿饼，这个十块钱的套装果然卖得十分火爆。青蓝见状也有了新创意，琢磨着做出了一道雪花山楂，就是把糖熬好了浆后关火凉成温温的，再往里放山楂搅拌，搅着搅着糖浆就在山楂上裹成了一层白霜雪，吃着酸甜可口，瞧着样貌可爱。又请肖睿和周宁设计出了一版手拿的小纸袋，白底儿上画着青花瓷盘，盘里盘外散落了几颗山楂，也有个名头，叫"初恋的味道"，把雪花山楂装进袋子，用牙签扎着吃，一面市便供不应求，还引来了客们评议纷纷，有说这名字起得好，也有的却说少了点儿趣。便互相怼，这个说你有才你来，那个说不如叫渣男渣女。闻者皆笑。

肖睿和周宁这段时间和村里人处得越来越如鱼得水，简直像到了蜜月期。但凡提什么建议也会很快被村民们接纳。比如健腐肉这道菜，肖睿说，"腐"字给人的感觉不好，意头也不好，不如改成健福肉，健福健福，健康幸福。此论一出大家便从善如流，都在第一时间里把菜单上的健腐肉改成了健福肉。他们也给豆哥家新定了名字，叫"逗坊"，核心的两句文案是：逗留一坊，享用百味。说是逗同音了豆，能贴合着他们的特色，又多了个走字边，意境显得更远了些。问我好不好，我说岂止是好，简直是极好。

最近这个周末，他们对孩子们的课业安排是画画。问他们这又是什么计划，肖睿会意一笑，说，走之前想搞个小画展，好歹是个总结。仪式感还是需要的，是吧？他们还在淘宝上订了一堆小画框，说画一进框就会提升一个档次，挂起来更像样，也算是他们送给孩子们的小礼物。

一别再见难。便陪着九奶常去他们那里坐坐。画展的主题经过一番讨论也定了下来：让孩子们画自己的家。肖睿说，基础艺术教育和疗愈密切融合，这是久经考验的经典主题。孩子们长这么大，或许这是第一次有意识地梳理生命体验，思考什么是家，家意味着什么。

原以为这个主题有些大而无当，没想到孩子们却画得兴致盎然，灵感百出。写意画的皮毛加上儿童画的笔法，孩子们画出来的还挺有模有样。每个人都自有角度。他们画爸爸的脾气，头顶呼呼冒火。画妈妈的围裙，上面一团团乌云。也画山，画山路，画庄稼，画自家的宅院家具。有的很写意，大门口两棵树，一块绿茵茵的菜园子。有的很写实，几层楼，几只鸡，几只猫，几只狗，狗和猫喜欢在哪里出没。还画梯田，一层层的，直至把画纸边缘撑满。还画柿子树，核桃树，喜鹊窝。画着画着就苦恼了，说可画的东西太多，根本就画不下。肖睿说，一张画不下就画两张，咱有的是纸！周宁却循循善诱着说，就挑自己最想画的那一点。两人在孩子们中间瞧着，看着，不时会感叹：孩子本就是天使附体，童心所绽皆为艺术之花。

曹灿画完了特意拿给我看。画的是一大一小两个人，大人圆圆脸，没有眉眼，正在摸小人儿的头。

这是妈妈？我指着那大人。

曹灿羞涩一笑，是你呀。

曹阳画的也是一个人，那人线条极其简单，卷着条细尾巴，高举着一根长棍子，问他这是谁，他说是孙悟空。孙悟空是你家人？嗯，我天天看他。周宁笑道，好吧，天天陪伴的确实也能算是家人。画完孙悟空，曹阳还在旁边写了个五百的阿拉伯数字，周宁又猜着问：这是说他五百年前大闹天宫？他点头，是哒。

两人打算周一走，周日上午是画作评比暨颁奖仪式，自然是每个孩子都有奖。下午便搞了个露天展，在院子里扯了几根长绳挂画。孩子们、家长们和游客们都熙熙攘攘地拍照打卡，热闹了一个整天。晚上我设了送行宴，小曹下了山，便叫大英和秀梅过来作陪。酒菜齐备，等到暮色四合二人这才过来。肖睿看着也还如常，周宁眼睛却肿着，貌似哭过。问她，她说，本来不想哭的，可是没忍住。孩子们真聪明呀，今天都特别乖。说曹灿还问她：老师，你们以后还会来吗？听他们说有空再来，就说，我觉得你们以后肯定不会再来了。如果你们想再来，那就会说，一定会再来。你们说的是有空再来，那就是不会再来，因为你们都很忙，有空很难。周宁说，曹灿这话让她特别吃惊和难过。

我笑。曹灿能说出这些话，我一点儿都不奇怪。

所以俺们对支教老师不大感冒。大英说，这些政策虽说都是好意，可时间都不长。有的是为了提拔，必须得有基层工作经历。有的就是冲着评职称增加那几十分来的。村里人都说这是打水漂，在水上跳几下就不见了影儿。来时热乎乎，走时凉刷刷，几个回合下来闹得孩子们心神不宁。一见外边的老师来，孩子们就念叨着他们啥时候会走。都知待不长，想珍惜都不知该咋珍惜，还不如不来哩。她话音未落秀梅便接道，你这话可差了。有到底比没有强，来到底比不来好。大英也忙对周宁和肖睿笑道，方才的话可不是对你们的，咱不是闲扯么，扯哪算哪。不要往心里去呀。周宁却没笑，严肃着小脸说，他们已经商量过了，决定以后跟家长和孩子们保持长久联系，绝不让孩子们有被抛弃感，同时也能一直见证孩子们的成长。

还扯到了一些后续。肖睿说有朋友在北京一家教育机构供职，业务之一就是带北京的孩子们去那些传统形态相对完整的乡村做拓展训练，宝水就很符合条件，且交通方便，值得力荐。如果真能促成，将来带着北京的孩子们过来活动时也可以组织本地孩子参加，让两地孩子充分交流互相影响。还能给咱村增收盈利，是不是很可以？大英和秀梅连声道，可以可以可以，太可以啦！

他们是第二天一早走的，因不想再碰上村里人。他们说，本来就害怕告别，不想再告别一次。由老原开车送。我披衣出来，和他们一一拥抱。周宁说，她在网上买了四条围巾，已寄到小曹山下的店里，他会给捎上来。秀梅是红色，雪梅是白色，香梅是黄色，您是咖色。问她为什么这么选色，她笑道，她们仁都是梅，红白黄就是梅花色，雪梅姓白，秀梅姓朱，香梅姓黄，可不得这么分？您姓地，咖色是大地色。一时间，我有些愣怔。跟她们三个处了这么久，居然从不曾关注过她们的姓。寻思一下，朱秀梅，白雪梅，黄香梅，这样姓和名搭着，天然好。

又立马在网上搜了下"大地色"，有词条解释说，顾名思义，即近大地之色，包括且不限于棕色、古铜色、灰色、绿色、橙色、蓝色及略带红色的一系列色系。

第四章　秋——冬

1. 丢魂儿

跟商量好似的，孟胡子和老安两口是在同天回的村，前后脚。安嫂子当即就把九奶接回了西掌，晚饭老安就来店里掌了勺。小金的农家乐也正要试营业，刚刚接上茬口。两天后便是国庆，黄金周客天天爆满，忙到了巅峰，一天下来脸颊笑得发酸，累得一句话都不想多说，到了夜里倒头便睡，连梦都没有一个。

也免不了生些事端。一件事主是大曹。原来是有一客在他摊前正挑拐杖时突然不见了相机，在周边找了一番未果，就开始闹，说是刚买的新款微单相机，四五千哩。就这么平白没了？大曹说，你们满村耍了半天，咋就能认定在我这里丢了东西？你在哪家待得长，该到那里寻去。客是在秀梅那里吃的午饭，便又来找秀梅，秀梅一口咬定没有见，让客楼上楼下找了一遍，也是一无所获。客不依，拉着大曹和秀梅来村委会说道。此时大曹和秀梅彼此针对着，秀梅口齿伶俐，大曹抵不过，看着竟有些理亏的样子，众人的口风便渐渐偏向了秀梅，都有些疑大曹。大曹怒道，咋都来糟践我？看我是那软茬？泥人也有土性，不是谁想咋就咋。大英道，这不是好好说呢哩？咱摆事实讲道理。大曹道，光听你们讲道理，摆的事实在哪儿哩。抓贼总要凭赃，证据哩？那客随行着一堆朋友，也七嘴八舌帮腔。这个说，咋不安个监控，到底是落后。人素质差，硬件也差。难怪会有这种事。那个说，不安监控就是怕抓住证据吧。要是有了监控，还咋耍赖呢。有的提议赶快报案，有的说该发到网上，叫宝水村上个负面新闻。此话一出，秀梅和大曹异口同声道：不能报新闻！客奇道，你俩咋又成一伙儿了？

大英镇住道，甭乱嚷，现今咱就朝着大事化小小事化了，都省事。便又逼问大曹到底拿了没有，要是一时错了主意也不要紧，还了东西，低一下头，也就能过去。大曹憋着涨红脸，眼里似乎也要滴出血来，突然炸雷似的叫道，天地良心！我去关老爷前头发个毒誓！竟直奔关帝庙而去。一时间，众人都有些惶然，那客哂笑道，啥年代了，还起誓。谁不知道呀，誓言就是让违背的，爱情就是让破碎的，时间就是让浪费的。就都笑。大英却严肃道，狗怕摸狼怕戳，谁没一怕？他祖辈都信关公。在关老爷跟前，肯定不敢打马虎眼儿。

一群人便忙忙地跟着去了关帝庙，看大曹在关老爷跟前扑通跪下道，关老爷在上，我曹建业今天在恁跟前发誓，我要是偷了人家相机，就叫我不得发财，不得平安，不得好死！咚咚咚磕了三个响头。站起来，看着众人，众人便都有些讪讪的。又回到村委会，客的朋友又吵说要发网上，大英说，已报罢了案，派出所这就来人。恁一心想往网上报是啥意思？那网友就能把东西找着？再者是，报罢了新闻，事后调查要是冤了俺们，俺们村的名誉白白受了损失，恁咋赔补？

正僵着，派出所到，还是上次处理香椿芽那两个黑白警察，便开始问案，问这问那的正问着，那客接了个电话，忽然态度大变，说这事算了，便不再纠缠，姗姗而去，留下村里一干人莫名其妙。白警察道，肯定是东西有了着落，不然咋能善罢甘休。便去追问那人，后来给大英电话回话说，果然是找着了相机。原来是客的朋友跟他开玩笑，见他挑东西太投入，把相机撂在一边也不管，就偷偷装进了自己包里，本想吓吓他，因家有急事就先走了一步，却忘了把这事告诉他，忙完了才想起来，哪里知道这边已是天翻地覆。听了这个原委，众人恨骂了几句便散了。大曹委屈道，这不是往死里欺负人？叫我平白受一场污蔑，连句赔情道歉的话都没有。大英笑道，我替他们赔情道歉中不中？自古就是一人失物十人受疑，谁不经个这哩。又表扬他和秀梅方才立场一致共同拦着不让对方上新闻，说，肉烂在锅里，天塌压大家。这才是咱宝水人的正态度，到底是跟市长、县长都握过手照过相的，有觉悟！直把大曹夸得脸上泛出了一层光方才扬眉吐气地回家去。后来大英说，得叫他出净这口气，谁还不是头顺毛驴哩。该敲就敲，该娇就娇。

另一件事主是九奶。发生在假期的最后一天，当时看算不得什么事：那根降龙木拐杖丢了。丢了她也不说，只自己到处蹅摸。两天后安嫂子才发现，说家里拐杖还有几根呢，便都找出来叫她再挑着使，她却不肯，犟着还要那一根。安嫂子无计可施，方告知出来让村里人帮着打问。说是说，问是问，谁都知道想找回来是没指望的。一根拐杖而已，被谁信手顺走出了山，岂不是针入大海，哪里寻去。

大曹这回也有好表现，把自有的降龙木拐杖都扛了来，让九奶挑。说这些虽比不上九奶那根，在十里八乡也算顶好的，要是放到云里景区，咋也能卖个二八八三八八。跟九奶自然不说钱，就当是孝敬老太儿啦。听我又夸又谢，他罕见地恳切道，我奶奶在世时老是跟我念叨，她当年生我爹是难产，要不是九奶，那就是一尸两命，哪里还会有我。我也是她老人家接生的。咱是那恁不记恩的人？

九奶却都没相中，叫他原样儿拿了回去。随后村里人也源源不断地送过来，有新的，也有自家用熟的，都叫她挑，她却没留下一根。

算啦。她说。

渐渐地，丢了拐杖的九奶和以前不大一样起来。吃喝虽不误，话却突然稠了些，有人跟她搭话，她就搭话，只是搭得不照辙儿。没人跟她搭话，她就兀自闲扯，像是眼前对坐着什么隐形的人。自顾自地说打仗死了人，说走夜路，说给别人接生，也说自己生孩子。说着说着，声音便弱了下来，终至于无，起了鼾声。

大英说，原以为那拐杖不多要紧，如今看倒是有些要命。怪不得老话说：老物有老魂儿，藏着精气神儿。那拐杖她不离手用了一辈子，可不是丢魂儿散精神？

我拐杖哩？不时地，她会问。然后屋里屋外地找寻一番。

也不知放哪儿了。老没成色啊。这么懊怨自己一番，也便罢了。

很快地，众人也便习惯了。九十好几的人啦。都这么说。意思是，这寿已是很可以了，已是足够体面和有福。要走的话，也不算委屈。

2. 业务探讨

国庆节后再过十来天就是红叶节，这是云里景区的名头，孟胡子说这就近的顺风车咱村肯定也能搭上，其时不少人家都正打算关门暂歇，客也确实少了许多，但孟胡子这么一说，便都继续做着迎客的准备。趁着这段空闲，孟胡子便不断地开小会和村民们进行业务探讨，探讨的内容越来越细。

细到怎么称呼游客，秀梅说，有一回她招揽一对夫妇，叫大哥、大姐来吃饭呀，大哥不说什么，大姐却不乐意，问她，谁是你大姐？孟胡子说，攀亲叫，尤其是女客，对这敏感。你抬高了叫她们不觉得是尊重，会觉得把她叫老了。小曹说，那就称呼先生、女士，孟胡子说，咱在这山村也别恁洋气，不搭。就随俗叫帅哥、美女，不容易有问题。或者干脆省了称呼，就喊他们：来家吃饭呀。恁亲热？就是要这种一步到位的亲热，你叫自家人吃饭，哪还会恁多客气。咱叫人家掏钱呢，咋也不是自家人。唉，就是自家人的皮儿嘛，城里人来咱这里掏钱吃饭，图的不就是这个劲儿嘛。还有，也别问人家年龄，除非人家主动说。这是规矩。还有这规矩？规矩多着哩，不能问人家结婚没，更不能问咋不结婚。你管人家咋不结婚呢。那说啥？人家问你啥你说啥。那他们要是问得不合咱们的规矩呢？那你就打哈哈嘛，你就说，你猜。

就都笑。

还细到了小虫子。因客房里常有蚂蚱、蝈蝈、蟋蟀、螳螂之类的玩意儿，客们也免不了大惊小怪，甚或拿这挑毛病。孟胡子说，对这咱也要理解。这些小玩意儿是咱们生活的一部分，咱们见惯了，觉得无所谓。可客们不惯呀。所以首先是尽咱们的本分去清理，其次咱们也能给客当当老师，跟他们讲讲这些小东西都是啥，跟客说，这些都是绿水青山的赠品呀，要是能找些标清名儿的图谱挂起来成为客的知识点那就更卓。总之就是叫客多熟悉多了解，要叫客知道，咱们这美是美，却不完美。交通不那么方便，饭菜不那么精致，住宿不那么舒服，服务不那么周到，这都是短处，要叫他们心甘情愿地接受，要叫客明白，他们来到咱这，不能要求屋外的一切都是乡村的，屋里的一切就都是城市的。你不是喜欢大自然吗？就是这些全乎乎的都有，才能构成大自然呀。

他反复掰扯的还有一件：客若是吃得高兴，要请你入席喝几杯，你喝不喝？张大包说有一次和客喝得高兴，客算账时他依例谦让，客居然就真的拍拍屁股扬长而去，他心疼得不行。三四百块呢。孟胡子说，这是个常见事，得领受教训。推杯换盏时固然是痛快，不过咱得寻思寻思，是混朋友痛快，还是挣钱痛快？想两样都占也不矛盾，就看你在中间咋来事，会来事的就能挣钱和情义两头甜。所以说，陪客入席这事，既是机会，也是陷阱。咱得先在心里把这个事拎清楚，不要轻易就坐到人家的席上。你是老板哪，坐到那儿，喝得怎亲密，还咋收人家钱？在商言商，无利不商。咱这小本生意，装不起大方。也不要拒得太干脆。你一点缝都不漏，虽是好算账，可问题是没给客脸面，不好再和客拉感情，或许以后就是常客呢。叫我说，入席是可以的，心里却要画一道杠杠。屁股不要那么沉，耳朵不要那么软，稍稍陪一下，喝三杯就起身，千万不要从头坐到末。尤其是估摸到了算账时，就更不冒头。想维持住江湖脸面，有一条特别好使，百用百灵：送素菜。送一道，送两道，大不了送三道送四道，三四道里有一道便宜荤菜。还有一条，夫妻俩必须得一个黑脸一个红脸。为啥？为了算账。就叫你媳妇去当恶人，女人好计较，这个说到天边儿都没毛病。他们要是算得痛快，说不找零啦，那咱也大方些，再往下抹个零头。又送了菜，又抹了零头，他们还能说啥？他们要是想赖账，那在咱的地头上，该翻脸就翻脸，还能叫他们讹了去？——对了，要是我哪天再回来咱村吃饭，恁能不能给我打个八折？

能！

哄笑声中，孟胡子便瞪眼又腰地站起来说，我要看看到底是谁想收我的钱！

不收钱！有人喊。

这就对了嘛。他又坐下来，继续道，当然也不能光认钱。比方说，客要来住，亲朋好友也要来耍，这咋办？好办。肯定得优先保证客，亲朋们就睡咱们的自家床，咱自己打地铺，亲朋们还有啥话可说？老原家一向这么办，你们留心琢磨，都是经验。俗话说，十年难发庄稼汉，一年能富生意人。说的是生意做好就来钱快。俗话又说，一年能成庄稼汉，十年难成生意人，说的就是做生意的门道多，得时时刻刻学，里里外外学。大英前些时不是出去了一趟？你跟大家扯了没？

早已听大英扯过多遍，此刻她却又接过话扯起来，说参观了人家国家级的美丽乡村，才知道啥叫高级，啥叫区别。回头咱们也组织大伙儿出去看看，公家没这个钱，咱们自己掏。别怕花钱，这点儿钱得花。说句大话，咱们这生意再小，档次再低，那也算是企业，多少得有点儿企业思维，我就问你，咱村咱乡的农家乐咱知道，咱县里其他村的哩？咱豫北地区的哩？咱省里其他地区的哩？全国的哩？咱要知道这个大局下，自己在哪个点儿上。还有咱们的客，他们都是为啥来的？最喜欢咱们这里的啥？为啥要住在咱们店？最喜欢住啥房间？喜欢这个房间的哪一点儿？生意好的几家为啥好？是房间好、饭菜好、服务好中哪一两项好还是都好？和人家比，咱的长处是啥？咱能跟人家学习点儿啥？都得想，都得问。即便是跟着人家后头拾鞋，咱也得拾点儿好鞋不是？

3. 摸摸惩的良心

起初，红还不是秋山的主调。画屏一般的坡峰宛若一块巨大的调色板，赤橙黄绿青蓝紫皆以一种不可理喻又无可挑剔的气势铺洒开来，其风韵还随着时辰变化无穷。按雪梅喜欢的比喻，晨昏时岚气浓重是国画，正午阳光明丽时是油画，而光影模糊无界处则是莫奈。莫奈还说过，画的立体，来自于它的阴影，人也是这。萍姨，你说他咋说得这么好呢。听到她这种可爱的无解之问，我便只是笑。而夜星空的艺术性自然只能是凡·高来代言，一颗颗星星璀璨明亮得魔幻。这样的星星宛若梯田、石板和核桃树，在宝水村自是常见的。晚上出门散步，但凡发出感叹的必定是客：哎呀，快看天上的星星。上次看到这么大的星星还是在西藏呢。

霜降之后的山便被红色大规模占据，赤彤丹朱，层林尽染。这红也有无数种，每棵树与每棵树都不同，有风时与无风时，光强时与光弱时，梢顶与中段，朝阳与背阴，大片叶与小片叶，以各自的缤纷绚丽编织成浓淡相宜的锦缎，云霞样。此山与彼山一般好看，不用花钱的自是更引人入胜，有些想省钱且也更有经验的客果然就避开了云里景区，来到了宝水，村里如愿以偿地蹭着了景区的热度。这客量跟国庆期间虽是差了一截，却也使得招待游刃有余。少儿评审团的规模比暑假时的小了些，检查只能放在周末，却也成了例，坚持了下来，卫生状况便保持得很不错。大英放出风儿来说，年底要开会表扬小红旗多的先进人家。私下里又跟杨镇长提了提，意思是想发点儿米面油之类当奖品，杨镇长只同意奖励，却不吐口允准发东西。此时孟胡已又去了鹤城，不知怎么听说了，在电话里批了大英一顿，说她站位太低，如今咱们村这个形势，还发什么米面油呀，精神奖励最重要。要发就发个牌子！不仅盖村里的章，还要盖乡里的章，我不信杨镇长能不痛快答应这？

杨镇长果然痛快答应。对大英说，也不宜取多，多了不主贵。只取前五名，每家发一个金光闪闪的牌子。历史上不是有丹书铁券么，咱们这就相当于丹书铁证。大英便再放出风儿去，村里人原本反应平平的，听了这个居然群情欢悦，都说发这个好，发时也要隆重些呀。大英便笑道，还能咋隆重，莫不是敲锣打鼓地送家去？对证就恁上瘾？实惠的不稀罕，稀罕虚名儿。莫非到底还是生活好了？

有天上午忽然来了几个人，穿着一式蓝色制服，亮了工作证，说是市食药监管局的，例行抽检食品安全。从西掌到中掌一路查了七家，消毒柜、健康证、厨房陈设、冰柜冰箱等都是抽检内容，还把粉条、腐竹之类的干菜做了些取样，查完后，在秀梅家吃的午饭。待他们走后，几家人都到秀梅家问情况，大英也紧着脸赶过来，说压根儿没人透信儿，这咋给咱弄了个猛不防。秀梅倒不慌张，说估计没啥事，人家笑眯眯的，都可和气，打折都不叫打，拿咱点儿干菜还非要给钱，你说这些公家人素质多高。这几家本来都有些惴惴，听了秀梅如此说便都踏实下来。我把这些话学给老原，老原道，踏实得有点儿早，过些天再看。

一周后，行政处罚决定书便给下来，除了我家和鹏程家，其他五家都没逃过，说是对取样进行了快检，有的是白摆着消毒柜没工作，有的是餐具清洁没到位，干菜问题则家家都有，因是在集上大批量购买，致病性微生物、重金属、铝残留等都有超标，处罚里最揪人的一条便是每家罚款三千。一时间便炸了窝，我们两家成了众矢之的。连秀梅看我的脸色都不大对了。后来香梅悄悄跟我说，秀梅还对我有意见呢。我笑笑。能怎么办呢，也只能随她。

风言风语顿时散发开来，说恁大的检查乡里能不知？能不叫大英知？要不是大英护着，咋就偏偏她最亲这两家能过关？他鹏程家又能比咱强到哪儿？怪不得领导们整天在原家吃吃喝喝，还说没结过账，没挣住钱，哄傻哩？人家舍得小头儿，这不就占上大头儿了？背后嘀咕着，见了大英却不敢露出来，还赶趁着叫她跟杨镇长说说。大英戗道，拉倒吧。我可没脸跟人家说。杨镇长、孟胡子没跟你们说过？进货时不要贪便宜，这不是自家吃，既要挣外头的钱，就要经得起外头来审。都说了多少回，你硬是东西耳朵南北听，这怪谁？人家根儿和青萍从不在集上买那些吃食，俺鹏程、雪梅也听话，不省这点儿小钱。还有卫生，你们凭良心说，不比你们强一些些？圪针得刺，桃李得果。你们既得了果甜，刺疼也得受着。

几家却都僵着不交。据说张大包和张有富都托了人去找关系，赵顺有神通，自是不用赵和奔忙。秀梅这时却安稳下来，说既是前头有人闯门路，咱就在后头跟着，都是一根绳上的蚂蚱，我就不信解了他们就能单捆着俺？香梅倒是想交，七成却不让，还来村委会找大英耍蛮说，他们下个单就恁管用？我不交能咋？大英说，那你就等着，我也不知道能把你咋。到时该咋就咋。七成说，超点儿标算啥事，又没有吃死了人。大英冷笑道，你可谢天谢地吧，吃死了人你还能站在这儿说话？你都没有福气交这几千块。七成气道，凭啥不罚恁鹏程家?！天下乌鸦一般黑，就会欺负老百姓！大英道，你这话说得好，咱就把心窟窿眼儿戳个透透亮。凭啥不罚俺？因为俺没把柄！俺周正！俺干净！俺清白！你屁股有屎就是会有狗跟！虽有人在旁边拽着，七成被这话激得，嘴里横三竖四地骂着脏话，一愣一愣地往上冲，若不是小曹在旁边拽着，那架势像是想要打大英。只见大英此时却是脸色平平地迎着他过去，到他跟前时，突然甩出去一个大耳光，十分脆响。随即转身就走，边走边说，我就不信，还能叫你这股子邪风吹起来！七成瞬间呆立在那里，等他蹦跳着想要再往上冲时，早已被一干人拦住。

我远远瞧着这情形，看她走过来，便把她拉进来喝茶，笑道，你吓死我了。大英说，他敢张嘴喷粪，我就打得起他。打的也不光是他，杀鸡给猴看，猴得颤一颤。又道，看我可强霸吧？跟你说，宁可强过头，不能软到瘫。从小到大我就不怵硬。看谁要想打我，不等他动手，我就先上。这个头彩能叫他占了？有一回，乡会计说让我签个啥字，那个理不顺，我哪能轻易给他签？结果一去乡里他就拦我，那一回喝了酒，骂骂咧咧的，还想要打我。我一看，嗬，跟我撒酒疯呢。那能容你猖狂？三步两步上前，把他一脚跺在地上就大步流星地走了。他爬起来想追我，后头一帮人拦着，劝他好男不跟女斗。女人先出手打人，也能沾上这个光。男人跟个女人动手，说到天边也不体面。是吧？喝了口水，又道，真对打起来咱也不怕，怕也不管用。那就可劲儿拼呗，打输打赢都不要紧，要紧的是气势，要叫他们都知道咱不是好欺负的。叫他们一想到跟咱对着杠，就得先哆嗦几下。在村里干事就是这，见人咱是人，见鬼咱是鬼。见人时你成了鬼，可不把人吓着了？见鬼时你是人，鬼就把人吃了呀。你半人半鬼的，咱也能跟着来。这有多难学？

本以为闹这一场，大英的火该消散完了，不承想到了黄昏时分，她又在大喇叭里说了番话。语速是从未有过的慢，声调沉着：那些人，给我听着。你们背地里咋嚼说我，我心里明镜儿似的。不外乎是说我跟青萍好，带乡领导们去她那里吃饭叫她挣了钱，青萍又推了客去俺鹏程家也叫他们挣了钱，反正就是磨圈换手得好处。也是因为我保驾护着，所以市药监局抽查这两家才没事。——放！屁！我跟青萍好，这不差。为人处世，谁没有个四指近一拃远？青萍给鹏程家推过不少客，这也不差。不过话说回来，人家青萍只维了俺一家？我不在这点名说，你们自己会思想。至于说招待饭，人家就没有说过钱的事。到现在为止，我也没给过人家一分，咱们村的账上压根儿也没这一项钱，到年底账目公开你尽管看，只要眼不瞎，只要识个字，都能看明白。不信我这话，就去问有富，问咱班子成员。再不信，就去镇上，找书记镇长打听，去纪委告我，

406

都中。不是有人本事可大？尽管去。要是没胆去，就把嘴闭严实。再叫我听着了咸淡话，别怪我去把你那舌头撕扯下来，卤熟了切片当凉菜！这句狠话说过，缓了一缓，她的声调里突然带了哭腔，道，想起我刚过门第二年，我公公带着人修路，叫炸药崩住，人碎成了多少片，到了也没有拼成个囫囵个儿。满村的老少爷们都来戴孝，说他是好干部，为村里人送了命，世世代代都会记住他的功德。如今我也当了这个干部，不敢说能像他老人家一样做下恁大的事业，可我也能顶天立地说一句，我知道啥大啥小，啥轻啥重。我没有给他老人家抹黑，也没亏过自己的良心。那些个人，你黑里躺到床上时，展开你那没断的胳膊，抻开你那没断的手，也去摸摸恁的良心！估计是一下两下摸不着，不要紧，那就慢慢儿摸，细细儿摸，摸到那三更连半夜，看看还能不能摸住一星半点儿！

寂寂夜空中，只有大英的声音在回荡。我和老原坐在院子里默默地听着，忽然间看见他眼里有泪光闪烁，就想起他曾说过，他奶奶也是修路时死的。心一疼，便轻轻地抱了抱他。

4. 青山临黄河

几天后，赵和先交了罚款，其他几家随后跟着交了。我们和这几家的关系僵冷了一时，便也慢慢回暖过来。他们用各自的方式表达着歉意。比如见面时笑得格外努力热情，不时上门送点儿菜蔬，要下山前特意拐过来问要不要捎什么东西。我的态度一如既往，这对我不是很难，老原却没那么容易回转。走在路上，总是静静地平着一张脸，轻易不露一丝笑纹。

到底还是有些尴尬，雪梅便撺掇着让我陪她到村外走走。自然不是白走，背个双肩包，包里装着周宁给她的素描本，再拎两个周宁他们留下的折叠凳子，去画画写生。老原也常跟着去。他说我们两个女人，他不放心。起初画时，雪梅总是下意识地左右看看，做贼样。见我笑便道，你不知道，别说画画，就是没事出去悠一悠，在这村里也能招出闲话来。萍姨啊，你和原叔是我的护身符哩。

走着走着，她便想离村远些，再远些。我们便爬过一道又一道山。去过两次后，我的腿脚似乎都比以前有劲了些，也就走得更远。一路上雪梅滔滔不绝。她说只有开始画了才知道啥叫线条，啥叫颜色。也只有开始画了，才能看懂画。你看这线条不会动，其实里头都在动。你看这些颜色不会吭气，其实画画的人不知道藏了多少话在画里头呢。

有一次，顺着一条小路，我们居然到了云顶。在这最高处，自是可以一览众山小——哪里小呢，周围这些山。尽管低，却一点也不小。暂时的低和小也只是假象。便默默地看着。这些山，我知道它们只是太行山里最平凡的存在——在中国所有的山里，在世界上所有的山里，它们也都是最平凡的存在。其实，用太行山来比它们也有些过了，就在这一小片南太行，在这怀川县域的岸上乡里，它们也都是最平凡的存在。可是在我这里，没有别的。此时我只看见了它们，就只能觉得此时的它们最美。

天气晴朗，能见度很高，向南遥望去，便是一大片平川广野，莽莽苍苍，渺然无际。

看见福田庄没？老原调侃。

嗯。

他笑了笑。一时无话，心里却怦然一动。我当然没有看见福田庄，可其实我不是一直都在看见她么。宝水如镜，一直都能让我看见她。

宽阔的天地交界处，隐隐地弯着一条细长白线，那一定是黄河。脑子里忽然迸出很久以前读过的一首古诗，是孟郊写的，题目记不得了，诗句却过目难忘：

青山临黄河，下有长安道。
世上名利人，相逢不知老。

以前会在这诗中读出淡淡的讽刺意味，还挺喜欢的。可是此刻，我突然觉得，名利二字一点儿也不坏。或者说，它本身不坏。就是因为名利，这世界才这么有趣这么热闹。哪怕就是在宝水这个小村子里，也有那么多人因了各自小小的名利而在挣扎向前。从面儿上看，名是自己的名，利是自己的利。往里儿里看，名不一定是自己的名，利也不一定是自己的利。可不管是谁的名谁的利，也不管受了多少挫磨和煎熬，谁都脱不了，其实也不必脱。这两个字像盐一样，没有盐，这一辈子就做不成一道菜。

5. 极小事

苦霜下后，客便倏地少下来。肥不过春雨，苦不过秋霜。这是在福田庄时知晓的常识。来宝水才听说除了苦霜，还有甜霜。甜霜又叫轻霜，并不冷，就只是清凉。淡淡的，如烟似雾。太阳一出来就化成了清水珠子。苦霜呢，类似于小雪，在字面上也可以写为同音的酷霜，不过我还是更喜欢写成苦霜。比起酷，苦能看得见摸得着，也有滋有味。黄连、苦楝、苦瓜、苦菜、苦丁，这些都是苦，和苦霜的苦是同一苦，它们是一群苦的亲戚。而有很多物产也是下了苦霜之后味道才会正。白菜、萝卜、莴笋、柿子、红薯，都是。对了，还有芥菜，这里人叫大芥，它是做咸菜的最佳原料，一个"大"字格外能印证出它在咸菜界的尊崇地位。它也是得经了苦霜后才会更好吃，当然前提是不被冻坏。

客来得虽少，却颇有一些能住得定。大约恰是喜静。有个客便住了三天，是个六十来岁的男人。中餐和晚餐总会点几个菜，喝点儿小酒。老原便陪他两杯。他说老家是予城郊区村里的，刚从北京一家国企退休，总算能回老家好好待待了。说起身世，也是唏嘘。他父亲原来还有个哥哥的，七八岁时疾病而逝，按老人们的意思，这一门不能绝后。他在家里是长子，从小就过继给了这夭折的伯伯，名义上就是伯伯家的人，祖先轴上他就是伯伯的儿子，迁坟时他得给伯伯打孝子幡，死了以后也得埋到伯伯的脚头，这才叫他伯伯一门有人。按旧习俗，老人们还给伯伯结了一门冥婚，他也就有了名义上的伯母，这伯母娘家就是这周边的长岭村。既在伯父名下，他就也得认伯母的娘家是姥姥家。因此上他打小每年都得来这里走趟亲戚。亲戚不是真亲戚，见面自然也不是真亲，那些舅啊妗啊都只是顾个薄面，薄面自然容易漏。给个压岁钱，对人家亲外甥都是一块，给他就是两毛。他也觉得别扭，就不想去。路也远，主要是心远。可不想去也得去，一年年走下来，直到那边的姥姥姥爷都过了世，这门亲才算亲到了头儿。

不过，那姥姥可是真亲我啊。一见我就拿好东西给我吃，拉着我的手就会掉泪，说看到我就想到了她的亲闺女，也是，好歹我是她亲闺女的干儿。他笑。又道，如今老了，想起过去这些事，总是放不下。就想回来。一回来就回到了小时候。那时去长岭走亲戚，我都是一个人，路长，在这山里哪家门前过都会招呼我，吃饭吧？喝水吧？也吃过，也喝过。饭就是捞面条，谷堆冒尖的一碗，碗底埋俩鸡蛋。没给过一分钱，谁都不提钱。说不认吧？脸熟。说认吧？都不知道叫啥。人家对咱图啥呢？就是那点儿本分的好意。后来在城里住了多少年，这感觉再没有过。不说生人，隔壁邻居见面能点个头打个招呼就算不错。老原问他去长岭村转了没，他忧戚道，去了，没人啦。害我掉了两眼泪。没人的村，就像不喘气的人。以后可不能再去看啦。问他是郊区哪个村的，他说是北洼的。咱这边人都叫洼，知道吧？我说知道，挨市里近，好地段。他说，反正人怪多，就是个闹哄哄的城乡接合部。旁边一个女客笑道，叫我说，城乡接合部最是有趣。城乡两地跑的人，谁心里没个城乡接合部？

这话说得新巧，就都笑。

这个女客从象城来，也连住了两天。起因是刷到了宝水的新闻，相中了曹建业先生的荆编。她三十来岁，爽朗健谈。说她前些年在房地产领域实现了财务自由，虽是不再愁钱，却也不想闲着，因是农村出身，到底还是喜欢乡村物事，便和朋友联合搞了个名为"归乡"的小公司，专门从乡间搜罗美食美物，多是国家地理标志产品，什么卢氏花菇、许昌粉条、南阳牛肉都在其列，年节时把这些东西整合进一个大礼篮里，销路很不错。之前用的礼篮都是竹编的，在网上看到大曹的荆编后便感觉可能也会适合，就过来看看是否能合作。

这个曹大哥，手艺好是好的，就是有些难说话。她说。我也不能接顺茬，只得说，你这几年既然都是跟农民打交道的，肯定也有办法处置。她道，那是自然。总的来说，和农民打交道比跟城里人打交道要简单。城里人那个精细劲儿，比如他说想要红，你就得把什么玫红、妃红、水红、铁锈红、珍珠红都给他备得细细的，在农村就粗放，你一说红，那就是一个大红，顶多再加一样粉红。我笑。她又说，我做这事的难处在于，一边和粗放的农民做生意，一边还必须得有一个精细的城市标准。你能理解吧？把乡村物产做成小众轻奢，对象当然是城市消费群，还得是不吝钱的小资高端消费群，所以品控这关多要命。比如订个篮子，就得反复跟编篮子的人强调细节，什么高度、体积、造型、花样，甚至是提手上缠什么样的麻绳，怎么缠这个麻绳。订空心挂面，就得反复跟做面的人说怎么分把，一盒多少把，一把多少克，面长截到多少厘米，用什么纸包，怎么包。还有挂面成色，我要的挂面只能是大晴天晒的那种。再比如绿豆粉皮，要晒出好粉皮也得挑天气，却不能是大晴天，否则粉皮会炸卷，不平整。在雾霾天里晒，颜色就发青发黑，也不行。所以那天就得是空气好，不能有风，得有太阳，还不能是大太阳。就得是这样的天。当天晒当天包装，才能做成满分的货。

我说你这可是够难缠的。她一仰头，傲娇道，那是。起先他们也都嫌我难缠，不过难缠归难缠，只要人民币到位就能拿到好货。

这就叫，不怕难缠，只要趁钱。

就都笑。

最头疼的是他们不守合同，没有契约精神。有一年给中秋节备货，我订了一千箱挂面，一箱五斤。提前两个月就打了款过去，按说半个月时间就得给我交货的，他自家的挂面厂，有十来个人手呢。他却一再延期，我打了几次电话他都说做不出来。我亲自开车去找他，才知道他在接别人的活儿。说是有亲戚急要，只能先尽着亲戚。我钱都早早给了你，怎么还拿不着东西？把我气急了，当了霸王，天天在他厂子门口守着。我说那几天的面都得归我，谁都不能给。等凑够了量，我叫了货车过来，把车塞得满满的拉走，才算了了这笔生意。

后来呢？还打交道么？

打啊，怎么不打。好不容易调教出来的供货方，我干吗废弃。当时吵也吵了，我也要足了强，就得拿得起放得下，以后该咋还咋，不在心里存影儿。其实后来我才知道，我守在他厂子门口要蛮时他还挺开心的。他对亲戚说，你看，人家都堵住我门了，人家那么远，人家还跟我早签了合同，我得先给人家。我堵他的门成了他拒绝亲戚的宝贵理由。

又都笑。

跟农民打着这些交道，我发现自己身上纠结着很多东西，还挺有意思的。有时候是城里人的皮儿，乡村人的瓤。有时候又是乡村人的皮儿，城里人的瓤。如果城里人是白面，村里人是玉米面，我就觉得自己既不是白蒸馍，也不是黄窝头，好像就是花卷，一层黄，一层白，层层卷着，有时候能利落分开，有时候根本就不能掰扯清楚——对了，我看咱菜单上也有花卷，下顿就给咱来个花卷吧。花卷是粗粮、细粮搭配着，营养合理得很呢。

王老板是张有富带过来的，一进门就说久闻其名，必得过来见识见识。我和老原都惶惑着，张有富便介绍说，就是原来"王叔院子"的那个王叔，我们这才明白过来。张有富陪坐了片刻，便留下他回了西掌。他坐了好一会儿，感慨道，自己当初还是没有做好功课，匆忙上马，赔钱搭工夫地折腾了那么一场，不堪回那个首。我和老原不好说什么，只是斟上茶，且听着。他说，"王叔院子"这个名字当初就起错了，后来他才知道，村里人背后议论，说出口就得喊王叔王叔的，这不是自抬辈分占人家便宜么。议论归议论，却没人跟他说。待他兴兴头头地把民宿弄好，开了业，是非便接踵而来。说起来事儿都不大，可搞不定就很别扭。比如说，民宿还没有建好时他和村里人来往得勤，他们常来他这里瞧稀罕串门。建好后开始了经营，村里人还来串门。有时他忙得顾不上好好招呼，就会落埋怨。他们还随便去看客房，哪怕客正在房间里，也会探头探脑地去看。尤其是有富老婆，一天三趟去，还跟客人扯这扯那，明明暗暗地宣示主权。挨了客人怼，却来找他撒气。更难应对的是他家长辈的事。那时他爹还在，三病两痛的。张有富时不时就勒令他停业几天，说他爹快不中了，必得回老宅住，死也得死在老宅。他爹的事办完，又是他奶奶办三周年，也必得回老宅。见他一迟疑，就来理论说，这是俺老宅。俺老宅啊，懂不懂？俺老宅！王老板说，是恁老宅。可我租了呀，租了你二十年呀。回说，不论你租多少年，那也是俺老宅。又没有卖给你，俺咋不能用用。王老板说，你不能去村委会办吗？回说，不能。俺老人办事就得在俺老宅，说到天边儿也是这理。王老板说，就你这个做派，没有一点儿诚信，还想有富呢，就有穷吧。你猜人家说啥，人家说，随你咒。你能把俺咒穷？一咒十年旺，越咒越旺。

就都笑。

这种事，一件两件，三件四件，过些天就给你来一回，咱实在是受不了，干脆就早早退了租。原本是长租二十年，五年一续签。就没有再续签。以后再也不干这事啦。真想来农村耍，那就找个农家乐住几天。只当客，省了多少麻里麻缠。

他说落败下山后又打听了一番，才知当年云里村和云下村的这种事也不少。云里村就来过租房做民宿的外客，因门口有一片自开荒的地，那老板就种了一些树莓，原指望成果时一斤能卖个几十块，没想到村民们不吭气就给他乱摘起来，被他指责后回敬他说，平时俺们也没少给你送这送那，还叫你随便在自家地里摘菜，俺们种的你能随便摘，你种的俺们不就也能随便摘？有啥毛病？没毛病啊。我还给你送家去了呢。你这计较得多薄气呀。听着是没毛病，可一算账就有毛病。萝卜白菜跟树莓的价格哪能比？可换个角度说，这确实也是东西换东西，都是人情。算人情是平等的，算钱是不平等的，这就很分裂了呀。

云下村刚开始搞时，也有个外客来租房做餐饮，待生意一红火，原房主就把他赶走了。明着的理由是，这老板改了卫生间，化粪池的口挨着了他家后院的厨房，说这坏了他家风水。老板问，我走了你再改回来？房主说，不改了，俺自家用。老板问，你们自家用就不坏风水了？房主说，风水这事只对外人讲究，自家不在其列。老板骂他们无赖，他们还可亏，说咱好好说理，咋就成了无赖。村干部去说和，房主还怼村干部说，当初你们还宣讲，最好不要承包给外人，叫俺们自己做，说这才是货真价实的农家乐。俺们这不是听了你们的话，咋还挨嚷？村干部说，当初是当初，眼下是眼下。你当初既然跟人家签了协议，就得履行到底。房主说，签协议咋啦？结婚还能离婚呢，这就把俺绑死了？你到底向着谁，胳膊肘往外拐。吵了几回架，那老板说算了算了，我认栽走。人家走了没两天，村干部和那房主就坐在一起喝起了酒。

又都笑。城乡之间，就是有这么多难以厘清的东西，这一池浑水，有多少人或深或浅地蹚过？正如那位种树莓的老板，我推断，他最初和村里人打交道时，村里人送这送那时，他肯定很享受这种额外的亲密，却很可能没想到，既是额外的，也必是突破了边界感的。他既此时不说啥，在村民心里这种模式就应该是被默许了的。那么摘你的树莓时咋就不行了呢？你咋就觉得他们应该有边界感了呢？这边界感你觉得应该有时就有，你觉得应该没时就没，凭啥呢？某些时刻你享受着他们无边界感的热情，某些时刻你又希望他们表现出有边界感的理性，这可能吗？你咋就这么双标呢？

6. 人在人里，水在水里

那天，我们和雪梅刚出来没多久，老原便接到了徐先儿的电话，说九奶在去娘娘庙上香回来的路上被撞伤了，事发地就在拐向娘娘庙的那道坡上，飞奔赶回时已有好几个人都在，九奶在路边坐着，看着也如常，还朝我们笑了笑。徐先儿媳妇说她当时在现场，还和九奶走了个对过，问她，恁一个人？九奶嗯了一声，还没走几步就倒到了地上。原来是一群人带着几个孩子也往娘娘庙去，走在九奶前头。大人们说得热闹，眼错不见便有个小男孩攀上了旁边的柿子树去够柿子，有颗大柿子在高处，那孩子便往高处爬，爬着爬着大约是忽然害了怕，脚一软就掉下来，就在着地的那一刹那，却砸住了九奶。那群人听到响动才注意到，跑过来先看自家孩子。徐先儿媳妇也赶紧返回来把九奶扶起，问，没事吧？九奶很清亮地回答：没事。孩子父母方才过来问了问，听见九奶说没事，一群人便径直而去。徐先儿媳妇把九奶扶到路边坐下，心里不踏实，就叫了徐先儿过来。问她哪里疼，她说没有。只是隐约有些不得劲，歇歇就好。

　　几个人候着，就默默地坐了一会儿。后来，和她说话，她就不再应答，头歪了下去。老原急着要送医院，徐先儿说，还是先安置个地方躺下，再说下一步。就把她背到了老原家，让她躺在了我的床上。刚躺好她便醒了，说方才做了个梦哩。众人这才有些放心，大英便埋怨她出头管闲事，九奶说，这可是瞎子纫上了针——凑巧了。她眼神不好，耳朵却还尖，那一刻听得枝丫松动，抬头看一团花影，就觉得应该是个孩子。丈把高的枝子，石头路面，跌下来，那可不是耍的。自己也不知怎的突然灵便起来，不由自主地给孩子垫了一下。大英道，你这一把年岁，就该只顾好自己，不知道个这？九奶道，人在人里，水在水里。活这一辈子，哪能只顾自己。说话间徐先儿已经从上到下地给她仔细检查了一番，也处理过了她手背上的擦伤，说，其他的倒看不出什么大碍。小磕绊。又笑道，常有个小灾小难的也不是啥坏事，没听人说，哼哼哼熬死噔噔噔。

多少哼哼唧唧的老病号，都活过了噔噔噔满世界跑的壮劳力呢。九奶这不是例？大英怼他道，那按你论理，没事咱也跌个跤哼哼哼去？

这时安嫂子才慌张赶来，老安怪她咋恁慢，她说方才在收山货摊儿。老安骂说你个糊涂蛋，分不清个轻重，还收啥摊儿，那不得拿啥扔啥往这儿跑？越吼越声高越说越恼怒，像是要动手。大英冷笑了一声说，中了中了，消停会儿吧。要算账你们两口儿回去自己算，别在这儿闹腾。老安这才收了声响。大英又对安嫂子道，你自己也该反省反省，九奶平日里不省事？给你添过多大麻烦没有？心里得明白，不能得寸进尺。不是不叫你摆摊儿，是得看个时候。只要她出门，你就别思谋摆摊儿的事。应着照顾老太太的名儿，总不能叫她离了你的眼才是。她的身子如今也是个玻璃脆，你比谁不知道？安嫂子便膘着脸，唯唯诺诺地应着。

又过了一会儿，其他人渐渐散了，老原说，还是该送到予城的医院去检查一下，徐先儿和大英也来劝，九奶硬是不肯，说自己晕车。只坐过一回车，就晕得死去活来的。又说除了胯骨轴子有点儿疼，其他真无大碍，还要下床走两步，众人忙拦着说信了信了。她又犟着要回西掌去。徐先儿把老原叫出去说，先回西掌，叫她安心过这一晚。还是得紧着送去予城的医院查一查。老人的肌肉、血液都不行，再牵连出坠积性肺炎或是肺栓塞，这都保不齐。还是查查才能踏实。老原又追问到底会如何，徐先儿只说，查查，先查查再说后话。又叫来了鹏程、峻山和小曹，几个人轮换着把九奶背回了西掌。

那天晚上，我和老原守到深夜才回去。月亮很圆，很大，白白

418

地贴在天上。两个人的脚步声在山道上啪嗒，啪嗒，格外响亮。山无限大，四周旷茫。

突然间，就涌起了一种恐惧。

怕九奶死。

就好像，她是我福田庄的奶奶。就好像，奶奶会在这里再死一次。

7. 得济

父亲死了半年之后，我第一次接到了来自福田庄的电话，是奶奶。这是我最不想接又最不得不接的电话。喂了一声，我便沉默。

萍。

嗯。

她的口气很弱。肯定是心理虚弱，我想。后来我才知道，那时她的身体也已很衰弱了。心理虚弱叠加身体衰弱，她已弱至极点。

啥时放假？

不知道。

放了假，能回来吧？

放了再说。

没个准日子？

没。

…………

萍。

嗯。

你爹……她哭起来。我的泪水也在瞬间爬满面颊。泪水里仿佛夹着刀片，划过尖利的疼。她的哭声很快撕裂为号啕。当然能听出来她也很疼。她的疼让我的疼渗出快意，眼前浮现出她衰老的憔悴的脸。她就该这么疼。必须疼。不，这还不够，她还应该更疼。

号啕了一会儿，那边的声息渐低，如暴雨渐止。

这都是命。她终于说。

还不是为了你！这句话我在心里已对她说了无数次，像一匹被强行拴在圈里的野马。在此刻，这野马终于破栏而出。

那边陷入了静谧。静谧深平如原野。那就让野马在原野上驰骋吧，它就快要被憋疯了——就是为了你！要不是为了你，我爸爸怎么会去借车？要不是去借车，怎么会遇到车祸？怎么会死？你根本不知道他因为你活得有多辛苦！你什么都不知道！你只知道叫他为你办事！你只知道叫他替你还人情！

是你害死了他！他就是被你害死的！

把命都还给你了，这回可还够了吧？这可算还到底了吧？

那边一直静谧着，如落雪的冬夜。

我挂断了电话。

五一节刚过，叔叔就打电话给母亲，说奶奶病势突然沉重，看着凶险。那时手机还是奢侈之物，村里往外打长途得去乡邮政所，叔叔每天跑几趟给母亲打电话，催我们回去。母亲也只能往我的学校打电话找我，打宿舍里，让宿管阿姨转叫，我就经常待在图书馆，待在教室，待在操场。逃避。能逃避为什么不逃避？

终于，母亲口气焦灼地说她受不了了，要回福田庄去。你要是实在不想回去，我就先回去。就说你预备毕业，你弟弟预备高考。反正都是真的。她说。

我沉默。嗯，看起来都是真的，这些理由说出来也都完全成立，但只有我自己知道，弟弟高考确实是关键时刻，我这毕业却只是宴席散场，哪有什么要紧。不过既然有这个现成台阶，为什么不下呢。福田庄这么多年没有白住，只要能依靠住某种哪怕是很牵强的理由，我知道我和坤的迟归就不会被苛责。乡里对孙子辈的礼数本来就有着不予言表却相当默契的宽容，毕竟隔代嘛。这种乡村道德的弹性我已在潜移默化中领会了诸多微妙的分寸，不客气地说，在这方面我比母亲要懂得多，和我相比，母亲幼稚得很。她为一双儿女的不在场颇有点儿惴惴不安。

行。我说。那您路上小心。

我到了看情况，要是真到了时候就给你打电话，你就赶快回去。不管怎样也得回去。只要不赶到坤考试那几天，坤也得回去。好歹见最后一面。那是你们奶奶呢。母亲的话音里已浸了隐隐的泪。

好。

三天后，母亲打来了电话说，乡里的医生方才又来瞧过了，说估摸就这两天，你们尽快回来吧。

好。

次日下午，我回到了象城。收拾了一点儿东西，在家里磨蹭了好一会儿，方才去学校和坤会合，一起赶往长途汽车站，搭上了开往予城的末班车，等到终于踏进福田庄时，已是暮色深沉。一步一步地，我们离老宅越来越近，越来越近。

终于听见了哭声。这意味着奶奶已经死了。一直悬着的心，忽然落了地。

是的，我在拖延。我怕回去。我怕见到奶奶，怕见到弥留之际的她。我不知道该怎么面对。而现在，终于不用面对。

一群人在院里屋里穿梭忙活，七娘，秋旺哥，容嫂子，大耳朵全和他媳妇，这些曾经无比熟悉的脸。是的，曾经。如今都在陌生中。他们神情肃穆，有的人脸上还带着泪。看见我和坤，七娘迎上来，一手抓住一个，哭道，你奶刚丢罢气儿，身子还热着呢。乖啊，你奶也算得着你们的济啦。

后来我才明白她说的得济是什么意思。辞典的解释是老人得到奉养，而在我老家，得济却是说老人去世时哪些孩子能守在跟前，老人就算是得着了谁的济。对孩子们来说，守着老人去世，让老人能得着自己的济，似乎也是一种福气。

屋内昏暗。里间亮着灯，灯也昏暗。母亲坐在奶奶床前，正在哀哀哭泣。这个象城长大的城市女儿，从没有如现在这样像一个乡村媳妇。看见我和坤，她的哭声顿时膨胀起来。

快给奶奶磕头。她边哭边说。

我们便磕头。磕完了头，我靠近奶奶的脸，看着她。死死地看。不知怎的，我明明知道她已经死了，却又不相信她真的死了。这一刻，我开始后悔没有早点儿回来。

奶奶。我喊。

她不应。

奶奶，奶奶，奶奶，奶奶。我一遍一遍地喊。像傻子一样喊。

她始终不应。

萍，萍，你后撤点儿。七娘往后拉着我：眼泪落在你奶脸上可不好。

我甩开七娘的手，更靠近奶奶的脸。我想听她说话。果然，她的身体还温热着，她的手也还柔软着。她应该还没死。她把我养那么大，她那么疼我，她应该是一直在等我的。和她耳鬓厮磨那么多日子，我太知道了，她一定还在等我，一定有话对我说。这是她最后的时刻，我想听她说最后的话。

可她就那么躺着，一动不动。

我贴在她的脸上。在心里长出了一张嘴，那张嘴开始无声地狂说：奶奶，你醒醒。奶奶，我错了。奶奶，你不要死。奶奶，奶奶，奶奶。

萍，萍，泪不兴落亡人脸哪。七娘大力拽着我。在被她拽开的瞬间，我看见自己的泪水已如无声的雨，覆盖着奶奶的脸。

中了乖，你奶奶得济了。得着你的济了。七娘说。

如我意料，所有人都对我们的迟归表示了充分的理解。都说高考和大学毕业是大事，不能耽误。老大媳妇代表老大家守着，这就中。何况刚丢罢气俩孩子就进了村，也不算耽误，称得上是得济。

母亲絮絮地和我讲奶奶去世前的情形：开始还能说话，但凡醒了，就撑着一口气问，萍哩？坤哩？跟她说，在路上哩。就说，好。醒一回，问一回。后来也不问坤了，只喊着萍。跟她说，萍快到家了。就说，好。最后一回，先是吐了一个字，听着像是是个信字，问她是啥信，她说，萍知。我只能一遍遍地跟她说，萍快回来啦，你再撑会儿。临丢气儿的那刻，她上唇碰下唇动了好几下，像是又吐了句话，最后一个字像是个好，到底也没听清前头说的是啥。老太太一手把你养大，临了也不知道多想见你一面，好好说上句话。母亲说着，便又哭了起来。

信？某根弦突然被狠狠地弹拨了一下。肯定是那封"玉兰吾妻"。她想带走。便去她的箱子里翻出那件大红碎花棉袄，信果然还卷在里面。大殓时便妥妥地放进了棺木中。

可是，她最后想说的那句话到底是什么呢？问叔叔婶婶，他们是一直守在奶奶身边的。却都说不知。问七娘，她说，话自然是跟着人走了。先搁下，甭想了。慢慢儿等，等她托梦跟你说。

葬礼在记忆中既短暂又漫长。浑浑噩噩。无非就是守灵，在知客的指示下谢孝，谢孝也无非是磕头和哭。我不吝惜磕头，磕了一个又一个，直到有人出来劝止。也不吝惜眼泪，事实上也根本控制不住，脸上就没有干过。

中了中了乖，他们说。很久之后，才从母亲口中得知，我当时的言行得到了村里人的高度赞扬。头磕得好，哭得也痛。可尽了孝了。没叫奶奶白养一场。他们说。

葬礼结束后，我和坤先回了象城。坐在回城的公共汽车上，我还在哭，坤开始也哭着，后来就擦干了泪。

姐。他碰碰我的胳膊。都看着你呢。回家再哭呗。

我用手里的布捂住脸。是一块厚厚的孝布。已经哭了这么久，这块布还没有被泪水浸透。它怎么就那么厚呢？

8. 解咒

时辰似乎是上午，我在玉米田边等奶奶。她说要小解，还说要给我找几穗嫩玉米。这些玉米已经拔节到了顶。我搭眼一看就知道，它们不会再长高了，剩下的事情就是长壮。此时的玉米们格外亭亭玉立，叶子之间还有着疏朗的空隙，叶片在风和阳光中斑驳摇摆，如歌如舞。百无聊赖地等了一会儿，我不耐烦地大声喊她，一阵窸窣，她出来了，果然拿着几穗嫩玉米。这玉米立马勾出了我的馋虫，就喊饿，她就给我烤玉米，也不知从哪儿取来的火，或者是她随身就带着火？玉米烤得甜香，我说，真好吃。奶奶，等我长大挣了钱，就领你去外头耍，给你买更好吃的。烤玉米把她的手弄得有些黑，她搓了搓手，摸了一把我的脸，说，我哪儿也不去，就守着咱家。我说，世界可大啦。她说，再大不也得回家？还是在家里踏实。突然想起"此心安处是吾乡"的句子来，我便讲给她听，她说，人家这话说得多好，多有文化。我问旁边这是谁家的地，她说就是咱家的地呀，地家地。说着就笑起来。我突然又想起那封信，问她，信呢？她拍拍胸口说，在这儿哩。不是你给我放的？俺萍多精能，我只说一个信字，就知道啥意思。我也得意起来，是啊，还是我最知道她。自告奋勇道，我再给你念念信吧。她说，不用啦。天天跟他在一搭，还念啥信。跟谁？你爷爷呀。她羞涩道，他还夸我做得好哩。啥做得好？我问。他信里不是写着叫我多做贡献？说我贡献得好。我这些年做的事，他在那边都知道。

那边。我周身忽然一冷。她死了，是的，我奶奶，她死了。现在这是梦。那个问题迅疾跟上来，那句话呢？那句让我猜了这么多年却始终不知谜底的话，得赶紧问她啊。可就在此时，她又开始消失。像是在惩罚我一样，她又开始消失。我扑过去抓她，她瞬间如雾般消散。

奶奶！奶奶！醒来时，我还在哭喊着。

敲门声。是老原。

你没事吧？他说，开门，快开门。

我一边哭着一边走过去。门一打开，他就把我抱在了怀里。在他温热的胸膛里，在涕泗横流中，我开始胡言乱语。我说我那时想了可多遍，要是福田庄的人都不来找我们就好了，奶奶要是死了就好。是的，我咒她。爸爸死后我就更恨她，觉得她才是罪魁祸首，爸爸是替她死的。就更咒她。你知道吗？她就是被我咒死的，我就是杀她的凶手。我很坏，你知道吗？我担心爸爸死，他就死了。我诅咒奶奶死，她也死了。我担心的和我诅咒的都会发生，这是怎么了？你说我是不是特别晦气，特别恶毒，特别不吉利？尤其是奶奶，我真的诅咒过她，可我没想到她真会死。我说当时我有多恶毒，后来就有多愧疚。当时诅咒得有多恶毒，后来就愧疚得有多疼痛。她死了以后我还无数次埋怨她：不是说越咒越旺吗？你为啥就没有扛住我的咒呢？你咋不多活些年旺给我看呢？你为啥要让我的咒这么灵验呢？

老原只是抱着我。静静地抱着。

我小时候淘，经常在外头玩到不知归家，我妈找到我就会骂，你咋不死到外头呢。过了不知多久，他终于开口说，我从来不认为这是诅咒。心理学上有个说法，过度的担心有时会成为诅咒。同样，言不由衷的诅咒其实就是担心。对我们最亲的人，这些话怎么会是诅咒呢？这就是担心。

你对奶奶，从来没有过诅咒。你只是太担心了。他用粗糙的手掌给我擦着泪，还以为你多聪明，没想到还需要我给你解咒。

9. 咱回家吧

两天后，九奶的病势有了些异样的迹象，时而会进入漫长的昏睡中。虽然醒来时看着还好，可这过于漫长的昏睡还是让人觉得有某种不祥。不顾她反对，老原把她抱进车里拉下了山，送到了予城人民医院。她果然晕车得厉害，干呕了一路。呕到后来连声嚷着要下来，老原只是笑嘻嘻地叫她再忍忍，她便嘬骂起来。我们都笑。老太儿难得发一回脾气，且还有力气发脾气，这情形还挺叫人欣慰。

在予城人民医院入住，检查了一番，说是意识尚且清楚，没有大的外伤，髋部疼痛是因为骨盆有明显骨裂，也损伤了一些血管神经，肢体活动自是大为受限，整体情况也不容乐观，却也没有必要的手术指征——意思就是，根据她的年龄和身体条件，没必要做手术。做手术对身体会有另一种损害，两害相比取其轻，最适宜的选择就是保守的抗疼痛治疗和营养辅助支持。老原又把片子传到象城那边，找了省医的专家去问，也是同样的结论。

简化为两个字就是：等着。或者是，熬着。

大英下来看了两趟。第一趟时和老原商量，想叫老安两口来轮替，说顶着名儿照顾九奶呢，这紧要关头却躲清闲？老原道，算了，比起他们俩，我们俩到底年轻些，更能扛。还有钱的事，虽说大头上是有新农合，可也免不了有别的花销。有些好用的药不在报销单里，那也总得用不是？这钱让老安家出也说不过去，就我来

427

吧。我也顶着名儿是她孙子不是？大英道，这也说得通。第二回来，她又把我们拉到一旁悄声道，看安家往后靠的这个劲儿是完全指望不得了，估摸着是对房子死了心。这房子，恁俩有啥想法？老原说，没想法。等老原进了屋，大英又单拉住我问，听我也说是没想法，她嗔怪道，咱俩这关系，你还不能给我透个实底儿？有想法也在情理。我道，没想法。这就是实底儿。

渐渐地，醒来时的九奶意识开始显乱。有一次，她突然用手招呼我近前，神情有些羞涩。

小迎春，我跟你说。

嗯。我答应着，泪却一下子涌上来。

我梦见了他。他在给我磨拐杖。

他，啥样？

还是那样呗。一点儿都没老。他说我腿脚软，拄着拐杖能走硬实。你说，我年轻轻的就拄根拐杖，恁带样儿？多丑气。她咻咻咻地笑。

她也开始把老原喊成福久。福久啊，咱回家吧。他叫我回家哩。

谁？

你爹呗，他叫我回家哩。她的口气如小孩子般娇糯起来，咱回吧。回家。

到后来，只要醒着，她便会不停地嚷着要回家。回家，回家，回家，非要回家。严严地抿着嘴，水米不打牙。我劝，老原劝，医生劝，护士劝，劝来劝去，全没用。直到老原作势收拾东西，她方才开始喝水吃饭。正值徐先儿也下山来看，看这情形，便把我们叫出来，还没开口眼圈便红了，道，老太儿这是害怕把最后一口气丢在外头。听她的吧。咋说也是得了高寿。也是有福气的。

好吧，回家。老原说，正好十月一，回家上坟，送寒衣。

"十月一儿，棉墩墩儿。"又叫送寒衣，因该穿棉衣了，两边的人都是。早起我先回福田庄送寒衣，和叔叔上过了坟，路过村里，照例要在老宅停一下。翻盖已完全结束，坐东朝西的两层楼，上下各八大间，白色铝合金门窗，宽宽绰绰，气气派派。叔叔说，这些天不时有人来问租，他都叫再等等。等啥？等个好号呀。西半拉不是没有啦？村里门牌号要重新排，我非挑个好号不中，挑个好号更好出租。我问，这还能挑？他说，咋不能？号是死的，人是活的。泥蛋儿现在村班子里，我前些天安置了他，叫他忙着办这事。村班子可精着呢，带6带8带9的号都想留给自家人。咱没给他家办过事？人情到处赶，落雨好借伞。现今就是咱用伞时，这个光咱凭啥不沾？沾不住光就是吃亏，不能叫他隔过咱去。我问，号不得是挨家排么？他说，哪有恁规矩。弯弯绕多着哩。不临街的人家那就挨家排，临街的人家能当商铺，那就跳着排，还有些人家合家在外，老家没人，那谁还虑他们？也能跳着排。你看，老家还是得有人呀。

叔叔口气笃定，神情自信。我从不曾意识到，老宅之事对他而言竟然是这么重要，点滴进展都深入着他的骨髓和神经。不过是半个残存的村子，他竟然是如此想要在其中获得存在感，代表他自己，也代表地家。忽然间走神地想，如果父亲始终在福田庄生活，那他大概就是叔叔这个样子。

七娘她——突然，他有些犹豫——得了大病，乳腺癌。前些时刚出院回家，我去看过了，说还得做好几期化疗，可受罪。

我沉默。

要不，我领你去看看？叔叔顿了顿，又说，她也知过去欠着咱的。前些时咱家这事，人家也没少出力。哪有死疙瘩，该解就得解。

老原还在市医院等着呢，我先走吧。又沉默了片刻，我说。

中。那就下回吧。今儿十月一，登门去瞧病人也不大好。叔叔说。

就把他送回泉湖社区，在车上他便问起了老原，说，你日子还长，总得有个伴儿。我心里一直忧着，也不好劝，也不会劝。看那个人不错，该往前走就往前走。我说，好。

两天后，叔叔果然传来了胜利的消息，说门牌号定的是18。正在谈出租，年租金居然有人给到了六万，想开饭店。他说他早就算好了不会低于五万，六万这价他很满意。咱这房子花了三十万出头，我当初估摸着五年里就能回本儿。多准。他说。我再三叮嘱这回可要签好协议，他说，这我能不知？我就恁傻？他说打算两年一签，这样好涨价。

10. 神针

一回村，九奶的病势就稳定了下来。用大英的话说，不再是急出溜往下滑，把住了步子。比之前自是气弱了许多，精神却也尚可。大家便忙着各自的事去。还用大英的话说，都守着等啥呢。意思是这么守着也不吉利。

自打九奶回村，老原便牢牢地守着。偶尔下山去一趟，去予城买药或是回象城办事取衣物，也是当天往返。九奶尽管瘦小，腾挪身体却也很需要耗些人力，先是安嫂子守白老原守黑，我和老安招呼店里。这样进行了一段时日，发现不行。老原说是白天歇着，到底也不好歇着。客来客往的总是有事，想睡个整觉不大可能。日夜都睡不好，人眼看着就垮下来。他便决定关了店，但凡有熟客来，就分流到别家去。老安扭捏道，大事到底哪天来还不好说，九奶的福寿不是一般人，说不定就能熬过这一关，好日子还长着呢。咱就一直不待客？眼下的客量看着还中，好歹支应着，一天有一天的进项。老原断然道，不差这点儿进项，照顾人要紧。放心，你的工资一天不少。他倒急道，关就关。伺候老太儿我也是应当应分，你这是啥话？！此后几个人便主要忙着这一件事，支撑得就从容了许多。

断断续续地，常有人来看九奶。镇上领导但凡进村，也都会来看看。杨镇长则是进村必看，也必不空手。说他娘也是九奶接的生，落地后他姥姥营养差，没奶水，差点儿把他娘饿死。还是九奶又送鸡蛋又找羊奶，才让他娘捡了条小命。那天来检查扶贫时他又拎着东西来看了一回。九奶醒着，对他虽是答非所问，却也说了好一会儿话。出来后，他对空祈愿道，真巴着老太儿能顺当过去这个年。听说县里正谋划着打今年开始推选长寿之星，还指望着她成为咱乡里的长寿之星哩，长寿之星多了说不定就好申报长寿之乡。人就这一辈子，谁不想活个大岁数？这些名头将来在旅游领域都能变现。

已到午饭时分，便留他吃了简餐，不过是米饭烩菜再加一碗酸辣紫菜蛋花汤。问他检查几家，他说看情况，要没啥急事就把扶贫户全走一遍。眼下扶贫工作是火烧眉毛的热急细事，这检查就好比高三学生迎高考，哪张卷都不敢马虎。问他，领导们会问点儿啥？他笑道，这题谁能押恁准。不外乎是问几口人、几亩地、山林补贴、吃水、看病、新农合报销，一般不会超纲。只是准备得再充分，迎检时也是提心吊胆。怕啥？怕老百姓瞎扯呗。我说你们不是在旁边跟着吗？他说跟着没用。他们要真想瞎扯，你在旁边跟着他们瞎扯起来更来劲，他们很知道眼前这个领导比咱大，很知道官大一级压死人，也很知道咱们怕这个。我问，他们说的土话，领导们能听懂？要是听不懂，那岂不是更成问题？他笑道，你肯定想不到，最叫人放心的就是说土话，他们呜呜哇哇讲一通，领导听得一团糊涂。好，咱就按照咱的意思给领导翻译。但凡能说点儿普通话的，一般都比较精能。整天跟着《新闻联播》学嘞，知道得半半片片的，光拣着他心里的那点儿去说，唉。

就都笑。待大英把村里的贫困户捋了一遍后，他松了口气说，咱村这几户算是好的，没有难缠的。我说扶贫这么好的政策，给谁谁不高兴，还难缠个啥？他呵呵两声道，大部分都领情，有些人却叫惯坏了。他觉得现在国家给的钱都直接上到了他家的折子上，粮食直补，医疗直补，啥都直补，乡镇一级就没啥能管住他们的了，要做工作还得央告他们，就抖起来啦。过年过节，给他送米面油，连个谢谢都没有，还说：下次来别带东西，多不轻省。带几张钱就中么。给他修好了房子，还得给他搬家，搬好了家还得给他打扫好卫生，放一挂鞭炮，这才能走。咱也只能服务到这个份儿上。等你有啥事需要他配合，那可会怨声载道，拿势做乔。比如说去年我们去下发扶贫的宣传招贴画，有的就不叫贴到他家墙上。像我好歹算这乡里的正头领导，也得低下头去哄人家，先夸他衣裳穿得洋气，又说他家种的花好，再说年下到了，给他送个年历。人家就绷着脸说，生怕不知道俺是贫困户，非贴个这。我就说，你想错了。你仔细看，这上头都是对我们干部的要求。平常跟你讲呢，怕你不好记，这都写好了，印上了，你没事慢慢对着看，看我们做的哪点儿不到位的，你好监督，叫我们改进。这还是个年历，阴历阳历明明白白的，印得也不难看，贴到墙上花花绿绿的，咋不好？还跟他开玩笑说，哎呀，人家送门神的上门，你们还给五毛钱呢，我把这么好的东西给你送上了门，咋也不给倒杯水呢。人家那脸才露出点儿笑模样。现在上头还要求每次去看望贫困户都要拍照片，给钱给东西也都要留手印，这个倒是对我们好。省得你来了三四回他只记一两回，你给他两千块他只记五百块。这叫痕迹管理。只是也惹了他们烦，说每回都叫俺们给你们留证据，就恁信不过？三天两头来寻，俺们赶个集心里都不踏实。有的还说当烦了，不想当了。哎呀，这是你说了算的？你想当就当了？你不想当就不当了？还得哄着他们，叫他们继续当。我跟下头人说，对于这些人，得拿出一股子劲儿，不是当成敌人，而是当成亲人。我好有一比，他要是男的，你就把他当老丈人，她要是女的，你就把她当丈母娘。你就拿出娶媳妇的那股子劲儿，丈人丈母娘不答应把闺女给你，你就是想要人家闺女，咋办？坐月子的婆娘还去会情人——往死里巴结。人心都是肉长的，不信攻不下。

便又都笑。他感叹道，如今还是日子好了，这政策搁以前谁敢想？要说农民在大局上获益是越来越多，不过工作跟着就出现了新难点。比如说法制意识，现在整天做宣传，让农民维护权益，可这权益多是朝着我们来要的。理是不错，权益却不恁好给。有一回，上头叫往各家各户发宣传计划生育的小册子，这种册子一般没人看。可有个妇女上过高中，挺较真，一条一条看，看出来了问题，说她的独生子女费没领够，得要回来。我就问卫计委，他们说政策有是有，钱是没有，亏的人又不是她一个，咱县里这个钱欠了两千多万呢。算了吧。可人家不算哪，穷追不舍地要。我说既然没钱还印发这册子干啥？他们说，印发册子是必须推进的工作，不干不中。钱呢，反正是没有，不欠不中。你说我们忙的这是啥？

就又都笑。大英道，上面千条线，下面一根针。线咋忙，咱这针就得咋忙。他道，千条线对一根针呢，说到底还是针忙。忙得跟神针似的，要说大，一天七八个检查团咱也能应付。要说小，一个拆迁户能投进十来个人去攻坚。有时赶得巧，一堆线都要进针眼儿，那就依着轻重缓急，这个衣裳缭几针，拔了换线，那个衣裳缭几针，再拔再换。反正上头要的衣裳最后都能给缭出来，也都能穿上身。针脚儿么，一定是粗枝大叶的。要是要求细看，只能盯着那一块用细针脚再缝一遍。这种时候不多，上头也知道咱为难，也能体贴。领导也是人嘛。

11. 你是灯，我是火

今日不知怎的，九奶的精神格外足，认人也清楚，晚饭后大英来看她，闲话了好一会儿还不睡，只是说话仍不照辙，东一榔头西一棒的。说着说着，突然就把老原和我叫到了跟前，问：你们俩好了没有？

一屋子人就都笑。我和老原对视一眼，也只好笑。老太儿这么直愣，可见真是病糊涂了。

好了。老原说。

真好了？

真好了。说着，老原把手朝我伸过来，是想要牵的意思。我便也伸过去，给他牵。

她顿时笑脸如花，长出了一口气。

中。好好过日子。她说，都是好孩子，知根知底的，多叫人放心。

知根知底。这个词突然变得重起来。根即深藏地下，底即隐秘内情，知根知底意味的就是漫长且全面的时间考量。这在城市里几乎无法实现，哪怕是十几年几十年的邻居和同事，即便经常串门关系不错甚至频频聚餐，哪怕你知道他未婚已婚，开什么车上班，甚至知道他家小狗的昵称，但恐怕也就大致如此，他们对你也是一样。能展示的只能是彼此的一部分，不可能也犯不着露出根底。只有在乡村。生活在这个村子里，你就只能是整体呈现，从家族到个人，从生活到交际。你怎么种地，怎么跟老婆吵架，怎么给老娘端洗脚水，怎么为一只鸡跟邻居闹翻天，碰到风雨什么样，碰到利益什么样，碰到大大小小的运动又什么样，尽管没有组织登记造册，多年来却也都明明白白。那么多双眼睛看着，那么多张嘴说着，你不可能一直演戏，你藏不住。必然的，你会对人知根知底，也会被人知根知底。正如我和老原，之前虽够熟，跟知根知底却还差着一层。但在宝水的这些日子，一起迎来送往吃饭待客，每日柴米油盐耳鬓厮磨，见证过彼此的打嗝放屁大笑痛哭，连祖辈的往事都说了个透，林林总总地来了这么一遍，方才算得是知道根底。

那晚大英走后，我们又陪九奶说话，直到她乏累睡去，我们才往中掌去。出门才发现弥漫起了大雾。白色的雾如淡淡的牛奶，微微带着些恐怖气息。在这无处不在的雾里，你会知道，你的呼吸里有它，你的肺腑里有它。它已经渗入了你的身体，成了你的一部分。当然，你也是它的一部分。

我和老原手拉着手，拉得汗津津的。我想抽回去擦一擦，他不肯。

我还会跑了不成？我说。

你跑一个我看看。他说。

到了中掌，终于看到了灯光，是秀梅家的。再然后，就是我们家的。不约而同地，我们驻足，看着门楼上那朵灯光。能见度很低，所以即使这么近，也只能看个朦朦胧胧。灯光在雾中透出的状态是毛茸茸的，像是雾里飘浮的一块大致圆形的蛋黄。

万家灯火。老原念叨，突然问说，为什么要叫万家灯火，不叫万家灯光呢？

我哪儿知道。

你不是有文化么。

反正比你有文化。我说，为了不辜负有文化的美名，就勉强找个答案吧。因为火比光热，灯火就比灯光更有温度。

你是灯，我是火。咱们凑到一起，就是灯火。他抱住我说。

抱着就没有再分开，直到进屋，上床。

萍。

嗯。

能说粗话不能？

……能。

他猛然爆发出的粗鲁和犷悍虽是从未见过，却也并不让我多么意外。仿佛早知他会如此，也本该如此。而我的承受与应和也不遑多让。体液如开闸似的汩汩而出，沛盛润泽。我们如两尾长着手脚的大鱼，奋力交缠，搏命一般。都大汗淋漓，气喘吁吁。

从来没有这么好过。结束后，他说。

我也是。我说。

这话，不是客气吧？

你方才是客气？

他嘎嘎嘎地笑起来。在这暗夜中，他的笑声分外狂野放荡。我本想捂一下他的嘴，手伸出，又放下。笑去吧。

我就知道咱们会这么好。

啥时候知道的？

早就知道。他翻身又压上来，很早以前就知道。

他的汗毛很茂。胳膊上，腿上，全是。尤其是腿上，黑茸茸的一层。

是不是很性感？

喊。

汗毛还有一样好处，就是蚊子不咬。

他指了指左腿膝盖下方，示意我看。果然有一只蚊子在汗毛上逡巡，这儿站站，那儿站站，终是一副无处下嘴的样子，讪讪然飞走了。

就一起大笑起来。

其实……他突然有些不好意思起来。

咋啦?

我这个地方，毛也很多。他指指屁股后面，眼神如婴。一瞬间，这眼神甚至和豫新有了让我恍惚的重合。

你能不能给我剪剪？以前每次擦屁股都擦不干净。她老是说我不使劲擦，我也从来没想过让她给我剪剪。

那就剪剪呗。多大个事儿。

让他洗干净，撅着，给他剪。还真不太好剪，因为都是蜷着的。便一根根地揪直，剪掉。剪了好一会儿。剪完了，看他撅着的样子好笑，便故意不说。任他撅着。他等了一会儿，方才觉出不对劲儿，提上裤子就和我闹起来。

是很无聊的，可也是很快乐的。和老原在一起，经常可以享受到这种无聊的快乐。"我想和你虚度时光"，突然想起谁的这句诗来，好像就是眼下这种情境。

很快，村里人看我们的眼神都和以前不再一样。以前也跟我们开玩笑，却开得有分寸，是要看着我的脸色的，如今却放开了许多，明显肆无忌惮起来，自然也多是朝着老原。有一次便听见大包对他说，你们那动静小点儿，在西掌都能听见。老原道，没事，我耳朵也灵，咱互相听。我骂老原，脸皮比城墙拐弯还厚。他笑道，以毒攻毒，心服口服。以厚攻厚，谁都好受。

12. 都是银环

小曹的好日子定的是农历十月十九，刚过了小雪。之前两天是壮被子。大英跟我打招呼说要八个妇女，你得算一个。我说我不会做针线，她说就是凑个人头，没叫你认真干活儿。问她啥人选才合适，她笑道，两口子整整齐齐的就都合适，你这就顶合适。我纠结说，我这情况你知道，眼下这个数倒是好充，只是别有什么说法让人家的喜事落下膈应。她笑道，少啰唆，你这不是整整齐齐两口子？

那天便也被她拉去，进了屋，环视一圈，有张大包媳妇、张有富媳妇和安嫂子，再就是三梅、大英和我，正好凑够八个。大英对小曹道，你看你壮个被子，这体面有多大，省上的人都来了。小曹连忙拱手，就都笑。

八床被子里有四床是买现成的羽绒被和蚕丝被，需要壮的是四床棉被，也只是作势，被里是弹好的，罩上被罩，用一根针绉一根长线松松缭上一圈便罢。一根长线应的是千里姻缘一线牵，纯白被里应的是白头偕老。每条被子或四斤或八斤重，应的是四平八稳。边壮边扯云话，扯着扯着，就说起小曹媳妇叫青蓝。秀梅说，青蓝这名儿真不赖，要是青萍姐走了，咱们还有这一个青，"宝水有青梅"这个名号就还是货真价实。我不满道，咋就这么巴望我走。秀梅笑道，咋能巴望你走哩。只是怕留不住。听说你家店有人要盘，好几百万？问她听谁说的，她却反问道，你就说有没有吧。

想了想，是了，前几天有客来玩，进到院子里拍照，边夸着这地方好边财大气粗地问老原，要是盘了你这店得多少钱。老原说，老宅不卖，只能长租，要看你租多少年的。那人说一二十年吧。老原看着那人的没谱样，便也没谱起来，说一年二十万，十年两百万，二十年四百万，给你算三百万，一把付清，咋样？就都尬笑了两声？

还真是隔墙有耳。不过此时不应答也显得鬼祟，就索性把这段拿来说笑了一场，也便罢了。

正日子前一天的铺床也有趣。和壮被子比起来，铺床自然更是作势。要紧的是念词儿。大英没少干这差事，念起来一个磕绊都不打：

> 进得门来喜洋洋，
> 咱给新人来铺床。
> 被子宽来褥子长，
> 一生一对状元郎。
> 铺床铺床，龙凤呈祥。
> 先生贵子，后生姑娘。
> 铺床铺床，日子红亮。
> 床神坐位，儿孙满堂！

还有一段是扇铺盖时念的：

> 咱把铺盖扇一扇，
> 儿女长大做高官。
> 抖一抖，扇一扇，
> 博士教授往里钻！

大英说，原来的词儿里往里钻的是状元举人，近些年换成了博士教授，都说与时俱进，咱这词儿不也是？

结婚那天，知客照例是最懂老礼儿的徐先儿。快到中午时，我和老原过去，院里院外都是熟脸，似乎全村的人都在。看见我们徐先儿便高喊：原家客到——

老安被请来做席面，家里只有安嫂子自是不行，老原付完礼金便去了西掌，我留下来代表他吃席。席面是三八席，八凉八热八汤碗，每一道"八"里又各分四荤四素。秀梅身兼摄影师和导演，只顾着拍视频，饭都没坐下吃。拍大曹烧火劈柴，拍徐先儿迎客敬烟，拍在灶口打下手的女人们择洗切菜。等新媳妇进了门就可着劲儿拍新媳妇，开席了就拍席面，拍炒菜传菜，拍众人吃饭。头茬席坐不下，有人拿着碗筷站到人后抻着胳膊去夹菜，在这里叫"钓鱼"，她都一一拍下。新郎、新娘到各桌敬酒这些更是不错过，嘴里念叨着，都是料，这都是料。间或歇上片刻，还忙着把拍好的片段传给众人品评。经过这大半年的历练，村里人似乎已多少具备了一种镜头感，本来没想笑的，对着镜头就笑起来。本来就笑着的，对着镜头就笑得更开。本来笑得很开的，对着镜头做起了鬼脸，颇有些表演的自觉性。秀梅夸赞道，看看，都多会配合，多会人来疯。突然她又来了一个灵感创意，便让一群女人排成队，依次进门，小曹的父母在门两边做出欢迎姿态，每个进门的人都和主人挥手击掌。

正排演着，几个游客路过，笑盈盈地在门口道了喜。这边徐先儿回了谢。那边又问，讨杯喜酒喝中不中？徐先儿道，中中中，请请请。那边却挥了挥手一笑而过。我问，他们要真进来，咱还真叫他们吃？徐先儿道，那是当然。人家既然说出了口，咋能给人家搁到那儿。要说不中，也显得咱们薄气不是？彼此脸上都不好看。我说，要是任谁都能来吃，那岂不是白叫人占便宜。他呵呵一笑道，说是说，让是让，叫不叫他们吃，末了还不是由着咱？一两个就罢了，不差那几口饭，只当添点儿热闹。要是七八十来个呢？按说喜事不怕人多，可是咱也有个成本，不能叫他们立个巧名儿吃大户。既是受了东家拜托，咱也得为东家心疼东西不是。咋办？好办。凡事躲不过一个礼字。咱不是有礼桌么，待他们真进了门，就把礼桌指给他们，叫他们去落上大名。想要吃席，先去上礼，这是客的礼数。这就叫，礼来礼去，有情有义。

等饭罢席收，秀梅却还兴犹未尽，到底没饶了小曹母亲，非要她来拍《朝阳沟》里那段"亲家母，你坐下"。这一小段演的是银环娘想通后去朝阳沟看银环，栓宝娘即银环的准婆母热情招待，邻居二大娘也过来招呼。秀梅演二大娘，小曹母亲本色出演婆母，把大英拉来配银环娘。抖音里也有现成唱段，她们三个只需要配动作和口型。小曹亲自拿手机管拍。就要开始时，大英突然指着我说，青萍，你也进来。我惊讶道，干啥？大英说，你来代表银环，不唱也得在这里站着。能嫁进咱山沟里的闺女，像青萍、青蓝这，都是银环。秀梅说，叫她当银环的小姑子巧珍呗，那好歹还有一句词哩。

就都笑。不知谁推搡着，大英便不由分说把我拉进来。于是我便傻戳在那里，看她们三个人蹩手蹩脚地演。这段三人对唱是我从小就听熟了的，也是无数河南人都听熟了的，十分脍炙人口：

　　（栓宝娘）亲家母你坐下，咱们说说知心话。

（银环娘）中！亲家母咱都坐下，咱们随便哪拉一拉。

（二大娘）老嫂子你到俺家，尝尝俺山沟里大西瓜。

（栓宝娘）自从孩子离开家，知道你心里常牵挂。

（银环娘）出门没有带被子，失急慌忙她离开家。

（二大娘）你到屋里看一看，铺的什么盖的什么。

（栓宝娘）做了一套新铺盖，新里新表新棉花。

（银环娘）在家没有种过地，一次锄把她没有拿。

（栓宝娘）家里地里都能干，十人见了九人夸。

（二大娘）又肯下力又有文化，不愁当一个啥、啥？

（巧珍）当一个农业科学家！

　　等我说完这唯一一句词，便是哄堂大笑，后面按剧情这句词要被二大娘再重复一遍，秀梅的重复也淹没在笑声里。表演加配乐很快妥当，秀梅当即发了出去。我点过了赞，不自觉地又看了两遍。从不曾意识到这词写得如此精妙：先喊出"亲家母"的就应是栓宝娘，替银环谦辞的必是娘家妈，叫老嫂子的一定是二大娘，她同时也兼职助攻，婆母不方便夸时就得她出来夸。不过是些家常话，年少时听着有趣，如今才品出了一点人情世故。

　　众人反复看反复赞，大英道，弄得不赖。回头等根儿和青萍办喜事，你还得这么弄。于是又都笑，一起看着我。我无语，也只好笑。

　　晚饭后秀梅拉着我，又拽上雪梅，一起去找青蓝聊天，刻下就聊得欢声笑语。问她以后打算住山下还是住村里，她甜笑道，我看好咱村，当然住村里啦。以后咱们一起好好耍，有啥事只管叫我。

对了，建华不是说年底时想搞村晚？那咱们就搞起来呀。人人当演员，人人当观众，咱村里人自己热闹一场。你们好不好跳广场舞？咱也跳起来吧。村晚哪能少得了广场舞呀。

13. 山里红啊山里红

青蓝果然是说开花就结果的性格，没过几天，村委会那边就听到了广场舞的音乐声响。开始没有什么人去跳，她见人就拉，率先领跳，便渐渐人多起来。也拉了我几回，我婉拒说要常去西掌照应九奶，实在没空，也没兴趣。青蓝说，你这么时髦，真该跳广场舞的。每天就那个把小时，你就非得那时候去照应？她较真起来还挺不好糊弄，推辞不过，我便隔三岔五也混进去跳上一回。杨镇长有一回路过，下车看了一眼，鼓励说可以再往上拔拔档次，元宵节时乡里按例要搞会演，要是跳得再好些，就能晋级成乡里的节目。还亲自选定了曲目《山里红》，说这歌名吉祥喜庆又应景。咱们在山里，山里红，山里红，现在就很红，将来会更红！众人都说好。大英顺势道，上档次还得看衣裳，人是衣裳马是鞍，乡里给俺们置一身呗。杨镇长笑道，乡财政是没这经费。咋啦，宝水今年红火成这样，大家小户都发了一笔，置办个衣裳都置办不起呀？过年不置新衣裳？就两码归一码，一起置呗。

《山里红》跳广场舞确实也是适宜，我简直怀疑写这歌的人当初就考虑到了将来会拿去跳广场舞，听听这一路淌下来的流水词：

飘飘落叶秋色中，南飞的燕子叫声声，飞过一片蓝蓝的天，飞过一片山里红。脉脉含情谁能懂，吹来的风啊暖盈盈，吹落一滴相思的泪，吹落一颗颗一颗颗山里红。山里红啊山里红，红红的岁月红红的情，红红的果实盼亲人，红红的脸颊红红的梦……

押韵是必须的。押韵所带来的朗朗上口的节奏感，在这里简直就约等于文化本身。歌词的画面感也要明快直白，才能触到她们的欢乐点，可上她们的意。

她们的舞姿自是一言难尽，可居然也能让我迈不开步子。作为米字形高铁的所在地，交通的便利让象城汇聚着高频率的文艺演出，一年到头都有各路明星脚跟脚登场，报社也总能分到位置不错的媒体票，我一向对那些兴味索然。可是此时，这粗陋的广场舞却让我看了又看，似乎有一种神奇的魔力。

她们的动作尽量向着舒展和大方，表情却不免是紧张和羞涩的。她们总是低垂着眼睛，努力避开正视前方的观众。实在避不开时，那眼神里其实也很平静甚至严肃。象城街头跳广场舞的女人们也是这样，这一点她们不约而同。我喜欢这种表情和眼神。在电视上经常看到跳广场舞的女人们脸上往往都挂着复制粘贴的标准笑容，虽然明知道那些笑容负责传达的是欢欣、愉快、幸福等诸如此类的常规信息，却让我每次看到都觉得难受，觉得太过于假惺惺。对于缺乏舞台经验的素人而言，上台最重要的事是记住动作，在记住动作的同时还能兼顾表情管理的通常就属于职业演员，职业演员跳的广场舞，不看也罢。

一旦跳起来，什么都不能掩盖。女人们各自的风情显露无遗。秀梅是飒爽的，雪梅是柔婉的，当然还是香梅最出挑。她也是低垂着眼睛，也是和别人一样进退，看着都和别人一样，没有比别人多做一点，也没有比别人少做一点。但她一动起来你就知道，她和别人终究还是不太一样。她的风情不仅在她好看的脸，还在于她的头颈肩随着腰胯腿自上而下的一系列摆动，是浑然无隙的柔软和协调，这使她流溢着一种灵动的水气，妙不可言。与她们相映成趣的是那些上了年纪的妇人，尽管身材臃肿，她们却也自有一种韵味。张有富媳妇和张大包媳妇就是如此。她们的胳膊几乎没有一个动作能划拉到位，脚下的踩点却很准。上半身的差谬和下半身的精确搭配在一起，让她们显得颇为稚拙可爱。中间休息时，我夸她们跳得好，张大包媳妇赧然一笑说，好个屁。张有富媳妇说，你个老东西，接个话都接不成。人家青萍夸咱呢，你说好个屁。张大包媳妇说，屁也是好的。咋不好啦？去找徐先儿瞧病，他惯常问的就是放屁了没有。屁就是通嘛。不放屁就不通嘛。就都笑。虽是屁来屁去的，却也就是这个理。

　　秀梅自是不失时机勤勤恳恳地拍着抖音，只要香梅在，每次也必会把香梅当焦点，就差怼到香梅脸上拍特写，说全靠着香梅涨粉。底下的评论也多是对着香梅的，除了各种夸，也免不了有人说些轻浮话。网上的这些倒无所谓，让我担心的还是七成，以他的习性做派，香梅这么频频跳舞也是在出风头，怕以这为引子起纷争。因此，但凡我跳，便会陪着她回西掌，看着她回家后，我再去九奶那里。想着这对她或许是一种正大的展示和含蓄的护卫，以期为她降低风险。不过还是时而免不了有几天不见香梅来，那不用说，多

446

半是又挨了打。后来我才得知，这么周全地送香梅反而也令七成起疑，认为我是故意给香梅做证，恰是有鬼。

没事，姐，他现在下手轻多了，还是有进步。香梅笑。她竟然还笑得出来。

个把小时的广舞场也很自然地成了村里的临时资讯交流平台，来自各个渠道的消息在这里被密集置换，靠谱的、有点靠谱的以及很不靠谱的都汇聚在此，纷纷扬扬，以嘴为翅，从不知哪里的四面八方飞来，又朝着不知哪里的四面八方飞去。

14. 太平旅社

虽是缓下了速度，九奶的病势却仍是挡不住地往下走着。还是时而清醒时而糊涂，清醒和糊涂的比例却越来越失调。到后来也只是时而清醒。糊涂时便是颠三倒四胡言乱语，不过对拐杖的念叨却从没落下过。张口就是，拐杖呢？我的拐杖呢？他给我磨的拐杖呀。

却是一直没有着落。中间也不断有人挑了拐杖来给她瞧看，从没有一根能中她的意。我发现她评价的标准就是一个字：磨。不是说这根磨得不够，就是说那根还没有磨，要么就是磨的颜色不对。

做拐杖的说法，就是用磨的么？这天，在门口见到大曹，我问。他说磨是行家说法。好拐杖是得磨呀。下好了料，火烤取直，刀锉去皮，整出大形再打磨尖角毛刺，还得喂桐油，用的时间长了就能有包浆，那也是手磨出来的包浆。又叹道，老太儿要求怪高，怪愁人的。叫我说，甭费气了。寻不着的。她原来那根老拐杖陪了她多少年，咱搁哪儿去寻那么老的物件。

老，这字听得我心里一沉。或许，九奶寻的根本就不是老拐杖的拐杖，而是老拐杖的老。这个老，确实也是无处可寻。

这一天，香梅过来约着去后河赶集，听我说没啥可买的，她眉毛一挑道，给九奶挑拐杖去呀，万一有呢。

也对。那便去。我说开车，她说不用，就骑她的小电动车，多轻便。就咱俩，快去快回。便载着我，一溜儿跑去了后河。到了集上，她却忽然又说肚子疼，应该是来了例假，得找个地方躺躺。这行事有些蹊跷，看她的样子，若说是装的，也算是装得诚恳，也好奇她到底有什么筹谋，便依着她到了一家旅社。

旅社极简陋，却也有一个名头，叫太平旅社。红门已经斑斑驳驳，两个门扇高低错合着，像一个人翘趄的肩膀。如果不是香梅上前去敲门，很难想象这里还在营业。敲了一会儿，终于来人开了门，是个老头儿，穿着臃肿的棉军大衣，蹒跚着腿，带着我们上去。楼梯很窄，稍微胖些的人估计就得卡满。我跟着香梅默默地往上走着，三个人都不说话。这情状实在是有些诡异。这个香梅，她到底想干什么呢？

二楼有四个单间，以楼梯为界，左右各两间。除了左边靠外的那间，老头儿把其他三间都打开了让我们挑。香梅选了左边靠里的那间。里面有三张床。这床铺有海绵垫，可以的吧？他问。掀开粉红色的牡丹蝴蝶图案的床单，大红色的床垫有着印迹可疑的斑块。香梅说可以。问他多少钱，他说每张床二十块。香梅说四十块是吧，一会儿走时再结账。

躺下来后，香梅便只顾着看手机，看得专心致志。我坐在床上，忐忑不安。从来没有进过这样的旅社。如果不是跟着香梅，我可能一辈子都不会和这样的旅社有关系。所以，我的世界多么单薄狭窄啊。我所不知的还有多少层面？因为不知，所以无从推测。单薄狭窄限制了我的想象力。我只能确定，于我可怜的视域之外，有无数的人都正生机勃勃地过着他们的日子。就在此时此刻。

姐，对不起。香梅忽然放下手机，眼泪汪汪地看着我。

怎么了？

我今天要拖累你了。

什么拖累不拖累的，不就是歇会儿么？

我约了个人，在这儿见面。

谁？

就是他。信阳那个。

我茫然着，瞬间便也明白过来。站起身。

姐，你不用走。

我便重新陷入茫然。难道要我看着他们你侬我侬？

他在隔壁。香梅说。你在这儿等着我就好。她的脸已经红得似要破了皮。也是一瞬间，我又明白过来。

好。我说。

我不看她，只听着她开门出去。幸亏还有电视，也幸亏这电视还能看。里面正播着一部什么武侠剧，打打杀杀的，喧闹得很，愈发衬托得屋内荒凉。听着电视里的声音，听着偶尔沉默的空隙里隔壁的轻微响动，听着自己的呼吸，我问自己，你这是在做什么呢？她在私会初恋情人，用你来打掩护。以往以为她很委屈，却原来，不是那么委屈。隐隐地，却有点儿为自己委屈。之前一直心疼着她，居然被她利用了这心疼，不，甚至是有些被愚弄。这不是拿你当了大傻子么？却又有些佩服她，在不动声色中下了这么一盘棋，有城府。

香梅又进屋时，拎着一提绿茶，袋子上印的是信阳毛尖。

姐，这个给你。

我不要。

我没法子拿回去的。她嗫嚅着。他说，是最好的茶。

你没法子拿回去，我就有法子拿回去了？让人看见了，问我在哪儿买的，我怎么说？这集上有几家卖绿茶的？我没好气。

香梅不作声，手却不闲着。她打开大包装盒，剥出四个小纸盒。再打开小纸盒，抠出里面锡纸装的小茶包，装进我的包里，朝我笑道，去了包装就不打眼了，咱们自己知道这是啥就中。

你看看你，办的这是啥事。我小声埋怨。一直没断？

跟断了也差不多。实在拗不过，才见上一回。她顿了顿，尤其是刚挨过七成的打，就觉得见见他也不亏。姐，我不是说过？他打我的我都记着呢。不是不报，时候未到。她笑。皮肤泛着红潮，越发光润粉嫩。

你这，就算时候到了？我知道自己的口气里有揶揄甚至嘲讽，却也没有多少顾忌。经过了这场事，和她之间便更进了一步，自是更有担待些。

她抿嘴儿一笑。这可不够，哪就够了呢。以后还有呢。

你以后还想干啥？

她抿嘴儿又是一笑，娇俏的笑容让我后脊背唰地凉了一下。

你可别干傻事儿啊。还有孩子呢。

知道。姐你就放心吧。她挎住我的胳膊，亲亲热热。咱快去找拐杖吧。

拐杖自是没有合适的，却也没空手，便买了些杂七杂八的小东西。回家后把茶叶单拿出来，存放进了冰箱的冷藏格里，被老原一眼瞧见，问这是什么茶？我说，绿茶。什么绿茶？我没好气地答：顶级绿茶。

15. 野菊花

"霜降摘柿子，立冬打软枣。"软枣却不是枣，枣对它来说只是个形容词。这最小的柿子之所以叫软枣，大约就是因个头儿只有小枣子那么大。小归小，资格却老，其他的柿子种都需得从它这里嫁接，所以它其实是柿子界的母本树。徐先儿说它还是一味中药，药名雅致得紧，叫君迁子。它的蒂还能成一味偏方，专治打嗝。

这母本树性子也缓。立冬后，其他的柿子都下了树，它方才不慌不忙地熟起来。紫黑色地挂在枝上，一点儿也不显眼。这时节几乎没了客，村里人闲下来，手脚好的便去打软枣，不为了吃，为的是当药卖钱。这几天天气好，晴朗无风，秀梅、雪梅、香梅这几家都去打软枣，小曹和青蓝也去了。他们叫我，我说还得跟老原守九奶，就在近处采点儿菊花吧。

采野菊花也是正当时，到处都是，梯田边，草坡上，灌木丛里，干沟畔，在哪儿都能看到它。它的花株又细又高，却并不因为细高而易折，丛丛蓬蓬的，倔强得很。花朵不大，却不单薄，堆得满满的，颜色黄得往深里去，气息也往浓烈里聚。一闻你就会知道，这是山野里的菊花才能有的苦香药味。这味道锁得很牢实，直到来年春天，都还会在。一直到新的菊花苗从老根儿里长出来，也还在。菊花苗忠实地传承了它的苦香药味，只是要清淡许多。再然后，老根儿渐渐被新萌的葱茏叶子遮掩，如同老妪转变成了少女，少女渐熟，直至开花，气息也逐渐由清淡开始浓烈。

这天午后，采了野菊花回来，正在晒着，小曹和青蓝来了，神色有些慌张。问什么事，两人你看看我，我看看你，一时间却僵着。青蓝的脸色很不对，我问小曹，你欺负人家啦？小曹笑道，好不容易娶来这么好的媳妇，我哪敢呀。看他笑，我方才放下心来。又问青蓝，青蓝犹豫了一下，便细细地说了。原来他们今天去狮子岭那边打软枣，看见了香梅和七成也在不远处。虽是离得不远，却也没去惊动。忽然听见那边动静大起来，似乎是在厮打，两人才悄悄拐过去看，便看得目瞪口呆。我问，是七成又打香梅了？青蓝说，是香梅在打七成呢。七成躺在草棵里头，她一脚一脚踢，像换了个人似的，可吓人了。我都要叫吓傻了。小曹说，可不是，要不是我拉她回来，她就能一直待在那里傻看。青蓝说，才不是。我肯定会上前去救七成的。小曹说，我就是怕你上去胡乱干涉。我咋是胡乱干涉？人家两口子的事就是内政，你要去管那就是胡乱干涉。香梅她那是家暴呀。得了吧，你知道香梅挨过多少？那也不能以暴制暴。有时候就得以暴制暴。两人拌着嘴，小曹朝我笑道，青蓝还说要报警，亏得我把她手机抢了过来。

我仍没反应过来。七成挨了香梅的打？香梅家暴七成？这怎么可能。——不过，凭什么就不可能呢？

青萍姐，你说，要不要报警？青蓝眼巴巴地看着我。

不要。

香梅姐那个样子好可怕。会出人命的。青蓝的泪光在眼睛里噙着。真是一个好孩子。

不会。我说。

两口子再有仇也不能这么干，得让法律管。

不是啥事都得靠法律。就好比你俩有点儿矛盾就去找娘家或者婆家长辈来评理？不会吧？大多时候都能自己消化，是吧？

那和这种情况可不一样。

看着不一样，其实一样。如果你相信我和小曹，那就当作不知道。

青蓝不再说话，低头沉默了好一会儿，方才问，村里的风气，就是这吗？

他们家的事和村里的风气是两码事。我说。让小曹带她回去，做点儿好吃的，给她压压惊。小曹笑着允诺，搂着她的肩膀离开。我长吁了一口气。再说下去，我也没什么话好讲。跟她对话实在困难，尽管知道她很有理。她需要在村里过上真正的日子才能明白我说不出来的这些，才能明白香梅此举居然也真有可能抵达某种履险如夷的微妙平衡。——很不合时宜的，我想起了阴道里的各种菌群。少女时代的我，有一段时间特别爱干净，无论是上大号还是上小号，上完必定要洗一番，整天洗啊洗啊，结果有段时间还是有了炎症。百思不得其解，看医生时，医生诊断说你这是毫无必要的过度清洁造成的损害。一般情况下里面的菌群是能和平共处的，这小环境有自净功能。所以嘛，不要乱洗，不要管它。

随后便接到了秀梅的电话，说香梅传来消息，七成打软枣时不小心在陡坡上踩脱了脚，跌了下来，动不了了。他们几个已经去狮子岭那边抬七成，也安排了张大包开车把他们送下山，让我先去西掌招呼郑义，她一会儿就过来把郑义领走，叫他在她家混几天。我说，好。

到了晚上，我方才给香梅打电话问情况，她口气平静，说挺好的，在予城人民医院做过了检查，不过是几处轻微骨折，养着就是。她打算过两天转回乡里，虽说新农合能报销不少，可有些开销报不了，市里花费还是高。我说，好。

过了两天，秀梅和雪梅约我一同去乡医院看七成，我没去。直到几天后七成回了村，我才上门寒暄了几句，香梅送出来时拉住我，彼此对看了两眼，她平静道，姐，你都知道了吧？我，嗯。咋知道的？听我说了原委，她一笑道，我就知道你会护着我。我朝她肩上擂了一拳，说，你咋敢这么弄这事儿？也太悬了。她淡淡道，姐，你放心。我也不想孩子没爹，有分寸。又默默一笑道，姐，是他先动的手，我不理亏。一直就在等着一个还手机会，这次可叫我趁住了天时地利。我早算好了，即便伤住了他的筋骨，反正也没生意，耽误不了挣钱。姐，你不知道，当我把他从坡上踹下去时，看他一动不动地躺在那里一副死猪样时，我心里有多畅快。还别说，踢人也是个力气活儿，比打软枣累多了，踢他几下还得歇歇。我歇时就跟他讲条件，我说，今天跟你来这一回，我也没打算活着。你来选，是咱们都活着，还是都死？他说，你恁狠。我说，比你差得远。你打了我多少回，我这才一回。不过我这一回要顶百回用。你说吧，都死还是都活？他说，废话。我说，活有活的活法。今天就立下规矩。你以后要再打我，就想想今天。要叫我弄你第二回，那就是咱们都死。反正我死你是拦不住。你要是命大，没有叫我弄死，那你就想好，是不是想要再娶个老婆，想叫你儿子跟后娘。

我看着她。黄昏时分，暮色还有光，光在她眼里，成了泪。

姐，你不知道他那眼神有多害怕。我就是要叫他害怕。

我轻轻地抱住她。她把下巴放在我的肩上，哭了。

16. 酸黄菜

近两日里，但凡清醒过来，九奶就开始说自己现在是回光返照，熬不了多久就得上路。要到那边儿去啦。我这事儿可是喜丧，你们到时候可不要扯喉咙哭，都高高兴兴的。说完了这个，下一步就是把我和老原都叫到跟前，要交代大事。

大事之一就是房子。这房子就给你。她对老原说，给了你，你想咋处置就是你的事。反正给你就妥。说这些话时，她脸色如常，也不避嫌老安两口和来看她的人。人就都笑，说恁这心里还是最亲根儿，房子都要给他，这根儿跟亲孙子还差啥？她也笑道，不差，啥都不差。

大事之二就是孩子。每次交代都像是第一次，让我好好跟根儿过日子。也跟老原交代，要好好跟萍过日子。萍还没到腰干时哩，还能要上孩子。能要就要，别觉得年岁大。大啥哩，不大。

我笑。听她第一次提腰干，就觉得这话似曾听过，后来便想起，小时在福田庄，奶奶和女人们说私房话时也会说到腰干不干，腰啥时候干。我还摸着奶奶的腰说，奶奶，你的腰从来都干干的呀，啥时候湿过。现在想想，比起停经的说法，腰干这种词有着民间特有的婉约韵致。

老原乖乖点头，要，要。

有孩子多好。

嗯，好。

说不准就要上了。老来子都精能。

嗯。

有孩子多好。她喃喃重复，世上还有啥能比孩子好哩。

就是这些话，来来回回说。说着说着就昏睡过去。

到后来，我偶尔也会在晚上跟老原一起值守，让他睡上一会儿。夜里最难熬，也最容易陷入混沌。虽是刚入冬，这深山的深夜却已是很冷，尽管穿着薄羽绒服，也还是会觉得冷。昏睡中的九奶却常常会把被子掀开，露出胳膊和手，似乎是什么在灼烧着她，燥热着她。而当她偶尔醒来时，便会喊福久。

福久，福久。万籁俱寂中，只有这一个声音。

福久，福久。一遍又一遍。

怎么跟她解释都是徒劳。我便把老原推醒。

福久，是福久吧？

是。

回来了？

回来了。

回来就好。不走了吧？

不走了。

好，好。

每次在父亲的名字中应答，老原都会哭。不出声，只无声地擦泪。看他这样，我的泪就也止不住。

后来或许是为了省力气，她就把福字去掉，只喊那个久。

久，久呀。

突然觉得，这像是在喊她自己。那么，德茂给儿子起名福久——这个久，是不是有意和九奶的九重音儿？是不是有意在孩子的生命里刻下九奶的记号？

一天中午时分，九奶忽然要吃酸黄菜，说浆水面里放点酸黄菜，就要吃这口。还点名要豆家的，指使老原跟我一起去拿。说，根儿，你整天窝在这屋里，也出去透透气。东西沉，你拎着，甭让萍受累。老原撒娇道，您咋恁向着她呀！九奶笑道，我就看她漆巴巴。快去拿，我等着吃哩。

酸黄菜如今官称是酸菜。在我们予城，早些年是没人叫酸菜的，惯常说的就是酸黄菜。有两种意见。你家还有酸黄菜没？这是当名词用。你家开始酸黄菜没？这是当动词用，"使黄菜酸"之意。深秋初冬时分，长成的大白菜该出了——没错，这里也常常是把"收"叫作"出"，出红薯，出花生，出萝卜，出大葱，等等，但凡是在地下长的或者贴地面长的农作物，收获时都叫"出"，后来我才觉出这个字里也含着一种祈使句似的隆重：使某某出，和酸黄菜的酸是同样用法——出完大白菜后，奶奶会先把硬实的白菜挑出来存放好，以备单吃，再把一些不硬实的虚棵白菜酸成黄菜。过程不复杂：烧地锅开水，把这些白菜一整棵一整棵地放到开水里澡一澡——没错，用开水快速烫菜在我老家不叫焯一焯，就叫澡一澡，我觉得澡比焯好得多——然后，把澡过的白菜再放到凉水里泡一泡，捞出来挂在绳子上控掉水，一层一层地撒上些盐码到缸里，然后压上石头，封好缸口，任白菜在缸里沤上个把月，差不多挨近了年，此时的白菜就成了酸溜溜的黄菜，方可启缸吃。福田庄的酸黄菜，我吃过的也有七八十家，负责任地说，哪一家都没有我家的好。问奶奶，为啥咱家的最好吃？奶奶绷着脸上的笑意，一句续一句道：咱家白菜好啊——咱家缸好啊——咱家的压菜石好啊——你奶手艺好啊——

进了东掌，在离豆哥家不远处，老原却住了步子说，还是你去吧，我在这等着。我不肯，便拉着他走一步顿一步地近了豆哥家，忽然见马菲亚和豆嫂拉扯着出了院子，似乎是马菲亚坚持要给豆嫂钱，豆嫂在推却。两人正挣扎着，豆嫂回头看见老原，愣了愣，松了手。待到了跟前，我问她们在闹啥，马菲亚便说，原来是和豆嫂订了些焖坛肉，要付订金。豆嫂仍在试图塞回给她，说算了吧。马菲亚说那哪中，快拿住。多外气。你不拿住才外气。如此这般又一番推让，豆嫂终于还是收下。就是这样，收是一定会收的，但这个假装拒绝的过程似乎也是必不可少。之前会觉得这很虚伪可笑，现在反而觉得有那么一些些可爱。

进了院子，便看见几条长绳子横扯着，挂满了澡过的白菜。我问她咋做恁多，她说咱村今时不同往日，不多做点儿明年咋待客哩。做一回得顶上一年用。叙了几句话，脸色方如常起来。朝屋子里喊道，你快出来，看看谁来啦。豆哥闻声出来，也是愣了愣才道：来啦？老原嗯了一声。听我说了来由，豆嫂连忙进屋，端了一盆子酸菜出来说，老缸里就剩这些个了，全拿去，叫老太儿好好吃。听男人们喝酒时说酒瓶里剩的最后一点儿叫酒福，咱这点儿也能叫菜福吧，这点儿菜福那可不是最该留给老太儿？我示意老原去接，他却不动。又推他一把，他方接了过来。

正尴尬着，两三个人在大门口探头探脑，拿着手机拍拍拍的，一看就是游客，豆嫂便招呼他们进来。一位戴眼镜的客问，你们这是忙啥哩？听到说是在酸黄菜，便说，老是吃这可不健康呀，白菜腌几天就含有可多亚硝酸盐，那东西，啧啧。我说，知道。猛一听怪吓人。我也特意去找看了专家做的实验分析，专家说吓人的结论是需要吓人的数字来支撑的，咱也不是天天吃顿顿吃，即便是吃，也不过是几筷子的事，不碍的。咱老祖宗多智慧，要是这酸菜毒性恁大，那还能吃恁多年？早就把它踢出菜单啦。众人就笑。眼镜客点头道，你说得也有道理。等他们出去，豆嫂便夸，还是有文化好，你看青萍把话接得多卓。我笑。

老原端着那盆酸菜，一路无话。快到西掌时，远远看见九奶家的屋顶，他方才说，这酸菜，不知道我爷爷是不是也吃过。

肯定吃过。我想这么说，却没说出口。转头看他，他只看着前面道，看啥呢。我笑道，怕你哭。他也笑道，这些日子泪窝是浅了些，一把年纪了，唉。突然想起不知谁的句子来，大意是眼泪是人心的地下水，水位浅的人精神生态更丰美。便讲给他听，他道，有文化还真是好。看我这个媳妇儿，多会熨帖人。

17. 下大雪

大雪节气很应时，当天就名副其实地下起了雪。初时下得小，一层雾似的，若有若无似苦霜。然后就大起来，扯天扯地如棉絮。

一下就是三天，下得一刻不停，下得一心一意，那阵势似乎要一直这么下去。起先我还拉着老原去看了两回雪景。穿上牛筋底儿雪地靴，慢慢儿地走，尽情地欣赏着天地间这一统的白，白得原始，白得狂野，白得执拗。后来就不再出去，因那阵势让我突然觉得有些恐惧。所谓的地老天荒，就是这样的吧？原来这个词不用来形容感情而只是描述实景时，竟是如此骇人。要是这雪永远这么下——当然不会永远这么下，可即便这么一想也会有些不寒而栗——我，我们，会在这宝水村一天天过下去吗？

有些想念宝水外的地方了：予城，象城，北京，上海，或者更远。

"下雪不冷消雪冷"是老说法，所谓的下雪不冷，也只是相对于消雪而言。怎么能不冷呢？但凡是雪，便自带着冷。去年象城也下了一场大雪，让我深度领教到了雪的冷。这种冷，走路时你不觉得，吃饭时你不觉得，上了床却会一层一层地侵袭过来。尽管房间里有着足足的暖气，尽管盖着松软的被子，被子下面铺着厚厚的褥子，褥子上面还有电热毯，电热毯也已早早地开着，你也还是会冷，是浸到骨子里的冷，不可阻挡的冷，由内而外的冷。

此时深山的雪冷自是更甚，不过因为老原，其实也还好。偶尔他会过来这边歇息一晚。他说雪夜趁酒，总要喝两杯再睡。蜷缩在他酒气氤氲的怀抱里，有时胡说，有时胡做，更多时是安安静静地沉默。他的体味有些重，我的体味也不清新，在这个小空间里两相混杂，渐渐浓酽，便在这气息中自然睡去，睡梦中也能觉出汗津津地热。

雪灾补助的说法也在村里人的言来语去中热了起来，也不知是打谁传起的，说是房子被压塌就有补助，不管是啥房子，不管住人不住人，只要塌了就能得钱。传得最厉害是说山外有家企业的厂房被压塌后得了上百万。说既然上头有这个钱，咱的房子虽小，塌了也该补吧？要是全塌咋也得补个三万五万，要是塌几个窟窿是不是也能补个三五千？都问大英，大英又问杨镇长，传回来的话是，有啊，有补助，你跟他们说，河里冰面有窟窿了，补，和面盆有窟窿了，补，牙有窟窿了，也补，反正只要有窟窿的地方，都给他们补！不但有窟窿的补，即便没窟窿的，叫他们现捅个窟窿，也给他们补！就都笑。大英说，烩面在那边恶声歹气的，说还想问问谁家婆娘的裤裆漏了，他也给补。针尖儿大的窟窿过斗大的风，整天都想的啥？

雪停后第二天杨镇长竟然来了村里，王主任开车，轮胎上装了防滑链。村委会没有火，大英便把他们让到了我们这，都围着火盆取暖。虽然电暖气也开着，可人们似乎还是更愿意围着火盆，依恋着这明白直接的热。用大英的话说，这是活生生的热。喝着山楂茶，秀梅便把大英说的给婆娘补裤裆的话学给杨镇长听，他对大英惊讶道，老姐呀，你啥时成了我的红颜知己，我没说出口的话你都能听出来？就都笑。大英疼惜地责怪他，这种路还上来，多危险。他说雪没化哩。化时结冰才叫危险，眼下还行。又说，过两天市领导要来视察灾情，闵县长一早就打来电话交代，这几天不让干别的，专心专意备这事。我不上来一趟那会中？说这些天他都没有回过家，各村巡看。车上备了几套衣服鞋子，湿了好随时替换。本来想开自家的车，可没有亲手装过防滑链，装反了，把车给弄出了毛病，又打了一圈电话才借到这个车。大英问，咋光是闵县长来？咱那县委书记呢。杨镇长道，书记在省里学习哩。你这眼皮咋只往上翻，整天念叨的都是大领导。一个闵县长还不够你用？大英连连点头道，够够够，咋不够。要是叫俺们村专用就更卓。又都笑。

坐了一会儿便起身要走，大英拉拽着硬留吃饭，他说一堆事挤着，心里肚里满满的，哪能吃喝得下。大英不依道，想得美，谁安排你大吃二喝了？到了晌午头，咋也得来碗面条。老原已眼疾手快地去开火坐锅，我也去择菜，一番洗切炒，转眼两碗鸡蛋青菜面便端出来。他们也便接了，呼噜噜吃完，杨镇长边朝外走边叹气道，不怕你们笑话，咱是中文系出身，年轻时也爱个古诗词啥的。上大学时，逢到下雪，肯定会和狐朋狗友们聚聚餐。"绿蚁新醅酒，红泥小火炉。晚来天欲雪，能饮一杯无？"多文艺，是吧。那时还不猜枚，行的令是诗词接龙。那时咱还不会喝酒，接不上龙就被罚去擦玻璃。屋里热呀，窗玻璃上蒙着一层水汽。输了又不能喝的人就得负责擦玻璃，让其他人赏雪。现在可好，一下雪只剩下了怕，怕路不通，怕有车祸，怕树倒怕屋塌，怕这怕那。

临上车时，大英把他拉到一边，悄声问他下一步是不是能接住书记。他笑道，我的亲姐，你咋又问哩。这是组织考虑的，哪由得咱自己。真不知呀。

半下午时，马菲亚两口子踏雪而至，抬着一只编织袋，进屋便打开倒到了地上，原来是几只死鸡。她说，刚刚断气，还新鲜着哩。你给大英留两只，其他的自家吃。便坐下喝茶聊天，方才知道她的鸡棚被雪压塌了。她说本想着等天好就再修起，又听闻压塌了有补助，就有些纠结要不要再建。不建的话鸡没地方安置。建的话又怕镇上统计补助时不作数，便来跟我讨个主意。我笑。这哪是跟我讨主意，分明是拿我当个桥梁，好让我跟杨镇长传话打探。便直接给杨镇长打了电话过去，杨镇长说，该建就建，你叫她把当下压塌的照片保存好就中，过些天我叫人抽空去现场核实，放心，能看明白。补助的政策还没信儿，我这边给她排着队，万一能补点儿就补点儿呗。不管咋说人家也算是在咱乡创业的。马菲亚在一边听着，拍着心口说，不管能不能落着补，领导这话就暖人心。

过了两天又传来消息，果然有市领导上了山，还是个常委呢。视察时却在南岭村出了岔子，叫杨镇长挨了怼。大英打听了原委，说是原定去的这几个村离大路近，常委嫌太好走，显示不出领导慰问的诚意和力度，就临时起意去南岭。车难行，常委是亲自走路进去的，由闫县长陪着，杨镇长一溜儿小跑在前面引路，边跑边打电话让老豆腐在村口好好候着，又叫他安排村长去盯盯几家贫困户，老豆腐满口答应。一行人到了村口，老豆腐便领着去家户，一户是个孤老太太，房顶塌了个窟窿，说没人修补。一户是个瘸腿老汉，人没在家，着人去叫回来，原来是在本家兄弟那里烤火打牌。因门口的雪没铲干净，那老汉当着领导们的面儿还差点儿打滑跌倒。杨镇长悄问老豆腐咋跟村长安排的，老豆腐说，村长手机用了可多年，老是出毛病，正好今天打不通。他又听话在村口等着，不敢跑开。遇到这情况，他哪能料到？把杨镇长气了个干噎。

看了两家，两家都有问题。领导们这趟算是视察了个寂寞。闫县长陪常委去时一路是自我表扬，返回时就只能是一路自我批评。其实常委还好，没发脾气，只和颜悦色道，知道基层工作很难，可是既然做了就要做扎实，不能浮漂。回到乡里，送走了常委，闫县长就雷霆暴怒地斥骂了杨镇长一顿，说自己工作了恁些年，多少任领导前咱从没丢过人，偏偏在你这掉了链子。还想着下一步给你加担子哩，就你这工作做得毛躁劲儿，去屌吧。

亏得没来咱村。大英的口气颇有些幸灾乐祸，又说，即便来咱村，我也不会弄出来这事。老豆腐太不地道，这不是生生耽搁了杨镇长的前程？怪不得乡里人都说"南岭南岭，真个难领"，碰到这种烂茬的村干部，谁不头疼？又为杨镇长叹息，说他倒霉，该叫赵先儿给他算算，看他这是咋啦。晚间赵先儿来看九奶，闲话着便扯起了杨镇长的面相，赵先儿煞有介事道，面相有五金。钗钏金是首饰金，小意思。金箔金只能贴一层，太薄弱。砂中金是正在养成的金，平平稳稳地就能积少成多。海中金是金在水里，平安即可，难求富贵。最厉害的是剑锋金，斩妖除魔，见啥灭啥，强盛得很。杨镇长呢，是砂中金，其实还算不错。不过虽是金在砂，奈何碰到了铁水渣，有命无运，没啥办法。

18. 那一片明光

因一天几见面，九奶又常昏睡着，这段日子便觉得九奶总是那样，只有问那些隔几天来看的村里人时，通过他们的评价方才察觉到她似是胖了些或是瘦了些，脸色似是好了些还是差了些。末了他们都会说，老太儿熬到了这会儿，肯定也能熬到年下，大年初一来给老太儿端饺子磕头呀。

冬至这天，安嫂子娘家族亲有喜事，两口子主厨带随礼，便一并去了。因老安今天要出大力，昨晚便是老原守着，我便让他好好

464

补觉，需要时再叫起他。他的折叠床就铺在九奶脚头，躺下没多会儿，呼噜便起起伏伏地扯了起来。倒也不担心他吵着九奶，因九奶说过，这呼噜声也中听得很。午饭吃过了饺子，他又是躺倒便睡。九奶却没睡。眼神清清亮亮的。按她这些日子的习性，午饭后是要睡个大长觉的，这会儿却这么精神。问她想不想喝水？她摇头。想不想解手？还是摇头。伸手摸她身下，也是干干的。

福久这呼噜，跟他爹一模一样。她笑。

这笑容让我难过。是的，她这种不自知的混乱总是让我难过。没办法不难过。

今儿扁食好吃。小迎春，你还怪会做哩。

好吃晚上咱就再吃。

他也好吃扁食。

嗯。

还好吃粉浆面条，搁酸黄菜。把我背回去第一顿，吃的就是这。

嗯。

她伸出手，按住我的手：老早就想跟个人说说。没人可说。小迎春，我跟你说说吧？我知你不会笑话我。

你说。

她说得很流畅，似乎积压了太久，终于等到了任性倾吐的一刻。声音却极其微弱，似乎随时都会消失。我贴近她的脸，让耳朵尽量贴近她的嘴唇。

以前不知道啥是享福，到了原家才知道啥是享福。吃饱穿暖，这些只是外福。真享福，是里福。一个男人对女人好是啥样的他叫我知道了。他怂端着的一个人，架子怂好的一个人，正为这，我知道他对我这份好，才更不易。

他对我，有那个意思。我对他，也有。本来没想有，也不敢想有。配不上呀。可看出他有了，我也就有了。恁好个男人，挑不出毛病。再说，他救了我一命，也想报答他。能报答他啥？也只有这个身子。要是能给他留个后，也算报了恩。

他有架子不要紧，我没有。我来勾他。有天夜里，他路过我的小后屋，我就叫住了他。他不进屋，我偏叫他进。我没点灯，叫他用火镰给我点，他就进了屋。那天有月亮，照到门口那里，一片明光。我就站到那一片明光里，他也站在那一片明光里。我本该去拿灯的，没拿。他本该催我拿灯的，也没拿。俩人傻站着，站了那么一会儿，我就去拉了他的手。

那是第一回。后来就有了第二回。第二回他来找我时，我心里还拿不太准，问他有啥事，他说，来种地。

他是种地的好手，种得我要死要活。心里也乱，乱似一团麻。也害怕。倒不是害怕小桃。好过第一回，第二天跟小桃一对眼我就知道，他跟小桃说过了。小桃还那样。肯定是忍着的，为了有个苗儿。我害怕，也是为了这个苗儿。是害怕他扎不下苗，要是扎不下苗，嘴上不说，心里肯定失意。也是害怕他扎下苗，要是真扎下了苗，我们俩就没有名目再去好。有个名目可是要紧，哪怕是不能见人的事，不能说出嘴的事，有个名目，心里就能垫住底儿。原先俩人在一起疯，那是为了种个孩子，要是有了孩子，再在一起疯，那是为个啥？就为了疯去疯？

后来就怀上了。我不再出门，小桃也不能再出门。她装着怀孕，我装着生病，一直装到我生完孩子，孩子长到一岁。我跟小桃，都没有当着人给孩子喂过奶。

有了孩儿，就再没有好过。也想。一直想。我想，我不信他不想。可这世上的事，不是想咋就咋。总得顾虑小桃。三个人里，要说不好受，就数她最不好受。要说忍，就数她忍得最多。我俩每好上一回，就是往她心上插一回刀。要是没有孩儿，她就得忍着。可有了孩儿，哪还能再去插刀。人不能太贪，再美的事也得有个边儿沿儿，没有了该做的理儿，那就不能再做。

后来就是仨人劲儿往一处使，一门心思养这个孩儿，还有啥能比孩儿要紧的哩。就这么过着日子，直到福久长大在外头扎根，他叫批死，也没了小桃。就剩了我。那我就等着福久回来。老家老家，没有老人给他守着老家，咋能算老家呢？你看，这不是等回来了？

福久，他知道吗？

知道啥？

你是他亲娘。

没说过。不敢说。说了对谁都不好。叫德茂的脸往哪儿搁哩。小桃跟福久也受不住。小桃待福久没的说，在福久心里小桃就是亲娘。她诡秘一笑，就这吧，正根正苗的，这就怪好。

19. 数九肉

冬至过后就是数九，村里养有猪的人家便开始准备杀猪，没养猪的人家则忙着定猪，都是为了做数九肉。其实也就是闷坛肉，说是数九严寒里做得最好，数九里又不能拖过四九，一九到四九里，又数三九这几天为上佳。问好在哪儿，都说好在气息。气息在这里的意思应该约等于味道，乍听有些怪怪的，再一预售，却比味道多了些飘逸感，颇有些妙。

老原早就安排老安在后河那边定妥了，说猪是老安亲自挑的，肉老安也会盯着做，这事还是老安懂行。二十坛成品，六百斤，差不多够用一整年。我说昨儿见了豆嫂，她还说给咱们留了一坛呢。老原沉默片刻道，哪差她那一坛。我看着他脸上不阴不阳的，正想着该怎么回他，忽听秀梅在外面喊，出去便见她撒着两只油腻腻的手说，今儿晚上来吃杀猪菜呀。原来她也订过了猪。我还没应出声，她又道，孟胡子说也能赶回来吃呢。他这好鼻子，隔着百里外都能闻着味儿。你俩可也必须得来，俺难得铺一场席，总得好好喝几杯。

我答应着又进屋，问老原的意思。他说好久不见孟胡子，当然得聚聚。就开始翻腾着找酒。正找着，听着有人进了门。原来是马菲亚两口，又拎着一只编织袋。两个男人出去抽烟，我便陪着马菲亚说话。问她，又有送命的鸡啦？她笑道，现杀的。我倒是想送活的来，又怕你们不会杀。杀鸡也是技术活儿，杀得不好，鸡甩着血脑袋满院子跑，你不害怕？就倒出了四只鸡来，一毛不挂，白白净净的，让我放进冰箱里。我问是不是还有两只给大英，她笑道，在黑岩村包这条沟，承了大英不少情，按说明着给她也应该，可事就是这，恰恰不好做到明处。拿来给你，人都说不出啥。她大小是个村干部，就容易犯忌讳。在山里这两年可算是知道了，有人的地方都复杂，总有想不到的事儿。

听她话里有话，似有委屈，便细问她。她说，姐，你真是水晶心肝玻璃人儿。原来是为了当初和豆嫂订的焖坛肉。说那天你们俩去她家端酸菜不是也看见了？知道她做这个好，就早早跟她订下了，那天把钱也过了手。昨儿听说她家杀了猪，便打电话问，不料却说没了我的。原话是，俺家养了两头猪，谁都知道。这几天亲戚们都来要，实在没办法匀出来给你。我说我可早就下了定，恁可不能这时候把我抛闪下。她说人家也都给钱，钱都不短。这就把钱退了你。我说也不光是钱的事，就没有个先来后到？她说要说先来后到，跟亲戚多少年？跟你才多少年？你可算是后到。没想到她会这么说，我都不知道该咋应对了。她那话却跟翻了核桃车子，啪嗒啪嗒地滚一地，还一捧一打的。说抬头不见低头见的，你说我咋办？总不好为这点儿肉和他们结下疙瘩。你是见大世面的人，好通融，不把这点东西看在眼里。说句厚脸皮的话，我是惹得起你这君子惹不起他们那些小人呀。

我笑。给她续水，她的脸色却越发不平道，这两年跟豆家打交道不多，也无非是我买他家的豆腐，他买我家的鸡。他家豆腐多搭给我一块，我家鸡就少算个零头。见面都笑眯眯的，我感觉关系还挺好。你说，她咋能这么办事呢。我说无非是两坛子肉，哪儿没处买去。我家订了二十坛呢，匀你两坛。她扑哧笑了，说，不是肉的事，是这个理不顺呀。还做生意哩，没有起码的诚信意识和契约精神。赤裸裸地出尔反尔，你说这是不是欺负人？

到了晚间，孟胡子果然回了村，说是早就算准了村里正该做数九肉，大大长长的一年，就这几天杀猪菜吃得最欢，错过了哪还配叫馋嘴精。说笑一番，便一起去秀梅家。在秀梅超市门口正碰上赵和，说要买烟，聊了几句。他说也订过了猪，订了三头哩。毛猪九块半一斤，一头三百多斤，差不多三千块，三头就是小万把哩。又狡黠一笑道，说好了明天中午去拉猪，不过我打算一早就去，给他们一个猛不防，省得他们一上午工夫再给我的猪喂一肚子麸皮，麸皮当肉价卖给我，我九块半一斤买麸皮，往哪儿说理去？老原说，三头猪可真不少。他说就这也钱准够。俺哥要打点的人情多，还叫买了一批青花坛，备着过年送礼用。一边说一边就进了超市里，喊着说要给杀猪师傅买烟，拿最好的黄金叶。秀梅道，好不容易麸皮省出来的钱，咋舍得给外人花到烟上。他说是给杀猪师傅买的烟，这钱不能省。专业的事就得专家来做，好杀猪匠正热门哩。人家就是能把猪毛刮得净净的，把血放得净净的，把肉剥得净净的。不能像有些人买得起马配不起鞍，舍不得花一二百请师傅，非得自己攒几个人去杀，按猪腿按不住，一下刀子猪就爆了劲儿，满身飞血地到处疯跑，那不吓人？待他出门，我问秀梅，他说的那人是谁，秀梅朝西掌方向一努嘴儿，大曹呗。

凉菜早已齐备，荤的是猪头肉、卤鸡爪和自制皮冻，素的是莲菜、松花蛋和炸花生米。等大英到便开了席。秀梅在厨房忙活，我们几个坐下吃喝。大英问孟胡子这回能待到啥时候，孟胡子说，咋也得等到杨镇长打尾款。就都笑。问他鹤城的项目是什么情形，他说是个大手笔，要打造一个高端民宿。多高端？反正是比咱村高端。老板是被招商招来的，也是考察了可多地方，才定下了这个破烂空心村。之前就跟政府说好，把这村整窝包下重建，村民不能介入。什么租金之类的也都要政府来交涉，他不管。反正是政府不能要他的钱，他也不要政府的钱。他说是不要钱，其实是不直接要。他要的是配套。比如之前到村里，有一段五公里的路不中，还差一座像样的桥，这都得政府给配。这路加桥，政府得花进去两三千万。不都是钱？精明的人跟政府打交道就是这，很会厘清政府想要的是啥，能干的又是啥。政府对老板的要求是做出个样板。市样板是起码的，还得朝省样板冲。来了多少客，消费了多少，上了多少媒体，这肯定是重要指标。啥级别的领导来了，能给啥程度的肯定，这更是核心指标。这些指标要是都能上来，事儿才算是弄成。政府虽是为配套花了一疙瘩钱，弄成了对政府回报也多。即便将来合作结束了，这些个配套那老板也带不走，终归还是自家的本儿。这村荒着也就荒着，山里荒着的村多着哩，咋着把它盘活，让它有价值，这可难办。等这项目在这落了地，就像一盘棋有了个棋眼儿，会活动起周围这一大盘棋儿。

一桌人都听得专注，大英专注得都快愣怔了，突然问，那老板重建一个村，得花多少？孟胡子说，咋也得两千万。又问这血本啥时候能挣回来，孟胡子笑道，人家可是放长线钓大鱼，压根儿不指着酒店的流水，要是算这种吃住小账，那他投这个资十年也回不了本儿。人家挣钱那可是一跤跌在十字口——八面抓。这项目在地方眼里是根顶梁柱，在人家这儿就是根撬棍，想要撬动的是外头的利益盘。立场不同，看事情的角度就恁不一样，有意思吧？

酒过三巡，热腾腾的杀猪菜端上了桌，于是再举杯。杀猪菜差不多就是本土化的火锅，只是里面放了猪下水，此外还有豆腐、油皮、土豆粉、香菇之类，各式各样地涮着吃。肉汤是新鲜的，猪下水也是新鲜的，炖够了时辰就是浓浓的鲜香。秀梅也落了座，大家涮着菜，也涮着各种话题。秀梅说看见马菲亚去你家了，听说她给豆嫂办难看了？啥缘故？我便简略说了，大英、秀梅、峻山他们听了只是笑，孟胡子放下酒杯道，诚信意识，契约精神，这些用来批评农民都是熟词儿。前几天我在鹤城也听一个副县长说过。他是上头空降下来锻炼的干部，一坐上位子就想赶快搞房地产出政绩，还亲自去负责对口县城边一个村的拆迁，可没少在这上头生气。比如他今儿跟村里人说，咱们今天签个协议，按个手印，谁都不许反悔。君子一言，驷马难追啊。男子汉大丈夫不能说话不算数啊。可是过两天村里人打听到了别的政策，就开始翻盘不认账。他气得指着人家的脸说：你们根本没有诚信意识！没有契约精神！村里人就都笑，边躲他边捂嘴笑。我劝他说，也不能判断得恁简单。契约精神的本质是啥？是利益保护。当他们觉得这契约精神没有保护自家利益时，哪还能指望他们遵守。像豆嫂反悔闷坛肉这事，其实也正常。农村就是熟人社会。他们多少代都是在这里过日子，看重的是长远的契约精神。亲戚之间可不就是一辈子两辈子几辈子的大契约？比跟外人一两件事的小契约，他们当然会选择亲戚。在他们眼里，说到底，像我，马菲亚两口，老原、青萍你们也跟我差不多，咱们都是过客，即使在这住上一两年，对他们来说也是一锤子买卖或者两锤子买卖。除非咱们一辈子都扎在这里。咱们能？同理，要是比起那些只待一两天的游客，村里人也会偏着咱们，不跟他们讲契约精神的。

你这孟胡子，咋说得俺们恁无情无义。大英不乐意了，黑封住脸。就都笑。孟胡子便猛一拍桌子高声道，都怪这酒太好，我咋喝这点儿就醉了?! 咱宝水人跟别村人能一样？起码大英、峻山、秀梅肯定会对咱们情深义厚，肯定会拿咱们当亲滴滴的自己人。方才是我糊涂了，自罚三杯，饶我一回！

20. 看七娘

定的数九肉到货后，我回了趟福田庄，给叔叔送了一坛，还带了坛柿子醋。自从柿子醋酿成我就不再吃别的醋。味道好不说，还有一样好处是绝不能掺假，连水都不能掺，一掺就会坏。

在泉湖社区吃过午饭，便照例陪叔叔去看福田庄的老宅。老宅已完全不老了，可是改不过来，还是得叫它老宅。远远地就看到路边停了一溜儿车，叔叔说，已租出去了一个多月，生意好得不行。地段好，门牌号好，18嘛，要发嘛，还有就是那些碌碡和磨盘好。离了哪一样都不中。好几家都想学咱们哩，看他们能学成个啥。咱这只能被模仿，不能被超过。大概是觉得超越拗口，叔叔就换成了超过。他说不少本村人也在这里请客吃饭，毕竟是同村，既近又便宜，面子上也好看。不过更多的还是城里人。冲的就是"农家乐"的名头，要的就是油大盐重那个劲儿。

门头上是金光闪闪的六个字：老地方农家乐。叔叔指着，一个字一个字，郑重地念了一遍。说，我起的名儿，好吧？多好。老地家的房子，农家乐。多好。我说，你给人家做主，人家乐意？他道，咱是东家，这个主还做不得？强龙不压地头蛇，我还真就是地头蛇哩。就笑起来。我说，咱这叫农家乐，总觉得勉强。叔叔说，咱这不是农家？那就是农家乐。我说，村子都只剩下半拉了。他说，咋说话哩？还是文化人呢，不知道朝着兴处说。应该是，村子还有半拉哩。半拉也是村，总不能叫半个城。是村就是农家，那就能合得上农家乐。我笑道，叔叔，你说得对。他又得意道，咱们这个地皮肯定会越来越贵。租金先挣着，拆迁款只会多不会少，反正你们不吃亏。叔吃过亏了，该着你们沾光。我说，叔叔，租金你拿着花吧。坤说了，我们只拿拆迁赔偿就中。他嗔怪道，瞎扯。租金该多少是多少，那是你们的。我替你们周全，那是尽我的心。你们将来愿意给我点啥，那是尽你们的心。各是各。

如果说宝水村的农家乐是跟大自然密切贴合的农家乐，那这里的农家乐，这镶嵌在城市郊边的农家乐，就有点儿像是个假的农家乐——也不能说假，那就半真半假吧。这半真半假的农家乐存在于这半个福田庄里，按说该有些生硬和突兀的，可看起来竟一点儿都不违和。因这半个福田庄，这个中风的村子，这个半身不遂的村子，这个半瘫痪的村子，明明已破败不堪，同时却也是热气腾腾，有着繁杂的生机勃勃。村外还有点儿地，乡亲们还说着土话，还能听得到鸡鸣狗叫，各家各户院落虽不似别墅那么整齐，却也种着些花草蔬菜，这形貌虽称不上是多美的田园风景，糙糙的劲儿却也恰印证着残留的乡村风情。

这段时间没来，环视周边，福田庄临街的出租房竟又热闹了一层，多出了好些家门店：小霞美容美发，小丽美发造型——小霞、小丽这些名字和她们的业务连到一起，散发出朴实的风尘气。"回想当年""岁月如歌"卖的都是女装，店名儿偏的是文艺范儿。福满多家政，擦玻璃专家，小成盲人按摩店，舒泰拔罐足疗，油酥烧饼，五谷豆浆，加工蛋糕蛋卷月饼喜鹊——喜鹊应该是喜鹊状的蛋糕。还有简明扼要的康姥姥疼三帖——看这个招牌就可进行大致不差的推算——三帖膏药就有效，坐诊的中医应年过六旬，应姓康。

康这个姓可真是称这个店名啊。

叔叔把老板叫了出来，彼此介绍过，老板笑得一脸油光，说嫡嫡亲的亲侄女来了，肯定得掂几个菜呀，咱掂啥菜？在福田庄去饭店买现成的菜不叫买，叫掂。叔叔说你看势办，算账不短你钱。老板说，你看哥说哩，多外气。咱自家的东西，啥钱不钱的。

不时有村里人路过，和叔叔打着招呼。有认出我的，我便应着。忽然发现村里人在冬天都喜欢穿睡衣。准确地说，叫家居服。就是那种厚厚的号称珊瑚绒的套装，女人的颜色明艳些，男人的颜色暗淡些，上面印着各种卡通图案。因为实在是太厚，只看视觉效果就能觉出暖和。这种衣服我也有，贴肤柔腻舒适。可再怎么说也该是在家里穿的，不合适当外套。然而，在这里，人们就是都穿到了外头，他们自自然然地穿着这家居服在街上行走，好像以此为时髦，那神态也属实惬意。尤其是看到满脸皱纹颤颤巍巍的老人们穿着这样质地娇嫩的衣服，我甚至会为他们生出一种柔暖和安慰来。

如果奶奶还在，也会这么穿么？反正不管她穿不穿，我应该都会为她买。

去看七娘吧。叔叔说。

我说，好。

从车里拎下备好的东西，便去看七娘。这么多年来，我没有再进过这个家门。早已不是原来的房子。堂屋和厢房都已翻盖成了两层，铁桶一般。堂屋前的花盆里还残留着指甲草的干茎，她那时就年年种指甲草，一到夏天就给我染指甲。把花瓣揉成花泥，捏放在指甲盖上，用嫩绿的豆角叶包住，用雪白的棉线缠住，一夜之后就有了闪亮的红指甲，不褪色，不怕刮，直到粉粉的新指甲长出来，粉的越粉，红的越红。

叔叔应是早打过了招呼，七娘已经半坐着，虽是瘦弱了些，却穿着干干净净的新外套，俨然在等着。及至我在她床边坐下，她便一把抓住我的手。

萍啊。她喊。眼泪就落下来。

七娘。我也喊。

待她泪止，相顾沉默片刻，便说起她的病。我说，乳腺癌的治愈率很高，如果把癌症比作人的话，乳腺癌的脾性在那一堆恶人里可算是数得着的绵善。你努力配合医生治疗就好，不要太担心。她听着便笑了，说，看萍多会说。

她又问起了坤，问起我母亲，问起郝地。问过一遍后，便没了话。就都静着。静了一会儿，顿了又顿，她方才说，你爹的事，对你家不住。这些年，我心里没有好受过。自打得了这病，心里反而舒坦了些，想着是报应。

我沉默。没想到她居然会这么想。

秋旺偿还你爹，我偿还你奶。就是个这。

我看着她含着泪水的眼睛，眼睛周边的皱纹如刻。

你再恨也该。咋着都对。

能恨出来就中。不闷着就中。

这话是你奶说的。你爹没了以后，你奶跟我说过可多遍。但凡说起你来，就是这句话。

我的眼泪终于落下来。

21. 喊彩

过了腊八，村委院里每天都要热闹一下午。先是男人们排练耍狮子，然后是女人们跳《山里红》。耍狮子按例要排练到腊月二十三，过小年时演第一场，大年初一第二场，第三场是正月十五元宵节，三场耍过才算圆满。耍到哪家门口主家都要给彩头，谓之吃彩。小年吃小彩，初一吃大彩，元宵节是走过场收尾，就可随意。大小彩也没啥具体标准，不过是看各家意思。总之是狮口张，吃八方。两包烟，一瓶酒，几块熟肉，都算。有的主家还会请狮子吞孩子，就是把孩子送进狮子口中转圈打滚儿一番，吐出来后再取个新名，以此避灾驱邪，吐出来后再取个新名，主家必会封个红包，由耍狮子的几个人均分。

这些年来，但凡耍狮子，必得徐世厚喊彩。众人喊着徐先儿徐先儿，总得喊上两三遍他才肯来，说，年年我都叫你们学，你们都不学，非得使唤我这破喉咙。峻山说，一年学一回，那不得几十年学？急啥咧。

耍狮子又分大架狮和小架狮，大架狮需用人多，也显得更威风。小架狮就简便，也俏皮活泼，用这里土话说是故事点子多。宝水的就是小架狮，两个人就能成狮，一人拿头，一人后坐。拿头要精怪，能扮出各种动作，对后坐要求更高，既得机敏又要壮实，才能对狮头扛得起合得上。再豪华些的阵容就是多出一个引狮人，引狮人先开拳踢打，再手拿绣球于狮前引导以诱狮子起舞，做出各种

477

巧样儿。徐先儿说年轻时当过拿头也当过后坐，后来年龄大了些，也当过引狮人。再后来就只能喊彩啦。老啦。

张大包和张有富一人敲锣一人打鼓，凑成了基本的锣鼓班。拿头和后坐最耗力气，便分成了两组，大曹、小曹一组，峻山、鹏程一组。这两组比起来，还是大小曹耍得更好些。第一次看他们两个耍时，身段灵巧的小曹也没让我觉得怎样，让我惊讶的倒是大曹，虽是负责托底的配角，举手投足却精准稳重。貌似他是小曹的陪衬，细品就知他比小曹还要耐看。

几番锣鼓点打过，徐先儿还没动静，我问咋还不开始，徐先儿笑道，叫他们先磨磨。看情形果然需要一个磨的过程。头几个回合里，锣鼓点和耍狮人总是合不准，大曹对小曹也不太举得起来，歇息时便笑小曹说，胖了呀，你这一成家过事就肉懒身沉。大包说，不是一个人的身，咋能不沉。不过不能说肉懒，夜里种地不知道多勤快哩。突然问青蓝，床质量咋样？叫恁哥去修过没？青蓝道，好着哩，没修过。众人便哄的一声笑开来。青蓝这才醒悟过来，顿时绯红了脸，嗔怪道，这是啥恶俗玩笑呀。大包道，不说不笑不热闹嘛。又对小曹道，日子长，且省着些。大曹纵是手艺再好，三天两头去给你修床，那也不是个事儿。

小曹笑骂着回怼了一番，兄弟两个又开始练，此时青蓝已经脸色如常，仍绕着弟兄两个来回拍。我们相视而笑，算是打了招呼，她的眼神仍欢悦着，和之前相比似乎多了难以言喻的内容，不再那么简单，却也不复杂，在简单和复杂之间，刚刚好。

锣鼓点和大小曹又合了两遍，徐先儿方才缓缓上前，朝着狮子岭的方向揾了揾，清了清嗓子，放声喊道：

狮子本是兽中王呀——

众人便应：

哟嗬——
过大年来下天堂呀——
哟嗬——
大花金狮起了身呀——
哟嗬——
兴旺发达万年春呀——
哟嗬——

锣鼓点又响起，仍是方才的节奏，气势却有了不同。似乎是被徐先儿的声音引领着，几个人便少了戏谑，多了庄严，一句闲话没有，配合着耍了一套动作，行云流水般甚是完美。歇息下来便都说，还得是徐先儿。

徐先儿虽是矜持着，脸色却溢出了满足。我问，就这几句词儿？他说词儿倒是多，不到时候不好说，家家情况不一样。家家都要走到？那是当然。按规矩是能隔村不能隔家，意思是可以隔掉整个村子，但是只要进了这个村，就不能挑三拣四，就必得家家走到。还有一条，虽然都是吉祥话，到了每家却也要根据不同的情况去喊。比如赵顺家不是新修了房子么，到了他家那就喊：

狮子耍得喜洋洋呀——
东家日子真排场呀——
跑马楼前三滴水呀——
财源广进福满堂呀——

小曹这不是刚娶了媳妇么，到了他家那就喊：

狮子耍得喜盈盈呀——
来到恁家闹新春呀——
恁家有个新媳妇呀——
明年得个大孙孙呀——

我问，那要是碰到有人家刚过了白事，不兴喜庆的，又该怎么喊？徐先儿朝西掌的方向看了一眼，这一刻，我知道他也是想到了九奶。顿了顿，他说，有孝人家自然是另一路喊法，比方说：

狮子来到恁门口呀——
摇头摆尾解忧愁呀——
日落西山还见面呀——
水流东海不回头呀——

虽是一直低压着嗓子，但也能听出他声音里含着些悲恸和苍凉，而在这悲恸和苍凉中，又有着莫名的旷远与浩荡。

22. 美的芯儿

这个时节，村里人的心气儿都奔着过年去，本以为再也不会有客时，却又来了几个画画的大学生。一进村就报了肖睿、周宁的名号，说是寒假想找个地方写生，两位学长向他们推荐了宝水。是两男两女，先来找我和老原，我们这里自是无法招待，就把他们荐给了鹏程家。他们看了"小村如画"也很中意，便欣然住下。雪梅喜不自胜，端茶倒水收拾房间，慌得手忙脚乱。秀梅笑她说，多挣几个钱就高兴成这？我说，她哪是在意这几个钱，还是画画这事儿更在她的心坎儿上。秀梅说，这我能不知道？可在咱们村，少提这茬对她才好。想了想，也是。

几个人整天背着画架子进进出出。平日里客多时村里人被客当景看，现在因没有别的客，这几个客便成了一景。起初他们也不走远，要么在村里画房子，要么在村边儿画山画树画梯田。有画素描，有画水粉，还有的画油画。村里人便围着他们看，边看边纳闷说，也不知道这些有啥可画的，光秃秃的山，光秃秃的树。有的说画两天也没画成，这可不见功。有的见画的是自家的宅院，便评说没画好，画得不像，还不如照相呢。有的趁他们上卫生间还翻看他们的素描本子，看到裸体先是惊诧，然后就笑得暧昧，怪声道，一丝不挂，这是咋画出来的？要是这样男画女女画男，也怪卓哩。

许是嫌聒噪，学生们就离村远了些，雪梅便领着他们去，自己也背了画架子。便有人明着笑话她，咋啦，你还想当个画家哩。雪梅不应，只管去。大英却又来跟她唠叨，敲敲打打地说，到底是在山里，别在这上头冒尖儿。雪梅转头便学给我听，我便去驳大英，说雪梅爱画画咋啦，碍着谁啥事？你就让她画嘛。外头多少人退了休七老八十的还上老年大学去学弹琴画画呢。她才多大，有这么个爱好咋不好。大英道，你说的那不是外头么，咱村这不是里头么。

黔驴技穷之时，还得搬出孟胡子。孟胡子笑道，且搁下。今儿太阳不错，走，晒晒去。

一群人正坐在村委会的矮墙上晒太阳。要说这里还真是个晒太阳的好地方，尤其是半上午，太阳一出来就照到了这。村委会后面的小土凹如两条大粗胳膊，从两边虚虚地抱过来，把这块地方稳稳地拥在了怀里，妥帖地聚住了气。老太太们无论胖瘦，一个个都穿得厚墩墩的，像是一群老孩子。张大包的妈穿着很端庄的蓝黑色对襟罩衫，戴着大红绒帽，围着蓝底紫花的围巾。张有富媳妇手里端着块豆腐，穿着满是英文字母的拉链帽衫，已经洗得到处起球，显见得是捡拾了晚辈的。坐在轮椅上的赵先儿媳妇穿的外套却是民族风，袖口一圈福寿，胸前一溜儿牡丹。

孟胡子边晃悠过去边搭腔：女士们，早上好啊。她们哗地笑起来。看孟胡子挤坐在她们中间，我便也挤坐过去。张大包的妈劈头就说，都怪你这个孟老师，害得俺家没了院墙。如今院子没墙，就咋看都就不像个院子。孟胡子道，我啥时候说了不叫留院墙？我的意思是说，院墙不要恁高。你想想，要是村委会的院墙恁高，你们还能坐在这儿得得劲劲地晒太阳？城里院墙高是防贼哩，也没啥景儿看。你说咱们这到处是景儿，严严实实叫墙挡着，那不可惜？你看今年，咱来这么多客，要是还是原来的墙，那可不是把客堵在外头了嘛，恁头号院能发恁大财？如今这格局多敞亮，城里这些人来看了，谁不欢喜？叫敞瓷砖也是这个理儿。城里的房贴瓷砖就叫它贴去，咱们干啥要贴瓷砖？图个干净？风大土多，两天就给你弄得灰塌塌的。你也不能整天去擦它是不是？图个冬暖夏凉？咱们的清水墙那才是冬暖夏凉。还有那个花哨劲儿，把咱的好景儿都搅和乱了。说到底，咱们农村有咱们农村的路数，凡事不能都跟城市比。硬要比，那是瞎比。赵先儿媳妇说，你话真稠，还句句在理。孟胡子笑道，我说的哪是我的理，都是咱们老祖宗多少年总结出来的理。我不过是替老祖宗们传个话儿。赵先儿媳妇说，越说你越大样。老祖宗们为啥就相中你来传话？孟胡子道，这得问你家掌柜，叫他给我掐掐八字，估计我跟咱宝水前世今生缘分不浅。就都笑。张有富媳妇说，今年虽说进项还算不错，可谁知明年咋样哩，以后咋样哩。孟胡子道，就放一百个心吧。这事我能打包票，只能越来越好。不过有个前提，还是那句老话，咱必须得美。美丽乡村美丽乡村，俩词，一个美丽，一个乡村，哪个都不能少。非得说哪个更要紧，那就是美丽。乡村千千万，不美谁来看！唉，我说恁好，咋没掌声呀。

　　一群人便鼓掌，东倒西歪地乐。张大包这时也走过来，说是接他妈回家。问孟胡子，在网上看新闻说有些美丽乡村升成了景点，村里人都不在村里住了，来村里就是工作，上班来，下班走，你说咱村会不会也成这？孟胡子道，反正眼下是不会。村景再美，美的芯儿还是人。全靠人气儿来养这美哩。要是没人住，那还叫啥美丽乡村？大包妈说，光来村里上班，不在村里住，那过的不是假日子？大包说，城里人好来农村看这假日子，咱就把这假日子演给他

483

们看嘛。孟胡子道，你还当你是演员哩。你咋不去拍电影哩。又都笑。

看着他们笑的样子，我却突然想，如果宝水也真有这么一天，村里人来这里都只是朝九晚五地上下班，或许还会按时按点打卡，甚至还会有什么企业文化，他们之间再也没有鸡毛蒜皮的牵扯，也再听不到他们说这些话……忽觉荒唐。

孟胡子继续扯，美这东西，也有可多变化可多层次。你们老人家经的事儿多。大清朝时缠脚还算美哩，现在看那干的是啥事。说着就拿出手机，翻出一张图叫大家传看，问，这幅画美不美？我远远瞧了一眼，是罗中立的油画《父亲》。张大包说，就是一张苦老汉脸，端个破碗，有啥美的。孟胡子高声道，就知道你会这式说，那是恁不懂！这画得了全国画画的大奖哩，美术界的人谁不夸！这美是高级美！跟恁说，这高级美可不是在皮相上弄些个花红柳绿的事儿，是往深里戳人心的。这画会不会叫你想起你爹你爷？多少农民老汉不都这个样儿？看见他，你心里难难受受的，又疼又痒的，说不出那个劲儿，这就是高级美。要依我说，咱村里往高级美去的家户，人家雪梅是头一份。你们以后赌跟着人家学，准没错儿。得空你们去细看看人家家里布置的，花为啥要那样插到瓶里，屋里啥地方要挂啥样一张画，那都有讲究，为啥客都喜欢？那都是高级美！——对了，青萍，你别难受呀，你家也是高级美。我忙应道，雪梅家就该排第一，俺这能排第二就中，服气着哩。

雪梅此时陪着学生们恰回来路过，便也站在秀梅超市的房檐下听，听到这里便都笑，雪梅的脸都已见微红。突然张有富媳妇朝他们喊，别站那！雪梅猛地回过神，让学生们离了房檐，方才解释说，房顶背阴处还有雪，这些雪化掉得最迟，化掉时常常也很突然，就像雪崩一样，毫无预兆地哗啦哗啦地往下砸，所以雪后不能站在屋檐下，房前房后的屋檐都不能站。看几个学生诧异着，雪梅越发认真道，雪可重哩。以前盖的房子矮，雪砸下来也没啥，就是脑袋起个包，疼个几天。如今房子盖得高，房顶离地面儿七八米呢，那砸下来还了得？边坊庄前两年有个孩子被砸成了脑震荡，都成了半傻子呢。

23. 万紫千红总是春

也许事情就是这样，无论状况多么糟糕，只要有足够的时间长度，人就能够进入某种习惯。这些日子，九奶病得越来越重，我不仅习惯着她的越来越重，还习惯以沉浸式的心态告诉自己也告诉老原，没事，这一关会闯过来的。过年应该没问题的。都已经熬到了这时候，肯定还能继续熬下去。要如常说笑，如常吃饭，如常一切。要相信她永远能有明天，要相信她永远能熬下去，永远不会死。

于是也便如常去吃杀猪菜。这些天里，杀年猪的人家越来越多，我们和孟胡子天天都会被请。熟的自然难推却，不太熟的便辞了去。有没请到的人家杀了猪便会送些猪肉和杂七杂八的下水过来。因我们常在西掌，有的便直接送到九奶家，也有的会送到中掌，连招呼都不打，回去时会突兀地看到门把手上挂着一堆血呼啦擦的东西，心肝肺什么都有。起初还会打听一番是谁给的，习惯了之后也不再问。过个一两天在街上碰到时那人自会轻描淡写说，送了啥啥东西，看见了吧。孟胡子也收到了一些，便都送过来给我们，让我们一并收着，说没少吃你们的，多少还点儿。又约着我们结伴赴宴，说这样既热闹，也省得成为靶子，让一桌子人瞄着灌酒。又说江湖上喜欢雅称什么三剑客，咱们这就叫三吃客吧。

做客时免不了会被问着啥时候回去。孟胡子说最迟小年那天回。老原则是庄重着脸统一回答：不守着九奶，还能去哪儿？就在这里过年。问的人便马上转换了口气笑道，对对对。就在这里过年。村里有年气儿，到时叫孩子们去给你们拜年啊。这话仔细品去，似乎他们对我们在这里过年是不怎么信的，又不好反驳，就只有貌似诚恳热切的妥协和虚让。

村里的年轻生面孔渐多起来，大英说在外的差不多都会赶在祭灶前回来。"祭灶不祭灶，全家都来到"，老规矩是不兴祭在外头的。老灶爷要查户口哩，祭灶那会儿在哪里就算是哪里人。像青萍这，妥妥地就算是咱宝水人啦。

媒人们便也忙碌起来。所谓的媒人如今也都不司专职，村里每个人，他们的亲戚，以及他们亲戚的亲戚，似乎人人可兼，谁都能给别家的儿女牵个红线。老原家因在中掌，位置既便利，近日又空着，就经常充当相亲场所。几方在这里会合后，留下相亲的男女单聊，媒人便出来闲话，因此我也知晓了大概的程序和行情。应该是想趁着过年期间就有个结果，节奏便很快。男方若是相中了女方，就给首礼一千六百六十六，谓之一路顺。女方若也觉得不错，就收下这个钱。接下来就是去认门，即女方去男方家看看，两人往深里聊一回。再往下进展就能下定，女方也找个媒人来谈条件，谓之双媒。定亲礼一般是一万块现金，外加八宝——啤酒、白酒、牛肉、猪肉、水果、干果、糖果、饮料，都是按箱买双数，越多越好。结婚彩礼自然是最厉害的大头，表心意更表财力。下有底线，上不封顶。是阶梯式爬坡：最少是两万八，两家一起发。四万八，四平八稳。六万八，又顺又发。八万八，发发发。九万八，长久发。十万整，十全十美。十一万，一心一意。再往上是"万紫千红总是春"。万紫，一万张五块的。千红，一千张一百的。总是春，六百张五十的，合计十八万，要发。

都说有闺女的人这时候就能看出福气，却也都承认必须要有儿子。"稻留种，草留根，儿孙才是下辈人。"常听人闲话打听：这家有几个人？这里说的人就是单指儿子。一户人家若是只生有闺女，还是会被人低看一等，谓之绝户头，在人前说不得嘴。有个典故我到现在也不明所以：若是吃到的辣椒特别辣，就会有人嘲笑，这辣椒八成是绝户头种的吧。

24. 金刚钻

腊月二十这天晚上是大英请，在鹏程家摆的酒，画画的几个学生已走了，两口子也腾出手正备年货，家里东西全全的。大英说，他们俩这一年没少得你们照顾，该好好请一顿。自家儿女，我就趁着他们的席面，咱们热闹一场。孟胡子道，在这好，近近儿的，能敞开了吃喝，不用想着喝醉了不好回程，多省脚力。这些由头固然站得住，不过稍微揣测就知道，也是娇娇不能见生人的缘故。

快黄昏时杨镇长到了，还是和王主任一起，之前说要先去看九奶，我和老原便在西掌等着。九奶在昏睡中。坐了片刻，其实也是无话，便一起到中掌来。进了鹏程家大门就看到一根干树枝斜斜地挑着一盏红灯笼，映着院子里一角深蓝的天色，像是一颗会发光的大柿子。孟胡子赞道，你们看雪梅她多懂，这一盏红灯笼就俏得很，全都是红灯笼那就是俗不可耐。

坐下喝茶等菜，大英扑面就问杨镇长挨批的事，问是不是对接任书记有影响，杨镇长笑道，我早都不想了，你咋还想。差不多已是定准了人，是平原乡的一个乡长，那人见了我还说，老弟，说实话，我可真是不想去你那地方，你看看你这事儿。我说老兄，你也别说了。咱们弟兄之间，你来我去都好商量。现在到了这份儿上，那就是组织的事，只能随其自然啦。大英说，咱给领导拉套出力干了多少事，这时候不得回护咱？你去找闵县长，搂住他哭。就都笑。大英又拍拍孟胡子的肩说，孟先儿，你脸大，得去说说情呀。在咱这山里工作多难你不知道？孟胡子笑而不语。杨镇长道，千万别叫孟老师为难。咱是难，人家别的乡镇就不难了？人家就是一马平川了？人家的工作咋就能顺利推进，咱就不中？辛苦确实是辛苦，这事也确实是履责不到位，不能算冤。大英说，干得多，错得多。有时候想想心也寒。杨镇长说，是个这。但是也得干。工作总得有人干吧。话说回来，当初咱没有一点儿人脉关系，上头凭啥提拔咱？不就是因为咱破命干活儿？大英埋怨说，市里这个领导也是，画好的道儿他不走，非去南岭突击一下，谁受得了这。杨镇长道，干工作就是这，赶上啥是啥。只能领导驾驭咱，咱还能驾驭领导？就跟那时候闵县长来给咱村史馆揭牌一样，别以为你那计谋多高明，那是领导愿意随着你。领导要不愿意随，你还真没有一点儿办法。

大英又敬了一杯酒过去道，话是这么说，不过还是替你委屈。杨镇长饮下，笑道，委屈不委屈，要看跟谁比。跟一般平头老百姓比起来，咱这哪能算受委屈。捋捋咱们这些年做的事，翻来倒去折腾他们的有多少件，那不比咱委屈？我问，当年为工作也结下过仇气吧？有没有人一直记挂着恨你们？他笑道，这可从不用操心。咱们的老百姓百分之九十九都是好人，都有情有义。不论是当时闹了再大的矛盾，再是咬牙瞪眼恨天恨地的事，几年过去也都能云淡风轻。乡里干部多少人都跟老百姓打过骂过，过一阵子就成了不打不相识，不骂不相识。你路过人家家，照样跟你打招呼，你进到人家家里，照样招待你吃饭。有一次，碰到原来的计划生育对象，那个人可热情地跟我叙了会儿话，还把闺女叫到我跟前照面说，快来见见你这个叔叔，他那时可厉害着哩，差一点儿就把你计划掉啦。人命关天的事，过些年都能当笑话说。这就是咱老百姓。

凉菜摆齐，热菜也陆续上来。鹏程炒菜，雪梅上菜，我拉住雪梅要她也坐，她扯开道，等会儿我们一起来敬酒。孟胡子夸道，这两口子恩爱得比柿饼还甜。又对大英说，雪梅好画你就叫她画嘛，是好事儿。雪梅还恁乖，将来等你不能动弹了，不还得指靠人家？趁早留条宽道儿，别当那恶婆婆。大英说，你到处表扬雪梅，我早听得满满的。有你这大人物给她撑腰，我可不敢再说啥啦。就都笑。

但凡敬酒，都打杨镇长敬起，也都要出言抚慰一番。说着喝着，他放下杯子道，你们这是干啥，跟我多惨似的。我好得很呢。真哩，好得很。对领导，我心里一点儿也不怨。尤其是闵县长，人家上任后咱还没认清人家的脸儿，听说人家就在常委会上替咱说了话，咱感恩得很，有啥可怨的。就说到了闵县长，说上回来时你们看他文文气气的吧？那只是他的一面。说实话，这一茬乡镇干部不害怕他的没几个。他懂经济，懂产业，懂招商，懂城建，更懂咱基层，十项全能。大英道，这些话你该当着闵县长的面儿说，烧香烧到真佛前。杨镇长道，那咱还真说不出口。孟胡子道，没听人说？背后夸是真夸，当面夸虚搭搭。又都笑。

杨镇长说，闵县长上任没多久就定下了全域旅游的工作思路，给乡镇干部开的第一个会就让他们见识了他的厉害。因好几个乡镇都涉及拆迁，他就在会上叫乡镇长们挨个儿表态。前面表态的个个儿说得气壮山河。我不敢说满话，就犹豫了一下说，我尽力吧。闵县长当时就火了，问我，你啥意思，是不是没信心？我就问你，能不能拿下？我说差不多吧，他说你要是没把握拿下，现在就认尿，我换人！差不多是差多少？我只能红着脸认错，吼着说一定拿下，上刀山下油锅也要拿下！后来咱也理解了，那种情况下，只能鼓舞士气，还管什么客观理性，没那个疯劲儿，你就没办法干这工作。不过表态可不仅光管那一会儿，表关联着里呀，表态就得真干，要不到后来还是没法交代。

就又扯起了拆迁，说，谁都知道拆迁工作是恶仗，可咱县要搞全域旅游，不拆迁能中？涉及哪个乡镇，也只该你受难为。不过比起县城拆迁，乡镇受的难为就是蜻蜓蚂蚁。东环路那边不是要搞个酒店餐饮一条街么？路得拓宽。路两边原来的商家铺面都是经营了多少年的，跟你论起损失都是鸡生蛋蛋生鸡的算法。要在这条街上腾出宽展展的路面，不用想就知道这是多大个瓷器活儿，就这也硬是没有难得住闵县长，他有的是金刚钻。举个例子。拆迁时有一处房是经年老宅，户主把临街屋租出去开成了个烩面馆，一年能落个两三万的租金，当然不情愿拆，一是租金没了，二是想到自家拆罢后头那家就能临街挣这份钱，心里就更不平衡。那没办法，不平衡也只该他不平衡，拆还是必须得拆，还不能多给钱。闵县长说了，拆迁得守着两条，一是不能让刁滑人沾光，二是不能让老实人吃亏。刁滑人要看得严，别让他们趁你不在意时动手违建，一旦房子建起来，他指望能挣点的，你要给他扒了，他拼命护着，容易出大问题。也绝不能多给他钱，盯着看的人多着呢。跟着好人学好人，跟着巫婆学下神，不能叫他成为坏模板。所以最好的办法就是紧看着那几个，不叫他们动手。树从矮时修，火从小时救。得把他们那一点儿邪门想法早早灭净。对老实人闵县长也有个妙招，就是连坐奖励。把拆迁户编成五户一组，限时拆完就发奖金，明码标价地奖。然后呢，暗地里各个击破，麻绳要拣细处断，哪能没有细处呢。一家两家的，就这么拿下。剩下这个就成了孤家寡人，势单力薄，就好拾掇。

那家老宅房主原本已经签过了协议，却不知叫啥人挑唆着长了贪心反了悔，非要提高价码。还使了个巧宗儿：他有个亲戚在市文物局是个小领导，他拿来撑腰，说自家老宅有多高多高的文物价值。情况汇报到闵县长那儿，闵县长说，压他一级，咱去省文物局请个专家来看看。专家来看了看，说没啥价值。闵县长就没了顾虑，随后挑了个干部带了个工作小组去下最后通牒，肯定是不管用，不过程序得走全。规定的期限一到，二话不说，给他拆了个精光。告状？尽管去告。粗暴拆迁得处理干部？那就处理。看你还有啥话说。大英问，那干部咋能愿意？不影响提拔？杨镇长一笑，说早就跟他谈过话了，假处分，不装档案，咋能不愿意。再者说了，这干部之前刚被提拔过，想要再提拔，一般也都得三年以后。换句话说，不管他挨不挨处分，三年里头都提拔不了，那这处分就更不相干。三年过去后，能耽误他啥。这还因为冲到前头给领导打了硬仗，立马就给他安排了个更好的平级岗，划算得很。孟胡子说，这不就跟别书记一样？听说他新去的那个乡在平原，虽然面积不大，但工作条件比这里还要好些，离县城也更近。杨镇长点头道，这么有经验的干部，也没犯下大错，不能搁那里不用。这也是不成文的规矩，叫保护性使用。专门有个顺口溜说这哩。便清了清嗓子念起来：

　　背心改奶罩，就是好平调。地盘虽说小，位置更重要。

　　哄堂大笑，气氛瞬间抵达了高潮。众人共同举杯，一饮而尽。鹏程和雪梅过来，一人执壶，一人把盏，给大家一一敬到。大英抱着腾腾，一边给孩子夹菜一边嗔怪道，这俩人平日里说几句家常还中，到这要紧时候咋就成了锯嘴儿葫芦，都没有句场面话？杨镇长道，你可算了吧。方才刚说罢了当面夸虚搭搭，这就虚开了？咱安安实实扯云话不好？啥心意都在酒里啦。

　　便又一起碰杯。然后又是分头敬。几巡酒过，杨镇长已是醉意醺然，感叹道，有一条，我早就想得透透的。即便有一天碰到了比这还大的坎儿，只能得个闲差，那也没啥，等于叫我早早退了二线，我就去干点儿想干的事。跟老原一样，我也想把老家的房子修修，做个民宿。整天指教别人哩，我就不信自家做不好。我说，闲差也还在体制内，能允许你兼职？杨镇长道，我还非得满世界说我兼职嘞？不能雇个人干着？如今回家照顾爹娘的年轻人有的是，我一个月给他两三千块，他不给我干？周末我回去两天也够用了。虽然不如你这省城的人吧，好歹也当过这几年乡长，一个小店的事都打点不过，就羞死我吧。

25. 流水盛宴

接下来吃了四场杀猪菜，如流水盛宴。一场张大包请，一场赵顺请，一场大曹请。在张大包家吃的那顿像是工作餐，说的事儿比吃的菜多。大包的儿子也陪坐着，端菜敬酒。小伙子高高挑挑的，看着不过是二十出头，细问也有了小三十。之前跟他在街上照过一面，一看那脸上的相貌基因就知是大包的。大包说已经找了好几个媒人给他安排了一堆茬口，这些天非得逮住他叫他狠狠地相，必须得相出个结果来。跟他差不多大的，媳妇都娶到了家——你看人家小曹比他还小两岁哩，来年就能抱上娃娃。人家是有苗不愁长，咱这是没苗哪里想呀。

还在席上商议了小年这天的事。效率很高，三下五除二便议定了。大英说，上午依例是耍狮子，中午呢，小曹前几天跟她说今年村里形势不错，该趁着劲儿再聚一把人心，提议招呼大伙儿吃个大锅饭，吃饱喝足下午再搞村晚，村晚罢了正好祭灶。一整天连吃带耍，多美气。孟胡子笑道，大锅饭这个好，村里人多少年没吃过了，估计都有兴致。锅碗瓢盆也都富裕着，做菜的手哪家都有，柴火也有的是。只是大锅饭这个名头不雅，建议就叫长桌宴，咱这里街虽不长，却能拼出长桌子。到时铺出半里地来，看着多有威势。菜式倒不用复杂，分量足就好。于是又商定下四道菜：鱼、鸡、闷坛肉，还有一道白菜豆腐。三道荤一道素，全是炖菜。说是能热乎乎地从头吃到尾。带上啤酒饮料，算下来成本约莫两千块。

大英说村里没这个钱，应该叫各家认捐，便立马打电话让小曹张罗，说到那天会把捐了钱的写在大红纸上，张贴上墙，能留下永久纪念。孟胡子笑道，听听大英这用词，大红纸上咋就能留下永久纪念，这可是门学问。大英道，拍成照片不就是永久纪念啦。这么说有啥毛病？众人都道对对对，没毛病。我和老原既在现场，便第一时间报名认捐。本想出一千，大英拦道，顶天到五百。不能再多。知恁大方，可这体面也不能叫恁占太多。得人人有份才好。又打电话给杨镇长，说请他吃长桌宴看村晚，与民同乐。杨镇长立马警惕道，你哪来的这笔钱呀？听说是凑份子便道，算啦，我凑不起份子，也就不去蹭饭啦。村晚倒是能来看。你们不是有几个先进表彰？乡里春节的慰问品还能挤出几份给你们当奖励。大英连声说中中中，杨镇长又说县里文化馆正在文化下乡，要不就叫他们来几个节目给咱村晚助助兴？满以为大英会更高兴，不料却听她拒绝道，俺们就胡乱耍耍，村里的草台班子，不趁人家那些好角儿。杨镇长说你们可以学习人家的经验嘛，大英说等以后有机会再学，这回就这。等她收了线，问她缘故，她说，村晚就是村里水平，叫县城那些高级的来干啥？显得人家演得好，俺们演得不好？那不败兴？我又赞杨镇长都接不住书记了还恁尽心，大英道，好歹他也是一镇之长，当一天和尚撞一天钟，能没有这点儿心胸？

临近席散时，小曹打电话来，说长桌宴的钱已经凑齐了两千，赵顺也捐了五百。其他各家两百的也有，一百的也有。就连大曹和豆哥也各捐了一百。豆哥家捐的却不是现钱，而是五十斤豆腐。说一斤豆腐两块钱，五十斤豆腐正好一百块。豆嫂特意强调说，写上墙时不能写成豆腐，必须得是一百块。张有富慢条斯理道，五十斤豆腐得用掉十六七斤豆子，一斤豆子两块五，也就是四十来块。等于只花了四十块却落了一百块的名儿，这多划得来。这番小账算得我眼花缭乱，糊涂至极。

晚上便是在赵顺家吃，赵先儿不在。说是邻村有个老人去世，被请去看墓穴，得晚些回来。也不见娟娟和孩子们，赵顺说山里到底冷，能迟些回就迟些回。赵和两口张罗着饭菜，没见着赵平。赵顺平着脸道，出门闺女到了这时候还不得回婆家？看我们惊讶，笑笑又道，她那女婿过来请罪了，态度还算诚心，就再给他个机会。看孩子脸气，到底是我外甥的亲爹。就都点头。几杯酒下肚，便是无目的闲扯。先说到红叶节被食药监局罚款的事，又自我批评了一番，说赵和做事小气，还是自己当哥的平常教育不够。又说翻盖这个房子哪是为了挣钱呢。原哥的第一目的应该不是为挣钱，我也不是。花了几十万，要回本总得七八十年吧。从商业角度来说不划算。再说也不差钱。不过是为了随上咱村的大溜，跟上咱村的大盘，给老两口长心气儿。我爸好强，人家弄啥，俺家不能落后。不过，看这情况，说不定还能赚点儿钱。即便赚这个钱，也是给他们花的。我能去要这个钱？

再拐到赵平身上。说赵平丈夫外遇，打她，还闹离婚。赵平原不想离，赵先儿也不叫赵平离，说丢人败兴。那人得了势，更欺压她。是他做主叫赵平离的。我给小平说，你就回娘家来，孩儿丢给他，叫他受累。放心，是他家的孩儿，虎毒不食子，你就难为着他，他会想法照应。你回家照顾咱妈。我给你开工资。老宅这一翻盖好，我就放出风来，这房经营挣的钱，俩老一份，小和一份，小平一份。按说出门闺女享不了娘家这福利，我就给俺小平！那个王八蛋，离了这两年就知道俺小平多好了，想复婚？我非得制服了他。那个王八蛋，我就叫他跪！给俺小平跪！我就要叫他跪软了，就要把他的骨头捏碎了，就要叫他对我小平大声哈一口气也不敢！我问他，你觉得他会真服？他昂然道，管他是不是真服，哪怕是假服也得给我做出真服的样子来，假着假着就真了，世上多少事都是这。我给小平说，回去也不准干活儿，就叫那王八蛋干！小平的钱我给她管着，小平跟我是联名账户，哪一笔款出去我都知道。等有一天，孩子大了，懂事了，就叫孩子当家理事。那个王八蛋要是表现好也可以花一点，经济大权他绝不能有！

在大曹家吃时小曹夫妇也在，小曹主厨，青蓝端坐着陪客。都夸小曹疼媳妇，青蓝道，他哪儿是疼我呀。小曹笑道，俩都疼。原来是有了喜，便都祝贺。曹灿帮着端菜，似又长高了一小截儿。问她成绩，她抿嘴儿笑，说是第一。青蓝摸着她的头说，这小脑瓜子也不知道多灵透。我那嫂子要是还在，肯定能享这闺女的福。我还来不及给她眼色，曹灿的泪已经涌了出来。

孟胡子老早就打了招呼，二十二日晚上他要请客，就在老原家。你们摆摊儿我请客呀。话是这样说，哪能让他请。摊儿却是一定要摆的。到了半下午，他过来说闵县长下乡慰问到了乡里，要上山来看他，到时候咱们留一留，说不定还能一起吃个饭。便搬过来一箱"怀川醉"，说就这些，能喝多少喝多少，有余剩的你们就留下慢慢喝。

黄昏时分，杨镇长果然陪着闵县长到了村里，先是要挑个家户去看看，大英说，那就去看九奶。老寿星嘛。我们便一起过去，安嫂子正把九奶扶坐起来，准备伺候晚饭。闵县长上去跟九奶握了握手，问她中午吃了啥，安嫂子答说，吃了半个馒头，一小碗烩菜。虽是吃得慢，却也一口一口吃完了，还说香哩。近些天来今儿精神最好，可叫人提劲儿呢。便都夸了九奶一番。说了一会儿话，众人告辞，我和老原最后出的门。老原说，奶，我和青萍晚上去吃席呀。九奶笑道，中，好好吃，吃得饱墩墩的。老原应答道，嗯，吃得饱墩墩的。就都笑。

一行人来到中掌，孟胡子已在老原家候着，杨镇长带了一堆表，进门就要孟胡子签，我端茶时瞟了一眼，原来是走结项目尾款的手续。孟胡子边签边道，这就算是画上了个句号，从合同意义上讲，宝水以后就跟我不沾边儿了，还怪不舍的。大英道，拿完钱你也不能撇脱干系，你看村里多少家门头都挂着你的字？沾你一辈子哩。杨镇长道，就是。哪能是句号，那是一串省略号呀。就都笑。又叙了会儿话，见闵县长要走，孟胡子说，我明天就回老家了，再见不知是何时，留你在这村里吃顿饭，就当是给我送行，中不中？闵县长便坐下来道，这必须中。

这种酒席准备起来其实简单：荤菜是现成的，备好青菜即可。孟胡子正准备拆"怀川醉"，王主任却拎了个黑塑料袋子进来，掏出了两瓶茅台。孟胡子笑道，真的假的？王主任笑道，看起来比较

497

真，即便是假的，也假得不狠。就又都笑。

因为父亲的关系，之前对于喝酒这事我十分抗拒，也厌于了解，男人们热衷喝酒的兴味在我这里便是莫名其妙。一直认同着"酒肉朋友，米面夫妻"这老话，以为米面夫妻便是悠长可靠的日子，酒肉朋友便是利来而聚、利去而散的短暂交际，不免有贬斥之意。自来宝水后，眼见的酒席和参与的酒席都破了昔日的总和，便渐渐悟出以往的认识有些狭隘，这由粮食酿造的透明液体，还真是能融合无数。

干喝无趣，孟胡子便提议猜枚。这也是我素日惯看的，越看越知晓了这个游戏的丰富功能，所谓的"来枚喝半斤，不来枚喝三两"，猜枚虽会使得整体酒量上涨，却不是滥涨。想喝的人能寻机多喝，不想喝的人能避着少喝，可以一对一单挑，也可以一对十鏖战。能显厚道，也能耍无赖。就在这复杂且快速的游戏中，酒意被充分挥发出来，在尽兴的同时也不至于烂醉。又因为属于急智游戏，喝酒的人在其中的反应都接近于本能，更可见各自性情，棱棱角角，争奇斗艳。

孟胡子的枚一直赢着，通了红关后，又被席上的所有人自由挑战了一遍，这叫"打胜将"，也许这就是酒局上的科学？胜者总会败，总有新的胜者，喝酒的概率因此大致均等，就有了相对的生态平衡。"打胜将"的另一极就是"挖软泥"，即谁败了你挑战谁。一般都不做这个。杨镇长此刻几乎就是陷在了软泥里，一直输着枚，尤其是到闫县长那里，必输无疑。孟胡子道，真看不下去，必须得说，你巴结领导到这份儿也可以了。不能见了领导就害怕成这，就你这，领导把重担子压给你也不能放心呀。杨镇长顿了顿笑道，那好，领导，话说到这个份儿上，这么多眼睛盯着，我也只能把您让到这儿，往下我可就不客气了。闵县长道，来吧，就等着你露出真本事呢。接下来这个枚杨镇长居然真的赢了。

也不过一个多小时便酒尽席散，忽见孟胡子拎着行李箱放上了闵县长的车，老原说，还以为你明天再走呢。孟胡子笑道，想着最迟是那时。今晚既然能搭顺风车，那就先住到县城里，早起更好走，也省得这边再安排车送我。明儿还有一天的路要赶哩，约莫到晚正好能进到家门里祭灶。老娘在盼，归心似箭呀。

杨镇长已站在车边候着闵县长上车，手扶着车门，显然是在硬撑着。闵县长跟他握了握手，他虽仍笑着，却面带惭色道，上回的事儿没办好，给您丢了人，实在是……声音里突然有了哽咽。闵县长唉了一声道，甭想恁多。又拍了拍他的肩，朗声道，好好过年！

杨镇长结巴道，中，中，好好过年。

两辆车依次远去，周遭归于一片寂静。我和老原说要送大英，她说不用。不一刻，鹏程已经走了过来。母子两个走了几步，大英又停住，回头说，老太儿的事你们也不要太焦心。我瞧着还中。能熬过小年就能熬到大年，能熬过大年就能熬到春天。老原沉默着，我高声应道：对！空旷的山野间，似有些虚张声势。

和老原回到屋里，他呆立片刻，突然抱住我哭泣起来。无言以慰，也只好任他抱着。等他平静下来，我方才问出了久已想问的那句话：

你是不是已经知道了？

嗯，早就知道。

什么时候？

她糊涂后没多久就跟我说了。其实她不说，我心里也知道。一直都知道。

26. 过小年

小年这天起来往西掌去，路过村委会时，看见耍狮子的一班人已都在院子里备场。供桌已抬到当院，狮子头狮子身叠摞在桌上。张大包和张有富都穿着短款羽绒服，头发植短硬，似是刚理过的样子。和着他们敲打的锣鼓点，徐先儿正在摆放供馐，安置香炉，桌前也盘妥了一挂鞭炮。徐先儿穿着大红中式棉袄，对襟盘扣，心口处一圈云纹合围着一个金光闪闪的福字，两袖翻出雪白的边儿来。果然人是衣裳马是鞍，这身打扮看着就又是一番气象。

便走过去和他寒暄了两句，又着意欣赏了一番狮子行头。徐先儿说这套狮子行头虽是看着还算鲜亮，其实也用了好些年。内里胎架用的是竹藤，轻重正好。狮身是白土布上缝着网状彩条，鬃毛用的是长麻穗子，染成红绿色。这些都还易得。最难做的是狮子头，你看这眉，你看这腮，你看这贴花，都多细发。云下村原来有几家会做狮子头，做得可卓，可惜手艺失传，丢得光光的，如今可难再找到做家。咱这用的还是活牛皮哩，一张小牛皮只能做俩狮子头，可不得金贵着使？

问他先去哪块，他说按旧例从张大包家起，先西掌，再是中掌，最后是东掌。问我说，你们俩都在西掌，原家这没人会中？还得吃你们的彩哩。我说，早就备好了，两边儿都有。我一会儿就回中掌来支应你们，有烟有酒有红包，大口吃！徐先儿笑道，那是自然。

安嫂子正在扫院子，阳光下，她挥舞着扫帚，哗啦，哗啦，不知怎的，这声音让我想起了海浪。一会儿狮子就要来了吧？咱的地净净儿的，迎个好彩。她说。问她九奶醒了没，她说没有。老原呢？在老太儿脚头也睡得沉哩。看那样儿，真是一对亲祖孙。

到了堂屋门口就听见老原的呼噜声传来，匀匀的，很有节奏感。我便在院子里坐着。眼前是菜地，菜地里什么都没有。可我知道，那里面其实什么都有。

遥遥地，便听到了徐先儿的声音。狮子队已在张大包家门前了。

　　　　狮子耍得好精神呀——
　　　　哟嗬——
　　　　主家门前一片椿呀——
　　　　哟嗬——
　　　　人家椿树结椿籽呀——
　　　　哟嗬——
　　　　主家椿树结金银呀——
　　　　哟嗬——
　　　　结的金银有大用呀——
　　　　哟嗬——
　　　　送儿学堂念书文呀——
　　　　哟嗬——
　　　　等到三年开科选呀——

哟嗬——

金榜题名耀门楣呀——

哟嗬——

　　便起身去屋里叫醒老原。等狮子队到九奶家门口，我们便已候
着了。

　　狮子先是朝着堂屋门三点头，然后便听得徐先儿喊道：

狮子耍得喜盈盈呀——

哟嗬——

来到恁家闹新春呀——

哟嗬——

恁家有个老寿星呀——

哟嗬——

老寿星啊恁请听呀——

哟嗬——

头发白了恁再转青呀——

哟嗬——

牙齿掉了恁再重生呀——

哟嗬——

捞面恁还要吃几大碗呀——

哟嗬——

肥肉恁还要吃好几斤呀——

哟嗬——

我说这话恁要信呀——

哟嗬——

月亮地里恁穿花针呀——

哟嗬——

听着这些喜庆的话,不知怎的却只想落泪。不好失态,便转身进了厢房,侧看着狮子欢腾跳跃,不时来到老原跟前,老原一回回地往狮子口中放着烟酒红包,小曹又把东西移给峻山和鹏程,两人手里的袋子都已装得鼓鼓囊囊。

老安在长桌宴这边当主厨,雪梅、秀梅都是帮厨。快中午时县电视台的人到了,说要先采访做菜的师傅,就推了老安出来。老安却配合得很勉强,越是勉强便越是有趣,倒是让路过的我目睹了一段别致的采访:您今天准备给父老乡亲做几道菜啊?四道。都是哪四道?这不是?恁看呗。您给观众朋友介绍一下吧。白菜豆腐,闷坛肉,炖鸡,炖鱼。这四个是咱们的大菜吧?家常菜。为什么要做这几道菜?人家定的。记者尴尬片刻,极力启发:这次做菜和您以前做菜有什么不一样吗?都一样。没有不一样的?没有。一点儿也没有?没有。这么多人聚在一起,能跟往常一样?村里办事都是这。您的心情有什么不一样吗?没啥不一样。

围观的人便都笑。记者也笑,继续耐心劝导:师傅,还是不一样的。快过年了,您见到了这么多许久不见的父老乡亲,你给他们做着菜,应该充满了快乐,充满了喜悦,充满了……总之吧,肯定充满了美好,对不对?这么说几句就行。老安道,说不成。记者锲而不舍道,那您就一句一句跟着我来。您就说,今天做这菜,虽然和以往的食材一样,工艺一样,作料也一样,可是您的心情不一样。每一道菜都是对父老乡亲的祝福……老安搁下勺子,烦恼道:

记不住，算了吧。恁弄这，到底还叫不叫做菜?! 似是察觉出不妥，便缓了缓口气道，你快起开，离远点儿，甭在这狠说，话太多会澎油。

记者的表情有些呆愣，显然是困惑于说话和澎油之间这无厘头的逻辑关系。我笑。她怎么能明白这种乡间规矩呢？小时候在福田庄，但凡支油锅炸吃食，都必得关门闭户且无言少语，看起来神秘得接近于神圣，有着十足的仪式感。如不遵守，传说中就会有两种不良后果，一会跑油，二会澎油。那时候自然是信的，长大了就知道这是胡扯。即便不说话，炸东西费油，无论怎样油也会越来越少。说话易喷出唾沫，唾沫是生水，生水进了热油里，可不就是会澎。澎到了脸上手上便是烫伤，自然得预防着。关门闭户则是因为穷，害怕邻居串门，人家来了，你不得让一让? 人家多少不得吃点儿? 那多心疼。

耍狮子的人十二点多方才从东掌回来，小曹已换了身笔挺的西装，打着领带，俨然是另一个人。一来他就开始捣鼓手持麦克风，大概是电池接触不好，这麦克风一会儿响一会儿不响的。下午的村晚他是主持，看来中午这长桌宴也顺便一起主了。人们渐渐聚拢了来，开始都不好意思坐，只绕着灶台转圈。等到一有人落座又都开始抢座，除了桌首的几个位置空着，其他座位几乎是瞬间满员。一入座就有人动筷子，小曹喊着说等会儿等会儿，拍点儿照片再吃，吃得满桌子乱乱的，照相不好看。还有电视台在拍镜头哩，都注意点儿形象呗? 却没人听，说吃饭就吃饭，整恁多事儿干啥呢? 说着就吃了起来，直到大英绷着脸巡回走动了一圈，方才好些。

大英便安排大包、秀梅、徐先儿和我等几个坐到了桌首，又喊着让小曹发个言，人群便静下来。小曹早已拿好了话筒候着，一出口便是标准的晚会腔：尊敬的各位领导，各位父老乡亲，女士们，先生们，大家新年好！众人便齐回：好！接下来便是小曹的晚会腔和席间众人的纷乱私语在各自的声部高低重唱——

今天是咱们村的首次长桌宴，开席之前，书记叫我说几句，那我就代表班子说几句。……少说几句吧。都等着吃哩。……咱们宝水村，是省级的美丽乡村，是怀川县的北大门……美丽乡村还有个牌，北大门是啥说处？谁封哩？……近年来，在党和政府以及各级领导的正确领导和大力支持下，我们村的面貌日新月异，得到了突飞猛进的发展。我们要不负他们的付出，把希望的种子深深地种在宝水村的大地上，生根，发芽，开花，结果，让咱们村的明天更加美好！咱们今天办长桌宴的意思，就是祝福咱们村的未来更加光明，和谐，吉祥！让大家感受到一个大家庭的温暖！……这一段弄得不赖。有点儿墨水。估摸着是跟他媳妇儿半夜黑写哩，劲儿劲儿的。……我再介绍一下咱们这几道菜。这菜里有咱们的本土文化……真啰唆。谁还不知道？……第一道菜，是咱们中华民族必不可少的一道菜，就是这个鱼，年年有余……这鱼味儿还中，只是有点儿烧破相了。……第二道菜，白菜豆腐。白菜就是百家发财，豆腐就是大家都富。炸成红豆腐的意思就是红红火火。……要是不炸成红豆腐就更好吃。不炸那可搁不住这大锅炖。……第三道菜更有讲究，就是咱们的闷坛肉。过去条件差，没有冰箱冰柜，肉不好存放。咱们的祖先靠着自己的聪明才智，创造了这道工艺。闷坛肉为啥要用坛子，因为这个容器能保证原汁原味……主要是也便宜。……第四道菜就是鸡，象征着大吉大利，五谷丰登！在此，祝各位领导官运亨通！祝乡亲们万事如意！现在，我宣布，长桌宴正式开始！

其实此时已吃得满桌开花。每个老人旁边都带着孩子，给孩子们夹菜的，要餐巾纸的，倒饮料的，敬酒的，酒精锅的火灭了吆喝着重新点着的，盛米饭的，拿馒头的，叔婶哥嫂伯娘爷奶的叫喊在席面上飞翔跳动，是一派十足的乡宴情状。

村晚就在学校院，村史馆前的廊厦门头横拉着一条绳子，上面挂着"宝水村春节晚会"几个大字，字空里点缀着几只红灯笼，算是布置出了舞台。长桌宴的板凳搬过来，就成了观众席。第一排留着的空座坐满时我发现全是陌生面孔，看着又不像游客，听口音都是本土。问大英，大英说是周边村的干部，杨镇长特别交代的，叫他们来看看宝水的弄法，长长见识。

暖场音乐一直在循环播放：

> 春到人间喜洋洋，
> 一切顺利齐欢唱。
> 财神带着财宝来，
> 福从天降添吉祥。
> …………

没错，此时此地，最适宜的还是这样的歌啊。

跳广场舞的女人们聚在孟胡子的屋里，穿着尽量统一的装扮。红围巾，黑毛衣，红裙子，黑靴子，红黑两色间隔的尺度很不错。见我进来，都亲热地打着招呼。原来是在等着青蓝给她们依次化妆，画出的妆很浓，似乎是这浓妆让她们有些羞涩，她们显然明白此刻的自己较之于往常是光彩夺目的，用羞涩表示着低调或谦逊，也因而格外可爱。

杨镇长应和着一阵热烈的寒暄声进了院子，后面跟着王主任。拎着一袋袋被子和一沓证书，全都是红彤彤的。待他落座，小曹上场，晚会便正式开始。小曹还是那个调调，一串串的排比句，文理不通也无碍，情绪通才是要紧：

> 今天，我们相聚在这里，感受到了春的气息。今天，我们相聚在这里，享受缘分带来的美好时光。今天，我们相聚在这里，一起用心来感受真情，用爱来融化冰雪。今天，我们相聚在这里，载歌载舞，满怀希望，心潮澎湃。看，阳光灿烂，那是新年绚丽的色彩，听，钟声琅琅，那是新年动人的旋律。现在，在我们魅力无限的村庄，在我们美丽无限的村庄，我们一起来辞旧迎新吧。联欢会现在开始！

第一项便是颁奖，大英上台先讲了几句，宣布了获奖名单，五个卫生文明户，五个诚信经营户。然后杨镇长上台颁奖，给每人发一个荣誉证书和一条被子，秀梅、雪梅、香梅都得了卫生文明户，我也在其列，还在诚信经营户里占了一席，是唯一得了双奖的。杨镇长颁完了奖，从小曹手里拿过话筒说，我发现咱村都是妇女们上台领奖，这个非常好。都说经济发展好，妇女地位高。咱村这就是证明。咱豫剧有句行话："一窝旦，吃饱饭。花脸多，要砸锅"。老少爷们，要想吃好饭吃饱饭，以后要对媳妇好好巴结着，这没错！

就都笑。

一共有十来个节目。但凡洋气些的表演都来自回家过年的孩子们和年轻人，有跳国标的，有跳拉丁的。青蓝唱了一首英文歌《乡村路带我回家》，她在上面唱着，下面便有人喊，为啥不用中国话唱？张大包媳妇和张有富媳妇是属于努力洋气却未遂的。她们合唱的是邓丽君的《甜蜜蜜》，表情虽足够甜蜜，可歌声既苍老又尖厉，原生态得过分。更好笑的是她们完全踩不上拍子，不该唱时在唱，该唱时没了音，该低时突兀的高，该高时更是高得悬乎。唱到半路她们自己都笑了场，空了几句方才续上。台下也笑得不行，有人还起哄喝起了倒彩，十分欢乐。

秀梅和雪梅也有个合唱，秀梅命我给她们全程拍下来，这个任务自然是不能推却，得好好完成。她们唱的也是邓丽君，却是把《小城故事》改了下词：宝水故事多，数也数不过。若是你到宝水来，会遇好多个。看一看，说一说，宝水故事真不错，请你的朋友一起来，宝水来做客。……她们唱完后，小曹评价道：完美！我建议让这歌成为我们的村歌，中不中？回答他的是一片铿锵之声：中！

没有什么纪律和秩序，上面唱着跳着说着，下面的人想看就看，想和台上搭茬就搭茬，想议论就议论，想呵责孩子就呵责孩子。场子内外川流不息，你来我往，见面便说笑：咋这会儿才来？慢得跟鳖爬似的。唉，过年嘛，家里事儿多。咦，就恁家过年？就恁事儿多？就恁能干？就恁会干？哪儿就离不开这一会儿了？忙了大长的一年，家门口的戏就不能看一眼？这劳碌命！

初时觉得乱，在其中待上一会儿便也觉得泰然。这是他们的村子，即便是公众场合也是娱乐性质的公众场合，可不就该如此自在。

27. 宝婺星沉

祭灶按规矩是要打火烧的，火烧里要有糖馅，是为了让灶王爷上天汇报工作时说甜言蜜语，所以又叫糖火烧。烧饼和火烧有什么区别，这个问题我从小疑惑到大，相近的答案是：烧饼盖上有芝麻，火烧盖是净面的。另有一个规矩是祭灶火烧需得十八个，给灶王爷路上当干粮用。为啥是十八个，因为灶王爷阖家十八口。这里的说法稍有区别，赵先儿说其实是十六口，另外那俩火烧要给把守天宫的左右门卫。

老安早就发好了面，黄昏时分便开始打火烧，其实就是在平底铛上烙，一锅六个，三锅正好十八个。一边烙着，热乎乎的面香味儿便在空气中浓郁起来。刚成的火烧最是诱人，安嫂子说，再想吃也得等祭过了灶。便抱了棵白菜进来剥洗，又去切泡好的海带，说等会儿豆嫂要送豆腐来，用这几样熬出的汤便是祭灶汤，配着火烧吃最得宜。正说着，豆嫂已进了门，手里还端着一个盆，笑道，说曹操，曹操到。豆腐来啦，还有新酸的黄菜，这头一份儿不得孝敬老太儿来？我问她祭过灶了？她说祭过啦。俺家灶王爷这会儿怕已快到天宫啦。

说话间便去看九奶。火烧此时已烙妥当，老安便把香点上，把供飨摆好，召唤我们到神位前一一作揖，刚刚说完"上天言好事，下界保吉祥"，忽然就听见豆嫂在声嘶力竭地喊。便都跑过去。

九奶正长长地、微弱地吐着气。噗——，一口，噗——，又一口。

他快来了。九奶说。

我的拐，快拿来。她又说。

安嫂子已两眼是泪，说，老太儿恐怕是到了时辰。老原跪在床前，抓住九奶的手，呜呜呜地哭着，哭得像个孩子。豆嫂也拍着床帮，带着哭腔道，老太儿，恁可好好的呀，咱可好好过个年呀。我和安嫂子忙把她拽起来往门外推，安嫂子嗔怪道，老太儿还有气儿呢，你先别乱哭。又喊我说，快给徐先儿打电话呀。

徐先儿和大英前后脚到，接着是赵先儿。西掌、中掌和东掌的人也随即一波波赶来，屋子里站不下，就都在院子里候着。内外都很静，都在等。

九奶闭着眼睛，胸膛起伏得剧烈了起来。呼哧，呼哧，呼哧，噗——，呼哧，呼哧，呼哧，噗——，忽然间，停了。

就都看着她，她伸着枯树枝一样的手。那只空空如也的手。

拐呢？她说。

还是在要那根拐杖。那根丢了的拐杖。没有那根拐杖，她是不是就不好去见那个人？于她而言，它是不是也属于定情信物？像那封"玉兰吾妻"的家书一样？

院子里有了些脚步响动，有人打招呼说，豆哥来了。便见豆哥进了屋，手里拿着一根拐杖。看材质的棱角就是降龙木，乍瞧跟九奶那根很像，尤其是龙头，几乎一模一样。再细端详就知道有差，龙头要小一些，杖身的颜色也要浅一些。

这不是那个。老原说。

试试吧。兴许中。我听我爷说，德茂爷那时在一棵降龙木上取了两根料，就一起磨了两根拐杖。我爷腿不好，给了我爷一根。九奶摸着应该不手生。

等豆哥把拐杖递过去，九奶便一把攥住，停顿片刻，睁开了眼睛。

豆？她喊。

豆哥答应着来到床前，和老原并跪在一起，呜咽起来。

九奶攥着那拐杖，脸上荡漾出了微笑。

是他磨的。

嗯。

没扔？

嗯。

九奶微微颔首，中。

蓦然，拐杖从她手中掉了下去。老原和豆哥一起抓住那拐杖，又递到她手里。

福久？

嗯。

你回来了？

老原贴着她的脸亲了亲：回来了。

她微微一笑：回来就好。

在老原的哭声中，这句话音近乎于无。但我还是听见了，字字不落，极其清晰。朦胧的泪光中，我盯着她的唇，极微弱的一张一翕之后，静止了动作。我看着她的脸。她的眼皮正在缓缓地往下合去，终于合成了一条安详的线。

那一刻，我就那么看着。看着徐先儿上前，把老原轻轻拨开，把手伸到九奶鼻下，停了片刻，然后正过身子朝向众人，喊道：

何老太太宝婺星沉，福寿全归——
举哀——

屋里一片号啕。我却哭不出声。居然还在这瞬间走神地想，九奶原来姓何，何迎春，这真是个好名字。和王玉兰的名字一样好。

看着九奶的脸，脑子里又闪现出奶奶刚去世时的样子，突然间一片雪亮。没错，奶奶去世前说的那句话，那句以"好"为终结的话，一定就是这个：

回来就好。

一定是。

这句话里，似乎什么都有。一切。

28. 喜丧

自然还是徐先儿当知客。他刻下便开始了有条不紊的安排，指示老原去报丧，让安嫂子去找草席、被子、火盆和金银纸，寿材是早就备好的，让大曹明日再仔细检视检视。又和赵先儿商议着什么时辰去看墓地，请谁当墓工，墓里砖头该由谁砌，怎么砌。还要铺板子，板子得用什么木材。还需请人去砍路，往坟地去的路不够宽，要抬棺上去，就得把两边的枝条再修整一番，谓之砍路。

用三轮车拉不中？有人小声说。

约莫九奶不肯坐。她老早说过，怕晕车。赵先儿说着突然哽咽了。这是我第一次看见他哭。他曾说过，经手的白事太多，哪有恁些泪掉的。

九奶是喜丧，这个基本调子定下后，办事的氛围就跟一般丧事有了明显区别，就可以不那么悲伤，甚至可以不时玩笑。灵棚里坐得满满当当，各家轮番派人来守灵。九奶的杂菜，都得来吃吃。大英说。这里把办白事叫吃杂菜。就是把各种菜搅到一起，其实也就是烩菜。但这时不能叫烩菜，就得叫杂菜。如同吃鲤鱼特指办婚事一样，吃杂菜也常常特指办丧事。老安掌勺做出的杂菜也不是一般的好，每锅做出来都没有余剩，人人都是一大碗。按说也不用戴重孝，大英却不依，说喜丧也得有人戴重孝，要不然没有一点儿白事样。徐先儿道，那就戴，能戴的都戴，就凭九奶接咱们从娘胎里落地，也该为她穿这一回白衣。天下老人皆父母，世间晚辈尽儿孙。这理也通。此话一出，便有一二十个人穿了孝。孙子辈的除了老原是重孝，其他的也都在头上系了孝巾。女人的孝巾是横长的一缕，系在额上随着头发飘洒，衬得皮肤也白了几分。男人的是方巾，先系在额上，再反搭住头，显出了些侠气。要俏，穿孝。这老话确实有理。扯孝布，定纸扎，买烟，置酒，都需要花钱。花钱便都照着老原的脸。——原家的孙子给张家的奶奶送终，虽是如此不合常理，居然也没人说什么，便也显得似乎就该如此。这便让我几乎可以断定，所谓的那个秘密，其实是全村人都已知道。

徐先儿说，今年没有三十，二十九就是三十。停三天太短，停七天又恰赶上三十，那就避开三七，停五天。掐头去尾，中间也就是三天，不长不短。老太太人缘好，十里八乡听到信儿的人也该能来得及送一程。对了，记得九奶老早时说过，办她的大事时，想要个巡山。她说，这最后一出事反正是叫人受累，一事不烦二主。大英道，那就巡呗。她孤零零一个人恁些年，咱村是她娘家也是她婆家，这还能不依她？正好在外打工的这几天都在往回赶，到时人齐全，就叫她好好巡一回山。又叹道，多少年没人巡山啦。看我和老原蒙着，便解释说，巡山原是过去的老规矩，即出殡时抬着棺材围着村子转一圈，是再看最后一眼的意思。众人便都感慨九奶有大福气。说她虽是没儿没女也没了娘家人，这灵前却比那些都有的人还热闹。去的时辰又是紧跟着灶王爷的脚踪，不知随着享用了多少香火，说不定就是被灶王爷收去进了仙班哩。还有巡山这事，这一二十年里，抬棺的人都寻不齐，谁还能巡山哩。可她的大事偏偏是到这时节，村里劳力最是不缺，就是能叫她遂心如意地巡巡山。看来也只有这老太儿配享巡山。

二十四上午是小殓，程序简单，即下铺席，上盖被，穿寿衣。二十五下午大殓是要入棺的，也就是最后一面，便隆重复杂了许多。要以新棉花蘸温清水为九奶洗脸，谓之开光抿目。棺底铺黄纸和黄绫褥，谓之铺金，妥当后盖棺，钉钉子，谓之镇钉。这些程序的间隙里便是守灵，陆陆续续地，一直有人来吊孝，吊孝就是哭泣，磕头。也有人搭孝，多是酒肉吃食。徐先儿说，这些年办喜事一直在改，总有更新式的，什么红旗袍、白婚纱，拜高堂也不再磕头，改成了鞠躬。丧事却是不好改的，寿衣多少年来还是得那样做，小殓、大殓、守灵等这些程序也都还是得那样来。

守灵的人也分了轮班。随着人员不定，话题也便乱纷纷的。似乎人人嘴里都有新闻，有的新闻早过去了三五年，可因听着的人都是刚刚知道，那便也是新闻：石瓮村考上清华大学的那个小子听说在美国读博士，他奶奶前些天死了，他在电话里哇哇哭，哭一场也算，反正也回不来。金岭坡那个三十七八的老闺女终于嫁了个半老头子，比她爹还大，见了她爹照样叫爹。裴庄村有个二十啷当的小伙子娶了个有钱寡妇，其实就是倒插门嫁了人家，那寡妇的闺女比他小没几岁，只叫他哥。葫芦峪村有一家子都在浙江一个皮革厂打工，三年里都得了癌症。影寺村有个人买彩票中了好几百万，高兴成了半疯子……故事脉络的粗细程度由讲述者与故事主角的关系远近决定。关系近的，讲的就更可信一些。谁谁的亲戚去年经朋友介绍随着包工头去新疆干工程，说是管吃管住管抽烟，一年能挣五万块。去了一看那条件就后了悔，知道叫人捅了。可是回不来呀。先是劝你，你不识劝呢，也不打你，也不骂你，弄个麻袋把你一装，开车把你扔到戈壁滩待一晚上，吓得你没了魂儿。第二天把你拉回来，你就乖乖地干了。生气不要紧，只要干活。他还有一样好处，不拖欠工钱，年底给足你五万，叫你来年还干，能引人来干那更好，如今雇人难。也管来回路费，坐最慢的硬座和最便宜的飞机，也得花几百上千，你只要拿来了票，人家一定给报。还有人挣的工资更高，每月八九千，一年能拿到十万呢。不过也受罪，是开塔吊车，得拎着干粮和尿桶上班哩。那塔吊车有三四十米高，上下一趟不容易，有时候忙得厉害，上下午不歇气儿，那咋办？干脆一天的吃喝拉撒就都在里面解决。那人原来有恐高症，光晕。干了俩月才适应下来，倒是治好了恐高症。

徐先儿的老闺女倩倩也回了村，按时按顿来给徐先儿送饭，说怕他吃得不如意，犯了胃病。也守了一会儿灵。她明眸皓齿，像是整过容。头发黑亮得过分。秀梅便夸她的头发。她笑道，花了四五百染的，能不好？问她，咋恁年轻就有白头发了？她说，那倒不是。在城里染的是黄的，过年回家就得染成黑的。要是顶着一头黄毛回来，我爸妈和亲戚们准得一遍遍唠叨。只要回乡下老家过年的年轻人，十有八九都这么干，省了多少口舌。问她，那过完年回了城，再染回去？她说，是呀。这纯黑的太老土啦。

女人们也免不了要说说婆媳关系。这边婆婆们感叹，说过去养孩子都用布尿片，如今用的都是纸尿裤。过去老早就给孩子把屎把尿，孩子一岁多就不再尿床拉裤子。现在却说不能干涉，要等孩子的尿道和啥括约肌发育好了再来训练这个。咱们养了多少孩子，如今人家不信咱的。那边便有媳妇们搭话，还是你们说的，麦子上午不熟下午熟，今儿不熟明儿就熟。孩子的事跟种庄稼一样，不急不慌，都不耽误。咱讲究个顺其自然，咋不好呢？就都笑。

二十六上午，马菲亚两口也过来吊孝搭孝。磕过了头，却把大英叫到一边，说了半天的话。原来是他们承包的那条荒沟出了岔子，说本是兄弟两家的，老二出去打工，在城里扎了根，轻易不回来。老大家走不动，就留老家守着，出租协议都是老大两口出头儿代表的。为了好算账，当时按的是五十亩整，预付了五年的钱。那时老大两口对大英和马菲亚两口谢了又谢，肯定是觉得占了便宜。他们卖鸡和鸡蛋时，老大两口也没少张罗。这临近了年，老二回来了，看到宝水这阵势，大概是动了心思，便又仔细量了量，说其实是一百亩，租金得翻倍加。之前不想说恁多，是想给他们优惠。现在几年过去，也优惠得可以啦。

马菲亚气道，之前好好的，咋说变就变。本打算这两天就回老家过年的，他们弄个这，还叫不叫人过年了？闺女来年要高考，还想在象城多住些日子陪陪她，这一走又怕人拆房子，又得找人看鹅看狗，还得琢磨着要不要打官司。不打官司说不清，打了官司又伤和气，即便打赢了，两边还咋往下处？大英沉吟了一会儿，淡定道，甭作难，咱先把事儿扎透。知道盐打哪儿咸，醋打哪儿酸。五十亩一百亩的，从根儿上看，无非是他们想多落几个钱，咱把这解决了就中。叫我说，把亩数多少搁一边，你们需要人帮着照管，老大两口又没事干，你们雇了他们，一个月给他们发一两千工资，必定就能得个齐全。这事儿我约莫着这就中，一争两丑，一让两有么。我给你们作保到底，不叫他们再生事端。

闲聊时，也有人试探着问大英，九奶这房子接下来该咋办？大英道，九奶留话了，是给人家根儿的。根儿说咋办就咋办呗。那人便接茬问老原，老原平静道，孟胡子说过，这房子其实最适合当村史馆，回头收拾收拾，就用来当村史馆吧。大英在旁笑道，那敢情好。安嫂子当即问，那现在的村史馆腾出来派啥用？大英道，恁大个院子恁多间房，位置又在中心，租出去可得成几个钱。村里要贴补的地方多着哩，有了这份集体收入，那可算是大家油供大灯头，岂不是正好。又朝着老原道，也不能叫你白让。回头班子商量商量，把这租金给你分成。老原道，这账就别算了。大英道，咋好让你这么亏哩。顿了顿，老原道，常听我奶奶说，会吃亏的饿不着，能吃亏的有福报。我信。

29. 暖土

二十七上午，外村赶过来吊孝的人依然络绎不绝，听说要抬着九奶巡山，便有一二十个留了下来，说要帮着抬棺。徐先儿欣慰道，只要有这念想的，咱都请留。路远无轻载，何况咱这本来就不是轻载。这时候就是人越多越好。

十点来钟时，忽然来了个生面孔的男人，个子高高的，面色黧黑，一到灵前便跪地磕头，痛哭了几声。秀梅正在守灵，便上前把他拉到一边，说了好一会儿话，我方才知道这就是东掌的那个朱大个儿。后来又看秀梅把老安两口也叫过去在一起说话，便明白了个大概。悄悄问赵先儿，朱大个儿的老宅风水到底怎样，赵先儿打了个哈哈道，那处宅风水肯定是有毛病，不过毛病大小要看谁住，能不能镇住。不是有个典故？两户人家门前同样都有一池塘，同样都种一池莲，还同样都是白莲。莲花开时，这家老人亡，白莲成了迎门孝，那家却发了家，白莲成了迎门财——银子不就是白花花的嘛。所以说，一户一情，得论德行。说着便往老安那边瞟了一眼，会意一笑道，这宅到了老安手里说不定就中。稍微摆置摆置，估计没啥问题。不说别的，你就看安家这个姓，多卓。

杨镇长和王主任是临近中午时分到的，尽管徐先儿说公家人三鞠躬就中，他们还是跟其他人一样，板板正正地磕了三个头，待老原磕回去谢了孝，他便也坐进了灵棚，说这几天会太多，今儿好不容易请出了假，来送老太儿一程，也沾沾老太儿的福寿。说这是他娘交代的，长短得坐会儿守守灵。听说要给九奶巡山，便感叹道，宝水人还是仁义。现在乡里这些村办白事，哪还有巡山的。且不说巡山，云里村、云下村但凡白事就都买的是一条龙服务，连戴孝哭灵的假孝子都能花钱买，哭得比真孝子还痛。

就又说起前些年云里村刚红火起来时的一桩白事，发生在国庆节前夕，约莫是九月二十九号，有人死了娘，停灵只用了一天就把人下了葬，办完事当夜打扫干净，次日就开始待客，黄金周的生意没误分毫。街坊邻居本来还都有些犹豫，要说这也有古礼——上大学时听老师讲民风伦理，《礼记》里就有话是"邻有丧，舂不相；里有殡，不巷歌"。过去的人舂米好喊号子，邻家有了丧事，那就不能再喊。街坊有了丧事，也不该再唱歌。这就是同哀之心。可要是事主都不哀，那其他人家也就觉得没啥不好意思了。大约也是心虚，后来那家人跟人聊起这事，说孝心不在这上头。人都戳他脊梁骨道，孝心是不在这上头，可也没见他在别的上头。住的好房没娘的，好吃好喝没娘的，娘得了癌症，送到省医，通知亲朋好友一大圈人去看，罢了又说人家省医态度不好，叫娘受了委屈，就拉回了市里，没住两天又寻出了个茬，把娘鼓捣回了县里，县里有啥条件？没花几个钱就拉回了家，妥妥等死。都看得清清的，他就是个这人，再撒灰也眯不了别人眼。

杨镇长往灵棚里一坐，村里人便围拢了来闲话。有人问乡里下一步对村里有啥安排，他笑道，村是你们的村，那还不是看你们咋安排，乡里的安排就是根据你们的安排来搞服务嘛。几句官话后，方才渐进正题，说根据县里的指示，等闪过了年，各家都要配电脑，以后住宿接待都要按要求录入身份证进行实名登记，这样治安才能有保证。说有个地方也是深山农家乐，就是因为没有纳入实名登记系统，硬是叫一个杀人犯欺瞒着住了半年。又说乡里也商量过了，根据以前的经验和目前的形势，下一步还要鼓励村里组建农家乐协会，这个协会算是新型组织，将来各家都要集中培训，米面油、干菜、洗漱用品等这些东西也都得从可靠的渠道统一进货，质量过硬，价格也优惠，各家床单被罩的清洗消毒也都得有个章程，能做的事多着哩。

那看这意思，咱村还能长期发展？

这还用说。以后可别想着去镇里、县里、市里买房啦。杨镇长笑道。一边应着村里人的搭话，一边不住眼地看着频频响的手机。坐了一会儿，大英和老原都让他赶快忙去，他方才和王主任离开。众人就夸了他一番，末了归结说，还是九奶的福气大。然后又续接着方才的话，你一言我一言地讨论起来。这个说，攒下了钱还是得去县里、市里买房子，村里到底是村里，发展得再好也只是农村，要是真个儿好，为啥不天天人多？为啥最长情的客都住不过三五日？为啥还分个淡旺季？那个说，也不能这样想。人家是来旅游的，谁长长久久住在旅游的地方。咱去外头耍，住几天也烦。金窝银窝不如自己的狗窝。这个说，你怪会哄自己。你那是烦？你那是没办法。真有钱的人，喜欢哪儿就在哪儿买房哩。像咱们这地方，要真是中了人家的意，住个十天半月一年半载算个事？所以说，咱这就是眼下一时好，可不敢迷到这儿。趁着劲儿多挣几个钱，真金白银在手，还是得外寻出路。那个说，要不是往长远里看好咱村，根儿啊赵顺啊会回来修房做生意？像青萍这一住就是一年哩。还有徐先儿这，能下山都不下，在村里住着多牢实。

咱村当然是好。徐先儿悠悠一笑道，咱村的好，好在一个养字，养生，养病，养老。将来死了，埋在这儿也养魂儿。

一时无话。过了好一会儿，张大包方才说，咱村这，我死了也愿意埋在这儿。可是在能打能跳时就沤在村里，总有些不大甘心。大英道，沤啥呀沤，你沤肥呢。就都笑起来。

这天中午吃饭的人便也最多，老安足足做了三大锅杂菜方才打发了所有人。按赵先儿算的，下午两点一刻是吉时。饭后还有段空当。棺上已经绑好了杠，一条龙骨纵贯，两条横木各搭前后，每根横木的两端又搭出一竖两横的架子，每角四人，四角便是四四一十六，即抬棺人的位置。徐先儿又指导着虚虚地演练了一番，起时怎么起，落时怎么落，上坡怎么上，下坡怎么下，拐弯怎么磨，如此这般说着说着，便到了时辰。老原将瓦盆尽力一摔，便扛起了幡。徐先儿高喊道：

八仙各守一方——
抬重各在其位——
起灵——

鞭炮最前，随跟的是金山、银山、别墅、汽车之类的纸扎，接着是响器和主丧孝子，棺木在其后。按照徐先儿的安排，先尽着本村人抬，本村人里又让壮劳力扛着最吃重的棺头，那便是大包、鹏程、大曹、小曹、峻山等这几个，上年纪的如老安、豆哥、张有富这些人则在棺后或是外围。有富儿子、豆哥儿子和小金师傅等这些更年轻的男人在旁边紧跟着，随时预备替换。村里的路平缓，要好走得多。等到往坟地里去的路上，那是要出大力的。也不是所有男人都能抬，未婚的就不行，因阳气太重，怕冲散了阴气。徐先儿说，叫他们先看着，先学着。

便由西掌巡起，不走回头路，从一家家门前过。携带着几条长凳，需要歇肩换人时便把棺木放在长凳上。按规矩，一旦起了灵，这一路上就不能再让棺木落地，落地便接了地气，便是落地生根，就不好再抬起来。

一行人抬着棺出了院子，慢慢行起，在西掌口暂歇之时，回望着西掌，徐先儿沉沉喊道：

太阳出东落西方——

山川草木流水长——

春风伴驾仙游去——

老太寿棺离家堂——

到了中掌，由秀梅家旁边的路进去，绕着村史馆的后墙，过了赵先儿家刚翻盖过的老宅，又过了徐先儿家，便是老原家。刚到老原家门口，右后方的老安突然喊说杠绳松了。等不及长凳过来，棺木便缓缓后沉起来，徐先儿就指挥着，叫棺木落了地。

一瞬间，队伍便静下来，都看着徐先儿。这一刻，徐先儿的脸色很重。赵先儿走上前，和徐先儿耳语了两句，徐先儿眉目间方才明亮起来，先叫人把杠绳紧了一遍，然后冲着棺木揖了一揖，缓缓道：慈棺落地是不舍，凶棺落地是不甘。九奶，你一辈子和善，肯定是慈棺。你不舍，俺们都知道。俺们也不舍你。好在这一走也不算远，寻常几步路，不要太忧心。你就尽管踏实去住新宅，都守着你哩，都念着你哩。

又把老原和我叫到跟前，说，孝子孝妇，好好地给棺上添把土，叫老人家上路。

最近的土便是老原院里的菜园，我和老原走过去，两只手各抓了一大把土，轻轻地撒在棺上。徐先儿又沉沉喊道：

> 老太寿棺离家堂——
> 宽心安神一炉香——
> 在天有灵多荫佑啊——
> 荫佑儿孙代代昌——

顿了顿，把嗓子往上领了领，高喊道：

> 再起——

在这喊声中，棺木又被众人稳稳地抬起来，继续前行，向东掌去。

我的手上沾满了土。土在手上慢慢干燥着，成了灰尘。忽然有些诧异，隆冬时节，这土竟然有着隐隐的暖意。是错觉么？

不由又想起刚学会开车时，驾校老师特别叮嘱说，下雪天过桥面要格外小心。到了冬天，一般路面都不冻的，桥面上就容易冻。下了雪，桥面儿上的雪消得尤其慢。原因么，就是桥上低温。问他为什么桥上低温？因为离地远呀。他说。为啥离地远就低温？那老师像看白痴一样看着我：地暖和！顿了顿，又释然笑道，也是，现在恐怕人人都知道地暖，有几个人知道地暖和呢。

自东掌的坡上下来，过了关帝庙、娘娘庙和宝水泉，再朝西下一道慢坡，便到了张家坟。老原跳进墓坑里先躺了躺，谓之暖房。然后，随着徐先儿的号令，九奶的棺木被稳稳地放了进去。在用铁锹埋棺之前，徐先儿让每个人都用手撒上一把土。众人便撒起来，噗，噗，噗，土和土亲吻的声音累积起来，敦厚而轻柔。我也抓起一小把湿润的泥土，投向那个小小的棺木。在手触到土上的那一刻，我便明白方才不是错觉。这土，确实是暖的。

30. 点灯

从坟地回来，那晚我们仍睡在九奶的老宅里。我是倒头便睡，醒来时已是第二天中午，被老原叫醒，吃了两口午饭，便又睡去。再次醒来，已是大年三十的清晨。从来不曾这样酣睡过。都快睡傻啦。老原说。我笑。

今天也是九奶的头七，上午便和老原去了张家坟。回来时路过宝水泉，看见徐先儿正在泉边的围栏上贴春联。联上写的是"一年常不安，自在今一天"，横批是"龙王得位"。问他，泉里也有龙王？他说，有啊。你以为只大江大海才有龙王？井有井龙王，泉也有泉龙王哩。我说，咱们这么小一个泉，恐怕连龙王的半只爪子都放不下。况且，这世上有多少泉呀，人家咋能顾得上咱们这个。徐先儿笑道，要么人家是神呢。神就是神，神有神的神通。世上的水都归龙王管，哪儿的水疼了痒了，都连着他的心呢。咱只管敬，心到神自知。

阳光很好。吃过午饭，我便搬了把椅子出来，在院子里躺了一会儿。闭着眼睛，我凝神感受着阳光和煦的照耀。一瞬间，耳朵忽然很灵敏，似乎听见了很远的声响。在更高的天空，有鸟在飞。在更远的山谷，有风吹过。而在更深的地下，有水正流。那汩汩的声音仿佛是谁在温柔地奏乐，也仿佛是谁在温柔地啜饮。可以想象这水流到地面上成为溪成为河的样子，在此时的日光下，一定是金光粼粼。那无辜的神情，似乎从来都不明白发生了什么，正在发生什么，将会发生什么。而对曾经发生的一切，它也只会承受，只能承受。承受之后又似乎毫无记忆。这就是它的命运。似乎是一个弱者的命运，可是因为它的命运如此绵长和巨大，漫漶和浸泡了那么多的命运，所以这命运便也让人心生敬畏。

脚步声响。是老原回来了。蒙眬中，一片清凉的阴影挡在了面前。睡了？我不语。这都能睡着，看来还真治病。他轻笑。我也笑。突然想起，确实很久不曾失眠了，几乎忘了失眠这回事。不知不觉间，这顽疾遁于无形。它去了哪里呢？

精神一下，咱们去原家坟点灯吧。

我说，好。

此地规矩，大年三十下午需得上坟请祖宗回家过年，俗称点灯。

一路上看到许多树上都贴着红纸，应该都是徐先儿的杰作。原以为只有老祖槐有"槐神得位"，现在才发现有年头的古树都有这待遇——"柳神得位""皂角神得位""松神得位""柿神得位"，动物们也有此待遇，不期然就会看到一帖帖小小红纸，上面写着"苍狼得位""寅虎得位""文豹得位"。

走到西掌口，正好又碰上徐先儿，看他手心手背上全是红印儿，就都笑。便问他，文豹是什么豹？他说是金钱豹。"得位"的意思是？就是应得的牌位，表示咱尊敬它们。不能光敬狮子呀，得叫它们都享有香火。我说咱们敬的神真多。他说神多了好呀，都来保佑咱们。你们这是要点灯去呀。嗯。够早的吧？早了好，早点早吉利。

点灯回来，简单收拾了些东西，便和老原上了车。老原说，咱们先去看看豫新，再去你那儿贴春联，然后去我那儿，我让饭店存了点儿好菜，咱们就在我那儿吃年夜饭。

我说，好。

车很快开出了村子，渐渐盘旋而上。忽然微信电话响起来，是郝地，说一会儿怕耽误了看春晚，先跟母上大人拜个年。拜年拜年，红包拿来！我说一会儿就发。问她还想要啥，她嗯了两声说，我同学让她妈妈给她求了个护身符，拍了照做成了屏保，还挺好的。妈妈，回头你也去庙里给我求一个吧。

我说，好。

又和母亲聊了几句，她说，这几天老是梦见你爸，你再上坟时记得跟他愿语愿语，他这么漂洋过海地给我托梦，不累得慌呀。郝地在旁边插嘴道，又不用花钱买机票，我姥爷对您的这种思念方式多么省时高效且惠而不费，您还嫌弃啥呀。

就都笑。

刚刚挂断，手机又响，是大英，问走了没有，我说正走着呢。

注意安全。她说。

好。

早点儿回来呀。

好。

此时车已攀至高处，视线几乎能与山顶平行。在高处看山才知道为什么山会被叫作"一道道"。是的，就是这样。一道又一道，近处深蓝，远处浅蓝，蓝至无穷无尽。

图书在版编目 (CIP) 数据

宝水 / 乔叶著. — 北京：北京十月文艺出版社，
2022.11

ISBN 978-7-5302-2266-9

Ⅰ. ①宝… Ⅱ. ①乔… Ⅲ. ①长篇小说—中国—当代
Ⅳ. ① I247.5

中国版本图书馆 CIP 数据核字 (2022) 第 158617 号

宝水
BAOSHUI

乔叶 著

出　　版	北 京 出 版 集 团	
	北京十月文艺出版社	
地　　址	北京北三环中路 6 号	
邮　　编	100120	
网　　址	www.bph.com.cn	
发　　行	新经典发行有限公司	
	电话 010-68423599	
经　　销	新华书店	
印　　刷	北京盛通印刷股份有限公司	
版　　次	2022 年 11 月第 1 版	
印　　次	2022 年 11 月第 1 次印刷	
开　　本	850 毫米 × 1168 毫米　1/32	
印　　张	16.75	
字　　数	367 千字	
书　　号	ISBN 978-7-5302-2266-9	
定　　价	68.00 元	

如有印装质量问题，由本社负责调换
质量监督电话　010-58572393